Soleils rouges

Paul-Loup Sulitzer

Soleils rouges

FRANCE LOISIRS
123, boulevard de Grenelle, Paris

Une édition du Club France Loisirs, Paris,
réalisée avec l'autorisation des Éditions Stock

ISBN : 2-7242-8162-4

Pour Delphine my love

Pour Sy et Gaby
Pour mon père et ma mère, qui ont combattu pour la liberté
À ceux du réseau Ferdinand

Le Sage fuit l'amour qui n'apporte que chagrins et contrariétés. Sauf qu'ayant remporté la victoire en fuyant, il passe le reste de ses jours à se demander pourquoi il a couru si vite.

KAÏ marche dans Kyoto. Kaï O'Hara, treizième du nom. Il est (et il le ressent avec une intensité qui l'a souvent fait trembler) le descendant d'une lignée. Le Kaï O'Hara premier du nom est arrivé en Asie environ trois cent trente ans plus tôt. D'Irlande. Ayant déjà un compte à régler avec les Anglais. Au point de s'associer aux Hollandais pour mettre la raclée à ces maudits Anglais en 1605, lors de la bataille d'Amboine (c'est dans l'archipel des Moluques, les anciennes îles aux épices ; passé Bornéo et les Célèbes, on tourne à main gauche et on y est). Tous les O'Hara ne se sont pas prénommés Kaï : ce prénom évoquant une mâchoire de requin a sauté maintes fois une génération ou deux. Il y a eu des O'Hara ordinaires, sans histoire. Mais tous les Kaï sont sortis du commun.

... Sauf moi, qui n'ai encore rien fait.

Kaï marche dans Kyoto avec le même inexprimable plaisir éprouvé à chacune de ses visites antérieures à la ville-capitale [1]. Il va, non sans détours nonchalants, vers le quartier de Muromachi, où six cents ans plus tôt ont fleuri les pavillons des shoguns. Il est au Japon depuis soixante-deux jours : c'est le plus long séjour qu'il y ait fait : aucune de ses venues précédentes n'avait dépassé un mois. Ce coup-ci, il a

1. *Kyoto,* la ville-capitale ; *Tokyo,* la capitale de l'Est.

débarqué à Yokohama arrivant de San Francisco ; avant de parvenir en Californie, il avait traversé en train tout le continent américain ; il venait de Paris, où il avait mis un point final à ses études, études que monsieur Margerit, son grand-père, lui avait instamment enjoint de poursuivre. Kaï s'est exécuté. Il aurait pu sortir dans les cinq premiers de l'École polytechnique, être diplômé de l'École des mines ou de l'Institut national agronomique ; il devrait être au moins pourvu d'une licence d'anglais et d'une autre d'histoire, et, pour faire bon poids, avoir envisagé la préparation d'une agrégation de chinois aux Langues O. Il a suivi pas mal de cours et a obtenu sans difficulté des résultats qui lui ouvraient de nombreuses possibilités. Or, au bout du compte, il n'a rien. Rien du tout. Chaque fois, il s'est abstenu de la prestation décisive. Au besoin en expliquant l'usage qui pouvait, selon lui, être fait des peaux d'âne.

Un Kaï O'Hara croulant sous les diplômes, ça aurait l'air de quoi ?

On notera quand même qu'outre le français, l'anglais, le chinois et le japonais, il parle très couramment le vietnamien, le khmer et le malais. Plus le thaï, pas mal. Et il se débrouille fort bien dans plusieurs dialectes des mers du Sud.

Comme tous les Kaï O'Hara depuis trois cent trente ans.

Il va dans Kyoto et s'étonne un peu de n'avoir pas trouvé Timmie à sa descente du train arrivant de Tokyo.

Timmie Mahon est américain, ingénieur en textile, et le hasard a voulu que les deux jeunes gens prennent le même train à New York, puis le même paquebot à San Francisco. Avec son mètre quatre-vingt-quinze, Timmie est légèrement plus grand que Kaï, de deux ou trois centimètres ; mais les poids sont équivalents — aux alentours de cent quinze kilos. Ils ont inauguré leur amitié en se tapant sur la figure. Ces présentations faites et les dégâts remboursés à la compagnie des chemins de fer, ils ont joyeusement ravagé quelques bars proches de la Golden Gate, puis d'autres à Honolulu. Ils ont partagé une douzaine de femmes et bien plus de bouteilles ; et se sont séparés à Tokyo, Timmie allant prendre son poste de consultant dans une usine d'Osaka, à une cinquantaine de kilomètres de Kyoto.

... Où nous devions nous retrouver mais il n'est pas là, ce chien ! maugrée Kaï. Impossible qu'il ait été retardé par des Japonais avec qui il se serait battu ; les Japonais sont trop petits pour lui et moi, nos coups de poing leur passent au-dessus de la tête. Il se sera soûlé, c'est sûr. J'ai remarqué que, les trois premiers litres avalés, il ne tient plus tellement l'alcool. Est-ce que je lui ai bien donné l'adresse où nous devons passer la fin de semaine avec ces quatre filles ? Définitivement oui. Et même si Timmie ne dit pas un seul mot de japonais à part *sayonara,* il se sera rendu directement là-bas.

On est le 27 août 1935, il est près de midi, Kaï O'Hara a vingt-trois ans — ces trois faits étant sans relation entre eux. Un taxi aurait déposé Kaï à la maison en une vingtaine de minutes, depuis la gare. Il a préféré s'y rendre à pied. Malgré la chaleur. À cause de son constant besoin de brûler la formidable énergie qui le pousse à tous les dépassements et parce que aller à pied permet de mieux étreindre un pays, et ses habitants. Bien sûr, il n'a pas la moindre idée que c'est sur son retard de près de deux heures que tout va se jouer.

Horriblement.

L'affaire Sakata remonte à deux semaines. La fille s'appelle Sonia.

— Ma mère était russe.

— Pas ton père.

Mandchou, le papa. Ce qui explique les yeux plutôt fendus, le nez petit, les superbes cheveux noirs, le blanc laiteux, presque ivoirin, de la peau — mais pas le galbe saisissant des hanches et du buste. Elle travaille comme chanteuse dans une boîte à Ginza. Tous les soirs, elle fait un triomphe grâce à son interprétation si sensible, devant un auditoire nippon pour l'essentiel, de *Viens poupoule* et *Tiens, voilà du boudin.* Kaï a découvert illico qu'elle ne comprenait pas le premier mot de ces deux monuments de la chanson française. Il a découvert également Sonia elle-même. Plus précisément, il l'a mise nue. Au terme d'une cour effrénée d'une minute et trente-neuf secondes.

— Tu es un géant, Kaï O'Hara. À tous points de vue.

— Mais quelque chose te préoccupe. Quelqu'un ?

— Oui et non.

— Un homme ?

Oui.

— Il a des droits sur toi ?

Non. Non, et puis quoi encore ? Mais l'homme en question envoie chaque soir une fleur à la jeune chanteuse. Depuis environ deux mois.

— Tu as fait minou-minou avec lui ?

Non.

— Tu lui as promis de faire minou-minou ?

Non plus.

Kaï et Sonia s'entretiennent mi en chinois, mi en japonais ; la jeune femme a appris cette dernière langue à Port-Arthur, port de la Mandchourie occupé par l'armée du Mikado.

— Tu es fiancée ou engagée avec lui d'une manière ou d'une autre ?

Non. Et Sonia précise même que l'autre homme ne l'a seulement jamais approchée à moins de quatre mètres, qu'il lui a en tout bredouillé trois mots, que la seule forme de communication entre elle et lui ont été et sont ces courts poèmes que parfois il lui adresse. Enfin, un peu plus souvent que parfois : elle en a reçu cinquante-neuf.

— Montre.

Kaï a lu, au hasard : *Mon dard est droit comme un sabre de samouraï planté dans tes fleurs de cerisier.*

Nom d'un chien.

— Sonia, ce type est un obsédé sexuel.

— Pas du tout, c'est un officier de l'armée impériale.

— L'un n'empêche pas l'autre. Tu aurais fait minou-minou avec lui s'il te l'avait demandé ?

Évidemment. Puisque c'est un officier de l'armée impériale japonaise. C'est fichtrement important, un officier de l'armée impériale japonaise. Et par les temps qui courent, il vaut bien mieux être un officier de l'armée impériale que ministre ou Premier ministre du Japon. D'ailleurs, les officiers assassinent tranquillement les ministres, premiers ou pas, et ne sont même pas condamnés. À supposer qu'ils soient seulement inquiétés. Un officier de l'armée impériale, ça a droit de vie ou de mort sur ses soldats, et tout le monde est un soldat, au Japon. Par les temps qui courent.

En plus Sonia a fait minou-minou avec quasiment la moitié des officiers de Port-Arthur. Sans compter les généraux. Alors, un de plus ou de moins...

— Et il est où, présentement, ce dragon crachant le feu qui t'envoie des fleurs et des poèmes ? demande Kaï pas plus inquiet que cela.

En manœuvres, avec son bataillon. Dans le Nord. Pour quelques jours encore. Des manœuvres qui ne sont pas précisément de la rigolade. L'année précédente, les hommes du capitaine Sakata Tadoshige ont empli d'orgueil le Japon tout entier juste à cause d'une marche d'entraînement : cent quatre-vingt-dix kilomètres d'une seule traite, sous un soleil de feu et en pleine montagne ; et ayant reçu l'ordre de leur chef, qui a montré l'exemple, de ne pas toucher à leur réserve d'eau. Neuf sont morts de soif, leur bidon plein accroché à leur ceinture. Ces hommes étaient vraiment imprégnés du *yamato damashii*, l'âme japonaise.

— Pauvres de nous.

Dans sa hiérarchie personnelle, Kaï situe les militaires juste au-dessus des palourdes. Et encore : parce que les palourdes jouent très mal au ping-pong.

Kaï fait minou-minou avec Sonia depuis une dizaine de jours. D'ordinaire, il préfère avoir deux ou trois femmes en même temps dans son lit. Mais il sait se rationner. Sonia habite l'une de ces petites maisons de bois à deux niveaux, à Owaricho. Ils s'y trouvent, elle et lui, tout nus, occupés à faire la bête à deux dos, une nuit sur le coup de 3 heures du matin quand la mince cloison de bois explose. Un sabre au clair entre, suivi d'un soupçon de moustache, lui-même précédant un petit homme vêtu de l'un de ces uniformes pitoyablement mal coupés qui caractérisent l'armée impériale du pays du Soleil levant. Le petit homme entre deux âges éructe tout un torrent de borborygmes, par quoi il veut probablement signifier que l'honneur de Sakata Tadoshige, en tant qu'homme et en tant qu'officier, l'honneur aussi du troisième bataillon du premier régiment de la cinquante-cinquième division, l'honneur de ce régiment et de cette division, l'honneur de l'armée impériale dans sa totalité, l'honneur du Japon...

— Il en a pour longtemps ?

... Que tous ces honneurs-là sont bafoués.

Le sabre siffle. Non pas aux oreilles de Kaï, mais bien plus bas — visiblement Sakata ambitionne de le rendre eunuque. Kaï a roulé sur lui-même, sur la natte du lit, puis sur le plancher, il esquive trois autres coups de sabre, fuit vers la pièce principale. Sonia hurle. Il réussit enfin à se saisir du bras puis du poignet qui tient l'arme, il arrache celle-ci, la casse en deux sur son genou, après quoi il donne un tout petit coup de poing sur la tête du capitaine en fureur, le met tout nu et le lance dans la rue, à travers la si mince cloison de papier.

Et, dans la rue, il y a du monde pour voir ça.

Les jours suivants, Kaï continue de rencontrer Sonia. Avec d'autant plus de constance que, s'il cessait de câliner la chanteuse, il aurait l'air de reculer devant la menace Sakata Tadoshige. Ce faisant, il passe outre aux recommandations, voire aux objurgations, de Ishuin Yoshio. Yoshio a été pendant deux ans attaché militaire à l'ambassade du Japon à Paris, et une amitié réelle s'est établie entre lui et Kaï. Il a trente-quatre ans et est passé par l'École de guerre — il porte la prestigieuse fourragère blanche qui distingue les officiers d'état-major.

— Quitte le Japon, Kaï, insiste Yoshio.

— Mon départ pour Shanghai est fixé au 5 septembre. Pas question que j'embarque avant.

— Sakata Tadoshige est un fou furieux, un adepte des théories de Kita Ikki et du docteur Okawa Shumei ; il fait partie des groupes d'assaut du Nikkyo, tu le sais.

— *Hakke ichiu, la mise sous un même toit des huit coins du monde* : oui, je suis au courant. Où diable ont-ils pris que le monde avait huit coins ? Yoshio, j'ai vu des illuminés du même genre en Allemagne, ils ne me font pas peur, ce sont des clowns que personne ne prendra jamais au sérieux.

C'était une semaine plus tôt que Timmie Mahon avait téléphoné d'Osaka, proposant des retrouvailles ; Kaï et lui ont pris rendez-vous dans une certaine maison sise sur les hauteurs de Kyoto ; Kaï y a aussi convoqué Sonia et trois autres jeunes femmes.

Lui-même avait quitté Tokyo avec un retard qui l'avait empêché de voyager en compagnie de la chanteuse et de ses amies : un télégramme de Singapour expédié par Ching Ho Song, connu comme Ching le Gros, et que, lui, Kaï, appelle Oncle Ching malgré l'absence de tout lien de sang entre eux. Le texte plutôt laconique du message a un peu intrigué Kaï *(Si tu voulais bien enfin venir...)* ; au point qu'il a, toujours par télégramme, réclamé davantage de précisions ; puis il a pris le train suivant, sans attendre le résultat de sa démarche : entre Singapour et le Japon, les communications ne sont pas des meilleures.

La maison de Kyoto où Kaï et Timmie sont convenus de passer la fin de semaine appartient à un ami de Yoshio : « Un ami de mon père, plus exactement. Kaï, c'est l'une des plus belles demeures que je connaisse dans mon pays. J'aimerais autant que ton ami américain et toi ne la réduisiez pas en poudre. Et reste là-bas jusqu'au moment d'embarquer pour Shanghai.

« S'il te plaît. »

Il est 1 heure de l'après-midi, on est toujours le 27 août 1935, il fait un temps superbe. Quelques minutes plus tôt, Kaï a marqué un arrêt devant une vieille vendeuse ambulante de nourriture. Il a demandé et englouti quatre *kabayaki* (des brochettes d'anguilles grillées au charbon de bois) et deux bols de riz assaisonné de *katsubushi* (de fines lamelles de bonite râpées). La vieille femme s'est étonnée de son aisance en japonais.

— Mais je suis japonais, a dit Kaï. Japonais du Nord, et émerveillé par la lumière céleste de tes prunelles.

Il lui a souri, elle a ri.

Elle va se souvenir de lui, et de l'heure.

Il monte une route pentue, jouissant de cet effort qu'il doit fournir pour maintenir son allure, enchanté de la réponse de son corps à cet exercice. Le soleil est sur son visage et le brûle un peu, c'est bon. Il a en tête le message bizarre que lui a adressé Ching le Gros. « Si ça se trouve, pense-t-il, entre les postiers nippons et singapouriens le texte aura été tronqué ; ou bien Oncle Ching me fera une blague, il a toujours aimé me faire marcher. »

... Et ici Kaï pense (comme souvent, comme presque toujours : il ne se passe guère de journée sans que ses pensées y viennent) au *Nan Shan,* la merveilleuse goélette franche à trois mâts, à coque noire et voiles rouges, commandée par le Capitaine son père, et armée par les Dayaks de la mer. Ce me serait une foutue chance si je la trouvais amarrée dans le port de Singapour à mon arrivée. Mais tu vas voir qu'ils seront à croiser dans les Touamotou, au diable vauvert.

Il est en vue de la maison.

Il y entre, non sans avoir remarqué la petite voiture Ford qui a dû amener Timmie d'Osaka. Il voit bien ce qui se sera passé : monsieur Timmie sera allé chercher Sonia et les autres filles (deux ou trois, va savoir) à la gare et, plutôt que de l'attendre au train suivant, il aura filé, ce chien, se faire faire des papouilles préparatoires par les donzelles.

La maison s'annonce comme l'a décrite Yoshio. Une merveille. Sur la gauche s'étend un jardin, qui est la réplique exacte de celui du temple de Ryoan-ji, à Kyoto même : figurant des îlots bordés de délicates mousses marines, de gros rochers veinés de bleu parsèment une mer de graviers très minutieusement ratissés en cercles concentriques, mimant des vagues immobiles ; plus loin, des massifs de buis montent en formes douces, ou très austères, autour de hautes lanternes de pierre. La demeure...

— TIMMIE ! LÂCHE CES FILLES ! (Kaï vient de hurler, et très joyeusement, de toute la force de ses poumons.)

... La demeure, selon Yoshio, a été construite vers la fin du XVIIIe siècle, par un lettré richissime ; pas à son emplacement présent : le socle bas de brique gris-blanc, les parois de bois précieux, les tuiles et toutes les cloisons intérieures, les parquets et jusqu'à l'admirable collection de pierres aux couleurs surprenantes qui dallent certains endroits, tout cela a été démonté, transporté pièce par pièce, remonté ici sur le sommet de cette colline, du haut de laquelle Kyoto s'aperçoit entre les feuillages, cerné par les sommets de l'Higashiyama.

— TIMMIE !

Kaï vient de franchir le seuil. Il s'émerveille encore. D'un *kang* (divan chinois) ou de guéridons, d'armoires laquées à la pékinoise, d'une incroyable profusion d'antiques tapis de Chine, de tables basses en marqueterie, d'une multitude de céladons toujours disposés au millimètre près, avec cette science si japonaise des équilibres dans l'ascétisme, fût-il somptueux comme ici.

— Timmie ? Sonia ?

Et quelque chose vient à Kaï. Pas un pressentiment ni non plus, bien sûr, une certitude. Peut-être une vague odeur douceâtre, à peine perceptible. À moins que ce ne soit l'effet de ce silence si lourd, dans une maison où devraient se trouver un ingénieur américain, trois sinon quatre femmes, plus trois domestiques pour le moins.

S'envole d'un coup son dernier espoir d'une plaisanterie : il a suivi sur toute sa longueur un très étroit couloir entre des étagères et des livres, il a traversé la pièce rituellement consacrée à la cérémonie du thé... mais aussi la paroi, faite de papier de riz translucide, donnant sur le jardin. Cette paroi est déchirée.

Premier signe étrange.

Maintenant, le deuxième de ces signes qui se font angoissants : une bouteille clissée de fin osier jaune clair veiné de noir. La bouteille est couchée et du vin a coulé sur le tatami tressé, à fleurs de lotus.

Deux corps de femmes quelques mètres plus loin, au milieu d'un corridor admirablement orné de fausses fenêtres et d'un alignement de sept vases coréens en porcelaine verte, emplis de parchemins sans doute millénaires : les deux jeunes femmes ont été décapitées, leur longue chevelure noire de geisha a été défaite, sans doute avant les coups, pour dégager la nuque à l'endroit où le sabre s'est abattu.

Sonia. Elle aussi a la tête tranchée. N'étant pas japonaise, elle a dû tenter de se défendre : son poignet droit et trois doigts de sa main gauche ont été coupés ; ses seins ont été détachés de sa poitrine, et on l'a éventrée. Elle se trouve dans la deuxième chambre à la sortie du corridor ; la porte derrière laquelle elle a essayé de s'abriter a été déchiquetée.

Et Timmie Mahon, enfin.

Lui s'est défendu comme un diable ; les paumes de ses mains sont très profondément entaillées, il a dû saisir à pleines mains les lames des sabres ; entièrement dénudés, son dos, son abdomen, son bas-ventre portent une cinquantaine de profondes plaies en sillon, certaines d'une trentaine de centimètres ; il a été émasculé, ses yeux ont été crevés par un coup de taille, qui a mis à nu et ébréché l'arête de son nez ; les débris de deux bancs, d'un bat-flanc, d'une table basse vermillon, révèlent qu'il s'en est servi comme de massue et de bouclier.

Oh ! mon Dieu, j'espère qu'il en aura blessé ou tué. Mais ils auront emporté les corps en se retirant. Parce qu'ils étaient plusieurs. Kaï halète et tremble, submergé par une indicible fureur et par le chagrin. Il lui faut un long moment pour enfin bouger, la vue troublée par les larmes.

Il retrouve trois domestiques, deux femmes et un homme. Décapités comme les deux geishas et comme elles, apparemment, ayant reçu la mort dans la résignation, sans s'être défendus.

Parce que leurs bourreaux devaient être des officiers, des samouraïs.

Kaï court, lancé dans la descente vers Kyoto. Il n'a pas trouvé de téléphone dans la maison de rêve ensanglantée par le carnage ; et il a même oublié qu'il aurait pu se servir de la voiture de Timmie.

Il alerte la police un peu avant 3 heures de l'après-midi.

— Le témoignage de cette marchande ambulante t'innocente tout à fait, dit Yoshio.

Ishuin Yoshio est arrivé de Tokyo vers 9 heures du soir. Accompagné d'un haut fonctionnaire du ministère de l'Intérieur. Depuis, sept heures se sont écoulées. Pendant lesquelles...

— Ce témoignage-là et le fait que les tueurs étaient au moins quatre, sinon cinq.

... Pendant lesquelles le médecin légiste (qui a été formé à Paris vers 1910, par le célèbre Alphonse Bertillon) a fixé l'heure des meurtres à 13 heures, sinon plus tôt.

— Je vais tuer ce Sakata.

— Tu ne tueras personne. Viens, Kaï, tu es libre. Mais à la condition expresse que tu me donnes ta parole de ne pas faire l'imbécile.

Kaï ne répond pas. Il étouffe. Il renfile son veston d'alpaga et replace à l'intérieur de ses poches les objets personnels qui viennent de lui être restitués.

— Tu m'as entendu ?

Question de Yoshio, en français.

— J'ai entendu.

— Je veux ta parole. Tu me la refuses, et je te fais mettre sous escorte spéciale et expulser de mon pays dans les douze heures. J'en ai les moyens.

— Ce fils de pute ne peut pas s'en tirer comme ça.

— Tu ne trouveras pas un seul policier pour aller seulement lui poser des questions. Tu remarqueras que je ne prononce pas son nom. Délibérément. Et que je parle français. Fais-en autant, s'il te plaît.

Ils sortent du commissariat et montent dans la huit-cylindres Grosser Mercedes-Benz personnelle de Yoshio, dont le chauffeur leur ouvre respectueusement la portière.

— Dès mon arrivée ici, dit encore Yoshio, j'ai demandé par téléphone à mon secrétariat de vérifier quelques points. J'ai même prié mon oncle le prince d'intervenir. Ce capitaine, pour qui tu n'as pas trop de sympathie, a officiellement passé la journée d'hier en compagnie de quatre de ses camarades — tous officiers comme lui. Un colonel a confirmé leurs dires.

— Mais bien sûr !

— Ce sera ton accusation contre la parole de six officiers de l'armée impériale. Ton témoignage contre la solidarité de l'armée. Tu veux parier sur tes chances ?

L'énorme moteur suralimenté — à soupapes en tête et de près de huit mille centimètres cubes — rugit quand le chauffeur prend la route de Tokyo. Sur la droite de Kaï, le ciel rosit, annonçant la montée de l'aube.

Et le jour est complètement levé lors de la traversée de Nagoya.

— Il y a un bateau en partance demain soir à Yokohama. Prends-le.

Kaï sait pertinemment que Yoshio a raison. Tout le lui dit. Il n'en est pas, pour autant, disposé à passer en profits et pertes l'assassinat de Timmie, celui de Sonia et des autres. Sa rage continue de flamber, même si l'extrême férocité du carnage fait à présent naître en lui des sentiments étranges : il est comme incrédule. Pour la première fois de son existence, il se heurte à un mur, lui qui a toujours avancé jusque-là avec la certitude que tout peut être surmonté, et toutes les difficultés vaincues. À telle enseigne qu'il en vient à rejeter la responsabilité du massacre sur ce Japon qu'il voit défiler derrière les vitres de la Grosser Mercedes-Benz. Voire sur Yoshio. Un peu sur Yoshio aussi.

— Tu vas prendre ce bateau demain ?

— Je ne sais pas.

— Kaï, les tueurs de ton ami Mahon ne représentent pas mon pays.

— Je sais.

— Le Japon vaut d'être aimé.

C'est sûr, tous les pays et tous les peuples valent d'être aimés.

La voiture dépasse Yokohama, roule vers Tokyo. Le temps se couvre ; déjà, une heure plus tôt, lors du passage au pied du Fujiyama, le sommet du colosse disparaissait dans les nuages. Une pluie fine se met d'ailleurs à tomber. Et tu viens de mentir à Yoshio, Kaï ; tu n'éprouveras jamais pour le Japon ce que tu ressens, par exemple, pour la Chine, ou la Malaisie, ou la Cochinchine, ou mieux encore, au sens le plus large, pour ce que le Capitaine ton père nomme les mers du Sud ; quoique tu saches le japonais et connaisses un peu ce pays et ce peuple, tu n'en as pas moins de la réticence à les aimer vraiment, tu ne sais pas au juste pourquoi (et il en était ainsi avant-hier, bien avant, avant qu'on ne tue Timmie, peut-être en le prenant pour toi, ou simplement parce qu'il était là).

— J'allais oublier, reprend Yoshio. Un autre télégramme est arrivé de Singapour. Le même, mais complet : *Si tu voulais bien enfin venir. Problème.*

— D'accord, j'embarquerai demain. Je vais prendre ton bateau, Yoshio.

— J'éprouve une très grande honte, tu sais. En mon nom propre et au nom de mon pays. Demain soir ?

Demain soir, oui.

Mais non sans avoir fait quelque chose auparavant.

— C'est comme ça, Yoshio. Je le fais, ou je ne pars pas. Et il te faudra alors me faire arrêter et expulser.

Deux ans plus tôt, Kaï avait entamé son voyage annuel en Asie et dans les mers du Sud. Bateau de Marseille à Singapour, un petit tour sur le *Nan Shan* (ce coup-ci, le long des côtes de Sumatra, Java et Bali, et l'Australie jusqu'à Perth et Fremantle), puis Saigon, Hong Kong et Yokohama. Ainsi s'est-il retrouvé au Japon en novembre. Le 30 du même mois, à la veille de rembarquer pour San Francisco, il a pu assister à la cérémonie qui marque la fin des deux années du *Yokashikwan gakko* (première partie de l'Académie militaire). Les aspirants officiers, réunis dans la cour de l'établissement, ont chanté en chœur l'hymne national, le *Kimigayo* ; l'un des élèves, en sa qualité d'officier de semaine, est alors monté sur une petite estrade et a lu, selon la tradition, le Rescrit impérial ; il a commis une erreur : au lieu de dire *selon nos instructions,* il a dit *selon mes instructions.* Dans l'heure suivante, assisté de l'un de ses camarades, il a « jeté sa vie hors de lui » en s'éventrant, et tout le monde s'est enorgueilli du magnifique sens du devoir dont il venait de témoigner, sa famille la première. « Tu trouves ça normal, Yoshio ? — C'est notre tradition. — Tu serais capable de te suicider pour une raison... aussi peu importante à mes yeux ? — Oui. Tu ne comprends pas ? »

C'est à cette date que Kaï a vraiment su qu'il ne comprendrait jamais tout à fait le Japon.

Ils entrent dans la caserne. Y cantonnent les trois bataillons du premier régiment de la cinquante-cinquième division — quand ils ne sont pas à crapahuter en manœuvres.

— Je t'en supplie, dit Yoshio à voix basse et toujours en français. Je t'en supplie, ne t'emporte pas, c'est moi qui serais déshonoré.

— Je ne m'emporterai pas.

— Ne le touche pas, ne fais pas un geste.

— Tu as ma parole.

— Tu réalises qu'à Kyoto, si ta version est la bonne — et je le crois —, les tueurs ont tué Mahon à ta place ?

— Oui.

— Et qu'en te montrant à cet officier que nous venons voir, non seulement tu lui révèles qu'ils t'ont manqué, ce qui va l'accabler plus encore, mais surtout que tu l'accuses publiquement ?

Oui. Kaï bâille. Il n'a pas dormi depuis maintenant cinquante heures et davantage, il se demande s'il a pris un bain, il ne s'est pas rasé — la barbe rend féroce, affirme un dicton de l'armée japonaise, laquelle recommande à ses officiers et soldats d'éviter de se raser. Des soldats passent dans la cour, beaucoup traînant leur fusil par le canon, entre deux exercices ; ils portent des uniformes kaki taillés n'importe comment, souvent trop grands ou trop petits, dont les boutons n'ont pas été astiqués depuis leur fabrication ; leurs chaussures sont sales, presque en lambeaux ; les bandes molletières s'effilochent : au nom du dédain total que l'on a, dans ce pays, pour l'aspect extérieur. Au passage, en traversant la grande cour au côté d'Ishuin Yoshioka, Kaï a aperçu l'intérieur de plusieurs baraquements, quartiers d'officiers aussi bien que d'hommes de troupe : partout les mêmes minces matelas de paille, le même oreiller de sciure, la même rigueur spartiate ; rien sur les murs, surtout pas une photo de femme (la pruderie règne), mais, calligraphiés, les deux premiers vers d'une fameuse chanson de marche : *Que je gise sous l'herbe d'une colline, Je veux mourir pour l'empereur.*

— Tu l'accuses publiquement et plus encore, tu couvres de honte les cinq officiers, dont un colonel, qui le soutiennent. En venant ici, tu les traites de menteurs.

— Les pauvres ! dit Kaï, qui serre les dents au point de se faire mal.

La pièce où on les fait entrer, Yoshio et lui, est occupée par cinq petites tables, derrière lesquelles siègent des soldats-secrétaires.

Qui tous se dressent et prennent le garde-à-vous à l'entrée du capitaine Sakata Tadoshige.

— Vous me reconnaissez, Sakata ?

La voix de Kaï est calme, il s'en étonne lui-même, mais elle est tonitruante, la moitié des hommes dans la caserne doivent l'entendre.

— Je suis Kaï O'Hara. Celui qui vous a mis tout nu, qui a cassé votre petit sabre et vous a jeté dans la rue, au travers d'une cloison.

Le capitaine Sakata demeure impassible, quoique son visage soit d'une blancheur de craie, tandis qu'un tic nerveux fait battre sa paupière gauche.

— Je suis venu, dit encore Kaï de sa voix de stentor, je suis venu pour vous avertir que, s'il vous arrivait de quitter le Japon, je serais là, devant vous. Où que ce soit, n'importe quand. Dans un mois ou dans quinze ans.

— Allons-nous-en, dit Yoshio en français.

— Je suis venu vous dire que je vous déclare la guerre. À vous, capitaine Sakata Tadoshige, et à tous les officiers qui ont menti pour vous. À tous les officiers et soldats qui vous soutiennent. Que n'importe lequel mette un pied, un seul, en dehors du Japon et il me trouvera sur sa route. Et rien ni personne ne vous protégera plus, tout lâches que vous êtes.

Les militaires, dans le bureau, sont figés. Comme beaucoup d'autres certainement, dans la cour, qui n'ont pu manquer de tout entendre. On saura, pense Kaï avec un mélange de jubilation et de folle sauvagerie, on saura au fil des heures qui vont suivre, dans tout le régiment et sans doute dans toute l'armée impériale, qu'un étranger encore plus méprisable que tous les étrangers ordinaires — qui le sont pourtant infiniment — est venu insulter un officier dans ses propres quartiers.

Ça ne ressuscitera pas Timmie, d'accord, mais quand même.

— Allons-nous-en, répète Yoshio.

Kaï embarque le soir même sur un cargo en partance pour Shanghai. Ishuin Yoshioka l'accompagne jusqu'à sa cabine — le navire n'en comporte que quatre — et reste à bord jusqu'à l'appareillage. Par amitié ; pour assurer complètement sa sécurité ; et probablement aussi, se dit Kaï avec un humour très sombre, afin d'être certain que le Japon est débarrassé d'un danger public.

— Kaï, tes chances de retrouver Sakata Tadoshige sont nulles.

— Sauf s'il y a une guerre.

— Il n'y en aura pas. Mon pays ne fera jamais la guerre à personne.

— Même pas à la Chine ?

— Les grandes puissances ont dépecé la Chine depuis longtemps et nous reprochent de seulement protéger nos intérêts vitaux. Tu sais où retrouver ton père, cette fois ?

— À la barre du *Nan Shan.*

— Dont tu ne sais pas où il navigue.

— Eh non, dit Kaï se forçant à sourire. Quelque part dans les mers du Sud, ce n'est pas si difficile à trouver. Merci pour tout, Yoshio.

Le cargo bat pavillon américain, il transporte un chargement de machines à coudre. Kaï en est le seul passager, si bien qu'il doit descendre jusqu'à la salle des machines pour trouver, en la personne de deux soutiers de grand format, des adversaires à sa mesure pour échanger quelques coups de poing. Afin de réduire un peu le volcan qui brûle en lui. Il quitte le Japon sans que sa formidable rage soit le moins du monde affaiblie : il tuera le petit capitaine à la première occasion.

Il a vingt-trois ans, et c'est la première fois de son existence qu'il découvre la fureur, et la haine.

Le capitaine du cargo américain en route vers Shanghai s'appelle Slater. C'est un marin qui aime assez à parler. Il raconte qu'étant enfant, et fils lui-même d'un commandant de bord, il a connu un certain Jo Korzeniowski. Plus célèbre, mais plus tard, sous le nom de Joseph Conrad, écrivain. Dont Kaï a lu à peu près tous les livres. Slater a fait la connaissance du futur auteur de *Lord Jim* à l'époque où il était second sur le *Highland Forest,* sous les ordres du capitaine McWhirr que Conrad allait mettre en scène, sous son vrai nom, dans son roman *Typhon.*

... Dans ce même roman, le bateau où se situe le récit est baptisé le *Nan Shan.*

À l'évidence les routes de Conrad et de Cerpelaï Gila, la Mangouste folle, arrière-grand-père de Kaï, se sont croisées vers 1880.

Le cargo du capitaine Slater fait une dernière escale en terre japonaise. À Kure, dans le sud-ouest d'Hiroshima. La flotte de guerre nippone y a sa base principale et Kaï peut y contempler un très impressionnant rassemblement de vaisseaux. Il y a là notamment le cuirassé *Kongo,* avec ses presque trente-sept mille tonnes, construit en Angleterre peu avant les hostilités de 1914. Et aussi ses homologues *Hiyei* et *Kirishima,* les porte-avions *Akagi, Kaga, Soriu* et *Hosho* (celui-ci ayant été le premier vrai porte-avions de toute l'histoire maritime mondiale). Plus une incroyable armada de croiseurs lourds et légers qui tous, un peu plus de six ans plus tard, vont prendre part à l'attaque contre Pearl Harbor.

Ces bâtiments sont sans grâce. Ils sont même carrément laids. On les dirait assemblés à la diable. Mais il s'en dégage une oppressante puissance sauvage, comme extra-terrestre.

Est-ce qu'en déclarant la guerre à l'armée du Mikado, je me suis mis aussi en état de belligérance avec sa marine ? se demande Kaï qui donne encore, à l'époque, dans l'humour noir.

J'inclinerais vers le oui, tant qu'à faire. Pour couler tout ça avec le *Nan Shan,* nous aurons quelques difficultés. Il va quand même falloir que j'en parle à papa.

Que je n'ai jamais appelé papa.

Le cargo embouque le 5 septembre au matin le détroit de Tsushima. C'est ici que, trente ans plus tôt, les Japonais de l'amiral Togo ont exterminé la puissance navale russe.

On fait dès lors route à l'est-sud-est, droit vers Shanghai, Kaï se trouvant par voie de conséquence à environ soixante-quinze heures de sa spectaculaire et capitale rencontre avec Boadicée.

Et plus accessoirement avec les pirates.

LE CARGO prend ses amarres dans l'eau brunâtre du fleuve Huang-pou ; la belle promenade du Bund se dessine par tribord avec ses platanes italiens ; de luxueuses automobiles la parcourent, fendant une marée de pousses ; d'autres cargos s'alignent sur la rive gauche en direction du Yang-tsé kiang ; des essaims de sampans de toutes tailles folâtrent ; d'immenses cargaisons de bambous descendent le courant.

Un homme arrive dans une petite barque allant à la godille et monte à bord. Il porte des chaussures bicolores jaune et noir, un pantalon à carreaux rouges et bleus, un veston, de type pet-en-l'air, rayé verticalement de vert et de blanc, un faux-col à l'imbécile orné d'un nœud papillon à pois roses, un canotier jaune serin à ruban parme.

— Nom d'un chien, qui est ce paillasse ? demande le capitaine Slater.

— Un homme de confiance, dit Kaï. Il s'appelle Liu Pin Wong, mais préfère qu'on le prénomme Sebastian.

— J'ai des nouvelles, Kaï, dit Sebastian Liu Pin Wong en posant le pied sur le pont.

— Parle chinois, je ne comprends pas ton anglais.

— C'est parce que ce n'est pas de l'anglais, c'est de l'américain.

— Ça m'étonnerait. C'est quoi, tes nouvelles ?

— Est-ce que ce capitaine à ta gauche comprend le chinois ?

Question posée en dialecte shanghaien.

— Non, dit Kaï.

Mais ils n'en vont pas moins, Sebastian et lui, se poster à l'avant du cargo, hors de portée de toute oreille, d'où Kaï voit le quai de France, devine la rue Cardinal-Mercier où se trouve le Club français. Il reconnaît le Park Hotel, le Cathay, le Palace, et croit même pouvoir identifier un tireur de pousse avec lequel, la fois précédente, il a bu comme un trou. La dernière fois que Kaï est passé par Shanghai remonte à trois ans. Il y est resté une vingtaine de jours. Pour l'essentiel en compagnie très galante. Sa rencontre avec Sebastian date de ce séjour-là. Malgré son accoutrement et sa frénésie de vouloir à toute force paraître américain, Sebastian est bel et bien le principal agent à Shanghai de Ching le Gros et de tout son *hui* — son clan. Kaï croit savoir, ou se souvient vaguement, qu'un bon quart de siècle plus tôt le même Sebastian a énormément assisté le Capitaine son père alors aux prises avec une armée de voleurs très sanguinaires.

Sebastian parle, Kaï écoute, finit par demander :

— On est sûr que cet Iban faisait partie de l'équipage du *Nan Shan ?*

— Un Dayak de la mer, pas un Iban.

— C'est pareil. Un Iban, c'est un Dayak de la mer quand il est à terre. On en est sûr ?

Il n'y a pas tant de Dayaks de la mer dans cette zone des mers du Sud ; au vrai, il ne s'en trouve aucun, sauf ceux embarqués sur le *Nan Shan,* ce Dayak de la mer-là ne peut donc venir que de la goélette.

— Il a été recueilli où ?

À une dizaine de milles nautiques dans le sud-est de Denpasar, île de Bali.

— Il dérivait depuis combien de temps ?

Dans les cinquante jours. Sur une espèce de radeau fait de troncs de cocotiers. Buvant l'eau de pluie et mangeant des coquillages ou des algues. Sebastian ne sait pas précisément ce que peut être un Iban-Dayak de la mer, mais il est d'avis que ce doit être quelque chose de fichtrement résistant.

— Où est cet homme, à présent ?

— En route pour Singapour. Après avoir refusé de répondre à qui que ce fût.

— On a eu des nouvelles du *Nan Shan* depuis ?

— Aucune. Mais ce n'était pas la première fois que la goélette disparaissait pendant des mois. Sans donner la moindre indication sur la route qu'elle allait suivre.

— Wong...

— Je préfère que tu m'appelles Sebastian.

— Je veux partir pour Singapour par le premier bateau.

Sebastian siffle d'indignation : le bateau, enfin la place sur le bateau du lendemain est prévue. De même que la correspondance à Hong Kong. Et la nuit à venir. Appartement au Cathay, trois filles, du champagne, des masseuses, la baignoire ronde de trois mètres cinquante de diamètre, les meilleurs travers de porc de Shanghai, des pâtisseries de chez Sullivan et du Laodachang.

— Je n'ai pas trop d'argent.

Tout a été payé d'avance : le hui a des intérêts dans l'hôtel.

Kaï contemple Shanghai, il ne croit pas que quoi que ce soit de grave ait pu arriver au Capitaine. Le Capitaine est immortel. Mais bon, on ne sait jamais, c'est quand même assez étrange que le *Nan Shan* ait perdu l'un de ses matelots.

— Sebastian ?

— Oui, Kaï.

— J'aime beaucoup ton costume, tes chaussures et ton chapeau. C'est très gai.

— Je suis vraiment content que ça te plaise.

Je pars, pense Kaï, je pars demain pour Hong Kong, je vais ensuite à Singapour, je ne m'arrête pas à Saigon parce que monsieur Margerit, mon grand-père, n'y est pas de trop bonne humeur à cause de tous ces examens que je n'ai pas passés. À Singapour, j'embrasse sans la briser Madame Grand-Mère et, si d'ici à mon arrivée on ne sait toujours rien, je fais un saut à Bali, je fouille l'océan Indien, les côtes australiennes, toutes les colonies néerlandaises de Sumatra à

Sumbuwa, la Timor portugaise, les quatre coins de la Nouvelle-Guinée, la mer de Java, celle des Célèbes, ses îles et les Moluques, je soulève chaque pierre de ces rivages, je scrute tout le Pacifique du 17e nord au 90e sud inclus, je retrouve papa (appelez-moi donc le fils du Capitaine Grant), et alors, seulement, je me rends à Saigon pour y affronter grand-papa, en espérant que dans cet intervalle la colère lui aura un peu passé.

Kaï contemple Shanghai et la terre chinoise, qu'il hume. Dont il aspire goulûment les odeurs, les senteurs, les remugles, les puanteurs et les parfums, de toute la puissance de sa si vaste et jeune poitrine. Kaï aime la Chine. Parce que, comme pour tous les O'Hara depuis des siècles, elle fait partie de ses mers du Sud. Il ne saurait vivre ailleurs que dans ce monde ; ici commence son pays. Et à propos, se dit Kaï, je vais mieux, je n'ai pas oublié Timmie Mahon, Dieu sait, mais ça me brûle un peu moins, c'est vivable.

Kaï n'est plus qu'à deux heures de sa rencontre avec Boadicée Moriarty.

Vers 7 heures, la nuit tombe tout à fait, les masseuses arrivent, elles mettent Kaï tout nu, et elles le piétinent, le triturent. Ce sont les mêmes qui ont officié trois ans plus tôt. Elles sont grosses et silencieuses. On apporte le champagne, six bouteilles pour commencer.

Il boit du champagne et dit d'entrer quand on frappe, sans même se retourner.

— Vous êtes monsieur Kaï O'Hara ?

Il pivote, surpris, la voix s'est exprimée en anglais, elle n'a pas les intonations de celle d'une Chinoise. Et il découvre une splendeur, vêtue d'une robe-tunique de soie améthyste, celle-ci fendue haut sur la cuisse. Les cheveux sont noirs, le nez pas très gros mais droit, les yeux presque aussi fendus que la robe — elle aura du sang chinois, comme moi.

... Sauf que les yeux sont bleu-violet. Assortis à la robe. Ou le contraire.

— Je suis moi, dit Kaï. J'attendais trois Chinoises.

— J'en vaux six à moi toute seule.

Nom d'un chien, pense Kaï, qu'est-ce qu'il m'arrive ?

— Sauf si je ne vous plais pas, dit-elle encore, très calme.

— Vous me plaisez assez, répond difficilement Kaï (il a hésité entre une réplique nettement plus enthousiaste et le sarcasme — quelque chose dans le genre : bon-ça-ira-je-ne-suis-pas-difficile —, parce qu'il se sent mal à l'aise devant cette jeune inconnue un peu trop sûre d'elle).

— Je m'appelle Boadicée Moriarty.

Et dans le regard qu'elle plante dans le sien, il croit lire quelque chose. Comme si ce nom devait lui être, à lui, familier. D'ailleurs, elle ajoute :

— Ce nom de Moriarty vous dit sans doute quelque chose.

— Je connais un docteur Moriarty : c'est l'ennemi mortel de Sherlock Holmes, dans les romans de monsieur Conan Doyle. Vous êtes sa descendante ?

— Mon père n'était pas imaginaire.

Entrant dans l'appartement, elle s'est avancée, traversant le premier salon, et s'est immobilisée sur le seuil du deuxième, où est Kaï. Elle bouge et marche jusqu'au seau à champagne :

— Je peux ?

— Je vous en prie.

Il vient de la regarder de face, puis de côté, il la considère maintenant de dos. Aïe, aïe, aïe. Elle manipule bouteilles et flûtes, le moindre de ses mouvements soulignant un peu plus son corps sous la soie mauve.

Elle est irréelle de beauté.

— Donc, le nom de Moriarty vous est complètement inconnu ?

Il vide la flûte qui lui est tendue et demande :

— J'ai déjà rencontré votre père ?

— Je ne crois pas. Encore du champagne ?

— S'il vous plaît.

Il boit cul sec.

— Je parie, dit-elle, que vous n'avez jamais connu de fille prénommée Boadicée.

— Jamais.
— Et que vous ne savez même pas d'où vient ce prénom.
— Hé, hé, dit-il, reprenant du poil de la bête après quelques secondes d'égarement complet, j'ai un peu d'instruction. Une espèce de reine anglaise portait ce nom, il y a environ deux mille ans.
— Elle a conduit héroïquement une guerre d'indépendance contre l'envahisseur romain.
— Très bien.
Il vide sa troisième flûte d'affilée :
— Vous avez l'intention de faire ce que les trois Chinoises auraient fait ?
— En mieux, dit-elle.
Elle vient à trente centimètres de lui (elle est bien plus grande que la majorité des Chinoises). Mais elle se détourne, entre dans la salle de bains et va se placer tout à côté de la baignoire de trois mètres cinquante de diamètre. Il la suit.
Je la prends dans mes bras ou non ? Prenons-la plutôt au mot.
Il enjambe le rebord de la baignoire et s'assied.
Puis ressort avec dignité : il a oublié d'ôter son peignoir. Retour dans l'eau tiède.
— Et maintenant ? demande-t-elle.
— Les trois Chinoises se mettent nues.
— Entièrement ?
— Oui. Quoique...
— Oui ?
— Je préférerais vous déshabiller moi-même.
Elle va me gifler.
Mais non. Elle acquiesce.
— À vos ordres.
Il allonge sa main et, de l'index, caresse la lèvre inférieure, si séduisante. Puis il descend et peut ouvrir l'agrafe qui ferme le hausse-col de nacre et d'argent. Avec une adresse qui le surprend lui-même, il défait quatre boutons minuscules et ronds. Il dégage le haut de la gorge.
Boadicée Moriarty, si c'est bien son nom, porte autour de

son cou une fine chaînette ; suspendue à celle-ci, et d'or de même, une très grosse sapèque représentant un soleil au centre duquel des diamants bleus dessinent deux idéogrammes. Il déchiffre : *reine de Shanghai.*

— Cadeau d'un admirateur ?

— De mon père.

— Celui que je ne connais pas et que je devrais connaître ?

— Celui-là. Je n'en ai qu'un.

Il dénude un sein, puis l'autre.

— Père anglais ?

— Oui.

Des seins bien plus beaux encore qu'il ne l'avait imaginé.

— Il est mort ?

— Mon père ? Oui.

— Je suis désolé. Et votre mère ?

Il défait d'autres boutons et poursuit sa descente, elle ne résiste pas, elle a même une légère ondulation des hanches, tandis qu'il fait glisser la soie sur la peau nue. Elle halète un peu, très peu, les seins se sont encore redressés et durcis. Il les effleure de sa paume et pour un peu se reprocherait cet attouchement.

— Morte aussi, dit Boadicée Moriarty.

— Elle était de Shanghai même ?

— Oui.

Kaï dépasse l'étranglement de la taille, aborde l'évasement des hanches. Une langueur lui vient, inexplicable : l'impression de ne bouger qu'au ralenti.

— Mon arrière-grand-mère, dit-il, est également de Shanghai. Elle a plus de cent ans et vit à Singapour.

Pourquoi est-ce que je me sens si flapi ?

La robe-tunique s'affaisse mollement, dans un délicat froufrou soyeux, sur le carrelage de grandes dalles blanches incrustées de fleurs roses et vertes.

Surprise ravissante : Boadicée porte une de ces culottes de dentelle comme on en avait jadis sous une robe à crinoline, descendant jusqu'aux genoux. Ces choses, sur les femmes, sont vraiment adorables. Sous la première culotte, une deuxième, plus petite — elle est plus fortifiée qu'une citadelle.

— Et j'aurais une raison de bien connaître monsieur votre père, qui était anglais et se nommait Moriarty ?

Elle est nue et, malgré cette étrange somnolence qui le prend, Kaï en a des palpitations.

— Il était temps, dit-elle.

— Temps de quoi ?

— Que vous me posiez cette question-là.

— L'ai posée, répond-il, la voix épaissie et ayant bien du mal à garder les yeux ouverts.

C'est ce champagne que tu as bu, Kaï, et surtout ce qu'elle a mis dedans.

Il tente de sortir de la baignoire, mais n'en trouve pas la force.

— Votre père a volé le mien, dit dans le lointain Boadicée Moriarty. Il lui a volé une goélette appelée le *Nan Shan*. En essayant de le faire tuer, ici même à Shanghai. Et, avant cela, votre père avait sauvagement frappé le mien, à Angkor, au Cambodge, et il avait fait sauter sa maison de Saigon.

Mais qu'est-ce qu'elle raconte ? pense très confusément Kaï. Il tente de fouiller ses souvenirs, y retrouve en effet, très floue, l'histoire d'une certaine villa saigonnaise. Mais Angkor ?

— Le Capitaine n'est certainement pas très...

Il ne va pas plus loin et s'endort tout à fait.

Le Capitaine n'est certainement pas très tendre et il a sûrement cassé la tête à des tas de gens. Mais à un homme qui ne lui aurait rien fait, même si cet homme était anglais ?

Kaï est allongé sur le dos et dans ce qui pourrait être une cave, une réserve de vieilles poteries. Dont la seule ouverture est tout en haut, fermée par une grille de fer.

— J'AI SOIF !

Il a hurlé. Son retour à la conscience a très vite été marqué par de la mauvaise humeur. De la colère. En premier lieu contre lui-même, pour s'être laissé abuser ainsi. Tu es un sombre crétin, se dit-il.

Il s'est mis debout, il marche. Il saute une fois, deux fois et finit par effleurer du bout des doigts les barreaux de la grille. Et il a manqué le bateau pour Hong Kong, en prime. Il entasse sur le sol des débris de poterie, s'en fait un monticule et de la sorte parvient à se suspendre à la grille. Mais rien de plus, un verrou hors de son atteinte ferme cette saloperie.

Il a soif et il a faim.

Il en est à son cinquième examen de la cave, il a palpé toutes les briques — anciennes, remontant pour le moins à la dynastie des Shang — dont sont faits les murs intérieurs de sa prison. Aucune issue.

— On a soif, paraît-il ?

Venant d'en haut, la voix de Boadicée, que le diable l'emporte !

Il consent à dire, avec énormément de réticence, parce que accepter seulement de discuter ce genre de point lui semble une quasi-reddition :

— Le *Nan Shan* a été construit par mon arrière-grand-père, Kaï O'Hara onzième du nom. Celui que l'on surnommait Cerpelaï Gila. En malais : la Mangouste folle.

— Je me fiche complètement de votre généalogie.

On se calme, Kaï. Elle est cinglée, c'est tout.

— Je vous explique simplement que le *Nan Shan* a toujours appartenu à ma famille.

— Jusqu'au jour où votre père l'a vendu au mien. J'ai l'acte de vente.

C'était la troisième fois qu'elle mentionnait cet acte de vente. Qui, de l'avis de Kaï, à supposer qu'il existât, est évidemment un faux. Le Capitaine vendant le *Nan Shan,* ça ne tient pas debout.

— Tu parles chinois ?

Il a posé sa question en chinois.

— Non, répond-elle dans la même langue. Pas un traître mot. Je suis anglaise.

— Tu as quel âge ?
— Ça ne te regarde pas.
— Dix-huit ans au plus, dit Kaï.
— Je suis plus vieille.
— Tu avais quel âge à la mort de ton père ?
— Quinze.
— Tu vas me garder enfermé longtemps ?
— Jusqu'à ce que ton père et toi me rendiez le *Nan Shan.*
— On va me rechercher. J'ai beaucoup d'amis à Shanghai.
— Moins que moi, Kaï O'Hara. Moi, je suis née dans cette ville. Et si, pour te sortir de là, tu penses à Liu Pin Wong, oublie-le.
— Il préfère qu'on l'appelle Sebastian. Il n'est quand même pas mort ?
— Non.
— Tu l'as convaincu de travailler pour toi ?
Question idiote, Kaï.
— Non.
— Tu l'as enlevé aussi ? Combien de personnes as-tu enlevées, en tout ?
Pas de réponse. Mais quelque chose apparaît, un pot en terre, descendu au bout d'une ficelle. Kaï le renifle avec suspicion et finit par boire : c'est bien de l'eau.
— Personne ne sait où sont mon père et le *Nan Shan,* espèce de cinglée. Sans toi, je serais déjà en route pour Singapour, pour entreprendre des recherches.
C'est bizarre, je suis sûr que je ne lui apprends rien. Je jurerais qu'elle est au courant de, disons, l'absence du Nan Shan. *Autrement dit, elle n'attend pas vraiment que la goélette lui soit livrée, clé en main, dans le port de Shanghai. Nom d'un chien, qu'est-ce qui se passe ?*
— Tu te mets souvent nue devant des hommes dans des hôtels ?
Porte violemment claquée, en haut.
Il fouille ses souvenirs. Il sait, par ce que lui en a vaguement dit Sebastian, que le Capitaine est venu à Shanghai, et

souvent. Et, vaguement, l'histoire des voleurs assoiffés de sang, « ils en voulaient à une cargaison de ton père, que j'ai un peu aidé, il n'y a pas tant à raconter. Si tu veux plus de détails, c'est au Capitaine qu'il te faut les demander ».

Personne ne lui a jamais parlé d'un Moriarty, personne. Mais qu'est-ce qu'il sait de son père, et surtout de sa mère ?

Il sait qu'ils sont venus à Shanghai, *Elle* et lui. Plusieurs fois selon Oncle Ching qui est pourtant discret pour les choses d'importance. Et il se souvient en effet que monsieur Marc-Aurèle Giustiniani, à Saigon, lui a touché deux mots d'une villa, qui aurait sauté.

Elle.

La mère de Kaï est morte en le mettant au monde, ou presque. Il a vu des photos d'*Elle*. Pas sur le *Nan Shan* — où il ne s'en trouve aucune (ou alors dans la cantine personnelle du Capitaine mais qui irait la fouiller ?). Mais à Singapour, chez Madame Grand-Mère. Et à Saigon, bien sûr (quelques-unes en France aussi, dans la maison sur les bords de la Loire et à Paris, sur les horribles meubles Louis XV de tante Isabelle et de son abruti de mari le général), à Saigon, chez monsieur Margerit. Photos qui toutes, sans exception, remontaient aux années d'avant le mariage avec le Capitaine. Quand *Elle* était jeune fille. Voire fillette et enfant. Lorsqu'*Elle* était au pensionnat chez les sœurs ; ou à cheval dans la plantation de terre rouge ; ou à Dalat, en train de manger des fraises, ou faisant de la voile au cap Saint-Jacques, toujours en Cochinchine.

Pas une photo, pas une, pour *La* montrer avec le Capitaine, sur le *Nan Shan* ou ailleurs.

Kaï a contemplé des centaines de fois chacune de ces images. Chaque fois déchiré, et pour des jours entiers, quasi malade de chagrin, de ne *L*'avoir pas connue ; parfois même saisi de jalousie à l'encontre de tous ceux — sauf bien sûr le Capitaine, et Oncle Ka, et les Dayaks de la mer — qui ont eu la chance inouïe de *La* rencontrer, de *L*'entendre rire.

Kaï va et vient dans sa cave. Cafard et fureur mêlés. Je

vaudrais seulement le quart de la moitié du Capitaine, je serais déjà sorti de ce trou, j'aurais tout cassé. Je ne vaux rien. Grand, fort et bête.

— Tu n'as pas un peu faim, mon garçon ?

La voix de femme n'était pas celle de Boadicée Moriarty. Mais elle avait parlé chinois.

— J'ai très faim, dit-il.

— Pourquoi ne viens-tu pas manger dans ce cas ?

Pendant quelques secondes il ne bouge pas, puis il comprend, tout de même. Il grimpe sur son monticule de débris et à peine pousse-t-il la grille qu'elle se soulève, le verrou a été tiré. Il se hisse. Se retrouve dans une salle voûtée, de brique également, qui, outre la trappe dans le sol, comporte en tout et pour tout une petite porte apparemment de bois. Il y remarque en premier un plateau plein de victuailles, dont des travers de porc (il adore les travers de porc au soja, à l'ail, au citron vert et au piment bien frais, il en a mangé partout sans toutefois en trouver aucun pour valoir ceux cuisinés par Madame Grand-Mère).

Ensuite seulement il découvre la vieille dame. Qui doit bien mesurer un mètre quarante pour peu qu'elle fasse les pointes, et qui est plutôt extrêmement vieille. Une vieille dame chinoise darde sur lui un tromblon fort antique.

— Tu avances sur moi et je te tue, mon garçon.

— Je peux boire ?

— Oui.

Il ingurgite un bon litre de thé glacé.

— Je peux manger ?

— Tu peux.

— Je peux m'asseoir ?

Elle acquiesce. Il s'accroupit et entreprend de dévorer. Les travers de porc sont sublimes. Sans pareils, à une exception près. Et encore.

— Je suis sa grand-mère.

— Je suis tout à fait honoré de vous connaître, répond Kaï la bouche pleine. C'est vous qui lui avez appris à enlever les gens ?

— Elle a cru, et croit encore, tout ce que lui a dit son père.

— Mais pas vous.

— J'ai quatre-vingt-quatre ans, dit la vieille dame au tromblon.

— Je mange votre cuisine ?

— Oui.

— La vôtre personnelle, pas celle d'une cuisinière ?

— Oui.

— Vous préparez les meilleurs travers de porc de Shanghai. Et même de toute la Chine continentale.

— Me flatter ne t'avancera à rien.

— Sans mentir ! Ils sont presque aussi bons que ceux de mon arrière-grand-mère de Singapour.

— Celle qui est chinoise.

— Elle est bien plus âgée que vous. Vous faites gamine, à côté, sauf le respect que je vous dois. Je l'aime infiniment. Est-ce que ce Moriarty croyait lui-même la moitié du centième de ce qu'il racontait ? Et de ce qu'il racontait à ses enfants ?

— Il n'a eu qu'une fille, enfin j'espère. *Presque* aussi bons ?

— Madame Grand-Mère fait les meilleurs travers de porc du monde. Elle ne se met plus très souvent à la cuisine mais, quand elle le fait, c'est à tomber par terre. Vous étiez d'accord pour mon enlèvement ?

— Parle-moi de ton père, dit alors la vieille dame. Dis-moi pourquoi tu l'aimes.

La question prend Kaï vraiment par surprise. Il en reste quelques secondes bouche bée. Mais il réfléchit, et intensément. Il voit bien que sa réponse va être capitale.

— Je le respecte parce qu'il est droit et parce qu'il n'a jamais menti que pour ne pas blesser. Je l'admire pour son courage et, par-dessus tout, parce que, mieux qu'aucun homme sur terre, il sait et vit la vraie liberté.

— J'ai dit : pourquoi tu l'aimes ?

— Je l'aime pour ses faiblesses et ses défauts.

— Aimer les gens pour leurs qualités est à la portée de tous les crétins.

Kaï a cessé de manger.

— Je l'aime pour l'amour extraordinaire qu'il portait à ma mère. Pour sa solitude, ses désespoirs, ses chagrins. Pour sa bêtise : il n'a jamais compris qu'il était grand. Je l'aime aussi pour sa tendresse, qu'il met tant de soin à cacher. (Et il arrive ceci que, poussant plus profondément sa réponse, la complétant du mieux possible afin qu'elle rende le plus exactement ses sentiments, Kaï découvre ceux-ci, l'étendue et la profondeur de la tendresse qu'il porte au Capitaine.)

Et pourtant tout est vrai dans ce qu'il vient de dire ou de penser, même s'il manque des mondes et des mondes de mots pour tout exprimer.

Accroupi à la chinoise, plantes des pieds bien à plat, il s'assied maintenant à même le sol de pierre.

— Je tiendrai ta réponse pour bonne, dit la vieille dame au tromblon. Mange.

Kaï s'exécute. Son appétit est fort loin d'être encore apaisé. Au départ, sur le plateau, il devait bien y avoir huit ou neuf livres de travers de porc, ce qui, même en déduisant les os, fait encore pas mal de viande ; d'autant que ces travers-là sont très charnus, comme il convient. Il mange et se tait. Il sent qu'un moment important est arrivé : la conversation doit tourner. Et elle tourne.

— Je le revois, se met soudain à dire la vieille dame, sur le ton de qui se parle à soi-même et dévide des souvenirs, sans se soucier d'être entendu. Je le revois comme si c'était hier. Il a les cheveux jaunes, presque blancs. Son visage est extraordinairement plein de cicatrices et, plus tard, je saurai que tout son corps est couturé de même. À croire qu'il a été découpé vivant. Et c'est justement ce qui lui est arrivé, il a été découpé vivant, il a reçu peut-être cent blessures — tout homme ordinaire serait mort dix fois. Pas celui-là. Et le voyant, le premier jour, je me suis souvenue de cet Anglais qui, quelques années plus tôt, avait été massacré dans le jardin de la maison de thé Yu Yuan, une nuit. C'était le même.

Sous un autre nom. C'est un homme qui a plusieurs noms. Lorsque ma fille Chou Hong Lee me le présente en me disant qu'elle l'aime, je vois que cet homme est un très grand menteur. Ma fille Chou Hong Lee passe outre à mes mises en garde. Elle a un enfant de lui, une fille. Je pense qu'elle va devoir élever cette enfant toute seule. Ma fille Chou Hong Lee a fait des études, elle a voyagé, elle est allée en Amérique où mon frère habite en ce temps-là. Mais je me trompe : l'homme s'occupe de l'enfant de ma fille. Parfois il s'absente, et longuement, mais toujours il revient. Avec des cadeaux. Et Petit Dragon le tient pour l'homme le plus merveilleux qui soit sur la terre. Elle écoute toutes les histoires, tous les mensonges qu'il raconte. Elle croit tout.

Petit Dragon ? Ce sera Boadicée je suppose, pense Kaï qui a fini les travers de porc et voit bien que le canon du tromblon n'est plus du tout pointé sur lui. Il pourrait s'en saisir et marcher jusqu'à la porte, sortir, il ne bouge pas. D'ailleurs, il lui reste à goûter les gâteaux gluants, certains à la noix de coco, délicieux. Il en enfourne quatre à la suite.

Le regard de la vieille dame — qui serait donc madame Chou — revient enfin sur lui, après s'être longtemps écarté.

— Supposons, dit-elle, que tu sois seul, et longtemps, avec Petit Dragon. Qu'est-ce que tu fais ?

— Je lui flanque une grosse fessée pour m'avoir enlevé, puis je la viole illico, puis je la vends aux pirates de la mer de Sulu, à moins que j'en trouve plus près d'ici.

— Tu veux d'autres gâteaux ? Il en reste.

— Je crois que je vais m'en tenir là pour le moment, dit Kaï.

— Viens.

Il y a, par-delà la petite porte, un Chinois non moins petit, proprement minuscule. Tout parcheminé. De l'âge, ou peu s'en faut, de madame Chou. Natte et barbiche grises, vêtu entièrement de gris. Et qui, au seul petit doigt de sa main gauche, arbore un ongle de quinze ou vingt centimètres de long.

— Je te présente Pann, mon garçon. Ne te fie pas à son apparence, c'est un maître en arts martiaux, il te tuerait d'une seule main.

— Salut, Pann, dit Kaï.

Le lettré de poche toise Kaï qui culmine à nettement plus de quarante centimètres au-dessus de lui. Il lance le premier vers d'un poème :

— *Plus dure est la route de Chou que la montée jusqu'au ciel azuré...*

— *À en écouter le récit, se fanent les visages roses,* complète Kaï.

Le poème est l'un des plus célèbres de Li Po, sorte de François Villon chinois.

— Le sage, dit Pann, sait attendre l'heure. Je vais t'épargner pour le moment.

— Le soulagement me submerge, répond Kaï.

Ils montent tous les trois un escalier de pierre, passent une nouvelle porte, débouchent dans une très vaste cuisine où trois femmes s'activent, poussent jusqu'à une enfilade de salons. Kaï voit que la maison tout entière est de maçonnerie, il estime qu'elle date du siècle précédent et qu'elle est chinoise : par son agencement d'évidence conçu par un géomancien, par sa succession de cours, par ce qu'il aperçoit de l'entrée principale — celle-ci face au sud comme il se doit, et protégée par un mur écran contre les esprits funestes, et par l'aménagement de la salle de musique, qui contient deux cithares à cordes de soie, un orgue à bouche et un luth piriforme.

— Mon grand-père, dit madame Chou, a fait construire cette maison sur l'emplacement d'une autre plus ancienne, qui était dans la famille depuis mille ans.

Un couloir, avec sur la droite le jardin traditionnel, sur l'arrière comme toujours dans toute maison chinoise d'importance, et tout au fond de ce corridor, une forte porte sang de bœuf, laquée.

— Nous allons entrer chez elle, mon garçon. Elle est absente. Ne touche à rien.

Il faut deux clés pour ouvrir la porte sang de bœuf. Et Kaï reste pantois quand le battant enfin pivote. Parce que, dans l'appartement qu'il découvre, absolument rien ne marque la Chine. Les murs sont tendus de soie fleurie, les poutres apparentes surajoutées sont cirées, des rideaux de brocart masquent à demi des fenêtres à petits carreaux en losange, multicolores et sertis de plomb ; tous les meubles sont d'acajou — Kaï reconnaît, ou croit reconnaître, des Adam, des Hepplewhite, des Sheraton ; les plafonds sont ornés de moulures et de frises, et d'autres moulures décorent le linteau des portes ; il n'est rien ici qui ne soit venu directement d'Angleterre.

Ne manque même pas le portrait de feu la reine Victoria, barré d'un crêpe, tandis que sur les murs, au milieu des scènes de chasse, s'étale l'inévitable chromo de *La Charge de la brigade légère.*

Et, en plus, il y a au-delà d'une porte-fenêtre, sur une véranda certainement imitée de celle de l'hôtel Raffles à Singapour, rien de moins qu'un mât supportant l'Union Jack.

Nom d'un chien.

— Je ne crois pas une seule seconde, dit Kaï, que mon père ait pu sans raison faire du tort à monsieur Moriarty.

— Ne donne pas du monsieur à cet homme. J'aurais moi-même tué Moriarty s'il n'avait pas rendu l'argent.

— Quel argent ?

— Celui qu'il a volé à ma fille Chou Hong Lee, quand il a vendu tous ses meubles et bijoux. Et il a volé je ne sais combien de gens, à Shanghai.

— C'est à Petit Dragon qu'il faut dire ces choses.

— Parce que je ne les lui ai pas dites ?

Un autre portrait dans un cadre en argent, sur la table de nuit de la chambre, attire l'œil de Kaï. La photographie est celle d'un homme dans la soixantaine, cheveux blonds ou peut-être blancs ; souriant à l'objectif avec une inconcevable ironie confinant à la pure arrogance.

— Moriarty ?

— Oui.

Le photographe n'a pas manqué de talent. On distingue à peine, sur le visage peut-être fardé, l'effroyable entrelacs de cicatrices. L'une d'elles donne à la lèvre supérieure, qui n'en avait pas besoin, un retroussis, un pli encore plus sarcastique. Les yeux sont clairs, sans doute bleus.

— Comment est-il mort ?

Silence. Kaï se retourne. Madame Chou et Pann le Terrible se concertent du regard.

— Il n'est sans doute pas mort, mon garçon.

— Elle m'a dit qu'il l'était.

— Je voudrais qu'il le soit, j'espère qu'il l'est. Sortons d'ici à présent. Elle ne doit pas nous trouver chez elle.

Déjà le petit couple chinois tourne les talons. Kaï bouge, et très vite. Il arrive juste à temps pour bloquer l'ouverture de la porte sang de bœuf.

— Je voudrais des explications.

— Elle va nous trouver ici.

— Je m'en fiche complètement. Où est Moriarty ?

— Je ne sais pas.

— Mon père et lui sont ennemis ?

— Le mot est faible, dit madame Chou. Ton père et Moriarty se haïssent depuis des dizaines d'années. Moriarty mourrait avec joie si, ce faisant, il tuait ton père.

— Il a quelque chose à voir dans l'absence du *Nan Shan* ?

C'est à l'évidence la bonne question. Pour la première fois, le regard de la vieille dame cille un peu.

— Nous le pensons, dit-elle enfin.

Ce « nous » pourrait inclure Pann. Mais une idée se fait jour chez Kaï :

— Il y a à Singapour une très vieille dame pour qui j'ai toute la tendresse et le respect du monde.

— Je ne suis jamais allée à Singapour.

— Peut-être. Mais elle, elle est venue à Shanghai. Voici bien des années, au siècle dernier, quand elle courait les mers avec son mari qu'on surnommait la Mangouste folle.

— Le sage, dit Pann, est reconnaissant à la Providence

qui lui donne l'occasion d'user à bon escient de sa force. Mais j'ai de l'arthrite et tirer sur cette porte que quelqu'un bloque commence à fatiguer mon bras.

Kaï soutient le noir regard de madame Chou. Et sa colère d'un instant plus tôt tombe presque complètement. Tu avais raison, elles sont de mèche, Madame Grand-Mère et elle. Reste à savoir pourquoi.

— Nous autres de Shanghai, dit très tranquillement madame Chou, sommes le sel de la terre. Nous ne fréquentons pas n'importe qui. Mon père, mon grand-père et vingt-huit générations de mes autres ancêtres ont fait commerce des plus belles soieries de la Chine. S'ils l'avaient voulu, ils auraient figuré...

— Il est pourtant robuste, mon bras, dit Pann. Il tuerait un géant d'un mètre soixante-dix. Voire d'un mètre soixante-douze.

— ... Ils auraient figuré, disais-je, à la cour prétendument impériale de ces barbares du Nord. Nous autres de Shanghai sommes ainsi : une jeune fille de grande famille comme moi ne pouvait avoir quoi que ce fût en commun avec une matelote qui portait des culottes d'homme, grimpait aux mâts des goélettes franches à trois mâts — que le grand dragon m'emporte si je sais ce qu'est une goélette franche à trois mâts — et qui courait les mers du Sud avec des coupeurs de tête.

Une grande envie de sourire vient à Kaï. Il la réprime de justesse.

— Je vois, dit-il. En d'autres termes, vous êtes de vieilles amies, Madame Grand-Mère et vous. Vous ne vous seriez pas écrit, récemment ?

— Il est possible qu'une lettre venant d'elle ait été déposée par erreur à ma porte.

— Par exemple, une lettre vous donnant sa recette des travers de porc.

— Par exemple.

— Je peux voir la lettre ?

Kaï continue de peser de tout son poids sur la porte sang

de bœuf mais il s'attend à ce qu'il lui soit demandé maintenant de s'écarter. Pas du tout. Madame Chou, dans la seconde, sort bel et bien une lettre des plis de sa soie noir et or.

— Parce que vous avez la lettre sur vous.

— J'allais te la montrer, de toute façon.

Kaï lit. Première partie, essentiel de la missive, en chinois. Madame Grand-Mère, après avoir salué comme il convient son amie shanghaienne...

— J'allais te la montrer, mais j'espérais que tu me la demanderais. Me prouvant ainsi que tu n'es pas trop bête, pour un homme.

... Après ces salutations, Madame Grand-Mère donne effectivement la recette des travers de porc à sa façon. Et surtout elle ajoute : *Je crains que Cheveux-Jaunes et le Capitaine ne soient aux prises à nouveau, j'ignore où. Prends soin du gamin qui arrive d'Europe.*

Et c'est moi, le gamin, pense Kaï passablement vexé. Forcément, elles ont dans les deux cents ans à elles deux !

Le texte en chinois est suivi de quelques mots manuscrits en anglais : *Fais confiance à madame Chou, mon amie.* Le tout est paraphé par la signature familière de Madame Grand-Mère, et par l'idéogramme secret, utilisé aussi par Oncle Ching, qui authentifie le message.

— Et pour prendre soin de moi, vous m'avez fait enlever ?

— Le sage, dit Pann, réfléchit avant de s'abandonner à l'indignation et plus encore à la colère.

— Un homme appelé Su Kwok, dit madame Chou. Il y a dix ans déjà, il était acoquiné avec Moriarty. C'est un pirate, et très redoutable. Il a été vu à Shanghai voici quelques jours. Et il s'intéressait à toi.

Que Kaï ne s'enquière pas stupidement de comment elle sait ces choses : les Chou habitent Shanghai depuis des siècles, alors que la ville n'était encore qu'un petit village, fortifié contre les pirates japonais. Les Chou n'ont jamais ignoré quoi que ce fût de ce qui se passait sur le Huang-pou et sur le cours inférieur du Yang-tsé.

— Ça veut dire quoi : il s'intéressait à moi ?

— Il allait t'enlever. Tu n'es qu'un pion dans la partie qui se joue.

C'est d'un simple, pense Kaï ; elle m'a enlevé pour que je ne sois pas enlevé. On rêve.

— Je peux sortir de cette maison ?

— C'est toi qui bloques la porte.

Il marche jusqu'à une porte-fenêtre et va jeter un coup d'œil dehors. Il doit être environ 5 heures de l'après-midi.

— J'ai manqué mon bateau, avec vos fantaisies.

— Tu ne l'aurais pas pris, de toute façon. Su Kwok et ses hommes t'auraient attaqué pendant ton sommeil, dans cet appartement du Cathay. Et il y a un bateau pour Hong Kong dans deux jours.

Qu'est-ce que je fais ? Je les assomme tous les deux ? Kaï retraverse l'appartement et revient à la porte sur le couloir. Qu'il ouvre.

— Où est-elle ?

Il ne peut quand même pas l'appeler Petit Dragon !

Petit Dragon est aux entrepôts des Chou. Dans les bureaux. Elle y travaille, en sa qualité d'héritière qui sera un jour appelée à participer à la direction.

— Il vaut mieux que tu l'attendes.

Kaï ne répond même pas, il parcourt le corridor, tourne le dos au jardin, parvient à la porte principale et la franchit, sans qu'aucun des nombreux domestiques présents tente de s'interposer. Au-dehors, il se repère assez vite : les pavillons de marbre vert pâle du temple du Bouddha de Jade sont sur sa gauche. Et c'est le Wusong qui doit couler derrière ces maisons.

— Tu ne sais même pas où sont les entrepôts.

Pann est derrière lui, à trois mètres.

— J'ai une langue.

Pann porte un parapluie d'une dimension proprement phénoménale, qu'il a déployé bien qu'il fasse grand soleil.

Et il n'est pas seul : quatre autres hommes des plus robustes ont emboîté le pas de Kaï.

— Tu es menacé, même si tu ne veux pas le croire, dit Pann. C'est leur travail que de te protéger. Le mieux est de prendre un sampan.

Ils ont descendu le Wusong jusqu'au Huang-pou, puis ont suivi la rive gauche de celui-ci, passant devant une vingtaine de bassins.

— J'aurais trouvé tout seul, dit Kaï.

Le nom des Chou s'étale sur dix mètres, au sommet de tout un groupe d'entrepôts. Deux cargos sont à l'amarre de part et d'autre d'un large appontement de bois, avec une bonne vingtaine de péniches et de sampans.

— Qui dirige l'affaire ?

— L'oncle de Petit Dragon. Et ses cousins.

Les bureaux sont dans un bâtiment à deux étages, en maçonnerie de couleur ocre, sur la gauche. À cinquante mètres de distance, Kaï peut lire la plaque de cuivre en chinois et en anglais. D'un des entrepôts sur la droite, des ouvriers sortent, poussant une grosse charrette à bras chargée de ballots de forte toile destinés, une étiquette l'indique, à Londres ; ils sont cinq, ce qui semble exagéré pour un chargement dont le poids ne doit pas excéder deux cent cinquante kilos ; et, machinalement, Kaï note que trois d'entre eux sont fichtrement athlétiques.

Pann parle, énumérant les possessions terrestres des Chou avec un orgueil qui pourrait laisser entendre qu'il a personnellement contribué à asseoir cette fortune.

Ils arrivent à la porte des bureaux. Pann entre le premier, après avoir tout de même pris la peine de replier son parapluie. Kaï suit. Pièces à gauche et à droite — désertes, ou à tout le moins dont les tables ne sont pas occupées. Un escalier dans le fond. Pann parle toujours, de la bibliothèque de madame Chou, dont il est responsable ; c'est lui qui a appris à lire et à écrire à Petit Dragon — il l'a vue naître ou presque.

Un classeur béant sur la troisième marche de l'escalier : quelqu'un l'aura laissé tomber en montant, n'empêche, c'est un détail qui met quelque peu Kaï en alerte. Il se retourne : les quatre gardes du corps sont entrés dans le bâtiment derrière Pann et lui, et ils semblent tout à fait placides. Je me fais des idées, se dit-il. Il gravit deux marches et se baisse pour ramasser le classeur et à la seconde où ses doigts touchent le carton bleu, il entend comme un gargouillement bizarre, un cri étranglé, le son mat d'un coup. Il pivote. Des hommes ont surgi des bureaux apparemment inoccupés sur les côtés du couloir central. Deux gardes du corps viennent d'être égorgés, un troisième s'est abattu, assommé, et le dernier se bat contre deux adversaires.

— Vite, Pann !

Kaï bondit dans l'escalier, passe un premier palier, se lance dans la volée de marches qui suit, débouche devant trois portes, dont une marquée *Direction*. C'est celle-là qu'il ouvre.

Et il se fige : Boadicée Moriarty est devant lui. Elle secoue la tête :

— Il a fallu que tu viennes, abruti.

Le regard de Kaï parcourt la pièce. Il y a là une quinzaine de personnes, toutes debout et immobiles.

Six d'entre elles armées.

Dont l'une est le plus grand Chinois que Kaï ait jamais vu, une montagne. Chauve et portant moustache, colt dans la ceinture et grand coutelas dans la main gauche, pointé toutefois vers le parquet.

Et sa voix est très douce, musicale :

— Petit Dragon disait que tu ne viendrais pas. Mais on t'a vu sortir de chez madame Chou. Merci d'être là.

— Su Kwok ?

— Lui-même. Regarde.

La main du colosse s'allonge, croche une nuque, la lame du coutelas vient se poser sur une gorge : celle d'un jeune homme à lunettes, un secrétaire peut-être, ou l'un des cousins de Boadicée Moriarty.

— Je vais le tuer, O'Hara.

— J'espère que non, dit Kaï. Ne le fais...

Kaï n'achève pas sa phrase : la lame s'enfonce et tranche, du sang jaillit en un jet étonnamment épais, il y a un bruit très écœurant de gargouillis et, pendant quelques instants, le jeune homme égorgé reste debout, maintenu par la poigne de Kwok. Puis celui-ci lâche prise et le corps s'effondre.

— Tu bouges, O'Hara, tu tentes n'importe quoi, et j'en tue un autre. Et encore un et encore un.

— D'accord, dit Kaï. J'ai compris.

— Il fera nuit dans une heure. Nous attendrons jusque-là. Et nous partirons. Tu es très grand et très fort, tu crois que tu aurais une chance contre moi, toi contre moi tout seul ?

— Je ne sais pas.

— Tu n'auras pas la réponse tout de suite. Plus tard, j'espère. Va t'asseoir dans le coin, là, par terre. Allonge tes jambes.

Kaï regarde Boadicée, qui est très pâle. Mais il s'exécute et va se placer dans l'angle qui lui a été indiqué. Il prend place sur le parquet et allonge ses jambes, cette position l'empêchant de se redresser très vite. Il s'est pas mal battu dans sa vie jusqu'ici, mais ceci est autre chose, il ne lui semble pourtant pas qu'il ait vraiment peur, ce serait plutôt une espèce de curiosité — et une très grande envie de fracasser ce Kwok. Sur un autre ordre, tous les otages s'assoient de même, et Boadicée se retrouve à un mètre de Kaï, séparée de lui par un homme d'une cinquantaine d'années qui pourrait bien être son oncle.

— Où est Liu Pin Wong ? lui demande Kaï.

— Je ne lui ai rien fait. Je l'ai juste expédié à l'autre bout de Shanghai, hier.

— On ne parle pas, dit Kwok. J'ai très envie de tuer encore quelqu'un.

Il est peut-être 8 heures, et la nuit est tombée quand on fait mouvement. À plusieurs reprises, le téléphone a sonné, et par deux fois quelqu'un est venu. En chacune de ces circonstances, c'est celui dont Kaï pense qu'il est l'oncle de

Boadicée qui a répondu ou s'est déplacé ; il n'a rien tenté, il a parlé normalement, ne laissant rien soupçonner à ses interlocuteurs de la situation. Il est calme.

C'est lui qui part le premier, en compagnie de deux autres des otages, escorté de trois hommes en qui Kaï reconnaît ceux qui poussaient la charrette à bras, en sortant des entrepôts.

Deuxième voyage quelques minutes plus tard. Quatre autres otages sont emmenés, dont Boadicée et Pann. Kaï reste seul avec Kwok et cinq pirates.

— Tu veux tenter quelque chose, O'Hara ?

— Non.

— Fais-le, et tout le monde mourra.

— Je ne vais rien faire. Je veux voir Moriarty.

— Je ne sais pas du tout qui est Moriarty, dit Kwok en riant.

— Est-ce que tes ordres sont de tuer ?

— Je ne reçois d'ordres de personne. Mais je ne tuerai pas. Sauf si tu m'y obliges.

Au tour de Kaï. Dehors, il y a peu de lumière, les entrepôts sont fermés, l'appontement est vide. Personne en vue sur le pont des deux cargos vaguement éclairés.

— Qui était l'homme que tu as égorgé ?

— Personne. Un employé.

Une grosse jonque est là, cachée à la vue par l'un des cargos, tous ses feux éteints. Une ployante passerelle de planches la relie à l'appontement.

— Tu pourrais essayer de sauter dans l'eau du Huangpou, O'Hara.

Le projet, à vrai dire, a traversé l'esprit de Kaï. Mais ses poignets sont maintenant liés, un nœud coulant a été passé autour de sa gorge, et il est fort possible que la survie des sept autres otages dépende de lui. En sorte qu'il monte sur la jonque.

— Ici.

Les liens de ses poignets sont défaits, on passe ses bras autour du mât, on le rattache. Si étroitement que c'est à peine s'il peut tourner la tête et il devra, tout le temps qui va suivre, se tenir ainsi, debout contre ce mât sur lequel il pose ses joues l'une après l'autre.

La jonque appareille, prend le courant du Huang-pou et va donc en direction du Yang-tsé kiang, à une vingtaine de kilomètres en aval. Il y a une trentaine de pirates à bord, ou un peu plus ; pas mal de Chinois, mais aussi des gens plus basanés, aux longs cheveux et le front serré par un foulard ou un bandeau multicolore. Ce seront des types des Sulu, pense Kaï, j'ai vu les mêmes à Sandakan.

Le jour se lève alors que l'on est depuis déjà des heures dans le grand estuaire du Yang-tsé, que des navires de haute mer remontent ou descendent. La jonque fait route vers l'île de Huaniao sur laquelle se trouve un phare, mais elle vient à un moment sur tribord, et c'est sur un îlot plus au sud, où trois cabanes de pêcheurs s'égrènent, qu'elle fait terre. Des otages y sont débarqués. Tous, en fait, sauf Boadicée et Pann. Et Kaï lui-même, que la soif commence à tenailler.

La jonque reprend la mer, plein sud.

Kaï cède après la troisième nuit sans manger ni boire. Ses jambes ne le portent plus, il s'affaisse lentement le long du mât, tente bien deux ou trois fois de se dresser encore, mais rien à faire. Il s'enfonce dans l'inconscience avec sa joue droite contre le bois, visage tourné vers l'arrière, vers cette poupe d'où Boadicée et Pann le regardent. À maintes reprises, aussi bien elle que le petit lettré ont essayé de venir vers lui, pour au moins lui porter à boire. Chaque fois, ils en ont été empêchés.

Je vais crever.

— Tu m'entends, Kaï O'Hara ?

C'est la fraîcheur merveilleuse, sur le visage et les lèvres, qui le ranime. Et cette voix qui sans doute lui parlait depuis un long moment, cette voix qui finit par lui parvenir vraiment.

— Ils ont quand même fini par m'autoriser à te donner à boire, Kaï O'Hara. Tu m'entends ? Tourne ton visage.

Il tarde encore à obéir, pas très sûr de ne pas rêver, puis il dégage son menton et sa bouche coincés tout contre son épaule gauche et le mât — ses mains et ses bras liés sont plus haut que sa tête. De l'eau coule sur ses lèvres gonflées.

— Ouvre au moins la bouche.

Ce sont les doigts de Boadicée qui forcent le passage. De l'eau glisse sur sa langue gonflée et atteint sa gorge.

— Tu es vraiment aussi mourant que tu en as l'air ou tu fais semblant ?

Il boit, toute sa vie suspendue à ce mince filet liquide. La jeune fille lui humecte le visage, la nuque, les épaules.

— Je le toucherai si je veux, espèce de macaque.

Kaï ne peut voir à qui elle s'adresse. Un homme de l'équipage de la jonque sans doute. Et d'ailleurs elle enchaîne, d'une voix très forte (si bien qu'il réalise qu'elle a chuchoté, lorsqu'elle lui parlait, à lui) :

— Il est presque mort, vous ne le voyez pas ? Il est attaché à ce mât depuis des jours et des jours, on est au beau milieu de la mer de Chine, à deux cents milles au moins d'une terre, qu'est-ce qu'il pourrait faire ? Sauter à la mer ? En pleine nuit ?

Il sent le contact de ce qu'elle lui glisse entre les doigts de sa main, qu'il referme. *Sauter à la mer en pleine nuit à deux cents milles nautiques d'une côte, elle me la baille belle ! Quoique...*

Boadicée continue de pérorer et même elle hurle, enragée. Avec une fureur qui paraît un peu feinte.

Il ouvre un œil. Il fait nuit bel et bien, un seul fanal jaune éclaire le pont. Ses doigts ont réussi à disposer correctement le petit couteau, qui entaille la corde.

Et cette folle qui crie toujours ! Pour avoir de la voix, elle en a, et quel vocabulaire, pardon !

— ET ON NE ME TOUCHE PAS ! vocifère Boadicée.

D'après les bruits qui parviennent à Kaï, elle est clairement en train de se débattre.

La corde lâche d'un coup.

N'attends pas !

Il pousse sur ses jambes et, très étonnamment, elles répondent. Il se dresse, il est debout. Mais il garde encore les bras autour du mât. Et ce n'est qu'à la dernière seconde qu'il s'en écarte, poussant de ses mains avec ce qui lui reste de forces. Il titube plus qu'il ne marche — sans même parler de courir — mais, bon, il atteint le bastingage et bascule.

Il est descendu aussi profondément qu'il l'a pu, il reste sous l'eau aussi longtemps que ses poumons le lui permettent. Et quand enfin il reparaît à la surface, c'est pour voir le fanal à trente ou quarante brasses de lui, au moins — ils ne le retrouveront pas. Il s'allonge sur le dos, battant doucement des jambes, se sentant revivre au contact de cette fraîcheur.

Et il se tétanise. Quelque chose l'a touché. Il brandit très dérisoirement le minuscule couteau qu'il tient toujours.

— On est nerveux, Kaï O'Hara, non ? dit-elle. Je ne vois vraiment pas pourquoi je n'aurais pas sauté à la mer, moi aussi. Ce qui est bon pour toi est bon pour moi. Ce que tu peux faire, je le fais.

Il y a un peu de houle, mais longue et nonchalante.

— Tu es vraiment cinglée.

— Pas plus que toi.

— On est vraiment à deux cents milles d'une côte ?

— Qu'est-ce que j'en sais ?

— On est bien dans la mer de Chine du Sud ?

— Ça, oui.

— C'est toi qui m'as conseillé de sauter à la mer.

— Moi ? Je voulais dire : saute à la mer quand on sera près de quelque chose.

— J'aurai mal compris.

— Le jour où tu comprendras quelque chose, il fera chaud. À ton avis, il y a des requins, par ici ?

— Plein.

— Et si un requin arrive, qu'est-ce qu'on fait ?

— Il fallait y penser avant de sauter.

— Je me suis dit que tu avais une idée derrière la tête. Alors, j'ai suivi. Tu as une idée derrière la tête ?

— Non, dit Kaï.

Laisse-la mariner — dans son jus.

— Ne me dis pas que tu as sauté bêtement, comme ça, d'un bateau en pleine mer, dans une mer où il y a des requins ?

— C'est la vérité pure. Je suis très impulsif, ça tient de famille.

— Je ne te crois pas.

— Très bien.

Elle se tait, enfin, un long moment. Le sarong dont elle était vêtue à bord a glissé, elle l'a noué autour de sa taille, ses seins pointent juste au-dessus de la surface. C'est très joli, dommage qu'on y voie si peu.

— Au moins, faisons quelque chose d'intelligent, bon sang !

La voilà repartie !

— Par exemple ?

— Nager.

— Dans quelle direction ?

— La jonque est partie par là, il n'y a qu'à la suivre.

— Rien ne t'en empêche.

— Parce que tu vas rester ici à ne rien faire ?

— L'endroit me plaît.

Nouvelle accalmie. *Une chance sur mille,* pense Kaï. *Allez, disons deux sur mille. C'est vrai que je suis impulsif, sauter par-dessus bord était de la démence. On a l'air malin, maintenant.*

— Il y a combien de fond, là-dessous ?

Quelle est la profondeur de la mer de Chine du Sud ?

— Ça dépend d'où nous sommes, dit Kaï. À vue de nez, je dirais dans les cinq mille mètres.

— Tu veux dire qu'il y a cinq kilomètres d'épaisseur d'eau sous nous ?

— Environ.

— Ça te fait rire, hein ?

— Pas vraiment.

Elle se tait à nouveau, puis dit soudain :

— J'ai peur.
— On est deux.
— Tu as peur, toi aussi ?
— Encore assez. Ne fais pas d'effort, laisse-toi porter par la mer.

Silence. Kaï refait ses calculs. Il y aura bien une heure qu'ils sont dans l'eau. Peut-être plus.

— Wou, que ce Su Kwok a tué, était très gentil. Il avait fait un an d'études à Honolulu, mon oncle l'avait engagé il y a presque trois ans. Il allait se marier.

— Ce n'est pas le moment de parler de ça.

Il ne sait même plus où sont le nord et le sud. Et il y a sûrement un courant imbécile qui les fait dériver. Une chance sur mille, tu parles ; une sur un million, oui. *Je ne veux pas entendre ce qu'elle va me dire.*

— Ce Su Kwok a été envoyé par mon père, je pense que tu l'as compris. Ma grand-mère a dû te raconter plein d'histoires. Elle le déteste, elle ne l'a jamais compris.

La mer s'apaise, la houle est désormais très peu perceptible.

— Su Kwok a très certainement outrepassé les demandes de mon père.

Elle continue de parler dans un étrange silence, et Kaï se tait. Il a froid, malgré la tiédeur de la mer de Chine et, à un moment, parce qu'il n'en peut plus de demeurer ainsi immobile, et aussi parce qu'il estime sans trop de raisons qu'ils ont dû dériver, la jeune fille et lui, il se met à nager. Lentement. Boadicée le suit.

— Tu as une idée, Kaï O'Hara ?
— Non. J'ai froid.
— Nous allons quelque part ?
— Non.

Il se reproche de ne pas la soutenir davantage. Il pourrait lui raconter des histoires, lui dire qu'il doit y avoir une terre quelque part aux environs, bien qu'il n'en sache fichtre rien. Et bizarrement, cette idée de mourir là — parce qu'il viendra bien un moment où ils ne seront plus capables de nager —, cette idée l'atteint vraiment. Il la reçoit avec incrédulité. L'aube commence à poindre, droit devant. Le sud est donc sur sa droite.

Ça te fait une belle jambe de le savoir.

Mais c'est vrai que la lumière augmente. Nom d'un chien, il y a combien de temps que nous flottons ? Trois, quatre, cinq heures ? Ou plus ?

Ou moins ?

Il se souvient de cette aventure vraie qu'il a lue, celle d'un marin norvégien — il croit se souvenir qu'il était norvégien —, qui, durant un quart de nuit, en plein Atlantique, est tombé par-dessus bord d'un cargo où ils étaient au plus une dizaine. Et ce foutu Norvégien ne s'est pas affolé, il a fait la planche pendant au moins vingt heures, et dans un océan qui devait être sacrément plus froid que la mer de Chine. Il n'a pas paniqué, pas du tout. Il a attendu, tranquille, a-t-il dit ensuite. Et l'incroyable est survenu : peut-être deux ou trois heures après que cet abruti fut tombé, un de ses copains a constaté son absence sur le pont, le cargo a fait demi-tour, il a fait des ronds et des ronds, et paf, en plein milieu de nulle part, avec des vagues certainement plus creuses que celles-ci, ils l'ont retrouvé...

— Nous allons appeler un taxi, Boadicée.

— Tu deviens fou !

— Appelle un taxi, je te dis. Crie. CRIE !

Et lui-même se met à hurler : TAXI-TAXI-TAXI !

— Kaï O'Hara, je suis très fatiguée, je n'en peux plus. Et j'ai froid, moi aussi.

— TAXIIIIII ! hurle Kaï.

Et, bon, le sampan surgit — il avait bien reconnu le petit claquement de sa voile — et ils sont trois à se pencher, à tendre leurs mains et leurs bras, pour hisser à bord Boadicée et Kaï.

— Tu savais que j'étais derrière toi ? demande Sebastian.

— J'ai vu un sampan sur le Huang-pou, puis sur le Yang-tsé. Et j'ai bien cru te reconnaître. Avec ton costume, on te voit de loin.

— Tu as la vue drôlement perçante.

— C'est de famille. Tu sais que c'est complètement idiot d'aller en haute mer avec un truc pareil ?

Sebastian explique qu'il n'a pas eu le choix. Il est arrivé aux entrepôts des Chou dès son retour de cette maison sur le lac Taï où un message stupide l'avait envoyé, sitôt que madame Chou, jusque-là pas trop inquiète, lui a appris que Kaï n'était pas reparu. Il est arrivé sur les lieux et y a vu des gens passer et embarquer sur une jonque. Puis il a vu Kaï lui-même, et il a hésité : courir prévenir la police ? En fin de compte, il a sauté dans le premier sampan qui passait. La seule vraie difficulté a été de convaincre le couple propriétaire de l'embarcation.

— Ils ne voulaient pas du tout descendre le Huang-pou, et encore moins le Yang-tsé. Et encore moins aller en mer. Je leur ai acheté leur sampan et quelques autres choses.

À savoir leur maison, leur terrain, leurs récoltes pendant les vingt années à venir, le moindre de leurs outils de travail. De plus, Sebastian leur a fait cadeau de sa montre, de son alliance, de sa chevalière à l'emblème de l'université de Yale ; il s'est également engagé à acquitter la dot des cinq filles du couple.

Plus à leur fournir une machine à coudre à pédale. Et un thermomètre.

Le sampan avance plein sud.

— Un quoi ? demande Boadicée ahurie.

Un thermomètre, pour prendre la température.

— Ils savent ce que c'est ?

Sebastian ne le croit pas. Il est même presque certain qu'ils en ignorent tout :

— Je leur ai offert une bicyclette, le dictionnaire d'Oxford en six volumes, mon plus beau pantalon de golf. Ils ne voulaient rien entendre et mettaient le gouvernail dans le mauvais sens. Mais ils ont cédé quand je leur ai dit que ce thermomètre-là est tellement perfectionné qu'on pouvait le mettre aussi bien dans sa bouche que dans son derrière pour prendre la température.

Comme soixante-deux millions de Chinois, le couple s'appelle Chang. Madame Chang est petite et boulotte. Monsieur Chang est assez grand et maigre. Au moment où Sebastian les a en quelque sorte arraisonnés, ils transportaient des légumes et des fruits.

Mais très peu d'eau.

— Kaï, nous allons tous mourir de soif si nous n'arrivons pas quelque part.

— Tu sais où nous sommes ?

— Sur la mer de Chine du Sud.

— Tu ne peux pas être plus précis ?

Non. Sebastian n'est jamais de sa vie allé en mer. Dans l'ensemble, l'expérience le terrorise.

— Comment diable as-tu pu suivre la jonque ?

Sebastian, durant les vingt premières heures où il a pu apercevoir la jonque, a noté qu'elle allait plein sud. Il est allé plein sud, voilà tout. Soleil à gauche le matin, et à droite le soir.

— Tu as pu prévenir quelqu'un ?

— Non.

Terre en vue exactement trois jours plus tard.

En tout cas, ce n'est pas un îlot quelconque : aussi loin que porte le regard de Kaï, de part et d'autre, ce ne sont que successions de plages et de rochers. Des montagnes se dessinent à peut-être une dizaine de kilomètres du rivage, et elles semblent assez élevées.

— Ce sera Luçon ou Mindoro dans les Philippines. Ou Palawan.

— J'aurais pensé qu'un Kaï O'Hara était capable d'identifier n'importe quel caillou dans toutes les mers du Sud.

Sebastian est prostré, monsieur Chang de même, et son épouse ne vaut guère mieux. Boadicée Moriarty, qui vient de parler, a de fort jolis cernes bleus sous les yeux. Il y a une bonne soixantaine d'heures que personne à bord du sampan n'a bu ; l'avant-veille on s'est partagé, à cinq, la dernière aubergine.

— Alors, on débarque, oui ou non ?

Petit Dragon crache à nouveau le feu. Kaï ne prend pas la peine de répondre. Il longe cette côte pendant l'heure suivante jusqu'au moment où il aperçoit enfin ce qu'il cherche : un ruissellement d'eau qui se perd une vingtaine de mètres au-dessus de la mer, dans une sorte d'entablement rocheux. Alors seulement il fait terre, glisse le sampan entre les coraux et accoste.

— Pour moi, dit Boadicée, ce sera un jus de pamplemousse, du thé, six œufs au jambon et des muffins. Un nuage de lait dans mon thé.

Mais elle consent toutefois à bouger pour l'aider à l'amarrage. Il met pied à terre, emporte une jarre et la seule cordelette du bord.

— Ou alors du roastbeef, dit-elle. Mais pas trop saignant.

— Tu te tais et tu te tiens prête. Nous aurons peut-être à ficher le camp à toute allure.

Voilà près d'une minute qu'il a la sensation d'être observé et, à l'instant même, des chuchotements viennent de lui parvenir.

Il a escaladé les rochers sur une trentaine de pieds, empli la jarre, l'a fait descendre au bout de la cordelette, a bu lui-même. Il s'intéresse alors à ce surplomb sur sa gauche. C'est de là que le murmure de voix est venu. Un étroit sentier en corniche y mène, et en l'un des rares endroits de ce passage où se trouve de la terre, il vient de découvrir une empreinte de pied. Mais petite. Un enfant ?

— Où vas-tu, Kaï O'Hara ?

Nom d'un chien, si seulement elle pouvait se taire, de temps en temps ! Le surplomb se révèle être le sommet d'un gros promontoire, d'où la vue s'étend à l'infini. Une colonne de fumée monte dans le lointain, sur cette partie de la côte qu'il n'a pas observée de la mer. Une fumée trop épaisse et trop noire pour être celle d'un feu de camp, et Kaï pense davantage à un incendie.

— Je ne vous veux pas de mal.

Il a parlé en malais, en direction de cette petite fissure

dans la paroi rocheuse sur sa gauche, à l'entrée de laquelle d'autres traces de pas sont visibles, là encore petites. Dans le silence qui suit sa déclaration, il entend de nouveaux chuchotements. La fissure mesure au plus un mètre de haut sur guère plus de trente centimètres de large. Il va s'accroupir juste devant.

— Pas de mal. Je ne suis pas un ennemi. Pas un ennemi.

Une bonne minute s'écoule, puis cela bouge enfin, à l'intérieur de ce qui doit être une grotte. Un kriss, lame sinueuse et d'évidence bien affûtée, sort du trou, tenu par un bras d'enfant ; et l'enfant lui-même se coule au-dehors.

— Je n'ai pas du tout peur de toi, dit l'enfant. Je te coupe la gorge quand je veux.

— Parfait, dit Kaï.

— *Ingerris ?*

C'est le mot malais pour « Anglais ».

— Oui, répond Kaï pour ne pas compliquer les choses.

Après une brève pensée pour la généalogie des O'Hara, qui n'auraient pas apprécié.

L'enfant est un gamin de dix ou douze ans. Ses cheveux noirs sont longs, il porte un foulard autour du front, un pagne de batik ; son petit visage est impassible, le port de tête carrément arrogant ; son regard soutient très fermement celui de Kaï.

— Vous êtes combien là-dedans ?

— Beaucoup.

— Et vous vous cachez. Qu'est-ce qui brûle, en bas ?

— *Lepa.*

Le mot éclaire Kaï. Un lepa est un bateau, en particulier chez les Badjau-laut, sortes de gitans de la mer sans domicile fixe, sinon leurs pirogues, et que l'on trouve surtout dans l'archipel des Sulu, mais aussi sur la côte nord-est de Bornéo. Notamment.

— C'est Palawan, ici ?

Acquiescement. Et une expression un peu intriguée dans les prunelles du garçon qui s'étonne de la question : l'opinion qu'il se fait de cet homme qui ignore où il est n'est pas trop flatteuse.

Palawan est cette espèce de grosse digue naturelle, longue d'environ quatre cent cinquante kilomètres, qui prolonge la pointe nord-est de Bornéo en direction de l'archipel philippin.

— Il y a une femme derrière toi, dit le gosse.

Kaï ne se retourne pas. D'autres enfants sont à leur tour en train de sortir à la lumière — une demi-douzaine en tout. Ils sont plus jeunes que le premier. L'un d'entre eux, une fillette, s'adresse à Kaï, mais la langue employée, qui pourrait bien être du samal (Kaï n'en connaît que quelques mots) bloque tout échange. Apparemment, le gamin au kriss semble être le seul à savoir le malais.

— Où sont leurs parents ?

Question de Boadicée. Kaï traduit. Mouvement général de menton en direction de la colonne de fumée.

— Des ennemis vous ont attaqués, c'est ça ?

— Oui.

— Vous êtes de Palawan ?

— Non.

— De Tawitawi, Pangutaran, Jolo, Tapaan ?

Autant d'îles dans l'archipel des Sulu ; celles dont Kaï se souvient.

— Non plus.

— J'ai faim, dit Boadicée.

— Je vais descendre jusqu'à cet endroit qui brûle, dit Kaï. Et je verrai si vous pouvez y revenir, si vos ennemis sont partis.

Et aussi s'il s'y trouve quelque chose à manger.

— Je viens, dit Boadicée. Parce que si monsieur Kaï O'Hara s'imagine qu'il va la laisser plantée dans ce coin perdu, monsieur Kaï O'Hara se met le doigt dans l'œil, précise-t-elle.

— Je viens avec toi, dit à son tour le gamin, en malais, lui.

— Tu ferais mieux de continuer à protéger ces enfants.

— Ils ne sont pas de ma famille. Ils sont très bien où ils sont. Je viens.

Et avant que Kaï ait pu esquisser le moindre geste, le gosse s'engage dans la descente. Épaules très droites, le kriss dans la main.

— Tu aurais pu au moins me présenter ton ami, Kaï O'Hara. Je ne comprends rien à ce que vous dites, tous les deux. Remarque qu'il est très bien, ce petit. Il a de la prestance.

— Tu t'appelles comment ?

— Jamal.

Le prénom semble arabe. Kaï n'a pas connaissance de tant de Badjau-laut de religion musulmane.

— Je ne suis pas un Badjau-laut, je suis un Yakkan.

Les Yakkans viennent essentiellement de l'île de Basilan, qui se situe à la pointe sud-ouest de Mindanao. Ce sont des *Moros,* surnom donné par les Espagnols, dès le XVIe siècle, à toutes les populations philippines converties à l'islam avant leur propre arrivée. La réputation de férocité des Yakkans est aussi bien établie que celle des Tordajas des Célèbes, ou des Ibans de Bornéo — la morgue du gamin n'est donc pas surprenante. Jamal raconte que des années plus tôt, à la suite du naufrage de la pirogue où il était, il a été recueilli par des Badjau-laut. Avec lesquels il a pas mal voyagé. Il les a quittés pour se retrouver à Sandakan, autrement dit sur Bornéo, où il a appris le malais et l'anglais.

— Parce que tu parles anglais ?

— Je parle toutes les langues.

— Le chinois aussi ?

— Toutes.

— Jamal, on est entre hommes, fais-moi une grande faveur : ne dis pas à la fille qui marche derrière moi que tu sais le chinois et l'anglais.

— C'est ta femme ?

— Heureusement que non.

— De toute façon, je n'aime pas les femmes. Ça ne sert à rien et ça parle tout le temps en piaillant.

— Celle-là est pire que toutes les autres.

— Tu veux que je la tue ?

— Pas pour le moment. Ne la tue pas sans m'en avoir parlé d'abord.

C'est entendu, parole d'homme, dit Jamal. Lequel, de Sandakan où il était, a essayé de revenir dans son île natale. Il s'est donc glissé sur un bateau en fer à destination de Zamboanga qui est juste en face de Basilan...

Kaï, tout en l'écoutant, considère la colonne de fumée vers laquelle ils avancent tous les trois. Cette fumée s'affaiblit. Il ne voit toujours pas ce qui brûle ; l'endroit se trouve en contrebas, tout au bord de l'eau.

— Tu pourrais au moins me traduire un peu ce que vous racontez, Kaï O'Hara.

En revanche, quasiment à la limite de son propre champ de vision pourtant considérable, très loin il croit bien distinguer deux mâts sinon trois, des enfléchures, voire la proue d'une pirogue à balancier.

— Jamal, tu as vraiment sauté par-dessus le bord du cargo ?

Oui. Le gamin reste impassible mais sa main le trahit, qui serre le manche du kriss. Oui, il a sauté par-dessus bord en pleine mer.

— Sauter par-dessus bord en pleine mer n'est pas raisonnable du tout, dit Kaï, dont la sympathie pour le gosse vire à l'affection.

... Parce que des marins du bateau de fer serraient Jamal de trop près. Ils voulaient...

— Je comprends.

Et sur l'îlot où il s'est réfugié, Jamal a été une fois de plus recueilli par les inévitables gitans de la mer. C'est avec eux qu'il s'est retrouvé sur Palawan. Et comme ils ont été gentils avec lui, il a emmené leurs enfants pour les cacher, au moment où les autres sont arrivés pour tuer.

Kaï stoppe sa marche. Si brutalement que Boadicée le percute par l'arrière. Il se trouve à deux cents mètres du rivage. Il entend le bourdonnement des mouches et sent l'odeur. Il contourne un rocher et trouve deux hommes, ou ce qui reste d'eux : leur tête a été coupée et emportée.

— Ce sont des Badjau-laut, Jamal ? Ceux avec lesquels tu es venu à Palawan ?

— Oui.

Kaï reprend sa descente. Soixante mètres plus bas, il découvre les épaves calcinées de trois lepas. Et une demi-douzaine de cadavres, dont quatre hommes. Les hommes seuls sont décapités.

— Il y avait combien de personnes, sur les lepas, quand vous êtes arrivés ?

Douze ou treize, dit Jamal. Il en manque donc. Kaï débouche sur la scène du carnage et entreprend de battre les alentours. Une autre femme tuée un peu plus loin, mais elle est âgée, comme les deux premières — *ils ont emmené les jeunes. Comme ils le font toujours.*

— Non seulement tu sautes bêtement dans la mer de Chine, mais en plus tu m'amènes dans une île où l'on coupe la tête des gens. Voyager en ta compagnie, c'est quelque chose, Kaï O'Hara.

Kaï se hisse sur un escarpement et dirige son regard dans la direction de cette crique où il a repéré des mâtures. Des silhouettes humaines visibles, à environ deux mille cinq cents mètres. Personne d'autre en vue.

— Et je suis désolée pour ces pêcheurs assassinés, mais j'ai toujours faim, moi.

— Jamal, dit Kaï, cherche les gens qui manquent. Ils se sont peut-être cachés. Appelle-les.

Le gamin se met à crier, avec une nonchalance froide qui dit assez que ce massacre n'est pas tant pour l'émouvoir. Et deux hommes et trois femmes finissent par se montrer. « Des bêtes sauvages, disent-ils, parlant de leurs agresseurs. »

Kaï leur demande s'ils savent où trouver d'autres bateaux et ils répondent que oui, il y a un autre groupement badjau-laut sur la côte, à peut-être deux heures de marche. Et c'est entendu : ils récupéreront les enfants dans la grotte, ils iront avec les trois Chinois, dont le sampan leur permettra de trouver plus rapidement du secours ; et ils les déposeront à Puerto Princesa, sur la côte sud de Palawan.

Ils s'en vont, Kaï s'accroupit :

— Jamal, à ta place, j'irai avec les Badjau-laut qui ont encore une tête.

— Non.

— C'est que je ne suis pas trop sûr d'être encore vivant dans une heure.

Le gamin hausse les épaules. Kaï revient à la langue chinoise, en se tournant vers Boadicée.

— Je suppose que ce n'est pas la peine de te suggérer d'aller avec ces gens ?

— Tu perdrais ton temps, répond Boadicée, qui ne s'est quand même pas trop approchée des cadavres. Parce que tu as des projets ?

— Quelques-uns, dit Kaï. Retrouver la jonque et le sympathique Su Kwok. Aller jusqu'en Nouvelle-Guinée s'il le faut, ou plus loin, n'importe où.

— Et trouver mon père et le tien.

— Et trouver ton père et le mien.

— Voilà une excellente raison de ne pas te lâcher d'une semelle, Kaï O'Hara.

Il est toujours accroupi et joue machinalement à faire glisser du sable entre ses doigts. Jusqu'au moment où il s'aperçoit que, si le sable glisse mal, c'est parce qu'il est trempé de sang. Il va se laver la main dans la mer.

— D'accord, tu viens avec moi mais à un certain moment tu resteras cachée.

— Des clous.

— C'est ça ou je t'assomme.

— Parce que tu me frapperais ?

— Ne me tente pas.

Ils se mettent en route tous les trois dans la direction des mâtures. Il n'y a pas une pirogue à balancier mais deux, l'une plus grande que l'autre. Une pirogue de guerre et une de haute mer.

En malais :

— Jamal, si tu vois que ça tourne mal, fiche le camp avec la femme à côté de moi et rejoignez les Badjau-laut et les Chinois.

— Comment je saurai que ça tourne mal ?
— Quand ils me couperont la tête.

Seize hommes. Plus un dix-septième à bord de la plus grande des pirogues — celle-ci, un prao d'une vingtaine de mètres, partiellement pontée, avec un grand mât fort solide et même un artimon, rustique mais robuste. Deux jeunes Badjau-laut sont accroupies, l'air pas tellement épouvanté.

Et six têtes fichées sur des morceaux de bois plantés dans le sable blanc de la crique, tout à côté d'un feu qui vient visiblement d'être allumé, et sur lequel deux hommes s'apprêtent à faire griller du poisson.

Ça ne sert à rien d'attendre davantage.

Kaï se dresse et abandonne l'abri du rocher. Il s'avance. Il accroche un premier regard mais détourne aussitôt le sien. Il note qu'une seule arme est pointée vers lui.

Il s'arrête à trois mètres du feu et s'accroupit, secouant la tête.

— J'ai honte, dit-il. J'ai honte des Dayaks de la mer.

Un à un, il scrute les dix-sept visages tournés vers lui. *Attention à une réaction de pure violence brutale, et tu as intérêt à trouver qui commande cette expédition, ou du moins qui décide les autres, qui les influence.* Mais aucun ne bouge. Son choix se porte sur un Iban d'une trentaine d'années ou un peu moins ; ce n'est pas celui qui arbore sur le dos de ses mains et les poignets, voire les avant-bras, le plus grand nombre de crânes humains stylisés — le nombre de têtes coupées —, mais il parie quand même pour celui-là. C'est lui qu'il doit convaincre.

Il reprend :

— Ma famille navigue avec les Ibans depuis à peu près cent ans. Avec les vrais Ibans. Ceux qui recherchent les tempêtes au lieu de les fuir, sur toutes les mers, si lointaines qu'elles soient ; ceux qui ne vivent pas sur la légende des Ibans, mais qui la font.

L'homme choisi par lui porte sur le côté droit du cou une épaisse cicatrice en bourrelet — quelqu'un a dû essayer de le décapiter. Le regard de cet homme-là pèse sur Kaï et il est, pour l'instant, d'une froideur mortelle.

On ne peut pas dire que je l'ai tellement convaincu, constate Kaï. À mon avis, il est à deux doigts de me tuer.

— Ainsi donc, poursuit-il, je marche sur Palawan à la recherche de cette jonque transportant mes ennemis. Ils sont près de quarante et je suis seul. Et je vois des bateaux de guerre ibans, je me dis : voilà des Dayaks de la mer, voici mes frères, dont je sais la langue et les coutumes. Et tout ce que je constate, c'est qu'ils se sont mis à dix-sept pour massacrer une poignée de Badjau-laut pitoyables et sans défense. Alors, j'ai honte. Je pense que les Ibans ne sont plus ce qu'ils étaient, ou alors que les Ibans que ma famille a connus et aimés étaient d'autres Ibans, de bien plus grande valeur.

Tu n'en fais pas un peu trop ? Ce type à la cicatrice n'est pas du tout idiot.

Mais une voix s'élève, et Kaï doit se refréner pour ne pas se tourner vers celui qui a pris la parole et qui dit :

— Les Badjau-laut n'étaient pas si faibles. Ils nous ont tué un homme.

L'intervention doit être d'un jeune, très jeune — une quinzaine d'années —, membre de son auditoire. Et qu'elle ait eu lieu démontre qu'en somme l'affaire ne s'engage pas si mal.

Continue.

— De toute façon, sur cette jonque dont je vous parle, ils sont presque deux fois plus nombreux que tous les hommes présents ici autour de moi. Ils sont très armés et très dangereux. De vrais *penyamun* de haute mer, à glacer de peur tout ce qui navigue sur les *laut selatan*, les mers du Sud. Tout seul, j'aurais bien du mal à les attaquer.

Il hoche de nouveau la tête mais son regard reste rivé à celui de l'homme à la cicatrice :

— Je vais donc retourner au Sarawak pour y chercher des frères capables de m'aider, des vrais Dayaks de la mer.

Suit un silence quasi interminable.

C'est maintenant que ça se joue, ce type que je fixe (en me trompant peut-être sur son importance dans ce groupe) est du genre à prendre son temps pour tuer quelqu'un ; ce n'est sûrement pas un impulsif.

L'homme à la cicatrice bouge enfin. Il soulève sa lance et, la tenant par le milieu, paraît la soupeser ; la fait même un peu sauter dans sa paume ; il est impassible et garde les yeux baissés.

Il va me transpercer.

Mais non. L'homme fiche en terre, pour finir, la pointe de son arme et s'accroupit lui-même, grattant d'un ongle les rebords de sa cicatrice. Il finit par relever la tête et de nouveau fixe Kaï ; une expression amusée transparaît dans ses prunelles :

— Tu me fais rire.

— C'est déjà ça.

— Tu es arrivé comment sur Palawan ?

— J'étais sur cette jonque chinoise, j'ai sauté à la mer, un sampan m'a recueilli.

— Il y a quelqu'un avec toi ?

Ne pas mentir, jamais.

— Oui. Une femme et un gamin. Une femme ingerris qui n'est pas la mienne, mais à qui je ne voudrais pas qu'il arrive quelque chose. Et le gamin est un Yakkan. Les Yakkans croient qu'ils sont les maîtres des mers. Ils pensent qu'ils valent mieux que tous les autres peuples des mers du Sud. Comme les Ibans. Ce gamin a douze ans et un kriss, et il croit qu'il peut tuer n'importe qui. Je viens de le rencontrer mais il me plaît beaucoup. Son île est dans le Sud, je le déposerai en passant, c'est sur ma route. Ou alors je l'emmènerai. Pour moi, je vais poursuivre cette jonque, rien au monde ne m'en empêchera, ni personne.

— Et tu tueras les quarante hommes sur la jonque ? Avec pour t'aider une femme et un gamin ?

— Je crois qu'ils tiennent mon père prisonnier. Je les suis pour savoir où est mon père, et après je les tue.

Dit comme ça, ça paraît simple.

Et un autre silence. Dans tous les cas, Kaï ne s'est pas

trompé, d'évidence, en s'adressant à l'homme à la cicatrice ; c'est bien le chef du corps expéditionnaire iban.

— Je vois ce que tu cherches à faire. Tu joues sur notre orgueil. Et en même temps, tu nous allèches.

— Je fais vraiment tout ce que je peux pour vous allécher, c'est vrai.

— Et nous devrions, pour quelques mots que tu as dits, t'accompagner et nous battre contre tes ennemis à toi que nous n'avons jamais vus, uniquement par orgueil ? Et pour la légende ?

— Voilà.

Un silence encore.

— On m'appelle Membelek, dans ma longue maison.

Longue maison étant la meilleure traduction pour les villages ibans (ou ceux de quelques autres peuples), consistant en cases accolées, parfois sur deux cents mètres, sous un toit commun, et desservies par une véranda unique à usage collectif.

Et *Membelek* peut se traduire par : *Celui qui réflêchit,* et pèse chaque chose.

— Je suis Kaï, dit Kaï. Kaï O'Hara.

— Beaucoup pensent que je ne suis pas tout à fait *bodoh,* idiot, quoi.

— Je ne crois vraiment pas que tu sois bodoh. Tu remarqueras que c'est à toi que je me suis adressé en premier. Si tu étais bodoh, je serais déjà mort.

— Je n'ai pas encore pris ma décision. Nous allons peut-être bien te couper la tête, après tout.

— Prends ton temps, dit Kaï.

La faim le dévore, et cette odeur de poisson grillé le fait baver.

Mais il pense qu'il ne va pas tarder à manger et aussi qu'il s'est trouvé des compagnons dans sa poursuite de la jonque. Il relève la tête et porte son regard sur cette montagne dans le lointain qui doit être, qui est certainement, celle surnommée par les Européens l'aiguille de Cléopâtre.

Nous allons devoir contourner Palawan par le nord, entrer

dès lors dans la mer de Sulu ; ensuite il faudra déterminer l'itinéraire de Kwok, trouver la route qu'il a suivie entre trois ou quatre mille possibles ; trouver encore et atteindre cet endroit où le Capitaine et le Nan Shan *sont bloqués, puisque tout indique qu'ils doivent l'être, sans quoi la tentative de Kwok n'aurait pas eu de sens. Nous passerons par Zamboanga, à Mindanao — il me semble me souvenir qu'il s'y trouve un correspondant d'Oncle Ching ; j'y aurai peut-être des nouvelles.*

L'homme à la cicatrice dit :

— Dis à la femme et à l'enfant de se montrer, et de venir. Nous savons où ils sont cachés, deux de nos sentinelles les surveillent et peut-être les ont déjà tués. Tu croyais vraiment pouvoir approcher un campement iban sans être vu ?

— Tais-toi et mange, dit Kaï à Boadicée.

Elle est en train de faire des commentaires acerbes sur les Dayaks de la mer, qu'elle trouve extrêmement sauvages ; elle critique le prao qui, selon elle, n'est pas un vrai bateau et, sûrement, coulera à la première mer un peu grosse ; elle récrimine parce qu'elle n'a qu'un sarong pour s'habiller ; elle remarque sarcastiquement que lui, Kaï, est parfaitement stupide : il les a fait cacher, le gamin et elle, prétendument pour les mettre à l'abri, et à peine s'était-il éloigné d'eux que deux de ces sauvages étaient sortis, s'étaient assis face à elle, et que c'est pur miracle si elle a encore sa tête sur ses épaules.

— Tais-toi et embarque, dit encore Kaï.

Il est très incertain et en fait s'interroge : *Elle me joue la comédie de l'emmerdeuse ou non ?* Et plus important que ça : *Est-ce qu'elle connaît la direction prise par la jonque de Kwok, et la destination des pirates ? Est-elle leur complice ou un peu leur victime ? Sait-elle où est le Capitaine, et ce qu'il fait là où il se trouve ? Est-ce qu'elle n'agit pas de connivence avec le Moriarty son père, pour me conduire à cet endroit où est le* Nan Shan ? *Et dans ce cas, si elle a sauté derrière moi dans la mer de Chine du Sud, ce n'est pas du tout parce qu'elle en avait assez de Kwok, mais parce que ça lui a paru la seule façon de ne pas me perdre...*

— Embarque, répète-t-il.

Lui-même prend place dans le prao. Jamal s'y trouve déjà, les Dayaks de la mer lui ont laissé son kriss et font semblant d'être épouvantés par le gamin, ce qui les fait hurler de rire et met Jamal en rage.

On part avec un seul prao, le plus grand. Neuf Dayaks de la mer à son bord, plus leur chef, l'homme à la cicatrice.

— Tu peux m'appeler Lek.

La seconde pirogue va prendre le chemin du retour vers le Sarawak, emportant les deux blessés, le mort, et les captives. Kaï sait qu'il est rare que les bateaux dayaks aillent si loin à l'est, ils dépassent rarement, d'ordinaire, la pointe nord-est de Bornéo. Lek raconte pourtant qu'il a pris part à plusieurs expéditions assez lointaines, dont une qui l'a conduit jusqu'aux Célèbes. Toujours pour la même raison : une poursuite. Des étrangers passent un peu trop près des eaux territoriales dayaks, ils se montrent arrogants, on leur court après pour leur couper la tête. Ce coup-ci, Lek et ses hommes ont pourchassé des gens dont ils ne savent pas grand-chose, sinon qu'au cours d'une algarade ils ont tué un homme de leur clan...

— Mais nous ne les avons pas retrouvés.

— Et vous vous êtes vengés sur les Badjau-laut.

— Nous ne pouvions pas rentrer sans têtes. Et puis les Badjau-laut ont été arrogants. Ils avaient plein de poissons, qu'ils n'ont pas voulu partager.

Lek porte sur ses mains les images de sept crânes humains ; l'un de ses hommes présente, quant à lui, un palmarès de treize ennemis décapités. Kaï se garde bien d'évoquer Oncle Ka, dont le score personnel était de trente-huit, la dernière fois qu'il l'a vu.

Le grand prao prend la mer, qu'il fend remarquablement. C'est à coup sûr un bon bateau. Il met le cap et fait route vers la pointe nord de Palawan ; il passera le détroit de Linapacan, l'une des passes de Cuyo, doublera les îles du même nom, entrera dès lors dans la mer de Sulu.

Où il faudra rechercher les traces de la jonque, *sauf si la*

Miss Boadicée, dans l'intervalle, consent à nous dire où nous devons aller — à condition évidemment qu'elle le sache.

Dans les deux heures après l'appareillage, et à deux milles de distance, Kaï repère le sampan des Chang. Lek consent à venir un peu sur la droite pour se rapprocher de la côte, et cette fois, pas d'erreur possible : Sebastian est là, avec les deux autres Chinois, les Badjau-laut survivants du massacre, et d'autres bonshommes. Bon, Sebastian va s'en tirer, et rallier soit Puerto Princesa, soit El Nido, du moins un endroit où il trouvera le moyen d'expédier des nouvelles à Oncle Ching, avant de rentrer lui-même à Shanghai. Pauvre Sebastian, il a quand même été sacrément héroïque, et dévoué dans cette histoire.

— Tu sais vraiment bien conduire un bateau, remarque Lek.

— Merci.

— J'ai entendu parler de ta famille, et des Ibans qui vont avec elle sur la mer et sont d'une autre longue maison que la mienne.

— Tu connais ces Ibans-là ?

Non. Lek a juste aperçu le *Nan Shan* une fois, bien des années plus tôt. De loin. Et allant plus vite, dix fois plus vite que tout autre bateau sous le soleil des mers du Sud : c'en était presque un *mimpi*, un rêve, de le voir passer, dans la lumière de l'aube. Et un doute assez désagréable prend Kaï : est-ce que Lek et ses hommes n'ont finalement accepté de le suivre que pour cette raison qu'il est le fils du Capitaine et l'arrière-petit-fils de Cerpelaï Gila ?

— Non, dit Lek, souriant avec ironie. Non : si Lek a choisi d'accompagner Kaï, c'est parce que Kaï l'a convaincu. « À un moment pourtant tu m'as mis en colère et j'ai bien failli te tuer. — Quel moment ? — Tu nous parlais comme à des bodoh, des simples d'esprit. — Ce n'est pas du tout ce que je pense de toi, et de vous. — Je te crois. C'est parce que je t'ai cru que vous êtes encore vivants, la femme, l'enfant et toi. »

Il y a pas mal, sinon beaucoup, d'Oncle Ka chez Lek. Les

deux hommes ne sont d'ailleurs pas sans ressemblances physiques : le même corps maigre, quasi décharné, mais très robuste, infatigable en vérité ; le même regard lourd et profond, qui scrute ; une identique façon de juger sans hâte hommes et choses, et le jugement formé, de s'y tenir — qu'il s'agisse de tuer ou d'épargner, voire de donner son amitié. Lek est plus grand qu'Oncle Ka, et bien sûr plus jeune. Leur intelligence est, semble-t-il, égale.

Toute sa vie, Kaï O'Hara, treizième du nom, va balancer entre ses deux ascendances. Il est le seul Kaï O'Hara (sauf le tout premier, mais celui-là a bien démontré que venir d'Europe ne le handicapait pas) à être à ce point frotté de monde occidental. Ni le Capitaine, ni Cerpelaï Gila, ni les autres n'ont jamais quitté les mers du Sud. Lui, il n'y est venu qu'en vacances — il a même disputé un tour aux championnats de Wimbledon, c'est dire son ignominie ; sans parler de ses parcours de golf à Saint Andrews et de ses tangos langoureux à l'hôtel de Paris à Monte-Carlo. Doux Jésus !

D'accord, il y a eu ces années d'adolescence à Saigon, mais sous la férule de monsieur Jacques Margerit, ce qui en réduit bien la valeur.

N'empêche. En cet instant présent, barrant un prao armé par dix Dayaks de la mer qu'en somme il a recrutés seul — et en principe, si Lek n'a pas menti pour le satisfaire —, par ses propres mérites, faisant route vers le fin fond des mers du Sud pour y livrer bataille, Kaï, treizième du nom, est envahi d'une extraordinaire fierté. Il a même son propre Oncle Ka.

— Je me trompe ou, à lire ton visage, tu es en train de te prendre pour un fabuleux chef de guerre, grand maître des Sept Mers et des autres, Kaï O'Hara ?

La Miss Boadicée. Assise tout à la proue et ne cessant de remonter son sarong pour qu'il ne dégringole pas, en exposant du coup son corps qui fut d'albâtre, pas mal bronzé maintenant, à d'éventuelles concupiscences. Pour être jolie et bien faite, elle l'est, et plutôt deux fois qu'une. Mais quel fléau !

Bon, rien n'est parfait. Prends le bonheur qui passe, Kaï, tu verras bien la suite.

DES PÊCHEURS, beaucoup de pêcheurs (et tous terrifiés par les Dayaks de la mer, dont la réputation leur est parvenue) interrogés çà et là en cours de route. À El Nido de Palawan, à Malubutglubut — parfaitement —, à Calabugdong, et dans les îles Cuyo et Dalanganem. À San José de Buenavista, sur la grande île philippine de Panay. Et, plus loin, plus au sud, dans le groupe des Cagayan.

Rien. Pas de jonque. Où Kwok est-il passé, nom d'un chien ? Une jonque avec quarante types, et vraisemblablement un lettré chinois sous un parapluie d'escouade, ça se remarque, quand même !

La mer de Sulu est traversée, voici Zamboanga. On en fera une vraie ville dans cinq ans. Mais, pour l'heure, ce n'est qu'une espèce de village fangeux, avec des semis de cases sur pilotis, au pied des anciennes murailles du fort Pilar édifié jadis par les Espagnols. Mais l'endroit est merveilleusement situé, tout à la pointe de la péninsule orientale de Mindanao. Raison pour laquelle sans doute il s'y trouve plusieurs Chinois, un surtout qui est évidemment le correspondant de Ching le Gros. L'homme tient boutique à Zamboanga (dont le nom est la déformation du malais Jambangan — le Pays des Fleurs). À part des skis, il détient tous les autres articles ; il explique que le hui l'a posté là treize ans plus tôt, dans l'attente que cela devienne une ville et un vrai port. Et Kaï s'étonne une fois de plus de la stupéfiante diaspora chinoise, disposant ses pions à la façon des joueurs de go, à l'échelle presque mondiale.

Non, pas de jonque non plus, dit le Chinois de Zamboanga. On ne lui en a signalé aucune, commandée ou non par un Céleste colossal portant moustache. Assurément, il pense que, si la jonque avait franchi le détroit de Basilan, il aurait eu connaissance du fait. Et, oui, il a été averti du possible passage de Kaï.

— J'ai un message pour toi, que je n'ai reçu qu'hier : quelqu'un appelé Sebastian te souhaite bonne chasse et t'informe qu'il est arrivé à Sandakan. Ça, c'est la première partie. Pour la deuxième : mon grand-oncle par alliance, le très honorable Ching de Singapour, te fait dire que le matelot naufragé pense qu'une certaine goélette est probablement toujours à flot, qu'elle poursuivait quelqu'un quand il est tombé à la mer, et que la Nouvelle-Guinée est possible.

— C'est très clair, dit Kaï.

Eh bien, tant mieux ! Parce que lui, le Chinois de Zamboanga, n'y comprend goutte.

— Mes ordres sont de te donner tout ce dont tu as besoin.

— Un fusil et des balles.

— Je peux t'en fournir cinquante. Ou cent. Et des grenades et quelques mitrailleuses. Et si tu veux de la dynamite...

— Pourquoi pas un canon ?

— J'en ai deux.

Kaï se contente du fusil et de six boîtes de munitions. Il opte pour un Lee-Enfield MK III. Mais l'arme a été un peu modifiée : le canon d'origine a été alourdi et la grosse hausse a été remplacée par une hausse à œilleton. Le résultat de ces changements est très probant.

— Hong, tu peux expédier un message à Singapour ? Avertis que je pars pour la Nouvelle-Guinée, et demande qu'on fasse rechercher cette jonque.

Il y a des Moros partout à Zamboanga. Quelques-uns coiffés de la calotte musulmane, beaucoup portant leur costume traditionnel, très beau : vestes galonnées et ceintures larges supportant de longs poignards et des boîtes à bétel pour les hommes ; pantalons serrés aux chevilles et jaquettes parfois de lamé pour les femmes, dont plusieurs arborent des boutons faits d'antiques doublons espagnols, le plus souvent en or. Pour pas mal d'entre eux, une démarche altière sinon carrément arrogante ; et si les peaux sont brunes, les nez sont quelquefois aquilins, souvenir de quelque ancêtre venu d'Arabie.

— Il y a des Yakkans parmi eux, Jamal ?

— Oui.

Et le gamin de les lui indiquer. Ceux-là ont, enroulées autour de la taille sur dix ou douze centimètres d'épaisseur, d'interminables bandes d'étoffe leur couvrant une partie de la poitrine — des sortes de cuirasses, explique Jamal, contre les coups de kriss.

— Le moment est venu, dit Kaï à très grand regret.

Il veut dire : celui de la séparation. L'île de Basilan où est né le gamin, où il a sans doute sa famille, cette île est désormais à quelques heures de *vinta*, de pirogue. Le prao pourrait bien sûr y faire escale, mais déjà Dayaks de la mer et Yakkans s'affrontent du regard, très près de s'entr'égorger, s'étant reconnus comme des adversaires de race.

— Plus tôt nous ficherons le camp d'ici, et mieux cela vaudra.

— Non.

— Tu veux rester avec nous ? Qu'est-ce que je vais faire de toi ?

— Je veux rester avec les Dayaks et toi, je veux voir le *Nan Shan* et monter dessus, et aller sur les mers avec lui. Je veux connaître le Capitaine. Et tant pis si elle reste, elle, avec nous. Si tu la supportes, je peux le faire aussi. On ne pourrait vraiment pas la vendre, tu es sûr ?

Tout le corps de Jamal tremble, dans l'intensité de son émotion, quoique son visage demeure impassible. Tu vas le garder avec toi, Kaï, ne feins pas de l'ignorer. Pas seulement à cause de toute l'affection que déjà tu lui portes. Tu vas le garder parce que, tôt ou tard, qui peut en douter ?, tu te retrouveras devant le Capitaine, et te sentiras petit garçon. En somme, en te flanquant d'un gosse, tu te vieillis, tu te poses.

— On pourrait la laisser au Chinois, dit Jamal parlant toujours de Boadicée.

Pas une fois, au cours des jours qui viennent de s'écouler depuis l'appareillage de Palawan, le gamin ne s'est trahi, feignant toujours de ne savoir ni le chinois ni l'anglais — pour ne pas avoir à parler avec la jeune fille.

— On ne peut pas. Elle sait peut-être où est le *Nan Shan*.

— Elle le sait sûrement. Elle t'entraîne dans un piège. Je peux la tuer pendant qu'elle dort.

— Ça, une robe ? s'exclame Boadicée en contemplant avec une extrême répulsion l'espèce de soutane de missionnaire que le commerçant chinois lui présente.

Pour finir, elle se choisit deux costumes de dames moros, presque à sa taille. Il ne lui manque plus qu'un turban. Mais elle se coiffe d'un grand chapeau de paille en latanier.

Ils ressortent tous de la boutique.

— J'ai entendu et compris ce que disait ce marchand, Kaï O'Hara. On va donc en Nouvelle-Guinée. Est-ce que ton père a l'habitude de semer ses matelots en pleine mer, sans se soucier d'eux ?

— Non. Sauf s'il est engagé dans une poursuite qui l'enrage. C'est la seule explication possible, à y bien réfléchir.

— Ton père poursuivrait donc le mien. Une fois de plus pour le massacrer.

— Je croyais ton père mort.

— J'ai menti, et alors ?

— Je peux la tuer pendant qu'elle dort, reprend Jamal en malais, mais ce serait mieux de la vendre. Elle plaît beaucoup aux Yakkans, et ils la dresseront. Et, au moins, elle te rapportera des sous.

On largue les amarres, et il était grand temps : Yakkans et Dayaks de la mer étaient à deux doigts de la tuerie.

Mer des Célèbes par une chaleur extrême, on approche de l'équateur. Le prao a longé la pointe sud de Mindanao jusqu'à l'île et au détroit de Sarangani ; il a piqué droit au sud, en suivant la pincée rectiligne des atolls qui précèdent Sulawesi dans les Célèbes. La carte obtenue à Zamboanga est sommaire, l'archipel d'Halmahera y est à peine indiqué, l'île de Morotai, qui en fait partie, est représentée tout juste par un point rond, nanti d'une minuscule flèche rouge, côté droit c'est-à-dire à l'ouest, pour signaler un mouillage.

Le prao s'y glisse au petit jour, dans le silence. Là, une plage blanche, plantée de cocotiers ; elle tourne en quelque sorte le dos à la mer si claire : une barre y a formé une diguette de sable, en pente descendante vers une lagune à ce point figée qu'elle semble un miroir. Il règne sur tout cela un grand parfum de mers du Sud, que Kaï n'a humé ni à Palawan ni à Zamboanga, et qu'il retrouve. Il y a tant et tant d'îles, et tant de beauté tranquille.

... Sauf que l'endroit, jusque-là désert et que l'on eût pu croire inhabité depuis le commencement des temps s'anime. Des silhouettes pointent, se dessinent. Bientôt ils sont cinquante ou soixante hommes en armes, à s'aligner là où commence la mer, muets, visages très fermés, hostiles.

— On n'approche pas, Lek.

— Nous pouvons les tuer tous. Ils sont arrogants.

— Une autre fois, s'il te plaît.

Kaï entame des pourparlers, en malais, sans le moindre écho. Il essaie de même les quelques mots qu'il sait dans les trois ou quatre dialectes des Sulawesi qu'il connaît. D'habitude, il arrive à se faire comprendre des Toradjas, mais ces gens ne sont pas des Toradjas.

Ni des Alfours.

Ni des Barees.

— Toi qui sais toutes les langues, Jamal...

Le gamin se lance, il est compris au deuxième essai — « ils comprennent un peu le manobo, mais beaucoup mieux le bagobo », précise-t-il. Et il traduit. Ces pauvres hères sur le rivage, butés dans une fureur assez pitoyable, sont de fort mauvaise humeur ; parce que, un certain temps auparavant, un gros bateau est passé, des hommes en sont descendus, qu'ils ont accueillis courtoisement ; mais ces hommes leur ont pris toutes leurs réserves de manioc, de courges, de poisson, de mangues et de mangles, et ils ont tué quatre des leurs, sans raison, avant de repartir.

— C'était la jonque, Jamal ? C'était elle ?

Un grand frisson de haine parcourt Kaï.

Un dessin sur le sable pentu reproduit, avec une saisissante précision, les formes d'insecte de la jonque.

— Je comprends, dit Boadicée, ça va, je comprends, je ne suis pas idiote. Que le gamin leur demande s'ils ont vu Pann, à bord.

Et voilà qu'un des hommes sur la plage se livre à des contorsions proprement extravagantes. Il mime le parapluie géant, d'accord, mais aussi autre chose : les gesticulations d'un fou.

— Pann serait devenu fou ? Ou bien cet abruti qui prétend l'imiter est-il lui-même un débile mental ?

Non-non, c'est bien le petit-homme-avec-un-cocotier-noir-sur-la-tête qui se conduisait ainsi.

— Il dit que le petit homme se traînait par terre et qu'il a bu le sang d'un des hommes tués.

Nom d'un chien. Kaï regarde Boadicée qui, du coup, reste bouche bée. Pann buvant du sang humain ?

— Il dit que le petit homme n'en a pas bu beaucoup, mais un peu. Et après il aboyait, traduit encore Jamal.

À quatre pattes comme un chien — l'imitation semble convaincante.

— Jamal, dis-leur que nous ne débarquerons pas, que nous ne leur prendrons rien, sinon de l'eau, s'ils en ont assez. Et demande-leur quand et vers où la jonque est repartie.

Quatre jours. Et vers le sud.

Pann qui boit du sang humain, se met à quatre pattes et pisse en levant la patte ?

Ça ne me fait pas rire du tout. Je l'aime bien, le petit Pann, et je m'interroge sur ce qui a bien pu se passer à bord de la jonque, et sur ce que ce Kwok a bien pu faire.

Et va faire.

— C'est grand l'Irian ?

Question de Lek. L'Irian est la Nouvelle-Guinée occidentale, celle qui est sous domination hollandaise.

— Tu connais la Nouvelle-Guinée ?

Question de Boadicée.

— Comme ma poche, dit Kaï. J'y ai passé trois heures.

Un peu plus de trois heures, en fait. Une escale à Moresby, la fois où le Capitaine l'a emmené voir la Grande Barrière avant de le conduire aux Touamotou et jusqu'aux Marquises. Disons une nuit, avec trois filles aux narines plus grandes que leurs oreilles.

Mais c'est grand, l'Irian. La Nouvelle-Guinée doit avoir les dimensions de Bornéo tout entier, et l'immensité du problème préoccupe Kaï.

D'autant que ce qu'il découvre de ces rivages inconnus n'a rien pour l'enthousiasmer. De Morotai, le prao a coupé la mer d'Halmahera et eu connaissance de l'île Waigeo, contournée au sud par le détroit de Dampier. Une terre déjà bien étrange est alors apparue : une chose longue et étroite mais culminant à plus de mille mètres — l'île Batanta ; derrière, le Pacifique en fureur qui déferlait par bâbord. Kaï en tête, et le seul Lek à la manœuvre, tous se sont mis à écoper comme des fous. Le mince détroit de Sagewin a permis de trouver une mer moins furibonde. Mais l'Irian a alors surgi à l'horizon, sinistre ; des écharpes de brume gris-bleu s'allongeant sur des dizaines de kilomètres, des sommets à près de trois mille mètres, d'après la carte, pointent un peu partout, sous une épaisse toison de jungle.

— On va où, en Irian, monsieur Kaï O'Hara ?

Il aurait dû la vendre à Zamboanga, Jamal avait raison.

— Je ne sais pas.

De fait, où aller ? Lek et ses Dayaks de la mer attendent qu'une direction leur soit indiquée. Essayer encore de suivre la côte nord de la péninsule de Cenderawasih, quitte à affronter le Pacifique ? Ou descendre au sud, vers le golfe de Berau, Bomberaï et la mer de Séram ?

— On va au sud, Lek.

Parce que si poursuite il y a eu entre le Capitaine et Moriarty, ce que semble prouver le fait que le Capitaine ait perdu en route l'un de ses hommes d'équipage, il existe une petite probabilité que la chasse ait abouti dans ces parages — sauf si elle a duré des semaines, auquel cas ils peuvent être tous les deux en vue de la Promenade des Anglais à Nice.

Non. Non, bien sûr, ils ne sont pas sur la Riviera française. Ils sont dans le coin, forcément. Puisque c'est par ici que la jonque est venue.

Regard sur Boadicée. Elle commente à la cantonade la stupidité d'un certain capitaine de prao, ça oui, mais pour le reste, rien n'indique qu'elle ait la moindre idée du cap à suivre, ni de l'endroit où se rendre.

Ou alors elle sait, mais, comme il a choisi le bon cap, elle se tait.

La rencontre qui va éclaircir un peu l'affaire est pour le lendemain.

— Là-bas, Lek.

Pour l'heure, ce n'est encore qu'un point minuscule sur la mer, mais dès que Lek est venu sur tribord, Kaï identifie un sloop de bonne taille ; bientôt il peut distinguer et compter des silhouettes. Neuf hommes. Dont trois qui ne sont pas des environs : leurs cheveux sont clairs.

Vingt minutes plus tard, le prao a rejoint le sloop et s'en tient à une dizaine de brasses : pas moins de six fusils sont pointés sur eux, index sur les détentes.

— Vous approchez un peu plus et nous tirons.

La phrase a été dite dans ce qui doit être du néerlandais, et répétée en anglais.

— Je ne cherche pas d'ennuis, dit Kaï, mais des informations.

— Écartez-vous.

— Je suis anglaise, dit alors Boadicée. Mal accompagnée, mais anglaise.

On se concerte sur le bâtiment qui bat pavillon des Pays-Bas. Bon d'accord, quelles informations veulent-ils ?

— Vous n'auriez pas vu une jonque chinoise avec des Chinois dont un qui porte une moustache ?

La question est de Kaï, la réponse est non, assortie d'un commentaire signifiant qu'on ne voit pas vraiment de jonques dans les parages.

— Et une goélette franche à trois mâts ?

Kaï n'attend pas grand-chose de cette question.

— Une goélette à coque noire et voiles rouges, avec à son bord des Dayaks de la mer comme ceux-ci. Le *Nan Shan.*

Il n'attend vraiment rien. C'est peut-être juste une manière, pour lui, de redonner quelque réalité à sa quête. Si le *Nan Shan* a navigué dans ces eaux, cela remonte à des semaines. Et le Capitaine n'est pas homme à bavarder avec des gens. Et...

— Vous pouvez approcher de nous. Mais que vos hommes restent tranquilles.

C'est un Hollandais d'une soixantaine d'années qui vient de prendre, pour la première fois, la parole — jusque-là, il laissait parler un de ses compagnons. Un homme massif, chauve, avec, sur l'arrière du crâne, une couronne de cheveux neigeux qui font un peu auréole ; son visage est rougeaud, cuit et recuit par le soleil. Il demande :

— Qui êtes-vous ?

Et il hoche la tête en entendant le nom de Kaï, comme s'il s'y attendait.

— Ce sont des Ibans de Bornéo, avec vous ? J'espère que vous les tenez bien en main. Venez bord à bord. Je m'appelle Wouters, ces deux-là sont mon troisième fils et mon neveu. Vous ressemblez à votre père. Un peu. En plus grand. Est-ce que vos matelots aussi transportent des têtes coupées ?

L'émotion secoue Kaï et lui coupe pour l'instant toute possibilité de prononcer un mot. Parce que enfin il rencontre quelqu'un ayant l'air de savoir quelque chose du *Nan Shan.* Et plus encore pour cette ressemblance qu'on lui trouve avec le Capitaine ; c'est la toute première fois qu'on lui fait une remarque de cet ordre, et elle lui chavire le cœur.

— Les nouvelles fraîches tout d'abord, dit Wouters. Sauf si vous avez vu votre père récemment.

— Je le recherche.

— Votre père, je ne suis pas près de l'oublier ! Voici vingt-quatre ans, je me trouvais en compagnie de compatriotes en un certain endroit de la péninsule de Minahassa sur Sulawesi. Nous avons eu de grosses difficultés avec des indigènes, des Alfours, notre situation était devenue très critique et votre père, sur le *Nan Shan*, est venu à notre aide avec une poignée d'Ibans de Bornéo comme les vôtres. Je continue l'histoire ou vous la connaissez déjà ?

— Le Capitaine ne m'a pas dit cette histoire-là.

Il ne t'en a raconté aucune, Kaï. Aucune. Jamais. Et depuis que tu es en âge de penser, cette ignorance-là te ronge.

Le Hollandais explique comment ils ont été sauvés, et ramenés à Batavia. D'où quelques-uns des rescapés sont rentrés en Europe. Tandis que lui persévérait dans ses projets d'installation aux Indes néerlandaises. Il a une plantation sur Amboine, dans les Moluques, des intérêts à Java et aussi en Irian, à Fakfak, où Wouters se rend. Mais sa dernière rencontre avec le Capitaine se situe ailleurs, et remonte à deux mois. Deux mois plus tôt, Wouters rentrait de Batavia et faisait escale à Surabaya, sur Java. Il a découvert et reconnu le *Nan Shan* dans le port.

— Je n'avais pas revu votre père depuis près d'un quart de siècle, et j'avais très envie de le remercier encore.

Sauf que le *Nan Shan* était encerclé, mis sous séquestre par la police et la marine des Pays-Bas, et que le Capitaine était en prison, accusé d'avoir fait sauter à la dynamite la maison d'un négociant belge avec lequel il avait eu des mots.

— C'est vraiment une manie, chez ton père, de faire sauter les maisons des gens à la dynamite, remarque Boadicée.

Mais Wouters, qui a la reconnaissance tenace, est allé voir le Capitaine dans sa prison, il lui a parlé et a obtenu de lui une version qui différait passablement de celle de la police. Selon le Capitaine, ce serait quelqu'un appelé l'Archibald qui aurait fait exploser la maison du Belge.

— L'Archibald ? Mais qui c'est, ça ? interroge ingénument la Miss.

— Tu te tais, dit Kaï.

Wouters s'est mis en quatre pour faire libérer le Capitaine. Il a réussi à lui trouver un alibi, en reconstituant l'emploi du temps du Capitaine depuis que le *Nan Shan* était entré dans le port de Surabaya. Le problème était que personne n'avait vu celui que le Capitaine appelait l'Archibald. Le Hollandais a réussi pourtant à mettre la main sur deux témoins qui avaient rencontré l'individu décrit par le Capitaine : un Blanc d'une soixantaine d'années, aux cheveux blond très pâle, au visage couturé de dizaines de cicatrices.

— Ah ! dit Boadicée.

Kaï ne dit rien. (Je ne sais pas pourquoi le Capitaine appelle Moriarty l'Archibald, pense-t-il, mais il a sûrement une bonne raison.)

Ces deux témoins retrouvés par Wouters étaient des sortes de partenaires de l'Archibald. Pas dans le dynamitage, dont ils ignoraient tout. Mais l'un d'eux était un artiste peintre.

— Un artiste peintre ?

— Oui, un artiste peintre qui avait reçu du Blanc au visage couturé une étrange commande : celle d'un tableau représentant une mangouste de plus d'un mètre de haut ; à la demande expresse de son client, l'artiste l'a équipée (à ce point de son récit, Wouters hésite, visiblement gêné), équipée de, disons, des attributs virils humains. Bon, disons le mot, d'un pénis, mais celui-ci long à traîner par terre, et tout flasque, comme un vieux cordage, et en plus formant un nœud en son milieu. Et dans l'angle gauche du tableau, il y avait une très vieille Chinoise accrochée par une cheville à un hauban — donc la tête en bas — tandis que l'angle droit était occupé par la caricature très grotesque d'un petit garçon en sarong, un sarong déchiré qui dévoile, disons, ses fesses, qui a un air de grande stupidité sur le visage (le garçonnet, pas le sarong). Et ce tableau a été livré sur le *Nan Shan* dès que la goélette a pris ses amarres à Surabaya. D'évidence, le coup était préparé depuis longtemps.

— Mon père est anglais, dit suavement Boadicée. Il a donc forcément un merveilleux sens de l'humour.

— Ouais, dit Kaï, s'avouant *in petto* qu'en somme, il ne faudrait pas grand-chose pour qu'il en sourie.

La vue du tableau a, dans tous les cas, mis le Capitaine dans une fureur froide. Il a eu le temps, avant d'être jeté en prison pour l'affaire de la dynamite, d'apprendre que celui qu'il appelle l'Archibald était arrivé à Java des semaines plus tôt (le temps de commander le tableau et d'en attendre l'exécution), à bord d'un cotre, le *Britannia*, qui était resté discrètement ancré dans une crique, à une dizaine de kilomètres de Surabaya.

— Le *Britannia*, quel beau nom, dit Boadicée.

... Et bien sûr, sitôt qu'il a été libéré et a pu reprendre la mer, le Capitaine et le *Nan Shan* se sont lancés à la poursuite du cotre.

— Vous ne connaissiez pas ces événements ?

— Non, dit Kaï. Merci de me les avoir appris. Savez-vous où se trouvent le *Nan Shan* et le cotre ?

— Pour le *Nan Shan*, je l'ignore. Quant au cotre, en revanche, il se trouvait à Amboine voici deux semaines.

— L'Archibald était à bord ?

— Non. Il ne s'y trouvait que quatre marins, peut-être des gens des Sulu, sous le commandement d'un Blanc qui a dit s'appeler Escalante et qui parlait l'anglais avec un accent espagnol. Le *Britannia* n'a fait qu'une courte escale à Amboine. Il a embarqué son chargement bizarre et est reparti.

— Son chargement bizarre ?

Des cure-dents, dit Wouters. Dans les quatre à cinq cents kilos de cure-dents. Du type de ceux fabriqués notamment à Singapour, avec une pointe parfumée à la cardamome de Malabar. L'homme disant se nommer Escalante a défait l'une des caisses et a offert des cure-dents à l'assistance ahurie. Je me demande bien qui peut avoir besoin d'une demitonne de cure-dents.

— Je me le demande aussi, dit Kaï. Est-ce que quelqu'un a revu le cotre, ensuite ?

Non.

— On sait où il est allé, en quittant Amboine il y a deux semaines ?

Vers l'est. Par la mer de Banda. Plein est. Oui, la direction de l'Irian, en effet.

— Le cotre a embarqué autre chose que des cure-dents ?

Des fruits frais et du thé. Rien d'autre.

— Une dernière question, dit Kaï. Si mes souvenirs sont bons, Fakfak se trouve à peu près à l'entrée du golfe de Berau. Est-ce que le *Nan Shan* aurait pu entrer dans ce golfe sans que quelqu'un le remarque ?

Difficilement. De nuit peut-être. Et encore. Le golfe de Berau fait une quarantaine de kilomètres de large à son entrée, s'il s'élargit un peu par la suite. Mais les plantations des Wouters sont sur la rive sud du golfe. Wouters fils pense qu'il aurait vu, lui ou l'un de ses ouvriers, la goélette passer ou s'ancrer.

— Je ne saurais trop vous remercier de vos informations.

Les remerciements de Kaï sont reçus avec un sobre hochement de tête. Les Wouters père et fils sont sortis du même moule : des masses rougeaudes et blondes, lentes ; peut-être leur arrive-t-il de rire et de se flanquer l'un l'autre des claques énormes sur la bedaine, quand ils ont avalé trente bières ; mais même dans ce cas, on peut avoir des doutes.

— Les mêmes hommes, les mêmes, répète Wouters en anglais en regardant les Dayaks de la mer. Toutes mes amitiés à votre père.

Les deux petits bâtiments s'écartent l'un de l'autre, le sloop est pansu et lent, comme ses propriétaires, et bientôt il se perd dans la brume qui se lève sur la mer de Séram.

Le prao sur cette mer, le prao dans un brouillard épais. Houle à peine perceptible et très peu de vent, une moiteur, une touffeur, qui vous fait ruisseler de sueur et vous empêche presque de respirer.

Et la côte de l'Irian qui par moments se montre, à une

encablure au plus. La rencontre avec les Hollandais est de l'avant-veille. La Miss se tait, pour une fois, c'en est presque oppressant d'entendre son silence. Kaï s'était attendu à ce qu'elle fasse des gorges chaudes, et s'extasie sur les exploits de son père le Moriarty, également connu comme l'Archibald. Nenni. Même l'histoire des cure-dents ne l'a pas mise en joie. Elle se tient à l'avant du prao, elle a mangé mais à peine, elle qui dévore d'ordinaire. Elle scrute la côte. Qu'est-ce qu'elle s'attend à voir, son Moriarty de père dans une chaise longue et prenant le thé ?

— Plus près, Lek.

— Récifs.

— Je sais. Je vais devant.

Kaï gagne la proue du prao qui glisse sans autre bruit qu'un chuintement imperceptible.

— Écarte-toi.

Miracle, elle s'exécute sans un mot — elle sera malade, ce n'est pas normal qu'elle soit à ce point pacifique — et il peut s'allonger, nez au-dessus de l'étrave, gaffe en main. Gardant tout de même un œil sur le rivage, bien que celui-là, ils le suivent depuis trente heures, il commence à l'avoir assez vu. Kaï n'a pas souvenir de parages aussi peu engageants. Le piémont qui dégringole vers la mer est hargneux, hérissé, crevassé ; des calanques géantes, sinon des fjords, également antipathiques ; peu ou pas de villages, à peu près aucune trace humaine ; et les montagnes pour couronner le tout, certaines au-delà des cinq mille mètres, là-bas dans l'est, à en croire la carte.

— Plus près encore, Lek.

La brume semble non pas se dissiper, mais remonter. En sorte que cela devient, dans le haut, passablement fantomatique.

— Nous autres Anglais, dit soudain Boadicée, d'une voix assez curieusement timide, nous autres Anglais, avons le respect de nos parents.

— Tu es autant chinoise qu'anglaise.

— J'ai choisi d'être anglaise.

— Très bien. On vient à gauche, Lek.

Un haut-fond vient d'apparaître, tapissé d'oursins énormes — quarante ou cinquante centimètres — et de bénitiers géants. Mais le regard de Kaï a également repéré autre chose sur la côte : une espèce de pénéplaine à pente douce, longue de peut-être un kilomètre et demi, trois fois plus large, qui s'achève au bord de l'eau par un embryon de falaise, de cinq ou six pieds de haut. Distance : neuf cents mètres. Ou mille.

— J'aime mon père, est en train de dire Boadicée. Je l'aime, et je serai toujours de son côté. Quoi qu'on me dise de lui.

— Très bien.

Il y a quelque chose sur cette pente, on dirait.

— Arrête de dire « très bien ». J'aime mon père, mais je le juge. Pas au point de le condamner, mais je le juge. En tout cas, je n'en ai pas peur comme toi tu as peur du tien.

Toute l'attention de Kaï se porte sur la route suivie par le prao, et plus encore sur ce petit point si lointain, quatre kilomètres environ, faisant saillie sur l'une des molles ondulations de la pénéplaine, au sommet d'une coulée de cailloux. *Ce n'est pas un homme, il bougerait.*

— Parce que j'ai peur du Capitaine ? C'est nouveau, ça.

Il n'a pu s'empêcher de répondre, quoique s'étant promis de ne surtout pas commencer à discuter avec Boadicée.

— Il t'impressionne, Kaï O'Hara. Quand tu parles de lui, on dirait que tu as trois ans.

— Oui, comme ça, Lek.

— Je crois que tu n'as pas encore grandi, malgré ta taille, Kaï O'Hara. Tu n'es encore qu'un bébé.

Elle dit vraiment n'importe quoi. Je vous demande un peu. Mais je ne lui répondrai pas.

Et elle reprend :

— Je me doute bien que ma grand-mère à Shanghai t'a dit que j'avalais tous les mensonges que mon père me faisait. Tu parles qu'elle a dû te le dire ! Plutôt dix fois qu'une. Mais c'est faux. J'ai presque toujours su que mon père était le plus grand menteur d'Europe et d'Asie. Et d'une honnêteté très douteuse. Je ne suis pas idiote. Il a sûrement fait sauter cette maison à Surabaya pour mettre ton père dans les ennuis. Et il a fait peindre ce tableau pour l'énerver encore plus. Je te parie qu'il espérait que ton père allait le poursuivre. Afin de l'entraîner quelque part. C'est une crapule, mais je l'aime. Tel qu'il est.

— Quelque chose sur la pente, annonce Lek de l'arrière.

— J'ai vu.

— Tu pourrais au moins me répondre, Kaï O'Hara.

Ce n'est pas l'envie qui lui en manque. Nom d'un chien, elle vient de lui en boucher un coin, avec son mélange de lucidité et de détermination.

— À gauche, Lek.

— Et tu pourrais aussi m'appeler par mon nom. Par un nom quelconque. Depuis que nous sommes partis de Shanghai, pas une fois tu n'as prononcé mon prénom. Je m'appelle Boadicée. Tu peux aussi m'appeler Petit Dragon si ça te chante. Ou n'importe quoi, mais quelque chose. Je ne suis pas un chien.

Un cairn. Un tas de pierres dressé en pyramide. Et qui aussi bien aura été élevé par le capitaine Cook (mais il ne me semble pas qu'il soit jamais passé par ici).

— On y va, Lek.

— Tu as entendu ce que je t'ai dit, Kaï O'Hara ?

— J'ai entendu.

Mais il ne sait absolument pas quoi lui répondre. D'autant que, d'une certaine façon, il comprend. Alors, mieux vaut se taire : trop compliqué.

Le prao fait terre. Deux Dayaks de la mer se transforment en Ibans terrestres. Kaï se hisse à son tour et foule un sol de lave refroidie depuis des millénaires. C'est bien un cairn, d'environ un mètre vingt de haut. Celui qui l'a érigé a soigneusement choisi son emplacement, pour qu'il soit bien en vue, et à des kilomètres.

Jamal a suivi Kaï et avance, kriss pointé.

— Elle n'est pas si méchante, au fond, dit-il.

— La ferme, dit Kaï.

— On la surnomme vraiment Petit Dragon ?

— Ouais.

— Ça ne m'étonne pas, remarque. Elle crache le feu. Finalement, tu as bien fait de ne pas la vendre aux Yakkans ; ce n'aurait pas été un service à leur rendre. Mais tu aurais pu lui répondre. Elle pleurait presque.

Ils arrivent au cairn. Bon, c'est un cairn, un cairn très banal, plus cairn que ça tu meurs.

Sauf qu'à son pied, et bien abrité du vent en sorte que ce dernier n'en puisse pas déranger l'ordonnancement, un dessin a été tracé, à l'aide de petits cailloux.

Dessin qui représente un parapluie.

Pann.

Lek est resté à bord du prao, avec deux Dayaks de la mer pour la manœuvre, pour protéger le bateau au cas où. Les sept autres Ibans ont débarqué en armes, emportant des provisions pour trois jours. Boadicée est venue aussi ; elle n'a pas l'air dans son assiette — ou alors elle fera semblant ; elle a contemplé le parapluie dessiné, un long moment, mais sans un seul mot de commentaire ; rien à lire sur son visage, sinon comme de l'abattement, de la tristesse ; et Kaï a beau savoir que peut-être c'est comédie pure, ça le contrarie de la voir ainsi. Rien à faire, il sera toujours bien trop sensible (et le Jamal qui maintenant s'en mêle, en se faisant son avocat !).

On marche, l'œil de Kaï sans arrêt fouille, inspecte chaque faille, chaque vire, chaque crête des murailles rocheuses qui ferment la pénéplaine. Il s'attend à ce qu'il y ait quelqu'un, plusieurs hommes, pour suivre leur débarquement et leur approche.

Parce que, bon sang, c'est assez clair, comme situation. En admettant que ce soit bien le vieux petit Pann qui ait laissé ce signe de piste (et pas un autre cinglé quelconque obsédé par les parapluies), de deux choses l'une : ou bien le lettré de poche a réussi à échapper à Kwok, ce qui n'est pas tellement crédible, et, parfaitement assuré (comment ?) que nous avons, la Miss et moi, survécu à notre plouf dans la mer de Chine du Sud, il prépare notre arrivée, nous met presque une banderole avec « Welcome » écrit dessus...

— Je ne vois rien ni personne, dit Jamal.

— Moi non plus.

— Pourtant j'ai une vue extraordinaire, j'ai la meilleure vue du monde, personne ne voit comme moi.

— Et tu parles toutes les langues et tu connais la mer comme personne et tu pourrais tuer n'importe qui avec ton kriss. Je suis au courant.

... Ou bien tout cela n'est que machination, pièges et manigances. Pann, Kwok et le Moriarty seront de connivence, ils appliquent un plan conçu de longue date, pour me piéger après avoir traquenardé le Capitaine, ils auront alors deux Kaï O'Hara — et notre race sera en grand danger d'extinction.

— Et si c'était un piège ? Et si ce petit Chinois dont tu me dis qu'il a dessiné l'ombrelle, s'il travaillait avec les autres ?

— Je n'y avais pas pensé, Jamal. Merci de me mettre en garde.

— Je suis vraiment très rusé. Je pense à tout.

Les deux éclaireurs ibans ont déjà atteint et dépassé le haut de la pénéplaine. Ils se sont engagés dans le défilé, qui paraît être le seul passage. Bel endroit pour une embuscade, se dit Kaï qui s'arrête et attend. Il ne donne pas d'ordre aux Ibans, c'est inutile et de toute manière ils ont bien plus que lui l'expérience de ces progressions précautionneuses. D'ailleurs, un troisième se détache et se porte en avant, pour assurer la liaison avec ses deux compagnons de tête.

Dix minutes. Le troisième Iban se montre et fait signe que l'on peut poursuivre. C'est Boadicée qui réagit la première et entre dans la gorge, d'un pas très décidé. *Et autre chose, Kaï : elle a changé d'attitude, a cessé de cracher le feu pour se montrer, on pourrait dire, suppliante, au moment même où nous arrivions presque en vue du cairn et du signe de piste (laissé par Pann ou non). Cela peut très bien vouloir dire qu'elle savait que nous étions arrivés à l'endroit prévu. Sa déclaration sur son père, selon laquelle elle l'aime quoi qu'il fasse ou ait pu faire, cette déclaration peut s'entendre comme une justification qu'elle s'accorde, pour ce qu'elle a fait et va faire... Ou bien elle aura peur pour le Moriarty son père et prépare sa défense.*

Je ne sais pas, je suis perdu, avec elle. C'est quand même bizarre : d'habitude, avec les filles, je comprends plutôt bien, et vite ; je les regarde et passez muscade, je sais si oui ou non elles verraient d'un bon œil un câlin. Pas avec celle-là, elle m'est hermétique... Si ça se trouve, c'est ma faute si je suis perdu avec elle. À cause de l'effet qu'elle a sur moi, et qui me désempare.

Eh là ! doucement les basses, Kaï ! Tu finiras par te mettre dans l'idée que tu es amoureux d'elle.

Ils sont tous dans le défilé à présent, les deux éclaireurs ont pris de la hauteur de part et d'autre, jouant les flancs-gardes. On grimpe sur ce qui n'est même pas un sentier et qui par endroits nécessite une véritable escalade. La chaleur est extrême, dans ce boyau de pierre si encaissé que, la plupart du temps, deux hommes ne pourraient passer de front. C'est toujours Boadicée qui mène le train de la petite colonne, elle avance très rapidement, ne se retournant jamais, avec une sorte de précipitation fébrile. Une chose est sûre : elle a de bonnes jambes.

Voici le sommet du col miniature. Kaï se retourne : on n'aperçoit plus guère la mer de Séram, et partie seulement de l'île Karas. Le prao n'est plus en vue, sans doute croise-t-il. Il y a maintenant bien plus d'une heure que le débarquement a eu lieu.

— Ne t'éloigne pas, Jamal.

Le gamin cavalcade, dans une descente tout aussi difficile que la montée a pu l'être. Il a dépassé la Miss.

... Qui s'étale, après avoir glissé.

— Fiche-moi la paix, dit-elle quand Kaï se penche sur elle. Va crever, Kaï O'Hara.

Elle se relève d'elle-même, ignore l'éraflure qu'elle s'est

faite à l'avant-bras gauche, repart avec le même acharnement. Le gamin a disparu en contrebas. Les éclaireurs font signe que tout va bien. Quinze à vingt autres minutes de descente, puis l'horizon s'élargit sur un plateau à peu près dépourvu de végétation, sur lequel le soleil donne à fond. Certainement dans les cinquante degrés à l'ombre, s'il y avait de l'ombre. Kaï rejoint Jamal et un Iban penchés sur quelque chose par terre.

Un autre parapluie dessiné avec des pierres. Mais le manche n'est plus courbe ; il est droit et assorti d'une esquisse d'empennage de flèche, indiquant une direction exactement plein est. Les deux heures suivantes, la progression est vive et sans halte. Si la Miss peut tenir sans boire, Kaï aussi. Le paysage est quasi lunaire mais des montagnes viennent de surgir de leur cocon de brume, à vingt-cinq ou trente kilomètres ; elles sont bleuâtres et hautes, probablement couvertes de jungle.

Il crève de soif.

Sifflement d'alerte donné par l'Iban qui marche en serre-file ; deux silhouettes se rapprochent très vite, par l'arrière ; ce sont Lek et l'un de ses hommes, qui rallient.

— Et le prao ?

— Je l'ai caché dans une anse. S'il y a des têtes à couper, je veux y être. Vous devriez vous arrêter pour boire.

Halte d'un quart d'heure et nouveau départ, éclaireurs comme toujours déployés — ces Ibans ont un sens inné, et stupéfiant, des opérations militaires. La nuit s'annonce, environ vingt-cinq kilomètres ont déjà été couverts et, si c'est bien Pann qui a disposé ces signes de piste, ce petit bonhomme ratatiné est d'une résistance peu banale, surtout à son âge.

Troisième figuration de parapluie. Le décor vient de changer, à peu près au moment même où la lumière commence véritablement à baisser. Ce n'était jusque-là qu'une succession d'escarpements à monter ou à descendre, parfois interrompus par des dolines, des dépressions vaguement circulaires avec au fond une terre rouge hautement poussiéreuse. À présent, de gros ravins se dessinent, en pente descendante, entre lesquels il serait difficile de faire un choix. C'est sans doute la raison d'être de ce signal supplémentaire, qui indique une direction et une seule. Et de nouveau, les éclaireurs s'écartent, se hissent sur les deux crêtes de cette gorge dans laquelle on pénètre.

— Tu es fatigué, Jamal ?

— Je ne suis jamais fatigué. Je peux marcher cent heures. Elle, la fille, oui, elle est fatiguée.

Sifflement d'alerte, produit par l'Iban tout en haut sur la droite, et qui allonge le bras puis dresse un doigt — un homme.

— Le sage goûte l'attente, qui promet toutes les merveilles. Néanmoins, de la satisfaction envahit mon cœur à vous revoir.

Pann n'est déjà pas grand au naturel. Recroquevillé comme il l'est, il semble minuscule. Un coin de rocher les abrite, lui et son parapluie qui, dans l'obscurité grandissante fait une tache noire : ses yeux ordinairement plissés font penser à ceux d'un hibou, tant son épuisement est immense.

Double sifflement : les éclaireurs précisent qu'il est seul.

— J'ai fait le fou, ils ont ri et ne m'ont pas jeté dans la mer de Chine. Puis j'ai continué de faire le fou, parce qu'il y en avait deux ou trois qui souhaitaient me couper la gorge, et qu'il valait mieux que je continue à amuser les autres.

— Où est la jonque ?

— Fiche-lui donc la paix, Kaï O'Hara. Tu ne vois pas qu'il est mourant ?

— Tu vas mourir, Pann ?

Pann pense que non. Pas dans l'immédiat. Il est seulement un peu fatigué. Il vient de marcher douze heures d'affilée, ou davantage. Il a fait l'aller et retour.

L'aller et retour entre l'endroit où est la jonque et la mer où il espérait voir surgir Kaï et Petit Dragon. Il n'était pas vraiment sûr de les y voir, ni même de les revoir un jour. Mais le sage sait espérer, le sage sait que, sans espoir, la vie est inutile.

— Pourquoi ne nous as-tu pas attendus sur le bord de la mer si tu pensais que nous allions arriver ?

Parce qu'il n'y a pas d'eau sur le bord de la mer, d'eau à boire. Et puis, en se postant comme il l'a fait, à la sortie (ou à l'entrée, selon comment on le regarde) de ce ravin, au moins il pouvait guetter une approche éventuelle de Kwok et de ses buveurs de sang.

— Il paraît que tu bois du sang, toi aussi.

Ce n'est pas pareil, Pann faisait le fou, alors.

— Où est la jonque ?

À deux heures de marche par là. Deux heures de marche pour un vieux lettré bien fatigué.

J'ai fichtrement envie de le croire, pense Kaï. Croire qu'il a vraiment réussi à ne pas être tué par Kwok et ses pirates en jouant le fou, puis qu'il est parvenu à leur fausser compagnie, et qu'ensuite il a couvert dans les soixante ou soixante-dix kilomètres, à seule fin de disposer des repères, dans l'attente de leur arrivée, pour des gens qu'il a vus sauter en pleine mer de Chine, à des centaines de kilomètres de là !

— Qu'est-ce que tu viens de dire, Pann ?

Pann s'endort et Kaï doit le secouer.

— Ils t'attendent, Kaï. Ils savent que tu es derrière eux.

— Non. Ce que tu as dit avant.

Goélette. Goélette à coque noire. Prisonnière. Beaucoup d'hommes.

Et Moriarty.

— Jamais rien entendu de plus idiot, dit-elle. Tu m'as pourtant habituée à de superbes inepties, mais là tu te surpasses.

Elle murmure. Tout de même. Elle est couchée près de lui. Pas seule, Lek et quatre de ses Ibans sont là, et Jamal se tient quelques mètres plus loin. Pann est resté en arrière, il dormait très profondément quand ils l'ont quitté. Kaï a voulu partir sitôt qu'il a appris la présence du *Nan Shan* à proximité. Lek lui a fait valoir qu'aucun d'entre eux n'avait dormi depuis près de deux jours — la nuit précédente personne n'avait fermé l'œil pendant qu'on longeait la côte, à la recherche de quelque chose qui finalement s'était révélé être un cairn. D'accord, Kaï a dormi trois heures, puis il a éveillé tout le monde, et on est parti par une nuit sans lune. Après seulement quelques centaines de mètres, la très maigre végétation a cédé la place à de la forêt-clairière, puis carrément à de la jungle ; même les Ibans n'ont pas retrouvé aussitôt la trace des allées et venues de Pann ; on s'est ensuite glissé, en alerte, dans une brousse aux allures de mangrove, très vite suintante, gorgée de sangsues, de moustiques et de serpents. Il y a quarante minutes à peine, des lumières sont enfin apparues, on a marché sur elles avec prudence et dans la nuit, enfin, Kaï a vu la jonque ; bien illuminée ; un peu trop justement ; cela...

— Si tu t'obstines, je ne te vois pas finir ce jour vivant, Kaï O'Hara.

... Cela sentait le piège ; on s'est approché à moins de cent mètres. À bord, une bonne douzaine d'hommes armés de fusils, bien rencognés et visiblement prêts à répondre à une attaque qu'ils attendaient ; un Iban est parti en reconnaissance, sans faire plus de bruit qu'une feuille qui tombe ; il est revenu comme il était parti, en rampant, et pour annoncer qu'un autre contingent de tireurs se trouve posté un peu sur la droite, il les a entendus chuchoter, a senti l'odeur de leur transpiration et celle de la graisse de leurs fusils — huit hommes, selon lui...

— Je m'en consolerai, remarque, poursuit Boadicée.

... Et puis la lumière a commencé de se faire, le paysage est peu à peu sorti de l'ombre ; la grande masse noire droit devant était bien une montagne, ou son piémont, mais très vertical ; sur la droite, une mangrove, plutôt inextricable, qui s'achève dans le lointain sur des collines moutonnantes, entièrement couvertes d'arbres — c'est par là que le groupe de sept ou huit tireurs a pris position ; et entre la mangrove et le flanc de la montagne, ce qui pourrait être une rivière mais Kaï (comme Lek) pense plutôt à une ria, une baie très étroite et très profonde, ce qui, des millions d'années plus tôt, a dû être une vallée encaissée que la mer a envahie ; moins de quarante mètres en avant de la jonque, un goulet, un vrai chas ; et au-delà, la ria se poursuit, s'allonge, à perte de vue, enchâssée ; durant les minutes qui viennent de s'écouler, le jour s'est fait, complètement. Kaï a d'abord repéré, à environ trois mille mètres sur sa gauche, une construction ; plus grosse qu'une simple paillote, on dirait bien que le bâtiment comporte une varangue, il en est même certain, dommage qu'il n'ait pas pensé à prendre des jumelles à Zamboanga. Et sur cette véranda, à n'en pas douter, un homme est apparu il y a quelques instants. En fait, il y avait plusieurs silhouettes mais c'est à cet homme-là, et à lui seul, que Kaï s'est intéressé, ô combien ; l'homme est de haute taille et, malgré la distance, il jurerait que ses cheveux sont blonds ou blancs ; l'homme s'est assis face à l'eau de la baie, aussi bien il prend le thé ; en sorte que le regard de Kaï s'est porté sur l'autre rive, côté droit pour lui, donc ; il y a là une falaise qui paraît sacrément vertigineuse ; et tout en bas, au ras de l'eau, pointant hors de l'ombre projetée sur la roche, Kaï a distingué un beaupré entre un million reconnaissable par ses martingales de grand foc et de clinfoc, sa fusée de bout-dehors en mufle de requin, et sa couleur.

Le *Nan Shan*.

Un canot est en train d'approcher le goulet, monté par six hommes brandissant des fusils, index sur la détente, et c'est la raison pour laquelle Kaï n'a pas encore mis son projet à exécution. Le canot retourne vers la jonque, voilà dix bonnes minutes que Kaï le suit des yeux. Rien à faire tant qu'il ne sera pas passé.

Des éclaireurs ibans reviennent, si reptiliens et à ce point silencieux qu'ils surgissent à deux ou trois mètres sans que rien n'ait annoncé leur approche. Ils rendent compte. Lek regarde Kaï et acquiesce : d'accord, lui et ses hommes feront ce qui leur a été demandé.

— Surtout, dit la Miss à voix très basse mais néanmoins sifflante de colère, surtout que personne ne prenne la peine de me traduire ce que vous vous racontez.

Les Ibans s'en vont, il y a vraiment quelque chose de magique dans leur façon de se couler au cœur de la végétation et d'y disparaître ; ils sont là, et soudain ils n'y sont plus, comme effacés d'un coup.

— Je vais venir avec toi, Kaï O'Hara, tu t'en doutes.

— Reste où tu es.

— Je viens ou je hurle. Ma voix est très puissante, au cas où tu ne l'aurais pas remarqué.

— J'avais remarqué.

Ô combien !

— Tu fais un mouvement pour m'assommer et je crie.

Kaï attend. Le fichu canot s'en revenant vers la jonque vient de stopper sa lente progression ; il est à une quinzaine de brasses seulement du goulet qu'il allait franchir (et dont Kaï ne distingue que la partie supérieure) ; le voici qui stoppe, à quarante mètres au plus de l'endroit où Kaï et Boadicée sont tapis, et cinq ou six mètres en contrebas.

— Je t'en prie, Kaï O'Hara. Laisse-moi aller parler à mon père. Il n'a tué personne, après tout. Il n'est pas responsable de ce que Kwok a fait.

Les hommes à bord du canot fouillent du regard la rive, à croire qu'ils ont vu ou entendu quelque chose — *ou qu'ils les savent ici.*

— Et tu avais convoqué trois femmes, à Shanghai. Trois femmes pour toi tout seul. C'est de la prétention ou je ne m'y connais pas, quel homme a besoin de trois femmes en même temps ?

Un si brutal changement de sujet (voici dix secondes, elle me parlait de son père, nom d'un chien !) prend Kaï par surprise. Il ne détourne pas ses yeux des hommes qui le recherchent, mais c'est tout juste.

— Sans compter, poursuit la Miss Boadicée toujours dans un murmure, sans compter que nous voyageons ensemble depuis des jours et des jours, et, pour ce qui est d'être entreprenant avec les filles, rien. Tu n'as même pas essayé de m'embrasser.

Ce qui ressemble fort à de l'indignation succède à l'ahurissement, chez Kaï.

Pas entreprenant ? Mais quand est-ce que j'aurais pu l'être (en supposant que j'en aie eu envie, je veux dire... Bon d'accord, j'en ai eu envie, et maintes fois, pour être honnête). Bon sang il n'y a pas eu une minute, pas une seconde où j'aie été vraiment seul avec elle. Elle croit vraiment que je pouvais, que nous pouvions faire minou-minou tandis que nous étions au beau milieu de la mer de Chine ? Ensuite sur un tout petit sampan, sous l'œil de Sebastian et des Chang ? Ensuite à Palawan ? sur le prao ? Pas une seconde de solitude.

— Et eux, qu'est-ce qu'ils attendent, ces abrutis sur leur foutu canot ?

Bon, d'accord, je vois ce qu'elle veut. Elle a peur que je fracasse son père, et elle cherche à me retarder par des guili-guili. Voilà, c'est ça.

— Je ne veux pas dire que je t'aurais laissé faire. Ça, non. Mais pour un jeune homme qui prétend avoir besoin d'au moins trois femmes pour assouvir ses instincts bestiaux, tu es nul.

Non, mais comment elle parle ! Dans tous les cas, qu'elle cause, il se tait imperturbablement.

Le canot a bougé, il bouge. Les hommes debout, braquant leurs fusils, se rassoient, et l'un d'entre eux se remet à la godille. Le canot repart vers le goulet et sort du champ de vision par la droite. Le bruit de rame s'estompe et s'éteint.

J'y vais.

Kaï rampe le nez à ras du sol et descend vers la berge. Et naturellement, la Miss le suit.

Fiche-moi le camp.

— Tu essaies de m'assommer et je hurle, je t'ai prévenu.

Il arrive dans la zone des palétuviers et passe à moins de deux mètres d'un serpent à bandes bleues, sorte de cobra marin, qui pour le moment pend la tête en bas.

— Serpent.

— Je m'en fiche, dit-elle, derrière.

Tu parles ! Si par hasard nous sommes tombés sur tout un campement de bandes-bleues prenant leur bain matinal, on verra bien si tu t'en fiches toujours.

Mais l'eau qu'il atteint enfin est claire.

— Kaï...

C'est la première fois qu'elle dit Kaï, et pas Kaï O'Hara. Et le ton est très doux. Il se retourne.

— Je t'en prie, Kaï. Ils vont te tuer.

Il la fixe, son regard dans le sien — ce qui n'est pas arrivé depuis qu'il l'a vue pour la première fois, dans l'appartement de l'hôtel Cathay. Et s'il ne répond pas, ce n'est pas ce coup-ci à cause de cette promesse qu'il s'est faite de ne se laisser entraîner dans aucune discussion. Simplement, il ne sait que dire. En voyant ce qu'elle a dans les yeux, et le petit tremblement de sa bouche, il pourrait penser qu'elle est émue pour de bon — et vraiment soucieuse de lui.

Il s'immerge. L'eau est bien salée. C'est dans la mer qu'il nage et non dans un lac : comment le *Nan Shan* a-t-il pu franchir ce goulet si étroit ?

Il pivote. De là où il est à présent, il voit bien mieux la goélette qui semble tapie, encastrée sous la falaise et ainsi coincée de toutes parts, sauf à l'avant — un fauve acculé. Trois bons kilomètres à parcourir pour l'atteindre. Il aurait dû attendre la prochaine nuit pour tenter le coup, tant pis.

— S'il te plaît, Kaï, espèce d'abruti, qu'est-ce que je peux te dire ?

Mais là encore, le ton est très doux. Prends-la au moins dans tes bras, pour la première et la dernière fois, tu en as tellement envie.

Il descend sous l'eau, d'environ dix brasses, pour atteindre ce qu'il tient pour la profondeur idéale, s'agissant de nager en apnée — dans les six à huit mètres. Il prend son rythme, il devra aller plus loin qu'il n'a jamais été. Il se sait capable de rester bien plus de trois minutes en immersion et de parcourir dans les deux cents mètres. Juste au moment où il s'élançait, il a entendu et surtout senti le remous d'un autre corps qui plongeait aussi. Elle ne pourra pas me suivre, pense-t-il.

Ça va, les mouvements de ses bras et de ses jambes sont parfaitement coordonnés. Il maintient sa bouche fermée ;

évidemment pas pour empêcher l'eau d'entrer, de toute façon il la bloquerait, mais pour être mieux profilé, il faut qu'il pense qu'il est un poisson, qu'il a l'éternité devant lui. Premier soubresaut de sa poitrine vers la fin de la deuxième minute, accompagnée de l'habituelle sensation d'étouffement, et d'un besoin impérieux de refaire surface. Il tient et ça s'arrange ; ce qu'Oncle Ka appelle le « deuxième poumon » est entré en service. Ce n'est pas le Capitaine qui a appris à Kaï à nager sous l'eau ; le Capitaine nage vraiment bien, mais Oncle Ka est encore meilleur. On ne le dirait jamais, à le voir aussi maigre...

... Bon, là, il faut remonter. La sensation d'étouffement est revenue et cette fois elle est irrépressible. Il remonte mais pas verticalement, pour aller le plus loin possible, pour gagner quelques mètres supplémentaires.

Et quand enfin il n'en peut vraiment plus, il pousse sur ses bras et revient à l'air. Mais il ne jaillit pas, c'est tout juste s'il s'autorise à laisser émerger son visage et sa bouche à ras de la surface en tournant lentement sur lui-même. Il y a de bonnes nouvelles : la Miss est à cent mètres et la direction qu'il a lui-même suivie durant toute sa plongée est bonne : le *Nan Shan* est bien plus près, Kaï distingue le mât d'artimon, et Oncle Ka debout près de ce mât, et qui le regarde — il l'a vu — et peut-être reconnu.

... Mais il y a aussi de mauvaises nouvelles. Très mauvaises.

Cet endroit sur l'autre rive où il comptait se cacher est occupé par quatre ou cinq hommes. Qui eux aussi l'ont vu et épaulent leurs fusils — distance : deux cents mètres environ. Même si la baie n'est pas très large en cet endroit, pas question de la traverser sans refaire surface une fois au moins.

Et autre chose : des canots et des pirogues sont sortis d'on ne sait où. Plein de monde à bord, et armés.

Voici même le cotre, le foutu *Britannia-quel-beau-nom* qui lui aussi s'est démasqué, est sorti de la crique où il se cachait et fait maintenant mouvement vers Kaï.

La curée.

Des balles ont frappé l'eau tout autour de lui, aucune à moins de cinq mètres — visiblement, on le veut vivant. Par quatre fois, il a replongé, a nagé. De moins en moins loin, parce que le souffle commençait à bien lui manquer. Il a même essayé, au lieu de tenter de prendre la meute à contre-pied, de rester en place, s'accrochant à une arête de rocher par douze mètres de fond. Sauf que l'eau est bien trop limpide. Les autres sont restés eux aussi tranquillement en place : il distinguait la coque de leurs embarcations, juste à la verticale.

Il a fini par sortir — inutile de s'épuiser complètement — et par se rendre. On l'a hissé à bord de l'un des canots : il y avait là un Blanc basané, plutôt joli garçon au demeurant, de type bien latin, sans doute l'Escalante dont lui ont parlé les Wouters.

— Vous nagez remarquablement.

— Je donne même des cours. On se met tous les deux une grosse pierre autour du cou et on saute. Le premier qui se noie a perdu.

Escalante éclate de rire comme si c'était la plus drôle plaisanterie du répertoire mondial. Le canot fait route vers la construction à la varangue. Kaï lui tourne le dos, c'est le *Nan Shan* qu'il contemple. Oncle Ka s'est avancé vers le beaupré et se tient immobile, sans un geste.

De nombreuses détonations à mille mètres. Les Ibans sont passés à l'attaque. Comme prévu.

Le canot enfonce son étrave dans du sable crissant. On fait débarquer Kaï dont les poignets et les chevilles sont liés.

— Avance.

C'est un Chinois qui lui parle en chinois, mais ce n'est pas Kwok. Kaï part en sautillant.

— Monte.

Il s'assoit par terre et ils sont obligés de se mettre à trois pour le hisser sur le parquet de la varangue, puis pour l'asseoir dans un fauteuil-paon de rotin. Ça tiraille toujours, aux environs, en deux endroits différents.

— Du thé, mon garçon ?

Alors seulement Kaï tourne la tête et regarde Moriarty.

Moriarty est debout et grand. Moins que Kaï, mais tout de même.

— Merci de m'avoir ramené ma fille, dit-il.

Il est grand et, ma foi, a très bonne allure ; il ne déparerait pas le *long bar* de l'hôtel Raffles à Singapour à l'heure du *sling*. Pantalon blanc, chaussures blanches, chemise de chasse à multiples poches, casque colonial posé tout près, cigare aux lèvres. L'homme a de la classe et, il faut le reconnaître, du charme. Même si ses cicatrices sont véritablement impressionnantes.

— Vous m'auriez dit que vous vouliez vous baigner avant le breakfast, je vous aurais attendu. Mais il reste du porridge. Pas d'œuf malheureusement. Ces contrées manquent cruellement de poules.

Un autre canot approche, qui transporte Boadicée.

— Mon père est vivant ? demande Kaï.

— Il l'était la dernière fois que je l'ai vu.

— Il y a eu des morts, à bord du *Nan Shan* ?

— Oui, et je le regrette. Mais leur tentative, enfin leurs trois premières tentatives pour forcer mon blocus étaient bien trop aventureuses.

— Combien ?

— Deux, je crois. Et ils nous ont tué une quinzaine d'hommes, on peut parler de match nul.

— Mon père vous tuera.

— Il a déjà essayé. Ce n'est pas passé loin, à Shanghai, autrefois.

— Comment le *Nan Shan* s'est-il retrouvé où il est ?

— Le goulet était nettement plus large qu'il ne l'est à présent. Avant que je ne fasse sauter les explosifs. Je n'ai pas réussi à le boucher complètement, mais bien assez pour empêcher de passer une goélette franche à trois mâts.

Encore des détonations, sur la droite de Kaï et aussi sur la gauche. Mais bien plus espacées que tout à l'heure.

— Mon garçon, vous entendez comme moi des coups de feu. Ce sont mes hommes qui tirent sur les vôtres.

Kaï boit son thé, qui est très bon — et servi dans rien de moins que du Wedgwood ; ou peut-être bien du Rockingham, après tout ; mais en tout cas, dans de la porcelaine de prix (et nous sommes au fin fond de la Nouvelle-Guinée, Seigneur !).

— Ce ne sont pas mes hommes, mais de simples amis.

— J'avais donné ordre qu'on ne tue pas Pann. C'est bien lui qui vous a indiqué la route, n'est-ce pas ?

— Oui.

— Je l'aime bien. Surtout ma fille l'adore. Vous êtes au courant de l'affaire de Surabaya ?

— Plus ou moins.

— J'ai tout fait pour mettre votre père en fureur. Ce qui n'était d'ailleurs pas très difficile. Pour quelque raison que j'ignore, il me poursuit de sa haine. À moins que ce soit depuis que j'ai fait enlever votre mère et vos sœurs, à Shanghai.

— Je ne suis pas au courant.

— Vous lui demanderez de vous raconter l'histoire.

— Vous tenez tant que cela à avoir le *Nan Shan* ?

— Pour le brûler. Pour le simple plaisir de le voir brûler. Pas plus.

— Vous êtes sûr d'être sain d'esprit ?

— Votre père pense que je suis un malade mental. Je dirais qu'il est allé jusqu'à croire que par toutes les ignominies que j'accumule, je cherche à être puni. L'ennui est que personne n'a encore réussi à me tuer. Ils ont été pourtant nombreux à essayer.

À quatre cents mètres, le canot avec Boadicée. De là où il est assis, Kaï, en tournant la tête sur la gauche, peut voir le *Nan Shan*. Et dans l'autre direction, il découvre l'intérieur de la maison. En bois, la maison, visiblement construite depuis peu, n'est guère meublée ; on ne distingue qu'un lit de camp avec moustiquaire et la pièce unique semble vide. Un fusil est posé sur les planches du parquet, une très belle arme, avec lunette ; et un ceinturon pendu à un clou dans la paroi contient un revolver Webley Mark I.

Plus surprenante, une fleur d'hibiscus, posée sur le rebord de la fenêtre — simple cadre de bois — ouverte sur l'arrière. Parfait. Vraiment parfait.

— Je vois que, même pour les armes, vous restez anglais.

— Je reste anglais en toutes choses, mon garçon. Et si vous projetez de vous emparer de ces armes, vous rêvez.

— Je ne projette rien. Mes mains et mes chevilles sont liées et trois de vos hommes me surveillent. Vous avez fait construire cette baraque uniquement pour la circonstance ?

— Pour regarder le grand capitaine Kaï O'Hara, douzième du nom, mourir de faim. Ce qu'il ne fera pas. Il finira par me faire cadeau de sa goélette.

— Sauf votre respect, vous êtes encore plus fêlé que je ne le pensais. Le Capitaine préférera brûler lui-même le *Nan Shan.*

— Eh bien, dit Moriarty avec beaucoup d'engouement, cela m'épargnera la peine de le faire moi-même. À mon arrivée en Asie, il m'a volé deux merveilleux fusils auxquels je tenais infiniment. Vous ne connaissez pas non plus cette histoire-là ?

— Non plus.

— Des Purdey rarissimes. Je les avais moi-même volés, c'est vous dire combien je les aimais. Ensuite, sous le prétexte que je lui avais un peu tiré dessus, il m'a massacré à coups de poing. Ce qui m'a autorisé à faire sauter la villa de, si je ne m'abuse, votre actuel grand-père, monsieur Margerit. À propos, monsieur Margerit est à l'hôpital, il a explosé avec sa voiture. Une petite fantaisie que je me suis offerte.

— Vous mentez.

— Pas du tout. Pour une fois ! Mais je vous rassure : monsieur Margerit survivra, il y avait juste assez d'explosifs pour qu'il monte à cinq mètres en l'air, je sais me montrer raisonnable et je n'aime pas tuer, sauf en cas de très grande urgence. Vous avez touché à ma fille pendant le voyage, mon garçon ? Si vous comprenez bien ce que j'entends par toucher ?

— Oui, je comprends. Non, je ne l'ai pas touchée. Avec

un père tel que vous, elle n'a pas besoin d'avoir la fièvre jaune pour que je reste à l'écart.

— Votre père, à Surabaya, apprenant par un message dans sa prison — photos à l'appui, je vous le précise — ce qui était arrivé à monsieur Margerit, a senti grandir encore l'étrange antipathie qu'il me porte. Raison pour laquelle... Et l'affaire du tableau, vous la savez ?

— Oui.

— Le tableau, l'explosion de monsieur Margerit, l'explosion encore de la villa de ce malheureux Belge qui n'était pour rien dans l'affaire, tout cela a mis votre père dans la disposition d'esprit qui convenait. Il m'a poursuivi et a franchi le goulet. Je n'en demandais pas davantage. Vous ai-je dit que j'avais hérité, en Angleterre ? J'ai promis cent mille livres sterling à tous ces hommes...

— À Kwok aussi ?

— Kwok touchera la moitié de la somme. Enfin, il l'espère. Bien entendu, il n'aura rien. Il ne me reste plus que cent et quelques mille livres, je ne vais pas les dilapider pour me retrouver ruiné dans mes vieux jours.

Boadicée et son canot personnel à trente, non vingt mètres du bord de l'eau.

Maintenant, Kaï.

— Il faut que je pisse, dit-il. C'est urgent.

— Je hais votre père à un point incroyable, mon garçon. Disons qu'il m'obsède. Il est le seul homme que je n'ai jamais réussi à tromper et le seul qui ait porté la main sur moi, cette espèce de métèque. Si vous pensez que je vais vous faire délier les mains, vous rêvez.

Kaï se lève et maladroitement saute sur ses pieds forcément joints. Et il tombe. Quelques secondes après que la Miss a débarqué et a commencé de marcher vers le Moriarty. Il tombe à l'endroit voulu, dans l'encadrement de la porte. Il trouve le kriss dont la fleur d'hibiscus annonçait la présence. Pour trancher, la lame tranche. Les liens tombent. Il allonge la main vers la crosse du Webley, l'un des gardes a bondi, dresse son fusil et s'abat ; une lance iban lui a traversé la poitrine de part en part.

Kaï achève son geste, pose le doigt sur la détente :

— Vas-y, bouge, rien que pour voir.

Boadicée est en train d'escalader les trois ou quatre marches de la varangue.

Elle s'immobilise aussi.

— Je vieillis, dit Moriarty, le nez dans sa tasse de thé. Je dois vieillir. À tel renversement de situation, quelques années plus tôt, j'aurais réagi avec une promptitude proprement extravagante. Je ne sais pas, moi, par exemple, je me serais exclamé *By Jove !* ou *Good Heavens !* Enfin, quelque chose d'approprié. Bonjour, ma chérie. Tu as fait bon voyage ?

Lek soulève Jamal, le hisse par-dessus la fenêtre de derrière, qu'il franchit à son tour.

— Je croyais que tu ne devais pas venir par là, on était d'accord, dit Kaï.

— C'est ma faute, explique Jamal. Il y avait deux hommes sur le chemin où je devais passer. Je ne pouvais pas en tuer deux d'un coup.

— J'aurais cru, dit Kaï.

Lek reprend sa lance, qu'il arrache du cadavre avec un bruit de succion assez répugnant, et qu'il essuie de son index. Il sort son kriss et se met à couper la tête du mort — un Chinois. On voit clairement qu'il a une grande habitude de ce genre d'opération.

— Tu peux t'en tirer seul, Kaï ?

— Je crois.

— Il faut que j'aille voir où en sont mes amis.

— Tu peux partir.

L'Iban disparaît. Kaï n'a pas quitté Moriarty des yeux.

— Où est Kwok ?

— Je n'en sais fichtre rien, mon garçon. Ce Kwok a des idées à lui sur la façon dont les choses doivent être faites. On n'obtient plus des indigènes la même obéissance que par le passé. Les temps changent.

— Ces hommes autour de vous sont de l'équipe de Kwok ?

— Grands dieux non, mon garçon. Pour qui me prenez-vous ?

— Papa, ne mens pas.

Première intervention de la jeune fille.

— Tu me connais, Boadicée.

— Justement. Les gens qui étaient sur la jonque avec Kwok lui obéissent, c'est ça ?

C'est Boadicée qui pose les questions.

— Je concède que ces hommes sur la jonque ne sont pas exactement à mes ordres, dit Moriarty avec une grande dignité.

— Il y en a d'autres dans ce cas ?

— Une dizaine que ce diable de Kwok avait laissés ici pendant qu'il allait vous chercher. Pour veiller sur ses intérêts en son absence, je suppose. Par instants, j'ai le sentiment désagréable que ce Kwok n'a pas une totale confiance en la parole d'un gentleman britannique.

— Kwok a égorgé l'un des employés de mon oncle, à Shanghai.

— Tu m'en vois très sincèrement désolé. Quelle tragédie !

Le ton est néanmoins très désinvolte. Curieux personnage, pense Kaï.

— Les gentlemen britanniques dans ton genre me donnent envie de me faire naturaliser Papoue, poursuit Boadicée. Tu es la honte de l'Angleterre. De combien d'hommes à toi disposes-tu ? Je veux dire d'hommes qui n'obéissent pas à Kwok ?

Disons une trentaine, d'après Moriarty. Ou un peu plus.

— Ces hommes à toi se battraient contre ceux de Kwok ?

Je parierais un shilling sur leur ardeur à se battre en pareil cas, mais pas beaucoup plus.

— Mais ils t'obéiraient, à toi ?

Si on les payait, peut-être. Tu as de l'argent, ma chérie ? Ta grand-mère a dû t'en donner.

— Je n'ai pas d'argent. Pas du tout. Mais tu dois en avoir, toi.

— Ici ? (Le ton de Moriarty exprime une très douloureuse consternation.) Ici, dans un endroit plein de pirates ? Seul un fou aurait emporté de l'argent pour venir ici. Je n'ai pas un penny, ma chère enfant. Pas un.

— Je vais bouger, Kaï O'Hara, dit Boadicée. Essaie de ne pas m'abattre sauvagement avec ton stupide revolver, si tu peux.

Et elle bouge. Elle commence par soulever la moustiquaire et mettre le matelas sens dessus dessous.

— Ce manque de confiance m'attriste très profondément, dit Moriarty.

Elle réfléchit. Ce n'est pas la première fois qu'elle cherche de l'argent qu'il aura caché, se souvient-elle. Voyons un peu. Elle considère les planches qui forment le plancher, celles qui constituent le toit, celles enfin qui forment les parois.

— Non, trop simple. Je vais sortir, Kaï O'Hara. C'est sûrement dehors. Tu pointes ton arme sur mon père, qu'est-ce que tu risques ?

Elle redescend de la varangue, suivi de Jamal qui la surveille. Revient cinq ou six minutes plus tard, tenant un paquet de toile cirée. Qu'elle ouvre. Des liasses de livres sterling.

— Il y a combien, papa ?

Kaï s'accroupit, appuie son épaule contre le chambranle de la porte. Moriarty est assis à sa droite et se ressert du thé, l'homme à la tête coupée attire les mouches, un garde a déposé son fusil, et de même le garde derrière lui ; à quinze mètres de là sont Escalante et quatre ou cinq de ses sbires ; le *Nan Shan* se voit fort bien, à présent que la lumière a changé et éclaire partie de l'intérieur de la semi-grotte où la goélette est tapie.

Kaï sait, ou est presque sûr de savoir, ce qui va maintenant se passer. Entre le père et la fille. Entre la fille et lui, surtout. Il y a bien des façons de conclure cette aventure-là. Beaucoup de ces façons sont très sanglantes, qu'il préférerait éviter...

— Tu n'as pas répondu à ma question, papa.

— Tu sais bien que je n'ai jamais su compter. Et j'avais complètement oublié que quelqu'un avait enterré trente-trois mille six cent vingt-trois livres au pied du quatrième arbre à partir de la fenêtre, sur l'arrière de la maison.

... Mais d'un autre côté, pense toujours Kaï, si je réponds oui quand la Miss me demandera ce que forcément elle va me demander, si je cède (et il sait bien qu'il va céder), je vais me faire écrabouiller par le Capitaine, je le mettrai en peine et en fureur ; sans compter que la justice ne passera pas sur le Moriarty, qui n'aurait pas volé d'être décapité, lui aussi, si charmeur soit-il. L'homme a beau être étrangement sympathique, bon, disons au moins drôle et original, il n'en est pas moins responsable de pas mal de morts, sans compter qu'il a failli tuer (s'il n'a pas menti) monsieur Jacques Margerit. Ce serait évidemment un bienfait que d'en débarrasser les mers du Sud.

Un silence a suivi le dernier échange entre le père et la fille. Et voici que la Miss baisse la tête, la relève ; elle fixe Kaï :

— Kaï O'Hara ?

— Et voilà, nous y sommes.

Le jour a beaucoup avancé, la lumière a bien changé, il y a une amorce de soleil couchant vers l'ouest et le dernier Iban rallie. Le dernier parce que s'il en manque deux, c'est qu'ils sont morts, ce survivant le confirme, tout en clopinant à cause d'une balle qui lui a un peu troué la jambe, mais aussi en riant largement à cause des trois têtes qu'il rapporte.

— Je suis très triste pour ces deux hommes tués, Lek, dit Kaï.

— Nous avons coupé seize têtes en tout, c'est une grande victoire, qu'est-ce que tu veux de plus ?

Le détachement iban, Kaï et Jamal cantonnent dans la jungle très épaisse derrière la cabane à varangue, sous le couvert, invisibles. Au travers de la végétation, Kaï scrute à n'en plus finir ces crêtes sur l'autre rive de la baie. Il y voit des mouvements et, malgré la distance, considérable même pour lui, il croit bien reconnaître Kwok parmi ces silhouettes qui se déplacent. Les deux mitrailleuses dont Escalante a signalé la présence et dévoilé l'emplacement — sous réserve qu'il n'ait pas raconté de mensonges — sont sans doute encore en place, quelque part dans ces rochers à cinquante mètres au-dessus de l'eau, de part et d'autre de la cachette du *Nan Shan* qu'elles surplombent. Qu'elles soient servies ou non, que les hommes chargés de les actionner aient ou non tenu leur poste, et que Kwok ait compris ce qui se passait — autant d'incertitudes.

— Lek, on pourrait contourner la baie par le nord.

— Cette baie est très longue, on dirait.

— Oui, il faudra des heures de marche.

— Je crois qu'il faut faire ce que tu as dit, Kaï. Ça nous plaît, comme façon de combattre. Il y aura d'autres têtes à couper.

Me voici transformé en chef de guerre, bon sang. Est-ce que d'avoir fait un tour à Polytechnique peut me servir, en l'occurrence ? J'en doute énormément. Et j'ai peur, une peur de tous les diables. Pas tant de me faire tuer, encore que. Mais de n'être pas à la hauteur, de devoir me présenter au Capitaine (si j'y arrive vivant) pour lui dire : eh bien, voilà, j'ai tout raté...

Les Ibans ont déjà repris le sentier de la guerre. Kaï se charge et suit — puisqu'il est, paraît-il, leur chef. On a mangé rapidement, en demeurant toujours sous le couvert ; si Kaï ne sait pas trop où sont les ennemis et combien ils sont, ils ont au moins cet avantage que leurs ennemis ne doivent pas en savoir beaucoup plus sur eux.

— Tu n'as pas peur, Jamal ?

— Non.

— À ton avis, je me suis trompé en faisant ce que je fais ?

— On verra bien.

— Tu t'y serais pris autrement, c'est ça ?

J'en suis à mendier un réconfort auprès d'un morveux de douze ans !

— C'est la faute des femmes, dit le gamin. On devrait tuer toutes les filles à leur naissance ; lui, Jamal, a vu des Yakkans très respectables se couvrir de honte à cause d'une femme ; et pareil à Sandakan pour un Chinois ; même les Badjau-laut, qui ne sont pas pourtant des gens à s'égorger comme le font les vrais hommes, même eux se battaient parfois, toujours à cause d'une femme.

— Il devait tout de même y avoir de jolies petites filles, chez les Badjau-laut. Aucune ne t'a intéressé ?

— Et puis quoi encore ? répond le gamin indigné.

Des heures qui suivent, Kaï ne va garder qu'un souvenir confus. On est remonté le long de la baie en coupant par le plus épais de la jungle et de la mangrove, on a dépassé le goulet et la jonque, trois hommes seulement se trouvant sur le passage, que les fléchettes empoisonnées des Ibans ont expédiés ; il y a eu le franchissement de la baie, en aval de la jonque — à l'endroit où la mer de Séram est en vue, sous la lune, on l'a traversée à la nage, un premier radeau transportant les gros sacs de toile cirée et les petits sachets de cuir dans lesquels les Ibans conservent leur réserve de poison venu du Sarawak ; le deuxième radeau a alors été construit, très gros celui-là, et on y a entassé tout le bois mort que l'on a pu trouver ; Lek et quatre autres ont nagé, poussant cette chose de cinq mètres de haut jusqu'à ce qu'elle soit dans le sens de la marée ; ils ont attendu, la marée est venue, le brûlot a été allumé, le feu a pris aussitôt grâce à l'alcool à brûler qui avait servi à faire le thé du Moriarty ; et le brûlot a dérivé, exactement droit vers la jonque...

... Qui flambe à présent, et le rougeoiement de cet incendie éclaire presque *a giorno* le piémont sur lequel le groupe formé par Kaï, trois Ibans et Jamal a pris de l'avance sur le détachement de Lek, dont Kaï va rester longtemps sans nouvelles. Il y a encore ce groupe de cinq ou six hommes qui soudain surgit, accourant vers le bateau en feu. Trois sont atteints par les fléchettes et s'affaissent ; des coups de feu partent, il faut un moment à Kaï pour découvrir que c'est lui qui a tiré, avec le Webley :

— Il est déjà mort, arrête de lui tirer dessus.

C'est Jamal qui le traîne en arrière ; je m'affole, pense Kaï, qui vient d'être touché sans s'en être rendu compte. Je suis Fabrice del Dongo à je ne sais plus quelle bataille, je vois des gens qui passent, je n'ai des choses qu'une vision très parcellaire. Et je viens de tuer mon premier homme. Il court, sur les talons du gamin, sans avoir eu conscience de s'être mis à courir ; on tire de tous côtés à présent, dans cette nuit et cette jungle ; quelqu'un surgit devant lui, qui porte une chemise et n'est pas un Iban. Instinctivement, il frappe à la volée en plein visage, avec la machette prise à Escalante.

— Par ici !

Un Iban crie et lui fait signe. On lui accroche une jambe et il frappe à nouveau. Il ne comprendra qu'ensuite qu'il a eu la vie sauve parce que deux Ibans sont intervenus, et surtout que Kwok a donné ordre qu'on le prenne de préférence vivant.

Et il court encore, éperdument, lâchant les dernières balles de son revolver sur trois hommes qui essaient de lui barrer la route. Après, une vraie mêlée, quatre assaillants sur le dos, la machette sifflant dans une panique totale. Il suspend néanmoins le coup qu'il allait donner en reconnaissant Lek, avec son bonnet de rotin et ses plumes de calao.

— Tu es dégagé, Kaï. Viens. Cours.

— Jamal ?

— Sais pas. Cours.

C'est l'Iban qui, d'une poussée, l'expédie dans une pente. Il dégringole, visage écorché par des dizaines de branches, roule et termine sa chute dans un boyau de végétation. Où Lek le rejoint.

— Belle bataille, dit l'Iban.

— Content qu'elle t'ait plu. Où est le gamin ?

— Chut !

Des hommes qui passent quelques mètres au-dessus d'eux et qui s'éloignent. « Je ne sais plus du tout où nous sommes, où sont le sud et le nord ; et le *Nan Shan...* », pense Kaï.

Il va parler mais l'Iban, d'un geste, lui intime l'ordre de se taire et, dans les secondes qui suivent, d'autres passages ont lieu, à sept ou huit mètres.

— *Anak kambing,* le gamin, Lek.

— Je ne sais pas.

Tombe ce pesant silence qui paraît-il suit les déchaînements de violence, et que Kaï découvre pour la première fois.

— Si le gamin a été tué, je ne me le pardonnerai pas.

— Tais-toi.

Lek produit un sifflement très semblable à celui d'un oiseau. Un, puis deux, puis trois Ibans font leur apparition, à ce point silencieux qu'à chaque occasion Kaï sursaute en voyant apparaître un visage hilare, toutes dents dehors :

— Beaucoup de têtes à ramasser, beaucoup, *banyak.*

Non, aucun d'entre eux n'a vu Jamal.

— Tu sais où nous nous trouvons, Lek ?

Oui. À trois cents pas des crêtes, on a dépassé le gros rocher ressemblant à un profil d'homme, que l'on voyait de l'autre côté de la baie. Le promontoire sous lequel le *Nan Shan* est caché serait donc sur notre gauche, estime Kaï. Et plus très loin. Comment diable ces Ibans font-ils pour rester aussi calmes ? Deux au moins de ceux qui m'entourent sont bien plus jeunes que moi, la Miss avait raison : j'ai beau avoir voyagé au Canada et vécu dans un bled qui s'appelle Aurelia en compagnie d'un chasseur d'ours suédois, je suis un bébé.

— Lek...

Mais à nouveau ce geste de la main pour le faire taire et Kaï entend à son tour cette voix lointaine et qui crie, *Jamal* ?

— Pas le *budak laki-laki,* souffle Lek en secouant la tête. Ce n'est pas ton jeune ami, c'est un Chinois. Viens.

Une avance en reptation, dans laquelle Kaï à lui seul fait deux fois plus de bruit que les quatre Ibans réunis. La voix se fait de nouveau entendre, plus distincte. C'est une voix d'homme, et qui s'exprime en chinois ; elle répète à intervalles réguliers une phrase, toujours la même ; criant, mais sur un ton tranquille et comme amusé.

— JE VEUX TE PARLER, KAÏ O'HARA.

— Deux cents pas d'ici, dit Lek pointant son index.

La lune éclaire la pente abrupte.

— JE VEUX TE PARLER, O'HARA.

La pente elle-même est couverte d'une végétation très dense, où l'on ne distingue rien. Et un peu en contrebas, à une soixantaine de mètres, une petite clairière.

— Ils ne sont plus très nombreux, dit Lek. Beaucoup se sont enfuis. Nous nous approchons, ils ne nous voient pas, nous les tuons sans qu'ils ne nous aient vus.

Et de montrer sa sarbacane. « C'est la meilleure façon, Kaï. »

— JE VEUX TE PARLER, O'HARA. J'AI UN ENFANT QUI ÉTAIT AVEC TOI. TU TIENS A LUI ?

— Salut, Kwok.

La clairière s'étend entre Kaï et l'endroit désigné par Lek, plus haut. Kaï se tient à l'abri derrière le fût d'un arbre. Les Ibans ne sont plus avec lui, ou alors il ne les voit pas.

Jusqu'au bout, j'aurai fait figure d'imbécile, sans eux je serais mort dix fois (quoiqu'une seule suffise).

— Tu tiens à ce gosse, Kaï ?

— Oui. S'il est vraiment avec toi et s'il est encore vivant.

— Il est avec moi et vivant. Tu veux qu'on te le montre ? Attends.

Un petit corps jaillit. Jamal roule sur le sol de la clairière, un nœud coulant autour du cou, par quoi il était tenu en laisse. Ses poignets sont ligotés. Il porte une estafilade à la poitrine. Mais il se met à genoux et son regard fouille le mur vert.

Il veut parler mais dès la première syllabe, la corde est violemment tirée, il retombe en arrière et est traîné hors de vue.

— Il te reste combien d'hommes, Kaï ?

— Bien plus que tu n'en as.

— Ce sont de grands combattants. J'ai vu un mort : c'était un Iban de Bornéo. Les autres aussi ?

— Tu verras bien. Tu es déjà mort, Kwok. Lâche l'enfant.

— Tu as brûlé ma jonque ?
— Oui.
— Et tu t'es arrangé avec l'Anglais.
— Oui.
— Je suis un pirate. Il y a des années et des années, dans la mer de Sulu, nous avons attaqué ce bateau qui est en bas. Nous avons eu très peu de survivants. Je m'étais promis de retrouver ton père, et de le peler vivant. C'est pour ça que je me suis mis avec l'Anglais.
— Tu aurais dû rester pirate et rien que pirate.
— J'aurais dû. C'est bien, pirate. On est libre. Est-ce que tes Ibans sont en train de s'approcher de nous pour nous lancer leurs fléchettes empoisonnées ?
— S'ils viennent, tu ne les entendras pas arriver. Ils seront à un bras de ta poitrine, et tu n'auras rien vu ni rien entendu.
J'ai fait durer autant que possible cette conversation, mais je ne vois plus rien à lui dire, à présent.
— Laisse partir l'enfant et tu seras libre de filer, Kwok. Tu as ma parole.
— Ne me fais pas rire. Je vais lui couper la gorge, réflexion faite.
D'accord. Kaï s'écarte du tronc de l'arbre, franchit le rideau de feuilles, se retrouve dans la clairière.
Je dois être complètement fou, mais je prends un vrai plaisir à me conduire en idiot comme je le fais en ce moment.
Il s'accroupit.
— Montre-toi, Kwok. Tu vois bien que je suis sans armes.
Comment diable s'appelait ce film qu'il a vu à Paris ? Celui où le héros s'avance à découvert, la poitrine nue, en défiant le Féroce Sauvage de l'affronter dans un corps à corps dont le résultat influera sur la vie de l'héroïne blonde ?
Tu es cinglé, Kaï. Ceci n'est pas un film.
Et il se produit bel et bien un grand remue-ménage de feuillage, une silhouette colossale sort de l'ombre. L'ennui est qu'elle pointe un fusil.
Il va me tirer dessus, c'est sûr.

Et la silhouette tombe. En avant. Très lentement d'abord. Puis avec lourdeur. Le coup de feu part, mais la balle se fiche dans la terre. Le corps géant de Kwok a deux ou trois soubresauts, avant de s'immobiliser.

— Tu es vraiment fou, dit Lek. Je t'avais dit d'attendre que je siffle pour sortir.

La fléchette est entrée dans le dos de Kwok, juste sous la nuque. Elle produit très peu de sang.

Kaï s'assoit — le Héron allumerait probablement une cigarette pour se donner une contenance. Mais il ne fume pas.

— Jamal ?

— Je suis là. Et je suis d'accord avec Lek, ta tête est malade.

Le gamin vient s'asseoir près de lui, les Ibans se mettent à battre la forêt à l'entour, il sera environ minuit. Pour la suite, s'il attendait le jour ?

— Tu aurais tué ce Chinois si tu t'étais battu contre lui.

— Je préfère n'avoir pas eu à essayer, dit Kaï.

— Il était plus lourd que toi, mais il avait beaucoup de graisse. Je peux lui couper la tête ?

— Non.

— Pourquoi ?

— Quand tu seras plus grand, tu couperas toutes les têtes que tu voudras. Mais pas aussi longtemps que tu m'accompagnes. Et arrête de me regarder comme ça.

— Tu as été vraiment courageux de sortir et de marcher vers le gros Chinois qui avait un fusil.

— Parlons d'autre chose.

— Surtout que c'était pour qu'il ne me tue pas. Je te dois la vie.

— J'ai eu un instant de folie, c'est tout.

— Tu es très brave.

— Moins que toi. C'est toi qui t'es faufilé dans la maison de l'Anglais pour me porter un kriss.

— À Sandakan, j'entrais dans toutes les maisons. Pas pour voler. Pour passer sous le nez des gens sans qu'ils me voient.

Je suis même resté une heure dans la chambre de deux Anglais qui se faisaient des choses. C'était écœurant.

— Pourquoi es-tu resté une heure, alors ?

— C'étaient deux hommes.

— Ah, dit Kaï.

— Tu es brave, mais tu restes là assis et tu as peur de te lever, de descendre cette petite falaise et d'aller voir ton père.

Kaï ne réagit pas. Ce foutu gamin a raison, en plus.

— Moi, dit Jamal, je voudrais bien le rencontrer, le Capitaine. On y va ?

La falaise n'est pas si aisée à descendre, elle est à pic. À quinze bons mètres de la surface de l'eau, il ne reste plus qu'à sauter, en espérant que la profondeur sera suffisante. Elle l'est. Une vingtaine de brasses, et ils entrent tous les deux dans cette nuit presque totale où est le *Nan Shan*.

Dont les doigts de Kaï sentent la coque.

Juste avant de voir l'extrémité d'un cordage frapper la surface, juste devant lui.

— Oncle Ka ? C'est moi.

— Je sais.

— Passe le premier, je peux très bien monter tout seul, dit le gamin.

Kaï noue les attaches de son paquet de toile cirée, puis il grimpe. Il passe par-dessus le bastingage et c'est à peine s'il distingue une silhouette, devant lui.

— Oncle Ka ?

— Oui.

— Il va bien ?

— Il a été blessé, mais il va mieux.

Il y a un fanal en partie aveuglé, qui dispense une lumière jaunâtre. Kaï le prend et le soulève. Il est saisi : le visage du second du *Nan Shan* est hâve ; s'il a toujours été maigre, il est maintenant presque cadavérique, son lourd regard éteint.

— Vous n'avez plus rien mangé depuis combien de jours ?

— Huit ou neuf.

Jamal à son tour parvient à bord. Lui et Kaï s'associent pour haler, tirer sur le cordage et hisser le gros paquet.

— Il y a dedans, dit Kaï, du bœuf en boîte et des fruits. Il vous reste de l'eau ?

— Très peu.

— Combien d'hommes à bord ?

— Trois. Plus le Capitaine et moi.

— Vous étiez combien, au départ de Surabaya ?

Dix-sept.

Oh ! mon Dieu ! Et moi qui prenais mon temps !

... Et j'ai laissé filer l'autre ordure.

— Oncle Ka, des hommes qui m'ont aidé à arriver jusqu'ici vont me rejoindre. Ce sont des Ibans, leur chef s'appelle Lek. Ne les tue pas quand ils apparaîtront.

Le vieil homme acquiesce, d'un hochement de tête à peine marqué. Kaï cherche et trouve une autre lampe à huile — qui ne contient plus tellement d'huile, ils l'auront bue —, il l'allume et commence d'inspecter le pont. En maints endroits, des impacts de balles de mitrailleuse, la dunette a été littéralement hachée par les rafales. Mais le pire est à l'arrière : c'est là que le *Nan Shan* a été touché, lors de son franchissement du goulet, quand celui-ci a explosé. Le petit coffre enfermant le caisson des signaux s'est volatilisé, les lattes de pont sont déchiquetées, il n'y a plus à proprement parler d'arrière, le gouvernail lui-même n'est qu'un débris, l'étambot ne vaut guère mieux, bordages et embrèvements manquent sur deux grands mètres carrés, jusqu'à l'étambrai qui est soulevé et ouvert comme sous l'effet d'une bombe — c'est un miracle que la goélette soit encore à flot.

... Si elle est vraiment à flot, car sans doute est-elle échouée par la poupe ; ils l'auront fait culer au moyen de ces aussières et de ce treuil, en sorte qu'elle ne s'enfonce pas. D'ailleurs, le mât d'artimon a été scié, et couché, pour que le bâtiment puisse être enfoncé au plus profond sous l'auvent de roche.

Une stupeur horrifiée a envahi Kaï. Il s'y mêle de l'incrédulité. Le *Nan Shan* mutilé à ce point le bouleverse, il en pleurerait presque, il en pleure. Non qu'il ait jamais considéré que le *Nan Shan* lui appartenait de quelque façon que ce fût. Jamais. Il a ce sentiment que l'on éprouve devant la dégradation d'une œuvre d'art ; et s'y ajoute l'immense chagrin de savoir combien le Capitaine a pu être et est touché.

... Se mêle aussi à cela une sombre haine à sa propre encontre. *J'ai laissé filer l'homme responsable de tout ceci, je l'ai laissé indemne. « Il m'a bien semblé,* avait dit le Moriarty, de sa foutue voix ironique, *il m'a bien semblé que la goélette avait subi quelques avaries légères au moment où j'ai mis mes explosifs à feu. J'en suis le premier navré, mon garçon. Mais Dieu merci, elle navigue toujours. À preuve ces huit ou dix essais de sortie qu'ils ont faits, votre père et son équipage, avec une bravoure à laquelle je me plais à rendre hommage... »*

Huit ou dix sorties. Il n'est que trop facile d'imaginer ce que ces sorties ont dû être, le Capitaine se battant comme un fauve blessé, aux commandes d'un bâtiment à peu près inapte à manœuvrer, et pris sous le feu des mitrailleuses balayant le pont chaque fois qu'il se hasardait à découvert pour tenter d'échapper au piège.

— On peut réparer, Oncle Ka ?

— Il faut du bois.

— Il vous reste un charpentier ?

Oui.

— Je pense que les Dayaks qui sont venus avec moi pourront vous aider.

Nouvel acquiescement. Oncle Ka n'a pas encore touché aux provisions apportées par Kaï, il refusera de manger aussi longtemps que le Capitaine ne se sera pas alimenté. Les trois autres survivants mastiquent, sans hâte.

— Il est dans sa cabine, Oncle Ka ?

Oui.

La coursive et ce parfum de santal que tant de temps passé n'a toujours pas dissipé. Et la cabine où *Elle* et le Capitaine ont vécu, y succédant à Cerpelaï Gila et à Madame Grand-Mère.

Kaï frappe à la porte.

— Tu peux entrer.

Il pousse le battant. Pas une seule fois lors de ses multiples embarquements sur le *Nan Shan* — et il est monté pour la première fois à bord n'ayant pas encore dix-sept ans, cela s'est passé dans la mer de Timor, il s'en souvient (comment oublier ces choses ? il revoit et reverra toujours, jusqu'à sa mort, cette haute silhouette noire à la voilure couleur de plaquemine, surgissant fantomatique de la brume, glissant sur une mer immobile où aucun autre bateau n'eût trouvé de vent) —, pas une seule fois il n'a pénétré dans cette cabine.

Où est le Capitaine ? Le Capitaine est assis devant le secrétaire sur lequel *Elle* rédigeait son courrier ; il lit, à la lueur incertaine d'une lampe de cuivre, il lit à sa façon, ainsi que Kaï l'a vu faire deux ou trois fois, index posé sous une ligne de caractères, déchiffrant mot après mot et sans doute épelant de ses lèvres qui remuent faiblement, en silence. Le Capitaine porte des lunettes et c'est ce dernier détail-là, outre ses si grandes difficultés à la lecture, qui achève de faire chavirer le cœur de Kaï.

Il a vieilli, je n'y avais jamais pensé.

Le Capitaine lui tourne le dos et semble ne l'avoir pas entendu entrer.

— J'ai apporté quelques petites choses pour manger.

Kaï parle anglais. Pour ne pas employer le français, ou d'autres langues qui l'obligeraient à choisir entre le vous et le tu.

Il dépose le sachet de viande boucanée et les fruits frais sur l'abattant à plat du secrétaire. Puis les deux bouteilles de bière. Il suit du regard l'index du Capitaine qui s'est peut-être brièvement immobilisé un instant mais maintenant est reparti et achève la ligne, la ligne suivante, la phrase, l'alinéa. Le doigt enfin se relève, la main prend calmement un crayon, trace une croix à l'endroit où la lecture est à présent interrompue, elle glisse un signet, elle referme le livre — *Les Trois Mousquetaires.*

Le Capitaine ouvre le sachet en feuilles de bananier et commence à manger. Au vrai, il picore, dans un souverain mépris pour sa faim sûrement dévorante. Il ne s'est toujours pas retourné, mais il y a un miroir fixé à la cloison et c'est par réflexion que Kaï voit le visage de son père ; un visage creusé, avec des cernes bleuâtres sous les yeux très enfoncés, mais rasé — il est vrai qu'il n'a pas besoin d'eau pour se faire la barbe, j'ai bien essayé de procéder comme lui, sans savon ni rien, avec le même coupe-chou, mais quelle boucherie !

— Bois donc une bière, dit le Capitaine. Puisqu'il y en a deux.

— Merci, dit Kaï, qui reprend une bouteille et la décapsule du pouce, faisant basculer le bouchon de porcelaine blanche assorti d'une petite rondelle de caoutchouc rouge. Il boit un peu et constate qu'en somme il mourait de soif. Il faut dire qu'il n'a rien bu depuis dix ou quinze heures et qu'il a un petit peu gambadé, pendant les récentes heures en question.

— On pourra faire une réparation de fortune, dit-il. J'ai avec moi six ou sept Dayaks, qui s'entendent certainement à ces choses.

— Nous avons vu brûler quelque chose.

— La jonque d'un certain Kwok. Qui est mort.

Il va bien falloir qu'il se décide à parler du Moriarty.

Le Capitaine boit et mange. Il a ôté ses lunettes et les a rangées dans un étui oblong, en bois ; et son geste a eu, curieusement, quelque chose de furtif — comme s'il avait honte de porter des besicles. Pour autant qu'il puisse être honteux de quoi que ce soit qui le concerne.

... Ou alors il a honte de s'être laissé enfermer dans cette baie, ça oui, peut-être ; de s'être laissé emporter par sa haine contre le Moriarty au point de s'engager et d'engager le *Nan Shan* dans ce traquenard.

— Comment es-tu venu jusqu'ici ?

— Un prao iban.

— Tu as une blessure à la tête.

Et c'est seulement à ce moment-là que Kaï découvre qu'en effet il porte une assez belle plaie sur le front, mais dont le sang est séché et forme croûte ; probablement une balle qui l'a manqué de très peu.

— Ces hommes qui nous ont tiré dessus sont encore là ?

— Quelques-uns, dit Kaï. Ce qu'il en reste. Dispersés.

— Les mitrailleuses ?

— Les Ibans qui sont avec moi sont allés s'en occuper. Il serait étonnant qu'il y ait encore quelqu'un pour s'en servir, les faire tirer.

Parle-lui de Moriarty, nom d'un chien, un peu de courage !

— Tu as des nouvelles de ton grand-père ?

— Non.

Kaï explique qu'il n'a appris, disons, l'accident survenu à monsieur Jacques Margerit que tout récemment. Il explique aussi qu'il est venu directement du Japon en Irian. Directement, c'est-à-dire sans escale à Hong Kong (où monsieur Margerit a un établissement), ni à Saigon, ni à Singapour. Il ne donne aucun détail sur son étrange voyage de trois bons milliers de kilomètres. Il s'accorde un dernier répit et se tâte : comment en venir au Moriarty ? Annoncer tout à trac qu'il l'a eu sous la main et qu'il est toujours vivant ? Ou bien raconter l'histoire depuis son commencement, avec la Miss Boadicée et tout le tremblement ?

Et, bon, il advient qu'à cet instant, il y a contre la coque du *Nan Shan* le petit choc sourd d'un accostage. Et des bruits de voix indistinctes.

— Ce seront tes Ibans qui arrivent, dit le Capitaine. On ne leur a pas tiré dessus, ce ne peut être qu'eux. Remonte sur le pont. Oncle Ka a de la susceptibilité. Je te rejoins.

Pourquoi ne monte-t-il donc pas avec moi ? pense Kaï. Et puis soudain, dans le miroir, il croise le regard du Capitaine, et il comprend : *il a deviné que je lui cache quelque chose, et il sait quoi, et il est d'ores et déjà en fureur, et il veut prendre le temps de se demander quand et comment il va me massacrer.*

L'un des canots d'Escalante est amarré contre la coque du *Nan Shan.* Lek est à bord. Lui et Oncle Ka se toisent, et en dépit de la différence d'âge, leur ressemblance (pas tant physique, c'est plutôt une affaire de silhouette et de comportement, de façon d'être et d'exister) est nette, tout autant d'ailleurs que leur antagonisme.

— Ça va, Lek ?

— Très bien. Nous avons jeté les mitrailleuses dans l'eau.

Et il lui reste sept hommes et non cinq. En parcourant le théâtre des combats, il a pu retrouver deux blessés qui s'en tireront.

— Le jour venu, dit Kaï, j'aimerais beaucoup que toi et ceux de ta longue maison donnent un coup de main pour réparer le *Nan Shan.* Si ce n'est pas trop te demander.

— J'ai envoyé deux des miens chercher le prao. Ils devraient être ici demain.

Toutefois Lek dit qu'il est d'accord, il aidera aux travaux de réparation. Sous les ordres du capitaine du *Nan Shan,* et seulement de lui.

— Merci, Lek.

Je suis épuisé, pense Kaï, il ne m'aurait plus manqué qu'une bataille rangée entre les Ibans du Capitaine et les miens — pour autant qu'ils soient à moi.

Il gagne la proue et s'allonge sur le beaupré, où Jamal le rejoint.

— Tu lui as dit ? interroge le gamin.

— Non. Ça ne s'est pas trouvé.

— Et puis quoi encore !

— La ferme. Ils sont passés ?

— J'ai surveillé tant que j'ai pu. Non.

La lune donne à plein sur les huit à neuf cents mètres de largeur de la baie à cet endroit-là — elle s'élargit à plusieurs kilomètres à droite dans le fond, le goulet étant à gauche. On n'y voit pas comme en plein jour, mais presque.

— Le Capitaine a été blessé ?

Je n'ai même pas pensé à lui demander de ses nouvelles, se dit Kaï. Mais il a l'air tout à fait normal. Maigre mais normal.

Je vais m'endormir.

Et il ferme bel et bien les yeux, paupières un peu trop lourdes. Si bien que c'est le gamin qui doit le secouer.

— Les voilà.

Arrivant du fond de la baie, de quelque crique où il était ancré, le cotre passe. Il est suivi de deux canots que la première grosse mer d'ici à Amboine, dans la mer de Séram ou celle de Banda, fera vraisemblablement chavirer — ce ne sera pas une perte. À bord du premier des canots, Kaï reconnaît Escalante. Le Moriarty est bien sûr sur le cotre — cette ordure que je n'arrive pourtant pas à haïr —, très nonchalamment installé dans un fauteuil-paon en rotin, le même probablement qu'il occupait sur la varangue. Le fils de chien salue, avec une ironie certaine qui à elle seule justifierait son extermination. Il porte un beau costume blanc des tropiques, un panama blanc à bande jaune, il fume un cigare, il croise les jambes et balance son pied chaussé de blanc.

Et il s'esquive avec ma bénédiction. Bravo, Kaï. À supposer même que je change d'avis et me détermine tout à coup à en débarrasser la planète, ce serait trop tard, ce n'est pas en canot que je vais le poursuivre.

Et il le sait.

Je m'abomine.

La Miss est à la barre, je ne savais pas qu'elle savait barrer. Elle se tient très droite. Elle ne tourne pas la tête, à aucun moment, pendant que le cotre défile suité des deux canots. Elle a toujours son costume de dame yakkan.

— Raconte.

Kaï ferme les yeux, prend appui sur le bois du beaupré, se soulève et pivotant, s'assoit juste à côté du mât sur le bastingage.

Pas question de dominer de sa taille le Capitaine qui lui fait face.

En fin de compte, il a dit toute l'histoire depuis le tout début. Enfin, depuis son arrivée à Shanghai et l'affaire de

Boadicée Moriarty entrant dans l'appartement de l'hôtel Cathay. Il donne tous les détails, ce coup-ci, sans en omettre aucun.

Il suit la progression du cotre dans son dos, sans avoir à se retourner. Il lui a suffi de garder son regard sur celui du Capitaine qui, impassible, a vu passer celui qu'il appelle l'Archibald (il faudra bien qu'un jour il sache pourquoi, mais ça peut attendre).

Il se tait — il a fait un peu l'impasse, sautant rapidement, sur les combats de la soirée, la veille ; du moins sur son propre rôle ; et ce crétin de Jamal, qu'à l'évidence le Capitaine émerveille, a cru bon d'en rajouter, vantant la bravoure de Kaï.

— Qui est ce petit vieux Chinois qu'ils sont en train d'embarquer ?

— C'est Pann, le lettré. Enfin, je pense.

Mais Kaï se refuse à jeter un coup d'œil en arrière, pour s'en assurer.

— Tu es amoureux de cette fille, Kaï ?

— Je ne sais pas.

— Tu admets qu'elle a pu se jouer de toi tout du long ?

— Oui.

— Elle savait que Sebastian se trouvait derrière vous, dans la mer de Chine ?

— Je ne sais pas.

— Mais elle a pu le voir et le reconnaître. Si elle est de Shanghai, elle connaît forcément Liu Pin Wong.

— Elle le connaît. Elle sait qu'il est du hui d'Oncle Ching et donc mon ami.

Évidemment, puisqu'elle s'est arrangée pour mettre Sebastian momentanément hors de combat en l'expédiant au diable, quand elle m'a drogué et enlevé.

Une violente explosion se fait soudain entendre, suivie de deux autres de moindre intensité — le Moriarty, en grand expert qu'il est, vient de faire sauter le barrage de rochers qui obstruait le goulet à seule fin de permettre le passage du cotre, et sa sortie ; ce qui, soit dit en passant, nous permettra aussi, plus ou moins, avec au besoin quelques travaux de déblaiement, de faire s'échapper le *Nan Shan*.

— Tu sais où ils vont, Kaï ?

— À Amboine, puis à Batavia.

— Et cette fille t'a donné gracieusement toutes ces informations ?

— Je l'ai crue, dit Kaï avec entêtement. Et je la crois encore. Il faudra me démontrer qu'elle m'a menti. Elle m'a juré également qu'elle mettrait son père dans un paquebot pour l'Angleterre, dont il ne reviendra jamais.

— Et l'Archibald a juré lui aussi.

Le ton du Capitaine est hautement sarcastique, et son regard d'une incroyable férocité. Mais mon Dieu, Kaï, tu serais toi aussi capable de haïr un homme avec autant d'intensité s'il t'avait enlevé ta femme et tes filles. Ce qui est inexplicable, au contraire, c'est qu'il ne te soit pas possible d'éprouver, en partie du moins, les sentiments que le Capitaine a pour Moriarty. Tu es mou, la bouche et le corps d'une femme suffisent à te désarmer. Tu n'es pas un vrai Kaï O'Hara.

Il est toujours assis sur la lisse, ses deux mains à plat, quoiqu'un peu crispées, sont posées de part et d'autre de lui. Il voit bel et bien partir le coup. Trop tard pour l'esquiver, à supposer qu'il en ait jamais eu l'intention, ce qui n'est pas le cas. Il n'aurait pas imaginé que le Capitaine pût frapper si fort. Ça fait...

... Ça fait un mal de chien, il ne lui a pas cassé la mâchoire, mais il s'en faut de peu ; encore heureux que le Capitaine soit affaibli par la famine !

Toutes pensées qui redeviennent conscientes lorsque Kaï remonte à la surface. Il a été arraché de sa position assise sous l'impact et a filé tout droit dans l'eau de la baie. Il y nage, le *Nan Shan* à quelques mètres de lui.

— Ça va ?

Jamal. Qui à un moment quelconque a sauté lui aussi pardessus bord. Volontairement, lui.

— Je vais très bien.

— Je suis juste venu faire un tour, dit le gamin. L'eau est bonne, hein ?

Ce sale môme nage comme un poisson et, en plus, il sait faire la planche, lui : bras et jambes écartés, il flotte sans bouger un orteil.

Kaï l'aime infiniment. Il a deux sœurs, qui peu ou prou le laissent dans une considérable indifférence, disons qu'il les aime bien, point à la ligne ; ce morveux-là, ce n'est pas pareil. Un jeune frère. Celui qu'il n'a pas eu puisqu'on lui a dit qu'il était mort avant sa naissance.

Bien que par moments il se demande qui, d'eux deux, est l'aîné.

Kaï reçoit un cordage sur la tête.

— Tu montes ?

Oncle Ka penché par-dessus le bastingage.

— Ça dépend s'il est d'accord pour que je remonte, répond Kaï.

— Il n'a pas dit que tu ne dois pas remonter.

Pour la deuxième fois en environ trois heures, Kaï grimpe. Plus difficilement que la première fois, car il est encore pas mal étourdi. Et surprise, sur le pont, Oncle Ka et Lek se tiennent côte à côte. Ils ne rigolent pas, parce que ce n'est vraiment pas leur genre, mais il y a dans leurs yeux comme de la gaieté. Ces deux-là, aussi sauvages l'un que l'autre, voici quelques minutes ils étaient au bord de s'entr'égorger, mais à certains détails très infimes, on sent qu'ils se sont reconnus, et admis.

— Il frappe vraiment fort, dit Lek.

— Là, il s'est un peu retenu, dit Oncle Ka.

— Je suis quand même son fils, dit Kaï assez indigné.

Il ôte son sarong, l'essore et le remet. Il va chercher des jumelles et examine le goulet. Qui semble à peu près dégagé. Nous passerons. Même s'il doit arracher chaque rocher avec les dents.

— Bon, j'y retourne.

Il redescend à la cabine du Capitaine et de nouveau frappe à la porte. Entrez. Il entre.

Le Capitaine est assis sur le lit et Kaï jurerait qu'une seconde avant son entrée, son père tenait et examinait quelque chose qu'à présent il cache de son corps.

— Je suis venu demander (Kaï formule ses phrases en sorte de n'avoir à utiliser ni le tu ni le vous, alors que machinalement il est revenu au français), demander si je peux rester à bord.

— Oui.

— Merci.

Le Capitaine est assis de trois quarts sur le grand lit où *Elle* a dormi et, excuse-moi, maman, fait l'amour ; sa main droite est derrière son dos. Le Capitaine relève la tête.

— C'est moi qui dois te remercier, dit-il. Sans ton arrivée...

Le Capitaine s'interrompt, secoue la tête, reprend :

— Ce n'est pas que l'idée de mourir me fasse peine. J'ai déjà bien assez vécu. Mais sans toi, le *Nan Shan* serait allé à un autre qu'un Kaï O'Hara.

— Moriarty a dit qu'il l'aurait brûlé, s'il avait pu mettre la main dessus.

— Il ne l'aurait jamais eu. J'y aurais mis le feu moi-même.

Kaï a la gorge très nouée. Il sait bien qu'il y a une justice certaine à ce que le Capitaine lui fasse des remerciements. Mais bon, il les lui fait, et ça le bouleverse.

Il se décide à fixer le Capitaine et trouve d'un coup son expression changée. De la douceur, une grande tristesse. De la tendresse et bien plus que cela, pas de mot pour le dire.

— La première fois que tu es monté sur le *Nan Shan*, Kaï, il y a environ six ans dans la mer de Timor, tu es allé t'asseoir, entre tous les endroits, en t'adossant au rouf, juste sous la grand-voile et le grand hunier.

Kaï se tait. Il ne pourrait pas parler, de toute façon.

— Elle s'asseyait toujours là, tu le savais ?

Kaï secoue la tête : comment l'aurait-il su ? Qui lui a jamais vraiment parlé d'*Elle* ?

— À propos de l'Archibald, reprend le Capitaine. On en

parle encore une fois et on n'en parlera plus. Je ne vais pas le poursuivre. Si cette fille t'a dit la vérité, il sera sur un paquebot et quelque part en mer Rouge ou plus loin quand nous, nous parviendrons tout juste à sortir de cet endroit. On parle de lui pour te dire que, quoi qu'il m'ait fait, d'une certaine façon, j'avais presque de la sympathie pour lui. À Shanghai, il y a vingt-cinq ans, lorsque je l'ai cru mort, je me souviens d'avoir pensé qu'ayant eu la possibilité de le tuer, je ne l'aurais pas fait. Sa fille lui ressemble ?

— La couleur des yeux, c'est tout. C'est vraiment tout.

— Je ne vais pas lui courir après. On n'en parle plus.

— D'accord, dit Kaï.

— Tu es mon fils. Le *Nan Shan* sera un jour à toi.

— Je ne suis pas un vrai Kaï O'Hara.

Le Capitaine le regarde avec surprise :

— D'où te vient cette idée idiote ?

— Je ne sais pas au juste.

— Madame Grand-Mère pense que tu en es un. Et le meilleur de tous.

— Ce n'est pas vrai.

— Pour ce qui est d'être le meilleur, j'ai des doutes, en effet, dit le Capitaine. Mais je me contenterais de ce que tu es, crétin. Et j'aimerais autant que tu me tutoies, quand tu ne me parles pas en anglais. Et d'abord, nous ne sommes pas anglais, ni toi ni moi. Dieu merci. Cela dit, la prochaine fois que tu sauteras d'un bateau en pleine mer, assure-toi qu'il y a tout près un autre bateau ou une île à quoi te raccrocher.

— Promis, dit Kaï.

— Tu as passé tous tes examens ?

— Oui et non.

Kaï explique. Et autant cette explication lui aurait paru convaincante donnée à monsieur Margerit son grand-père, autant, à cet instant, elle lui paraît singulièrement idiote — la plus bête de toute l'histoire de l'université mondiale.

— Tu veux dire que tu n'as pas un seul diplôme ?

— Pas la queue d'un.

— Nom d'un chien, dit le Capitaine.

Et de nouveau il secoue la tête. Puis il dit, avec presque un sourire :

— Ta mère aurait adoré. Si tu es presque intelligent, c'est à elle que tu le dois. Elle, elle aurait pu passer tous les examens du monde.

— Personne ne veut me parler d'elle.

— Pendant des années et des années, je n'ai pas pu en parler.

— J'en ai tellement envie, dit Kaï comme à voix basse, et se sentant très enfant.

— Je t'en parlerai, dit le Capitaine. Nous en parlerons. J'en ai envie moi aussi, maintenant.

La main du Capitaine bouge et entre ses doigts massifs, mais étonnamment effilés pourtant pour un homme de sa poigne, apparaît un petit cheval, très petit, minuscule, d'une douzaine de centimètres au plus. Rouge sang, or et noir. Une merveille.

— Il était à ta mère. Quelqu'un le lui a donné après que nous sommes repartis de Shanghai, en croyant que l'Archibald était mort. Elle avait fait faire par Ka 4 un étui en bois et cuir. Celui-ci. Elle disait que le *Nan Shan* pouvait bien se mettre la tête en bas, son petit cheval resterait en place. Elle l'aimait beaucoup. Il est à toi.

— Gardez-le-moi.

— Prends-le. Je veux te le donner. C'est quoi, la dynastie qui vient juste après celle des Sui?

Il connaît aussi bien sinon mieux que moi la réponse. Et même la formulation de sa question est délibérément fautive.

— Les Tang, dit Kaï. De 618 à 907.

— Ce petit cheval a mille deux cent trente ans environ. Elle le mettait toujours ici, au-dessus du lit. À présent, fiche-moi le camp. Il va faire jour. Tu n'es sûrement pas un bon charpentier, mais grand, fort et bête comme tu l'es, tu pourras au moins transporter des billes de bois et abattre plein d'arbres. Et la prochaine fois, pas de bière anglaise, s'il te plaît.

– TU SORS immédiatement de cette chambre, dit Kaï. *Immédiatement !*

On est à la fin de novembre 1935, les deux ventilateurs jaunes du plafond brassent stupidement un air quasi bourdonnant de chaleur, Kaï est à Singapour depuis trois heures, dans son lit depuis vingt minutes. Il y a deux filles nues dans le lit, Kaï est tout nu de même, il batifole avec les donzelles, il y a un grand coffre clouté au pied du lit et, sur ce coffre, il y a Jamal assis en tailleur, coudes sur ses genoux écartés, menton dans ses paumes, et qui contemple les ébats du trio.

— Tu m'entends ?

— C'est répugnant, dit Jamal. Moins que les deux Anglais de Sandakan, mais répugnant quand même. Et en plus, ça te fait transpirer ; je ne vois vraiment pas à quoi ça sert.

Kaï se lève, sort du lit, prend le morveux par une épaule, le hisse à deux mètres en l'air, le porte dehors, referme la porte et, faute de clé, en bloque la poignée avec le dos d'une chaise.

— Je ne vois plus rien, mais je vais tout entendre, dit la voix de Jamal.

— Il est vraiment trop jeune, explique Kaï aux filles. Il dit qu'il a douze ans, mais ce n'est même pas vrai. S'il en a dix, c'est le bout du monde. On en était où ?

Elles le lui disent, il reprend les affaires courantes. Durant les trente secondes qui suivent du moins, car on frappe à la porte.

— Jamal, tu fiches le camp ou je t'arrache un bras.

— Hé ! Hé ! C'est pas moi.

— C'est moi, Kwan, dit une voix pas mal rigolarde.

D'accord. D'accord, le monde entier lui en veut. Kaï se relève, ressort du lit, repart à la porte, revient — il enfile son sarong, il ouvre. C'est bien Kwan, le plus jeune des petits-fils (sur environ trente-huit) d'Oncle Ching.

— Kwan, je croyais que ton grand-père et moi, on ne se voyait que demain. Ce n'est quand même pas à une heure près.

— Il ne s'agit pas de mon grand-père, mais de ta grand-mère.

— Arrière. Arrière-grand-mère.

— Madame Tsong Tso, c'est ça. Elle a fini sa sieste plus tôt que prévu et te fait dire que rien ne presse mais si tu peux te présenter à elle dans neuf minutes, elle serait satisfaite. Et je m'habillerais, à ta place.

Des semaines plus tôt, le *Nan Shan* a raclé de sa coque les rochers d'un certain goulet d'une certaine baie en Irian ; il a fait route à très petite vitesse, en raison de ses avaries et d'une grosse mer, vers Amboine ; il n'y est d'ailleurs pas parvenu d'une traite ; il a dû chercher refuge dans les îles Aru, dont la principale ressemble à un muffin découpé en tranches par des bras de mer étrangement parallèles ; puis trouver un abri dans les Kaï ou Ewabi, dans des endroits perdus comme les Watubela et les Ceramlaut — « nous avions l'air d'un facteur en tournée » —, et enfin, ô miracle, à la suite d'une navigation directe et au prix d'une cale arrière inondée par un trou dans une virure de gabord, on est parvenu à Amboine ; les Wouters ont dit qu'ils avaient vu le cotre (ils l'ont dit à Kaï, le Capitaine s'était écarté sombrement) et le Moriarty, sa fille et Escalante, plus une vingtaine d'hommes. « Il a été très courtois, très agréable. — On lui donnerait de l'arsenic sans confession, je sais. — Il n'avait pas d'argent du tout. Mais il détenait une lettre de crédit de la Hong Kong & Shanghai et... — Vous la lui avez payée ? — Mais oui. — Mille contre un qu'elle est fausse. — Elle a l'air très authentique. — Sa fille était là quand il vous a demandé de la lui créditer ? — Non. — Elle est fausse, je vous dis. — Mais il avait l'air tellement... — Trop. Justement. » On est reparti d'Amboine après d'autres réparations de fortune ; faute d'une cale sèche qui n'existe, dans ces parages, qu'à Surabaya ; on aurait presque plus vite fait d'y aller à la nage, le *Nan Shan* s'est traîné tout du long de la mer de Banda, le grand sud de Sulawesi, les atolls mirifiques de Makan, les grands fonds de la mer de Flores, Sumbawa, Bali, Java. À Surabaya, le Capitaine voulant ignorer (fidèle à sa promesse de ne plus jamais parler ou écouter parler de l'Archibald) la moindre de ses démarches, Kaï s'est enquis du cotre ; on ne l'avait pas vu, « non, ça ne prouve pas qu'elle m'a menti, Jamal. En somme, à Surabaya, le Moriarty a fait exploser la maison d'un Belge et, quoique ce Belge-là soit francophone alors que tous les Européens du coin parlent le néerlandais, la police le recherche quand même. À mon avis, ils sont allés directement à Batavia. » Le *Nan Shan* a été mis en cale sèche et, sous un prétexte qui n'a sûrement pas trompé le Capitaine, Kaï a effectué un aller et retour à Batavia ; pas de cotre ni de Moriarty sous ce nom ou un autre dans la capitale des Indes néerlandaises ; ou plutôt si, on l'y connaît : il a, des mois plus tôt (antérieurement à l'affaire de Surabaya), escroqué des colons hollandais avec des faux bons du Trésor américain. Il a essayé une autre fois avec des bons du Trésor anglais, qu'il a tenté de refiler à un Canadien, Seymour Jackson. Mais, celui-ci, en financier avisé, ne s'est pas laissé avoir. Moriarty a eu juste le temps de déguerpir, poursuivi par le Canadien furieux et son épouse, une dénommée Gabrielle, qui ont remué ciel et terre pour lui mettre la main dessus. Mais depuis, on ne l'a pas revu, hélas, et on le regrette bien, surtout un gros banquier batave de qui Moriarty (se présentant comme James Stewart) a séduit les deux filles et les a déshonorées. Non, aucun Anglais accompagné d'une jeune fille n'a pris de paquebot à destination de l'Europe ; aucun cargo non plus. « Mais ça ne prouve toujours rien, Jamal. — Kaï ? — Oublie-moi, tu veux ? »

Retour à Surabaya. Quelques bières avec le Capitaine. Ce qui a été une première : d'ordinaire lors de ses embarquements précédents, Kaï allait seul à terre, les Ibans refusant comme toujours de débarquer — leur présence n'était en outre pas plus souhaitée que cela par les populations locales. Mais cette fois, le père et le fils ont bu ensemble. On commence par commander quatre caisses de Tsing Tao par personne et ensuite on avise, si on a encore un peu soif et si la police ne vous a pas emmené au poste. Le père et le fils ont joué ensemble à taper sur la tête d'autres consommateurs, ça a été fichtrement bon.

Le *Nan Shan* a été enfin réparé. Il a repris la mer. Sans plus tergiverser, on est rentré à Singapour par les voies les plus directes. Le Capitaine est resté à bord. Kaï a débarqué.

Il est passé par le Raffles, mais là non plus aucun visiteur récent ne ressemblait à Moriarty, ni aucune fille à Boadicée.

— Je me tais, Jamal.

— À mon avis, c'est une bonne idée.

— Je me tais, mais je ne suis toujours pas convaincu.

— Quand je suis tombé à la mer de mon bateau yakkan, dans la tempête, au milieu des Badjau-laut qui m'ont recueilli le premier coup, il y en avait un qui disait que les cocotiers n'existaient pas, que c'étaient les mauvais esprits qui nous faisaient croire qu'ils existaient. Il ne changeait jamais de direction devant un cocotier et s'éclatait le crâne dessus. Et il en est mort.

— Jamal ? J'ai une importante affaire à régler. Je t'ai montré où est la boutique d'Oncle Ching. Tu y vas de ma part, on t'y donnera tout ce que tu pourras manger.

— Une autre fois, à Sandakan, il y avait un Malais qui avait quatre femmes dans sa maison, et la nuit il sortait en cachette de ses quatre femmes pour aller en voir une cinquième. Une nuit, il est devenu tout bleu.

— Et il est mort aussi. Dis donc, c'est une hécatombe, autour de toi. Va voir chez Oncle Ching si j'y suis. Et ne rapporte pas tout de suite la réponse, je la connais.

Kaï était donc entré dans l'hôtel avec les deux filles. Et Kwan est arrivé. Kaï s'est pomponné et briqué jusqu'aux oreilles (elle va vérifier, alors). Il a enfilé un pantalon blanc, une chemise et des socquettes de même couleur, des chaussures noires qu'il a fait cirer quatre fois. Il a passé un veston gris perle et noué une cravate. Il a pris un pousse-pousse pour ne pas arriver ruisselant de sueur et durant tout le trajet a discuté de politique internationale avec son pilote trottinant.

Maintenant, il est devant Madame Grand-Mère.

— Assieds-toi, tu es décidément trop grand. On n'a pas idée d'être aussi grand.

— Oui, Madame.

— Et ta raie n'est pas droite.

— Je n'ai pas de raie.

— Tu devrais en avoir une. Qu'est-ce que tu cherches à sous-entendre ? Que je n'y vois plus ?

— Que Dieu me pardonne, je ne sous-entends rien du tout. Je suis absolument convaincu que vous y voyez parfaitement.

Quel âge peut bien avoir Madame Grand-Mère ? Plus de cent ans sûrement. Bon sang, ce qu'elle est petite, et mince.

— Tu étais avec des filles lorsque Kwan est venu te chercher ?

— Oui, Madame.

— Combien ?

— Deux.

— Seulement deux ? D'habitude, les Kaï O'Hara en prennent trois en même temps.

— J'en prends trois d'ordinaire. Ça s'est trouvé comme ça : je n'ai pas eu le temps d'en recruter une troisième.

— Je suis une experte en matière de Kaï O'Hara. Tu es mon quatrième. Une femme qui épouse un Kaï O'Hara doit être en bonne santé si elle veut survivre à ses effusions.

— Je serais très étonné d'épouser un jour un Kaï O'Hara.

— Pas d'insolence, jeune homme.

À l'entrée de Kaï, Madame Grand-Mère était assise dans son fauteuil chinois qui ignore les courbes. Elle s'y tenait très droite, les pieds à vingt centimètres du sol, quoiqu'elle eût (enfin probablement, va savoir sous sa tunique noire) les jambes allongées. Ses yeux étaient fermés, elle semblait dormir, Kaï l'a très respectueusement embrassée sur le front, elle n'a pas bronché. Il se demande comment elle descend de son fauteuil. En sautant et en poussant un cri sauvage, type kung-fu, bras et jambes écartés ?

— Tu as faim ?

— Non, Madame.

— Tu as soif. Tu boiras de la citronnade.

Une jeune domestique mignonne comme un cœur surgit dans la seconde et apporte de la citronnade très glacée. Ce n'est pas de la citronnade ordinaire ; aussi bien il se trouve mélangé au citron vert du poivre du Cambodge et d'autres ingrédients ; c'est délicieux et unique ; certainement que le chef barman du *long bar* du Raffles paierait une fortune pour en avoir la recette, dont le secret est presque aussi bien gardé que celui du nombre d'années de Madame Grand-Mère.

Silence. Elle se sera endormie. Mais non :

— Raconte.

— Depuis quel moment ?

— Depuis que tu as quitté l'Europe.

Et, bon, il se lance. Il crépite tant il parle à une allure folle. Tout y passe. Le voyage, Timmie Mahon, le Japon, Shanghai et tout le saint-frusquin, jusqu'à la sortie du *Nan Shan* par le goulet, jusqu'à l'amarrage du même *Nan Shan* dans le port de Keppel-Singapour.

Silence encore, et qui se prolonge. Elle dort vraiment, cette fois.

— Ton grand-père, monsieur Margerit Jacques, va bien.
Bien sûr, elle ne dormait pas.

— Il va bien. Il a recouvré l'usage de sa main gauche et ne boite presque plus. Il est très en colère contre toi qui n'as aucun diplôme. Il ne te donne plus d'argent ?

— Non, Madame.

— Tu comptes sur moi pour t'en donner ?

— Évidemment non, Madame.

— Un Kaï O'Hara n'attend rien de personne.

Kaï dit, et il est très sincère, qu'il est tout à fait de cette opinion. Il attend. Il sait que Madame Grand-Mère ne l'a pas convoqué pour entendre le récit de ses aventures. Ni non plus pour le voir. Ou pas seulement pour ces raisons. Mais bien pour autre chose qu'elle veut lui apprendre. Madame Grand-Mère ne sort jamais de sa demeure, au plus y parcourt-elle dans les douze mètres par jour ; mais elle sait tout, c'est ainsi, elle a des mers du Sud et de ses gens une connaissance incroyable, constamment renouvelée par des informations d'Oncle Ching, ou de centaines d'autres. Kaï respire, hume la maison de Madame Grand-Mère, il s'imprègne de tout ce bois dont la maison est faite, à deux pas d'Orchard Street, de toutes les essences rares choisies aux quatre coins des mers du Sud et ici assemblées, dont les effluves anciens sont quasi palpables ; il n'est pas deux maisons dans tout l'univers pour avoir cette senteur, et cet agencement ; la mer s'y fleure, et les errances — mais ce sera peut-être bien mon imagination. Et la tendresse monte en lui, il est si difficile d'imaginer que cette si frêle et si vieille dame, autrefois, a grimpé aux mâts du *Nan* dans les tempêtes ; qu'elle a aimé à la folie un homme surnommé la Mangouste folle, s'est donnée à lui qui avait tant de puissance, qu'elle a été amante et, à le jurer, très passionnée et fort impudique.

— Je me souviens de Pann, dit-elle.

Et elle le dit en rompant encore un long silence. Kaï voit bien que le moment est arrivé, et que l'on en vient au sujet principal.

— Je me souviens de Pann adolescent, et même enfant. Les Chou l'avaient recueilli, ils l'ont fait étudier, il leur en a une reconnaissance éternelle. Il s'est marié, sa femme et ses deux enfants ont été massacrés par erreur lors du soulèvement organisé par Sun Yat-sen, il y a vingt-cinq ans. Il m'a écrit, j'ai reçu sa lettre avant-hier.

Elle a enchaîné si paisiblement ses réminiscences d'un autre temps et ce renseignement de si fraîche date que Kaï met plusieurs secondes à mesurer la portée de ce qu'il vient d'entendre. Pour autant, il ne pose pas de question — elle ne parlera que si ça lui chante.

— Tu n'as donc pas trouvé trace du cotre, ni à Surabaya ni à Batavia.

— Non, Madame.

— Et néanmoins tu restes persuadé que la jeune fille ne t'a pas menti.

— Oui, Madame.

— Tu t'es formé une opinion et tu t'y tiens.

— Oui, Madame.

— C'est bien. Sauf si cette conviction qui te tient provient de l'aveuglement, à cause des sentiments que tu porterais à quelqu'un.

Où veut-elle en venir ? Savoir si je suis amoureux de la Miss Boadicée ?

— Ils sont passés par Macassar.

Ils ? Bien sûr. Je suis bête. Elle parle du cotre, du Moriarty et de la Miss.

— Par Macassar ?

— Macassar de Sulawesi. Ils y ont trouvé un cargo à destination de Manille.

Et de Manille à Honolulu. Honolulu, d'où Moriarty a embarqué pour San Francisco.

— Elle ne t'a pas menti, Kaï.

— Je peux me lever ?

— Je ne vois pas ce qui t'en empêche. Tu n'as plus quatre ans, quand je t'interdisais de quitter la table avant d'avoir vidé ton assiette. Madame Chou et moi savions qu'ils étaient quelque part en Irian, s'étant mis l'un et l'autre...

— Vous parlez du Capitaine et du Moriarty ?

— De qui d'autre ? Ne te fais pas plus bête que tu n'es. Nous avons pensé, madame Chou et moi, que la seule issue à la situation dans laquelle ils s'étaient mis, était de vous expédier là-bas, la jeune fille et toi.

— Et le pirate Kwok ?

— Il y a toujours des impondérables, dit Madame Grand-Mère.

Kaï marche de long en large, contemplant au passage la merveilleuse maquette, si minutieusement exacte, du *Nan Shan* sous toutes ses voiles.

Il arrête sa déambulation, qui traduit un peu trop cette fébrilité imbécile qu'il éprouve. Il se retourne : le regard à trouer les portes de Madame Grand-Mère est sur lui. Il demande :

— Est-ce que dans toutes vos machinations, madame Chou et vous, vous avez déjà programmé le nombre d'enfants que nous aurons, Boadicée et moi ? Et leurs prénoms ? Et la date de leur naissance, et leur sexe ?

— Tu as toujours été insolent. N'abuse pas de ma patience.

La voix de Madame Grand-Mère est on ne peut plus paisible. On ne peut vraiment pas dire que la vieille dame manifeste les signes d'une fureur extrême, on dirait une chatte noire (elle a rabaissé ses paupières) qui sait absolument tout du pourquoi et du comment de toutes les choses de la terre et du ciel et, tout bien pesé, s'en fout superlativement.

— Tu as quel âge ?

— Vingt-trois ans.

— À ton âge, ton père et ton grand-père étaient déjà mariés.

— Je n'ai absolument pas envie de me marier. Surtout avec une femme.

— Ne fais pas le clown.

— Surtout pas avec une femme qui a le plus mauvais caractère entre ici et la lune.

— Un homme n'épouse jamais une femme. C'est le contraire. Il serait quand même temps que tu apprennes quelques petites choses.

— Madame Chou vous a écrit aussi, en plus de Pann ?

— Ça ne te regarde certainement pas.

— Elle est où, disons la jeune fille ?

— Pourquoi *disons* ? C'est une jeune fille.

— Elle est à Shanghai ? Elle y est rentrée ?

— Elle est en voyage.

Où ?

— Je ne suis pas un service de renseignements. Et en plus, je n'en sais rien.

Mon œil, se dit Kaï. Bien sûr qu'elle le sait. Et par Pann le Terrible, elle sait aussi ce qui s'est passé entre la Miss et moi — ou plus justement ce qui ne s'est pas passé.

— Tu déjeunes avec moi, Kaï. Je t'ai fait la cuisine. Enfin presque. J'ai surveillé les opérations. J'attendais le *Nan Shan* hier soir.

— Les vents. Il n'y en avait pas.

— Je n'aime pas les prétextes. Quand je vous prépare un repas, à ton père et à toi, je veux que vous soyez à l'heure. Oui, ton père vient et j'espère qu'il s'est lavé les oreilles, lui aussi. Je n'aime pas non plus qu'on soit négligé. Tu ne toucheras pas à mes servantes, je sais qu'elles sont jolies et très accortes, je les ai choisies pour cela, mais ne t'en approche pas, même si elles te supplient.

— Parole d'homme.

— Autant dire rien. Pendant que j'y pense, dans ton nord-nord-ouest et à une demi-brasse, il y a un coffret. Dans ce coffret, une lettre. Pour toi.

Kaï ouvre le coffret et prend la lettre. L'adresse est en anglais : *Monsieur Kaï O'Hara junior aux bons soins de la Très Honorable Madame O'Hara Tsong Tso.*

La Miss qui m'écrit, qu'est-ce qu'on parie ?

— Vous l'avez lue ?

— Évidemment, répond Madame Grand-Mère. Elle a pesé ses mots, c'est bien.

Kaï soulève le rabat de l'enveloppe déjà décachetée. Ça, pour avoir pesé ses mots, elle les a pesés. Il n'y a qu'un mot sur le feuillet : *Merci.*

— C'en est presque gênant, tant d'effusions, remarque Kaï.

— Quand j'ai rencontré madame Chou pour la première fois, et elle ne s'appelait pas encore madame Chou, c'était il y a soixante et quelques années. Ou un peu plus. Elle a fait une remarque désobligeante sur ma tenue. Je lui ai cassé la figure. Notre escale à Shanghai a duré encore quelques jours et le dernier jour, juste avant que nous ne mettions à la voile, le jeune Pann est arrivé, m'apportant une lettre.

— De madame Chou qui n'était pas encore madame Chou.

— Voilà. La lettre ne comportait qu'un mot. *D'accord.* C'est une famille qui sait dire beaucoup de choses en un seul mot. Et à propos, j'ai une question à te poser. Ce n'est pas une question capitale, je te la pose comme ça, par hasard, uniquement parce qu'elle m'effleure, et très vaguement, la tête. Tu n'y réponds pas, et ce sera sans la moindre importance. D'ailleurs, je m'en fiche complètement.

Nom d'un chien, pourquoi tant de précautions oratoires ?

— C'était comment ? demande enfin Madame Grand-Mère.

Mais de quoi elle me parle ?

— Les travers de porc de madame Chou.

— Ils étaient sublimes.

— Ah !

— Presque aussi sublimes que les vôtres.

— Embrasse-moi, Kaï. Prends-moi dans tes bras, soulève-moi, et très haut. Sans me casser. Je t'aime assez, au fond.

Toute la matinée, le *Nan Shan* remonte le détroit de Johore, qui sépare l'île de Singapour de la péninsule malaise. Le Capitaine a repris la barre, qu'il avait laissée à Kaï, ou à Oncle Ka, depuis Batavia.

— Et nous allons où ?

— Faire un tour.

— J'ai tout mon temps, dit Ka.

— Pas plus que cela, dit le Capitaine. Lui, Kaï, doit aller en Cochinchine, pour y voir son grand-père Margerit.

— C'est bien ce que je disais : j'ai tout mon temps.

On passe sous le pont qui relie l'île au continent, la ville de Johore est à droite, on vient d'y commencer les travaux de construction de la nouvelle résidence du sultan, qui sera tout juste terminée pour l'arrivée des troupes japonaises, dans soixante-quinze mois.

— Tu as vraiment déclaré la guerre à l'armée japonaise ?

— J'ai bien peur que oui.

— Et dans ta tête, moi, le *Nan Shan,* et les Dayaks de la mer, nous devons nous ranger à tes côtés ?

— À vous de voir.

Détroit de Malacca en vue, vent de nord-ouest, des pêcheurs saluent la goélette qu'ils connaissent bien.

— Je ne vois aucune raison particulière de me battre contre toute l'armée et la marine du Japon, dit le Capitaine après mûre réflexion.

Cap au nord, on remonte au vent, ce que le *Nan Shan* fait à merveille. Dans le courant de l'après-midi, sur tribord, le moutonnement ordonné des toits de tuile rouge-brun de Malacca.

— Tant pis, dit Kaï, je les affronterai tout seul.

Nous avons, mon papa et moi, le goût des papotages nonchalants.

Kaï aurait volontiers posé le pied à Malacca, il y serait allé baguenauder sur la place Rouge et sous les arcades portugaises, il aurait retrouvé sa chambre, dans le petit hôtel tenu par une dame suissesse avec de gros tétons, près de l'hôtel de ville hollandais, fait brûler de l'encens au temple Cheng Hoon Teng, et canoté sur les canaux. Mais le Capitaine a une autre idée, ce sera donc pour une autre fois. Des montagnes grimpent à l'horizon, la nuit tombe. Le *Nan Shan* frôle la côte, mer de jade et plages blanches, passant au mètre près tout à côté de récifs. On jurerait que cette route-là est familière à tous, à bord ; ils vont comme quelqu'un qui rentre chez lui à la brune, sur un chemin mille fois parcouru.

Alors le Capitaine s'est mis à raconter l'histoire de l'Archibald, qui n'était pas encore le Moriarty si tant est que Moriarty soit son vrai nom. Le Capitaine dit la toute première rencontre sur les bords de Ménam dans le sud de Bangkok, puis la descente vers Johore, ces hommes fort sanguinaires qui poursuivaient l'Archibald, la façon dont le même Archibald a déjoué cette poursuite en la dirigeant sur le Capitaine, la manière dont le Capitaine susdit a fini par s'en tirer, grâce à l'aide de quelqu'un.

Son aide à *Elle*.

— Nous rentrons au Sarawak, Kaï. Tu viens avec nous ?

— Non. J'y viendrai dès que je serai rentré de Saigon, dit Kaï au moment où il débarque à Singapour, le *Nan Shan* poursuivant sa route au sud. Jamal est resté à son bord. Ce gamin n'est pas trop tenté par les villes et, de toute façon, il rêve du Sarawak, et des longues maisons des Ibans.

Il entre dans la boutique de Bugis Street et on lui dit qu'Oncle Ching ne s'y trouve pas, qu'il est chez lui. Il ressort, tourne l'angle, marche sur une vingtaine de pas et pénètre dans une maison qui, dans le temps, comportait trois étages, mais a été rehaussée d'un niveau supplémentaire et s'est également élargie sur chacun de ses flancs. Kaï le sait : bien d'autres Chinois arrivés à Singapour à peu près à la même époque que Ching le Gros, et ayant fait fortune (moins que lui, sans doute), ont quitté le quartier, se sont fait construire des demeures plus majestueuses, plus loin du quartier du commerce et des plaisirs. Oncle Ching, lui, est resté ; il a pris ses aises — de toute façon, il lui faut bien loger son incommensurable famille.

— Ne le fatigue pas trop.

La recommandation est de Kwan, exprimée dans un parfait anglais.

— La dernière fois que je l'ai vu, il n'allait pas si mal.

— Mais il a quatre-vingt-six ans. Tu vas le trouver changé. La tête va très bien, remarque.

Trois femmes dans la grande chambre du deuxième étage.

— Laissez-nous, le garçon et moi, dit Oncle Ching.

La voix, elle, est toujours la même. Kaï a connu un homme qui, selon les visites qu'il lui rendait, pesait entre cent cinquante et cent soixante-dix kilos. Celui qui est dans le lit n'en fait guère plus que la moitié, et encore.

— Ne fais pas cette tête.

— Excusez-moi.

— Et ne t'excuse pas non plus. Tu serais le premier Kaï O'Hara à le faire.

Oncle Ching essaie de se redresser en poussant sur ses bras, mais il ne bouge pas d'un centimètre.

— Je vous aide ? propose Kaï.

— Si tu veux bien.

Kaï se penche et sent l'odeur de mort, oh ! mon Dieu. Il prend le vieil homme sous les aisselles et le soulève.

— Tu veux boire quelque chose ?

— Non, merci. Le Capitaine est au courant ?

— De ce que je vais mourir ? Évidemment.

— Il est parti pour le Sarawak.

— Sur ma demande instante. Ton arrière-grand-père et lui ont été les meilleurs amis dont un homme puisse rêver. Mais il y a des moments où l'on préfère être seul. Même toi, j'ai bien failli ne pas te recevoir.

— Vous l'avez fait.

— Je voulais être sûr qu'entre ton père et toi, tout allait bien.

— C'est le cas.

— Approche-toi. Je vois mal tes yeux.

Kaï revient tout près et subit l'examen.

— Je peux bien sûr me tromper, dit Oncle Ching, mais je suis convaincu. Parlons d'autre chose. Ne me raconte pas ce qui s'est passé en Irian, je connais le plus gros, ça me suffit. Parle-moi de toi, de tes projets.

Quels projets ?

— Je n'en ai pas énormément, dit Kaï.

— Tu as un passeport ?

— Bien sûr.

— Ton père et ton arrière-grand-père n'en ont jamais eu. Non, attends, laisse-moi finir. Je ne te reproche pas d'avoir un passeport. Mes enfants et petits-enfants et arrière-petits-enfants en ont un aussi.

— Le monde a changé, c'est ça ?

— Comment s'appelaient ces bêtes qui étaient autrefois sur la Terre et n'y sont plus maintenant ?

— Je ne sais pas. Des dinosaures ?

— Ton père est un dinosaure. Le dernier.

— Je préférerais que nous parlions d'autre chose, dit Kaï partagé entre une très réelle tristesse, et de l'irritation — personne au monde, pas même Oncle Ching, n'avait à se mêler de ce qui se passait entre le Capitaine et lui. Et s'il a un jour envie, à supposer que le Capitaine meure avant lui, de monter sur le *Nan Shan* et de sillonner les mers du Sud avec, c'est lui seul que ça regarde.

Et puis un homme qui va mourir a forcément tendance à considérer, surtout quand il a atteint un âge somme toute avancé, que la vie qu'il va quitter a trop changé pour lui, et ne vaut plus tant d'être vécue.

— Sebastian est bien rentré à Shanghai ?

— Oui. Je doute fort qu'il remette jamais les pieds sur un bateau. Même pour traverser le Huang-pou.

— Il a été remarquable.

— Il est de mon hui, je ne vois pas que cela puisse t'étonner. Il y a une question que tu ne m'as pas posée. Et ne me demande pas laquelle.

— Je ne vous le demande pas, je vous la pose.

— Tu t'en tires bien. Tu sais quelle question ?

— Celle dont vous avez débattu avec Madame Grand-Mère. Par le truchement de Kwan ou de quelqu'un d'autre. Mais ce sera sans doute Kwan.

— Pas mal. Mais encore ?

— Boadicée Moriarty, dit Kaï. Je ne vous ai pas demandé si vous saviez où elle est.

— Tu me le demandes ?

— Oui.

— Souris donc un peu, Kaï treizième. Je vais mourir, je suis fatigué mais contrairement à ce que tu crois — je l'ai lu dans tes yeux —, je pense encore que la vie vaut d'être vécue. Jusqu'au bout. Je ne mourrai donc pas avant ton départ pour Saigon, je m'y engage. Et je ne veux pas de toi à mon enterrement. On y jouera *Viens, poupoule,* remarque. C'est bien une chanson française ?

— Il me semble.

— Je sais où est cette jeune fille mais je ne crois pas que je vais te le dire. Elle ne veut pas de toi.

— Vous n'en savez rien.

— J'ai débuté à Singapour en volant des fruits, j'ai eu un étalage, puis j'ai travaillé dans une boutique, que j'ai rachetée, que j'ai agrandie, j'ai acheté un bateau, et un autre, et un autre encore, et des maisons, et d'autres commerces, et des rues entières. Et, soit dit en passant, j'espère bien qu'un jour Singapour deviendra indépendante et sera administrée comme elle doit l'être, par des Chinois. Et j'espère que ces Chinois seront de ma descendance. Je leur laisserai suffisamment d'argent pour qu'ils y réussissent. Tu sais pourquoi la vie m'a été si bienveillante ?

— Vous allez me le dire.

— Parce que j'ai toujours su tout ce qui se passait. Tout. C'était ma fierté. J'étais Ching le Gros dans le fin fond de sa boutique, ayant de plus en plus de mal à bouger sa graisse, et pourtant il ne se passait rien sans que je ne l'apprenne, dans toutes les mers du Sud et ailleurs. C'est l'image que je veux que tu gardes de moi. Fais-moi ce plaisir, je t'en prie. On a tout de même le droit de choisir son épitaphe, non ?

— Je vous aime bien, dit Kaï.

— Je sais. Tu as un peu de sang chinois dans tes veines, mais tu n'es pas chinois. Tu ne le seras jamais, il faut cinq millénaires au moins pour le devenir. Dehors, Kwan.

Kwan, qui probablement est venu rappeler Kaï, disparaît et referme la porte sur lui.

— Tu n'es pas chinois, mais un Kaï O'Hara est ce qui s'en rapproche le plus. C'est un grand compliment que je te fais. Ne va pas chercher cette jeune fille où qu'elle se trouve, elle te refusera. Maintenant, va-t'en, adieu. Souris-moi, s'il te plaît. Inutile de dire quoi que ce soit à ton père, tu ne lui apprendrais rien. Je l'ai aimé plus qu'aucun de mes fils.

— J'aurais pourtant voulu..., commence à dire Kaï.

— Non, dit Kwan.

— Au moins, télégraphie-moi à sa mort.

— Promis.

Le lendemain, Kaï est à Saigon. Il est en quelque sorte coincé entre le très réel chagrin que lui cause la mort si proche d'Oncle Ching et les grands désagréments qu'il attend de son affrontement imminent avec monsieur Jacques Margerit, son grand-père. Mais bon, si elle ne disparaît pas, la tristesse s'estompe un peu, bribe par bribe. Elle fond plus ou moins dans le sillage du paquebot des Messageries maritimes sur lequel il a embarqué à Singapour (il a eu un peu de mal à s'acquitter du prix de son billet, et c'est Kwan qui en a payé l'essentiel — ça commence à lui faire des dettes monstrueuses à l'endroit de cette famille). Quant à sa rencontre à venir avec son grand-père maternel, qui ne peut pas être pire que les précédentes (qu'est-ce qu'il l'avait engueulé, à sa façon froide !), il s'est fait une raison — ce n'est pas tragique en somme, il serait quand même surpris s'il le faisait fusiller sur le front des troupes.

Il a retrouvé sur le paquebot, eux voyageant en première classe, les membres d'une famille française qu'il connaît bien. Il est allé à l'école avec deux des fils Forrissier et a personnellement veillé au dépucelage du plus âgé d'entre eux, Léopold, en le traînant jusqu'à Cholon et en le confiant aux mains expertes (enfin, aux mains...) d'une mangeuse d'hommes sino-vietnamienne. Léopold lui en a toujours gardé beaucoup de reconnaissance. C'est un gros et fort garçon joufflu de toutes parts, blond aux yeux bleus, dont l'intelligence aurait peu de chances de culbuter un cheval en pleine course, studieux et bien propre sur lui, d'ordinaire lent en la plupart des choses, mais qui parfois manifeste de surprenants éclairs de fantaisie.

— Nom d'un chien, Léopold, qui est cette fille ?

— Ma sœur. Je te disais donc que j'ai suivi tous tes conseils...

— Aïe, aïe, aïe, j'espère que non.

— Je les ai suivis, et j'ai eu sept filles, à Saint-Etienne et à Lyon.

Léopold vient de boucler sa licence en droit et sa vie est toute tracée : il va s'inscrire au barreau de Saigon et travailler avec son père qui est avocat.

— Et attention, dit-il, pas des professionnelles. Rien que des filles bien, sans jarretelles. Ton truc de la pirogue a marché à chaque coup.

— Quel truc de la pirogue ? Dis donc, c'est vraiment ta sœur ?

— Bien sûr que c'est ma sœur, on se ressemble, non ? Le truc de la pirogue, c'est toi qui me l'as appris.

— M'en souviens pas du tout. Et elle s'appelle comment ?

— Anne. Mais si, tu sais bien, on raconte qu'on a traversé le lac Tonlé Sap au Cambodge juste au plus fort de la saison des pluies, qu'il y a des milliers de cobras qui nagent sur le lac, et que la pirogue dépasse la surface d'à peine trois centimètres. Ça impressionne. Ça me fait peur rien que de le raconter. Alors les filles, tu parles, elles te prennent pour Henry Morton Stanley et Jim la Jungle en même temps.

— Tu n'as jamais posé tes fesses dans une pirogue du Tonlé Sap.

— C'est vrai, mais je suis allé voir les temples d'Angkor avec papa et maman et les Carrier. Nous ne sommes pas passés si loin du Tonlé Sap.

— Je n'avais jamais vu ta sœur Anne jusqu'à ce jour. Vous la cachiez ou quoi ?

— Qui ça ? Ah, Anne ! Non, mais elle a été un peu

malade lorsqu'elle avait onze ans et, à l'époque, le docteur a dit que c'était l'air de la colonie qui ne lui convenait pas. Elle a fait ses études en France. Elle est intelligente à te faire peur. Tu m'aideras à trouver des filles, à Saigon ?

— Si j'ai le temps.

Léopold Forrissier a vingt-quatre ans, un an de plus que Kaï — mais il n'a jamais été très en avance dans ses études. Ce qui n'est pas le cas de Ma Sœur Anne. Poussant son interrogatoire, Kaï a appris qu'elle avait passé son baccalauréat avec mention très bien, fait les deux années de prépa à l'École des chartes pour devenir conservateur — conservatrice — de musée ou de bibliothèque, qu'elle va intégrer cette même école pour des études de quatre ans, mais qu'elle ne le fera qu'à la rentrée suivante parce qu'elle vient de passer six mois à Washington, en stage à la Bibliothèque du Congrès. Toutes informations qui ont laissé Kaï pas mal indifférent. Lui a vu une fort jolie fille — elle a vingt et un ans, d'après Léopold. Mieux que jolie, en fait. Cheveux châtain clair à la limite du blond vénitien, yeux gris ; une sérénité, peut-être un peu amusée, dans le regard ; de la distance à l'égard de tous, gens et choses ; une façon de se mouvoir, surtout, d'être immobile, d'intervenir dans une conversation, rarement d'ailleurs, avec une autorité tranquille, sûre d'être écoutée ; et un corps dont la légère robe blanche révèle sans grand effort d'imagination qu'il est mince, dépourvu de cette indolence qui frappe la quasi-totalité des Européennes sous les tropiques, et, ma foi, fichtrement bien fichu.

Kaï n'a vu Ma Sœur Anne que de loin. Quand on voyage en troisième classe, on n'a pas accès aux premières, on les contemple d'en bas. C'est Léopold qui est descendu jusqu'à lui, lui proposant même d'intervenir auprès du commissaire de bord pour qu'il lui soit permis de gagner le pont supérieur. Kaï a refusé. À son départ de Singapour, il a mis ses plus beaux atours mais ça ne va pas chercher loin : le pantalon et la chemise blanche avec lesquels il a fait honneur à Madame Grand-Mère, l'un et l'autre plus très frais ; et des sandales à lanières aux pieds — il ne supportait plus les chaussures fermées. Au vrai, il se reproche son indifférence aux apparences. À peine sorti du monde du Capitaine, des Dayaks de la mer, du *Nan Shan,* voire d'Oncle Ching, encore que le pauvre vieil homme soit sûrement bien plus riche que tous ces abrutis buvant leurs coquetèles sur le pont des premières classes, il reprend la mesure de cette autre planète qu'il regagne. Et la vieille idée a resurgi : la Cochinchine serait mille fois mieux sans ces Français. Tout autant que Sumatra, Java, Bali et la suite sans les Hollandais, Timor sans les Portugais, et le reste des mers du Sud sans les maudits Anglais. Mais c'est vrai que sans Français à Saigon, *Elle* n'aurait pas été là, n'aurait jamais connu et aimé le Capitaine, et subséquemment Kaï treizième ne serait pas né.

Pas simple.

Le paquebot a accosté, les Forrissier et leur clique ont embarqué dans des limousines conduites par des chauffeurs annamites en dolman blanc. Aucune voiture ne l'attendait : monsieur Margerit, son grand-père, lui fait décidément la gueule ; Kaï a pris un autocar, en échange des ultimes pièces de monnaie qu'il avait en poche.

Il est à Saigon, qu'il aime, et beaucoup. Ce lui est toujours une joie que d'y revenir. Quoiqu'il y voie deux villes, coexistantes et pourtant à peu près étrangères l'une à l'autre, indigènes d'un côté, Européens de l'autre.

Quand il pense que son grand-père est né ici, y a pour ainsi dire toujours vécu, et que, s'il sait donner cinq ou six ordres en vietnamien, c'est le bout du monde — pour ne même pas parler du chinois. Pareil pour Léopold, d'ailleurs, et pratiquement de tous les autres.

— Monsieur Margerit votre grand-père n'est pas à Saigon. Il ignore votre arrivée, qu'il attendait bien plus tôt.

Kaï a devant lui un certain Jaffrey, qui est quelque chose comme directeur général adjoint de la Compagnie Margerit et l'a fait attendre quarante bonnes minutes avant de le recevoir. C'est un homme mince, portant lunettes cerclées d'or, à la calvitie bien avancée pour ses trente-cinq ou quarante ans. Le télégramme informant Kaï, alors à Paris, que les vivres lui étaient désormais coupés, et donc qu'il ne percevrait plus sa rente mensuelle, en représailles de ses extravagances universitaires — ce télégramme était signé de lui. Avec une satisfaction sadique, très certainement.

— Je sais que mon grand-père est au Cambodge. Je veux seulement savoir quand il rentrera. Je suis passé à la villa, personne n'a pu me renseigner.

— Pas avant deux semaines au moins. J'ai des ordres vous concernant.

— N'hésitez pas à me les communiquer, je vous en prie, en surmontant bravement la détresse qu'ils vous causent.

— Je dois d'abord vous demander si vous êtes prêt à gagner votre vie.

— Admettons que je le sois.

Il faut bien que je mange, et que je rembourse tout ce que je dois à Oncle Ching et aux siens, sans compter mes dettes envers le bon docteur Mybdam qui, à Saigon, visite ses malades en pousse-pousse, et envers son épouse, madame Queen, qui tient aussi un laboratoire. Je leur ai coûté une fortune, rien qu'en obligeant Sebastian à acheter un sampan et la moitié des rizières de Shanghai. Ensuite il y a eu Zamboanga, et le reste.

— Votre réponse n'est pas très claire, dit Jaffrey de sa voix glacée.

— JE SUIS PRÊT À GAGNER MA VIE, hurle Kaï de toute la force de ses poumons. Je suis même disposé à travailler aussi.

— Vous débutez après-demain matin à trois heures à la plantation de Chau Doc. Comme assistant débutant sans aucune expérience. Donc au bas de l'échelle. Les horaires vont de trois heures du matin à midi, et de quinze à dix-huit heures. Tous les jours sauf le dimanche matin. Ou du moins sauf le dimanche matin pour les assistants confirmés, ce qui ne sera pas votre cas.

— J'adore les hévéas.

Je les hais, je hais ces morceaux de bois rectilignement

alignés, sinistres et saignés, ce ne sont pas de vrais arbres, tu dirais qu'ils ont été conçus à Polytechnique.

Kaï connaît la plantation de Chau Doc. C'est loin d'être la plus grande de l'empire Margerit et associés. C'est sûrement la moins plaisante ; le directeur de plantation, si ses souvenirs sont exacts, est une espèce de fou fanatique qui voit des feuilles de latex partout et n'arrête pas de les compter ; et, à part ça, il boit du cognac, par litres. Chau Doc, ce n'est même pas l'île d'Elbe, c'est Sainte-Hélène.

— Un camion vous prendra demain matin à quatre heures, rue des Massiges, devant le cimetière où il aura chargé la pierre tombale destinée à votre prédécesseur qui s'est suicidé.

Ce dernier détail fait rire Kaï : il ne doute pas que Jaffrey, avec sa mentalité de petit comptable pervers, l'a ajouté de sa propre initiative.

— Et voici cent piastres, pour vos frais jusque-là. Considérez-les comme une avance sur salaire, elle vous sera retenue. Passez chez Nini et Aude, qui tiennent un salon de coiffure et font si bien les nattes chinoises. Pour vous, une coupe suffira. Puis, chez Tournevent, le marchand de vêtements ; mon secrétaire vous en donnera l'adresse si vous l'ignorez. Il vous y sera fourni des vêtements de travail, des bottes et tout ce dont vous aurez besoin. Je crois savoir que vous ne dormez pas dans votre famille ?

Kaï est passé à la grande et belle villa de monsieur Jacques Margerit à Saigon — celle construite après que le Moriarty a fait sauter la première. Il y est passé et y a vu, non pas l'une ou l'autre de ses sœurs qui habitent en France (mariées à des abrutis, dont un polytechnicien, c'est tout dire), mais deux de ses cousines, filles de Tante Isabelle. Grasses, blondes et piaillantes. Beurk.

— Non.

— Dans ce cas, sachez que les frais d'hébergement et de repas pour aujourd'hui seront à votre charge.

— Jaffrey ?

— *Monsieur* Jaffrey.

— D'après certaines informations dignes de foi, votre *congaï*, votre maîtresse annamite, celle que vous voyez à l'insu de votre femme, a la vérole.

Ce qui enchante positivement Kaï dans cette réplique de sortie est que le renseignement est exact. Il le tient de l'un des balayeurs avec lesquels il a bavardé, dans son vietnamien qui n'est pas rouillé du tout, durant les quarante minutes qu'il a passées à attendre.

Il aurait pu même ajouter que madame Jaffrey est surnommée, comme pas mal d'autres Européennes, *dam giao chi* — celle qui écarte volontiers ses gros orteils.

Pas seulement ses orteils, d'ailleurs.

Il s'appelle Ba. Cinq ans plus tôt, de février à septembre 1930, il a pris une part active à la révolte qui a commencé à Yen Bay, où des tirailleurs annamites se sont mutinés, puis qui s'est étendue à toute la péninsule indochinoise. Un peu moins en Cochinchine qu'ailleurs, mais, à Thanh Loi et à Cholon par exemple, des hordes au drapeau rouge brandi ont saccagé les maisons des notables et brûlé les registres fonciers. Ba y était, et il s'est trouvé parmi les cent vingt hommes qui ont comparu devant la justice, en 1933. Il s'est tiré indemne de cette comparution, alors que d'autres, qui en avaient fait moins, ont été condamnés à mort et exécutés, ou se sont partagé neuf cent soixante-dix ans de bagne. Lui a été acquitté.

— Grâce à monsieur Marc-Aurèle, dit-il.

Marc-Aurèle Giustiniani est mort deux ans plus tôt, en décembre 1933, trois jours avant Noël. Kaï sait que le Capitaine en personne est venu à l'enterrement, rendre hommage à celui qui l'avait toujours assisté, depuis son adolescence. Outre cela, il a pris la peine ahurissante de lui écrire, à lui Kaï, en France, pour lui annoncer la nouvelle. Pas cinquante feuillets. Quelques mots difficilement tracés par une main déshabituée d'écrire : *Monsieur Marc-Aurèle est mort du cœur. J'ai de la peine.*

Ba a été instituteur dans le delta et a même travaillé

quatre ans au collège des frères catholiques de Taberd, à Saigon même — l'établissement dans lequel le Capitaine a fait, disons, ses études. L'enseignement lui est interdit, bien qu'il ait bénéficié d'un non-lieu rendu par un juge corse qui, par hasard, était comme monsieur Marc-Aurèle d'Ajaccio ou de Porto-Vecchio, quelque chose comme ça. Ba tient un café à Cholon. Un autre Corse est son associé.

— Ne me fais pas rire, dit-il encore à Kaï. Tu ne paieras jamais chez moi.

— J'ai de l'argent.

— Jaffrey t'a donné combien ?

— Mille piastres.

— Ça m'étonnerait bien. Son comptable est un cousin de ma mère et lui, il a sorti cent piastres à ton nom. Tu savais que la congaï de Jaffrey a la vérole ?

— Je l'ai appris à Jaffrey. Il doit être en train de frapper à la porte du médecin. Tu sais où est mon grand-père ?

— C'est une hyène capitaliste, dit Ba en rigolant.

— Et tu le pendras au matin du Grand Soir, d'accord. Il faudra me passer dessus, remarque. Où est-il ?

— À cette nouvelle plantation qu'il a ouverte, il y a sept ans, à Kompong Cham au Cambodge. C'est la huitième année, ils vont commencer à récolter leur latex. Bon, ton grand-père Margerit n'est pas le pire de tous. Il rit chaque fois qu'il lui tombe un œil, mais il est juste. Jaffrey t'a offert un travail ?

— Assistant de l'assistant d'un assistant à Chau Doc. Pas plus de douze heures de travail par jour.

— Et avec Simeoni comme directeur, tu es gâté. Tu pars demain matin à quatre heures par camion, c'est ça ?

— Ne dis pas n'importe quoi. Je peux avoir une autre bière ?

Des Corses entrent pour se rafraîchir, que Kaï connaît vaguement. Tous les Corses de Cochinchine, et ils sont nombreux, ne s'adonnent pas aux trafics divers, la plupart s'en abstiennent. Mais il existe entre eux une confraternité réelle, qui prête à confusion et porte à l'amalgame — Kaï parierait sa tête et ses deux mains qu'un Marc-Aurèle Giustiniani n'a jamais gagné une seule piastre autrement que par les voies les plus honnêtes, mais il n'en dirait pas autant de ces trois-là.

Dont l'un justement se tourne vers lui :

— Une bière ?

— Je viens de commander. Une autre fois.

Ba s'éclipse.

— Tu es Kaï O'Hara ?

Acquiescement.

— Tu étais un ami de Giustiniani Marc-Aurèle.

Nouvel acquiescement. Qu'est-ce qu'ils me veulent ? Ils ne sont pas entrés ici par hasard.

— Un type nommé Keller, tu connais ?

— Pas du tout, dit Kaï.

— On est partagés, dit le Corse après s'être assuré qu'ils sont bien seuls dans la salle, Kaï et eux. On est vraiment partagés, parce que, en quelque sorte, on est en affaires avec ce Keller.

Kaï boit la moitié de la bière BGI que Ba lui a servie juste avant de disparaître. Il n'a jamais entendu parler d'aucun Keller.

— Et alors ?

— On est extrêmement partagés, parce qu'on avait du respect pour le vieux Giustiniani.

— À force d'être partagés, vous allez vous retrouver à six, neuf ou douze, sinon soixante-six, dit Kaï.

— Ça veut dire quoi, ça ?

— Rien, je plaisante. Si vous me disiez ce qui vous amène ?

Consultation en corse. L'un des membres du trio pense visiblement qu'ils feraient tous mieux de partir. Mais la majorité l'emporte.

— On a fait sauter la voiture de ton grand-père, il y a quelques semaines.

— Sur l'ordre de Keller ?

Cette fois, c'est le Corse qui acquiesce. Oh non, pense Kaï, et moi qui croyais cette histoire terminée !

— Que quelqu'un fasse exploser la voiture de quelqu'un, reprend le Corse, ce n'est pas notre affaire. Ton grand-père, on s'en fout. Seulement, ça fait dans les sept ou huit ans, quand nous avons acheté notre boîte de nuit et qu'il nous a fallu des tas de papiers, Giustiniani nous a aidés. Et il n'a pas voulu d'argent en échange. Entre compatriotes, il a dit. Il nous a seulement demandé de veiller sur un petit merdeux de quinze ans qui courait après toutes les filles de Cholon.

— Moi.

— Toi. Et il y a des bruits qui circulent. Le Keller en aurait après toi, maintenant. C'est tout. On n'est pas venus, on ne t'a jamais parlé.

Ils s'en vont tous les trois, Ba revient.

— Tu les connais, Ba ?

— Ils tiennent une boîte de nuit.

— Tu as entendu ce qu'ils m'ont dit ?

— C'est pas moyen entendre moi, répond Ba en français (qu'il parle mieux que Kaï, au demeurant).

— Tu les crois ?

— Les Européens sont quelques milliers, nous sommes des millions. Mais s'il y a quelques petits vols, de boy ou de boyesse, aucun Annamite ne commet jamais de crime de sang.

Et il a raison, en plus.

— Tu sais où trouver ce Keller ?

— Les problèmes commenceront quand lui t'aura trouvé.

— Où ?

— Moi pas avoir moyen connaître la réponse. Ce que je sais surtout, c'est que tu ferais mieux d'aller ailleurs. Ailleurs qu'à Saigon. Pendant quelque temps. À Chau Doc ou à Kompong Cham, mais n'importe où ailleurs.

— Ba, s'il te plaît !

Il arrive dans la rue Pellerin peu avant la tombée de la nuit, suçotant un *ca rem cay,* cône de glace fiché sur un bâtonnet. Des enfants sur le terrain vague qu'il a toujours connu, avec sa grande citerne, jouent à un jeu qu'il a pratiqué lui-même, le *da kao,* assez proche du poona indien et du badmington britannique, sauf qu'on y joue avec les pieds nus, au lieu de raquettes. Il contemple leurs acrobatiques évolutions. Gardant un œil sur une fenêtre d'un deuxième étage qui, dépourvue de cadre, révèle l'angle d'une moustiquaire de tulle.

La femme qu'il a envoyée en reconnaissance revient :

— Il est toujours dans sa chambre et il dort toujours. Il a demandé qu'on le réveille à 7 heures et demie.

— Demain matin ?

— Non, tout à l'heure.

Elle refuse le billet qu'il lui tend. Elle est la fille d'un ami d'un ami d'un ami de Ba. Plutôt mignonne, au demeurant.

— Merci.

Il attend qu'elle se soit éloignée de sa démarche gracieuse.

La porte de la chambre où il entre n'est pas fermée à clé, comme presque toujours. Outre le lit et sa moustiquaire, elle comporte en tout et pour tout une table peinte en bleu canard, qui elle-même supporte une bassine d'aluminium quelque peu bosselée et une *quê-bat,* une sorte d'écuelle, dans ce cas utilisée pour s'asperger au moment des ablutions. Seul autre objet, une grosse cantine métallique, fermée par deux gros cadenas, et sur le dessus de laquelle, au pochoir blanc, se lit l'inscription : H.R. KELLER – USMC. Kaï manœuvre doucement les cadenas mais ils sont bien fermés. Il surveille en même temps l'homme endormi sur le ventre. Un beau morceau de grand blond très solide, vêtu en tout et pour tout d'un caleçon curieusement très propre — dans ce taudis, cela surprend —, mais dont les épaules sont bourrelées de muscles. Il doit faire dans les six pieds et quelques poussières, un poids lourd.

Kaï pose le talon sur le bord du matelas et pousse fortement par deux fois. La réaction du dormeur est bien celle qu'il attendait : l'homme bondit, passant en une demi-seconde du sommeil à l'état d'alerte. Il est bien entraîné, pas de doute, se dit Kaï, en frappant de toute sa masse. Il touche, non pas au menton qu'il visait, mais à la pommette. Ça suffit, ses cent douze ou quinze kilos (il ne s'est pas pesé récemment) font la différence. Keller quitte le lit, arrache au passage la moustiquaire et roule jusqu'au mur.

— Tu me reconnais, Keller ?

— Tu es dingue.

— Ça veut dire quoi, USMC ?

Corps des marines des États-Unis — j'aurais dû m'en douter se dit Kaï, qui s'écarte quand Keller bondit, le frappe du gauche au foie, manque de peu un uppercut du droit qui, au plus, retrousse le nez de Keller, touche d'un deuxième gauche à la mâchoire (il était temps), pare un direct par un retrait du corps, enchaîne par un droite-gauche à la face. Keller s'assoit, secouant la tête.

— Dis-moi que tu me reconnais, Keller.

— Dingue.

— Je vais te massacrer, Keller. Et tu me fais perdre mon temps. J'ai rendez-vous avec trois filles. *Olé !*

Keller vient de bouler, allant du sud au nord à peu près, avec pour ambition d'agripper les jambes de Kaï. Qui s'est écarté et a fait tomber son meilleur poing de haut en bas sur sa nuque.

Heureusement que je l'ai un peu sonné dès le début de notre conversation, le gaillard a de la résistance, je ne suis peut-être pas très bon pour tuer les gens avec un couteau, une sarbacane, un fusil ou une machette, mais la boxe, j'aime.

Incroyablement, Keller se relève encore. Il réussit, ma foi, une assez jolie feinte et Kaï prend un coup qui manque de lui briser la clavicule. Crochet du gauche au foie encore, double enchaînement à la mâchoire, ponctué d'un uppercut qui, celui-là, atteint bien la pointe du menton.

— Tu me dis qui je suis ?

Kaï soulève l'homme par la gorge et le colle au mur.

— Qui suis-je ?

— O'Hara.

— Prénom ?

— Kaï.

Kaï lâche sa prise et frappe, pieds bien à plat, à la hauteur du cœur. Il ne le tue quand même pas, mais il sent distinctement les côtes qui s'enfoncent. Il tâte de la pointe du pied le corps écroulé, va emplir la qué-bat et lui en déverse le contenu sur le visage. Quand la porte s'ouvre sur les deux policiers, il lève une main pour demander qu'on n'intervienne pas encore.

— Tu as fait sauter la voiture de monsieur Margerit, mon grand-père ?

Deux petits coups sur le nez, juste assez pour le casser, mais pas plus.

— Oui.

— En tuant le chauffeur et en blessant monsieur Margerit, c'est ça ? Je vais te fracasser toutes tes dents, mon bon.

— Oui.

— De qui était l'idée ? De Moriarty ?

— 'Onnais pas 'Oliarty, dit Keller.

Je lui ai bel et bien fracassé les dents, tiens donc.

— On t'a payé pour faire sauter cette voiture ?

— Oui.

— Qui ?

Kaï sourit aux policiers qui attendent, chacun appuyé à un montant du chambranle, avec une équanimité qui fait honneur à la police saigonnaise.

Keller éructe un nom comme Hyers ou Myers — ce sera l'un des noms de guerre du Moriarty (que je vais me mettre à appeler Archibald moi aussi, au train où vont les choses).

— Cet homme t'a payé ?

— Oui.

— Où ?

'Angkok. Disons Bangkok.

— Et moi ? Je devais sauter aussi ?

— Oui.

— Où et quand ?

'Olon. 'Illes.

— À Cholon pendant que je serais avec des filles ?

— Oui.

Pendant quelques secondes, Kaï tient encore dressé son poing, dont les arêtes ont été mises à nu. Mais sa rage retombe.

Il se relève et demande aux policiers :

— Ça vous suffit ?

Largement, disent-ils. Largement. Lui, Kaï, devra venir au commissariat pour sa déposition.

— Demain matin 9 heures ? propose Kaï.

Demain matin sans faute. Ben voyons. Pour lui, l'affaire est close.

Une petite rue de Cholon dont personne ne sait le nom si tant est qu'elle en ait jamais eu un. Il a fallu à Kaï, pour y parvenir, franchir ce quartier de Cholon consacré à la tripaille, un extraordinaire univers d'odeurs, en pans successifs ou couches superposées, le plus souvent pourtant mêlées — fadeur des quartiers de viande infestés de mouches, relents des lieux d'aisance tout proches, faits d'une planche percée d'un trou et qui se déversent tant bien que mal dans ce qui en théorie est un arroyo, dont la puanteur imprègne celle des fruits trop mûrs ou des durions (à moins que ce ne soit le contraire). Des parfums aussi, tout de même, celui de la menthe ou des médecines chinoises (« j'aimais moi aussi Cholon, a dit le Capitaine, parce que j'y retrouvais la Chine ») ; tout cela salé à point par l'inévitable nuoc mam dont les seuls effluves, pourtant assez nauséabonds, font toujours monter l'eau à la bouche de Kaï. Et j'étais toujours fourré ici quand j'avais quinze ans ? C'est pourtant vrai.

La mère Chum d'ailleurs le reconnaît. C'est une vieille maquerelle au visage de crapaud et aux yeux malins, qui se vante non sans raison d'avoir approvisionné des générations de gouverneurs généraux, d'administrateurs des colonies, sans compter les généraux d'armée.

— Je t'en ai trouvé trois qui sont des merveilles. Mais, dis donc, tu étais fâché ? Il y a des années que je ne t'ai pas vu.

— Je fais un pèlerinage, dit Kaï.

Cela dit, pèlerinage ou pas, et même avant de scruter les

demoiselles (très alléchantes), il soulève chaque planche et sonde chaque mur d'aggloméré. Il va jusqu'à fourgonner dans le cloaque des latrines — avec un bâton, d'accord — pour le cas où l'autre abruti présentement en prison y aurait disposé ses explosifs.

— Tu cherches quelque chose, Kaï ?

— Ma jeunesse. En sortant d'ici, je vais changer de vie.

— Et tu farfouilles dans mes chiottes ?

— On ne se soucie jamais assez de sa jeunesse.

Il est à 4 heures moins une dans la rue des Massiges. Et le camion est bien là, déjà occupé par une quinzaine de coolies, avec lesquels il va jouer au *tu sac* (et perdre) les neuf piastres qui lui restent. Pas de pierre tombale dans le chargement — ce Jaffrey est vraiment un sadique.

Le camion roule à l'ouest et s'il est sorti de Saigon alors que la nuit y pesait encore, le jour qui se lève révèle des rizières où des gens pataugent, et des vergers. Halte à My Tho où l'on embarque deux hommes de plus, dont un *thay thuoc*, un maître des potions — autant dire un guérisseur —, qui lui aussi va à Chau Doc, avec, en bonne et due forme, un contrat, en quelque sorte, d'infirmier ; c'est un homme sec, vêtu de noir, enturbanné et qui, outre sa valise contenant ses médications, arbore un parapluie (plus petit, bien plus, que celui de Pann le Terrible), des lunettes à verres fumés et un fume-cigarette en ivoire. Les premières minutes, il lorgne d'un air intrigué en direction de Kaï, dont la présence sur un plateau de camion le surprend, au milieu de ces Tonkinois (les coolies en effet sont pour la plupart des émigrés du Nord, venus chercher du travail dans la riche Cochinchine). Puis tout de même la conversation s'engage, d'abord réticente, et de plus en plus amicale au fil des kilomètres de chaleur et de poussière. Kaï reverra monsieur Tho.

... Pas tout de suite. Au cloisonnement des rizières quadrillées par des diguettes, des terres rouges succèdent. Et c'est là que Kaï saute, à la faveur d'un ralentissement du véhicule. Il part à pied sous un soleil très ardent, retrouve des rizières, salue quelques buffles en passant, échange des considérations météorologiques avec des *nha qué,* des paysans coiffés de leur chapeau conique, s'assoit au bord du Mékong, y fait de la chaloupe-stop, finit six heures plus tard par trouver un embarquement, il est à Phnom Penh au Cambodge le matin suivant. Son khmer ne vaut pas son vietnamien, et de loin, au mieux il le baragouine. Mais bon, ici aussi il se trouve des Annamites et, naturellement, des Chinois. C'est par l'un de ces derniers qu'il obtient une place sur un sampan en partance pour Kratié et même un peu de riz assaisonné au *pra hoc ;* il n'a rien mangé depuis vingt-quatre heures.

Kompong Cham est à cinq ou six douzaines de kilomètres en aval de Kratié, sur le Mékong, c'est à peine une ville. Un gendarme français, qui est de Montauban, y officie et indique à Kaï (d'un air désapprobateur, il ne trouve pas convenable qu'un Européen aille ainsi sans chemise et quasiment pieds nus, c'est un mauvais exemple pour les indigènes) la direction à suivre :

— Vous n'allez tout de même pas y aller à pied ?

Eh si ! Mais trois kilomètres plus loin, sur la piste de latérite, une voiture rattrape Kaï et s'arrête ; c'est un Trèfle Citroën, conduit par un garçon joufflu, qui se révèle être français, assistant à la plantation de Svaï, âgé de vingt-trois ans — le même âge que Kaï — répondant au nom d'Iribarne (il est basque) et, entre amis, au prénom de Blaise-Pascal.

— Vous venez travailler à la plantation ?

— On se tutoie. Non.

— Je ne veux pas être indiscret.

— Je viens voir quelqu'un. Tu as de gros bras.

Blaise-Pascal explique que dans son village natal d'Ustaritz, il était le champion des jeux de force basque, où il s'agit de soulever des pierres et autres machins très lourds. Il a aussi joué au rugby dans les rangs du Biarritz Olympique :

— Ils sont champions de France, cette année. Les salauds ont attendu que je m'en aille.

— Et tu jouais pilier.

Forcément. Quand tu pèses cent dix kilos, l'entraîneur ne te met pas trois-quarts aile.

— J'ai fait une demi-saison au Racing Club de France, dit Kaï. Deuxième ligne. Je comprends maintenant pourquoi nous sommes si à l'étroit, dans ta voiture.

Blaise-Pascal Iribarne stoppe et ils font un bras de fer. Kaï cède au bout d'environ huit minutes.

— C'est parce que je suis à jeun, dit-il.

— Personne ne m'a jamais battu au bras de fer. Je peux savoir qui tu viens voir ?

— Un employé subalterne. Un certain Margerit Jacques.

Les hévéas s'alignent par millions. Tous portent une incision inclinée sur un tiers de la circonférence de leur tronc et, suspendu à une cordelette, un godet. La récolte journalière a été faite, les incisions ont été renouvelées par les saigneurs, qui sont rentrés dans leurs paillotes. L'étrange forêt mathématique est déserte.

Sauf cette silhouette d'un homme à cheval, à deux cents mètres, immobile. Et vers laquelle Kaï avance.

La voiture d'Iribarne a déposé Kaï après être passée devant les entrepôts de centrifugation par addition d'acide formique, devant les chaînes, les hangars de séchage et ceux de laminage, devant les chambres d'enfumage où des brasiers de bois fraîchement coupé comme il se doit ajoutaient leur chaleur et leur fumée à la chaleur et à la poussière ambiantes. Kaï a vu encore les *sheets,* les feuilles de crêpe qui ne sont que des sous-produits, et les déjà énormes stocks de latex premier choix. Le gigantisme des installations l'a impressionné. Iribarne lui a affirmé non sans orgueil que Svaï était en passe de devenir la plus grande plantation d'hévéas du monde, et c'est très probablement vrai.

Il s'arrête à une dizaine de pas.

— Bonjour, grand-père.

C'en est presque hallucinant : de quelque côté que l'on se tourne, on ne voit quasiment qu'un seul arbre. Le premier d'une file si exactement rectiligne que les milliers d'autres arbres suivants disparaissent, que le terrain soit rigoureusement plan ou à peine vallonné. Aucun chant d'oiseau — il n'y a pas d'oiseaux dans cette forêt pétrifiée. Le sol est d'une propreté extrême.

— Où devrais-tu être, Kaï ?

— À Chau Doc.

— Il ne me semble pas que tu sois à Chau Doc.

Kaï prononce *Tiao Doc*, monsieur Margerit *Chaud Doc*, avec un dédain total pour la prononciation indigène.

— Je suis présentement, dit Kaï, sur la plantation de Svaï, au Cambodge, à deux ou trois heures de marche de Kompong Cham. J'y suis venu pour parler à mon grand-père. Ensuite, j'irai à Chau Doc et j'y travaillerai quatorze ou seize heures par jour, sept jours par semaine, le temps qu'il faudra.

— Un an.

— D'accord.

— J'ai ta parole ?

— Vous l'avez.

Pas d'oiseau dans la forêt pétrifiée, et pas de vent non plus, pour agiter les feuilles métalliques. On s'entend respirer, dans ce silence.

— Tu commences quand, à Chau Doc ?

— Dès que je serais reparti d'ici et arrivé là-bas.

— Tu as fait ce chemin pour me dire ça ?

— Non. J'ai fait des études pour cette seule raison que vous m'avez demandé de les faire.

Un an ? Mais Kaï poursuit :

— Voici sept ans, je vous ai dit que je ne voulais pas venir travailler sur une plantation. Ni dans une banque. Ni dans aucun bureau. Il m'a paru normal de venir vous apprendre que j'avais changé d'opinion.

— Tu as choisi entre le *Nan Shan* et ceci ?

— Oui.

— Parce que tu ferais double emploi. Le *Nan Shan* doit avoir un seul Kaï O'Hara comme capitaine.

— C'est une de mes deux raisons. La seconde...

Kaï découvre une troisième raison, tout en cherchant comment énoncer la deuxième.

— Quelqu'un m'a dit très récemment ce que je savais au fond de moi : il n'y aura bientôt plus de place dans les mers du Sud pour un Kaï O'Hara. Je veux dire un Kaï O'Hara tel que mon père.

Monsieur Margerit regarde dans le lointain — si on peut dire que le lointain existe, dans cet univers. Il porte des bottes de cuir fauve, un pantalon de coutil beige à large ceinturon, une chemise qu'orne un foulard élégamment noué autour du cou, un chapeau de paille à large bord. Plus une cravache. Une fort jolie carabine est glissée dans un étui de selle.

Il va bien finir par descendre de son foutu cheval. On ne peut vraiment pas dire, mais entre le Capitaine, Madame Grand-Mère et lui, j'ai une ascendance de caractère bien affirmé, du feu de Dieu, je dirais même.

— Il y a une troisième raison.

Monsieur Margerit attend. Mais Kaï se tait — ça ne passe pas, rien à faire, j'aurais l'air de vouloir l'amadouer. Plutôt crever.

— Garde ta troisième raison pour toi, Kaï, puisque tu y tiens. Que penses-tu des deux fils de ta tante Isabelle ?

— La même chose que vous.

— Tu n'es pas très charitable à leur endroit. Et des maris de leurs sœurs ?

— Même réponse.

— Et de Jaffrey ?

— Il n'existe que par vous.

— Tu lui as cassé la tête ?

— Non.

— Voici un an, tu l'aurais fait. Il avait ordre de se montrer très désagréable.

— Il a été parfait.

— Ton père va bien ?

— Très bien.

— Je lui ai demandé dans le temps de venir m'aider à diriger ces choses, il te l'a dit ?

— Oui.

— Je l'ai revu il y a deux ans. Ta mère n'aurait pu trouver mieux. Il te parle d'elle, maintenant ?

— Oui.

Monsieur Margerit enjambe le pommeau de sa selle et se laisse glisser jusque sur le sol. Il effectue un changement de main avec la bride et se met en marche. Il passe devant Kaï et continue.

— Je crois que je devine ta troisième raison.

— Très bien, dit Kaï.

— Tu auras estimé que j'avais plus besoin de toi que ton père. Et tu me portes, nous dirons, une certaine affection.

— C'est assez ça.

— J'ai toujours eu beaucoup de mal à exprimer mes sentiments profonds. Quand j'en éprouve. Ce qui est le cas pour toi. Je n'aime aucun de mes autres petits-fils et beaux-fils. Ils m'indiffèrent. Je les fais vivre, ils ne m'en demandent pas plus, je n'en attends pas davantage. Je n'ai pas créé, avec mes associés, cette plantation-ci pour la leur confier. Ni celle-ci, ni aucune de mes autres entreprises. J'ai soixante-quatorze ans. Tu ne serais pas revenu, ou simplement venu, je vendais l'année prochaine. Faute de pouvoir tout brûler. Je suppose que tu n'as aucun enthousiasme pour me succéder un jour ?

— Pas vraiment.

— J'espère que tu changeras avec le temps.

— Pourquoi pas ?

— Tu as déjà réussi à ne pas assommer Jaffrey. C'est un signe.

J'en doute fort. Je n'ai pas tapé sur le crâne de Jaffrey uniquement parce que je l'aurais écrabouillé, sinon tué. Et c'est tout à fait vrai que la seule perspective de devenir le grand patron de tout l'empire Margerit me donne des boutons, voire l'envie de vomir...

... Un an !

— Cela dit, Kaï, tu feras tes trois cent soixante-cinq jours à Chau Doc.

— Il me faudra m'absenter deux jours. Le temps d'aller à Saigon et d'en revenir. Un enfant.

— Tu as déjà un enfant ?

— Il a dans les dix ans, je m'y serais pris très jeune.

— Jaffrey s'en occupera. Trois cent soixante-cinq jours. Je remonte à cheval, maintenant. Je ne voudrais pas qu'on nous voie marcher côte à côte. On croirait à du favoritisme.

— Qu'une chose soit claire, dit Siméoni, le directeur de la plantation de Chau Doc, cet enfant est un indigène, il ne fréquentera donc pas mes propres enfants, ni ceux de Thomassin, ni ceux de Bourgarel.

— Non.

— Il n'entrera pas au Cercle.

Le Cercle consiste en une seule pièce, où il y a un comptoir de bar en bambou, un billard dont les bandes sont aux abonnés absents, et deux tables de jardin recouvertes de tapis verts pastis Pernod pour jouer à la manille.

— Pas de danger, dit Kaï.

— Il ne mangera pas à la table des assistants.

— Il mangera avec moi, chez moi.

— Il ne pourra jamais être un prétexte à un retard et, à plus forte raison, à une absence de votre part.

— Entendu.

— Vous êtes ici depuis vingt-neuf jours. Vingt-neuf ôtés de trois cent soixante-cinq font...

— Trois cent trente-six.

— Je sais compter, merci. Il vous reste trois cent trente-six jours à apprécier notre compagnie. D'accord ?

— On ne peut plus.

— À partir de demain matin, vous arrêterez de travailler des quatorze heures à seize heures par jour sept jours par semaine. Vous agacez tout le monde. C'est un ordre.

— À vos ordres, dit Kaï.

— Je vois que vous n'avez pas de moustiquaire au-dessus de votre lit.

— Je m'en suis toujours passé.

— Les ordres de la compagnie sont de fournir une moustiquaire à chacun de ses employés européens.

— Elle m'a été fournie.

— Alors vous devez la mettre, c'est dans le règlement.

— Je vais la mettre.

— O'Hara, vous agacez tout le monde et, moi, vous m'irritez profondément.

— Vous m'en voyez désespéré, je vous prie d'accepter toutes mes excuses.

— C'est exactement ce à quoi je fais allusion. Votre façon de ne jamais vous mettre en colère.

— Je suis d'un caractère extraordinairement égal.

— Vous faites le malin, je vois bien que vous faites le malin. J'en ai maté d'autres que vous.

— J'en suis convaincu. Je suis maté.

— Et ne me prenez pas pour un imbécile.

— Je ne vous prends pas du tout. Au revoir, monsieur.

Jamal est arrivé en fin d'après-midi, escorté du Chinois qui livre tous les jours la glace à la plantation de Chau Doc — au moins le gamin, qui ne sait ni le vietnamien ni le français, avait quelqu'un à qui parler. On l'a conduit à la chambre de Kaï, qui est la dernière du bungalow quand on vient du Cercle. Il attendait, impassible.

— J'ai compris ce que cet homme a dit, Kaï.

— Tu ne comprends pas le français.

— J'ai compris le sens. Pourquoi tu ne l'as pas tué ?

— Tu trouveras tout seul la réponse. Et c'est toi qui as voulu me rejoindre. Tu aurais pu rester sur le *Nan Shan,* tu aurais pu revenir avec lui à Basilan, tu aurais pu rester au Sarawak.

— Je me demande si c'est une bonne idée d'être venu.

— Nous sommes deux à nous poser la question. Tu sais ce qui t'attend ?

— Aller à l'école. Le Capitaine m'a prévenu.

— Tu vas apprendre le français, le vietnamien et, si ça te chante, le khmer. Tu apprendras à lire et à écrire, et le calcul et la géographie.

— C'est toi qui vas m'apprendre ?

— Je n'en aurai pas le temps. Mais il y a une école, à Chau Doc, au village. Et je surveillerai tes devoirs lorsque je rentrerai, le soir.

À son retour peu après 7 heures du soir, Kaï a trouvé Siméoni et Jamal dans sa chambre, face à face — le gosse tenait son kriss derrière son dos, mais l'autre n'a heureusement rien remarqué. Le gamin est maintenant assis dans l'angle de la pièce le plus éloigné de la porte, il est assis par terre, a remonté ses genoux et les tient enserrés de ses bras. Sur le lit il y a son bagage, un sac de marin.

— Je peux, Jamal ?

Acquiescement. Kaï ouvre le sac et en déverse le contenu sur le drap. Deux culottes de toile, une paire de sandales à lanières jamais portées, deux slips Petit-Bateau, un bonnet de rotin iban avec ses plumes de calao, une sarbacane, neuf fléchettes, un petit sachet de poison, et une boussole — sûrement un cadeau du Capitaine.

Kaï relève la tête. Quelque chose comme un reniflement l'a alerté. Le gamin pleure, le front posé sur ses avant-bras.

Kaï sort et va attendre dehors. Je l'aurais bien pris dans mes bras, mais ça l'aurait gêné encore plus que moi.

Sans compter que moi-même je n'ai pas trop le moral.

À la fin de juin 1936, l'un des assistants ayant été expédié à Saigon, à l'hôpital Grall, pour une amibiase féroce qui l'a laissé quasi exsangue (tous les Français ont des amibes, Kaï est le seul « non-indigène » — il déteste ce mot *indigène* — à ne pas être atteint par cette infection, alors qu'il est le seul aussi à boire et à manger n'importe quoi), Kaï est promu assistant titulaire. Il y gagne ses dimanches matin.

La lettre arrive le 16 octobre au soir. Elle est adressée à Siméoni qui la tend à Kaï, convoqué pour la circonstance.

— Elle vous concerne.

Kaï lit : *L'assistant Kaï T. J. O'Hara peut regagner Saigon. Il se présentera à monsieur Jaffrey en ses bureaux.* La signature est celle de monsieur Jacques Margerit.

— Ça ne fait que trois cents jours que je suis ici, remarque Kaï.

— Je suis arrivé au même total, dit Siméoni.

— Je vais aller jusqu'au bout des trois cent soixante-cinq jours. Évidemment.

Siméoni reprend la lettre et la relit. Il hoche la tête. C'est vrai que ce n'est pas à proprement parler un ordre. Il est écrit : *peut* rentrer à Saigon.

— D'habitude, les ordres écrits de monsieur Margerit sont extrêmement précis.

— Rien d'autre, monsieur ?

— O'Hara, je peux vous appeler Kaï ?

— Non.

— Et vous demander ce que signifient les initiales T et J ?

— Non plus.

Le 22 décembre de la même année, trois cent soixante-sixième jour, il monte avec Jamal dans la voiture de Thomassin, qui va à Saigon chercher sa femme et ses enfants venant en Cochinchine pour Noël. Le Français les laisse rue Catinat, devant l'hôtel Continental où Kaï a retenu une chambre à deux lits pour le gamin et lui. Il y trouve le message, prend sa douche, en fait prendre une au gamin (qui parle maintenant le français et mieux encore le vietnamien et le khmer — « je sais toutes les langues » —, et en plus lit et écrit très correctement).

— Tu viens avec moi ou tu préfères te promener dans Saigon ?

— Je viens avec toi.

Deux de ces cyclo-pousses inventés à Saigon les transportent à la villa du boulevard Foch. Il est 7 heures, la grande terrasse et le jardin sont pleins d'invités.

— C'est l'enfant, Kaï ?

— C'est lui. Jamal.

— Il parle français ou anglais ?

— Les deux, dit Jamal.

— Il sait toutes les langues, dit Kaï. Je suis venu vous demander si j'avais droit à des vacances.

— Tu sais bien que oui. Tu vas aller retrouver ton père ?

Une centaine de personnes dans la villa. Dont les Forrissier. Et Léopold, en conversation avec quelques-uns de leurs anciens condisciples, à Kaï et lui, au lycée Chasseloup-Laubat. Et Ma Sœur Anne est un peu plus loin, très entourée, Kaï la voit de trois quarts arrière.

— Tu passes Noël avec nous, Kaï ?

Question de monsieur Margerit.

— Je ne crois pas, grand-père.

— Prends un mois. Tu as besoin d'argent ?

— Non, merci.

Kaï dispose de son salaire des douze mois passés à Chau Doc, qu'il a à peine écorné.

— Jaffrey, dit monsieur Margerit, a réussi à faire établir un passeport provisoire pour ton jeune protégé, comme tu l'avais demandé par lettre. Il te le fera parvenir au Continental. Tu aurais, vous auriez pu coucher à la villa, tous les deux.

— Nous partons demain matin. Et le passeport nous attendait à la réception. Merci.

Qu'est-ce qu'Anne Forrissier fait encore à Saigon, et en Cochinchine ? Je croyais avoir compris, l'an dernier, qu'elle devait commencer ses études à l'École des chartes à Paris ?

— Je suis content, Kaï. Le rapport de Siméoni est très élogieux à ton égard. Il n'aurait pas écrit ces choses s'il ne les pensait pas. Que tu sois ou non mon petit-fils. Autre chose, ce Keller, que tu as fait avouer, est au bagne de Poulo Condor ; il a décrit celui qui l'a payé. C'est bien Moriarty, ou quelqu'un qui lui ressemblerait étonnamment. Mais il y a un point important : l'attentat que Keller préparait contre toi est, comment dire ?, une commande récente. Passée dans les derniers jours de novembre, l'année dernière. Soit, à peu près à l'époque où tu débarquais à Singapour en revenant de Surabaya.

C'est-à-dire des semaines après que le Moriarty se fut prétendument embarqué pour les États-Unis et l'Europe.

— Nous n'avons pu en apprendre davantage, Kaï. Dis à ton père que je serais très heureux de le revoir si le *Nan Shan* venait à faire escale en Cochinchine. Bon Noël.

— Bon Noël, grand-père.

Ce cargo-là n'a pas de cabines pour d'éventuels passagers. Avec cet avantage que le prix de deux passages est très peu élevé, à condition de dormir sur une natte.

— Tu n'as pas fait ta dictée hier, Jamal. Ni les trois jours précédents.

— Je sais bien assez de français pour causer aux gens.

— On dit : « parler aux gens », et l'on cause « avec » eux.

Kaï a toujours su que le gamin était d'une intelligence bien au-dessus de la moyenne. Mais quand même. En deux semaines, Jamal a appris à lire et à écrire ; fin février, soit une quarantaine de jours après son arrivée à Chau Doc, il se débrouillait très correctement en français et en vietnamien, lisait sans en rien omettre toutes les pages de *L'Impartial* et de *L'Opinion,* les journaux saigonnais de langue française ; puis il s'est mis au cambodgien avec une famille khmère de saigneurs, qui était de Svay Rieng ; il s'est attaqué aux quelques livres de la petite bibliothèque de la plantation, et a englouti des Henry Bordeaux et des Pierre Benoit qui avaient pourtant découragé Kaï lui-même.

Kaï commence à dicter, sous le grand soleil de la mer de Chine, lui-même assis en tailleur sur le pont, et le gamin couché à plat, tirant la langue et trempant sa plume Sergent-Major dans un encrier d'encre bleu des mers du Sud. Il a acheté quelques livres juste avant de quitter Saigon. Dont deux prix Goncourt. Il les a achetés bien que ce soient des prix Goncourt ; quelquefois, par hasard, ils couronnent un bon livre. Il a pris *Malaisie,* d'un certain Fauconnier (c'est ce qu'annonce le titre, mais ce type connaît la Malaisie comme moi le Groenland) et *La Condition humaine,* qu'il aime assez, quoique son auteur ne donne pas vraiment l'impression d'avoir jamais posé un orteil en Chine. Il lit à haute voix, lentement, les premières lignes. Le gamin écrit.

Elle m'a menti, elle m'a bel et bien menti, en laissant entendre que son funeste père s'était retiré du champ de bataille à jamais.

Je ne vais pas à Shanghai pour ce mensonge, j'avais préparé ce voyage avant que mon grand-père ne me le révèle. Mais ça me fournira une bonne entrée en matière.

Le cargo les laissera à Hong Kong et quant à lui repartira vers l'Australie.

Kaï et Jamal, de Hong Kong, iront à Canton et ce sera bien le diable si, sur la rivière des Perles, ils ne trouvent pas un autre bateau pour les conduire à Miss Boadicée.

Ils trouvent en effet une jonque de commerce, qui les dépose à Shanghai sept jours plus tard. Shanghai où il pleut, à verse et sans discontinuer, comme il va pleuvoir tout le temps de leur séjour en Chine. Et, pour une fois au moins, prend tout son sens le parapluie géant de Pann. Pann qui attend, tout au bord de l'eau.

— Tu n'aurais pas dû venir, Kaï.

— Et à part ça, comment ça va ?

— Je vais très bien et madame Chou se porte à merveille, Petit Dragon n'est pas à Shanghai.

— Je n'en crois pas un mot.

— On t'aura annoncé qu'elle est rentrée en Chine mais elle n'est pas à Shanghai.

— Pann, j'ai l'air de quelqu'un à se contenter de ce genre de réponse ?

— Le sage sait écouter alors même qu'il ne veut pas entendre.

Kaï n'a pas averti Sebastian de son arrivée. Une fois pour toutes, il a décidé de ne plus compter sur l'inépuisable générosité du hui de Ching le Gros. Ou alors quand il aura quelque chose à donner en échange, en sorte d'équilibrer la balance : il n'est pas bon qu'elle penche toujours dans le même sens.

Une voiture avance sous les platanes du Bund. C'est une Cord L 29 Sedan, rouge, d'une rutilance que la pluie battante fait redoubler d'éclat. Pann indique qu'il s'agit là de l'auto personnelle de madame Chou. Ils y montent tous les trois — Kaï, Jamal et le vieux lettré — et le chauffeur repart dans de grandes gerbes d'eau, avec l'intention manifeste d'établir un record de vitesse entre le Huang-pou et la résidence des Chou, tout en pulvérisant un maximum de pousse-pousse sur son passage.

— Il conduit toujours à cette allure ?

Madame Chou aime la vitesse. Si elle était assez grande pour actionner en même temps les pédales et le volant, elle piloterait elle-même — explique Pann. La Cord a franchi l'un des ponts sur le Wusong, tourné à gauche devant la gare centrale, enfilé deux ou trois rues et s'est arrêtée au terme d'un fort joli dérapage dit « contrôlé » quelques mètres après le mur couronné de briques qui protège la porte principale d'une irruption des mauvais génies.

— Tu n'aurais pas dû venir, dit à Kaï madame Chou. Madame Tsong Tso te l'a certainement déconseillé.

— Je ne prends pas son opinion en toutes choses.

— Surtout quand tu pressens qu'elle sera d'un avis contraire au tien.

Kaï est entré dans la grande maison des Chou sans qu'aucun des nombreux domestiques s'oppose à son avance ; il est allé directement au couloir sur l'arrière de la demeure, jusqu'à la porte sang de bœuf — qu'il s'attendait à trouver hermétiquement close (et il était prêt à l'enfoncer). Mais elle était entrebâillée, il l'a franchie, a pénétré dans l'appartement de Boadicée où tout indiquait une absence prolongée. S'en revenant sur ses pas et traversant un salon, il a vu madame Chou assise, toute petite, sur un gigantesque divan de brocart et apparemment fort occupée à de la broderie au plumetis de soie.

— Où est-elle ?

— Tu me croirais si je te disais qu'elle est mariée ?

— J'ai grand-peur que non.

— Tu sais où elle était, avant de rentrer en Chine ?

— En Angleterre, dit Kaï.

Madame Grand-Mère le lui a écrit, ou plus justement a comme négligemment glissé l'information au cœur de l'une de ses lettres.

— Pourquoi ne t'assieds-tu pas ?

— Vous ne m'avez pas invité à le faire.

— Asseyez-vous, cet enfant et toi. L'enfant comprend le chinois ?

— Fort bien.

— Je sais toutes les langues, dit Jamal. Bonjour, madame.

— Pann, ordonne madame Chou, veille à ce qu'on nous porte du thé et de la citronnade.

Le petit lettré s'éloigne, la vieille dame se remet à sa broderie ; elle y travaille pour l'instant à une représentation d'oiseau mythique dont les rémiges de l'aile visible comportent à elles seules huit ou neuf couleurs très chatoyantes.

— Je t'écoute, mon garçon, dit-elle.

— Il n'y a pas tant à dire. Au plus que son père a payé un homme du nom de Keller pour me faire exploser en chaleur et lumière.

— J'ignorais ce détail.

— Pour un détail, je le trouve considérable.

— Elle a agi en sorte que Moriarty ne fasse plus de mal à personne.

— Je le croyais. Mais l'ordre a été reçu par Keller bien après que j'ai laissé le même Moriarty repartir vivant, et indemne, en Irian. Des semaines plus tard. Je veux parler à votre petite-fille, madame.

— Elle n'est pas à Shanghai.

— Je vais presque finir par le croire, à force de me l'entendre dire.

— Elle n'y est pas. Et tu disposes de peu de temps, à ce que l'on m'a dit.

Nom d'un chien, pense Kaï, elle sait que je n'ai en tout et pour tout qu'un seul mois de vacances, et déjà entamé par mon voyage jusqu'ici. Et elle sait aussi qu'ayant promis à monsieur Margerit mon grand-père d'être à Saigon, dans le bureau de Jaffrey, le 23 janvier à 8 heures, j'y serai, quitte à voler un aéroplane.

— Où est-elle ?

— Loin de Shanghai. Peut-être. Ou tout près.

— Une intuition me traverse : vous allez finir par me dire où elle est. D'après mes propres renseignements, qui bien sûr ne sauraient valoir les vôtres, elle serait rentrée d'Angleterre voici à peu près six semaines.

— Je n'en serais pas surprise, dit madame Chou.

— Et elle aurait presque aussitôt quitté Shanghai.

— Ah bon.

— J'ignore si elle est revenue, remarquez.

— Je remarque.

— Il semblerait que non.

— Tiens donc. Merci de ne pas me traiter de menteuse.

— Je crois qu'elle n'y est pas revenue. Pour cette raison entre autres qu'elle s'est doutée qu'un dénommé Kaï O'Hara finirait bien par débarquer.

— Ta prétention est sans limites.

— J'ai dit : entre autres raisons.

— Parce que tu as trouvé d'autres raisons ?

— Elle a peut-être attrapé la lèpre et se sera réfugiée au sommet d'une montagne pour fuir le monde.

— Je n'avais pas pensé à cette explication-là. Je me le reproche. Quelles autres raisons ?

— Une seule autre.

Et pour la première fois depuis un bon moment, madame Chou consent à relever la tête ; son regard va chercher et soutient celui de Kaï.

J'ai deviné juste. Je ne suis pas si crétin, en somme.

— Tu n'es pas totalement idiot, par moments, mon garçon.

— J'ai comme des éclairs, quelquefois. Elle est loin d'ici ?

— En supposant, simple supposition, qu'elle soit loin de Shanghai, tu n'aurais pas le temps d'aller où elle serait si elle était loin, pas le temps en tout cas de t'y rendre et de rentrer dans les bureaux de ton grand-père, aux ordres de monsieur Geaff.

— Jaffrey.

— Le nom aura été mal transcrit en chinois. De regagner ces bureaux le 23 janvier pour 8 heures du matin pile. Et je suis convaincue que tu feras tout au monde pour être à l'heure. Comment en es-tu venu à penser à l'autre explication de son absence ?

— Parce que, s'il ne s'était agi que de m'envoyer sur les roses, elle m'aurait attendu à Shanghai, au lieu d'aller se cacher dans le fin fond de la Chine. Et à cause de cette intuition qui m'a traversé.

— Celle qui t'a conduit à croire que je vais te dire où elle est ?

— Celle-là. Je parierais qu'elle vous a fait promettre de ne rien me dire.

— Et pourtant je te le dirais malgré ma promesse ?

— Oui.

Pann est revenu dans le salon, une servante a apporté du thé, et de la citronnade pour Jamal. Il y a dans l'air immobile de ce salon-ci, et aussi dans les autres pièces, une légère odeur d'encens et surtout une fragrance d'angélique et de cédrat que, toujours, durant toutes les années à venir, Kaï associera à la maison des Chou sur les bords du Wusong à Shanghai.

— Pann ? demande madame Chou.

— Je suis comme toujours de votre avis, dit Pann.

Cette intuition — quant à la cause réelle de la disparition de Boadicée — cette intuition se confirme avec cet échange de regards entre la vieille dame et le petit lettré. Il en était sûr, ce ne pouvait être que cette raison-là, la Miss n'aurait sûrement pas eu peur de l'affronter, autrement.

Madame Chou boit une gorgée de thé, elle prend son temps. Puis elle demande :

— Puisque tu as parfois des éclairs d'intelligence, tu devines la question que je ne t'ai pas posée ?

— J'en vois bien une, dit Kaï.

— Oui ?

— Pourquoi je suis venu à Shanghai et pourquoi je suis

prêt à courir jusque par-delà la Grande Muraille, pour voir votre petite-fille et lui parler, et en plus sans tuer personne.

— Et alors ?

— D'accord. Je suis peut-être un peu, un tout petit peu amoureux d'elle. Je n'en suis pas trop sûr.

— Et tu la veux face à toi pour en être certain ?

— Le sage, dit Pann, le sage fuit l'amour qui n'apporte que chagrins et contrariétés. Sauf qu'ayant remporté la victoire en fuyant, il passe le reste de ses jours à se demander pourquoi il a couru si vite.

— Quelque chose de ce genre, répond Kaï à madame Chou. Si vous disiez où elle est, maintenant ?

Chongqing. C'est dans le Sichuan. Au-delà de quoi, à poursuivre toujours plein ouest, on tombe à la rigueur sur la haute Birmanie, et plus certainement sur le Tibet. Il a fallu remonter le Yang-tsé, le fleuve Bleu. Une espèce de gros remorqueur, un fort bateau qui appartient à quelqu'un de la parentèle des Chou, s'en est chargé ; il a brassé des milliards de tonnes d'eau et s'est réduit, au point d'en devenir microscopique, dans des défilés vertigineux, presque angoissants. Montagnes partout, où que le regard porte — dans peu de temps elles stopperont les déferlantes armées japonaises, qui jamais ne pourront les franchir. Pour l'heure, elles impressionnent vraiment Kaï et Jamal.

Il fait froid, il pleut. De la brume, sinon un brouillard, qui à midi ferait croire à la nuit venue. On arrive au jour tombant, le remorqueur dépasse de petits cargos, dont la présence stupéfie, là à des milliers de kilomètres de la mer, il dépasse aussi quantité de sampans écrasés sous des chargements énormes. La confluence du Yang-tsé et du Jialing bouillonne vaguement. Les hautes murailles d'une forteresse se dressent à main droite. Mais le pilote continue de remonter le fleuve Bleu et, bientôt, tandis que percent les halos jaunâtres de maintes lumières, une rumeur monte, tissée des cris des tireurs de pousse-pousse et des porteurs de palanquins, des appels des marchands ambulants, des bruits de moteurs — tout cela issu de cette ouate grise que la pluie incessante ne parvient pas à dissiper. Quelle idée folle a donc eue la Miss de venir se perdre ici ! Ah ! elle est bien capable de me crever les deux yeux, sitôt qu'elle m'aura vu.

Un court appontement surgit à l'ultime seconde, on s'y amarre. Le parapluie de Pann débarque, le petit lettré très probablement dessous.

— Ça va, Jamal ?

Le gamin grelotte, tout engoncé qu'il est sous des cafetans superposés, trop grands pour lui. Il acquiesce, yeux écarquillés. Durant la remontée fluviale depuis Shanghai, il a lu en entier *La Guerre des mondes* et *L'Ile au trésor.* Il lit de plus en plus vite, et avec une croissante avidité.

— Nous y sommes, annonce Pann. Nous allons dîner et dormir ici. Ce n'est qu'au matin que nous irons jusqu'à elle. Comme il est vraisemblable que Petit Dragon t'égorgera quand tu te montreras à elle, cela te fera au moins une nuit de plus à vivre.

Pour atteindre cette maison de bois aux toits de pierre bleue, il a fallu traverser tout un dédale de ruelles grimpantes, le plus souvent coupées par des escaliers, dont bien des recoins étaient occupés par des joueurs d'échecs que l'on eût dit de cire. Le dîner est incomparable ; en sa qualité de paradis chinois sur la terre, le Sichuan s'enorgueillit de la meilleure cuisine céleste. La chambre, en revanche, est glaciale, des vapeurs givrantes l'envahissent bien avant la montée de l'aube. C'est un soulagement que de la quitter, d'avaler une soupe brûlante, de sortir, de laisser derrière soi le quartier de Chiaotianmen, de gravir la colline du Pibashan, de redescendre vers les eaux visqueuses du Jialing. Un bac est là. Ensuite, on monte. La pluie a ralenti, l'horizon s'est plutôt éclairci, l'étrange et sauvagement beau Chongqing se dévoile dans toute sa splendeur. Des siècles plus tôt, des empereurs Ming et Qing ont édifié ici des installations balnéaires qu'ils fréquentaient ; Kaï aperçoit des piscines et de gracieux pavillons, en vérité le plus souvent en ruine, dans un décor d'étangs et de cascades. Plus loin, voici les toits du village de la Falaise-Rouge, où dans un peu plus d'un an, Chou En-lai et le commandement des armées communistes s'établiront, après l'invasion japonaise.

On monte encore, sur un chemin qui ne vaut guère mieux qu'un sentier, mais dont la boue pourtant est gravée des traces d'un charroi. Enfin, un mur s'allonge, que troue une porte cochère.

— Tu m'attends ici, Jamal.

Pann s'est immobilisé de lui-même ; sans doute fatigué de porter son parapluie, il a baissé et posé celui-ci sur le haut de son crâne, en sorte qu'il disparaît jusqu'à mi-buste.

La pluie a redoublé.

— J'espérais que tu ne viendrais pas.

Nom d'un chien, elle est merveilleuse. Ce n'est pourtant pas que son accoutrement l'avantage : sur de courtes bottes de feutre, elle porte l'une de ces choses molletonnées, informes, à col rond monté à la diable ; mais de ce col trop large et qui dévoile jusqu'à l'amorce des épaules, la tête et le cou, comment dire, jaillissent très droits, avec une sveltesse qu'accentuent les cheveux taillés court sur la nuque et qui te fait l'imaginer nue — tu n'y peux rien, Kaï, c'est plus fort que toi.

— Tu te doutais bien que je viendrais. Ta dernière lettre...

— Je ne t'en ai écrit qu'une.

— Il me semblait aussi. En tout cas, il manquait tous les feuillets sauf un où tu me disais merci. C'était laconique.

L'endroit où ils sont pourrait bien être un ancien monastère. De la grande salle où Kaï est entré, des couloirs partent, certains jonchés de détritus, d'autres au contraire très propres, récemment balayés. Il reste quelques portes, dont une seule intacte. Pas de croisées aux fenêtres, où parfois subsistent des barricades de planches à demi arrachées. On imagine aisément l'assaut des pillards, un siècle ou deux plus tôt. Il y a pourtant dans l'air une odeur de feu de bois.

— Qu'est-ce que ma grand-mère t'a dit, à Shanghai ?

— Rien de plus que : Chongqing.

— Pann est venu avec toi ?

— Et Jamal. Tu te souviens de Jamal ?

— Oui. Il va bien ?

— Il a appris le français et le vietnamien. Et pas mal de khmer.

— Je me souviens, il sait toutes les langues.

Qu'est-ce que j'ai envie de la prendre dans mes bras, pense Kaï. La senteur de feu de bois arrive de sa droite, de cette partie du bâtiment qui a été nettoyée. Il demande :

— Je peux entrer ?

— Tu sais ce que tu vas trouver ?

— J'en ai une idée.

— Ma grand-mère te l'a dit ? Ou Pann ?

— Personne ne m'a rien dit. Tu es restée combien de temps en Angleterre ?

— Quelques semaines.

... Ensuite la France. Et l'Italie, la Suisse. Et Prague et Vienne. Puis la Grèce, la Turquie, Ispahan, Petra, Le Caire, Aden, Bombay, Madras, Calcutta, et Rangoon et Kuala Lumpur.

— Et Shanghai, dit Kaï.

— Et Shanghai.

Deux hommes, deux Chinois massifs dont l'un porte un revolver dans un étui de ceinture et l'autre un fusil, sont sortis par la droite. Un bref moment, ils se sont tenus immobiles, interrogeant du regard la jeune fille en train de dévider la litanie des étapes du voyage sur un ton très neutre. Elle a presque imperceptiblement secoué la tête et ils repartent, gagnent l'extérieur.

— Je voudrais bien entrer, dit Kaï.

— Je ne t'en empêche pas.

Il part donc sur sa droite. Un premier seuil franchi, il trouve d'abord une pièce où des malles sont entassées, arborant des étiquettes de palaces — Ritz de Londres, George-V et Crillon de Paris, hôtel de Paris à Monte-Carlo, Richemond de Genève, Sacher à Vienne, Shepheard's du Caire, et encore le Great Western de Bombay, le Taj Mahal au même endroit, le King David de Jérusalem, le Palmyra de Baalbeck, l'hôtel des Indes à Batavia, l'Eastern & Oriental de Penang, le Raffles de Singapour, le Peninsula de Kowloon-Hong Kong...

— Tu les as tous faits.

— Pas moi, dit-elle.

Elle marche derrière lui dans le couloir.

Une première pièce aménagée en chambre, et très simplement meublée d'un lit de camp, de deux tabourets, d'une valise et de quelques douzaines de livres ; c'est propre mais le plafond suinte et lâche des gouttes une à une, qui tombent exactement dans un cuvier en terre déjà à demi plein.

— Ta chambre ?

— Oui.

Tout au fond du couloir où se tiennent deux autres gardes armés, Kaï aperçoit une cuisine. Mais c'est la grande salle sur sa droite qui attire son attention. Il y a là des tapis sur le sol de pierre, des rideaux aux fenêtres, une grande cheminée où flambe un feu, un petit piano droit, un billard de snooker, un jeu de fléchettes, des fauteuils de rotin, un canapé fleuri d'une cretonne certainement pas chinoise, le portrait de la reine Victoria (toujours crêpé de noir — forcément, elle n'a pas ressuscité entre-temps), les inévitables gravures de scènes de chasse, et le chromo représentant la charge de la brigade légère.

Kaï traverse, pousse la porte tout au fond et entre dans la chambre qu'il s'attendait à trouver.

— Quelle bonne surprise, mon garçon, dit Moriarty.

Ici aussi un feu a été allumé dans une deuxième cheminée, et ajoute sa chaleur à celle d'un gros poêle à charbon de bois. Le lit est à baldaquin, et très large. Moriarty y est allongé, entouré d'une surabondance de coussins et d'oreillers. Il porte sur ses épaules, non enfilée, une épaisse robe de chambre qui arbore des armoiries comtales, et sur la tête une espèce de faluche ou de bonnet à l'écossaise, en laine tricotée. Il est en train de dessiner, trempant sa plume dans un encrier d'argent ciselé. Toute une pile de feuilles d'épais papier à dessin est à sa droite, mais il y en a aussi un peu partout, épars sur les couvertures du lit — des croquis — et, voyant deux ou trois de ces dessins, Kaï se rend à l'évidence : le Moriarty a du talent, ce chien.

— Il est vraiment comte ?

— Pas plus que toi, répond Boadicée.

— Tu me fais beaucoup de peine, Boadicée, dit Moriarty (avec en effet, sur le visage, un grand air de mélancolie). Je t'ai pourtant expliqué maintes fois comment mon père a refusé de me reconnaître, me spoliant ainsi de mon héritage.

Deux autres gardes dans la chambre. Ceux-là se tiennent contre un mur et leur regard ne quitte pas le Moriarty. Je m'en doutais un peu, pense Kaï, ce ne sont pas des gardes chargés de prévenir une attaque du dehors, mais des gardiens ayant pour mission de surveiller un prisonnier.

— Pourquoi quelques semaines seulement en Angleterre ?

— Le brouillard anglais n'est plus ce qu'il était, dit Moriarty.

— Il y est condamné, notamment, à vingt ans de prison, dit Boadicée.

Et toute la conversation qui suit va se passer de la sorte : Kaï et Boadicée se faisant questions et réponses, en ignorant, quoi qu'il dise, l'homme dans le lit, tout autant que s'il avait été à l'autre extrémité de la galaxie.

— Notamment ?

— On l'y recherchait aussi pour complicité dans le meurtre d'une vieille dame.

— Ceci, s'insurge Moriarty qui s'est remis à dessiner, ceci a été et est encore la plus grande erreur judiciaire des annales de la justice britannique. Et d'abord, ce n'était pas un meurtre mais un suicide. La pauvre vieille chose n'a pas réussi à survivre à la disparition de ses bijoux. Il est vrai qu'elle était galloise.

Question de Kaï :

— Et en France ?

— Pareil, dit Boadicée. Il nous a fallu filer dans une barque de pêcheurs, vers l'Italie.

— Elle s'est fracassé son propre crâne avec une statue en bronze de Napoléon, poursuit Moriarty. Une statue de Napoléon, je vous demande un peu. J'ai toujours pensé qu'il fallait se méfier des Corses. Mais c'était bien un suicide.

— Et en Italie ?

Une trentaine d'escroqueries diverses, en Italie. Dont une au détriment de la sœur de Benito Mussolini.

— Tu aurais pu demander à tes pêcheurs de vous emmener en Espagne.

— Il y était passé aussi.

— Et Prague, Vienne, Le Caire et autres lieux ?

— J'adore Vienne, remarque rêveusement Moriarty. Pour moi qui suis un musicien-né, quelle merveille que la Sammlung alter Musikinstrumente.

— À Vienne, il a volé des pièces très précieuses, des instruments de musique de la Bibliothèque nationale, pour les revendre à un Hongrois.

— Et l'adorable Höldrichsmuhle, donc, à Hinterbrühl, dans la forêt viennoise ! Est-ce que je t'ai dit que c'est là que Franz Schubert a composé ses lieder de *La Belle Meunière* ?

— Je l'ai ramené en Asie parce que je ne savais plus quoi faire, dit Boadicée. Partout où nous allions, la police l'y recherchait déjà, ou commençait à le rechercher.

Franchement, pense Kaï, je suis au bord du fou rire. Encore que, au fond, ce ne soit pas si drôle. Ou alors s'il s'agissait de quelqu'un d'autre que Boadicée, là oui, ça me ferait rire.

— Mais c'était pareil au Moyen-Orient, pareil en Égypte, pareil à Aden, et à Bombay. Il n'y avait qu'à Madras qu'on ne le connaissait pas.

— Je n'étais jamais allé à Madras, je me demande bien pourquoi, s'interroge Moriarty. La ville est pourtant sympathique.

— Sauf qu'il nous a fallu fuir Madras aussi, dit Boadicée.

Et Rangoon. Tout en essayant d'échapper à la horde sauvage envoyée par le Canadien Seymour Jackson, qui n'avait pas du tout apprécié sa rencontre avec mon père dans les Indes néerlandaises, et qui a bien failli nous tomber dessus à Calcutta.

— Si je devais mourir un jour, est en train de dire Moriarty toujours aussi appliqué à ses dessins, j'aimerais que ce soit en Asie. Bien que l'endroit y soit plein d'indigènes.

— Et puis il m'a juré que nous serions en sécurité à Bangkok.

— Et tu l'as cru.

— Je n'avais pas tant de choix. Je ne l'ai pas cru vraiment, d'ailleurs. Je ne l'écoute plus.

— J'apprécierais du thé et des muffins, dit Moriarty. Et de la confiture d'oranges. Mon petit déjeuner est passé comme la foudre. Ces œufs chinois sont atroces, et il y a une éternité que je n'ai pas mangé des harengs à la crème. Sans parler d'un bon vieux porridge bien de chez nous. On ne peut rien attendre d'une prétendue civilisation qui ignore le porridge.

— Apporte-lui du thé, dit Boadicée à une femme. Et du riz. Kaï O'Hara, il est arrivé quelque chose à Bangkok. J'ai dû payer des policiers qui voulaient l'arrêter. Mais les hommes qui sont venus ensuite n'étaient pas de la police. Ils ne m'ont pas fait de mal, à moi. Enfin, presque pas.

Kaï a déjà noté un détail : les jambes de Moriarty ne bougent jamais, sous les couvertures, elles semblent inertes.

— À Bangkok, ces hommes lui ont fracassé les jambes à coups de masse. Il ne peut plus marcher. Enfin, je crois. Voici une semaine, il a réussi à se traîner dehors, après avoir corrompu l'un des hommes que j'ai placés pour le garder. Depuis, j'ai fait venir des gens que je crois sûrs.

— J'ai fait votre portrait, mon garçon, dit Moriarty en projetant très négligemment un feuillet de vélin qui vient très exactement tomber au pied du lit, sur le tapis, et dans le bon sens, si bien que Kaï peut s'y voir, très caricaturé mais d'une ressemblance pourtant étonnante.

— Ils t'ont touchée, à Bangkok ?

— Ils avaient commencé mais un Européen est arrivé. Ils ne m'ont pas vraiment touchée.

— C'est l'Européen qui lui a fait casser les jambes ?

— Ça n'a pas d'importance.

— Ma chère enfant, Boadicée, ma fille, ne crois-tu pas qu'il serait temps de me présenter ce jeune homme ? Tu sais pourtant que nous autres, gentlemen britanniques, avons des principes.

— Il ne me reconnaît vraiment pas ? demande Kaï.

Ça fait vraiment drôle, bon, disons que c'est assez gênant de parler d'un homme comme s'il n'existait pas.

— Bien sûr que si. Il sait très bien qui tu es. Et qui est ton père. Il se souvient très bien qu'il a payé un certain Keller pour t'assassiner, à Saigon.

— C'est toi qui m'as fait prévenir par ces Corses ?

— Oui.

— Je ne connais aucun Keller, dit avec emphase Moriarty. C'est la première fois de ma vie que j'entends prononcer ce nom, je le jure sur la tête du petit-fils de la Mangouste folle et de toute sa descendance. Je ne connais aucun Keller, surtout qui aurait été dans les marines américains.

— Parce que tu connais des Corses ?

— J'aurais pu passer par ton ami Sebastian, j'ai préféré un Corse qui tient un bar dans la concession française de Shanghai. Il devait un service à mon oncle qui l'a aidé dans le temps. Où est Keller ?

— Au bagne.

— Dieu m'est témoin que j'ai tout fait pour aller au bagne, dit Moriarty. Et même pour être pendu. Un sort funeste a toujours contrarié mes efforts. Est-ce que ton ami joue au billard, chère Boadicée ? Je lui parie mille livres que je le bats.

— Tu en as assez vu, Kaï O'Hara ?

Oui.

— Sortons de cette chambre, dit-elle. S'il te plaît.

— Et mes muffins ? Et ma confiture d'oranges amères ? entend-on derrière la porte refermée.

Ils retraversent la grande salle.

— Il joue vraiment encore au billard ?

— Sur une chaise roulante que je lui ai fait faire.

— Il a mille livres à parier ?

— Je lui ai pris tout l'argent que j'ai pu trouver. Très peu. J'avais déjà confisqué toutes ses réserves en Europe, après l'affaire Keller.

— Et pour rien. Il avait toujours de l'argent quelque part, n'est-ce pas ?

— Toujours. Tu ne ris pas, Kaï O'Hara ?

— Je rirais sûrement si tu n'étais pas en cause. Tu ne lui parles jamais ?

— Non. Ça te choque ?

Je ne sais pas. Qu'est-ce que je peux répondre ?

Ils sont dans le long couloir.

— Qu'une chose soit claire, Kaï O'Hara. Ne me plains pas.

— D'accord.

— Je suis peut-être la seule personne au monde qu'il aime.

— Sûrement.

— Il a toujours été extraordinairement gentil avec moi. Je suis certaine qu'il n'a volé aucun, absolument aucun des cadeaux qu'il me fait depuis mon enfance. Ne dis rien.

— Je ne dis rien.

— J'en suis certaine parce que je le comprends. À Londres, il m'a conduite à la maison où il est né. À la maison où il prétend être né. Je lui ai dit que je ne le croyais pas. Il a ri et m'a répondu que j'avais raison, et que d'ailleurs il n'était même pas né à Londres.

— Il s'appelle vraiment Moriarty ?

— Je n'en sais rien et je m'en fiche. Je resterai avec lui jusqu'à la fin. C'est clair ?

Kaï s'arrête et s'adosse au mur de pierre du corridor. Il y a des femmes qui vont et viennent dans la cuisine tout au fond, mais l'une d'entre elles ferme la porte, et les voilà seuls, Boadicée et lui. Et Boadicée marche quelques pas encore puis, à son tour, elle s'immobilise et s'appuie elle aussi au mur — au mur opposé.

— Jusqu'à la fin, Kaï O'Hara.

— J'ai entendu.

— Tu vois bien que tu n'aurais pas dû venir.

Il y a une solution, Kaï : tu vas vers elle, tu la prends sous le bras et tu l'emportes ; elle se débattra un peu, il te faudra assommer ces huit ou dix gardes, mais c'est vraiment une bagatelle.

Bon, il ne bouge pas.

— Tu as dix-neuf ans...

— Dix-neuf et demi.

— Tu as dix-neuf ans et demi et il peut vivre encore vingt ans ou davantage.

— C'est comme ça. Alors, tu repasses cette porte par laquelle tu es venu et tu t'en vas. Mais, juste avant, parle-moi de toi, de ce que tu fais, de ton père.

— Mon père va bien et navigue sur le *Nan Shan,* je lui écris tous les mois et il me répond une fois l'an, mais j'ai des nouvelles de lui par mon arrière-grand-mère. Pour moi, je regarde pousser des hévéas. Et j'ai donné à mon grand-père ma parole que je serais dans ses bureaux à 8 heures du matin le 23 janvier prochain.

— Tu n'as pas trop de temps devant toi. C'était vraiment malin, de courir jusqu'à Chongqing.

— Rentre au moins à Shanghai.

— Ils me le tueront, là-bas.

— C'est tout ce qu'il demande : être tué.

— Je sais. Il est désespéré, il l'a toujours été. Il hait le monde entier. Presque autant qu'il se hait lui-même.

— Parce qu'il est né dans un village anglais perdu dans la boue et pas d'un duc ou d'un comte ?

— Ce n'est pas aussi simple que cela, et tu le sais.

— Il est fou.

— À sa façon, oui.

Mais c'est son père — elle ne le dit pas mais la phrase est sous-entendue. Un garde passe dans la grande salle à l'entrée, disparaît très vite.

— Tu as rencontré des femmes, à Saigon ?

— Des centaines.

— Il y en a bien une.

— Peut-être.

— Va-t'en.

— Tu n'es pas responsable de lui.

— Tu es le premier homme qu'il a vraiment cherché à tuer. Le premier et sans doute le seul qu'il veut faire tuer s'il en a la possibilité.

— À cause de toi ?

— À cause de moi. Ma grand-mère m'a évidemment fait savoir que tu arrivais. J'ai fait fouiller jusqu'à son lit, pour m'assurer qu'il n'avait aucune arme. Les deux hommes dans sa chambre étaient là pour te protéger. Tu crois que je suis folle, moi aussi ? Quand tu l'as laissé repartir d'Irian, je l'ai accompagné jusqu'à Honolulu. Je pensais l'y mettre sur un paquebot et le renvoyer pour toujours en Angleterre. Il m'avait fait tous les serments possibles. Je me suis pourtant méfiée. Il n'avait pas d'argent et ne connaissait personne à Hawaii. Pourtant, en une vingtaine d'heures, juste avant d'embarquer, il a réussi à ouvrir le coffre-fort de notre hôtel et à expédier un mandat télégraphique à ce Keller, à Saigon. Et il a essayé de recommencer à New York et à Londres, puis au Caire.

C'est vraiment un miracle que je sois encore vivant, pense Kaï.

Pour autant qu'elle ne soit pas victime d'une obsession. Mais là encore, tu n'en crois rien. Le Moriarty t'a fait sourire, mais il a bel et bien failli tuer ton grand-père, et toi-même. Et, comme si ça ne suffisait pas, du seul fait qu'il existe, il te prive d'elle, ce qui est pire encore.

Il se décolle du mur en poussant sur ses mains croisées et se met en marche vers la sortie. Il la dépasse.

— Kaï.

Il se retourne. Elle a posé sa nuque contre la pierre et ses yeux sont fermés.

— Même si je l'avais bien voulu, dit-elle, aucun homme n'aurait pu me toucher, avec lui à mes côtés.

— Sauf à Bangkok.

— Ils ne m'ont pas vraiment touchée, je te l'ai dit.

De là où il est, et malgré la semi-pénombre du couloir, il voit les lèvres de la jeune fille et note cette accélération de sa respiration. Et d'un coup il comprend.

— Non, dit-il.

— Tu as vraiment deviné ce que je te demande ?

— Il me semble.

— Je parie que non.

— D'accord, j'ai perdu.

— Fais ce que je te demande, imbécile.

— Et après, je m'en vais et on ne se revoit plus de cent ans, c'est ça !

— Après tu t'en vas, oui. Et en courant. Tu as donné ta parole d'être à l'heure. Et Kaï O'Hara tient toujours parole.

— Je dois faire ça uniquement pour me venger de lui qui a voulu me tuer, ou bien il y a une autre raison ?

Elle ne répond pas. Puis elle bouge, marche et passe à côté de Kaï et plus loin, devant la pièce où se trouve un lit de camp.

— Viens, Kaï O'Hara.

Elle s'avance au travers de la salle d'entrée, et dans l'autre des corridors qui a été nettoyé. Elle marque un temps d'arrêt :

— Tu viens ou non ? Tu n'y es pas obligé.

Bon, il la rejoint, ensemble ils sortent du bâtiment qui a été autrefois un monastère.

— Il pleut, dit Kaï.

— J'ai remarqué.

Derrière un rideau d'arbres détrempés apparaît une succession de bassins que la pluie fait déborder, et dans lesquels nagent les plus gros poissons rouges que Kaï ait jamais vus — sauf qu'ils ne sont pas tous rouges, certains sont d'un bleu-vert très vif et d'autres multicolores, avec d'immenses nageoires arachnéennes.

— Ils ont cent ans et plus, dit-elle. Les poissons, ils ont cent ans et plus.

Une autre construction apparaît, celle-ci intacte : les pillards qui ont dévasté le monastère n'ont pas dû pousser assez loin. Une partie du toit en est curieusement bombée.

— Tu connais quelque chose à l'astronomie, Kaï O'Hara ?

— Assez pour se guider aux étoiles, en mer.

— Regarde.

La porte franchie, Kaï se retrouve dans une grande salle, de quinze bons mètres de long sur dix de large, sans fenêtres, où l'air est assez tiède, et dont un angle est occupé par un bureau et un fauteuil, un large bat-flanc, des étagères contenant peut-être quinze cents livres, et surtout, en son centre, par un surprenant échafaudage de bois qui, tout à son sommet, est rehaussé par ce qui semble être des lunettes astronomiques.

— Un télescope à miroir et deux lunettes. Et il y a d'autres lunettes dans un réduit, derrière. Contrairement à ce que l'on raconte, ce n'est pas Kepler qui a découvert le premier le principe des deux lentilles convergentes.

— Ah bon ! dit Kaï décontenancé. Je ne discuterai pas.

— Personne n'est entré ici avant moi depuis des lunes. Et au cas où tu ne l'aurais pas remarqué, cet endroit où nous sommes n'a qu'une porte. Tu peux essayer de l'enfoncer pour sortir, mais ça te prendra bien trois jours.

— Et tu en as les clés.

— Sur moi.

Pour être calme, elle l'est. Placide, même. Ou du moins elle le paraît.

Kaï escalade l'échafaudage et va placer son œil à une des lunettes.

— On ne voit rien.

— En plein jour ? Et avec cette pluie ? Quelle surprise ! Si tu descendais de là ?

Il se suspend par les mains à trois mètres du sol et se laisse tomber. Ça lui rappelle quand il avait dans les huit ou dix ans et qu'il faisait l'acrobate, pour épater les petites filles.

— Boadicée...

— Tout de même. C'est la première fois que tu m'appelles par mon prénom.

— Ce n'était vraiment pas la peine de m'enfermer.

— Pourquoi ?

— Je veux dire : de m'enfermer pour que je te saute dessus.

— Et moi je veux dire : pourquoi ce n'était pas la peine ? Tu as envie de me sauter dessus ?

— Évidemment.

— Ne dis pas bêtement évidemment. Ce n'est pas évident du tout.

Je suis un peu perdu.

— Tu as envie de me sauter dessus parce que tu m'as vue nue à l'hôtel Cathay ?

— Ça n'a rien arrangé. Mais j'en aurais eu envie de toute façon.

— Comme pour n'importe quelle femme ?

— Non.

— Je voudrais davantage de précisions.

— Mais on parle de quoi, là ?

— C'est pourtant simple, Kaï O'Hara. Tu vas repartir et nous ne nous reverrons plus. Nous avons voyagé ensemble et, pas une seconde, tu ne m'as regardée vraiment, ni embrassée, ni rien. Avant que tu ne repartes, je voudrais savoir ce que tu as dans la tête, à mon égard. C'est clair, non ?

Quelque part dans sa tête à elle, elle a un peu de la folie de son père, pense Kaï.

— Tu crois que je suis folle ? Que je tiens de lui ?

— Ne dis pas n'importe quoi.

Je suis amoureux de toi, Boadicée. Toutes les mers du Sud sont au courant.

— Tu as été amoureux combien de fois, dans ta vie ?

— Jamais ainsi.

— C'est comment ?

— Douloureux, dit Kaï. Ça fait mal.

Elle acquiesce, les yeux dans ceux de Kaï, et ça peut, ça

pourrait bien vouloir dire qu'elle aussi éprouve la même chose. Quoiqu'elle soit si calme, et si impassible.

Elle avance une main et l'ouvre.

— Les clés, dit-elle. Dépêche-toi. Tu as beaucoup de route à faire.

Elle est dans ses bras, et il ne saura jamais s'il s'est avancé en premier, ou si c'était elle. Il l'embrasse, sans qu'elle réagisse tout d'abord. Puis sa bouche s'ouvre et le baiser se fait sauvage. Il se reprend après quelques secondes et veut la repousser, tout en se traitant mentalement de crétin, le plus grand crétin que les mers du Sud aient jamais connu.

— S'il te plaît, Kaï. S'il te plaît. Que j'aie au moins ce souvenir-là.

— Ça nous rendra les choses plus difficiles encore.

— Pas plus qu'elles ne le sont déjà. Ça ne peut pas être pire.

Le bouton du petit col s'est défait, la sapèque avec son soleil d'or et ses diamants bleus vient se fixer entre les seins. La Miss...

Ne l'appelle plus jamais la Miss ; c'était façon de maintenir une distance entre elle et toi ; ça n'a plus de sens, à présent.

Il l'aide à ôter complètement sa veste molletonnée, sous laquelle elle ne porte rien, il la soulève et la transporte jusqu'au bat-flanc.

— Ferme au moins les yeux.

C'est pesant, ce regard qu'elle braque sur moi.

— Et perdre une seule seconde de toi ? dit-elle.

Elle bouge peu, c'est à peine si elle s'arque tandis qu'il la dévêt entièrement. Et pourtant, allongée à plat dos, elle vient sur les coudes pendant qu'il se défait de son épais caban, de sa chemise et du reste. Il s'allonge près d'elle, il ose tout juste la toucher, qu'est-ce qu'il lui arrive ?

Elle demande d'une toute petite voix :

— Est-ce qu'il y a quelque chose que je suis censée faire ?

— Non.

— Tu ne veux pas de moi ?

— C'est maintenant que tu es folle.

— C'est normal, pour une femme, d'en avoir tant envie ?

— Fichtre oui.

— Depuis l'appartement à l'hôtel Cathay. Kaï, on peut le faire très doucement ?

— Oui.

Très doucement, oui.

Sans perdre une seule seconde l'un de l'autre. C'est de ce moment qu'il l'appela pour lui-même Seasin, son péché de mer. Un si merveilleux péché. Et puis, pour un Kaï O'Hara, tout ce qui venait de la mer était unique.

Dehors, elle s'accroupit sous la pluie et devant Jamal, et tu ne lis rien sur son visage, rien de ce qui vient de se passer, de ces déchaînements et de ces accalmies si douces, tu la dirais lisse et sortant de son bain après un long sommeil paisible (alors que moi, j'ai l'impression que tout le Sichuan sourit et sourira, rien qu'à voir mon visage. Ça, c'est un mystère des femmes).

— Tu ne sais toujours pas l'anglais, Jamal ?

Question en anglais.

— Toujours pas, répond Jamal dans la même langue.

— Je peux t'embrasser, bien que tu détestes les femmes ?

Le gamin prend le temps de réfléchir. Il se décide : c'est oui.

— Sur le front, d'accord, dit-il.

Il est environ 11 heures du matin et les huit hommes recrutés par l'agent des Chou à Chongqing sont là, petits et trapus, jambes un peu arquées, pieds nus pour six d'entre eux.

— Allons-y, dit Kaï.

Il se lance dans la descente, le gamin sur ses talons et les huit autres derrière, tous trottinant.

Il ne se retourne pas. Surtout pas.

Soixante-dix heures jusqu'à Luzhou, puis Yibin, dans le sud-ouest de Chongqing. C'est la partie la plus facile, et de loin, du parcours. Car après, ce ne sont que marches, remontées en sampans effilés aux allures de pirogues, et portages. Vingt heures par jour et parfois, si l'on est sur l'eau, des quarante heures d'affilée.

— Je peux marcher et courir, dit souvent Jamal.

Mais il le dit avec d'autant moins de conviction qu'il dort aux trois quarts, juché sur les épaules de Kaï ou sur celles de l'un des guides qui, eux aussi, se relaient. La route empruntée, qui va tantôt à l'ouest et tantôt au sud, ou entre les deux, cette route est celle des caravanes de l'opium — Kaï n'y voit nulle malice, et pour cause : à l'époque, la Régie française des tabacs vend encore, très officiellement et très librement, de l'opium dans ses débits de Cochinchine.

Des villages perdus, et dont les habitants ne savent même pas le chinois, si certains le comprennent un peu...

... Et un semblant de ville, Dukou, atteinte au terme d'une remontée de la Jinsha qui a été très dure, et d'une marche forcée de quatorze heures qui a été épouvantable. La frontière birmane est alors à moins de trois cents kilomètres, le fleuve Lancang un peu moins loin — sauf que Kaï a perdu le compte des jours, il ne sait plus s'il est en avance ou en retard sur son horaire.

— Ça va, Jamal ?

Si le gosse a beaucoup voyagé sur les épaules des uns et des autres, il n'en a pas moins énormément marché — couru, en fait. Et s'il était seulement imaginable de le laisser en arrière, Kaï s'y résoudrait. Mais pas dans ce bourg tenu par un petit seigneur de la guerre.

— Évidemment que ça va.

On est reparti, après deux petites heures d'arrêt pour un repas digne de ce nom, le premier depuis Chongqing. Une autre équipe de guides-porteurs-pagayeurs a pris la suite de la précédente, un seul d'entre eux connaît un peu de chinois, il dit que ses camarades et lui viennent de l'Ouest et qu'on leur a promis une somme phénoménale — l'équivalent de cent piastres — pour les amener, lui Kaï, et Jamal, sur les bords du Lancang en moins de quatre jours.

Remontée d'une autre rivière — c'est à croire, et c'est

d'ailleurs le cas, qu'aucun cours d'eau, dans ce qui n'est plus le Sichuan mais le Yunnan, ne coule vers l'ouest.

Le jour se lève et, pour la première fois depuis plus de deux semaines, il ne pleut plus. On a progressé toute la nuit, à une allure folle. Jamal écroulé et dormant dans une toile accrochée à deux bambous, Kaï lui-même étant soutenu et presque porté. Il n'en peut plus, se souvient vaguement d'avoir longé un lac, la veille ou l'avant-veille, et a pensé que ce pouvait être celui sur les bords duquel se trouve la dernière ville chinoise avant la frontière birmane, Xiaguan. Il s'affaisse et vomit une fois de plus, le paysage ondulant sous ses yeux. Il lui faut une bonne dizaine de minutes pour reprendre conscience.

— En avance, répète le chef des guides, dont le visage émacié dit assez qu'il a lui aussi été beaucoup éprouvé par cette ruée démente depuis Dukou.

— C'est le Lancang ?

— Oui.

L'arrivée était prévue sur la berge du fleuve pour midi seulement. S'il ne parle évidemment pas en heures, le montagnard n'en souligne pas moins qu'il a plus que largement rempli son contrat. Kaï lui octroie deux cents piastres, tout le groupe s'en va, Jamal s'éveille une heure plus tard, Kaï et lui mangent ensemble, la longue pirogue avec dix pagayeurs se montre, heureusement, avec deux heures d'avance et les embarque.

— Je vais dormir un peu, Jamal. Reste près de moi. Tu m'éveilles dès que quelque chose te paraît anormal.

— Comment tu as dit que tu l'appelais, ce fleuve que les Chinois appellent le Lancang ?

Le Mékong.

On longe pendant une heure ou deux la berge birmane, à l'endroit où le fleuve sépare la Birmanie de la Chine, après quoi c'est le Siam qui est à gauche, et le Laos à droite. Vientiane est dépassé une nuit vers 3 heures du matin et ce n'est que le surlendemain, à Savannakhet, que Kaï apprend d'un gendarme français, intrigué, quel jour on est, donc combien de temps il lui reste pour parvenir à Saigon.

— Ne me dites pas que vous avez descendu le Mékong depuis sa source, dit le gendarme. Il vient au moins de Birmanie.

De bien plus loin que cela, en réalité, bien plus loin, mais la pirogue s'est déjà relancée dans le courant — c'est la huitième embarcation depuis l'arrivée sur les bords du Mékong, et il y aura cinq autres changements les jours suivants.

... Le dernier a lieu après les chutes de Kratié au Cambodge. On y retrouve une chaloupe, l'avant-dernière du voyage avant celle que l'on prendra à Phnom Penh pour l'ultime étape, entre la capitale khmère et le delta.

Kompong Cham, sur la rive droite d'un fleuve qui s'élargit peu à peu, maintenant qu'il coule au travers d'une plaine. Jamal relit *Les Trois Mousquetaires,* toutes les fatigues de cette course folle se sont effacées de son visage ; des centaines de mots dont il ignorait le sens à sa première lecture, il n'en est plus qu'une vingtaine dont il demande encore la signification. Il dit qu'il préfère Athos à d'Artagnan, et qu'Aramis l'énerve.

Il dit aussi que Milady le fait penser à Moriarty, ou le contraire, et demande si vraiment c'est absolument nécessaire, pour lui Jamal, d'aller à l'école à Saigon.

— À toi de choisir, dit Kaï. Tu ne vas pas à l'école pour me faire plaisir. Tu n'es même pas obligé de rester en Cochinchine, rien ne t'empêche de t'embarquer sur le *Nan Shan,* ou d'aller au Sarawak, ou de rentrer à Basilan.

— Tu es de mauvaise humeur.

Pas vraiment. Ce n'est pas de la mauvaise humeur. Ce doit être le contrecoup. De ces milliers de kilomètres qu'il vient de couvrir et de ce qui s'est passé sur les hauteurs de Chongqing (pour un peu il croirait avoir tout rêvé). La vérité est qu'il se sent sinistre. À tant courir, ces dernières semaines il y pensait moins. Maintenant, ça remonte. Surtout qu'il va au-devant d'un emprisonnement. Dans des bureaux. Dans une vie qui lui donne envie de vomir rien qu'à y penser.

Phnom Penh, c'était la veille. À présent, et de nuit, c'est Mytho, où la voiture obligeamment mise à disposition par le Corse propriétaire de l'hôtel Continental attend et les emporte, Jamal et lui.

— J'ai réfléchi, dit le gamin. Je vais aller à l'école et tous les ans je ferai deux années en une, comme on l'a dit. Et puis je crois bien que tu n'es pas de mauvaise humeur, finalement. Tu es juste un peu triste.

— On n'en parle plus, dit Kaï.

La Renault les dépose devant l'hôtel peu avant 3 heures du matin. Mais ce n'est que quatre bonnes heures plus tard que, pour la première fois, Kaï met les pieds dans le petit appartement de trois pièces, rue Hamelin, que la compagnie lui a loué. Ils se sont gorgés, lui de bière et Jamal de limonade, et le gosse a gagné aux cartes sept piastres à un veilleur de nuit annamite, tandis que Kaï câlinait deux filles tirées de leur bat-flanc pour la circonstance.

L'appartement de la rue Hamelin est coquettement meublé pour un Européen, on y trouve sur les murs des photographies encadrées du Mont-Saint-Michel, de prairies normandes et de pics alpins enneigés. Kaï passe vingt minutes sous la douche pour dissiper l'effet de la quinzaine de bières et après s'être débarrassé d'une barbe de plusieurs jours, enfile la chemise, le costume blanc, la cravate et les chaussures noires qui seront désormais son uniforme — la penderie en contient six, coupés sur mesure.

Jamal s'est endormi dans la cuisine, sur la natte ordinairement dévolue au boy. Kaï dépose près de lui cinq piastres sur les neuf qui lui restent et sort.

— Vous êtes en retard, lui dit Jaffrey. À ma montre, vous auriez dû être ici depuis déjà plus de quarante-cinq secondes.

— Je vous fais le serment solennel qu'un événement aussi inconvenant ne se renouvellera pas.

— J'en prends note. Comme je crois vous l'avoir dit, pas de favoritisme. Je vous ai affecté au service comptable. Et remontez votre cravate : nous ne sommes pas dans une maison close.

Le cœur gros, Kaï eut une pensée pour Boadicée, pour cette Seasin à qui il devait le moment incomparable qu'il avait connu dans ses bras, près du village de la Falaise-Rouge.

EN JUILLET de cette année 1937, Kaï assiste à un coquetèle et les Japonais entrent officiellement en guerre contre la Chine. Monsieur Margerit a beaucoup insisté — pour le coquetèle, pas pour la guerre, à laquelle il est étranger. C'est ce jour-là que Kaï revoit Ma Sœur Anne.

Il doit y avoir près de trois cents personnes dans les jardins de la villa Margerit, mais mesurer plus d'un mètre quatre-vingt-dix, outre que cela oblige à franchir à quatre pattes les portes des anciens temples khmers (ce qui évite de se fracasser le front, comme tous les autres, contre les linteaux), permet de voir par-dessus les têtes.

— Kaï, avait dit monsieur Margerit, je souhaiterais que tu viennes à ce coquetèle que je donne. Je n'en donne qu'un par an, tu le sais.

— Plus le machin pour Noël.

— À Noël, c'est un dîner. Tu y viendras aussi, d'ailleurs. Et pendant que j'y pense, combien de fois as-tu mis les pieds au Cercle sportif ?

— Laissez-moi réfléchir. Aucune.

— Combien de dîners ou de déjeuners avec des Européens ?

— Pareil.

— Jaffrey est au bord de la crise nerveuse, il va me faire une dépression. Pas une seule fois, il ne t'a pris en défaut.

— Il s'est pourtant donné du mal.

— Tu travailles deux heures de plus que lui, qui n'est pourtant pas avare de son temps ; tu es au bureau le samedi après-midi et le dimanche matin. C'est trop. Je te demande d'arrêter de faire l'imbécile. Comment va ton frère adoptif ?

— Il travaille très bien. Mieux que bien. Il entre en sixième l'année prochaine, et sera sans doute en quatrième dans un an.

— Tu as des projets pour lui ?

— Il décidera lui-même.

— Kaï, je t'aime beaucoup.

— Je sais. C'est réciproque.

— J'aimerais que tu te mêles un peu plus à ces gens qui viendront à mon coquetèle. Que tu leur parles. Sans les insulter si possible. J'ai ta parole ?

— Vous l'avez.

Kaï regarde donc par-dessus les têtes et aperçoit Ma Sœur Anne. Il ne l'a pas vue depuis décembre dernier, justement à ce dîner de Noël ici même, où elle était, alors qu'elle aurait dû se trouver en Europe. Depuis, rien, et il ignore tout de ce qu'elle a pu faire dans l'intervalle — il aurait pu interroger Léopold, son crétin de frère, mais entre son travail et le gamin...

— Veuillez m'excuser, je vous prie, dit-il au trio de Français à qui il faisait la conversation.

Il lui faut une dizaine de minutes pour distribuer des sourires, des poignées de main, des salutations diverses à toutes sortes de gens. Une jeune femme l'embrasse, dont il se souvient tout de même que c'est sa propre sœur, chez qui il n'est toujours pas allé dîner en dépit de ses demandes réitérées. Enfin, c'est l'une de mes sœurs, peut-être, mais il n'en est pas sûr, celle qui a épousé cet abruti sorti de Polytechnique.

— Léopold, quelle bonne surprise ! Un moment que nous ne nous sommes pas vus, dis donc.

— Tu te souviens de sœur Anne, dit Léopold.

Et de son père et sa mère (qui va mieux, sa mère : six mois

en France et en Savoie l'ont rétablie de cette maladie qu'elle a eue à la fin de l'année précédente, raison pour laquelle sa fille — Anne — est accourue par le premier paquebot, plantant là des études de chartiste qui finalement ne la passionnent pas trop, bien qu'elle ait brillamment bouclé sa deuxième année). Présentement elle se trouve en Cochinchine en vacances. Tout s'explique donc.

Kaï regarde Ma Sœur Anne et se dit qu'il pourrait bien passer quelques dizaines d'heures à la contempler, sans s'en lasser. Qui plus est, elle le regarde aussi. Ses yeux sont gris fumée, pas de doute, et ils expriment de l'amusement.

— Le fameux Kaï O'Hara, dit-elle. Vous êtes dans le caoutchouc, je crois.

— Jusqu'au cou, dit Kaï.

— On m'a beaucoup parlé de votre père. Et de votre mère aussi. Qui était une amie de ma mère avant qu'elle ne se fasse enlever par un certain capitaine de goélette. C'est une tradition dans votre famille ?

— Nous détestons les formalités. Je vous enlève tout de suite ou nous attendons la prochaine nuit ?

Il se produit à cet instant un vaste mouvement de foule, l'hôte d'honneur, le machin-truc gouverneur général, arrive. Kaï et Ma Sœur Anne résistent à la vague et se retrouvent pour ainsi dire seuls.

— Je ne détesterais pas être enlevée un jour. Dès que j'aurai fini mes études. J'apprends en quelque sorte à être archiviste.

— Les choses anciennes m'ont toujours passionné. Mon arrière-grand-mère chinoise, par exemple, qui était fort liée à Confucius. Et puis, j'ai fait de l'archéologie.

— Tiens donc.

Ce que nous nous disons est totalement sans importance, mais ses yeux rient.

— Parfaitement, dit Kaï. Un ami du nom de Price et moi, nous avons conduit une campagne de recherches archéologiques à Londres. Au quatrième étage du 67 Tottenham Court Road. Si nous fichions le camp d'ici ?

Elle ne répond pas, mais a toujours cette expression amusée dans ses prunelles. Monsieur Margerit fait signe à Kaï, qui doit comme convenu présenter ses respects et Dieu sait quoi encore à la grosse légume administrative, que le diable la partafiole !

C'est Léopold qui prend les devants quatre jours plus tard, et il est sûrement convaincu d'avoir eu tout seul cette idée d'inviter Kaï à faire de la voile au cap Saint-Jacques.

— J'ai mon frère avec moi, Léopold.

— J'ignorais que tu avais un frère. Amène-le, bien sûr.

Mais les regards se figent le vendredi en fin d'après-midi quand on découvre Jamal qui, tout vêtu qu'il est de son costume du collège des frères, n'en est pas moins très très basané.

Déjà que je n'ai pas moi-même de casque colonial et qu'en lieu et place du short blanc de rigueur je porte, très délibérément, un sarong...

— Kaï, je suis désolé, mais...

— On se calme, Léopold, j'étais juste venu te dire que je ne pouvais pas venir. Une autre fois, peut-être ?

Et, hasard ou non, c'est ce même vendredi 17 juillet, qu'un message convoque Kaï d'urgence chez monsieur Margerit.

— Je voudrais que tu fasses un voyage d'inspection pour moi, Kaï. À Singapour. Comme tu le sais, nous y avons une petite agence. Va l'inspecter.

— Je fais l'aller et retour ?

— Prends deux semaines.

— Ce n'est pas un peu longuet, pour passer en revue une agence qui compte en tout et pour tout un employé ?

— Rien ne t'oblige à rester à Singapour même.

— Deux semaines, c'est un ordre ?

— C'est un ordre. Bonnes vacances. Sauf bien sûr si tu tiens absolument à rester à Saigon pour y voir quelqu'un de précis, avec des yeux gris, par exemple.

Ainsi donc, monsieur Margerit subodore quelque intrigue entre Ma Sœur Anne et moi ? Quelle idée, nous nous sommes au plus dit trois mots, elle et moi, il n'y a absolument rien entre nous.

Enfin, presque rien.

— Bien entendu je pars, grand-père. Un ordre est un ordre. Je vais inspecter à tout va.

Et moins de trois jours plus tard, il est sur le *Nan Shan*, il aspire à pleins poumons le grand parfum des mers du Sud, ses senteurs d'épices et de goudron. La veille, le Capitaine, Jamal et lui, pomponnés comme des premiers communiants, ont été reçus à dîner par Madame Grand-Mère — et bien sûr l'aïeule savait, pour l'affaire de Chongqing, elle a même fait allusion à des télescopes ; pourtant, elle n'a guère commenté l'aventure, disant juste qu'il est quand même bien plus facile, quand on est à Chongqing, de rejoindre la mer la plus proche pour y prendre un bateau à destination de la Cochinchine, plutôt que de parcourir ventre à terre des tas de montagnes afin de remonter et descendre plein de rivières. Mais enfin, a-t-elle conclu, on peut comprendre qu'un jeune homme, surtout un Kaï O'Hara, puisse avoir de temps à autre envie de se dégourdir les jambes.

Le *Nan Shan* est dans le détroit de Malacca, si familier, à force de le monter et de le descendre, qu'il pourrait pratiquement le passer tout seul, sans personne à la barre. Il fait route au nord, en longeant Sumatra. Il dépasse, indifférent, la ville de Medan. La mer est très formée, elle tire sur le gris-vert, les creux sont de plus d'un mètre cinquante : c'est un temps de mousson, et deux fois déjà depuis la montée de l'aube, de rageuses averses très tièdes ont balayé le pont. La destination est Padang, sur la côte occidentale de Sumatra — un chargement d'outils agricoles venu d'Angleterre et de Hollande. Oncle Ka n'est pas du voyage ; il est en pleine forme mais, à soixante-dix ans passés, il va moins sur les mers ; c'est Lek qui le remplace.

On double la pointe nord de Sumatra et l'océan Indien se montre tel qu'attendu — colérique. On joue avec lui quelques heures, pour le plaisir, avant de filer plein sud par très fort vent de trois quarts arrière, et le *Nan Shan* vole alors sur les vagues, une vraie jouissance. En sorte que l'on est à Padang avec près de vingt heures d'avance et les deux Kaï O'Hara débarquent seuls, Jamal restant à bord ; ils font le tour des trois ou quatre endroits où l'on peut boire un nombre indéterminé de bières, trouver des filles avenantes et une demi-douzaine de crânes sur lesquels taper. Arrive donc ce qui est déjà arrivé, à Surabaya notamment, mais aussi à Singapour, Manille, Darwin, Moresby et autres lieux, à savoir qu'on les transporte tous les deux, ivres morts, jusqu'à une natte où cuver et dormir. Ce n'est pas la jouissance qui vous envahit à la barre du *Nan Shan* par gros temps, mais c'est bon aussi.

Cap au sud, vers le détroit de la Sonde. En somme, on aura, ce coup-ci, fait le tour de Sumatra et de ses volcans.

— Les Japonais ont envahi la Chine ?

— Eh oui !

Kaï vient de passer la barre au Capitaine, il fait nuit, route au nord — on remonte la mer de Java qui, par miracle, n'est pas trop étale.

— Où sont-ils ?

Autre question du Capitaine, dont Kaï ne savait pas qu'il s'intéressait tant à l'actualité.

Kaï rapporte ce qu'il sait de l'avance nippone, qui en Chine du Nord semble rapide, en direction de l'ouest, vers Baotou et la grande boucle du fleuve Jaune, aux confins du désert de Gobi, tandis que Pékin et Tianjin sont fichtrement menacés, apparemment sans espoir de résistance. Et dans l'est du sud, c'est-à-dire dans le triangle Nankin-Shanghai-Hangzhou, Chiang Kai-shek a massé le meilleur de ses armées pour contrer une offensive qui ne saurait tarder.

— Shanghai va tomber ?

— La ville a à peu près tenu, voici cinq ans.

— Elle va tomber ?

— Probablement.

Une masse sombre par bâbord avant. C'est l'île de Bangka. Alors que, par tribord, c'est celle de Belitung qui se profile. On passe entre les deux, par la route si familière.

— Les Japonais vont envahir les mers du Sud, Kaï ?

— Je ne sais pas.

— Tu es allé au Japon et tu parles le japonais.

— Il y en a pas mal parmi eux qui rêvent de conquérir des tas d'endroits. Ils appellent ça : réunir sous un même toit les huit coins du monde.

— Tu es toujours en guerre avec eux ?

— Oui.

Et les souvenirs n'ont nul besoin d'être ravivés en Kaï ; toujours ils sont demeurés aussi vivants, et aussi brûlants. Sakata Tadoshige. C'en est même étrange, il ne se croyait pas capable d'une haine aussi tenace.

— Il faudra que tu te débrouilles sans moi, Kaï.

— Très bien.

— Sauf s'ils se mettent en travers de ma route, évidemment.

— Évidemment.

Le *Nan Shan* filant dans la nuit et face à lui droit devant, la mer de Chine du Sud qui sera sûrement moins pacifique ; et Saigon où je serai juste à temps. Kaï regarde le Capitaine et cette image-là lui fouaille le cœur. Le Capitaine est en sarong, lui aussi ; à chaque mouvement qu'il fait, les muscles si puissants de ses épaules se cisèlent, l'âge ne l'a pas touché. Presque pas.

Ils se taisent, la nuit passe et le jour se lève sur la mer. Une flottille de pêcheurs passe, loin, dans le sillage de la goélette. Jamal est apparu sur le pont, achevant un gâteau de riz gluant — le cuisinier du bord n'est plus ce Selim que Kaï a connu, il a été remplacé par un Balinais aux grands yeux féminins. Les Dayaks de la mer vont et viennent, touchant parfois une voile sans qu'aucun ordre ne leur ait été donné. Personne pourtant ne s'approche du père et du fils isolés à l'arrière. Jusqu'à ma mort, jusqu'à ma mort, se dit Kaï, je me souviendrai de ces moments-là, en mer, libres de toutes les contingences, le Capitaine et moi, sans nul besoin de dire les choses pour qu'elles nous soient claires.

Lek enfin se montre à son tour et, d'évidence, il a volontairement retardé sa prise de quart, il sait que rien ne presse, dès lors que les Kaï O'Hara sont ensemble. D'ailleurs, il flâne encore, feignant de vérifier des choses qui vont fort bien au demeurant.

— Je vais, dit doucement le Capitaine (en regardant partout sauf dans la direction de Kaï, et c'est bien le signe de ce que ses paroles sont importantes), je vais dans les semaines, et peut-être les mois qui viennent, croiser quelque part entre les Mergui et Balabac. Je n'ai pas de cargaison en vue ; de toute façon, ces coques en fer me prennent tout.

Les Mergui sont un archipel dans le grand sud de la Birmanie, à guère plus d'un jour de mer de Penang en Malaisie ; et Balabac est le nom du détroit entre Bornéo et Palawan.

— En gros je serai dans la mer de Chine. Kwan saura toujours où me joindre. Au cas où.

— C'est noté, dit Kaï d'une voix parfaitement neutre.

Rien de plus. Mais nous nous comprenons fort bien, le Capitaine et moi.

Je me demande d'ailleurs qui d'autre, seulement d'après ce que nous nous sommes dit, pourrait deviner la proposition extraordinaire qu'il vient de me faire.

À la fin de la première semaine d'août, Kaï ayant repris son travail depuis déjà une dizaine de jours, Ma Sœur Anne le rencontre, par un hasard sans nul doute très minutieusement préparé. Elle ne porte pas de casque colonial mais une capeline et derrière elle marche un boy surchargé de paquets, la plupart provenant de chez Descours et Cabaud.

— Vous ici, quelle surprise ! dit-elle sur un ton qui laisse entendre, sans fausse honte, que le moins qu'on puisse dire est qu'elle n'est pas du tout surprise. Vous m'aiderez bien à porter quelques-uns de ces paquets ?

Sans un mot, il soulage le malheureux Annamite qui, ce faisant, une fois la pile des achats diminuée de moitié, se révèle être *une* Annamite. À laquelle Kaï sourit et demande en vietnamien :

— Elle parle le vietnamien ?
— Pas un mot.
— Elle m'attend dans le coin depuis combien de temps ?
— Une demi-heure.
— Elle te demandera de quoi nous avons parlé, toi et moi, tu lui répondras que je suis un ami de ton père. Il s'appelle comment, ton père ?

Tran Van Pham, il...

— Si je vous gêne, dit Ma Sœur Anne en français, je peux vous laisser bavarder tous les deux.

— C'est que le père de votre boyesse est un très vieil ami à moi, explique Kaï. Je prenais de ses nouvelles, excusez-moi. Quoi de neuf au Cercle sportif ?

Ils se mettent en marche, la jeune Française et lui, la boyesse derrière eux. Il est tout juste 6 h 30, tout un flot d'employés et de cadres s'écoule.

— Monsieur O'Hara...
— Kaï.
— De quoi parliez-vous vraiment avec Assam ?
— Des trente minutes que vous avez passées toutes les deux à guetter ma sortie.

S'il a pensé la déconcerter, il s'est trompé. Elle rit.

— Il me fallait bien venir à vous, on ne vous voit nulle part. Si vous insistez vraiment pour m'offrir une orangeade à la terrasse du Continental, j'accepterais peut-être. Mais je ne veux pas compromettre votre réputation.

Il passe la commande. Une bière pour lui.

— Voyons un peu, dit-elle. Vous êtes de grand-mère chinoise...
— Arrière-grand-mère.
— Vous êtes métis, vous vous promenez pieds nus et en sarong quand vous n'êtes pas à votre bureau, vous avez un frère qui vient de Bornéo...
— De Basilan, dans les Sulu.
— Personne n'ignore que votre père commande un voilier armé par des coupeurs de tête et, dit-on, pratique un tant soit peu la contrebande...

— Non, pas la contrebande.

— Excusez-moi. Dommage que ce soit faux. Mais personne n'est parfait. Quoi d'autre ? Ah oui ! On m'a raconté une étonnante bataille que vous auriez livrée en Nouvelle-Guinée, je crois, au cours de laquelle vous auriez tué une montagne d'ennemis.

— On a exagéré. Ils étaient à peine trois cent cinquante.

— Et tout dernièrement, vous auriez, tout nu et vous ouvrant un chemin à la machette entre des hordes assoiffées de votre sang, descendu le Mékong en un laps de temps extravagant, depuis sa source dans le nord du Tibet jusqu'à Saigon. Il paraît même qu'à peine arrivé à Saigon, dans la nuit même, vous auriez honoré six dames.

— Vingt-trois.

— Les mêmes sources très dignes de foi annoncent qu'il vous faut trois femmes par nuit.

— A l'heure.

— Vous mesurez combien ?

— Un mètre quatre-vingt-treize.

— Et vous pesez ?

— Cent quinze. J'ai grossi, à force de ne rien faire.

— Tout le monde nous regarde, vous avez remarqué ? Votre réputation est compromise. D'un autre côté, vous avez quelques caractéristiques regrettables. Vous êtes le petit-fils de Jacques Margerit, dont mon père souligne qu'il est dix fois plus riche que le comte de Baumont, et dans tous les cas l'homme le plus aisé non seulement de la Cochinchine, mais encore de l'Indochine entière, jusqu'aux confins du Tonkin et du Laos.

— J'en suis désolé, ce n'est pas ma faute.

— Et quoique monsieur Margerit ait plusieurs petits-enfants, on vous désigne à l'unanimité comme son héritier.

— Je ne suis pas responsable des foucades de ma famille.

— Kaï ?

— Oui, mademoiselle ?

— Ce serait très gênant de faire ça sur une terrasse à l'heure de l'apéritif.

— Pourquoi pas ?

Elle s'amuse. Et toi, laisse-toi aller à la croire, et tu te retrouveras complètement grotesque.

Il jette un coup d'œil autour de lui, autour d'eux, et c'est ma foi vrai que tous les consommateurs les regardent, ils vont alimenter les conversations pendant un bon bout de temps.

— Une autre orangeade ?

— Merci, non. Je ne suis pas très sûre que cela vous intéresse, mais en théorie je dois reprendre le bateau dans deux ou trois semaines, pour rentrer en France et y poursuivre mes études.

— En théorie.

— Je me tâte. Ces mêmes études me passionnent moins que je ne l'aurais cru.

Elle a l'air vraiment très tranquille, lançant ces choses comme si elles étaient dénuées de toute importance — et pourtant ce qu'elle te dit, ou voudrait te faire croire, est qu'elle pourrait bien rester en Cochinchine. Et pour toi. Kaï s'autorise à la détailler ; le soleil du cap Saint-Jacques et de la piscine du Cercle l'a hâlée, ou plus justement dorée ; le mouvement des bras et des mains est gracieux et calme ; ce que l'on voit des poignets et des chevilles, et cette cuisse longue que la jupe dessine, tout laisse imaginer un corps ferme, musclé juste ce qu'il faut. Elle te fait un effet surprenant, Kaï, toi qui te crois pourtant préoccupé seulement d'une autre. La vie est bizarre.

Tout à son examen, il met un moment à constater qu'elle le fixe aussi, souriante. Elle dit :

— J'ai fait de mon mieux pour vous décontenancer, tout à l'heure. Sans trop y réussir.

— Encore assez, rassurez-vous.

C'est elle qui, la première, rompt leur échange de regards. Elle tire avec sa paille ce qui reste de l'orangeade, unissant ses lèvres dans une moue très charmante. Elle ramasse sa petite aumônière blanche. Il a à peine le temps de se lever aussi. Un instant, elle est visiblement sur le point d'ajouter quelque chose, mais non. Assam la boyesse a attendu sur le trottoir, au long duquel s'est rangée la Peugeot noire des Forrissier.

Il la revoit trois jours plus tard. Au Cercle, où il met les pieds pour la première fois depuis des lunes, alors qu'il le fréquentait tant dans sa jeunesse. Jamal n'est pas avec lui, le gamin est parti pour Dalat respirer un peu d'air frais, en compagnie de toute une bande de ses condisciples du collège — Jamal a découvert les joies du football, à quoi il refuse de jouer autrement que pieds nus.

Il la découvre assise au bord de la piscine, entourée — très entourée, au point qu'il ne s'approche pas ; certainement pas par timidité mais bien parce qu'il hésite encore, et fichtrement, sur ce qu'il veut lui-même.

Il plonge et nage, et ce n'est qu'après plusieurs longueurs d'affilée, d'un crawl nonchalant, à la Jean Taris, qu'il s'accroche au rebord. Elle est là, à deux mètres, maillot noir et blanc, avec jupette de bienséance au-dessous de la taille, qui pourtant ne cache rien de sa silhouette. Il avait raison, elle est merveilleusement bien faite.

— Vous êtes venu pour moi ?

— Oui. Supposons que je vous invite à dîner.

— Supposons que j'aie assez envie d'accepter, mais que je ne puisse pas.

Elle a changé depuis leur précédente rencontre : davantage de gravité, presque de la gêne. D'ailleurs, elle reprend.

— Je me suis conduite comme une idiote l'autre jour.

— Je n'ai pas remarqué.

— Je crois que ce qui m'agace le plus, dit-elle, est que vous vous conduisiez vous-même comme si vous n'étiez que toléré par ces gens qui nous entourent, et dans cet endroit. Je me fiche complètement de ce que votre arrière-grand-mère soit chinoise. Ou plutôt non. Je ne m'en fiche pas, je trouve ça très bien. Vous en êtes fier, j'espère ?

— Oui.

— Je ne peux vraiment pas dîner avec vous. Des amis

sont arrivés de France. Difficile de les abandonner, c'est moi qui les ai invités.

— Je pars demain pour le Cambodge, annonce Kaï, ce qui bien sûr est la vérité pure.

Un grand garçon couvert de coups de soleil vient s'asseoir à côté de Ma Sœur Anne. Qui ne tourne même pas la tête :

— Tu me déranges, Xavier. Va boire quelque chose.

Elle baisse la tête et la relève :

— Où, au Cambodge ?

La plantation se trouve dans le nord du Cambodge, à une cinquantaine de kilomètres du gros village de Kompong Thom. Comparée à la monstrueuse superficie de celle de Kompong Cham, bien plus au sud, c'est un jardinet. À peine quinze cents hévéas. Le défrichement a eu lieu six ans plus tôt, sur une idée de Marc-Aurèle Giustiniani, et il a été mené à bien par deux Corses tout fraîchement débarqués de leur île natale. Les deux hommes veulent vendre, à présent. Ils triment depuis près de sept ans dans ce coin perdu desservi par un semblant de piste en latérite, et, n'ayant pas la patience d'attendre un ou deux ans de plus pour percevoir leurs premiers bénéfices, ils voudraient s'en aller à Saigon ou Hanoi investir dans la limonade ou le jeu. Ils attendaient Kaï, ou du moins un représentant de la compagnie, le vendredi matin et il arrive avec vingt-quatre heures d'avance. Il trouve deux hommes en short de toile kaki et torse nu, chacun portant un revolver à barillet dans un étui de ceinture, et qui se ressemblent de manière hallucinante.

— On est jumeaux. Je suis Antoine et lui, c'est Dominique. Cognac-soda ? Un Chinois nous apporte de la glace tous les matins. À se demander où il la trouve.

Kaï préfère une Tsing Tao. Il est accompagné ce jour-là par un Cambodgien du nom de Samboth Sar, un pisteur dont le père a travaillé avec monsieur Marc-Aurèle, au temps où celui-ci venait chasser le gaur — le buffle sauvage — entre le Mékong et le Tonlé Sap. Les jumeaux font faire à Kaï le tour du propriétaire. Pour rien. Les ordres de monsieur Margerit ont été comme toujours très clairs : ne mentionner une éventuelle offre d'achat que si la plantation dite de François-Ville peut être étendue à quelques milliers d'hectares. Ce n'est pas le cas.

— C'est trop petit pour nous, désolé.

— On ne va pas se fâcher pour autant. Bien entendu, vous restez à dîner.

Désolé encore. Ce que l'on pourrait nommer l'ordre de mission de Kaï prévoyait qu'il passerait toute la journée de ce jeudi à parcourir François-Ville, et au moins une nuit, pour ne revenir à Kompong Cham que le samedi au plus tôt. Mais, vers 11 h 30 du matin, il remonte sur la moto qui l'a amené jusque-là, son pisteur en croupe derrière lui, et file à l'ouest. Franchissement une dizaine de kilomètres plus loin de la rivière Chikreng, après avoir croisé l'ancienne piste de Rovieng et de ces temples mystérieux dont seul monsieur Marc-Aurèle semblait connaître l'existence, dans la direction de la chaîne des Dangkrek qui fait frontière avec le Siam. Passer la Chikreng en saison sèche aurait pris quelques minutes, mais les pluies récentes en ont décuplé la largeur et triplé la profondeur. Il faut tailler un radeau pour la motocyclette et s'ouvrir un chemin ensuite dans une vraie brousse, avant de retrouver enfin de la forêt-clairière et, vers 4 heures de l'après-midi, la route de Phnom Penh à Siem Reap et Bangkok.

Le temps d'avaler trois ou quatre soupes sur une table poisseuse de crasse, en compagnie de Samboth, puis les deux hommes se séparent.

Il est près de 7 heures quand Kaï gare sa moto dans le quartier du personnel du Grand Hôtel. Il gagne directement, sans passer par la réception, la chambre qu'il a réservée de Saigon. Il se douche longuement, se rase, s'allonge sous le ventilateur et sous la moustiquaire et poursuit sa lecture, déjà bien avancée lors de ses nuits à la plantation de Kompong Cham, du *Déclin de l'Occident* de Spengler, à qui il trouve bien des défauts mais qui présente cette qualité, pour un livre à emporter en voyage, d'être assez mortellement ennuyeux, en sorte qu'on le lit lentement.

On frappe vers 10 heures, il était temps.

— C'est ouvert, dit-il.

— Vous les avez déjà visités, ces temples ?

— La première fois, j'avais six ans. Il a fallu deux jours à mon grand-père pour me récupérer.

— Madame Borde a tenu absolument à monter sur ses escaliers invraisemblables qui font neuf cents mètres de hauteur et dont les marches sont usées à en devenir invisibles. Je l'aurais assommée à coups d'ombrelle. Elle nous a fait rester là-haut deux heures.

Les escaliers d'Angkor Vat ne font évidemment pas neuf cents mètres, mais c'est vrai qu'ils sont vertigineusement raides.

Ma Sœur Anne le regarde, regarde la chambre, le regarde à nouveau. Elle porte une fort jolie chose de dentelle rose sur une sous-jupe blanche, et un ruban fuchsia dans ses cheveux légèrement torsadés. Ses épaules sont nues et il note qu'elle est hâlée uniformément, les bretelles de son maillot n'ont laissé aucune trace.

— Vous êtes très belle.

— C'est très amusant de se voir en cachette.

— Très.

Elle n'est pas encore vraiment entrée dans la chambre, ou si peu, quoique la porte soit refermée derrière elle. De la pointe de l'index, elle essuie une minuscule goutte de transpiration en train de perler sur sa tempe, près de la racine des cheveux. La température est au vrai étouffante, près de quarante degrés sûrement ; contrairement à l'attente générale, et bien que l'on soit en période de mousson, il n'a pas plu depuis deux jours, et le degré d'humidité doit être effrayant.

— Est-ce que je dois, demande-t-elle, dire des choses du genre : « je ne suis pas une oie blanche, j'ai déjà eu des amants, pas cinquante mais deux, et dont j'étais peu ou prou amoureuse », ou bien : « il n'est pas dans mes habitudes, sachez-le, de courir après un homme au point de faire le pied de grue sur un trottoir pendant des trente ou quarante minutes ». Est-ce que je dois dire tout cela ?

Il sourit et secoue la tête.

Elle est intimidée, qui aurait pu croire ça ?

— Je peux prendre une douche ?

Elle se dirige vers la salle carrelée de blanc, s'immobilise. La question vient très calmement :

— Comment s'appelle cette demoiselle de Shanghai ?

— Boadicée Moriarty, dit Kaï.

— Vous avez été amoureux d'elle ?

— Oui.

— Vous l'êtes encore ?

— Je le crois.

— Merci de votre franchise. Est-ce que cela veut dire que, venant vous retrouver dans votre chambre, je n'ai d'autre perspective que, disons, satisfaire de bas appétits sexuels ?

Nom d'un chien, pense Kaï, où va-t-elle chercher tout ça ?

Mais elle sourit.

— Je me moquais de vous, Kaï. Et de moi. La vraie question est : ai-je une chance de vous la faire oublier ?

— Je ne sais pas.

— Vous vous êtes vous-même posé la question, n'est-ce pas ?

— Oui.

— Sans trouver une réponse satisfaisante ?

— Sans la trouver.

Elle hoche la tête, contemplant le mur face à elle, qui n'a pourtant rien de particulier.

— J'ai donc une chance, dit-elle. Pas grande, mais j'en ai une. Je vais la jouer.

Il est très gêné ; d'un coup, il se sent presque ridicule.

Elle est entrée dans la salle de bains, il entend de doux froissements de tissu, puis un bruit d'eau.

— Même l'eau est chaude. On ne peut pas la boire, je suppose ?

— Je la bois, moi. Mais il vaut mieux éviter.

— J'oubliais : les O'Hara vivent en Asie depuis trois ou quatre cents ans.

— Trois cent trente.

L'eau cesse de couler. Du temps passe, bien plus qu'il n'est normal. Enfin, elle sort, une serviette nouée au-dessus des seins.

— Je vais jouer ma chance, Kaï. De toutes mes forces. Excusez-moi par avance si... si je ne suis pas très adroite, dans un lit, avec un homme.

Vient à Kaï un soupçon : qu'elle lui joue quelque comédie.

Mais il n'en croit rien. Non, décidément.

Il ne sait pas s'il est amoureux d'elle ou non, il n'en sait foutument rien. Il ne sait pas s'il est autant, ou moins, ou plus, amoureux d'elle qu'il ne l'est de Boadicée. Non, mais quel abruti il fait !

Il s'avance et la touche doucement, au visage, le long de l'arête du nez, sur les cheveux.

— Suis-je bête, dit-elle dans un souffle, j'ai oublié d'ôter mon catogan. Mais, à être franche, je suis un peu déboussolée.

— J'aime beaucoup.

Il dénoue la serviette et c'est elle qui lui défait son sarong, quand il l'a déposée sur le lit. Elle glisse ses longs doigts entre ses lèvres et celles de Kaï.

— Une promesse, Kaï. Tu me diras. Le moment venu, tu me diras. Si c'est elle ou moi.

— Dès que je le saurai moi-même.

— Tu me le jures ?

Parole de Kaï.

Ils se revoient, évidemment. Elle ne prend pas son bateau pour l'Europe. Personne ne semble avoir eu vent de leur rencontre à Siem Reap. Il fallait ménager le Tout-Saigon, selon elle. Il fallait surtout qu'il ne se sentît contraint en rien, c'est là à ses yeux à elle le point capital.

De Siem Reap, il a regagné Kompong Cham et la plantation géante, où il remplace pour quelques semaines un directeur adjoint en vacances en France.

Elle revient au Cambodge, mais les apparences sont sauves : elle ne vient pas seule, Léopold l'accompagne, et tout un petit groupe d'amis qu'a séduits la perspective de chevaucher entre les foutus hévéas (Kaï les déteste toujours autant, ceux-là, rien à faire, même en cent ans il ne pourra éprouver le centième de la passion que monsieur son grand-père a pour eux).

Les invités, dont elle fait partie, restent cinq jours, ils parviennent à passer quatre morceaux de nuit ensemble, dans une discrétion qui est en principe totale.

Il regagne Saigon à la fin de septembre, alors que dans la guerre sino-japonaise on annonce avec un enthousiasme probablement excessif (la suite le démontrera) une grande victoire du général Lin Biao sur les Nippons. Mais d'autres informations — toute la colonie chinoise de Cochinchine vit très intensément ces événements — font état d'un encerclement de Shanghai.

Octobre marque pour Kaï l'évidence soudaine d'un bouleversement dans son mode de vie, et dans sa façon d'être : il est nommé à la direction, à un poste encore subalterne toutefois, de la compagnie ; ses revenus augmentent ; quoique ne jouant pas lui-même, il fréquente le cercle privé au premier étage du Continental : c'est le lieu de rendez-vous de tout ce qui compte en Cochinchine, et monsieur Margerit a insisté pour qu'on l'y voie ; il se montre aussi au Cercle sportif, va passer une fin de semaine au cap Saint-Jacques.

Kaï le sent, il bascule. Kaï O'Hara, treizième du nom, fils des mers du Sud, s'enracine.

Dans toutes ces occasions, il voit officiellement Anne. Ils risqueront même jusqu'à deux ou trois tangos ensemble, à l'un des thés dansants du jeudi, au Perroquet.

Et ils se retrouvent, bien plus discrètement, dans cet appartement qu'il a loué derrière la place Foray, et dont les deux entrées permettent de sauver les apparences. Seul le petit peuple des chauffeurs, des employés, des domestiques note le manège, mais il est accoutumé aux excentricités des Tay. En outre, Kaï, à leurs yeux, n'est pas vraiment un Tay, un Européen, il n'est pas vraiment des leurs, mais enfin, une certaine complicité existe.

Et puis il y a ce jour du début de novembre :

— Ça ne peut plus durer, Anne.

— C'est amusant. En somme, de nous deux, tu es le plus collet monté. Un Kaï O'Hara, qui se serait attendu à ça !

— Même ton frère se doute de quelque chose.

— Et pourtant !

— Tu mérites mieux que cette situation.

— Tu veux la liste des Européennes qui ont des amants ? Il faudrait un annuaire, ce doit être lié à quelque chose dans le climat. Et moi, je ne suis même pas mariée.

— Justement.

— Tu vas enfiler des gants beurre frais, faire venir un œillet par cargo spécial pour en orner ta boutonnière et aller demander ma main à mon père, c'est ça ? Je te préviens : je refuserai, j'expliquerai que tu as pris tes désirs pour la réalité, et tout Saigon sera mort de rire dans les deux jours suivants. Tu as des nouvelles de la demoiselle de Shanghai ?

Non.

— Tu me le dirais si tu en avais reçu, j'en suis certaine. Comme tu me le dirais si tu étais sûr de ta décision.

Elle n'avait pas menti, leur premier soir au Grand Hôtel de Siem Reap, ou alors elle aura soutenu son mensonge initial avec une stupéfiante persévérance. C'est vrai qu'elle n'était pas très experte entre les bras d'un homme, mais qu'est-ce qu'elle a changé ! C'est toujours elle, et c'est une autre, et vraiment, quand tu la vois au sortir du lit, il y a de quoi te pétrifier à la regarder vingt minutes plus tard, marcher entre les autres, avec son insondable regard gris, cette hauteur qu'elle a au naturel. Épouse-la, Kaï. Mais il se tait.

— N'en parlons plus, dit-elle. Dieu sait que tu as été honnête. Il y a vraiment en toi un fond de pudibonderie qui surprendrait un crocodile. Cela dit, je t'aime, je t'aime à en crever, qu'est-ce que tu veux y faire ? Je ne me serais jamais crue capable de ça. Un cataclysme. Et ça m'arrive avec un homme qui est amoureux de moi, mais aussi d'une autre, et sans doute un peu plus que de moi. D'accord, je pleure, mais ça me passera sous la douche. À moins que tu ne puisses encore me faire l'amour ?

Shanghai tombe à la fin de ce mois-là, les troupes du généralissime se font écraser, les stratèges de café du Commerce saigonnais en concluent subtilement que, décidément, ces Chinois ne seront jamais des guerriers, à preuve que durant leurs millénaires d'histoire, en somme, ils n'ont quasiment jamais conquis personne par les armes, bien qu'étant fichtrement plus nombreux que tous les autres réunis.

— Cela te touche, Kaï ?

— La prise de Shanghai ? Oui.

La question est de monsieur Margerit, auprès de qui Kaï a désormais son bureau.

— Je ne voudrais pas être indiscret...

— Allez-y.

— La fille des Forrissier...

— Je lui ai demandé de m'épouser, elle ne veut rien entendre.

— À cause de cette autre jeune fille ?

— Oui.

Même question que Ma Sœur Anne, même réponse. Quant à savoir si Kaï a eu des nouvelles de Boadicée : non aucune, rien depuis le 3 janvier précédent, depuis Chongqing. Le silence se fait entre monsieur Margerit et Kaï. Ils sont tous deux dans la bibliothèque de la villa. C'est une pièce que Kaï aime énormément. Pas seulement en raison de la douzaine de milliers de livres qu'elle renferme. Question d'atmosphère aussi. L'air y est délicatement remué par quatre gros ventilateurs de bronze, à pales d'ébène. Dans des niches, au cœur du lambris, à hauteur de cimaise, qui est en teck vert bronze, quelques objets d'art. Très peu, mais admirablement choisis. Ici un bas-relief indien représentant Çiva et son épouse Parmati, fantastiquement travaillés dans une pierre aussi dure que du métal et qui revêt selon la lumière des reflets rouge carmin ou violets. Là, un vase de bronze de deux mille ans d'âge, dont les anses et le couvercle sont décorés de hiboux adossés. Plus loin, un tigre bondissant, d'une trentaine de centimètres, de la haute époque Han — qui a dans les vingt-deux siècles. Et deux apsaras khmères, graciles et d'une beauté à serrer le cœur.

Kaï sent sur lui le regard de son grand-père et marche devant les alignements de livres, son verre de cognac dans la main gauche et les doigts de son autre main caressant les reliures.

— Je crois que tu aimes ces livres plus encore que moi, Kaï.

— Je les aime beaucoup, c'est vrai.

Dieu merci, il ne me demandera pas si j'attends ou non un message de Chongqinq ou de Shanghai, retransmis par Kwan à Singapour. Je ne saurais que lui répondre.

— C'est toi qui me succéderas un jour, Kaï.

— J'en ai peur.

— Pas pour l'amour que tu portes à ma bibliothèque, ou pas seulement. De tes deux sœurs, six cousins ou cousines, il n'y en a pas un à qui je confierais la direction d'un kiosque de la Loterie nationale.

— Vous êtes injuste.

— Voilà qui m'indiffère à l'extrême. Ils auront de l'argent. Tu connais un certain Matsushita ?

— C'est le directeur d'une société japonaise d'import-export. Il est bien poli et parle très bien le français et le vietnamien.

— Notre intendant de police, Arnoux, pense que c'est un espion.

— Et vous ?

— Je le crois aussi. Et il n'est pas le seul. Mais ce n'est pas mon propos. Ce monsieur Matsushita a un secrétaire, disons un adjoint.

— Hino Kazuo. Je lui ai parlé. Il m'a rendu visite.

— Il t'a dit qu'il connaît parfaitement le vietnamien ?

— Il m'a dit qu'il l'ignorait. Il sait quelques mots de français. Il est de Takamatsu, dans l'île de Shikoku. Je lui ai appris que *shikok,* en khmer, veut dire : « manger la cigogne », il en était mort de rire.

— D'après Arnoux, Hino parle le vietnamien aussi bien que toi, en plus du français, de l'anglais et du chinois, et il aurait engagé des hommes pour te faire surveiller. Comment s'appelait donc cet officier avec lequel tu as eu de graves démêlés, au Japon, voici deux ans et quelque ?

— Sakata. Sakata Tadoshige.

— Fais attention à toi. J'espère que l'armée japonaise ne viendra jamais à Saigon. Ça me semble assez invraisemblable, mais on ne sait jamais. Un autre cognac ?

— Il est délicieux, mais non. Bonne nuit, grand-père.

— Kaï, si par hasard tu pensais, un de ces jours, être dans l'obligation de quitter Saigon, et la Cochinchine, de façon précipitée, aie la gentillesse de me prévenir.

— Bien sûr.

— Dans ce cas, tu aurais donc deux personnes à qui annoncer ton brusque départ.

— Je sais, répond simplement Kaï.

Et cela arrive dans la nuit du 6 au 7 décembre, vers une heure du matin. On frappe à la porte de l'appartement de la rue Legrand. La veille, Kaï et Jamal ont passé partie de la soirée à réviser les verbes irréguliers anglais (admettons), mais aussi la guerre de Succession d'Autriche, qui est au programme scolaire du gamin, et dont l'importance ne peut échapper à personne, s'agissant de donner de l'instruction à un natif des mers du Sud. Mais, bon, Jamal a avalé avec son ahurissante aisance ordinaire les raclées administrées par Maurice de Saxe à Cumberland, à Fontenoy, la défaite de l'Assiette, la prise de Berg-op-Zoom et le subséquent traité d'Aix-la-Chapelle.

On frappe et Kaï va ouvrir, enjambant la domestique, la *ti-ba* qui dort sur une natte dans le couloir d'entrée. À tout hasard, il s'est muni d'une machette (qui ne couperait pas du beurre fondu) toujours pour le cas où ce serait l'armée du Soleil levant.

C'est un Chinois, mandaté par Kwan.

— Trente minutes, lui dit Kaï. Habille-toi, Jamal.

— Et la succession d'Autriche ?

— Tout le monde s'en fout, de toute façon.

Kaï s'assoit et rédige deux lettres. L'une, qui est facile, annonce à monsieur Margerit son départ précipité de Saigon et de Cochinchine. L'autre est infiniment plus ardue, et lui qui écrit pourtant aisément met vingt grandes minutes à pondre une vingtaine de lignes qui, comme toujours en pareil cas, sont à la fois trop longues et trop courtes.

Anne, Ma Sœur Anne, je suis déchiré, mais je ne pars pas cette nuit pour cette seule raison que l'on a besoin de moi en Chine. Toi seule et mon grand-père savez combien j'étouffe dans cette vie que je mène depuis deux ans...

Oui, la ti-ba remettra les deux lettres à leurs destinataires, en main propre : elle s'arrangera en appliquant le principe des domestiques communicants.

— Qu'est-ce que c'est que ça, Jamal ?

— Mes livres de classe. Si tu veux que je saute encore un an, il faut bien que je ne prenne pas trop de retard.

Une vraie exaltation, presque sauvage, l'envahit, les envahit tous les deux, Jamal et lui, quand le canot ayant contourné un cargo vient en vue de la silhouette à peine éclairée du *Nan Shan* qui tire sur son ancre, avec des façons de cheval impatient.

Un gramophone, à bord de la goélette, distille dans la nuit la *Marinella* de Tino Rossi.

Après *Marinella,* il y a eu et il y a encore *Ô Catarina bella tchi tchi* et *La Comparsita.*

Et l'on est dans la mer de Chine du Sud.

— On ne pourrait pas arrêter un peu ce gramophone ?

— J'aime la musique, dit le Capitaine.

— C'est nouveau, ça.

Oncle Ka à la barre, Lek en second, dix-sept autres Dayaks de la mer à bord, allure de grand largue bâbord sous l'effet d'une jolie brise de sud-ouest.

Bagheera n'est pas du voyage.

— Et pourquoi toutes ces armes ?

Kaï a vu des fusils, toute une caisse de revolvers, des grenades et même une mitrailleuse Gatlin qui n'est pas de la première jeunesse. Le Capitaine dit que la guerre entre la Chine et le Japon a fait proliférer les pirates, à qui les temps d'hostilités permettent de se prétendre corsaires.

— J'ai eu peur, dit Kaï, j'ai cru que nous partions en guerre contre la marine et l'armée japonaises.

— Pas de danger, le *Nan Shan* est neutre.

Le groupe des îlots Paracels par tribord. À distance, Kaï y voit des pêcheurs de Tourane en train de récolter des nids d'hirondelles. Escale de deux heures à Hong Kong-Victoria le 16 décembre dans la soirée. Mais les agents de Kwan qui sont venus à l'embarcadère n'ont rien de nouveau : la situation est toujours la même, là-haut dans le Nord. Le chargement de la cargaison a lieu en un temps record, le *Nan Shan* double la pointe Bluff qui conclut la péninsule de Stanley, alors que la mer commence à se creuser.

— Un typhon ?

— J'espère bien, dit le Capitaine.

Mais non, ce n'est qu'une petite tempête de rien du tout. D'autant qu'elle s'apaise pour moitié dans le détroit de Formose, deux jours plus tard, et qu'elle a pratiquement cessé quand, à la sortie de ce même détroit, oncle Ka met cap au nord-est — Shanghai se trouvant alors à une soixantaine d'heures de mer, dans le nord-ouest.

— Quelle sorte de cargaison ?

— Du lait en poudre.

— Et pour repartir ?

— Je ne sais pas encore.

L'endroit s'appelle Okinawa, Kaï en connaissait tout juste le nom — ce doit être l'une des très rares îles de bonne taille, dans les mers du Sud (quoique dans le monde des Kaï O'Hara, on soit ici à la limite des mers du Sud) où le *Nan Shan* n'a jamais mouillé. Même Oncle Ka, avec ses presque soixante années de présence à bord, n'y est jamais venu. La goélette va rester des dizaines d'heures à Naha, la capitale. Le temps pour Kaï de constater que les indigènes ne comprennent guère le japonais ; ils emploient un dialecte à peine intelligible et le Coréen qui représente le hui de Ching le Gros n'est pas beaucoup plus compréhensible. Il bredouille qu'obtenir du fret entre Okinawa et Shanghai n'est pas facile, il cherche depuis qu'il a reçu le message de l'honorable Kwan, mais sans rien trouver.

— Kaï, débarque et vois par toi-même. Il n'y a pas une fête japonaise dans les semaines qui viennent ?

La fête du Thé est le 1er décembre mais, à part le nouvel an... Le Capitaine secoue la tête : non, il pense à quelque festivité typiquement japonaise, à l'occasion de laquelle les Japonais feraient des choses bizarres, des choses qu'il faudrait être japonais pour faire.

— Il y a bien le Setsubun.

— C'est quoi, ce machin ?

— Ça se passe au début de février, ils célèbrent la fin de l'hiver en lançant des haricots dans les maisons, pour en chasser les mauvais génies. Quelque chose de ce genre.

— Débarque et rapporte-nous cinq tonnes de haricots.

— Noirs ou rouges ?

— Je m'en fous, j'ai un bateau, répond le Capitaine avec son humour parfois très spécial.

Le Coréen est quand même ahuri : cinq tonnes de haricots ?

— Ce n'est pas tout, lui dit Kaï complétant l'idée de son père. Nous voulons que ces haricots soient offerts par la population d'Okinawa en hommage à la vaillance héroïque des soldats de la grande armée impériale du Japon. Nous voulons un parchemin où ces choses soient écrites en japonais, signé par le maire, ou qui que ce soit en tenant lieu, au nom de toute l'île et, tant que nous y sommes, de tout l'archipel des Ryu-Kyu. Je ne vois pas pourquoi ces types refuseraient. Surtout si c'est moi qui paie les haricots. Mais ce n'est qu'un détail le fait que les haricots soient payés par quelqu'un d'autre. Inutile que ce soit mentionné sur le parchemin. Tu as compris, Kim ?

Ce Coréen-là s'appelle Kim, comme vingt-deux millions d'autres, dans son pays. Il dit qu'il va trouver les haricots, qu'il lui faudra un peu de temps pour emplir les sacs...

— Quels sacs ? dit Kaï. Je ne veux pas de haricots en sac. Nos haricots sont des cadeaux. Je veux des paquets en feuilles, de latanier ou de n'importe quoi d'autre, oui des palmes, ça ira aussi, je veux ces paquets assortis d'une faveur ou d'une fleur. Douze haricots par paquet ? Il faudrait six mois ? Nous n'attendrons pas six mois. Disons alors des paquets de deux livres l'un, un par section. Trouve des femmes pour faire ces paquets.

Le Coréen Kim ne pourra réunir cinq tonnes de haricots, Okinawa ne possède pas tant de réserves. Le Capitaine dit que mille trente-trois paquets suffiront. Ils sont très jolis, ces paquets, chacun décoré très mignonnement d'une fleur. Kaï a même fait ajouter sur les paquets du haut de petits billets pour lesquels il a mobilisé tous les enseignants de Naha et des environs, et qui tous — liberté a été laissée à leurs auteurs — disent l'extraordinaire fierté des populations de l'archipel des Ryu-Kyu et leur indéfectible attachement à l'armée japonaise. (La preuve, dans huit ans et demi, lorsque les Américains débarqueront sur Okinawa et les îles avoisinantes, ils seront des dizaines de milliers à se suicider. Plus ou moins volontairement, il est vrai.) Le Coréen a même trouvé une centaine de photos du Mikado.

— Et si je les dédicaçais ? propose Kaï.

Oncle Ka pose son poing sur son front, mimique iban par laquelle on exprime ses doutes sur la santé mentale de quelqu'un. Le *Nan Shan* a repris la mer, il traverse la mer de Chine où, signe des temps présents et à venir, il croise un bâtiment de guerre britannique, deux américains, six japonais dont un transport de troupes qui s'en revient sans avoir chargé d'hommes.

— Kaï, le *Nan Shan* est neutre.

— Je ne l'oublie pas.

— Tu fais bien.

La mer se fait ocre de par l'afflux des puissantes eaux du

Yang-tsé, la goélette ralentit, maintenant qu'elle a de plus en plus de courant à vaincre, Oncle Ka la fait louvoyer. Deux heures plus tard, le 24 décembre vers midi, c'est lors de ces virements de bord, celui-ci par tribord amures, qu'une vedette hisse le signal d'arraisonnement.

Sur la vedette, le pavillon est japonais.

Un petit sous-officier de la marine impériale du Japon monte à bord avec trois hommes, il demande en japonais si quelqu'un parle le japonais, et personne ne prend la peine de lui répondre.

— Je ne comprends pas un mot de ce que vous dites, déclare Kaï en français. *Do you speak english ?*

Le regard bridé passe sur le pont du *Nan Shan,* rencontre les visages de sept ou huit Dayaks de la mer dont l'expression de stupidité est vraiment saisissante, rencontre aussi l'œil d'Oncle Ka qui, à la barre, fume sa pipe et semble âgé d'environ cent quarante ans, tout maigre et tout plissé qu'il est. Il vient enfin, ce regard nippon, sur Kaï.

— *No speak english,* dit enfin le sous-officier.

Le Capitaine est hors de vue (ah, c'est vraiment facile, de naviguer sous le commandement d'un homme qui n'a pas de passeport et ne détient aucune espèce de document de quelque nature que ce soit, pense Kaï).

Le sous-officier sait le chinois, pas mal, et le parle avec un fort accent du Nord, tu dirais un Mandchou.

— Moi parle chinois bien très, dit Kaï en chinois.

Suivent dix minutes d'une conversation assez déconcertante. À toutes les questions qui lui sont faites, Kaï répond par un flot de paroles, où il mêle généreusement du chinois, du vietnamien, du khmer, du malais et, pour faire bon poids, du français, de l'anglais et même, par fantaisie pure, de l'italien. Tout cela servant de fond à une visite pas très approfondie de la goélette, pendant laquelle on passe à un moment devant une cabine de passager où un homme dort sur le dos, bouche ouverte et ronflant, l'air de la cabine imprégné d'une surpuissante odeur d'alcool — le Capitaine exagère un peu, côté ronflements.

Non, pas de Chinois à bord ni aucune marchandise pour des Chinois, finit par annoncer Kaï, après avoir feint de ne pas comprendre les questions de son interlocuteur.

L'équipe d'arraisonnement regagne sa vedette. Un Français complètement idiot et des sauvages des mers du Sud, dit le sous-officier au jeune enseigne commandant le petit bâtiment.

— Le prochain contrôle sera moins facile, remarque Oncle Ka.

O Catarina bella tchi tchi, entonne la voix de Tino Rossi. Le Capitaine en bas a remis en route son foutu gramophone. L'île de Chongmong, qui n'existait pas neuf ou dix siècles plus tôt et qui a été constituée par les seules alluvions du Yang-tsé, défile lentement sur la droite.

Shanghai est à vingt-cinq kilomètres.

Il fait froid, bien que la ville soit à la latitude du Caire ou de la Nouvelle-Orléans. La mousson continentale exerce ses ravages, et Kaï manque de glisser sur une flaque d'eau gelée. Il vient de débarquer du *Nan Shan* et marche à côté d'un lieutenant de l'armée japonaise.

— Votre connaissance de notre langue est remarquable, dit l'officier.

— Quand on aime un pays, on en apprend la langue.

Deux soldats, baïonnette au canon, vont derrière. Six autres sont à bord de la goélette amarrée au ponton des Chou et plusieurs bâtiments de guerre sont à l'ancre dans le Huang-pou.

— Rares sont les étrangers qui aiment mon pays. Vous êtes le premier que je rencontre.

Le lieutenant se nomme Oka, Yakijiro de son prénom. Il est de Nagoya.

— Vous connaissez ?

— Chukyo, dit Kaï donnant à la ville — Chukyo signifie *capitale du centre* — son appellation japonaise, ce qui est fort apprécié quand on est de Nagoya. Oui, je connais un peu. Je me souviens du château, du sanctuaire d'Atsuta, du carrefour de Sakae. Et de ce restaurant, où j'ai mangé la meilleure pièce de bœuf du monde.

— Le Hongshu ?

— C'est ça.

Ils entrent dans ces mêmes bureaux où, plus de deux ans plus tôt, un pirate du nom de Kwok a égorgé un jeune homme sous les yeux de Kaï. Les bureaux sont à présent occupés par le commandement militaire japonais du port de Shanghai.

— Un conseil, dit Oka. Ne mentez surtout pas à mon colonel, même pour des détails. Veuillez m'attendre ici.

De deux choses l'une, pense Kaï : ou bien mon vieux copain Sakata Tadoshige a passé le mot à tous les officiers de son armée, et non seulement je suis dans la panade mais le Capitaine, Oncle Ka, les Dayaks de la mer et le *Nan Shan* — plus le cuisinier et Jamal — le sont aussi. Ou bien ma photo avec WANTED écrit dessous n'est pas encore affichée dans tous les bureaux de la Kempetaï nippone et il va me falloir me débrouiller avec cette histoire de haricots qui, vue d'Okinawa, me paraissait désopilante, mais qui, maintenant, me fait nettement moins rire.

La Kempetaï est la gendarmerie nippone, on dirait la jumelle de la Gestapo teutonne.

— Veuillez entrer, dit Oka.

Le colonel Kusume a des allures de lutteur de sumo, son crâne est rasé, il a de petits yeux en vrille.

— Des haricots, hein ? dit-il sans autre salutation.

— C'est une idée des gens d'Okinawa.

— Et vous pensez que je vais croire cette ânerie ? Vous vous appelez Kaï Tryphon Jacques O'Hara.

Le passeport (français, j'en ai un autre, qui est britannique, mais j'ai préféré celui-ci, au dernier moment), ce passeport est sur la table, ouvert et maintenu ouvert par la crosse d'un pistolet Walther PPK, dont la sûreté manuelle est en position haute — autant dire que l'arme est prête à tirer.

— Kaï est un prénom chinois.

— Vous me l'apprenez. Ce prénom de Kaï est transmis de père en fils dans ma famille. Il est irlandais et c'est l'abréviation de Kaïboum en gaélique. Kaïboum veut dire : gentil et caressant.

N'importe quoi !

— Et *Nan Shan,* c'est irlandais aussi ?

— Non, dit Kaï. Je ne crois pas. Je ne sais pas ce que ça veut dire, mais ce n'est pas du gaélique.

— Vous êtes le propriétaire de ce navire ?

Il connaît la réponse.

— Il appartient à mon père, qui porte les mêmes nom et prénom que moi.

Coup d'œil en direction d'Oka. Qui ne s'est pas assis et se tient très droit, pour un Japonais, il est de bonne taille, environ un mètre soixante-douze.

Et pour une raison qui m'échappe encore, je sens que cet Oka-là est, ou pourrait être, de mon côté. Quand il a fouillé de fond en comble le Nan Shan *tout à l'heure, c'est à peine s'il a jeté un coup d'œil sur mes petits paquets de haricots, finalement il est très possible qu'il en connaissait déjà la présence à bord. En revanche, il est allé tout droit à la cale avant et n'a pas bronché devant les trois têtes coupées que les Dayaks (maigre récolte) y ont mises à sécher. Se serait-il attendu à les trouver là ?*

— Vous parlez le chinois, monsieur O'Hara ?

Oka t'a recommandé de ne pas mentir, espérons que sa recommandation n'était pas de pure forme.

— Je parle fort bien le chinois, dit Kaï. Je le parle parce que je suis venu très souvent en Chine et parce qu'une de mes ancêtres est chinoise. Et aussi parce que les Kaï O'Hara depuis trois cent trente ans entretiennent les meilleures relations du monde avec tous les gens des mers du Sud.

Kaï a fixé le colonel Kusume et sa conviction s'établit : *Là encore, je ne lui apprends rien.*

— Parlons d'Okinawa.

— Nous avions un chargement de lait en poudre, pris à Hong Kong. Et à destination de Naha.

— Okinawa appartient au Japon.

— Personne ne dira le contraire.

— Pourquoi votre père n'est-il pas dans ce bureau, en tant que capitaine du *Nan Shan ?*

— Il ne sait pas le japonais.

— Quelqu'un parle le japonais à bord de votre bateau, à part vous ?

— Non.

— Vous transportez des armes ?

— Le lieutenant Oka, ici présent, a fouillé notre bateau.

— Vous avez trouvé des armes à bord du *Nan Shan*, lieutenant ?

— Non, mon colonel.

— Même pas un vieux fusil ou un vieux revolver ?

— Aucune arme, mon colonel, sauf cinq machettes, des lances et des kriss, et des sarbacanes appartenant à l'équipage.

Le colonel Kusume s'écarte de son bureau et s'appuie contre le dossier du fauteuil. Il fixe Kaï.

— Vous connaissez la signification de la tradition japonaise du Setsubun, monsieur O'Hara ?

— Très vaguement.

— Lieutenant Oka, quelle explication donnez-vous à la présence de ces paquets de haricots... Combien de paquets de haricots ?

— Mille trente-trois paquets d'un kilo chacun. Une tonne et trente-trois kilos de haricots, dit Oka.

— Et votre explication ?

— Je crois, dit Oka, je crois possible que monsieur O'Hara ici présent et son père ont pu avoir l'idée que, pour faciliter leur entrée à Shanghai et éventuellement leur remontée du Yang-tsé sur leur goélette, feindre de transporter des cadeaux destinés à nos vaillants soldats pouvait être utile.

Je suis bel et bien dans la panade. Et dire que je trouvais cet Oka sympathique. Ce fils de chien va nous expédier, mon papa et moi, devant un peloton d'exécution.

— Lieutenant Oka, est-ce qu'à votre avis les fidèles populations d'Okinawa ont attendu dans la fièvre, avec leurs haricots, la venue du *Nan Shan* à Naha, alors que des bateaux japonais effectuent des liaisons régulières entre Naha et, par exemple, Nagasaki, voire entre Naha et Shanghai ?

— J'en serais extrêmement surpris, mon colonel.

Nom d'un chien, attends un peu, Kaï O'Hara. Ces deux comiques du pays du Soleil levant sont en train de te faire un numéro, tu ne le vois donc pas ?

— Lieutenant Oka, iriez-vous jusqu'à penser que monsieur O'Hara ici présent et son père ont acheté eux-mêmes ces haricots ?

— C'est une idée qui m'est venue, mon colonel.

— Ces haricots pourraient être empoisonnés, en somme ?

— Ils pourraient bien l'être, mon colonel.

— Je suis prêt, dit Kaï, à manger tous ces haricots jusqu'au dernier. J'en mourrai sûrement, mais uniquement parce que j'aurai une tonne et trente-trois kilos de féculents sur l'estomac.

Ils ne m'écoutent pas.

— Ils pourraient bien l'être, mais certains d'entre eux seulement.

Oka ouvre sa main gauche, montre les deux haricots secs qu'il tient dans sa paume et les mange.

— Dans ce cas, lieutenant, pourquoi devons-nous fusiller ces gens à bord du *Nan Shan* ?

— Pour espionnage, mon colonel ?

— Je vais sortir prendre l'air, annonce Kaï. Je reviendrai dès que vous aurez fini de discuter entre vous.

— Espionnage me paraît une bonne raison, dit le colonel Kusume.

Et cela vient d'un coup à Kaï. De la peur. *Cette espèce de gras du bide aux yeux de porc a vraiment envie de te faire fusiller, tu as bien entendu parler de ce que les Japonais ont fait, depuis qu'ils se promènent en Chine, on t'a raconté toutes sortes d'atrocités, non ?*

— Une excellente raison, répète le colonel. Si vous disiez enfin la vérité, monsieur O'Hara ?

Kaï glisse à nouveau un regard en direction d'Oka, dont le mouvement de tête est à peine perceptible — et de haut en bas.

— Je suis venu en Chine pour chercher une jeune fille.

— Chinoise ?

— Anglaise.

— Elle s'appelle ?

— Moriarty. Boadicée Moriarty.

— Elle n'a pas de parents chinois ?

Oh non !

— Sa mère était chinoise, dit Kaï.

— Le nom de cette famille chinoise ?

— Chou.

— Les mêmes Chou dont nous occupons les bureaux en ce moment ?

— Peut-être.

— Monsieur O'Hara, s'il vous plaît.

— Les mêmes.

Le colonel revient poser ses coudes sur son bureau. Sa main gauche ouvre un dossier et, de l'index, en fait sortir une photographie.

— C'est cette jeune fille-ci ?

Photo de Boadicée quand elle avait seize ou dix-sept ans, vêtue de jodhpurs et d'un chemisier blanc, chaussée de bottes, coiffée d'un casque colonial et tenant un très beau cheval par la bride. On aperçoit Pann à l'arrière, s'abritant du grand soleil sous son parapluie. Le cliché a été pris dans l'angle nord de l'hippodrome de Shanghai.

— Oui ou non, monsieur O'Hara ?

— Oui.

— À quand remonte votre dernière rencontre avec elle ?

— Pas tout à fait un an. Au début de janvier dernier.

— Ici à Shanghai ?

— À Chongqing.

Quelque chose est arrivé à Boadicée, dont le message qui m'a été transmis par Kwan ne m'a rien dit.

— Vous êtes liés, cette jeune fille et vous ?

— Je suis amoureux d'elle.

— Et elle de vous ?

— Je l'espère.

— Et ne l'ayant pas vue pendant un an, vous décidez soudain d'aller la chercher, alors que mon pays exécute une opération de police dans ce pays ?

Le message que Kwan m'a transmis mentionnait une situation très difficile et très urgente, et indiquait un point de rendez-vous. Rien d'autre. Ne mens pas à cette ordure qui exécute une opération de police, à l'en croire. Ne mens pas, sauf sur un point.

— Je suis venu, dit Kaï, parce que cette jeune fille m'a appelé au secours. Il pourrait bien sûr y avoir une relation avec votre opération de police, mais je n'en sais rien.

— Quand avez-vous reçu cet appel au secours ?

— Environ trois semaines. J'étais à Saigon, où je travaille.

Kaï anticipe la question qui va lui être posée :

— L'appel m'a été relayé par des amis chinois de Singapour.

— Où est cette jeune fille ?

— À Chongqing.

— Chongqing se trouve au Sichuan qui, comme par hasard, n'est pas encore occupé par nos forces de police. Venant de Saigon, n'aurait-il pas été plus simple d'aller à Hanoi, et ensuite de traverser le Yunnan ou le Guangxi, afin de gagner le Sichuan ?

Bonne question, mon salaud.

— Nous autres O'Hara sommes des marins. Il nous a paru plus normal de venir par la mer, pour remonter le Yang-tsé avec notre goélette.

— Votre père connaît cette jeune fille ?

— Il ne l'a jamais vue. Mon père est étranger à toute cette affaire. L'idée des paquets de haricots était de moi seul. Il ne m'a accompagné qu'après m'avoir très fermement précisé qu'il entendait bien rester neutre dans le conflit qui oppose le Japon à la Chine. Pourquoi cette photo est-elle dans vos dossiers ?

Kaï s'était juré de ne pas poser la question mais rien à faire.

— Vous croyez que j'hésiterais à vous faire fusiller, monsieur O'Hara ?

— Non.

— Je ne suis pas encore décidé à ne pas le faire.

— Vous aurez sur le dos un bel incident diplomatique. Avec la France et la Grande-Bretagne. Je suis citoyen de ces deux pays.

— Mais votre père n'a aucun passeport.

— Il a toujours vécu ainsi, libre. C'est sa conception de la liberté.

— Et vous venez d'avouer que vous avez tenté de tromper l'armée impériale du Japon. Imaginons que nous ayons, comme c'est notre droit, voulu appréhender votre père et tout son équipage, où personne n'a le moindre document d'identité, imaginons que vous ayez brutalement tenté de vous interposer, et que vous ayez été malencontreusement abattu.

— Que fait cette photo dans vos dossiers ?

— Nous sommes dans des locaux ayant autrefois appartenu à la très riche famille Chou. Cette famille a été dépossédée de ses biens. La plupart de ses membres ont été fusillés, ou exécutés de quelque autre façon.

— Mademoiselle Moriarty est à Chongqing.

— Ça m'étonnerait beaucoup, monsieur O'Hara. Elle n'a pas eu le temps d'aller si loin. Il y a un mois environ, elle était ici à Shanghai. À la tête d'une sorte de détachement d'hommes de main. Elle et ses hommes ont attaqué une maison où se trouvait une madame Chou. Qui est sa grand-mère, je crois. Madame Chou venait d'être condamnée à être fusillée et devait être exécutée. Lors de cette attaque, cinq soldats de l'armée impériale ont été assassinés, ainsi qu'un de nos officiers. Nous avons des témoignages certifiant que votre... amie est la personne qui a tiré sur notre officier.

— Mais vous ne l'avez pas prise, dit Kaï.

— Elle nous a échappé, en effet. Nous avons poursuivi une chaloupe où nous pensions qu'elle se trouvait, mais ce n'était qu'un leurre. Il y a une quinzaine de jours, son passage nous a été signalé. Il semblerait en effet qu'elle tente de regagner le Sichuan. Mais elle est à pied, et elle a avec elle une vieille femme.

— Où vous l'a-t-on signalée ?

— Où avez-vous rendez-vous avec elle ?

— À Chongqing. Où vous l'a-t-on signalée ?

— Un endroit appelé Jintan.

— Je ne connais pas.

— C'est de l'autre côté du lac Taï par rapport à Shanghai. Nous pensons qu'elle cherchait à gagner les bords du Yang-tsé. Et votre arrivée nous dit pourquoi. Où avez-vous vraiment rendez-vous avec elle ?

— Chongqing.

— La première solution à laquelle je pense, dit le colonel Kusume, est de faire fusiller ou décapiter un à un les membres de votre équipage. Jusqu'à ce que vous cédiez.

— Chongqing, dit Kaï. Chongqing au Sichuan. Dans un ancien monastère. Elle y étudie les étoiles avec des télescopes.

Kaï réfléchissait, autant que le lui permettait son très réel désarroi. Si Kusume ne bluffait pas, et si Jintan était bien là où il le disait (mais ça, tu pourras toujours le vérifier), c'était fichtrement loin de l'endroit prévu pour le rendez-vous.

Où, au train où vont les choses, je vais avoir un peu de mal à aller.

Quoiqu'en somme il nous suffise, à mon papa et à moi (même si mon papa souhaite rester neutre), de couler un croiseur léger, un contre-torpilleur, deux contre-torpilleurs, une douzaine de vedettes et autres machins ridicules, et d'exterminer les, je ne sais pas moi, disons, les vingt mille hommes de l'armée impériale stationnés à Shanghai. Et ensuite, on remonterait le Yang-tsé (à la rame s'il n'y a pas de vent), et nous n'aurions, pour ressortir du Yang-tsé kiang et retrouver la mer de Chine, qu'à culbuter tant soit peu toute la flotte japonaise venue à la rescousse.

C'est alléchant, comme affiche : les Kaï O'Hara contre le Japon.

Sauf que ça me paraît quand même légèrement au-dessus de nos moyens ; et que de toute façon mon papa est neutre.

— Les membres de l'équipage un à un, disait le colonel Kusume. Un toutes les heures. Puis cet enfant dont le lieutenant Oka me dit que vous lui êtes très attaché. Et enfin votre père. Nous pouvons fusiller votre père avant l'enfant, je vous laisse le choix.

Et douze heures pour que Kaï se décide.

— Vous avez bien fait de ne pas mentir.

— Je vous ai fait confiance, mon bon. Je n'avais pas d'autre carte à jouer.

— Mon colonel aime beaucoup faire fusiller les gens. Vous lui auriez menti, je n'aurais rien pu faire.

Le lieutenant Oka et ses deux soldats ramènent Kaï au *Nan Shan.* À bord duquel le gramophone clame : *Je sais une église au fond d'un hameau, dont le fin clocher se mire dans l'eau.* Sacré nom d'un chien, je hais cette foutue machine.

— Parce que vous pouvez faire quelque chose ?

— Je suis chargé du renseignement et de l'action psychologique, après tout.

— Et pourquoi ? Pourquoi m'aider ?

— Le comte Ishuin, dit Oka. Dès qu'il a reçu votre lettre dans laquelle vous lui annonciez votre intention de vous rendre à Shanghai, il m'en a fait parvenir une copie. Assortie de sa garantie de bonne foi. Je dois énormément au comte Ishuin.

— Ce bon vieux Yoshio.

— Si je suis officier, c'est grâce à lui. Mon père était palefrenier chez lui. Le comte m'a fait faire des études et m'a constamment encouragé.

— Vous avez une solution pour me tirer de là ?

— Tout dépendra du colonel Kusume. Si j'arrive à le convaincre.

Kaï s'immobilise sur l'appontement, à cent pas de la

goélette. Les deux ou trois Dayaks qui se sont risqués sur le pont grelottent : malgré des accoutrements extravagants, ce froid les pétrifie.

— J'ai douze heures devant moi, non ? Je suis obligé de les passer sur le *Nan Shan* ?

— Où voulez-vous aller ?

Le véhicule est plus ou moins blindé, il a cette laideur de tout ce qui est militaire dans le monde entier, encore accentuée, dans son cas, par le fait qu'il a été construit au Japon où règne toujours cette conviction que la hideur est guerrière. Il contient cinq hommes en plus de Kaï et du lieutenant Oka, et l'un de ces hommes sert une mitrailleuse. Il s'arrête devant la maison de madame Chou.

Devant ce qui a été la maison de madame Chou.

— Cela s'est passé, dit Oka, dans les jours qui ont suivi notre entrée à Shanghai, nous cherchions des demeures pour recevoir nos officiers supérieurs. Cette maison-ci était destinée à un général, nous l'avons réquisitionnée. Elle a sauté le surlendemain. Le général n'était pas là, heureusement, mais onze de nos camarades ont été tués ou blessés. À une heure près, nous perdions tout l'état-major d'une division.

— Ce qui était sûrement le but recherché par l'organisation chargée de l'explosion.

— L'organisatrice. Une vieille dame. Madame Chou Chun-xia.

— Où allons-nous si les gens n'acceptent plus d'être envahis ? dit Kaï. Surtout par la glorieuse armée impériale du Japon.

Il marche dans les décombres. Le mur anti-mauvais génies est encore debout (c'était un mur vraiment solide, bien des mauvais génies avaient dû s'y casser les dents), mais, pour le reste, là où se trouvaient les pièces d'apparat, sur quarante-cinq mètres, un grand trou s'ouvrait. Madame Chou n'avait pas lésiné, pour la dynamite.

Oka Yakijiro concède qu'en effet l'attentat les a pris par

surprise, le général Shiodani et lui — le général Shiodani est son chef direct, c'est l'homme qui dirige tout le service de renseignements et d'action psychologique pour l'opération de police en Chine de l'Est. Le général Shiodani et Oka, après une analyse fort fine, avaient pronostiqué que les soldats chinois se débanderaient assez rapidement et que la population civile, à son habitude, courberait la tête. Surtout les familles riches : les familles riches se rallient toujours à la force qui garantit l'ordre.

— Mais pas la famille Chou.

Eh non, pas celle-là, qui non seulement avait tenté, en détruisant sa propre maison, d'assassiner des militaires japonais de haut rang, mais encore avait fomenté une sorte de résistance en essayant de rallier à elle toute la haute finance et les grandes sociétés shanghaiennes, organisant un complot pour soustraire aux vainqueurs tous les capitaux, en les expédiant ailleurs.

— Et vous avez donc fait disparaître toute cette famille.

Kaï constate que les explosifs ont dû être placés dans ces mêmes caves où lui-même avait été un temps enfermé. C'est là que l'énorme excavation est la plus profonde. La porte sang de bœuf est presque intacte, en revanche, quoique jetée à bas ; des pans de mur subsistent de ce qui a été l'appartement si privé de Petit Dragon, de Seasin.

— Nous avons établi de façon certaine que toute l'action de la famille Chou a été organisée par son chef, madame Chou Chun-xia.

— Je peux vous appeler Yakijiro ?

— S'il vous plaît, non.

— Évidemment, une amitié entre nous serait gênante si vous deviez finir par me faire fusiller, nous faire fusiller tous. Oka, quelle serait la réaction des Japonais et Japonaises si leur pays était envahi par une armée étrangère ?

— Ce genre de chose n'arrivera jamais, répond le lieutenant, qui ne peut s'empêcher de sourire à une hypothèse aussi folle.

— Imaginons que cela arrive quand même.

Kaï enjambe la porte sang de bœuf. Le décor, anglais jusqu'à l'extravagance, a été peu touché. Un service à thé en jaspe, de Wedgwood, est complet, encore que la vitre qui le protégeait ait été brisée. Un canapé Hepplewhite ou Chippendale est à peine troué par un éclat ; *La Charge de la brigade légère* n'est plus à sa place sur le mur, et le portrait de la reine Victoria a disparu — mais il les a vus à Chongqing, elle les avait emportés.

— Une armée étrangère débarquant au Japon ne trouverait plus aucun Japonais vivant, dit Oka. Mais le Japon ne sera jamais envahi. Nous sommes dans l'appartement de la jeune fille ? Vous cherchez un message, ou quelque signe ?

— Je ne cherche rien. Elle est à Chongqing. Je peux revenir sur le *Nan Shan,* maintenant ? Il me faut annoncer à mon père qu'il sera fusillé dans les heures qui viennent.

Saint James Infirmary sur le gramophone, bon, c'est tout de même nettement mieux que Tino Rossi, mais qui aurait pensé que le Capitaine aimait le jazz ?

Le Capitaine est assis au pied du grand mât à même le pont, il lit ou feint de lire *Le Maître de Ballantrae,* son index, comme à l'ordinaire, se déplaçant lentement le long de chaque ligne et ses lèvres remuant en silence ; il a commencé le livre au départ de Saigon, il en a déjà avalé trois pages un quart — à mon avis il le fait exprès, ce n'est pas possible. Et une immense tendresse vient à Kaï.

— Et à part ça ? dit le Capitaine.

Il parle malais, et à voix basse, il y a des soldats japonais plein le bateau.

— Elle m'a bel et bien laissé un message. Dans son salon. À ma dernière visite, sur le mur au-dessus d'une commode il y avait un truc avec un renard poursuivi par des chiens et des clowns en veste rouge sur des chevaux. Maintenant, c'est une peinture chinoise représentant le Yang-tsé, dans les gorges d'Yichang.

— C'est loin.

— On peut y aller avec le *Nan Shan* ?

On peut aller partout avec le *Nan Shan,* sauf peut-être au Tibet, et encore.

— C'est un bon livre que tu m'as donné là. Je suis allé voir la maison où l'homme qui a écrit ce livre est mort. C'est dans les Samoa, l'île d'Upolu. Une très jolie maison. Les gens là-bas l'appelaient le conteur d'histoires.

— Ce Kusume est bien capable de faire ce qu'il a dit.

— Nous sommes neutres. Va manger, tu n'as rien pris depuis ce matin. Et rapporte-moi une Tsing Tao.

L'espèce d'ultimatum du colonel Kusume vient à terme à 5 heures du matin. Vers 4 heures ou un peu plus, le 25 décembre, jour de Noël, deux camions militaires viennent se ranger sur l'appontement. D'autres soldats en descendent, une trentaine. Ils s'alignent dans la lumière jaune et restent là.

— Ce qui m'embête, dit Jamal, c'est la guerre de Succession d'Autriche. Je la savais drôlement bien.

Peu après 4 h 40, c'est au tour du colonel Kusume de faire son apparition. Il monte à bord :

— Toujours pas de réponse à ma question, monsieur O'Hara ?

— Si. Chongqing.

— La tradition de l'armée japonaise exige que l'on tire au sort les soldats appelés à former un peloton d'exécution...

— La plupart des armées font pareil.

— Le tirage au sort commencera dans cinq minutes. La première exécution aura lieu à 5 heures précises.

— Chongqing, dit Kaï.

Les Dayaks de la mer sont tous sur le pont et entonnent l'une de ces mélopées qu'on entend à la veillée, dans les longues maisons du Sarawak, au retour des expéditions, quand on a coupé beaucoup de têtes. Oncle Ka dort, très profondément en apparence, couché sur le côté, un bras lui servant d'oreiller. Le Capitaine lit toujours, à la lumière d'une lampe à huile. Le cuisinier balinais épluche des légumes. Jamal est à plat ventre et, tirant la langue, s'affronte dans la concentration au carré de l'hypoténuse.

La plus extrême fébrilité règne à bord du *Nan Shan,* pas de doute. Qu'est-ce que je suis fier d'eux !

Des ordres retentissent sur l'appontement. Le tirage au sort commence. Les pieds du colonel Kusume viennent se placer tout à côté du petit échiquier sur lequel Kaï joue tout seul, Kaï aussi étant allongé sur le ventre à même le pont, ayant posé son menton sur celle de ses mains qui ne bouge pas les pièces.

— Nous commencerons, dit le colonel Kusume, par le plus jeune de vos matelots. Celui-ci. Il a quel âge ?

— Quel âge a Ka 65, papa ? demande Kaï sans tourner la tête.

— Quinze ans à peu près, répond le Capitaine. Et si tu m'appelles encore une fois papa, je te casse la gueule au point qu'ils n'auront plus besoin de te fusiller.

— Quinze ans un mois et dix-neuf jours, dit Kaï au colonel Kusume. Vous ne préféreriez pas commencer par moi ? Vos soldats auraient moins de chance de rater leur cible.

— Il vous reste sept minutes avant la première exécution.

— Chongqing.

Il retire sa main qui était sur le point de déplacer le fou du roi noir. Non pas que ce ne soit pas une bonne défense contre l'attaque de la reine blanche. Mais parce qu'il a peur que sa main ne tremble, c'est vrai que je suis pas mal nerveux ; me faire tuer n'est déjà pas une perspective très plaisante, mais entraîner avec moi tous ceux qui sont sur le *Nan Shan,* c'est dur.

Carrément insupportable, oui.

Tu dis : *les gorges d'Yichang* et, en principe, c'est fini, tu sauves le Capitaine et Jamal, et les Dayaks.

— J'ai toujours eu envie d'aller jusqu'à Chongqing avec ma goélette franche à trois mâts, dit derrière lui la voix un peu rauque du Capitaine. Ça m'a toujours tenté, Chongqing. Et, réflexion faite, je me demande si le Tibet est tellement inaccessible. Tu es sûr qu'elle n'est pas au Tibet, ta demoiselle ?

Le Capitaine parle lentement anglais, estimant sans doute

que le colonel Kusume pourrait bien comprendre. Et le Capitaine veut justement être compris. Du foutu colonel et de moi. *Tais ta gueule,* voilà exactement la teneur du message qu'il vient de m'expédier. Il aura senti que j'étais, un tout petit peu, en train de craquer.

Kaï bouge à nouveau sa main gauche et déplace le fou du roi noir de trois cases. C'est vraiment la meilleure défense possible, pas de doute.

— Ce coup-ci, dit-il comme pour lui-même, mais en japonais, s'appelle le coup de Chongqing.

— Trois minutes, monsieur O'Hara.

Et, élevant la voix, le colonel Kusume ordonne qu'on fasse descendre sur l'appontement, devant le peloton qui s'est mis en position de tir, le Dayak de la mer qu'il a choisi.

... C'est la meilleure défense possible, sauf si les méchants blancs font monter leur cavalier en ligne. Alors, là, c'est la débâcle.

Pense à n'importe quoi sauf aux gorges d'Yichang.

— Une minute.

— Chongqing, Chongqing, Chongqing.

Kaï relève enfin les yeux et découvre le jeune Dayak qui maintenant est debout, mains liées derrière le dos, ayant face à lui cinq soldats debout et cinq autres agenouillés. Et un officier est là, son arme réglementaire sortie de son étui et tenue à bout de bras.

Des mouvements de navires ont lieu sur le Huang-pou, dans le dos de Kaï. Le ronron de leurs moteurs couvre en partie seulement le bruit de pas du colonel qui vient de retraverser le pont et débarque — il voudra commander le feu lui-même.

Le colonel se retourne.

— Monsieur O'Hara ?

— Même réponse.

Le colonel Kusume se remet en marche, va vers l'officier commandant le peloton d'exécution, le dépasse, parcourt une trentaine de pas, monte dans une voiture peinte en kaki et jaune, s'assoit à l'arrière, le chauffeur en uniforme referme la portière sur lui, le colonel regarde Kaï par-derrière la vitre, puis détourne la tête et la voiture démarre. Le peloton d'exécution se défait, les soldats se relèvent et s'alignent en reprenant leur rang entre ceux qui n'ont pas été tirés au sort.

Un petit choc, celui d'un accostage très amorti, le long du bastingage, côté fleuve.

Kaï ne se retourne pas. Il suit des yeux le Dayak qui a bien failli être fusillé et que les soldats en train de monter eux-mêmes à bord poussent devant eux à coups de crosse. Il pose ses deux mains bien à plat sur le pont, pour prendre appui sur elles et se redresser, mais aussi parce que cette fois, d'accord, elles tremblent, et fichtrement. Une paire de bottes bien luisantes s'inscrit dans son champ de vision.

— Content de te voir, Yakijiro.

— Où vas-tu la retrouver, Kaï ? demande le lieutenant Oka. Non, ne me réponds pas. Chongqing, c'est ça ?

— Comment le sais-tu ? dit Kaï.

— Le colonel Kusume pensait que tu craquerais. Nous avons parié trois bouteilles de saké.

— Je te fournirai le poison, les Dayaks ont de quoi tuer la moitié de la Chine.

— Ne dis pas de mal de mon colonel, s'il te plaît. Il fait fusiller des gens, c'est vrai, mais pas plus qu'un autre. Et il s'est laissé convaincre.

Vingt soldats japonais avec fusils et baïonnettes un peu partout à bord du *Nan Shan.* Et, derrière, il y en a au moins autant à bord d'une grosse vedette de la marine impériale. Les deux bâtiments remontent le Yang-tsé, il est 10 h 30 du matin environ. Bon, je me rends à un rendez-vous amoureux escorté d'une armée qui n'a d'autre ambition que de fusiller la femme de ma vie : quoi de plus banal en somme ?

— Et puis nous sommes quand même neutres, Yakijiro.

— Ne m'appelle pas Yakijiro devant mes hommes, ils pourraient croire que je fraternise. D'ailleurs, mes amis m'appellent Yaki.

— Salut, Yaki.

— Salut, Kaï. Je ferai tout pour la prendre, je te préviens.

— Je n'en ai jamais douté.

— Et vous êtes neutres, ton père, son équipage et toi. Vous êtes neutres et le général Shiodani ainsi que le colonel Kusume ont reçu la visite des consuls généraux de France et de Grande-Bretagne qui ont tous les deux représenté que nous n'avions aucun droit à vous molester de quelque façon.

— Une guerre mondiale pour des haricots, ça ferait rire, c'est vrai. Pendant que j'y pense, tu pourrais peut-être nous rendre les cartes que tu nous as prises, quand tu as fouillé le *Nan Shan.*

— Je ne crois pas. Elles sont la représentation d'une zone en guerre.

— Nous allons devoir remonter ce fleuve sans cartes ?

— Moi, j'en ai. Vous me direz où vous voulez aller, et je vous donnerai les indications nécessaires.

— Tes cartes sont à bord de la vedette derrière nous ?

— C'est une canonnière. Et la réponse est oui.

— Tu as pensé qu'une nuit, avec les Dayaks de la mer, je pourrais prendre ta canonnière à l'abordage ?

— Dans ce cas, vous ne seriez plus neutres. Et quand on remonte le Yang-tsé, il n'y a pas d'autre moyen que de le redescendre, pour regagner la mer.

— Et si tu n'es pas avec nous, vivant et de bonne humeur, quand nous repasserons par Shanghai, boum.

— Boum. Pas seulement quand vous repasseriez par Shanghai. Toutes nos armées vous surveillent et vous surveilleront. À l'aller et au retour, à Nantong et dans d'autres endroits.

— Quels autres endroits ?

— Je ne peux pas te répondre, et tu le sais.

— Vous n'avez pas pris Nankin.

— Nos troupes ont lancé leur attaque finale depuis trois semaines. Nous tenons la capitale de Jiang Jieshi.

Jiang Jieshi, c'est l'autre nom de Chiang Kai-shek qui, depuis une dizaine d'années, avait installé à Nankin la direction de son Guomindang. Je ne savais pas que Nankin était tombée aussi, ce sera arrivé tandis que nous étions en mer, entre Hong Kong, Okinawa et Shanghai.

— Il nous faut aller bien au-delà de Nankin pour parvenir à Chongqing. Ne me raconte pas que ton armée aura conquis le Jiangsu, l'Anhui, le Hubei et le Sichuan dans les dix ou quinze jours qui viennent.

— Kaï ? Il y a une chose que je n'ai pas dite au colonel Kusume, ni au général Shiodani. Et qu'ils ignorent parce qu'ils étaient tous deux en Mandchourie, ces trois dernières années.

— *Je vois.*

— Sakata Tadoshige, dit le lieutenant Oka. Moi, je connais l'histoire. Le colonel Kusume l'aurait sue, tu ne quittais pas Shanghai vivant. Et c'est pour cette raison que je vous ai fait partir si vite, la nuit dernière. Mais je ne suis pas le seul à être au courant.

— Si bien qu'à mon retour j'aurai aussi ce petit problème à résoudre.

Voilà.

La nuit tombe sur le Yang-tsé. Le fleuve, si large au passage de Nantong, s'est rétréci, même s'il s'étale encore sur huit ou dix kilomètres. Des feux s'allument sur les berges, se mêlant aux lueurs mourantes de fermes qui achèvent de brûler. Kaï voit des silhouettes de paysans regroupés craintivement, commençant déjà à reconstruire, avec la résignation de ceux qui subissent depuis des millénaires.

Comment diable allons-nous faire pour atteindre les gorges d'Yichang, qui doivent être, je ne sais pas (surtout sans carte) à mille ou douze cents kilomètres en amont ?

Avec sur notre route, et Dieu seul sait où, deux armées en train de s'entr'égorger et qui ne regarderont sûrement pas à quelques dizaines de morts en plus.

Le drapeau japonais flotte sur Zhenjiang, sur la rive droite du Yang-tsé. Un transport de troupes ou de matériel est là, tranquille, des coolies chinois s'activant à son déchargement, sous la surveillance des petits soldats à baïonnette.

Et Kaï compte presque machinalement cent vingt-neuf pendus à des arbres dépouillés de leurs feuilles par l'hiver. Et d'innombrables maisons sont éventrées par les obus.

— On accoste et je débarque, dit Oka.

— Je peux venir avec toi ?

— Elle est à Zhenjiang ?

— Pas que je sache.

— Je débarque seul.

Kaï suit le lieutenant des yeux. Qu'est-ce que j'en sais, si Boadicée est à Zhenjiang ou non ? Ce message qu'elle m'a laissé (j'espère que le message est bien d'elle et pas un piège que mon ami Oka, bien plus futé encore qu'il n'en a l'air, m'aurait tendu) date maintenant de deux ou trois semaines. Elle l'aura déposé la nuit où elle a délivré sa grand-mère madame Chou — soit dit en passant, quel culot elle a — et aura quitté Shanghai illico.

Elle a pu se cacher dans la vieille ville, c'est vrai. N'oublie pas qu'elle y est née et qu'elle avait avec elle la susdite madame Chou qui n'est pas tombée de la dernière pluie.

D'après Kusume, on l'aurait vue à Jintan. Sais pas du tout où c'est. De l'autre côté du lac Taï, d'après le foutu colonel. À mon avis, le lac Taï est à deux cents gros kilomètres dans le sud-est de Zhenjiang. Jintan serait donc plus près. En principe.

Et puis elle y serait passée (encore une fois si c'était bien elle, si le colonel ne m'a pas menti ou bien si la Miss, je veux dire Boadicée, a fait croire aux Japonais qu'elle était à Jintan alors qu'elle se trouvait ailleurs) voici deux semaines. Elle peut être n'importe où, autrement dit.

C'est vraiment simple comme situation.

Le lieutenant vient de disparaître dans l'un des rares immeubles pas trop amochés, sur l'avenue longeant le Yang-tsé. Soldats en faction devant la porte qu'il a franchie. Yaki-jiro-mes-amis-m'appellent-Yaki sera allé aux nouvelles. Si ça se trouve, l'armée impériale est en train de se casser les dents sur Nankin. Ou bien on va lui apprendre qu'il lui faut faire fusiller (ou noyer, ou étrangler, ou pendre, ou revolvériser, ou brûler vif, ou décapiter, ou peler vivant) l'infâme Kaï O'Hara qui a insulté à l'honneur de l'armée japonaise dans son ensemble.

— On saute et on nage quand il fait nuit, dit Jamal accoudé comme Kaï au bastingage.

— La ferme, microbe.

— Je peux nager cent kilomètres.

— J'aurais pensé que mille ne t'inquiétaient pas.

— Je connais très bien le Yang-tsé kiang. Je l'ai appris à l'école. Je sais tout sur le Yang-tsé kiang.

— Je t'écoute.

Ça m'occupera.

— Le Yang-tsé kiang, se met à réciter Jamal à une allure folle, naît dans les montagnes du Sichuan. Il traverse le Bassin rouge où il reçoit de très gros affluents comme le Min, le Jialing. Il traverse par des gorges d'une très grande beauté et dont la profondeur moyenne est de trois cents mètres, le massif calcaire des Wushan. Il mesure alors un kilomètre huit cents de large. Après les Wushan, il court sur six cent cinquante kilomètres entre Chongqing et Yichang. Son parcours entre ces deux villes comporte vingt-cinq rapides et trois gorges. Parmi ces trois gorges, la plus impressionnante est celle de Yichang. Le Yang-tsé kiang y atteint à peine deux cents mètres de large et son cours est assez torrentueux. Après Yichang...

— Nom d'un chien, dit Kaï. Si tu respirais un peu, de temps en temps ?

— Tu m'as interrompu. Où j'en étais ?

— Après Yichang.

— Après Yichang, le fleuve débouche dans la cuvette du Hubei. Par l'intermédiaire du lac Dongting, il reçoit les eaux du Yuanjiang et du Xiang. À Wuhan, il est rejoint par son plus gros affluent, le Han, qui fait tout au plus mille kilomètres. Après Jiukiang...

— Une seconde, camarade.

Le lieutenant Oka vient de ressortir. Il est accompagné d'un autre officier dont Kaï à cette distance a du mal à distinguer les insignes, mais bon, c'est un major. Les deux Japonais discutent. Oka semble essayer de convaincre son interlocuteur, lequel de temps à autre jette un regard en direction du *Nan Shan*.

Et semble y réussir. Oka salue et s'éloigne. Il revient vers la goélette.

— Continue, professeur.

— Où j'en étais ?

— Après Jiukiang.

— Après Jiukiang, il reçoit par l'intermédiaire du lac Poyang, les eaux du Gan. Il franchit ensuite...

Oka se rapproche et fixe Kaï — *il a de mauvaises nouvelles pour moi.*

— ... Il franchit ensuite une série de défilés. À Nankin...

— Attends.

Oka est devant l'étroite passerelle, et c'est toujours Kaï qu'il fixe. Il finit par monter.

— Qu'est-ce qui se passe à Nankin pour ton copain le Yang-tsé, Jamal ?

— À Nankin, il n'a plus que six cents mètres de large et il pénètre dans l'estuaire qu'il s'est construit.

Oka hoche la tête.

— Nous repartons, dit-il. Nous allons pouvoir dépasser Nankin.

— Mais il y a un problème, dit Kaï.

— Pas pour l'instant. Mais ce major à qui je viens de parler voulait absolument t'arrêter et te mettre en prison. C'est un ami du colonel Sakata Tadoshige.

— Je ne savais pas que Sakata avait été promu colonel. Et alors ? Ton major nous laisse passer, non ?

— Uniquement parce qu'il t'attend au retour.

Nankin sous un crachin glacé et dans la guerre. Kaï y est déjà venu, une fois, et pour six jours seulement ; il y a visité la tour du Tambour, la terrasse de la Pluie de Fleurs, le monastère du Chant du Coq dans le merveilleux parc du lac Xuanwu, le tombeau sur la colline de Pourpre et d'Or que cent mille ouvriers ont construit, et tant d'autres merveilles ; il a parcouru l'Enceinte de pierre qu'il découvre à nouveau, ce jour-là, dans une aube grise où pourtant rougeoient des incendies. Des canons tonnent de part et d'autre du Yang-tsé : quoi que prétende Oka Yakijiro, les armées du Guomindang n'ont pas encore baissé pavillon, on tire notamment beaucoup dans l'est, en direction de la porte de Zonghua aux vingt-sept casemates.

Mais Oka a eu raison sur un point : le Yang-tsé est dégagé et c'est une sensation très étrange que de défiler lentement, presque nonchalamment, remorqué par la vedette nippone faute d'un vent suffisant, entre des berges ravagées, piquetées de combattants dans des postures très martiales, prêts à tuer et ayant déjà beaucoup tué, à en juger par le nombre des cadavres qui flottent sur l'eau ou parfois s'entassent au creux de quelque recoin de la rive, avec la stupidité des choses mortes. On saura plus tard que la prise de Nankin a fait deux cent mille morts.

Le Capitaine dit que lui aussi est venu à Nankin, autrefois, « une fois avec ta mère ». Il dit qu'il avait voulu voir les chantiers navals de Sanchahe où, dans les temps anciens, étaient construites des jonques gigantesques, de cent cinquante mètres de long, et pouvant transporter plus de mille hommes chacune, dont les expéditions lointaines atteignaient toutes les mers du Sud, et l'Afrique et la mer Rouge.

D'une canonnière chinoise coulée dans le lit du Yang-tsé, seule la poupe émerge et permet d'en lire le nom, *Oiseau de jade et d'or,* ce qui n'est pas trop guerrier. Une autre est échouée, éventrée par des obus provenant peut-être de ces batteries japonaises postées à Pukou sur la rive gauche, l'essentiel de Nankin se trouvant sur la droite.

Nankin passe et s'efface dans le faible sillage. Le crachin s'affine encore.

— Yaki, il viendra un moment où tes hommes et toi vous ferez massacrer. Vos armées ne contrôlent sûrement pas tout le cours du Yang-tsé.

— Nos armées sont dans le Hubei.

— Jusqu'où, dans le Hubei ?

Est-ce qu'Yichang est dans le Hubei ? Si au moins j'avais une carte !

Le lieutenant Oka répond qu'il ne peut toujours pas répondre à cette question-là, qui ressortit au renseignement stratégique militaire ; un neutre ne doit pas poser de telles questions, sinon il n'est plus neutre et devient un espion.

Le vent se lève un peu, et le *Nan Shan* peut avancer par lui-même. Dans le lointain, des hauteurs se profilent, ce seront peut-être les défilés que Jamal a mentionnés dans sa récitation.

— Quelle est la prochaine ville que nous allons trouver ?

— Je t'en donnerai le nom si nous y arrivons.

— Autrement dit, tu ignores si cette ville est ou non tenue par tes compatriotes. Et donc si on ne va pas nous tirer dessus. L'armée chinoise ouvrira le feu sur nous sitôt qu'elle verra le drapeau japonais sur la vedette derrière nous. Remarque que, si seule ta vedette est visée, je m'en consolerai.

— Je ne peux pas amener notre drapeau.

Il y a pensé. Il a réellement pensé à, par exemple, remplacer le soleil rouge sur fond blanc de son pays par, pourquoi pas, l'un de nos drapeaux britanniques, voire un drapeau chinois, quitte à le fabriquer. Je me demande bien jusqu'où il croit pouvoir aller, avec nous, dans cette remontée du Yang-tsé.

— Avec un peu de chance, Yaki, le *Nan Shan* pourra passer au travers de la ligne de front, en tant que bâtiment neutre. Mais pas toi. Jusqu'où crois-tu pouvoir aller ?

— Jusqu'où il faudra aller. Jusqu'à l'endroit où tu dois retrouver la jeune fille et sa grand-mère.

— Et si c'est vraiment à Chongqing ?

— J'irai à Chongqing.

— Tu envahiras la Chine de l'Ouest à toi tout seul, c'est ça ?

— J'irai où il faudra aller.

Mais deux heures plus tard, quand vient une nouvelle nuit, Oka ordonne une halte. Il y a là une sorte d'anse et un minuscule appontement qui desservait quelques cabanes à présent brûlées ; c'est là qu'on s'amarre.

— On reste longtemps ?

— Le temps qu'il faudra.

Deux jours s'écoulent dans une immobilité totale — sinon dans le silence : des bruits de canonnade se font entendre au loin, pendant des heures. La campagne à l'entour est déserte, pas un être humain, aucun animal, les champs sont à l'abandon. Une nuit la température tombe à nouveau sous zéro et des mares gèlent, ainsi qu'un petit canal d'irrigation. J'ai perdu le compte des jours depuis Shanghai, pense Kaï, nous sommes en janvier, la chose est certaine, mais quel jour de janvier, bernique.

Et elle marche, pendant ce temps ; elles marchent, madame Chou et elle.

— La ville suivante est Wuhu, dit Oka.

On y est, on est depuis longtemps reparti, les deux navires ont bel et bien franchi des défilés, sur les hauteurs desquels de petites silhouettes d'hommes en armes — mais de quel camp ? — se sont montrées à plusieurs reprises. Pas un seul coup de feu n'est parti, mais il est vrai que si l'Union Jack du *Nan Shan* est bien visible, et de loin, le pavillon japonais de la vedette est enroulé autour de sa hampe, délibérément ou par hasard (quoique Kaï ne croie guère au hasard : Yakijiro aura imaginé ce moyen-là d'amener son drapeau sans l'amener tout en l'amenant).

Wuhu est impressionnante. Pas tant la ville elle-même qui ne semble pas présenter de particularités notables, que l'oppressant silence qui y règne. On n'y décèle nul mouvement, tout y est comme figé. Plus saisissant encore, plus en amont : alors que seuls se font entendre le chuintement du grand fleuve et le grondement assourdi des moteurs de la vedette qui remorque le *Nan Shan*, on passe successivement devant des soldats japonais embusqués dans des ruines, le doigt sur la détente de leurs armes, et puis, dans les deux cents mètres plus loin, des Chinois qui font face à leurs adversaires et ne tirent pas davantage — aussi bien ils feront une trêve, ces choses-là arrivent ; n'empêche qu'ils ont tous l'air foutument crétins à nous regarder défiler, ahuris, on les dirait en image arrêtée, paralysés par une force surnaturelle, nous seuls étant vivants, ou fantomatiques.

— Tu as commandé une trêve, Oka ?

Mais le visage d'Oka à lui seul fournit la réponse : Oka est éberlué, *il nous a fait traverser Wuhu sans être le moins du monde sûr que nous n'y serions pas pulvérisés. Ce cinglé est bien capable de pousser jusqu'à Chongqing, voire, via l'Himalaya et le grand bazar d'Istanboul, jusqu'au Rocher de la Vierge à Biarritz si je lui dis que Boadicée s'y trouve.*

Fleuve désert ensuite, pas un sampan. Et pour toute population, un vieil homme qui pêche, accroupi sur un caillou au bord de l'eau, et qui jette le plus indifférent des coups d'œil à la goélette à nouveau suitée du petit bateau de guerre.

— Ça mord, grand-père ?

Question de Kaï. Le vieil homme acquiesce.

— Je comprends le chinois, dit Oka. Ne lui donne aucun message.

— Il y a des Japonais plus haut sur le fleuve, grand-père ?

— Tu n'as pas le droit de poser des questions pareilles, Kaï. Tu romps ta neutralité.

— C'est quoi, des Japonais ? demande le vieux. Moi, je pêche.

Mais la lueur sarcastique dans ce que l'on voit de son regard sous les paupières plissées révèle qu'il est bien moins qu'il ne le prétend éloigné des péripéties du monde extérieur.

— Il y a des soldats sur le Yang-tsé ?

— C'est quoi, des soldats ?

— Des hommes avec des fusils et qui tuent. Il y en a, plus haut sur le fleuve ?

— Il y a toujours des hommes qui tuent.

— On t'a tué quelqu'un, récemment ?

— Seulement ma femme, mes enfants et les enfants de mes enfants, personne d'autre. De quoi je me plaindrais ?

Le vieil homme tient sa ligne dans sa main gauche, la

tient tendue. Il baisse la tête tout en ramenant le fil à lui et l'extraordinaire arrive. Il a tout l'air de grommeler en ne s'adressant qu'à lui-même. Sauf que la phrase suivante est en dialecte de Shanghai, et dite très rapidement : *Petit Dragon rendez-vous convenu tout va bien.*

Pour demeurer à hauteur du vieil homme, le *Nan Shan* remontant le courant à la vitesse d'un homme au pas, Kaï a dû marcher le long du bastingage et Oka l'a suivi. Le vieil homme fixe vaguement l'eau, et peu à peu on s'éloigne de lui.

— Je n'ai pas compris ce qu'il a dit quand il a baissé la tête, dit Oka.

— Moi non plus. Ce devait être une espèce de dialecte.

La grande ville suivante est Tongling. Oka les y fait passer de nuit, la vedette tous feux éteints remorquant la goélette par des câblots volontairement allongés jusqu'à cent mètres, puis longer la rive gauche, en se servant de l'abri d'une île au milieu du Yang-tsé. Et c'est une tactique que le lieutenant japonais va reprendre tout au long des journées suivantes : effectuer de longues haltes, au cœur de ce paysage de gorges qui parfois ménage des semblants de criques dans lesquelles on s'amarre en attendant la nuit, et alors seulement tenter d'aller plus loin encore, en laissant en arrière des villes, dont Oka ne se soucie pas de donner le nom. Il est évident pour Kaï, qui estime à quatre cents nautiques — plus de sept cents kilomètres — la distance parcourue depuis Shanghai (on est donc à sept cent cinquante kilomètres à l'intérieur des terres, mais après tout, le Yang-tsé se développe sur cinq mille huit cents kilomètres — d'après le cours de géographie récité par Jamal), il est évident que l'on progresse maintenant en arrière de la ligne de front, en s'éloignant de la zone des combats, et donc dans le territoire en théorie tenu par les armées du Guomindang.

Lesquelles se montrent peu, assez peu soucieuses de surveiller le fleuve. Surviennent bien deux accrochages, entre les soldats d'Oka et deux petits détachements complètement sidérés de voir surgir des adversaires si loin sur leurs arrières.

Mais les deux mitrailleuses de la vedette opèrent un massacre.

— Nous sommes au Hubei.

— Tu peux me dire quel jour on est, Yaki ? Si ce n'est pas aussi un secret militaire ?

Le 19 janvier 1938. Où est l'endroit du rendez-vous ?

— Tu n'es pas fatigué de toujours poser la même question ?

— Il y a des rapides entre Chongqing et nous. Le *Nan Shan* ne les passera pas.

— Je les ai passés à bord d'une chaloupe, l'an dernier. On ne connaît pas les écluses, au Japon ?

Mais Oka a évidemment raison : la goélette ne pourra sans doute pas utiliser les écluses, à supposer que, malgré la guerre, elles soient encore en état ; comment n'y a-t-il pas pensé plus tôt ?

Le Hubei est une cuvette — immense — emplie de lacs et de milliers de petites rivières et de ruisseaux. L'eau y est partout. Et c'est une Chine totalement paisible qui s'offre aux regards.

— Le nom de la ville que nous avons dépassée, il y a deux nuits ?

Hésitation.

À regret : Jiujiang. Le nom ne dit rien à Kaï, pas plus qu'au Capitaine. Mais tous deux savent que Wuhan est dès lors très proche, quelque part dans ce lointain si plat, en cette saison brumeuse. Le mot lui-même ne désigne pas une ville unique mais trois — Wuchang, Hankou, Hanyang. Après Nankin, c'est le deuxième des ports fluviaux chinois. Sitôt qu'ils ont su que la vedette japonaise allait les escorter tout au long de la remontée du Yang-tsé, ils ont deviné que Wuhan serait un obstacle infranchissable. *Si Yakijiro croit le contraire, il rêve.*

— Yaki, est-ce que ton major de Zhenjiang et ton colonel de Shanghai inquiéteront mon père et son équipage à cause de mes démêlés avec le colonel Sakata ?

— Il n'y a pas de raison.

— Je suis heureux de te l'entendre dire. J'espère simplement qu'ils seront de la même opinion que toi.

Le *Nan Shan* est à l'ancre. Deux sampans ont descendu le courant, voici une heure. D'autres arrivent mais leurs occupants ne peuvent voir la vedette, cachée entre la goélette et la rive — et les soldats d'Oka se dissimulent à chaque passage. Il est 10 heures du soir. On ne voit pas les lumières de Wuhan mais dans le ciel, à une douzaine de kilomètres dans le nord-ouest, une sorte de zone plus claire se dessine. Oka a pris ses précautions ordinaires, lors des pauses de nuit. Il y a eu un temps où il braquait sur le *Nan Shan,* en sorte de l'envelopper tout entier, le pinceau du phare mobile de la vedette — et on y voyait quasiment comme en plein jour. À présent qu'il a éteint depuis des jours son projecteur, les gardes sont à leurs postes habituels, ils font les mêmes mouvements aux mêmes instants, les voici qui se préparent à se tapir, ainsi qu'ils en ont l'ordre, au passage de ces nouveaux sampans, l'un d'entre eux apposant sa baïonnette sur la gorge de Jamal, un deuxième et un troisième braquant leurs fusils sur le Capitaine, en sorte de prévenir toute tentative d'appel.

De la routine, maintenant.

Kaï attend la seconde exacte. Il est assis sur le bastingage et épisse l'extrémité d'un cordage, un travail auquel il apporte toute son attention. Il sourit aux pêcheurs sur les sampans — la seule lampe à huile du bord l'éclaire.

Maintenant.

Il ne lâche pas l'épissoir qui peut toujours servir mais il bascule, pivote, se suspend par les mains à la rambarde, ouvre ses doigts, entre comme un trait dans l'eau fort boueuse, descend, passe sous la quille, nage sur une centaine de brasses, se met dans le sens du courant du Yang-tsé et tient le plus longtemps possible.

Quand enfin il ressort à l'air libre, il est — le courant aidant — à plus de trois cents brasses de la petite lumière de la lampe à huile.

Et à cinquante brasses de quelqu'un qui nage frénétiquement vers lui. C'est Jamal qui m'aura suivi.

Il attend, glissant avec le Yang-tsé.

— Peux... pas... te... laisser, réussit à dire Yakijiro Oka. Mais... sais... pas... nager.

Et ce crétin coule, histoire de prouver son affirmation. Lorsque Kaï parvient enfin à le repêcher, le courant a encore fait des siennes. On ne distingue plus rien en amont. On ne distingue plus rien du tout, en fait, il fait nuit noire.

— Arrête de te débattre ou je t'assomme.

Oka est complètement affolé. Kaï frappe, au beau milieu du front. Le corps du Japonais devient immédiatement inerte. Dix minutes pour gagner la foutue rive.

— Et tu ne sais même pas nager.

— Je ne pouvais pas te laisser partir. Où est le rendez-vous ?

— Tu n'as pas de briquet, bien sûr ?

Oka a son revolver de service et son petit sabre, rien d'autre. Pauvre de nous.

— Le mieux est de marcher. Il fait fichtrement froid.

Les deux ou trois ou quatre heures suivantes, de fait, ils marchent. Plus justement, ils pataugent dans un marécage, parfois s'y enfonçant au point de devoir nager — Kaï soutenant alors Oka.

— Où étions-nous, Yaki ? Où se trouvaient le *Nan Shan* et la vedette quand nous en avons sauté ?

D'après la carte, juste avant une petite ville du nom de Shijiagang. Oka pense que Kaï et lui sont en train de longer — ou de traverser à en juger par la profondeur de l'eau glacée — un lac qui s'appellerait Zhangduhu, ou un nom comme ça.

— Sur quelle rive du Yang-tsé ?

— La gauche.

— La gauche quand tu descends le fleuve, on est bien d'accord ?

Oui, c'est ça.

Intérieurement, je rigole. Je le lui dis, ou pas, que nous sommes sortis du fleuve par la rive droite ? Je ne lui dis rien du tout. Je ne t'ai pas demandé de me suivre, Yakijiro.

— Il faut retourner aux bateaux, dit Oka.

— Ils sont droit devant nous. Pas de problème. Tu as la carte ?

— Je l'ai laissée dans la cabine de la vedette.

— C'est malin. La prochaine fois que tu sautes dans le Yang-tsé kiang, emporte tes cartes, une boussole, des bottes d'égoutier et des serviettes.

Ils avancent bien au nord-nord-ouest, mais sur la rive droite, donc. L'aube qui vient les trouve en train de marcher toujours.

— Tu es en territoire ennemi, Yaki.

— Tu es neutre.

— Je ne te fais pas prisonnier, alors.

Kaï avance avec presque de la frénésie. Mais joyeuse, sauvagement joyeuse. En somme, sur le fleuve, à se traîner comme ils le faisaient et en suivant tous ses méandres, ils n'avançaient guère, il va aussi vite à pied — plus vite puisqu'il va tout droit.

Avec la lumière du jour revenue, Kaï a bien aperçu des fumées (des fumées ordinaires, celles d'un village et non d'un incendie), mais elles étaient par trop en arrière de sa progression, aller vers elles eût été se dérouter. Bientôt, d'ailleurs, il découvre, et cette fois en avant, une route, où passent des charrettes. On y va.

— Je ne peux pas traverser ce lac, Kaï. Je ne sais pas nager. Et tu es sûr que c'est la direction des bateaux ?

Pas facile de couper des roseaux avec un épissoir, qui n'est qu'un poinçon, et de bois dans le cas présent. Mais Kaï assemble une sorte de fagot.

— Accroche-toi à ça, Yaki. Et ne sois pas idiot : je n'ai pas sauté du *Nan Shan* pour y revenir. À partir de maintenant, je marche vers mon rendez-vous. Et soit tu restes en arrière, soit tu me suis.

Le lac est traversé, ce sont bien des cabanes que le regard aigu de Kaï a repérées.

— Tu m'attends ici, Yaki.

— Non.

Oka sort son revolver de l'étui et le braque. Kaï secoue la tête :

— Tu ne me tueras pas et nous le savons tous les deux. Je vais aller jusqu'à ces cabanes et y acheter de la nourriture et des vêtements.

— Mon uniforme est presque sec.

— Mais c'est un uniforme. Et japonais. Continue à te promener avec, et tu finiras fusillé. Ce qui ne m'empêchera pas d'aller à mon rendez-vous, au contraire.

Kaï repart, se retourne après cinquante pas mais Oka s'est bel et bien immobilisé, les traversées de lacs, d'étangs, de marais le font ressembler à un noyé. Je pourrais le laisser là et filer. Mais c'est vrai que ce crétin, capable de plonger dans le Yang-tsé sans savoir nager, ne s'en tirera pas seul. Et à Shanghai, il nous a tout de même sauvé la vie, au Capitaine, à Jamal, aux Dayaks de la mer et à moi, quelles qu'aient pu être ses raisons. Alors il l'attend.

Le village est en partie lacustre, la moitié de sa quinzaine de maisons est établie sur des pilotis, il s'y trouve même trois sampans. Kaï salue courtoisement, s'enquiert de la santé de tous, finit par vaincre le silence intrigué et assez hostile de la petite communauté d'une trentaine de personnes, sort de la poche de son caban le petit taël d'or (retiré discrètement, avant même d'être en vue des villageois, de la ceinture qu'il porte autour de la taille, sous sa chemise, et qui contient cinquante de ces piécettes), obtient en échange du riz pour six jours, du poisson séché, et la location d'un sampan. Plus des vêtements et des sandales.

— Tu parles le coréen, Yaki ?

— Un peu.

— Tu es coréen, à compter de cette minute. Change-toi.

Il vient de jeter au lieutenant le paquet de vêtements et a mis à profit son inattention pour lui prendre son revolver. Qu'il jette le plus loin possible, et dans l'eau.

— Enterre-le.

Oka, qui semble au bord des larmes, est en train de lui expliquer qu'il ne peut pas se défaire d'un uniforme de l'armée impériale japonaise, que c'est sacré et...

— Tu enterres ton uniforme et tes bottes, tu ne gardes rien sur toi qui pourrait te trahir, tu ne parles plus japonais tant que nous ne serons pas seuls, tu bredouilles ton chinois qui ne vaut pas tripette, tu complètes avec le peu d'anglais que tu sais, globalement, tu parles le moins possible, tu te tais. Ou bien je t'assomme d'un petit coup de poing sur la tête, je te laisse là, et je vais seul à mon rendez-vous. En route.

— Je reste un officier de l'armée japonaise en mission.

— Si ça te chante.

Le sampan les emporte tous les deux, plus le villageois à la manœuvre, on va plein ouest. Ensuite, à nouveau sur la terre ferme, sept heures d'une marche forcée, quatre heures d'un sommeil misérable, à l'abri dérisoire d'une cahute de planches qui est bien le seul endroit à peu près sec dans cet univers aquatique. Six autres heures d'une progression infernale, où il faut presque à chaque pas s'arracher à une boue jaune qui parfois te monte jusqu'aux genoux, puis soudain, droit devant, c'est le Yang-tsé que l'on retrouve. Et Kaï estime leur position à environ une petite centaine de kilomètres en amont de Wuhan (le fleuve, pour arroser cette dernière ville, décrit une large boucle, montant au nord puis redescendant au sud — nous, nous avons coupé tout droit).

— Fatigué, Yakijiro ?

Un officier de l'armée impériale du Japon n'est jamais fatigué.

— Nous avons dépassé Wuhan ?

— Oui. Tu es perdu, hein ?

Un officier de l'armée impériale n'est jamais perdu.

Ce n'est que dans la matinée du lendemain qu'un assez gros sampan consent à s'arrêter et à les prendre, contre un autre taël. Les gens à son bord vont à Yueyang, dont Kaï ignore tout. Il paraît que ce n'est plus au Hubei (tant mieux, parce qu'il commence à avoir assez vu le Hubei, avec tous ses foutus lacs, étangs et marécages) mais au Hunan.

Non, on n'y a pas vu de Japonais : « Tu es sûr qu'il est coréen, ton ami ? — Certain. Je l'ai naturalisé moi-même, c'est te dire si je le sais. — Vous pourriez être des espions japonais, tous les deux. — Dis donc, j'ai une tête de Japonais, moi ? »

Non, mais n'empêche. Le propriétaire et capitaine du sampan a justement un frère qui est dans l'armée du Guomindang, et cantonné à Yueyang.

— Nous vous remettrons à lui en arrivant.

Sauf qu'à Yueyang, attendant très sereinement sur le quai, tu le vois vraiment de loin avec son parapluie d'escouade, il y a aussi Pann le petit lettré.

— Je t'attendais sur le *Nan Shan*. Qui est ce Japonais ?

— C'est un Coréen.

— Le sage peut mentir, mais uniquement quand il sait être cru. Cet homme comprend le chinois ?

— Encore assez.

Et c'est l'avantage de Pann : il comprend les choses sans qu'elles soient dites. Le regard de Kaï lui suffit. Il dit seulement que oui, il peut intervenir auprès du commandement du Guomindang à Yueyang pour qu'on laisse Kaï et son Coréen tranquilles : qui souhaiterait faire des ennuis à des amis personnels de l'héroïque madame Chou et de sa petite-fille ? Il dit vrai : en une vingtaine de minutes, l'affaire est réglée, l'officier a même délibérément ignoré, presque avec ostentation, le visage blême d'Oka. Ils se retrouvent seuls tous les trois.

— Yaki, laisse-nous seuls, mon ami Pann et moi.

— Vous allez parler de la jeune fille que je dois capturer.

— Yakijiro, fous-moi la paix.

Pann les a conduits dans une auberge. Oka finit par aller s'asseoir à l'autre angle de la longue salle, devant le feu qui flambe dans la cheminée.

— C'est bien un Japonais, Kaï ?

— Oui. Où est Boadicée ?

Madame Chou et elle et les quatre hommes de leur escorte sont repartis six jours plus tôt, sur une chaloupe qui vient justement de redescendre le Yang-tsé et de revenir à Yueyang.

— Elles vont bien ?

Madame Chou est très fatiguée, Petit Dragon crache le feu.

— Elle a vraiment tué un officier japonais à Shanghai ?

Pann n'était pas à Shanghai mais la réponse est oui, selon lui. Pas de doute. Petit Dragon elle-même n'a rien voulu dire, mais les hommes d'escorte ont raconté l'histoire. La libération de madame Chou a été opérée à l'occasion du transfert de la vieille dame ; Petit Dragon a tenu à prendre part à l'attaque qu'elle avait organisée en personne ; un officier japonais a tenté d'abattre sa prisonnière avant qu'on ne la lui prenne ; Petit Dragon a tiré. La fuite était parfaitement organisée, avec plusieurs leurres...

— Elles sont passées par... Comment s'appelle ce patelin que m'a cité un colonel japonais, Jintan ?

Pann ignore où est Jintan. Les fugitives et leurs gardes du corps, ce qu'il restait après l'attaque du convoi japonais, une douzaine d'hommes tous attachés à la famille Chou depuis des lunes, sont passés par Jiangxi et Hangzhou — soit vers le sud au départ de Shanghai ; à aucun moment le groupe n'a seulement approché le lac Taï.

— Petit Dragon, qui est mon élève, a lancé des leurres en plusieurs directions. Chaque fois deux femmes habillées comme madame Chou et elle-même.

De Hangzhou, des relais par des voitures ou des carrioles, la mécanique a parfaitement fonctionné.

— Jusqu'ici, à Yueyang.

— Et ce faux pêcheur sur le Yang-tsé, qui m'a confirmé le rendez-vous ?

Pann ne peut pas être ahuri, c'est contre sa nature (le sage s'attend à tout et au reste) et contre ses principes. Mais là, il reste interloqué.

— Un type qui faisait semblant de pêcher, quelque part sur le bord du Yang-tsé. J'étais encore sur le *Nan Shan*.

— Je ne comprends pas, dit Pann.

— Elle aura dépêché des bonshommes sur le Yang-tsé.

— Non.

Alors, nom d'un chien, qui l'a fait ? Et tant qu'on y est, pourquoi ce rendez-vous dans les foutues gorges d'Yichang, alors que, lors de l'appareillage à Saigon, la rencontre était prévue à Wuhan ? Pourquoi avoir reculé de la sorte à l'intérieur des terres ?

— Tu sais combien il y a, entre Wuhan et Yichang ?

— Six cents de tes kilomètres de Grand Nez, dit Pann d'un drôle d'air.

... Si drôle que Kaï le scrute, dans la très incertaine lumière de la salle d'auberge qui n'a pas dû être nettoyée depuis des siècles.

— PANN !

— J'ai une information à te communiquer, dit enfin le petit vieil homme. Assez désagréable. C'est pour cette raison que j'en retardais l'annonce. Ce n'est pas Petit Dragon qui t'a fait, qui vous a fait venir en Chine et remonter le Yang-tsé kiang.

Un grand silence s'installe, mine de rien. Kaï se lève et va faire un tour, dans la salle tout d'abord, flanquant un coup de pied à un tabouret sur son passage mais s'arrêtant avant de tout fracasser (comme c'était son idée première), puis dehors. Oka se précipite pour le suivre.

— Yakijiro, ne dis surtout rien. Ne dis rien qui puisse m'énerver davantage.

— Moi c'est pas comprendre japonais, dit Oka avec un sang-froid inattendu. Moi Coréen.

— Va te rasseoir où tu étais.

Kaï revient dans la salle. Il boit une bière tiède.

— Je le croyais mort, cette ordure.

— Il est bien vivant. Et il marche. Même qu'il s'est évadé.

— Le message à Singapour, c'est lui ?

— C'est lui.

— Et le tableau représentant les gorges d'Yichang dans le salon de Boadicée ?

— Encore lui.

— Et le pêcheur.

— Il a dû en disposer cinquante mais vous serez passés

sans les voir. Toute réflexion faite, quand je dis que Petit Dragon organise très bien les choses parce que c'est mon élève, je m'égare et pèche par une présomption coupable. J'avais oublié que Petit Dragon est la fille de son père. Qui sait admirablement organiser les choses. Mieux que n'importe qui.

— Résumons-nous, dit Kaï, d'une voix que la fureur ne fait pas trop trembler. (Il grince juste un peu des dents, c'est tout.) Boadicée ne m'a jamais appelé au secours...

— Elle n'a pas eu besoin de toi. La preuve.

— Et elle ne savait pas que le Capitaine, le *Nan Shan* et moi arrivions...

— Non. Mais quelqu'un a reconnu la goélette à votre arrivée à Shanghai. Et a prévenu Petit Dragon. Enfin, m'a prévenu, moi. Petit Dragon venait déjà de partir pour les gorges d'Yichang.

— Et qu'est-ce qu'elle est allée faire là-bas ?

— Le voir. Il est mourant, paraît-il.

— Madame Chou est ici ?

— Elle a tenu à accompagner sa petite-fille. Malgré mes objurgations.

— Pann ?

— Oui, mon cher Kaï ?

— Je t'aime bien.

— C'est tout à fait réciproque, mon jeune ami.

— Je t'aime bien mais en ce moment même je résiste à la tentation de soulever tes quarante kilos...

— Quarante et un.

— ... Tes quarante et un de mes kilos de Grand Nez et de t'expédier dans le Yang-tsé. Maintenant, tu arrêtes de distiller les nouvelles, et tu me dis tout en bloc.

— J'ai dit à madame Chou et à Petit Dragon de ne pas aller dans les gorges d'Yichang parce que je ne pensais pas que l'infâme Moriarty était le moins du monde mourant. La chaloupe qui a transporté l'honorable madame Chou et Petit Dragon aux gorges d'Yichang est revenue ce matin. Avec un message : l'infâme Moriarty dit que si on ne lui amène pas le

Nan Shan dans les gorges susnommées, il découpera — je cite mot à mot — il découpera madame Chou en rondelles.

— J'ai toujours pensé que tu mentais et qu'elle n'était pas à Chongqing, dit Oka.

Kaï ne prend pas la peine de répondre. Il est assis à l'avant de la chaloupe. Le Yang-tsé s'est élargi à près de deux kilomètres, il coule sans hâte — il n'est, à cet endroit de son parcours, alors qu'il lui reste dans les douze ou quinze cents kilomètres à dévaler, qu'à une quarantaine de mètres audessus du niveau de la mer. (Je suis déjà passé ici, voici un an, et déjà j'avais fait le voyage pour rien. Eh bien, je recommence. Si ça se trouve je vais passer ma vie à remonter le Yang-tsé kiang.)

Elle ne m'a même pas appelé au secours. Sa grand-mère madame Chou était sur le point d'être exécutée et elle s'est occupée de tout, à la tête d'un commando. C'est vrai que, m'eût-elle réclamé de l'aide, je n'aurais pas eu le temps d'arriver à Shanghai à l'heure.

Et d'ailleurs où était-elle, quand elle a décidé de partir en guerre pour délivrer sa grand-mère ? Pas à Chongqing. Plus près sans doute. À Shanghai peut-être.

Sans rien me dire.

Depuis une trentaine d'heures, la chaloupe a laissé derrière elle les plaines du Hubei central. Peu à peu le fleuve s'encaisse, ses berges se font de plus en plus hautes. Des montagnes dans le fond. Il fait beau, brumeux mais beau ; la température est comme toujours bien plus clémente, de dix bons degrés, que celle qui faisait grelotter les Dayaks à Shanghai ; ce n'est pas très logique puisqu'on est dans les montagnes, et à la même latitude, mais c'est ainsi, c'est chinois. Les premiers bambous apparaissent.

— Nous y serons dans deux heures, annonce le commandant de la chaloupe.

Quand elles ont quitté Yueyang pour les gorges, Boadicée et sa grand-mère étaient escortées de dix hommes en armes — quatre qui avaient effectué le trajet depuis Shanghai avec elles, plus six autres recrutés sur le bord du fleuve. Avec dix hommes pour les protéger, elles se seraient fait capturer et prendre en otages ? Je veux bien croire (j'en ai des preuves) que le Moriarty est plein de ressources, mais quand même.

Les rives gagnent encore en altitude et prennent des allures de fjord, et encore le Yang-tsé n'est-il pas à son étiage, il n'aura ses basses eaux que dans un mois — il est plus haut que l'an dernier, quand je suis passé à ce même endroit.

— On arrive, dit le commandant de la chaloupe.

Et de quitter la rive gauche qu'il remontait pour traverser le cours et diriger sa proue vers l'intérieur d'un coude.

— Tu vas te battre, Kaï ?

Question d'Oka, qui chuchote en japonais. Et à laquelle Kaï ne répond toujours pas. Qu'est-ce que ce Japonais fiche, accroché à mes basques ?

La chaloupe a ralenti et se maintient dans le courant, près de quelques rochers à peu près plats. Ce n'est pas là que les mariniers ont débarqué leurs passagers, neuf jours plus tôt, c'était plus en amont, de l'autre côté de cette falaise presque perpendiculaire, à environ trois lis, soit un mille. Kaï saute à terre, suivi du lieutenant. La chaloupe pivote sur ses hélices, se remet dans le flot du Yang-tsé et repart — il est convenu qu'elle attendra trois jours pleins dans un village situé plus bas sur le fleuve. Kaï a commencé à grimper, ce n'est pas ce qu'il fait de mieux, avec son poids. Mais bientôt ils s'élèvent, Oka et lui, et débouchent sur le sentier dont on leur a signalé la présence. La vue se dégage alors. Montagnes au sud et au nord, les grands espaces du Hubei à l'est, nappés d'une brume que le soleil irise ; et, à l'ouest, la monstrueuse saignée où coule le Yang-tsé, on y peut presque deviner le rouge bassin du Sichuan, avec ses sols pourpres et ses rizières en terrasses.

Le sentier suit les crêtes, multipliant les lacets, et peut-être trois heures après qu'ils ont débarqué de la chaloupe, les deux hommes atteignent cet endroit où s'achève le vertigineux escalier taillé dans la roche et montant de la berge du fleuve.

Il y a là un palanquin grossièrement ajusté, en bambou, et deux cadavres d'hommes, d'évidence morts depuis plusieurs jours.

— Les hommes qui escortaient la jeune fille et sa grand-mère, ou leurs ennemis ?

Qu'est-ce que j'en sais ? pense Kaï. Probablement a-t-on hissé madame Chou sur ce palanquin. Il descend une quinzaine de marches, fort étroites, jusqu'à se ménager une vue plongeante sur l'escalier. Mais si des hommes sont postés, à l'affût de quelqu'un montant depuis le Yang-tsé, ils sont plus bas, hors de vue.

— Ils ont été tués par balles, dit Oka parlant des deux cadavres. Et nous n'avons pas d'armes.

Un sentier continue à suivre la ligne de crêtes, parfois s'éloignant du fleuve et parfois le dominant de trois ou quatre cents mètres ; mais un autre s'écarte et va au sud, d'abord en pente descendante, avant de monter, par encaissement, au flanc de ce qui semble être un plateau.

Ce sera par là, on m'a dit que la maison se trouvait en hauteur.

— Militairement parlant, dit Oka, ce ne serait pas une très bonne idée de s'engager sur ce chemin-ci. On y serait trop exposé à des tireurs placés plus haut. Tu es très sombre et très taciturne, Kaï. Tu n'as pas le visage d'un homme qui va enfin retrouver la jeune fille qu'il aime.

Kaï se remet en marche sans un mot. Il abandonne le sentier des crêtes surplombant le Yang-tsé et marche au sud, à gauche de cette nouvelle piste plein sud — son regard fouillant les hauteurs que cette piste escalade, mais n'y décelant personne. Il remarque vaguement que le lieutenant japonais a choisi de progresser par le flanc droit : qu'il aille au diable ! (C'est vrai que je suis pas mal maussade, voire furieux, je suis dans un de ces moments où la famille Moriarty dans son ensemble m'insupporte énormément, je prendrais bien l'une pour taper sur l'autre.)

Il est descendu, il grimpe à nouveau maintenant et, quand il se retourne, il constate qu'il a bien gagné trois cents mètres en altitude. C'est en pivotant de nouveau qu'il découvre l'homme au fusil. À trente mètres de lui, en contre-haut, installé de façon à couvrir la piste encaissée. *Cela doit faire une trentaine de minutes qu'il m'a dans sa ligne de mire, s'il avait voulu me tuer, ce serait fait.* Mais le canon du fusil est relevé, pointé vers le ciel, quoique l'index reste sur la détente, et le fût dans la main gauche. Et l'homme fait signe : *Continuez, avancez.*

Kaï continue et le laisse derrière lui. Dix minutes plus tard, il est au sommet. La maison apparaît. Elle est au cœur d'une forêt de hêtres, de pins et de camphriers et, sur les bords d'un ruisseau alimenté plus loin par une cascade ; elle est ceinte par un mur crénelé, éboulé en plusieurs endroits, et sa porte est couronnée par un portique cornu — mais les battants de cette porte, en bois, sont marqués par des impacts de balles. Kaï en franchit le seuil et voit sur le sol les traces sombres, à présent noircies, d'un sang qui a pas mal coulé.

— Il y avait deux sentinelles embusquées dans les rochers mais elles ne m'ont pas tiré dessus et m'ont fait signe de passer.

Oka est à nouveau derrière Kaï.

— C'est quoi, des Barbes-Rouges, Kaï ?

Des bandits, en Chine. Dans l'opéra chinois, les bandits arborent toujours des barbes rouges comme signe distinctif. Mais Kaï ne desserre pas les dents. Il traverse maintenant la cour qui est à l'intérieur de l'enceinte et note que la maison n'est pas unique, trois bâtiments la composent, dont deux en retrait. Il pénètre dans le plus proche de lui, piétinant ces sortes de sillons qui révèlent que des cadavres ont été traînés — on les aura entreposés dans cette vieille écurie, là-bas.

Il entre dans un vestibule où subsiste un seul dragon bleu, puis dans une grande pièce au plafond voûté de pierre.

— Je vous attendais, mon garçon. Il était temps.

Moriarty est seul, il est assis sur une chaise roulante en bois de très rustique facture, et qui grince quand il la déplace. Il tourne autour d'un billard de snooker et c'est sur les rebords de ce billard — certainement le même qui était dans le monastère au-dessus de Chongqing — qu'il prend appui pour faire avancer son véhicule. Il tient une queue de billard dans sa main gauche et considère la disposition des boules rouges et d'autres couleurs, comme si rien d'autre ne comptait.

— Une partie ?

— Non, dit Kaï. Le jeu est fini.

Moriarty se penche, pose sa poitrine sur le bois et, très adroitement, rentre la boule noire.

— Sept points de plus. Un break de soixante-quatre, pour l'instant. Voudriez-vous me ressortir la boule noire et la remettre à sa place ?

— Où sont-elles ?

— Où est le *Nan Shan* ? Et où est votre père ?

— Du côté de Wuhan.

— J'aurai tout de même réussi à vous faire remonter le Yang-tsé sur une belle longueur. Avec un peu de chance, les artilleurs chinois ou japonais expédieront votre goélette par le fond. La boule noire, je vous prie. Je me déplace un peu difficilement.

— Vous ne marchez plus ?

— Plus depuis quelques jours. Pourtant, j'avais recouvré l'usage de mes jambes, à la surprise générale sauf à la mienne.

— Où sont-elles ?

— La boule noire.

Kaï repêche la boule noire et la replace. Il a à peine le temps de se redresser : une boule rouge, violemment frappée, file dans une poche latérale et s'y engouffre.

— Soixante-cinq. Ma belle-mère, madame Chou, est morte la première. Ce n'est que justice : elle était venue pour m'insulter. Elle n'a même pas souffert, dommage. La boule rose, à présent. Regardez.

Kaï contourne le billard tandis que la boule rose est à son tour rentrée. Il redresse Moriarty couché sur le bord de la table de jeu, soulève le vêtement et découvre l'entassement de chiffons ensanglantés, d'une extrême puanteur.

— Soixante-cinq et six font soixante et onze. Ce n'est pas mon record, qui est de cent trente-quatre. Le snooker est la seule activité humaine dans laquelle je n'ai jamais triché. C'était inutile : j'étais trop bon. Bien entendu, je n'avais aucune intention de faire périr la chair de ma chair, autrement dit Boadicée. Ce n'a été qu'un accident regrettable. Elle, par contre, a beaucoup souffert. Elle est morte en pleurant — qui aurait pensé qu'elle se maîtrisait si peu ? Son sang indigène l'aura viciée. Une véritable Anglaise se serait mieux tenue. J'ai une chance de voir le *Nan Shan* dans les gorges d'Yichang ?

— Non, dit Kaï.

Il fixe Boadicée, debout contre le chambranle de la porte, et qui le fixe aussi.

— Néanmoins, dit Moriarty, malgré la douleur qui me broie les entrailles à cause de cette mort de ma chère fille, je refuse de me tenir pour responsable. Elle est venue avec des hommes, dans le seul but de m'exterminer. Moi, son père, et qui l'aimais si tendrement. C'eût été un parricide, c'est bien le mot. Vous étiez très amoureux d'elle, j'espère ?

— Oui, très, dit Kaï. À en remonter mille fois le Yang-tsé kiang, au besoin à la nage.

— Voilà une information qui m'enchante. Sa mort vous fera souffrir davantage encore. Cette nouvelle ne me surprend pas, remarquez. Je me doutais que mon faux message vous ferait accourir, en bravant tous les dangers.

— Il est intransportable, dit Boadicée. Trois balles dans le ventre et la gangrène. Nous l'avons trouvé ainsi. Il avait réussi à engager des Barbes-Rouges, en leur promettant comme toujours monts et merveilles. Ils ont dû insister pour être payés. Ils lui ont tiré dessus. À notre arrivée, il ne lui restait plus que quatre hommes.

— J'ai vu les cadavres, dit Kaï.

— Il devrait être mort depuis longtemps.

— J'ai des projets pour l'avenir, dit Moriarty. Je vais prendre langue avec l'armée japonaise. Ils ont bien besoin d'un conseiller technique. J'ai des masses d'idées fort amusantes pour détruire entièrement la Chine. J'ai toujours détesté la Chine. Les autres pays aussi, d'ailleurs. L'idéal serait qu'un de ces jours le Japon entre en guerre contre l'Angleterre. Il n'y a rien comme un gentleman anglais pour savoir comment massacrer un maximum d'Anglais. Je me ferai une joie profonde de l'apprendre aux Japonais.

Moriarty a essayé de faire rentrer une autre boule rouge mais il s'affaisse de plus en plus. La queue de billard s'échappe de ses doigts et tombe sur le sol de pierre. Il pose sa joue sur le rebord poli. Ses yeux sont fermés.

Boadicée se laisse glisser le long du chambranle et s'accroupit, mains jointes, nuque appuyée.

— Madame Chou ? demande Kaï se reprochant de n'avoir pas posé la question plus tôt.

— Elle va bien et se repose. Dans un des bâtiments derrière. La chaloupe t'attend sur le fleuve ?

— Elle reste dans les parages. Je ne savais pas trop ce que j'allais trouver.

— Tu n'aurais pas dû venir.

— Tu me dis ça chaque fois.

Moriarty s'écroule. Kaï est le premier sur lui, il le prend par les aisselles, à demi suffoqué par la pestilence.

— Où ?

— Il y a un bat-flanc à côté.

Kaï transporte le corps. Qui, incroyablement, respire encore :

— Lorsque la goélette apparaîtra, dit Moriarty dans un chinois très acceptable quoique empreint d'un fort accent, lorsqu'elle apparaîtra, tuez son capitaine. Celui-là avant tous les autres. Dix mille livres à qui le tuera. Vingt mille s'il souffre avant de mourir. Et qu'on m'apporte du thé, des scones et des muffins. Un nuage de lait dans le thé.

Kaï s'écarte : l'odeur est réellement insoutenable, et pour un peu le ferait vomir.

— Ensuite, dit Moriarty derrière lui, tuez le fils. Cinq mille livres pour lui.

Kaï repasse dans la salle où il y a le billard. Boadicée n'a pas bougé. Il demande :

— Et toi, tes projets ?

— Ma grand-mère n'a presque plus d'argent. Nous allons aller nous installer à Chongqing.

— Et moi, je m'en vais, je rentre en Cochinchine et tout est fini, c'est ça ?

— N'insiste pas. Qui est l'homme qui t'accompagne ?

— Un officier japonais. Il est venu t'arrêter, vous arrêter, madame Chou et toi.

Elle ne tourne même pas son visage pour jeter un coup d'œil en direction d'Oka. Une indifférence totale.

— Vous pouvez repartir tous les deux.

— Pas avant demain matin...

Elle est loin de moi, si loin.

Il est sorti de la maison, a marché jusqu'à l'autre bâtiment, y a trouvé madame Chou, ils ont parlé, il est ressorti, a fait un peu d'escalade pour se détendre, et il a eu sous les yeux, dans le soleil couchant et grâce à un ciel d'une extraordinaire limpidité, l'un des plus beaux panoramas qu'il ait jamais contemplés.

Il redescend dans une quasi-obscurité, manquant maintes fois de se casser la figure, et regagne le vallon. Les hommes de l'escorte ont allumé un très grand feu, et Oka est là, son regard perdu dans le vide.

— Je ne sais pas quoi faire, Kaï.

— Nous sommes deux dans ce cas.

Si quelque chose m'indiffère plus que les problèmes de Yakijiro...

— J'ai été fou et présomptueux. Et maintenant je suis très loin de mon armée.

— Tu as une chance de la rejoindre. À pied. Ça te prendra des semaines et il te faudra pas mal de chance, mais tu peux le faire.

Kaï va s'éloigner, en direction de la maison où sont Moriarty et Boadicée. Une idée lui vient, déplaisante malgré tout :

— Tu penses à te tuer, Yaki ?

Le *seppuku* est en effet une solution, dit Oka.

— Ce n'est jamais une solution. Si tu réussis à regagner la compagnie de tes camarades, tu auras effacé l'erreur que tu as commise en sautant derrière moi dans le Yang-tsé. Sans savoir nager.

— Qu'est-ce qui se passerait si j'essayais d'emmener cette jeune fille avec moi ?

— Ce serait une façon encore moins digne de faire seppuku. Plus idiote encore, si la chose est possible.

Pourquoi est-ce que je me préoccupe de ce lieutenant, japonais en plus, qui appartient à un pays en train de ravager la Chine ? J'ai trop de gentillesse, sinon de compassion, pour les uns et pour les autres ; c'est vraiment une faiblesse de ma nature...

— Tu ne redescendras pas à Yueyang dans la chaloupe, Yaki. Il y a là-bas trop de gens qui se posent des questions à ton sujet. Le mieux est que tu partes d'ici. Marche de nuit et évite les gens.

— Il n'y avait vraiment pas d'armes, à bord du *Nan Shan* ?

Quelle question, en un moment pareil !

— Bien sûr qu'il y en avait, dit Kaï. Tu n'as pas su les trouver, c'est tout.

— Si je rejoins mon armée, ne te retrouve plus sur ma route.

— C'est ça. *Sayonara.*

Trente mètres plus loin, Kaï pénètre dans la maison principale. Boadicée ne semble pas y avoir bougé. On a pourtant allumé un deuxième feu et c'est le billard fracassé qui sert de combustible. La puanteur s'est encore accrue, mais des compresses improvisées ont été posées sur le front du gisant. Qui vit encore, bien que son visage soit, dans le rougeoiement des flammes, d'une lividité saisissante. La résistance de cet homme est décidément hors du commun, insensée. Kaï ressort de la chambre et va lui aussi s'asseoir, adossé à un mur, dans la grande salle au sol de pierre. À une bonne quinzaine de mètres de Boadicée. Il demande :

— Tu as mangé ?

— Fiche-moi la paix, Kaï O'Hara.

Les heures passent et régulièrement, toutes les heures à peu près, Boadicée se relève et va changer les compresses qu'elle humidifie en les trempant dans une jarre posée près d'elle. Mais c'est aussi pour elle façon de s'assurer que son père vit toujours — ou n'est pas encore mort.

Pourquoi ai-je ce sentiment si fort que la disparition de celui que le Capitaine appelait l'Archibald va débarrasser bien sûr la terre d'un individu dont elle aurait fort bien pu se passer, mais marque surtout la fin d'une époque ? Parce qu'il y a également cette apparition du Japon sur la scène mondiale ? Et ces mouvements, que je connais ou devine, un peu partout dans les mers du Sud et notamment en Cochinchine, en Annam, au Tonkin ?

Il finit par s'assoupir. Il peut être 5 ou 6 heures du matin, un grincement l'éveille. Ouvrant les yeux sur une pénombre qu'aucun feu n'éclaire plus, il voit que Boadicée a quitté sa place. Il se lève et change de pièce. Elle est en train de déplacer le bat-flanc. Incapable de le soulever, elle en tire un angle puis un autre.

— Il est mort, cette fois, dit-elle. Tu es content ?

Il va chercher de la lumière, une torche improvisée prise à l'autre feu, et examine le visage de Moriarty et celui-ci...

— Si tu as des doutes, pourquoi ne lui coupes-tu pas la tête, Kaï O'Hara ?

... Et celui-ci est étrangement beau : l'expression sarcastique s'est effacée, les traits se sont adoucis, pour la première fois depuis qu'il est en âge d'homme, Moriarty est serein. Ses yeux bleus sont grands ouverts. Kaï essaie d'abaisser les paupières mais n'y parvient pas.

— Il a parlé, dit Boadicée. Il m'a reconnue et m'a dit qu'il m'aimait, que j'étais la seule et qu'à part moi il détestait moins la terre entière que lui-même.

Kaï prend le bat-flanc à bras le corps et emporte tout. Bloquant sa respiration pour ne pas trop sentir cette odeur réellement épouvantable. Il sort et naturellement le jour se lève :

pourquoi tant de mourants attendent-ils l'aube pour céder enfin, alors même qu'ils n'ont plus aucune notion de l'heure ?

— Je n'ai besoin de personne.

Mais il l'aide néanmoins à creuser la tombe, il l'aide à envelopper le cadavre dans des couvertures, à fabriquer autant que faire se peut un cercueil et il se sert des épaisses plaques d'ardoise qui ont servi d'assise à la surface de jeu du billard pour en quelque sorte sceller la fosse. Le jour est pleinement levé alors. De l'endroit choisi pour la mise en terre on aperçoit partie du cours supérieur du Yang-tsé, à cet endroit presque rectiligne, sur des dizaines de kilomètres.

Yakijiro Oka a disparu, l'un des hommes d'escorte est remonté du bord du fleuve, disant que la chaloupe est là, qu'elle attend.

— Je ne repars avec toi que pour cette seule raison que Pann est à Yueyang, dit Boadicée.

— J'avais bien compris.

— Et tu ne viendras plus à Chongqing.

— Parole.

Il faut un peu plus de deux jours pour regagner Yueyang. Pann s'y trouve, évidemment, et il a des nouvelles : sur le Yang-tsé, en aval de Wuhan, une vedette japonaise qui s'était infiltrée à l'arrière de la ligne de front a été attaquée et détruite, tous les soldats et marins se trouvant à bord ont été tués. Le *Nan Shan*, lui, est en train de redescendre vers Shanghai et vers la mer : après tout, c'est un bâtiment neutre.

Madame Chou dit qu'elle est bien fatiguée, repartir illico pour Chongqing est au-dessus de ses forces et d'ailleurs rien ne presse.

— Et puis je veux écrire une longue lettre à ma vieille amie madame Tsong Tso O'Hara de Singapour, jeune Kaï. Par les temps qui courent, mieux vaut ne pas se fier à la poste, qui n'a jamais été ce qui marche le mieux, en Chine. Mieux vaut que ma lettre voyage avec toi.

— J'en prendrai plus grand soin que de ma jambe droite, répond Kaï, citant un vieux proverbe cantonais.

Bon, il n'y a pas tant à faire et à voir, à Yueyang.

— Arrête de me suivre, Kaï O'Hara.

— Je ne te suis pas, je te croise.

Boadicée est restée enfermée quarante heures dans sa chambre, mais c'est une jeune fille qui a besoin d'air, et d'exercice. Ce troisième jour qu'ils sont à Yueyang, elle a cru fausser compagnie à Kaï en se faufilant dehors avant l'aube, elle a marché le long du fleuve, puis en direction du lac Dongting, et Kaï a dû courir ventre à terre pour la contourner et avoir l'air de provenir de là où elle semble aller.

— Tu m'as croisée, d'accord. Eh bien, continue et va-t'en.

Kaï bâille. Il a, la veille, bu quelques bières en compagnie de mariniers, et ce n'a pas été une mince affaire que de les convaincre d'animer un peu la soirée : il n'est pas dans le caractère chinois de se taper amicalement sur la figure, mais bon, d'abord timidement, puis avec une réelle conviction (sous l'effet de l'alcool), ils ont fini par lui donner, tous les sept, une réplique fort intéressante. Et après il a fallu boire encore, pour sceller la réconciliation, c'était amusant comme tout. C'est comme ça qu'il a bien failli ne pas pouvoir bouger quand on est venu l'avertir de ce qu'elle sortait en catimini — heureusement que ces sept ou huit kilomètres de pas gymnastique lui ont permis de redevenir très pimpant.

Fichtrement pimpant même. Plus pimpant, ce serait difficile.

— Tu as entendu ce que j'ai dit ? Tu veux quoi ? Me violer ?

— Je m'interroge, dit-il.

Placé comme il l'est, il voit enfin le convoi qui avance, sur la route de Yueyang à Changsha. Camion et voitures — deux voitures.

— C'est vraiment tentant, ta proposition, Boadicée.

— Je te dis adieu, Kaï O'Hara.

Il s'approche et reçoit la première gifle (pour frapper fort, elle frappe fort). Il lui caresse le nez, les lèvres, encaisse la deuxième baffe, esquive assez bien un coup de pied, un coup de genou, un coup de tête. Elle lui mord la main, il la prend pour commencer aux épaules, enfonce son visage pour éviter qu'elle ne lui crève les yeux mais ne peut éviter un autre coup de tête, qui l'atteint à la pommette et lui ébranle quelque peu les dents, il se courbe et passe sous les bras qui gesticulent, puis il la saisit à la taille et la balance sur son épaule droite.

Il redescend vers la route de Changsha. Elle exécute des sauts carpés incroyables ; par deux fois, elle parvient à lui échapper mais chaque fois il la rattrape, et mètre par mètre, il gagne le bord de la route. Où ils s'emmêlent un peu, tous les deux, dans un nuage de poussière. Il doit convenir qu'elle est d'une force surprenante : même quand elle est à plat ventre et lui assis sur elle, elle bouge encore.

— Je suis content de voir qu'elle accepte de te suivre, remarque Pann descendu de la première des voitures (madame Chou est dans la deuxième, ce ne sont que des minuscules Ford T, on n'a rien trouvé d'autre à Yueyang et dans les environs, déjà bien beau de les avoir).

— On voit bien qu'elle est ravie, ajoute madame Chou.

Ça saute aux yeux, pense Kaï, au moment où il plonge pour plaquer Boadicée aux jambes, alors qu'elle était parvenue à lui échapper pour la troisième fois. Il la saisit, la colle contre sa hanche et hop, vingt mètres plus loin, la projette sur la plate-forme du camion. Il la rejoint juste avant qu'elle n'enjambe l'une des ridelles.

— Je te tuerai.

Mais oui. Là assis, il peut la coincer entre ses jambes, enfermant dans ses propres bras ses jambes et ses bras à elle.

Elle ne bouge plus durant les deux heures suivantes, sinon lors des vingt ou trente tentatives où elle essaie de le surprendre.

En revanche, elle parle. Elle crie à Pann et à madame

Chou ce qu'elle pense d'eux, de leur félonie, à eux qui non seulement ne l'ont pas soutenue mais, pis que cela, l'ont ignoblement trahie. C'est sûr, pense Kaï, que si je n'avais pas avec moi madame Chou et dans une moindre mesure Pann, plus trois ou quatre serviteurs fidèles de la famille Chou depuis au moins le temps des Trois Royaumes, j'aurais eu un peu de mal à traverser une partie de la Chine avec une demi-Chinoise sur l'épaule droite.

— Kaï O'Hara ?

— Oui, mademoiselle Moriarty ?

Chaque fois qu'elle me dira Kaï O'Hara, je lui dirai mademoiselle Moriarty, non mais.

— Lâche-moi.

— Pour que tu essaies encore de m'émasculer ? Merci bien.

— Tu n'as pas de crampes ?

Oh ! que si !

— Moi aussi, dit-elle.

Et en plus, elle a envie de faire pipi.

— Tu me jures que tu n'essaieras pas de filer ?

— Sur ta tête !

— Je me demande bien pourquoi, mais je n'ai pas trop confiance...

— N'empêche que j'ai envie.

Bon, il finit par apercevoir un endroit qui convient : quasiment une caverne, en tout cas un trou dans une paroi sans issue par-derrière. Il fait arrêter le camion.

— Tu pourrais au moins te tourner ?

— Pour que tu me fracasses le crâne ? De plus, je ne vois que ta tête.

— C'est quand même très gênant.

Changement à vue quand elle réapparaît en entier. Elle lisse ses vêtements, qui n'ont pas tant d'élégance, et, une épingle entre les dents, se recoiffe.

— Je te propose un armistice, Kaï O'Hara.

— Dis toujours.

— On va où ?

— Changsha, pour commencer.

— Je vois, dit-elle.

Et en un tournemain, avec une dextérité qui participe du miracle, elle refait son chignon, impeccable. On dirait tout à coup qu'il est en bois sculpté.

— Tu ne me toucheras pas ?

— Sauf si tu me le demandes.

— Parole de Kaï O'Hara ?

— Oui.

— Tu vas attendre des siècles, je te préviens.

— Je suis placide.

— Je sais que ton père et ton grand-père ont tous les deux enlevé leur femme avant de l'épouser, mais avec moi ça ne marchera pas. L'idée était de ma grand-mère ou de toi ?

— Des deux.

— Je vais remonter dans ce camion, et toute seule. Je n'en sauterai pas. Je passerai par Changsha et par ailleurs. Une fois arrivée, je partirai.

— Une fois arrivée.

— Pas avant.

Elle remonte bel et bien dans le camion et s'y assoit, très droite. On arrive à Changsha après seulement neuf pannes de l'une ou l'autre des Ford T, on a abandonné l'une d'elles sur le bord de la route, parce qu'elle n'était vraiment plus en état de rouler.

— Une fois arrivée où ?

— Où ma grand-mère et toi avez décidé de nous conduire, elle, Pann et moi.

À Changsha, on prend le train qui, pour une raison non moins mystérieuse que celle qui avait interrompu son service, circule à nouveau désormais. Les paysages du Hou-nan défilent par les fenêtres de wagons de bois très brinquebalants.

— Autrement dit à Singapour, dit-elle.

— Parce que tu as quelque chose contre Singapour ? Je n'y serai même pas.

Les monts Nan sont franchis, on longe le fleuve Beï, qui coule au sud.

— Je serai à Saigon, dit Kaï. Il est bien temps que je reprenne mon travail, cela fait près de deux mois que je l'ai quitté. Si mon grand-père Jacques Margerit veut encore de moi.

Le 23 janvier 1938, on est à Canton. Et le *Nan Shan* est là. Ancré de la veille, sinon de la nuit. Piaffant devant le quai et en vue des arcades cantonaises, il tire sur ses amarres dans la rivière des Perles. Qui n'est d'ailleurs pas une rivière, mais un estuaire.

— Regarde, dit Boadicée.

Le *Nan Shan* est en mer de Chine du Sud. À bord, outre Boadicée, madame Chou et Pann, se trouvent d'autres passagers, en quantité : le pont est plein, et pas seulement le pont. Certains ont payé leur voyage, la majorité pas. Le Capitaine a embarqué les premiers et les seconds — non à Shanghai où les candidats ne manquaient pourtant pas (les militaires japonais ont interdit que quiconque vienne à bord), mais à Wenzhou, et autres ports de la côte orientale. Tous ces gens sont chinois, tous fuient l'avance japonaise. Beaucoup de femmes et d'enfants parmi eux. « Nous en avons pris autant que nous avons pu », explique Lek. Le Capitaine leur a donné sa propre cabine, les Dayaks ont offert leur poste. Et encore quelques-uns ont-ils débarqué à Canton (pour gagner Hong Kong, où ils se mettront sous la protection britannique). Mais la plupart préfèrent Singapour — où les Japonais ne viendront jamais, c'est l'évidence.

— Regarde, Kaï O'Hara. Cette guerre n'est pas un jeu, contrairement à ce que tu sembles penser.

— Tu me fais un procès d'inconscience que je ne mérite pas.

Ah, c'est vraiment facile, de parler d'amour à la femme de sa vie, quand cette même femme vient de vivre ce qu'elle a vécu, avec le foutu Moriarty et la guerre personnelle qu'elle a menée contre les Japonais, et sur le pont d'une goélette qui transporte des dizaines de réfugiés !

— Tu veux vraiment repartir, sitôt arrivée à Singapour ?

— C'est ce que j'ai dit.

— Pour retourner en Chine, et tuer des Japonais ?

Je n'aurais pas dû évoquer cet homme qu'elle a tué à Shanghai.

... À preuve le silence qui suit, des heures durant. Boadicée va et vient parmi les enfants, leur parle, les fait manger, leur témoigne une douceur très tendre. Le *Nan Shan* fait escale dans la belle baie de Tourane pour y prendre des légumes et des fruits.

— Je vais débarquer à Saigon.

Elle ne réagit pas. Ou pas tout de suite. Ce n'est que dans la soirée seulement, après que l'on a de nouveau appareillé :

— Je ne parle même pas le français. Ni le vietnamien.

Oh ! bon sang, elle cède...

— Tu apprendras.

Et il croit, à cet instant, il croit véritablement avoir gagné. Il se trompe :

— Je ne débarquerai pas à Saigon, Kaï. Et je ne resterai pas à Singapour. J'y conduirai ma grand-mère et Pann, rien d'autre. Je vais repartir pour la Chine.

— Chongqing.

— Pas Chongqing. Si les Japonais avancent davantage, c'est à Chongqing que les chefs du Guomindang se réfugieront. Et ce ne sont pas mes amis, à ma grand-mère et à moi. À Shanghai, c'est un de leurs généraux qui a vendu ma famille chinoise aux Japonais. Je ne me reconnais pas en eux.

Et pas davantage dans l'armée communiste, en théorie faisant front commun contre les Japonais sous le nom de Quatrième Armée de marche. Mais chacun sait que, tôt ou tard, nationalistes et communistes chinois s'entre-tueront, pour le plus grand profit de l'envahisseur.

— Et il y a autre chose qui m'empêche de venir avec toi, Kaï. Pas de l'orgueil, sûrement pas. Ton enlèvement était une plaisanterie et d'ailleurs je mentais en disant que je voulais aller à Chongqing. Ma grand-mère est presque ruinée, et j'ai toujours su qu'elle voulait retrouver madame Tsong

Tso ; je l'y aurais emmenée de toute façon. Singapour est un endroit sûr, où nous avons encore quelques petits intérêts, suffisamment pour que ma grand-mère puisse y vivre. Je pars parce que je ne suis pas prête à vivre avec toi. J'en ai très envie, pourtant. Je n'ai même pas vingt et un ans, Kaï.

— Je ne suis pas sûr de t'attendre.

— Eh bien, ne m'attends pas.

Saigon en vue.

— Bien sûr que je t'attendrai, dit Kaï. Évidemment.

Une canonnière américaine, la *Panay*, a été coulée sur le Yang-tsé ; son homologue britannique, la *Lady Bird,* a été gravement endommagée, toujours par l'artillerie japonaise. Les gouvernements des États-Unis et de Grande-Bretagne ont longuement conféré avant de décider de ne rien décider. Une conférence internationale sur la guerre sino-japonaise n'a rien conclu de particulier. L'Allemagne du chancelier Adolf Hitler a annexé l'Autriche. Les concessions internationales en Chine, à Shanghai et Tianjin notamment, ont été encerclées, isolées. Après l'Italie de Mussolini, l'Allemagne reconnaît officiellement les conquêtes japonaises regroupées sous le nom d'empire du Mandchoukouo. Une lettre de Yakijiro Oka est arrivée à Kaï : le lieutenant a bel et bien réussi à regagner ses lignes. Jamal a réussi son examen final en classe de sixième et pense décrocher son baccalauréat dans quatre ans au plus tard, sinon trois.

Monsieur Margerit part pour l'Europe pour son séjour bisannuel. À la semi-surprise de Kaï, il n'a pas fait le moindre commentaire sur l'absence de huit semaines, tout s'est passé comme s'ils s'étaient quittés de l'avant-veille.

— Tu me remplaces, Kaï. Le moment est venu. Bien entendu, toute décision importante que tu prendras devra être entérinée par Jaffrey.

— Bien entendu.

— Tu veux me parler ?

La scène a lieu dans la bibliothèque. Et Kaï ne se méprend pas sur le sens de la question. Il trouve au vrai très remarquable qu'à aucun moment son grand-père ne l'ait interrogé jusque-là. Mais il aura deviné que, dans ce cas aussi, le moment est venu. Et, bon, il dit toute l'histoire.

— Tu as de ses nouvelles ?

Non. Mais bien sûr, si quelque chose devait arriver à Boadicée, madame Chou le saurait, et le lui apprendrait, à lui.

— Enfin, j'espère.

— Elle te le dirait. Elle, je veux dire cette jeune fille, est donc en Chine, une Chine occupée par les Japonais en bien des endroits, et les Japonais la recherchent. C'est ça ?

Oui.

— Tu vas retourner la chercher ?

Non. Sûrement pas.

Gorgée de cognac. La fumée du cigare de monsieur Margerit qui n'a guère le temps de monter : elle est immédiatement saisie par l'air que brassent les ventilateurs.

— Je ne me suis jamais senti idiot comme tu te sens idiot en ce moment, Kaï. Et crois bien que je le regrette. Je n'ai jamais été amoureux. Pas plus de ta grand-mère que d'une autre. Et tu ne ressembles pas non plus à ton père. Ce qui n'est pas une critique dirigée contre toi, ni contre lui. Il y a en toi ce qu'il n'y a pas chez lui, une extraordinaire gentillesse, et un souci des autres, qui ne te rendront pas toujours heureux.

— Le Capitaine peut être très tendre et très doux.

— Il l'a été, hors de toute mesure, avec ta mère. Il l'aimait autant que tu aimes cette jeune fille. Mais son amour, son affection, son amitié sont limités à de très rares personnes. Contrairement à toi, il ne va pas aux autres et n'en attend rien. Il n'a pas besoin d'être aimé, ce qui est une chose peu fréquente. Et par-dessus tout il a toujours su quelle vie il voulait mener.

— Et moi non.

C'est vrai.

— Toi, tu hésites. Entre mon monde et le sien.

— Et j'hésiterai toujours ?

— J'en ai peur. Tu penses toujours que mon monde à moi va être bientôt bouleversé ?

— Toujours.

— Une guerre contre l'Allemagne et le Japon ?

— Oui.

— J'espère ardemment que tu te trompes. Je n'ai plus l'âge des bouleversements. Tu es sûr que cette jeune fille t'aime ?

— Oui.

— Je mentirais en disant qu'il m'indiffère qu'elle ait du sang chinois.

— J'en ai, et mon père plus que moi.

— J'ai dû vaincre cette réticence-là, à l'époque. Je suppose que j'y réussirai aussi, dans ton cas.

Monsieur Margerit a embarqué à la fin mai, il ne va jamais en Europe qu'en été, n'en supportant pas les froids hivernaux.

Lettre de Madame Grand-Mère, la troisième en quatre mois, une semaine plus tard. Elle, madame Chou et Pann se portent bien. Pas un mot sur Boadicée, ce qui doit vouloir dire qu'il n'y a pas lieu de trop s'inquiéter — ou alors elles seront aussi sans nouvelles, à Singapour. Mais, les connaissant, comment le croire ?

Kaï est surchargé de travail. Jusque-là, il n'avait pas réellement pris conscience de l'ampleur des entreprises gérées par son grand-père. Ce ne sont pas seulement les quatre plantations, où travaillent près de cinq mille personnes. Il y a cette grosse affaire d'import-export, ces commerces, ces immeubles de rapport à Saigon même, mais également à Hanoi, à Phnom Penh, à Hong Kong, à Singapour ; ces participations dans une banque, des services de transports ferroviaire, routier, fluvial. Tout cela dans le Sud-Est asiatique. Mais, à étudier les dossiers, une évidence apparaît : depuis déjà sept ou huit ans, monsieur Margerit a pris des intérêts ailleurs que dans cette partie du monde. Aux États-Unis, par exemple, sous la forme de terrains en Floride et en Californie.

Ou en Argentine et en Uruguay — à croire que monsieur son grand-père a, bien plus que Kaï, prévu quelque immense conflit mondial.

Fin juillet, Jamal embarque sur le *Nan Shan*, de passage à Saigon. Cette soirée où Kaï fait la fête à Cholon avec le Capitaine sera la seule pendant quasiment toute cette triste année 1938.

Des troupes japonaises ont débarqué fin juin dans le sud de la Chine — elle ne sera tout de même pas assez folle pour les attendre ?

Voyage d'affaires à Bangkok au début d'août, tandis que la mousson déverse ses trombes. Il parvient à caser dans son emploi du temps une fin de semaine en compagnie d'une Australienne un peu plus âgée que lui, qui doit rentrer à Sidney, et avec laquelle une liaison, surtout aussi brève, ne tirera pas à conséquence. C'est qu'il a vingt-six ans, et désormais apparaît officiellement comme l'héritier unique de l'empire Margerit. Un beau parti, comme l'on dit dans les salons de Cochinchine et d'ailleurs.

Lettre capitale vers le 25 août : « *Je ne vais pas trop bien, Kaï. Les médecins s'inquiètent pour moi et insistent pour que je retarde mon retour...* » C'est monsieur Margerit qui écrit. De Paris où il vient d'être hospitalisé. Et il ajoute : « *Ne viens pas en France, quoi qu'il m'arrive. C'est un ordre. Et j'ai grand-peur que tu aies raison, pour ce qui nous attend...* »

Retour de Jamal, qui entre directement en quatrième, sautant une classe de cinquième inutile. Il est, comme chaque fois, émerveillé de sa croisière à bord du *Nan Shan*. Ce coup-ci, le Capitaine est allé pointer le mufle si fin de sa goélette dans l'archipel philippin — Manille, détroit de Mindoro, mer de Sibuyan et la petite ville de Masbate sur l'île du même nom :

— Il a de plus en plus de mal à trouver du fret, Kaï. Tu le savais ?

— Oui.

— Mais il s'en fiche.

— Je le sais aussi.

— Il m'a dit que, si je passais mon baccalauréat avant seize ans, nous irions rechercher un bon gros typhon, lui et moi, et qu'il me laisserait la barre. Tu penses que je vais avoir mon baccalauréat avant seize ans !

Officiellement, le gamin a douze ans. Ignorant l'un et l'autre l'exacte date de naissance de Jamal, quand il a fallu en indiquer une pour l'établissement de son passeport français, Kaï et le gosse ont décidé d'être nés le même jour, soit un 16 juillet, à quatorze années de distance.

« *Je vais tenir aussi longtemps que je pourrai, Kaï. Sûrement pas par une si grande envie de vivre. Par habitude. Je n'aime pas céder. Ta mère et toi avez été les deux seuls êtres que j'ai aimés, avec une passion qui me déconcertait souvent. J'ai tout mis en ordre pour que tu prennes ma suite, quoique sachant et ayant toujours su que tu n'as jamais voulu ce que je te donne. Les chacals, c'est-à-dire tes sœurs et beaux-frères, et tes cousins et cousines, te chercheront noise. Jette-leur un peu d'argent. Si j'ai encore assez de conscience pour cela, mon dernier mot sera : ouf. Mais pourquoi ne suis-je jamais monté sur le* Nan Shan *? Ton père me l'a si souvent proposé...* »

La dernière lettre de monsieur Margerit arrive quatre jours après l'annonce télégraphique de sa mort.

Kaï pleure. Un peu sur cette disparition, beaucoup sur le fait que ce soit dans une chambre d'hôpital, si loin des mers du Sud, que monsieur Margerit son grand-père ait cessé de vivre.

... Et quelle situation étrange est la sienne ! Le voici aux prises avec les chacals, qui lui expédient leurs avocats et mènent guerre contre lui, pour reprendre ce qu'il n'a aucune envie de garder, et pour quoi néanmoins il se bat. C'est absurde.

Pas moins que le monde : en Europe, la France, l'Italie, la Tchécoslovaquie, l'Union soviétique entre autres mobilisent et appellent leurs réservistes ; tandis qu'une semaine plus tard, le 27 septembre, a lieu la rencontre de Munich qui semble repousser le danger immédiat d'une guerre.

Kaï s'installe dans la villa. À contrecœur — en somme, il

« s'établit ». Mais il prend possession des lieux pour cette unique raison qu'il veut marquer sa détermination à ne rien céder à ceux qui le poursuivent pour captation d'héritage. Une immense villa, avec quatorze domestiques, sans compter les jardiniers et les chauffeurs : on a toujours employé beaucoup de monde dans les maisons européennes de Cochinchine, mais quand même.

— Je n'ai pas envie d'habiter ici, Kaï.

— Moi non plus.

Soirées dans la solitude, à faire réviser Jamal qui continue à avaler deux années scolaires en une. Puis, après 9 heures, quand le gamin est parti se coucher, rien. Kaï a décliné des dizaines d'invitations — à prendre le thé, à déjeuner, à dîner, à souper, à petit-déjeuner ensemble après des gambades nocturnes, à des fins de semaine au cap Saint-Jacques, à des séjours à Dalat. On ne l'invite plus, désormais.

Lettre de Madame Grand-Mère, le jour même où la nouvelle arrive d'un énorme massacre en Allemagne — la Nuit de cristal. Pas vraiment une lettre au demeurant. Quelques mots tracés d'une écriture assez tremblée : *Ne t'inquiète pas, elle va bien.*

Ce soir-là, il fait venir des filles à la villa, bien que s'étant promis de n'en jamais rien faire — non qu'il se soucie de sa réputation mais parce qu'il y a dans cette façon de procéder quelque chose de féodal qui lui déplaît.

Il est furieux. En rage. Ah, Mademoiselle va bien ? Tant mieux pour elle !

Il récidive dix jours plus tard. Et lui qui n'a pas bu une seule goutte d'alcool depuis la nuit partagée avec le Capitaine, près de cinq mois plus tôt, s'enivre. Ou du moins, essaie ; il n'arrivera jamais, de toute son existence, à l'ivresse totale. D'abord parce qu'il vient toujours un moment où il s'arrête de lui-même, détestant ne plus être maître de lui, et puis de toute manière, passé un certain nombre de verres ou de bouteilles, il est malade.

J'ai au moins ça de commun avec le Capitaine, se dit-il amèrement.

— Je ne vais pas te laisser seul, dit Jamal.

— J'ai du travail, des dossiers, je ne m'apercevrai même pas de ton absence.

Une famille franco-vietnamienne a invité le gamin à passer les vacances scolaires de Noël à Dalat. D'après le *bep* de la villa Margerit, qui sait tout, une certaine Marie-Thérèse ne serait pas étrangère au si soudain intérêt de Jamal pour les festivités de fin de l'an. Puis pour les célébrations de Pâques, de l'Ascension, de l'Assomption — et cela régulièrement, au fil des années, Madame Codaccioni ayant jugé discutable la seule influence de Kaï O'Hara sur un jeune garçon aussi doué.

— C'est pas que j'ai vraiment envie d'y aller, dit Jamal.

— Surtout que les Codaccioni ont une fille, en plus de leurs trois garçons.

— C'est possible, oui.

— Elle s'appelle comment, déjà ?

— Aucune idée.

Le gamin reste impassible en proférant cet énorme mensonge. Depuis déjà quelques semaines, il arbore une raie sur le côté gauche et le matin, avant de partir pour l'école, il passe dix grandes minutes à se coiffer, se brossant en outre les dents jusqu'à des cinq ou six fois par jour.

— Dommage, dit Kaï, que la présence de cette fille risque de te gâcher tes vacances.

Jamal dit que oui, c'est bien dommage, mais que c'est la vie. Il monte le 24 au matin dans la voiture des Codaccioni, étant sorti du lit à 5 heures pour ne pas manquer le rendez-vous fixé à 8.

— Bon Noël, Kaï.

— Bon Noël.

Kaï passe le plus gros de la journée à ses bureaux désertés — il a mis tout le monde en vacances jusqu'au lundi suivant. Jaffrey passe vers 11 heures — les relations entre les deux hommes ne sont pas, et ne seront jamais, chaleureuses, mais, à défaut d'amitié, ils se portent une estime mutuelle et dans la guerre opposant Kaï aux chacals, Jaffrey s'est rangé décidément au côté du successeur désigné par monsieur Margerit. Non sans maladresse, tant les élans du cœur lui sont peu familiers, il offre à Kaï de venir dîner dans sa famille. Non, mais merci, merci d'y avoir pensé.

Retour à la villa vers 6 heures du soir, à la nuit venue. Les domestiques, catholiques ou pas, se sont vu accorder, eux aussi, un double jour de congé. Le bep seul a tenu à rester mais il est, Dieu merci, capable de silence. Il sert à Kaï son dîner dans la bibliothèque. Kaï s'y livre à un travail qu'il n'avait pas encore eu le courage d'aborder : ouvrir le coffre-fort personnel de monsieur Margerit. Des photos. De celle qui a été Catherine Margerit épouse O'Hara, et de lui-même, Kaï, à tous les âges de sa vie jusqu'à ces derniers mois. La plus récente les représente, monsieur Margerit et lui, lors d'un verre donné pour le départ à la retraite d'un comptable annamite qui avait plus de quarante ans de maison. Kaï scrute le visage figé de son aïeul et y lit — comment ne les a-t-il pas vus plus tôt ? — les premiers stigmates de la maladie de cœur qui l'a emporté.

Il a un cafard noir.

Il se met à jouer au billard. Monsieur Margerit y excellait, qui a affronté les Américains Willie Hope et Cochrane, ou les Français Derbier et Roger Conti. Pas lui, qui n'a jamais pu réussir trois bricoles — carambolages après trois bandes, dans ce cas — d'affilée. Vers 8 h 30, et n'ayant pas touché à son dîner, il en est justement à sa troisième bricole consécutive et, ma foi, la quatrième n'est pas totalement hors de sa portée, il a une chance. Il s'applique et se concentre. Il entend le bruit des pas nus du bep. *Ne te déconcentre pas.*

Il joue et rate. Pas de beaucoup.

Il est bel et bien déconcentré.

— Joyeux Noël, dit-elle.

Elle se choisit une queue de billard et en change le talon, qu'elle estime un peu trop lourd sans doute. Et lui la regarde, il se sent très calme, c'en est presque ahurissant. Elle est fort élégante, une très jolie chose avec des fleurs, mais discrète, juste ce qu'il faut (pour autant qu'il s'y connaisse), elle ne déparerait pas au Cercle et même y ferait sensation, qu'est-ce qu'on parie ? Ce sera justement l'effet recherché.

Elle essaie quelques coups, jaugeant les bandes et le tapis.

— Il m'a appris à jouer quand j'avais trois ans, dit-elle (et d'évidence, c'est façon d'exprimer qu'elle a réglé ses comptes avec son père, le Moriarty, dont elle se sent très capable de parler, désormais, comme d'un père ordinaire).

— Pour moi, dit Kaï, je ne suis pas trop fort, à ce jeu.

— Une, deux, trois bandes ?

— Comme tu voudras. Trois ?

Elle acquiesce.

— Je commence ?

— À toi l'honneur.

Zéro pour commencer.

— À toi, Kaï. Tu savais que j'arrivais à Saigon ?

Il marque deux points. Oui, il le savait. Il sait qu'elle vient de Singapour, où elle a rendu visite aux aïeules ; il sait quand et sur quel bateau elle a embarqué à Singapour, il sait qu'elle est à Saigon depuis une dizaine d'heures — et qu'elle a retenu une chambre à l'hôtel Continental.

Il passe la main, elle marque cinquante-trois points d'affilée. Et elle parle, presque entre chaque coup. D'une voix très contenue, et comme indifférente. Elle dit qu'elle a passé des mois à Hong Kong et qu'avant cela, elle était à Xian, à Guilin, à Canton, et en bien des endroits de Chine.

Elle manque le cinquante-quatrième coup, qui était largement à sa portée. Les Japonais en Chine, dit-elle, se conduisent avec une férocité inconcevable, « je les ai vus notamment attacher les uns aux autres les enfants d'une école, environ deux douzaines d'enfants, puis les arroser d'essence et les brûler vifs... ».

— On arrête de jouer, dit Kaï.

— Je n'aurais même pas imaginé qu'il existait tant de façons de massacrer les gens. Mais les Chinois ne sont pas des personnes pour les soldats japonais, ce sont des sous-hommes, une race inférieure.

— Arrête.

— La Chine est bien trop grande pour l'armée japonaise, remarque. Les armées chinoises n'ont qu'à reculer en pratiquant la stratégie de la terre brûlée. Avec ce résultat que l'on meurt de faim quand on n'est pas massacré. Mais quelle importance ? Ce ne sont jamais que des Chinois, et il y en a tant. Il suffit de rester neutre, en somme.

Kaï remet en place sa queue de billard et marche vers le fond de la bibliothèque.

— Ils m'ont pourchassée pendant des semaines. Quel honneur ! Je me suis réfugiée à Canton, et ils y sont venus. Tous ceux et celles qui m'ont aidée sont morts. Je ne voulais pas quitter la Chine, j'y ai été contrainte. Tu entends ce que je dis ?

— Parfaitement.

Kaï continue d'avancer dans la si longue pièce. *Elle est au bord des larmes, tu le vois bien, tu le sens bien. Tout ce qu'elle a subi ces derniers mois et ces dernières années, tout cela remonte. Et tu lui tournes le dos.*

Il remarque :

— On m'a dit que tu avais appris le français, à Hong Kong.

— Et que j'y ai eu un amant.

— Il se trouve toujours quelqu'un pour vous apprendre ce genre de nouvelles, dit Kaï.

— J'ai eu un amant pendant deux nuits et un jour. Pas seulement parce qu'il était beau et très gentil, et que j'étais, disons, désemparée. Ce ne sont même pas les raisons principales. Je voulais m'assurer de quelque chose.

Le bep apparaît, sur le seuil de celle des portes de la bibliothèque qui mène à la plus petite des salles à manger. Il se montre le temps de croiser le regard de Kaï et de recevoir l'ordre muet. Il s'éclipse.

— Je voulais m'assurer que j'étais vraiment amoureuse de toi, au point de changer toute ma vie. Tu peux le comprendre ?

— Mais oui, dit Kaï.

Ce n'est pas vrai, je ne comprends pas, je suis fou de rage, et depuis des semaines.

Kaï sort de la bibliothèque, il parcourt le très long couloir de cinq mètres de large, au parquet de teck, dont la cire des centaines de fois passée a noirci le brun verdâtre naturel. Tous les encadrements de porte, toutes les moulures sont de ramin du Sarawak, un bois d'un blanc ivoirin. Kaï passe un peu au hasard dans des pièces, les quatre salons, les deux salles à manger, dont une qui peut accueillir quarante invités, les quatorze chambres, le grand auvent de teck couvrant également une partie de l'immense terrasse, qui elle-même s'ouvre sur l'un des plus beaux jardins de Cochinchine, la piscine avec sa cascade de rochers. Tout cela vide, inoccupé depuis des mois ; voici même, dégageant une bien plus grande impression d'abandon, le quartier réservé aux jeunes enfants — sans enfants depuis des lunes, forcément tu as chassé tout le monde, tes sœurs et tes beaux-frères et leur marmaille, tes cousins et cousines et leurs rejetons innombrables.

... Et tu voudrais la chasser, elle.

Il revient sur la terrasse et s'y assoit, face aux lumignons multicolores que les domestiques ont cru bon — mais c'est l'usage — de disposer un peu partout dans le jardin à l'occasion de Noël.

— C'était la maison de ton grand-père ?

Boadicée, derrière lui.

— Je ne vais pas la garder, dit Kaï.

— La vendre ?

— En faire cadeau à ma famille.

— C'est la maison que ton grand-père a fait construire après que mon père a fait sauter l'autre ?

— Celle-là même.

— L'autre devait être moins belle.

— En somme, il me faudrait remercier feu Moriarty.

— Un cyclo-pousse m'attend pour me reconduire à mon hôtel. Je peux partir tout de suite, si tu veux.

— Je déteste cette maison, dit Kaï. Je déteste le travail

que je fais, je déteste la plupart des gens avec lesquels je le fais, je déteste avoir hérité de mon grand-père monsieur Margerit, j'espère qu'un jour tout sautera, qu'un grand cataclysme se produira qui fracassera mon héritage.

— Il y a autre chose que tu détestes, à part ça ?

— La seule pensée que tu as couché avec un type.

— Parce que tu t'es gêné, toi ! Tu as eu combien de femmes ?

Ce n'est pas pareil. Je suis un homme, moi.

— Je sais, dit-elle, ce n'est pas pareil, tu es un homme, toi. Et tu es un Kaï O'Hara, en plus. Je t'ai expliqué que j'ai pris un amant pour m'assurer de quelque chose. Tu ne m'as pas demandé si j'étais sûre, après.

— Tu l'es ?

— Oui.

Mais elle est sûre de quoi, au fait ?

— J'ai quelques questions à te poser, Kaï O'Hara. Avant de me décider. Une jeune fille ne doit pas se lancer à l'aveuglette.

Mais de quoi elle parle ?

— C'est à propos de la vie que j'aurai avec toi, si par hasard je me décidais à dire oui.

— Je t'ai demandé de dire oui, moi ?

Cette conversation est en train de m'échapper.

— Ce sera l'émotion de me revoir, dit-elle. Je ne te reproche rien. Je voudrais savoir si tu comptes m'épouser, si nous aurons des enfants et combien, où nous vivrons, si nous aurons des domestiques ou non, si tu passeras des quinze heures par jour à ton bureau comme on m'a dit que tu le faisais, si tu t'en iras des trois ou quatre mois par an pour des voyages dits d'affaires, si tu continueras à ramener deux ou trois filles tous les trois jours, si je devrai aller à ce qu'ils appellent ici le Cercle, si je devrai oui ou non te faire la cuisine parce que, pour l'instant, je sais faire les œufs brouillés et encore, si à la maison nous parlerons l'anglais ou le français comme langue dominante, ou alors chinois, malais, vietnamien ou turc. Je voudrais également savoir si, étant devenue madame Kaï O'Hara, je suis supposée être neutre, moi aussi, et si je dois regarder les Japonais aller et venir en massacrant les gens sans surtout leur faire des remarques, et si...

Kaï prend lentement appui sur les accoudoirs de son fauteuil, se lève très vite, se met debout et pivote. D'accord, il y a eu les mots qu'elle a prononcés, et le ton pas mal arrogant en somme sur lequel elle les a dits, ces mots. Et encore le fait qu'elle débarque chez toi, des mois après avoir quitté la Chine, sans jamais t'avoir donné de ses nouvelles, passant des mois à Hong Kong, et des semaines à Singapour. Et la façon dont elle débarque et, très tranquillement, te met la pâtée au billard tout en te confirmant qu'elle a sauté dans les bras d'un Anglais (un Anglais, en plus !) dans l'appartement 211 de l'hôtel Peninsula à Kowloon...

Toutes sortes de bonnes raisons pour la prendre, la soulever et la jeter dans la piscine, voire carrément hors de la villa de monsieur Margerit qui est déserte, à part le bep et moi.

... Sauf que...

— Allez, vas-y, frappe-moi, dit-elle avec ce mouvement de menton qu'à coup sûr elle tient du Moriarty.

... Sauf que ça te saute aux yeux que tout cela était pure bravade.

... Sauf qu'il n'existe pas une chose au monde dont tu aies plus envie, désespérément envie, que de la voir rester.

Il la prend dans ses bras et la soulève.

— Tu vas me violer, Kaï O'Hara ?

— Évidemment.

— Tu ne pourras pas : je suis consentante.

— Tant pis.

— Tu veux de moi pour une nuit, ou plus longtemps ?

— Plus longtemps, nettement.

Dans les soixante-quinze ans, mais ne va pas lui dire ces choses-là, déjà qu'elle est arrogante au naturel.

Il la hisse sur son épaule, le postérieur en l'air, elle pend de part et d'autre de lui et ne se débat pas du tout. Il fait glisser le long panneau en papier de riz et entre dans la troisième salle à manger, la plus petite et la plus intime. C'était là, tout à côté de son bureau, que monsieur Margerit aimait à prendre son petit-déjeuner. Le bep y a servi le souper aux chandelles.

Il la dépose dans un des deux fauteuils, va s'asseoir dans l'autre, qui était celui de son grand-père. C'est la première fois qu'il l'occupe et d'un coup, tout un flot de symboles déferle ; c'est aussi la toute première fois que cette maison et tout ce qui s'y rattache semblent lui appartenir vraiment, qu'il y est à sa place.

Il est plutôt content, dans l'ensemble.

— Deux garçons et une fille, dit-il.

— Pas question. C'est mieux, les filles. Je n'ai pas du tout envie d'avoir des tas de petits Kaï O'Hara suspendus à mes jupes. Un seul suffira. Et trois filles.

Cause toujours, je te ferai des garçons à ne plus savoir où les mettre. Il nous faudra les numéroter, comme les marins du *Nan Shan*, il y aura Kaï 1, Kaï 2, Kaï 3 et la suite, au minimum une équipe complète de rugby avec ses remplaçants.

— Du champagne ?

— Oui. Kaï ?

Leurs regards rivés l'un à l'autre, par-dessus les chandelles.

— Oui, Boadicée ?

— J'étais morte de peur, en arrivant.

— Je sais.

Tu vas voir que nous aurons du mal à le finir, ce souper.

— J'ai toujours un peu peur, remarque. Je n'arrive toujours pas à y croire. Tu aurais eu un bateau à voiles, comme ton père, et tu aurais été pieds nus et en sarong, les choses m'auraient été plus faciles. Mais là, moitié chinoise et moitié anglaise, fille de Moriarty, et devant moi un Kaï O'Hara grand comme un immeuble et richissime, dans une colonie française, et moi vraiment très jeune... On est obligés de le finir, ce souper ?

Je lui saute dessus tout de suite ou j'attends le foie gras des Landes ?

— Tu devrais goûter le foie gras des Landes, dit Kaï.

Ils se marient le 11 mars de cette année 1939. Quatre semaines plus tôt, le Japon s'est emparé de l'île de Hainan, qui boucle le golfe du Tonkin, à une demi-journée de mer de Haiphong et de Hanoi, et dans les quatre jours qui suivent, en violation des accords de Munich, les armées allemandes envahissent la Tchécoslovaquie.

C'est un grand, un très grand mariage. Kaï et Boadicée ont balancé entre deux extrêmes : la plus simple des cérémonies, civile uniquement, dans une totale discrétion, avec en tout et pour tout deux témoins, ou bien le grand jeu. Ils ont choisi la deuxième solution — plus de mille invités, dont aucun ne s'est dérobé, même pas la famille Margerit au grand complet, dont une quarantaine de membres est venue de France, tout spécialement.

Ils embarquent le 14 mars, la villa enfin entièrement vidée de ses invités, sur le paquebot à destination de la France.

Et bien entendu ne vont pas en France. Ils débarquent à Singapour et y embarquent : le Capitaine, en cadeau de mariage, leur a laissé le *Nan Shan* pour deux mois. Ils passent ces deux mois entre Bali et la Grande Barrière de Corail australienne.

Retour à Saigon à la fin mai. La lettre les y attend. Curieusement, elle n'a pas été postée à Tokyo, mais à San Francisco. « *Merci mille fois de ton invitation à assister à ton mariage,* a écrit en français Ishuin Yoshioka. *Dans les circonstances présentes, il m'a été malheureusement impossible d'effectuer un voyage qui, considérant mes fonctions actuelles, eût été interprété faussement. D'autant que des rapports sont passés sous mes yeux, concernant cette jeune fille que tu épouses. J'ai grand-peur que chacun de vous ait beaucoup à craindre d'une entrée des troupes japonaises sur le territoire de l'Indochine française. Et cette éven-*

tualité est très proche. Je crois à la victoire de l'Allemagne, en Europe. Ne garde pas cette lettre, je t'en prie. Détruis-la sitôt lue. Du fond de mon cœur, Kaï, je te fais, je vous fais à tous deux tous mes vœux de bonheur.

« Mais ne restez pas en Indochine. »

Kaï regarde Seasin. En cet instant, Boadicée lui rappelle cette jeune fille, en Europe, qu'il avait connu lors de ses tumultueuses études et dont la droiture et le charme, mais aussi la détermination l'avait surpris et séduit. Elle s'appelait Elka, il s'en souvient. « Et j'ai épousé le même type de femme, côté caractère, se dit Kaï. Quand je pense que je m'étais juré d'être le Big Boss ! » Il frotta une allumette et brûla la lettre de Yoshioka.

KAÏ prend sa décision en juin 1941. Bien des années plus tôt, Ching le Gros à Singapour l'a mis en garde : le plus souvent, tu consacres plus de temps et de réflexion aux petites choses de la vie qu'aux grands tournants de l'existence, tu t'interrogeras davantage sur le choix d'une chemise que pour celui d'une épouse, en sorte que presque toutes tes décisions capitales auront l'air de foucades.

Et, somme toute, il n'est pas tout à fait exact de dire que Kaï prend cette décision-là : au vrai, elle lui tombe sur la tête, avec la péremptoire clarté d'une révélation divine. Cela se passe à Hanoi. Il y est depuis quatre jours. Pour affaires (même si traiter des affaires par les temps qui courent est passablement surréaliste). Entre tant d'autres choses, monsieur Margerit son grand-père lui a légué de puissants intérêts au Tonkin. Il faut bien y veiller, si peu de goût qu'il y porte.

Hanoi est fort calme. On y voit peu de Japonais, sinon dans les grands hôtels. La torpeur un peu secrète de la ville est inchangée. Les mêmes jeunes marchands de fleurs aux abords du portique de l'Encrier, la même eau verte et comme phosphorescente dans le Petit-Lac, les mêmes joueurs de dames non loin du Pont de Bois. Des cyclo-pousses passent, aux pédaliers grinçants, trois clients entassés dans un siège conçu pour un seul. Une Annamite en chapeau conique et vêtue de noir trottine, palanche sur les épaules pour soutenir deux paniers d'osier emplis à ras bord de mangoustans. Il ne se passe rien.

Si, il s'est passé quelque chose. En juin 1941, l'Allemagne a triomphé en Europe, jusqu'en Grèce et en Yougoslavie, et depuis une semaine environ, elle fait de même en Union soviétique ; avec, entre autres conséquences, une totale rupture entre la France et ses colonies asiatiques ; le gouvernement de Vichy a exigé de ses représentants à Hanoi et à Saigon qu'ils se montrent accommodants avec le Japon. Ce même Japon n'est toujours pas en état de belligérance avec le Royaume-Uni, et *a fortiori* avec les États-Unis d'Amérique ; il a en outre signé un pacte avec l'URSS deux mois et demi plus tôt. Certes, des combats continuent, dit-on, de se dérouler entre Japonais et Chinois (le gouvernement chinois ou ce qui en tient lieu, sous Chiang Kaï-shek, s'est replié sur Chongqing), mais officiellement, les deux pays ne sont même pas en guerre. Et le Siam, devenu la Thaïlande depuis maintenant deux ans, a mis à profit l'effondrement français pour accaparer de fort jolis morceaux du Cambodge et du Laos.

L'ordre français n'en règne pas moins en Indochine. Les gendarmes sont là, itou les policiers de la Sûreté nationale. L'armée et la marine arborent leur uniforme et sont armés. Une tentative assez ridicule a même eu lieu pour reconquérir la Nouvelle-Calédonie, ralliée à un certain général de Gaulle, qui a rejoint les Anglais. Globalement, les relations avec le Japon sont bonnes. Il y a bien eu, en septembre de l'année précédente, un ou deux petits incidents : l'armée japonaise de Canton a tenté un coup de force près de Lang-son, sur la frontière entre Tonkin et Chine, massacrant au passage quelque neuf cents militaires français. Mais tout s'est heureusement terminé : Tokyo a présenté des excuses et obtenu les contrôles nécessaires à l'expédition, par les Américains, de tout approvisionnement aux troupes de Chiang. Et ces contrôleurs japonais sont bien aimables, et si polis.

Il ne se passe rien.

Sauf ceci, mais l'événement n'est sans doute pas d'une portée internationale : l'année précédente, Boadicée a donné naissance à leur premier enfant. Une fille. Ils l'ont prénommée Claude-Jennifer. (Dieu seul sait où elle est allée chercher ce prénom de Jennifer !)

Le bébé aura un an en septembre prochain.

Kaï aurait préféré un garçon, mais bon. Ce sera pour le prochain coup.

— Non, merci. Oui, je sais, dit Kaï.

Il s'adresse au cyclo-pousse en casque colonial de latanier qui, pédalant d'une seule jambe nonchalante, s'est porté depuis quelques instants à sa hauteur, tandis qu'il marche le long du Petit-Lac.

Sa première réponse étant pour décliner l'offre de service, et la deuxième (« oui, je sais ») pour signifier qu'il a, lui aussi, remarqué les trois hommes qui le suivent depuis maintenant une quarantaine de minutes, en fait depuis sa sortie du Normandy, où il s'est arrêté le temps d'une bière, son déjeuner d'affaires achevé.

Il ne fait pas très chaud, au plus trente degrés, et encore. Il est 4 heures de l'après-midi ce jeudi, et, pour ce séjour à Hanoi, Kaï a préféré aller dormir dans la petite maison au bord du fleuve Rouge, en amont. (C'est là que monsieur Margerit habitait, au temps lointain où il faisait des études à Hanoi ; le bâtiment a toujours été entretenu, avec une surprenante fidélité, durant les soixante et quelques dernières années.)

— C'est la police, dit le cyclo-pousse.

— Je m'en doute un peu, dit Kaï.

... Monsieur Margerit aussi avait coutume d'y séjourner quand il allait en voyage d'affaires dans le Nord — probablement pour y rencontrer des créatures, l'endroit étant évidemment plus discret qu'un hôtel. Mais Kaï sait vraiment très peu de chose de la vie privée de son grand-père. Il n'avait pas de congaï en titre, ça il en est sûr.

— Tu t'appelles comment ?

Question au cyclo-pousse.

— Van Anh.

— Moi, c'est Kaï.

— Tu parles bien ma langue.

— Je te paie ta course et tu restes à côté de moi.

— Je préfère que tu montes. Ce n'est pas convenable d'être payé à ne rien faire. Et si c'est pour te protéger contre ces policiers, je ne suis bon à rien. Tu vas où ?

— Je marche, dit Kaï. Je viens de prendre une très grande décision et j'ai besoin de marcher un peu pour réfléchir aux conséquences.

— Qu'est-ce qu'ils ont contre toi, ces policiers ?

— Aucune idée.

C'est vrai. Enfin, presque. On ne sait jamais. Il y a eu un moment où Kaï a failli attendre les trois abrutis collés à ses talons et leur demander à quoi ils jouaient. Il a changé d'avis.

Mais il ne croit pas qu'ils aient remarqué qu'il les a remarqués...

— Tu es marié, Van Anh ?

— Oui. Six enfants, et déjà quatre petits-enfants.

— Le cyclo t'appartient ?

Oui, aussi. Enfin, la machine sera l'entière propriété de Van Anh sitôt qu'il aura réglé les onze versements de neuf piastres qu'il doit encore au Chinois.

À son avis, les trois abrutis derrière lui disposent quelque part d'une voiture. Forcément. Pour le cas où il serait reparti en automobile du Normandy.

— Je t'achète ton engin de mort, Van Anh.

— Il n'est pas à vendre. Je fais vivre ma famille avec.

— Je te l'achète cent mille piastres.

— Tu es fou.

— Justement non. Je ne le suis plus. Je l'ai été pendant des années, mais ça vient de me passer. D'accord, disons deux cent mille. Ou trois cent. D'ailleurs, pourquoi trois cent ? Allez, ça va, disons cinq cent mille, et on n'en parle plus. Tu es vraiment dur en affaires, tu sais. Je vais te faire un papier. Tu sais lire ?

— Tu es soûl.

— Non. Tu sais lire ? Un peu ? On prendra des témoins en qui tu as confiance et qui savent lire. Je ne suis jamais soûl, Van Anh. Et je suis riche à en pleurer. Bon, je vais compter jusqu'à trois. À trois, tu sautes de ta selle dans le siège devant toi, celui du client, et moi je monte sur la selle et je pédale. Un...

— Tu as encore tes grands-pères, Van Anh ?

Non. Ils sont morts tous les deux.

— Mais tu avais du respect pour eux.

Infiniment de respect, et même de la vénération, répond le cyclo-pousse. Qui, assis sur le siège rembourré à l'avant, n'en finit pas de contempler et le chèque de quatre cent quatre-vingt-dix-huit mille neuf cents piastres (Kaï n'avait que mille et quelques piastres sur lui), et le document établissant l'achat, dûment authentifié et signé par les deux parties, en présence de cinquante-quatre témoins de bonne foi.

— Nous autres Tonkinois avons beaucoup de respect pour nos aînés, dit-il.

— Ce sont des choses qui nous arrivent parfois, à nous aussi, dit Kaï.

... Kaï qui pédale le long du fleuve Rouge, quelque part dans les lointains faubourgs nord-ouest de Hanoi. Quand il s'est assis sur la selle du cyclo, une heure et demie plus tôt, il s'est aussitôt dressé sur les pédales et a démarré avec la vélocité de l'un des frères Pélissier visant une victoire d'étape dans le Tour de France. En un clin d'œil, les policiers ont été distancés. Kaï les a vaguement vus courir vers une Quadrillette Peugeot noire, mais trop tard.

— C'est le respect que j'avais pour mon grand-père qui m'a bloqué si longtemps, Van Anh. Tu comprends ?

Pas trop bien. Le cyclo-pousse a plutôt du mal à comprendre que l'on puisse renoncer à une fortune colossale. Surtout quand elle vous vient de votre aïeul, qui vous a demandé d'en prendre soin.

— Je crois, dit Kaï, que monsieur Margerit mon grand-père a toujours su qu'un jour ou l'autre j'abandonnerais tout, que mon ascendance Kaï O'Hara l'emporterait sur l'autre.

Le ciel se couvre un peu, à l'ouest, où se forme un camaïeu de mauves. La nuit ne devrait plus tarder. Les eaux couleur de brique du fleuve Rouge, dont le vrai nom est Song Koï, ces eaux s'assombrissent ; et les sampans mus le plus souvent à la perche commencent à jouer les ombres chinoises dans la lumière qui baisse. Kaï fait demi-tour et revient vers Hanoi, sur l'autre rive. Voici plus de trente minutes, il s'est débarrassé de son veston et de sa cravate, qu'il a offert à une femme en échange d'un peu de *chum* dans un gobelet de bambou ; il a retroussé les manches de sa chemise, dont il a largement ouvert le col. Il se sent léger — rien à voir avec l'alcool de riz dont d'ailleurs il n'a bu qu'une gorgée.

Pourquoi ai-je attendu si longtemps pour me décider ?

Vers 7 heures, ils dînent, Van Anh et lui. Assis sur les tabourets microscopiques d'une sorte de restaurant extrêmement rustique ; une épaisse couche de détritus provenant du marché de la journée couvre le sol, des rats y batifolent ; mais le *canh bong cà* est réellement excellent (c'est de l'estomac de requin très croustillant, mélangé à du porc, des champignons, des fleurs de lis jaune et des épices, auxquels, au moment de servir, le cuisinier ambulant ajoute deux œufs battus et un hachis de cerfeuil, de ciboulette et d'estragon). Kaï en engloutit quatre portions.

— Rentre chez toi à présent, Van Anh. Prends le cyclo.

— Il est à toi.

— Tu le prends et tu me le gardes. Tu peux t'en servir comme bon te semble. Qu'est-ce que j'en ferais désormais ? Je rentre demain à Saigon, et par avion.

Perplexe, Van Anh finit par s'en aller. Kaï termine sa deuxième bière puis repart à son tour, à pied. Il traverse vers 9 heures le Village de Papier, longe la pagode des Deux-

Femmes, s'attarde dans cette avenue qui s'élance du portique à triple entrée du temple et que bordent de très vieux manguiers, suce des pastilles de casse en compagnie de deux ou trois hommes âgés qui prennent le frais relatif de la nuit. À un moment, la Quadrillette Peugeot passe, lentement. Sans le voir : il s'est retiré hors du halo jaunâtre d'une lampe encerclée par une farandole de phalènes.

Tant et si bien qu'il est minuit, ou peu s'en faut, quand enfin il arrive à la petite villa où il a déposé son mince bagage.

Et bien sûr les policiers sont là. Cinq hommes en deux voitures. Dont un qui n'est rien de moins que commissaire et se nomme Sabourat.

— Je ne peux vous dire que ce que je sais, monsieur O'Hara. Selon mes collègues de Saigon, tous les éléments réunis prouvent que votre femme dirige un réseau d'espionnage.

— Ça ne tient pas debout.

— Espionnage au profit de la Grande-Bretagne...

— Ma femme est anglaise.

— Et de la Chine.

— Elle est également chinoise.

— Elle a un passeport français, monsieur.

— Et un autre britannique. Comme moi-même. Ces accusations sont ridicules. Elle a été arrêtée ?

— Elle est en fuite, monsieur.

— Excusez-moi, dit Kaï.

Il passe dans la petite cuisine et, dans la glacière, prend une Tsing Tao. Il revient dans la salle de séjour très simplement meublée d'un canapé, de deux fauteuils de rotin, et d'une table basse, posée sur une natte moï.

— En fuite ?

— Un attentat a eu lieu à Saigon voici deux jours, mardi dernier. Une bombe a fait exploser la voiture du chef de la mission économique japonaise...

— Le chef en question était à l'intérieur de la voiture ?

— Heureusement non.

— Et ma femme aurait placé cette bombe ? En tenant sa fille sous l'autre bras ?

— Madame O'Hara a reconnu les faits.

— Elle dit n'importe quoi quand elle est en colère. Commissaire, comment diable vos collègues de Saigon en sont-ils venus à penser que ma femme pouvait poser des bombes ?

— Il y a eu un témoin, qui a identifié madame O'Hara.

— Qui ?

— Un Japonais.

Kaï boit une gorgée de bière :

— Il y a quelques années, avant notre mariage, ma femme habitait Shanghai. Où elle a eu de graves difficultés avec l'armée japonaise. Toute cette affaire est un coup monté.

— Sauf que madame O'Hara a reconnu avoir organisé l'attentat. Et aussi qu'elle était un agent de l'Angleterre. Elle a même précisé qu'elle en était fière. Juste avant d'assommer l'un des deux inspecteurs venus la questionner, puis d'enfermer l'autre dans la bibliothèque et de prendre la fuite à bord d'une voiture. Voiture qui a été retrouvée sur la route du cap Saint-Jacques, à une soixantaine de kilomètres de Saigon. Vide.

— Elle a emmené notre fille ?

— Oui. Sauriez-vous où elles sont, monsieur ?

— Non. Quand est-ce arrivé ?

— Aujourd'hui. Enfin, hier. En tout début d'après-midi. Vers 13 h 30.

— J'étais ici en train de déjeuner.

— Avec trois personnes, je sais. J'ai exécuté les ordres qui m'étaient donnés, monsieur O'Hara. Je vous ai fait suivre dès votre sortie du restaurant.

— Tiens donc, dit Kaï.

— Vous n'avez pas remarqué cette filature ?

— Je suis en paix avec le monde entier. Je n'ai aucune raison de regarder derrière moi.

— Pourtant vous avez échappé à mes hommes. À bord d'un cyclo-pousse. Vous pédaliez.

— Grotesque, dit Kaï. Je m'amusais.

— Vous avez disparu peu après 4 heures et vous réapparaissez à minuit passé. Vous êtes un homme très riche et donc très influent, monsieur O'Hara. Puis-je vous demander où vous êtes allé pendant ces huit heures ?

— Je me suis promené, j'ai un peu bu, j'ai mangé du canh bong cà — c'est de l'estomac de requin — sur un marché, j'ai bavardé avec des passants, j'ai joué aux dés. J'ai perdu vingt-six piastres. Allez-vous m'arrêter ?

— Si j'ai une raison de le faire.

— Je ne sais rien d'aucune activité d'espionnage. De qui que ce soit. Je suis convaincu que ma femme est victime d'un piège, et qu'elle se sera affolée. Elle a vécu des moments très durs, quand elle était en Chine.

— Êtes-vous gaulliste, monsieur O'Hara ?

— Je ne sais même pas ce que le mot veut dire.

— Mes collègues tiennent beaucoup à vous parler.

— Je pars demain matin pour Saigon. Je répondrai à toutes leurs questions. Et, bien entendu, je me mettrai à la recherche de ma femme et de ma fille.

— Je me trompe, ou tous ces événements vous laissent étrangement calme ?

— Vous vous trompez.

Kaï prend une autre gorgée de bière. Mais il soutient le regard du policier. Qui finit par tourner les talons et s'en va. Il y a, dehors, le bruit des deux moteurs mis en marche. Kaï sort sur la minuscule véranda pour regarder les véhicules s'éloigner. Il éteint la lampe éclairant le jardinet, revient dans la salle de séjour, où il éteint aussi. Il passe dans la chambre. La seule lumière étant alors celle du clair de lune.

— Sabourat n'a pas cru un seul mot de ce que tu lui racontais.

— C'est sans importance, dit Kaï. Le problème est que je ne pourrai pas vous embarquer demain matin, comme c'était prévu. Ils seront sûrement à l'aérodrome.

— Nous passerons par le Laos.

Venant du jardin et entrant par la fenêtre, deux hommes se glissent dans la chambre. L'un est chinois, il arrive de Canton et, pour autant que Kaï le sache, il est parvenu à échapper à la surveillance japonaise lors du franchissement de la frontière. Kaï tenait prête pour lui une carte d'identité française qui lui aurait permis de gagner Saigon par avion, mais il faut maintenant renoncer au projet.

L'autre s'appelle Brazier. Il est français, de mère anglaise. À la connaissance de Kaï, il a été le premier en Indochine à poursuivre la guerre, après l'armistice demandé par Pétain en juin de l'année précédente. Deux mois plus tôt, il a été arrêté à Hanoi et mis en prison. Il s'en est évadé. Le voyage de Kaï au Tonkin avait en fait pour motif essentiel de le ramener au Sud.

— Nous passerons par le Laos, répète Brazier. J'ai toujours aimé les promenades en forêt. Pars demain comme convenu. Tu n'es pas trop inquiet, pour ta femme et ta fille ?

— Pas si elle a fait ce qui était prévu.

Une voiture a suivi Kaï quand il a quitté, avant l'aube, la petite maison au bord du fleuve, Sabourat en personne attendait sur la piste, flanqué de deux de ses hommes.

— Votre avion personnel, monsieur O'Hara ?

— Celui de ma compagnie.

— Dont vous êtes le seul actionnaire. À propos, nous avons eu connaissance cette nuit d'un achat que vous auriez fait. Un cyclo-pousse.

— J'aimais fortement sa couleur.

— Au point de payer cinq cent mille piastres pour l'acquérir ?

— Son propriétaire ne voulait pas s'en séparer. Il y était attaché sentimentalement.

— Monsieur O'Hara, notre sentiment à nous est que vous avez passé toute la soirée d'hier à chercher quelqu'un. Quelqu'un que la présence de mes hommes derrière vous vous aurait empêché de rencontrer.

— Vous avez trop d'imagination, mon bon.
— Connaissez-vous quelqu'un appelé Brazier ?
— Non. Ou plutôt si : un planteur d'hévéas au Cambodge portait ce nom.
— C'est le même.
— Je ne l'ai pas vu depuis un séjour que j'ai fait à Kompong Cham, voici trois ou quatre ans. Vous envisagez de m'empêcher de prendre cet avion, commissaire ?
— Vous vous posez à l'aéroport de Saigon, bien entendu.
— Je dirige, dit Kaï, une bonne quinzaine de sociétés diverses, employant au total quinze mille personnes. Mes bureaux sont à Saigon. Et j'ignore où sont ma femme et ma fille. Où voulez-vous que j'aille ?

Le pilote du Potez s'appelle Casanova. C'est un petit homme rondouillard à qui sa calvitie donne plus que ses trente-huit ans. Il est d'un naturel fort irascible : à un homme qui, dans un bar de Cholon, le menaçait de l'index, il a tranché le doigt d'un coup de dent et avalé les deux premières phalanges. La vue de n'importe quel uniforme le jette immédiatement dans une fureur enragée, il hait toute autorité et, de façon plus générale, abomine l'espèce humaine dans sa totalité, à la seule exception des dix-sept ou dix-huit enfants qu'il a eus de ses multiples femmes annamites. Il écume de colère tout le temps qu'il fait décoller son appareil.
— Ces flics pourris m'ont fouillé mon aéroplane !
Sitôt en l'air, il effectue un passage en rase-mottes juste au-dessus de la tête de Sabourat et de ses hommes, ricane sauvagement en les voyant tous se jeter au sol, reprend de l'altitude.
— On ne devait pas avoir d'autres passagers ?
— Ils ont été retenus.
La cordillère annamitique sous l'appareil. On vole depuis une heure, le sommet du Rao Go en vue sur la droite, dans un ciel très clair — Casanova vole au plus à douze cents mètres et ne prend pas la peine de consulter la moindre carte, assuré qu'il est de sa route.

— La Badam Patron va bien ?

Il parle de Boadicée.

— Très bien, dit Kaï. Elle a juste fracassé la tête d'un flic et galope actuellement dans les rizières du delta, avec notre fille sous le bras.

— Elle l'a tué, le flic ?

— Non.

— On ne peut pas se fier aux femmes. Et pourquoi elle a fait ça ?

— C'est une espionne, et ils s'en sont aperçus.

— Tu le savais, toi ?

— Forcément. Je suis un espion moi aussi. Depuis un an.

— Tu espionnes pour qui ?

— Les Anglais.

— Je n'aime pas les Anglais.

— Tu n'aimes personne.

— C'est vrai. Et c'est quoi, être espion ?

— Donner des informations. Dire aux Anglais où sont les Japonais et les Allemands, quand il y a des Allemands. Combien il y a de Japonais en Indochine, et où, et quelles unités, et ce qu'ils préparent, et comment on peut espérer un jour leur taper sur la figure.

— Ça me paraît intéressant. Je peux être espion, moi aussi ? Il faut un diplôme ou quoi ?

— Tu es un espion, Jean-Baptiste.

— Ah bon ?

— Tu es un espion à partir du moment où tu ne poses pas ton aéroplane à Saigon mais ailleurs, là où je te dirai.

— Je peux poser mon aéroplane n'importe où. Même sur le sommet d'un arbre. Une fois, j'ai atterri sur un buffle. Et je me pose où ?

— Tu connais l'ancienne plantation Bompar ?

— Celle au Cambodge, près de Snoul ?

— Près de Mimot.

— Il n'y a pas de piste.

— Et alors ?

— Je disais ça pour causer, c'est tout. Mais il a sacrément

plu ces derniers jours, et je vais m'embourber jusqu'aux sourcils.

— Il y a une piste, dit Kaï. Je l'ai fait aménager l'an dernier. J'ai même caché des bidons pour refaire le plein de ta pétrolette. Parce qu'une fois que tu te seras posé à Kompong Moy, et dès que nous aurons récupéré ma femme et ma fille, nous repartirons pour la Malaisie.

— Je n'aime pas la Malaisie.

— Tu ne seras pas obligé d'y rester. Rien ne t'empêche de rentrer en Cochinchine pour retrouver tes dix-sept enfants.

— Dix-neuf.

— Excuse-moi. Tu raconteras que je t'ai forcé à me conduire sous la menace.

— Si un type essayait de me forcer en me mettant un revolver sur la tempe, je piquerais vers le sol et j'enfoncerais mon aéroplane de cent mètres.

— Moi, je le sais. Je sais que tu es complètement fou. Mais les policiers de Saigon ne le savent pas. Ils te croiront.

— Ils auront intérêt, dit Jean-Baptiste Casanova avec une férocité proprement sardonique.

Il y a effectivement une piste à Bompar et le petit avion s'y pose, peu avant midi. L'endroit est fait de forêt-clairière, les hévéas laissés à l'abandon recouvrent, au sud-sud-ouest, de molles ondulations, quelques paillotes rappellent que des saigneurs ont travaillé ici, et le bungalow Bompar est toujours debout, encore que le toit de tôle ondulée soit rouillé et que quelques-unes de ses plaques aient été arrachées par une queue de typhon de passage. De hautes herbes commencent à recouvrir la petite usine, avec ses bacs de coagulation en aluminium, son laminoir, sa chaudière, la cuve pour la fabrication du crêpe, les longues gouttières de zinc, l'entassement des baquets utilisés par les saigneurs ; rien n'a été touché, tout est tel que Kaï l'a trouvé quand il a acheté le terrain, deux ans et demi plus tôt, aux héritiers d'un Ardéchois emporté par les amibes.

Kaï montre à Casanova la cache des fûts, pour le ravitaillement du Potez. Et il déterre la cantine métallique dans laquelle il a disposé des vêtements de rechange pour Boadicée et pour lui-même, ainsi que ces choses servant aux bébés — des biberons, du talc, des couches pour cinq semaines ; plus deux fusils Garand, leurs munitions, deux machettes, un revolver, des boîtes de ration, des cartes du Cambodge, enfin de la Thaïlande, et de la côte malaise entre Kota Bharu et Singapour.

— Tu as oublié les brosses à dents, remarque le pilote.

— Non.

Ni les brosses à dents ni le savon de Marseille.

— Quand tu prépares une fuite, toi, tu vas dans le détail, on ne peut pas dire, remarque Casanova.

Qui n'a tort que sur un seul point, mais de taille : Boadicée n'est pas là, qui pourtant devrait être déjà arrivée au rendez-vous.

Ils font tourner le petit avion et l'ont placé en sorte qu'il puisse décoller en utilisant toute la longueur de la piste, et ils l'ont dissimulé tant bien que mal. Quatre heures se sont écoulées depuis leur atterrissage. Selon les calculs de Kaï, le trajet — dont il avait prévu chaque kilomètre — entre Saigon et Kompong Moy devait prendre au plus huit heures, il s'attendait à les trouver ici à son arrivée. Par deux fois déjà...

— Elle arrive par où ?

— En principe par Phu Cuong, puis Ben Suc. Ensuite plein nord sur la rive droite de la rivière de Saigon.

... Par deux fois déjà, Kaï est allé au sud, fusil en main. N'osant pas trop s'éloigner du point de rendez-vous, et surtout parce que, dans ce paysage d'hévéas, tout un bataillon pourrait le croiser sans être vu. Il se ronge les sangs.

— À propos, dit Casanova qui attaque une autre bière (le Potez en a emporté six caisses), ils ont coulé le *Bismarck*.

— C'est quoi ?

— Un cuirassé allemand qui était incoulable. Glou glou. Si tu te calmais ? Tu vas finir par nous creuser une tranchée, à force d'aller et venir. Elle va arriver.

Et qu'est-ce qu'il peut faire ? Il s'accorde jusqu'à 8 heures du soir. Si la situation n'a pas changé, il courra jusqu'à Mimot. Ils ont un émetteur-récepteur radio, là-bas, il pourra toujours appeler le palais Norodom à Saigon pour savoir si sa femme et sa fille sont en prison.

Vers 6 heures, avec l'imminente tombée de la nuit, une escadrille de renards volants passe dans le ciel qui vire lentement au mauve. Ce sont des chauves-souris géantes, grandes parfois d'un demi-mètre, qui battent mécaniquement l'air de leurs ailes membraneuses avec un étrange froissement de soie, très net dans ce silence total, noires comme des cauchemars. On en voit ordinairement peu dans le sud du Cambodge, elles hantent davantage les contreforts du massif des Cardamomes, plus au nord-ouest, ou les antiques tours des temples d'Angkor.

— Je vais à Mimot.

— Tu as dit 8 heures.

— Ne m'emmerde pas, Jean-Baptiste.

Il ramasse l'un des Garand et a le temps de parcourir une soixantaine de pas quand il perçoit le sifflement. Une ombre apparaît dans l'obscurité grandissante.

— Ne me tue pas, s'il te plaît, dit Ba. Et pour le cas où ça t'intéresserait, il y a une madame et une mademoiselle O'Hara à deux heures de marche d'ici. Elles arrivent, autrement dit. Tu n'aurais pas une bière ?

Et en plus, elle a réussi à tomber sur le plus microscopique des groupuscules indépendantistes révolutionnaires, dont le chef est un ancien condisciple de Kaï. Elle a du génie dans la folie.

— Tu t'es inquiété ?

— Moi ? dit Kaï. Et pourquoi donc ? En fait, j'espérais que vous ne vous montreriez que demain ou après-demain, le temps que nous finissions les bières, Jean-Baptiste et moi. On était bien, entre hommes.

Elle lui mord la lèvre en l'embrassant encore, et pendant quelques secondes ils s'étreignent, la petite serrée entre eux deux.

— Tu as vraiment posé ou fait poser une bombe ?

— Ne dis pas n'importe quoi. Non.

— C'est bien un piège, donc.

— Si j'avais fait exploser la voiture d'un officier japonais, l'officier japonais aurait été dedans. Pendant que j'y pense, nous sommes suivis.

— Éteins-moi ce feu, Jean-Baptiste, dit Kaï. Suivis par qui ?

Qu'est-ce qu'elle en sait ? Elle ne s'est pas, ils ne se sont pas attardés, Ba, les hommes de Ba et elle, pour demander leurs papiers à ces hommes qui leur couraient après.

— Ils sont tenaces, ces fils de chien. Ba nous a fait faire des tas de détours mais ils nous retrouvaient toujours.

— Je pensais les avoir semés, dit Ba.

— J'ai vu les phares de leurs camions il n'y a pas une heure, dit Boadicée.

Nom d'un chien, pense Kaï, nous voilà bien. Qu'est-ce que c'est que ces flics qui courent après une femme et une petite fille d'un pays sur l'autre ? Bon, c'est vrai que l'administration française a pleine autorité sur la Cochinchine et aussi le Cambodge mais, quand même, je pensais qu'ayant franchi la frontière, nous serions plus ou moins tranquilles.

— On peut décoller tout de suite, Jean-Baptiste ?

— En pleine nuit ?

— Tu pourrais faire décoller ton aéroplane les yeux fermés.

— Seul à bord, sûrement. Je ne risquerais que ma peau. Si je vous tue tous les trois, ta femme, ta fille et toi, vous seriez capables de me faire des reproches.

— Moi, je n'embarque pas dans ce machin, dit Boadicée. Pas avec ma fille.

Ba et quatre des camarades lénino-marxistes ont accompagné la jeune femme et l'enfant depuis leur départ de Saigon. Eux-mêmes sont recherchés par la police saigonnaise. Leur intention est de trouver un refuge sur les hauts plateaux vers Ban Oha Kroy, au-delà de Snoul, à l'est-nord-est.

— C'est peut-être toi que ces policiers suivent avec tant d'acharnement, lui dit Kaï.

— Ça m'étonnerait. Ils ne nous savent pas ensemble. Non, c'est à ta femme qu'ils en veulent. Vous voulez partir avec nous ?

— Nous allons en Malaisie, Ba.

— Mais vous avez ces types sur les talons. Et ils ne vont plus tarder. Le mieux serait que vous nous accompagniez. Là où nous allons, on n'a pas vu de gendarmes ni de soldats depuis Doudart de Lagrée.

Doudart de Lagrée commandait les troupes françaises au Cambodge près de quatre-vingts ans plus tôt. Ba connaît ses classiques.

C'est Boadicée que Kaï regarde. Je ne bouge pas d'un millimètre si elle n'est pas absolument, totalement, définitivement d'accord. Parce que ce que j'ai en tête, et à quoi elle pense aussi, est complètement dingue.

Rigolo mais dingue.

Et Boadicée sourit, dans la pénombre.

— Vous n'allez quand même pas faire ça ? dit Ba.

— À ton avis, O'Hara ? dit Boadicée.

— À mon avis, oui.

Le pinceau des phares d'un premier camion troue la nuit, à deux kilomètres dans le Sud, dans la direction de la frontière de Cochinchine qui est au plus à quinze mille mètres. Boadicée ramasse le sac à dos dans lequel elle a placé tous les trucs et les machins pour sa fille. Kaï hisse sur son dos le panier dans lequel est sa fille, puis il se charge des deux fusils, du revolver, du premier sac contenant les munitions, du deuxième enfermant les rations.

— Tu as tapé vraiment fort sur la tête de ce flic ?

— Pourquoi, je l'ai tué ?

— Il paraît que non.

— Je lui ai donné un bon coup, mais pas plus.

— Avec quoi ?

— La sculpture du génie que ton grand-père avait volée à Angkor.

Ils se sont mis en marche tous les deux, nous allons contourner Mimot par l'est, après quoi nous marcherons plein nord ; en deux jours au plus, nous serons sur les bords du Mékong.

— C'est de la folie, dit Ba marchant à côté d'eux, alors que ses hommes ont déjà entamé leur progression vers l'est.

— Dans une heure, dit Boadicée, il faudra nous arrêter.

— Tu es fatiguée ?

— Non, mais ce sera l'heure du biberon.

Deuxième biberon à trois kilomètres dans le nord-est de Mimot. Ils ont franchi la route de Kompong Cham à Snoul, qui rejoint dans cette dernière localité le grand axe qui, de Saigon, monte au nord vers Paksé et Savannakhet au Laos. Kaï a aperçu au loin — trop loin, même pour lui — ce qui pouvait être un camion à l'arrêt, sans raison apparente, au beau milieu de nulle part : ces crétins qui nous poursuivent auraient essayé de dresser un barrage pour nous intercepter ?

— Fatiguée ?

— Pas du tout.

Boadicée a marché une bonne partie de la journée précédente avec Ba, et elle vient de parcourir une bonne quinzaine de kilomètres, sans autre repos que les quelques minutes passées à côté du Potez de Casanova.

— On peut s'en tenir là, dit Kaï.

— Tu veux dire aller à Mimot en levant les bras au-dessus de notre tête et nous rendre au gendarme, s'il y a un gendarme ?

— L'idée, c'est de traverser tout le Cambodge à pied, et de nuit, avec une petite fille de neuf mois ? Et une fois ledit Cambodge traversé, nager jusqu'en Malaisie ? Nous ne sommes pas arrivés. Boadicée...

— Non.

— Écoute, ils nous ramèneront à Saigon. J'y connais à peu près tout le monde.

— Tu achèteras les juges ?

— Je serais étonné de pouvoir le faire. Et plus encore d'en avoir envie. On m'a dit qu'ils avaient trouvé des documents, à la villa.

— Les codes et le dernier rapport de Lagnel.

— Je pourrais toujours raconter que les codes nous servaient à jouer à la bataille navale. Le nom de Lagnel était mentionné quelque part ?

— Non. Tu as vu Brazier ?

— Il rentre à pied, lui aussi. On va peut-être se croiser derrière un cocotier. Ne détourne pas la conversation : je suis à peu près certain qu'ils ne nous feraient pas grand-chose, à Saigon. Sans compter que ça ferait mauvais genre, s'ils mettaient en prison l'homme le plus riche de Cochinchine et des environs, pour collaboration avec notre allié de l'année dernière.

— Non.

— Je me trompe, ou tu ne veux rentrer à Saigon sous aucun prétexte ?

— Ah ! ah !

... Et tu vois très bien ce qu'elle veut dire par son « ah ! ah ! », Kaï O'Hara. Elle est restée deux ans et des poussières à Saigon, à s'y morfondre, à s'y emmerder autant que faire se peut, pour appeler les choses par leur nom. Bon, elle en est partie...

— J'allais oublier. Pendant que j'étais à Hanoi, j'ai décidé de renoncer à l'héritage de monsieur Margerit mon grand-père. Complètement. Sans cette histoire, je serais en train d'annoncer la nouvelle à Jaffrey, en l'informant qu'à partir de dorénavant et jusqu'à désormais, il aurait à diriger le foutu empire tout seul.

C'est bien un camion, à environ quatre mille mètres. Dans l'aube pas encore venue mais qui ne saurait tarder, le véhicule vient d'allumer ses phares et bien plus loin, sur la piste en latérite, une voiture se rapproche. Kaï reporte son regard sur Boadicée. Si la révélation qu'il vient de lui assener l'a bouleversée, il n'y paraît guère : une épingle à nourrice entre ses dents (et avec une charmante mèche de cheveux lui tombant sur l'œil, elle est à croquer), elle achève de changer sa fille.

— Tu as entendu ce que je viens de te dire ?

— Clair et net, dit-elle. Pour l'instant, on marche la nuit et on dort le jour, c'est ça ?

— Tant que nous serons à portée de ces abrutis.

— Alors, on repart. C'est encore loin, ta paillote ?

— Une heure. Nous y serions déjà presque arrivés si tu n'avais pas insisté pour t'arrêter.

— Ta fille avait faim et, en plus, avec ce qu'elle avait dans sa culotte, il y avait urgence.

Boadicée s'est déjà remise en route. Il ramasse tout son saint-frusquin d'au moins cinquante kilos et part derrière elle. Il connaît fort bien cette zone, il l'a pas mal parcourue à cheval, du temps où il travaillait à la plantation de Kompong Cham, et il y est venu faire semblant de chasser. Il se sert fort convenablement d'un fusil mais déteste tuer des bestioles. Il a même raté six tigres, il fallait le faire.

— Ça saute aux yeux, dit-il en contemplant les hanches de sa femme, ma nouvelle t'a abasourdie.

— Quelle nouvelle ?

— Que je renonçais, pour l'empire. La nouvelle de mon abdication.

Vivement la paillote, et que la petite dorme, pour que je puisse lui faire un gros câlin.

— J'étais au courant, dit Boadicée.

— Je n'en ai parlé à personne, ne te vante pas.

— J'étais au courant.

Nous arriverons juste à temps, le foutu jour se lève — heureusement, le ciel est seulement couvert, il ne manquerait plus qu'il pleuve.

— Je l'ai su quand j'ai vu que tu emportais ta chemise à rayures, en partant pour Hanoi.

— Nom de Dieu, quel rapport ?

— Ne jure pas devant ta fille, s'il te plaît. Tu as toujours détesté cette chemise. À partir du moment où tu l'emportais, tout devenait clair. Tu préparais la rupture.

Il dort. Ils sont parvenus à ce que Kaï a appelé la paillote. Qui n'est pas vraiment une paillote, ou alors toute petite ;

c'est plutôt une cabane, un abri de chasse ; dressée sur des pilotis au bord même de ce qui n'est qu'un ruisseau mais qui, plus au nord, se transforme en rivière et mêle ses eaux à celles du Mékong ; elle contient un bat-flanc, sur lequel la mère et l'enfant se sont couchées et très vite endormies, et la végétation de pariétaires et de bambous l'encercle et la dissimule. Kaï a fait un peu le ménage à grands coups de machette, a délogé un petit python qui y avait installé ses quartiers, a battu les fourrés à l'entour sans rencontrer de cobra, mais a toutefois failli donner de plein front dans toute une congrégation de vipères fers-de-lance qui tenaient un concile, chacune d'un petit mètre, suspendues par leur queue et le considérant de leurs yeux rouges. Il les a laissées tranquilles, s'est occupé à rafistoler tant bien que mal le toit de la cabane, redisposant les feuilles de latanier en sorte qu'elles protègent au moins le bat-flanc. Puis il s'est endormi à son tour, à même le plancher.

La pluie l'éveille. Il enfile ses brodequins de chasse et, tout nu, va faire un tour d'inspection, escalade le tronc fort rugueux d'un borasse en s'écorchant un peu, constate qu'il n'y a pas âme qui vive à des kilomètres à la ronde. Le tout sous une pluie fine, mais bientôt les gouttes s'épaississent, de véritables trombes dégringolent du ciel.

— Il pleut sur ma fille, O'Hara.

Il est revenu à la cabane, où la touffeur est à la limite du supportable. La toile de tente double le toit de latanier.

— Je suis heureuse.

— D'être ici ?

— De ne plus être à Saigon. Et d'être ici. Et de savoir que tu ne t'occuperas plus jamais de ce que ton grand-père t'a laissé. Et de voir que tu es dans de bonnes dispositions pour un câlin. Qu'est-ce que c'est que ces écorchures ?

— J'ai grimpé à un palmier.

Les deux heures suivantes, ils jouent avec leur fille, nus tous les trois. Jusqu'à ce que l'enfant s'endorme enfin. Ils font l'amour, se douchent sans avoir pour cela à faire plus de deux pas hors de l'abri de la toile de tente, tant la pluie est dense. Vers le début de l'après-midi, le niveau de l'eau du ruisseau est monté d'un bon mètre, le cours de ce qui est à présent une vraie rivière s'étale sur dix brasses de large. Il serait sans doute possible de naviguer sur ce flot limoneux. Encore faudrait-il avoir une embarcation. Ou un radeau. Et, pendant trois heures, Kaï s'acharne à en fabriquer un ; il patauge, immergé jusqu'à la taille, essayant d'assembler des troncs et des branches, tandis que les fers-de-lance nagent autour de lui (ceci pourrait bien être un cobra, non ?), qu'il écarte tant bien que mal.

Résultat nul. Impossible avec une simple machette. Il aurait dû emporter une hache.

— J'ai l'impression d'être en vacances, dit-elle.

Ils sont repartis. Kaï a abandonné son projet initial, qui leur aurait fait suivre et descendre la rivière — d'après la carte, c'est le Prek. Trop de terre inondée. Ils avancent tout droit, marchant sur des diguettes, rizières inondées de part et d'autre d'eux. On y voit à peine. Il a cessé de pleuvoir, pour l'instant. Mais le ciel reste très sombre, aucune étoile n'est visible. Espèrent aller bien au nord.

— Nous sommes en vacances, en somme, dit-elle encore.

En vacances, nom d'un chien, pense Kaï, qui sous l'effet de ses cent vingt kilos s'ajoutant aux cinquante qu'il transporte, s'enfonce parfois jusqu'aux genoux dans la boue. Dans son dos, la petite gazouille, agua-agua. En vacances ! qu'est-ce qu'il ne faut pas entendre !

Ils appuient sur leur droite à la montée de l'aube, pour se mettre à couvert. Pluie ce jour-là encore, à la même heure que la veille, en début d'après-midi. Pour une durée a peu près identique : quatre heures de déluge.

Pluie encore le lendemain, et le jour suivant. Kaï avait estimé qu'il leur faudrait deux nuits de marche pour couvrir la trentaine de kilomètres jusqu'au Mékong. Ils en sont à quatre et toujours rien. Je me serais trompé de direction, peste-t-il.

— Nous sommes, dit Boadicée, nous sommes mariés depuis deux ans, trois mois et dix-neuf jours. Si nous sommes le 30 juin, un jour important. Nous sommes le 30 juin ?

— Je m'en fous complètement.

— Et en deux ans, trois mois et dix-neuf jours, combien de vacances ? Neuf malheureuses petites journées sur le voilier de ton papa, dans le golfe du Siam.

— Plus notre voyage de noces.

— Plus la fois où tu m'as emmenée à Phnom Penh et aux temples. Mais tu y es allé pour faire plaisir à des clients.

La quatrième nuit s'achève sous d'autres torrents d'eau et à l'abri précaire d'un bosquet d'aréquiers.

— Je me sens libre, Kaï. Ne me dis pas que j'ai sauté sur cette guerre comme sur une occasion de changer de vie, je le sais. Où vas-tu ?

Kaï a les mains en sang à force de porter les énormes sacs, et ses épaules sciées par les courroies ne valent guère mieux. Il vient de se relever, après s'être un moment écroulé. Le jour n'est pas encore tout à fait venu et, d'ailleurs, le ciel est tellement sombre que la fin de la nuit se remarquera à peine.

— Je fais juste un petit tour. Ne bougez pas, Claudie et toi.

— Claude-Jennifer, s'il te plaît.

— Si tu veux.

Je vais en avoir le cœur net, nom d'un chien. Nous aurions dû parvenir au Mékong depuis hier, où est passé ce foutu fleuve ? Il sort du petit bois et, dans les secondes qui suivent, il se produit un spectaculaire changement dans le ciel qui s'éclaircit comme par miracle, tandis que la herse de la pluie de mousson se lève d'un coup. Droit devant les yeux de Kaï s'allonge la trace quasi rectiligne qu'ils ont gravée dans la gadoue, Boadicée et lui, résultat de leur progression durant les deux dernières heures.

Le Mékong est là, à environ cent mètres.

Ils l'ont longé sur au moins six kilomètres.

Il pivote. Des fumées montent dans le ciel, plus à l'est, en bordure du fleuve. Ce sera Chhlong — le village situé à la confluence du Perk et du Mékong —, il voulait l'éviter, mais pas à ce point.

Le Mékong est vide, hors de petits îlots, et il est large d'un bon millier de mètres. Ils vont le traverser comment ?

Kaï s'accroupit mais presque aussitôt se redresse et se met à marcher, au nord-est, remontant le fleuve. Il peut comprendre Boadicée et son sentiment de liberté, qu'il éprouve aussi, surtout quand il se souvient que son père est, à peu près pareillement, allé de Saigon jusqu'à Singapour, et à pied. Mais il n'avait pas une femme et une fille, lui (seul, il traverserait le Mékong à la nage et on n'en parlerait plus). Non, il n'y a que deux solutions : soit attendre le passage de la chaloupe des Messageries fluviales, qui va de Kratié à Phnom Penh et vice versa, et l'arrêter comme un autobus...

... Soit trouver une pirogue, un bateau, n'importe quoi — et le voler.

Et, bon, il a déjà parcouru dans les six cents mètres, ruisselant de sueur et crotté jusqu'aux oreilles, lorsqu'il aperçoit le sampan.

— Et ce sampan se trouvait là, en quelque sorte à t'attendre ?

— Ouais.

Ils sont à bord tous les trois, Kaï s'est aidé de la longue perche pour mettre l'embarcation dans le sens du courant et à présent tente — et y réussit à peu près — de tracer une diagonale. Le courant est vraiment très puissant, au point que l'endroit de la berge d'où ils sont partis est déjà quinze cents mètres en arrière.

— Il y avait un sampan amarré au bord, et personne aux alentours ?

— Personne.

Pas la moindre paillote, non. Et pas non plus de traces sur le sol, dans ce bourbier où Kaï laisse des empreintes de trente centimètres de profondeur. Le sampan aura été amarré là depuis le fleuve.

— Donc celui qui l'a laissé là sera reparti à bord d'un autre sampan ?

Oui. Pas d'autre explication.

— Ça ne te semble pas bizarre, Kaï ?

— Si.

Kaï godille de son mieux. Ils ont dépassé le milieu du Mékong, il y a un îlot derrière et un autre devant. Ils prendront par la droite — avec un peu de chance, ils pourront atteindre l'autre rive avant de dépasser Kompong Cham et d'être à Phnom Penh.

— Regarde ! Kaï, regarde !

Il s'autorise à lever un instant la tête.

— Un autre sampan, amarré comme le premier, et pas de bonhomme en vue. Quelqu'un a placé des sampans tous les deux ou trois milles ? Et pour nous ?

— Compte en kilomètres.

— Ou bien c'est un piège.

Ça ne tient pas debout, un piège, pense Kaï qui ahane en poussant et tirant le gros aviron qui sert aussi de gouvernail. Un piège, je vous demande un peu. Ces flics de Saigon ne vont quand même pas nous poursuivre jusqu'à l'Himalaya. Notre intention est de traverser tout le Cambodge sans être vus, mais c'est un jeu plus qu'autre chose. Enfin, presque un jeu. Mais ça m'étonnerait bien que toutes les forces armées d'Indochine soient lancées à notre poursuite — d'autant que ça ne fait pas grand-monde.

Bon, nous y sommes...

— Tant qu'à nous prêter un sampan, ces types auraient bien pu penser à y déposer des couches neuves. Je vais commencer à être à court.

Ils ont débarqué sur l'autre rive du Mékong. Kaï a poussé le sampan, l'a remis dans le courant, l'a laissé partir. Ils se sont remis en marche, contournant par le nord le village de Prek Kak mais, au vrai, allant au sud-sud-ouest. « Nous dépasserons le Tonlé Sap par le sud. — Comme tu voudras. — On marchera le plus souvent possible de jour. — Eh bien, tant mieux. — Quoique la région que nous allons traverser soit assez habitée. — Tant pis. — Si ce que je raconte t'ennuie, n'hésite pas à me le dire. — Je suis foutument heureuse, O'Hara. Tu peux nous faire passer par l'Argentine, je m'en moque complètement. » Et c'est vrai qu'elle est fichtrement allègre. Elle va d'un grand bon pas (tu me diras que ce n'est pas elle qui transporte les cinquante kilos — un peu moins, les provisions diminuent — du barda, plus les neuf ou dix kilos de notre fille, mais bon, grand, fort et bête comme je suis, c'est évidemment mon boulot) et, visiblement, elle est enchantée de leur petite promenade.

Le troisième jour après le franchissement du Mékong, ils traversent la route qui au sud va à Kompong Cham et, au nord, vers Kompong Thom, Siem Reap puis la Thaïlande et Bangkok.

— Nous ne passons pas par là parce que je n'ai pas trop confiance dans les Siamois — enfin dans les Thaï.

— Tu as sûrement raison.

— Et puis aller à pied jusqu'à Singapour par la voie terrestre, ça nous prendrait un an. Au moins.

— Rien ne nous presse.

— Tu veux aller au nord et à Bangkok ?

— Qui ça ? Moi ? On va où tu veux.

— Tu m'énerves.

— Parce que je suis d'accord avec toi ? Il y a de quoi, en effet.

— D'ailleurs, c'est vrai que rien ne nous presse. J'avais dit à Howard que nous ne serions pas chez lui avant la fin de l'année, au mieux.

— C'est qui, Howard ?

Ils traversent le Tonlé Sap — le fleuve, pas le lac du même nom — qui est en crue ou peu s'en faut.

— Le type à qui j'ai acheté cette plantation, en Malaisie.

— Ah oui ! Celui qui a des moustaches et fume cette horrible pipe.

Ils le traversent sur une pirogue de location. Le loueur est un Khmer qui a accepté presque sans négocier (on est parvenu à un accord en seulement vingt minutes, mais les Cambodgiens sont bien moins portés sur les affaires d'argent que les Vietnamiens et les Chinois) les quinze piastres que

Boadicée a sorties de sa bourse — Kaï, lui, n'a presque plus d'argent, tout ce qu'il avait en poche étant passé dans l'achat du cyclo-pousse. Ce Khmer est le premier être humain que Boadicée et Kaï voient depuis qu'ils ont quitté Ba et Casanova, neuf jours plus tôt.

— Nom d'un chien, Boadicée, ne me dis pas que tu as oublié Frank Howard. Il a dîné chez nous, à Saigon, et nous avons passé toute la soirée à discuter de l'achat de sa plantation. Et tu étais là. Tu n'es plus d'accord pour l'acheter, cette foutue plantation ?

— J'ai dit ça, moi ?

On est le onzième jour, ils croisent, à une douzaine de kilomètres au nord d'un patelin du nom de Kompong Tralach, l'autre grande route cambodgienne, celle qui relie Phnom Penh à Battambang (et également à Bangkok). Ils sont arrivés en vue de cette route à la nuit tombante, juste au moment où tout un convoi de camions y circulait, faisant route au nord. Kaï a compté onze véhicules. Sans croire une seconde que ce déploiement de forces pouvait être en leur honneur, à Boadicée et lui. Mais néanmoins effleuré par une impression bizarre, et vague : ces camions-là n'avaient pas les silhouettes ordinaires de ceux des troupes françaises d'Indochine — à supposer que ces mêmes troupes soient en mesure d'aligner autant de matériel au fin fond du Cambodge. Mais la distance était trop grande, et la lumière insuffisante pour se faire une idée précise.

— Je suis d'accord pour acheter cette plantation, O'Hara. D'abord, elle est en Malaisie, où l'on parle anglais. Et puis...

La voie ferrée reliant Saigon, Phnom Penh et Bangkok. Pas de train en vue évidemment, le trafic doit y être plutôt réduit, avec le coup de force thaï.

— ... Et puis, je n'ai pas trop envie d'habiter Singapour, bien que ma grand-mère y soit. Ce sont les Cardamomes, ces montagnes dans le fond ?

Oui. En ce dix-neuvième jour de leur progression — mais ils ont fait une halte de près de quarante heures, la première depuis leur départ —, le temps s'est remis au beau, même s'il reste pas mal de nuages violacés dans le ciel. Et le paysage a changé. Ils sont sortis du grand bassin du Mékong. À la forêt-clairière et aux rizières avec ses alignements de palmiers borasses, a succédé la vraie jungle, et le relief enfin s'est accidenté. Le Phnom Aural, là, au fond, culmine à plus de dix-huit cents mètres.

— J'ai habité Shanghai et Saigon. Dans des maisons. M'installer à la campagne n'est pas pour me déplaire. Dis donc, O'Hara, tu sais comment nous allons traverser le golfe du Siam ?

— Oui.

— Très bien. Tant de précision me comble. À propos, j'ai bien fait de laisser ma fille fesses nues. Ça lui fait prendre l'air. Surtout que le fond de l'air est assez chaud.

Vingt et unième jour. Kaï a obliqué vers le sud et multiplie les haltes. En fait, ils passent deux jours complets sur les bords de la rivière Tasal, dont l'eau est relativement claire. Kaï hésite sur la direction à suivre. À l'origine, il pensait descendre plus au sud encore, vers la chaîne des Éléphants et le Bokor — il s'y trouve une espèce de couvent, avec des religieuses françaises. La question posée par Boadicée — comment franchir le golfe du Siam — lui a donné une autre idée. Il connaît bien l'endroit, pour y avoir passé quatre jours en compagnie d'une dame, du temps où il travaillait à la plantation de Kompong Cham. C'est plus près que le Bokor, et il garde le souvenir d'une plage incomparable, totalement déserte, à l'exception d'une poignée de paillotes au sud et d'un groupement de cahutes au nord — les deux séparés d'une quinzaine de kilomètres.

— Nous allons rejoindre la baie de Kompong Som.

Il s'y trouve des pêcheurs malais, qui pratiquent notamment la pêche au requin, pour les ailerons.

— Ils nous emmèneraient en Malaisie ?

— De temps à autre, une jonque chinoise passe les voir pour les ravitailler et recueillir le produit de leur pêche. Elle nous embarquera sûrement.

La sré Ambel, la rivière aux Crocodiles, le vingt-cinquième jour. La frontière thaï n'est plus qu'à une centaine de kilomètres. Le paysage est d'une extraordinaire beauté. Ils optent en fin de compte pour l'un des rares endroits où les crocodiles, petits mais agressifs, ne se sont pas établis. Une cascade de dix ou douze mètres de haut précipite une eau parfaitement limpide dans une grande vasque de pierre, à peu près circulaire. De larges rochers plats sur le pourtour, dont un qui fait auvent et presque caverne — on y voit d'ailleurs d'anciennes traces d'un feu de camp. Bananes, mangoustans et sapotilles poussent ici à l'état sauvage. Seul désagrément de ce paradis : des cobras. Au moins deux familles.

— Tu nous tues tout ça, grand chasseur blanc.

Il s'exécute, à regret comme toujours, décapite les plus gros à grands coups de sa machette emmanchée sur une perche de bambou et pulvérise les petits à coups de talon.

— Ça se mange, le cobra ?

C'est qu'elle commence à en avoir plus qu'assez des boîtes de singe de l'armée française. Surtout qu'il n'en reste quasiment plus.

— Je peux te laisser seule avec Claudie ?

— Claude-Jennifer. Mais oui. Tu es sûr qu'il n'y a plus de cobras ?

Il lui confie l'un des Garand chargé, la machette et le revolver, et, tandis que les deux femmes de sa vie se baignent, il part chasser. Il grimpe et une demi-heure plus tard a sous les yeux l'admirable panorama de la baie de Kompong Som avec son archipel d'îles et d'îlots quelques kilomètres au large. Rien d'humain en vue, à croire que l'on est au tout commencement du monde. Au nord, en suivant ce rivage par-delà les premiers contreforts des Cardamomes, seuls s'égrènent des villages perdus ; la seule agglomération relativement importante est Chanthaburi, au Siam, enfin en Thaïlande, à peut-être trois cents kilomètres ; et Bangkok est deux fois plus loin. Vers le sud, il se trouve peut-être un Français ou deux à Ream, et plus certainement, plus bas, à Kampot et Kep, face à l'île de Phu Quoc, où l'on produit le nuoc mam (quand tu y es passé avec le voilier que tu avais loué, voici quatre ans, la pestilence du poisson pourri se sentait à des milles et des milles).

Ce jour-là, il tue un chevreuil. Un vrai carnage. D'abord parce que la bête s'est laissé approcher à dix mètres ; ensuite parce que la balle du fusil de guerre a fait exploser la tête de l'animal et une partie de son poitrail.

— Ils sont loin, tes Malais ?

— À deux ou trois heures de marche. Il suffit de descendre à la mer et de suivre la côte.

— On a le temps, non ? On est bien ici.

— On a le temps.

Cette fois-ci avant de se mettre à la recherche d'un gibier, ils sont descendus jusqu'à la mer, se sont longuement baignés dans une eau qui devait bien faire trente-cinq degrés. Des kilomètres de plage, à l'infini, et sans âme qui vive, à part eux. Le village malais est à cinq ou six kilomètres au nord, on en aperçoit les fumées.

— Il faudra bien que nous partions d'ici un jour.

Ils ont regagné leur campement sur la sré Ambel — Kaï, pour s'occuper, a aménagé l'endroit, y construisant une sorte de case en bambou pour prolonger l'auvent rocheux, puis un bat-flanc, en fabriquant des matelas de kapok (dont Boadicée n'a d'ailleurs pas voulu, disant qu'ils étaient trop chauds). Il a installé une douche sous la cascade et détourné une veine d'eau dans un creux de rocher, en plein courant de l'Ambel, obtenant ainsi des pêches miraculeuses.

— Et si la petite tombe malade ?

— Elle n'a aucune raison de tomber malade, elle se porte à merveille. Et moi aussi : tu as remarqué que je suis bronzée de partout ?

Ouais.

— Ta grand-mère va s'inquiéter.

— Elle ne s'est pas affolée quand je vagabondais en Chine et en pleine guerre, pourquoi se ferait-elle du souci alors que je pique-nique avec mon mari ?

La vérité, c'est que je commence à m'ennuyer, pense Kaï. Ce n'est pas que ce soit si désagréable de jouer les Robinson Crusoé en famille, avec en guise de Vendredi la plus belle femme de toutes les mers du Sud. Mais, si ça se trouve, le monde entier est en éruption, ça se trucide joyeusement sur tous les continents, et nous n'en savons rien.

— Boadicée, on est ici depuis des semaines.

— Je n'ai pas compté.

— Ou des mois.

... Peut-être pas des mois, j'exagère un peu, mais pas mal de temps, c'est certain. Cet autre jour, où il est reparti à la chasse, il a remonté la sré Ambel et appuyé sur la droite, dans la direction de la chaîne des Éléphants. Il n'avait pas plu depuis plusieurs jours, la terre commençait à bien sécher et formait croûte, partout où le couvert n'était pas trop dense. Il s'est hissé, dans une végétation qui s'éclaircissait et dégageait la vue. Une dizaine de kilomètres encore et sans doute apercevrait-il le bâtiment des sœurs (où il pourrait toujours conduire sa famille si quelque chose n'allait pas, ce qui le rassure) sur le sommet du Bokor.

Il y a d'abord eu le grondement, dont tout d'abord Kaï n'a pas repéré l'origine. Et puis l'avion a surgi, très vite, venant du nord allant au sud, il est passé à cent mètres au-dessus de sa tête.

Il a même eu le temps de distinguer le casque et les grosses lunettes du pilote.

C'était un Zéro japonais.

— Il s'est perdu et voilà tout.

Kaï est rentré au campement sur la sré Ambel, y a ramassé l'autre fusil, le revolver, les munitions, le sac contenant les quelques vêtements de sa fille, et sa fille elle-même. Il s'est engagé dans la descente vers la mer, et Boadicée a bien été obligée de suivre.

— Si un avion de chasse japonais se promène au-dessus du Cambodge, c'est que l'armée japonaise est au Cambodge.

— Et donc nous fichons le camp.

— Et donc nous fichons le camp. Nous allons en Malaisie.

— Tu ne sais même pas quand cette jonque va passer.

— Elle sera là demain. Elle vient toutes les trois semaines.

— Tu veux dire que tu es déjà allé parler à ces Malais ?

Pas une fois, mais plusieurs, oui.

— Et habille-toi, s'il te plaît.

La jonque les dépose à Kota Bahru, à plus de mille kilomètres au nord de Singapour. Le premier Britannique qu'ils rencontrent, sur le presque trottoir de Jalan Tok Hakim, leur apprend deux choses : d'abord que leur fille aura un an dans quatre jours — puisqu'on est le 14 septembre —, et surtout que, deux mois et demi plus tôt, les troupes japonaises sont entrées en Indochine.

— Ils vont finir par arriver ici ?

Question de Boadicée. L'Anglais, qui est d'ailleurs écossais, en a les moustaches qui se hérissent : des Japonais en Malaisie ? Don't be ridiculous. Le haut état-major de l'armée de Sa Majesté a quand même été jusqu'à envisager, dans son infinie prévoyance, que les petits hommes jaunes pourraient en effet avoir l'idée folle de s'attaquer à des territoires sur lesquels flotte l'Union Jack. Une formidable ligne de défense, absolument imprenable, a été édifiée, la ligne Jilter. Aucune armée au monde ne pourrait la franchir. Quant à venir par la mer, la HM Fleet veille, et au besoin mettra en ligne des monstres incoulables comme le *Prince of Wales.*

— Vous avez vraiment traversé la Cochinchine et le Cambodge à pied ? C'est incroyable. Il faut être britannique pour faire ces choses.

L'Écossais se nomme Murchison. Oui, il connaît Frank Howard.

— Il vient en ville tous les deux mois. Vous l'avez manqué de peu, il était au Cercle avec sa femme il y a deux jours.

La plantation des Howard est à Tanah Merah. À une quarantaine de kilomètres de Kota Bahru. On peut s'y rendre par la piste, mais le mieux est de remonter la rivière Kelantan.

— Surtout pour une dame. Même si cette dame et son bébé ont fait mille kilomètres à pied. Je peux vous trouver un bateau quand vous voulez. Demain ?

— Tout de suite, dit Boadicée. Je voudrais y aller tout de suite.

— On ne débarque pas chez les gens sans les avoir prévenus, remarque Kaï.

— Je voudrais y aller maintenant, Kaï.

D'accord. Il est 8 h 30 du matin. Ils louent une chambre dans un petit hôtel plein de cafards, y font toilette, enfilent des vêtements qu'ils n'ont plus portés depuis la fin juin, embarquent sur une pirogue à midi. Kaï a tout de même réussi à faire porter un message à Howard, annonçant cette arrivée impromptue.

— N'oublie pas que nous ne serons propriétaires que le 1er janvier prochain.

— On est dans le coin, on peut tout de même aller jeter un coup d'œil, non ?

— Et si ça ne te plaît pas ?

Rizières et cacaoyers sur les deux rives. On a quitté Kota Bahru depuis plus d'une heure.

— Si je n'aime pas, je me ferai une raison.

Elle sourit. Il était temps — elle faisait plus ou moins la gueule depuis qu'il l'a forcée de quitter la sré Ambel.

— C'est vrai que c'est un peu loin de tout. Remarque que Kota Bahru est sympathique. Pas grand, mais sympathique.

La petite ville de Pasir Mas sur la droite, la grande forêt malaise sur la gauche — elle ne fait que commencer et s'étend en réalité sur des centaines de kilomètres au sud et à l'ouest. Un peu d'inquiétude vient à Kaï. Qu'est-ce qui lui a pris d'aller investir tout l'argent économisé en deux ans dans l'achat de ce coin perdu entre tous ? Il est vrai que si lui a, par hasard, amené Howard à la villa, à Saigon, c'est Boadicée qui l'a poussé à l'achat. Maintenant, elle va lui faire des reproches. Décidément, le même caractère que cette Elka, en Europe.

Eh bien, non. Pas du tout. Ils ont débarqué de la pirogue, Frank Howard était là à les attendre, assis sur le marchepied d'une Morris six cylindres couverte de boue. On a couvert une douzaine de milles sur une piste détrempée par les pluies de la veille, puis une allée de flamboyants s'est soudain ouverte, pentue et menant à un grand terre-plein naturel. La maison est là. Kaï s'était attendu à quelque habitation de plantation très ordinaire, même si Howard à Saigon s'était aventuré à souligner que ce qu'avait fait madame Howard de leur demeure n'était — belle litote — pas trop vilain.

— Kaï, mais c'est superbe ! J'adore.

C'est vrai que c'est joli. Sauf que c'est anglais à en périr. Ce machin pourrait tout aussi bien se trouver planté dans la campagne du Yorkshire ou plutôt, à cause de cet emploi de pierres grises, dans le Gloucestershire.

Me voilà condamné à jouer les mister Pickwick en Malaisie.

— Et ce jardin, tu as vu ce jardin ?

Et la pelouse, en pente douce sur quasiment deux hectares, avec tout au bout, en contrebas, la rivière Kelantan ; et, à l'ouest, les lointains sommets. D'accord, l'endroit est d'une grande beauté. Mais les Howard, qui ont passé la soixantaine, se sont bien plus souciés de leur maison et de leur jardin que de la plantation elle-même, qui est loin d'être exploitée comme elle le devrait — ce qui explique son prix somme toute modique. Qui voudrait s'installer ici, sachant qu'il faudra trois ou quatre ans de travail acharné pour arriver à une exploitation rentable ?

— Mais tu connais ce métier, Kaï. Tu t'en tireras très bien.

Ouais. Et non : on ne peut pas, n'importe comment, s'installer à Tanah Merah tout de suite. D'abord le prix de l'achat n'a pas été entièrement acquitté. Il manque deux mille livres, que Kaï n'a pas.

— Je n'ai d'autre solution que d'aller les emprunter à Madame Grand-Mère. Si elle les a et veut bien me les prêter. Ou alors à Kwan. Dans les deux cas, il nous faut aller à Singapour.

Et puis les Howard ont depuis longtemps prévu de quitter la Malaisie à la fin de cette année 1941. Ils partent pour la Nouvelle-Zélande, pour Christchurch précisément, où sont leur fille, leur gendre et leurs petits-enfants. Ils acceptent que leurs successeurs prennent possession des lieux dans les premiers jours de décembre, trois semaines avant la date prévue, mais ne peuvent faire plus.

Séjour de près d'une semaine à Tanah Merah. Retour à Kota Bahru le 19 septembre. Quarante-huit heures plus tard, Kaï, Boadicée et leur fille embarquent sur une jonque à destination de Kuantan, six cents kilomètres plus au sud.

Et de Kuantan à Singapour. Ils y sont dans les derniers jours de septembre. Trois mois après le début de leur fuite de Cochinchine.

Madame Grand-Mère et madame Chou jouent aux cartes. Elles terminent leur donne très paisiblement, avant de baisser un peu, d'un même geste, leurs lunettes et de considérer enfin non pas Kaï ni davantage Boadicée, mais le bout de très petite fille qui se tient debout devant elles — Claude-Jennifer marche depuis une semaine, elle a fait ses premiers pas entre Kota Bahru et Kuantan — et qui est en somme l'arrière-arrière-petite-fille de l'une, et l'arrière-petite-fille de l'autre.

— Elle n'est pas trop vilaine, dit Madame Grand-Mère.

— Elle ressemblerait moins à son père, elle y gagnerait, dit madame Chou. Est-ce qu'elle parle chinois, au moins ?

— Non, disent Kaï et Boadicée d'une même voix.

— Elle ne parle pas du tout, en fait, ajoute Boadicée.

— Pourquoi ?

— Parce qu'elle n'a qu'un an et onze jours.

Les deux très vieilles dames se considèrent l'une l'autre en hochant la tête, comme si cette dernière information confirmait leurs prévisions les plus sombres.

Ce n'est pas la première fois que Boadicée voit la veuve de la Mangouste folle. C'est la troisième, en comptant le passage qu'ils ont fait pendant leur voyage de noces.

— Viens, petite, dit madame Chou à l'enfant, en lui tendant une main.

— Elle ne comprend pas le chinois, répète Boadicée.

Mais la très petite fille va bel et bien vers son arrière-grand-mère et s'accroche à elle.

— Pourquoi cette enfant n'a-t-elle pas de culotte ni d'ailleurs de vêtement, sauf un chapeau de paille ! Une Chou ne va pas toute nue.

— Une O'Hara non plus.

Madame Grand-Mère donne un ordre, et pas moins de trois jeunes servantes chinoises se ruent : d'évidence, elles n'attendaient que d'être autorisées à entrer. Le bébé passe de main en main, on lui essaie des choses et des trucs, même Boadicée est ravie. Toutes ces femmes se mettent à parler chiffons, et à quel âge le petit Untel ou la petite Unetelle ont fait leurs six, ou sept, ou huit dents, quand ils ou elles ont marché, et quels types d'aga-aga ils ou elles éructent. Kaï est forcément le seul homme dans la maison. Il s'est d'abord assis sur un siège, avec des précautions extrêmes, par crainte de briser quelque chose dans le si délicat univers de Madame Grand-Mère. Mais bon, il en a assez. Et d'abord, il regrette profondément d'avoir acheté la plantation des Howard, comment a-t-il pu dire oui (parce qu'il voit très clairement, à farfouiller dans ses souvenirs, que l'idée, c'est Boadicée qui l'a eue. Il se rappelle même maintenant qu'elle était plutôt hésitante jusqu'au moment où cette vieille crapule de Howard a sorti les photos du jardin et de la maison).

— Bien sûr que je peux te prêter deux mille pounds, dit Kwan. Te prêter de l'argent à toi, Kaï O'Hara, ou en prêter à ton père, me fait évidemment m'esclaffer, mais si tu y tiens...

— Pourquoi à mon père ou moi ? Le Capitaine t'a demandé de l'argent ?

Ha ! Ha ! dit Kwan en chinois. Le Capitaine empruntant à qui que ce soit, ce serait comique et pour tout dire inattendu. Non, bien entendu, le Capitaine n'avait jamais eu besoin d'argent.

— Ses comptes avec Ching le Gros mon grand-père étaient tenus au milliardième de penny près. Mon grand-père savait compter comme personne dans les mers du Sud et les autres, et ton père ne peut supporter de devoir quelque chose à quelqu'un, en bien ou en mal. Une bière ?

— Trois ou quatre. J'en ai besoin. Alors, qu'est-ce qui te fait rigoler aussi stupidement ?

— Ha !

— Vous vendez toujours du placenta de parturiente, dans cette boutique, je suppose ? Tu as envie de prendre ce placenta sur la tête ?

— Je ne ris pas.

— Non, tu fais « ha ! ».

— Je ne fais pas « ha ! », je parle de Ha. Tu ne connais pas Ha ?

— Non.

— Celui que le Capitaine appelle Boule de gomme ?

— Non plus. Et c'est qui, ce Ha ?

— Pas Ha. *Ha.*

— Je crois que tu vas vraiment prendre ce baquet de placenta sur la figure.

— C'est tout de même curieux que ton père et toi, qui parlez fort bien le chinois, n'arriviez pas à prononcer correctement un nom aussi simple. Le Capitaine ne t'a jamais parlé de Ha ?

— Non.

— Ton père et Ha sont associés. Depuis environ quarante ou quarante-cinq ans.

— Associés ?

— Dans la production et la vente d'un baume qui guérit tout. Celui-là. (Kwan montre un empilement de boîtes rondes de divers diamètres, toutes arborant l'effigie d'un tigre.) Autant que je m'en souvienne, Ha verse à ton père trois cinquantièmes de tous ses bénéfices.

— Et alors ?

— L'argent est versé sur un compte à la banque Wang, Wang & Wang.

— Qui appartient à ta famille.

— Simple coïncidence, parole d'homme. Tu n'as pas de procuration sur le compte, tu as mieux : tu peux en tirer de l'argent au même titre que ton père.

— Le Capitaine a déjà utilisé cet argent ?

— Pourquoi ne vas-tu pas voir toi-même ?

Monsieur Wang est mort depuis quinze ans, monsieur Wang a pris sa retraite, c'est donc monsieur Wang qui reçoit Kaï. Il y a toujours trois Wang pour diriger les banques Wang, Wang & Wang.

— J'étais troisième associé quand j'ai eu l'honneur de recevoir monsieur votre père, je suis à présent le premier.

— C'est clair, dit Kaï.

— Qu'il me soit permis d'exprimer l'immense bonheur que j'éprouve à vous voir, monsieur Kaï O'Hara.

— Exprimez, dit Kaï.

— Je l'exprime. Mais ma félicité serait plus complète encore si je pouvais vous être de quelque utilité.

— Mon père a un compte chez vous ?

— Depuis quarante-trois ans, monsieur.

— On vient de me dire que c'est un compte conjoint, donc qui m'est également ouvert.

— C'est tout à fait exact, dit Wang. Le changement a été fait le 6 novembre 1912.

— J'avais dans les deux mois.

— Par monsieur votre père. En sorte que vous en êtes tout autant titulaire que lui. Vous êtes Kaï Tryphon Jacques O'Hara, n'est-ce pas ?

— Oui.

— C'est bien vous. Je n'en doutais d'ailleurs pas.

— Je peux effectuer des retraits ?

— Tous les retraits que vous voudrez.

— Je peux vider le compte ?

— Absolument.

— Mon père a déposé de l'argent sur ce compte ?

— Pas à ma connaissance. Excusez-moi, je veux dire : jamais.

— D'où vient l'argent sur ce compte ? Si toutefois il y a de l'argent.

— Il y en a, monsieur. Il provient des règlements effectués par la Hong Kong Bank, sur ordre de la compagnie Ha Chang Haï. Ces versements sont trimestriels. Nous les vérifions comme c'est notre devoir. Ils représentent trois cinquantièmes des bénéfices réalisés par cette compagnie dans la commercialisation de son baume.

— Quel est le montant du dernier versement ?

— Celui du troisième trimestre de 1941, n'est-ce pas ? Les chiffres m'ont été communiqués ce matin même. À un jour près, je n'aurais pu... Trente-sept mille huit cent neuf dollars américains et soixante-huit cents. Je vous donne ce montant sous réserve. Nous n'avons pas encore pu contrôler qu'il représente bien les trois cinquantièmes des bénéfices de la compagnie Ha. Mais je m'empresse de vous signaler qu'en quarante-trois années deux mois et une semaine, la compagnie Ha s'est toujours montrée d'une très remarquable rectitude.

— Trente-sept mille huit cent neuf dollars ? Américains ?

— Et soixante-huit cents.

— Nom d'un chien, dit Kaï.

— Il nous faudra bien entendu vérifier les comptes de la compagnie Ha. D'autant plus que ce versement est assez notablement inférieur à ceux des trimestres précédents.

Pose la question, qu'est-ce que tu attends ?

— Il y a combien, sur le compte ? En tout ?

Un million neuf cent onze mille six cent vingt-trois dollars et dix-huit cents.

— Je tiens tous nos actes comptables à votre entière disposition, cela va de soi. Tous nos frais ont été déduits.

— Ces trente-sept mille et quelques dollars ont été intégrés au compte total ?

— Pas encore. Puisque le versement n'a pas été vérifié. Quelle somme souhaitez-vous retirer ?

— Aucune, dit Kaï. Ce qui est bon pour mon père est bon pour moi. Au revoir, monsieur Wang.

— Je suis un peu fatiguée, par moments, dit Madame Grand-Mère.

— Vous avez une mine superbe.

— Tu vas toucher à cet argent qui est chez les Wang ?

— Je ne crois pas.

— Il y a quelques années, disons une quarantaine...

— Hier, autrement dit.

— Ma vue a un peu baissé, mais j'entends toujours assez bien, Kaï O'Hara. Pas d'insolence. Il y a quelque temps, ton père a sauvé la vie de ce Ha, qui lui a donné en échange une part des bénéfices d'une affaire alors à créer. Ha a engagé son honneur, à l'époque.

— Et serait donc déshonoré s'il écartait son associé Kaï O'Hara.

— Il perdrait son honneur et sa chance. Il pense que sa réussite a dépendu de cette association et qu'en la rompant il attirerait sur lui la mauvaise chance.

— Vous le connaissez ?

Évidemment. On ne vit pas près d'un siècle à Singapour, surtout quand on est arrivé à ce même Singapour au temps où ce n'était encore qu'un village, sans y connaître tout le monde. Oui, Madame Grand-Mère a rencontré Ha. Maintes fois.

— Il est venu me voir. Il parle beaucoup. Ce n'est pas un homme sans qualités. Tu veux vraiment acheter cette plantation ?

Comme souvent, la question a fusé, inattendue.

— J'ai déjà versé tout l'argent que j'avais.

— Ces gens de Saigon savent que tu ne veux plus t'occuper de leurs affaires ?

Oui. Kaï avait confié à Casanova le pilote une lettre pour Jaffrey — lettre qui n'avait d'autre but que de faire entrer en vigueur une démission depuis longtemps écrite, et déposée dans un coffre.

— Tu ne t'occuperas plus jamais des affaires de ton grand-père Margerit ?

Sûrement pas.

— Tu n'as pas répondu à ma question, à propos de cette plantation.

— Je ne suis pas si sûr d'avoir envie de regarder pousser des hévéas toute ma vie.

— Mais ta femme est contente.

— Oui.

Silence. La très vieille dame a fermé les yeux. Elle est assise très droite dans le si inconfortable fauteuil chinois. Une heure plus tôt, Boadicée, sa fille et sa grand-mère madame Chou sont parties faire des courses, très gaies toutes les trois.

— Mon mari, reprend enfin Madame Grand-Mère, mon mari Cerpelaï Gila, capitaine du *Nan Shan*, a fait construire pour moi cette maison où nous sommes. Il ne voulait pas de maison, lui. Son bateau lui suffisait bien. Mais il a couru les mers du Sud pendant des années pour trouver l'argent et le bois.

— Elle est très belle.

— Tu vas rejoindre ton père ?

— Oui.

— Le temps des Kaï O'Hara s'achève.

— Je sais.

— Je vais te donner les deux mille livres anglaises dont tu as besoin pour finir d'acheter cette plantation.

— Kwan me les prêterait.

— En 1863, j'ai aidé son grand-père. Mais la dette est éteinte, à présent. C'est moi qui te donnerai cet argent.

— Merci.

— Tu n'as pas à me remercier. Je rends à un Kaï O'Hara une partie de ce qu'un autre Kaï O'Hara m'a donné. Je ne rendrai jamais assez. Et d'ailleurs, c'est autre chose que tu as en tête. Je le sens à ta voix.

Le temps des Kaï O'Hara s'achève, et toi, tu as répondu : *Je sais*. Elle vient d'énoncer, avec sa concision bien à elle, une vérité qui ne t'était apparue que confusément. Il y aura toujours une part de Madame Grand-Mère qui t'échappera tout à fait. Elle est là, dans sa maison de Singapour, n'en sortant plus depuis peut-être le siècle dernier. Et elle sait tout, elle voit bien plus clairement que tu verras jamais.

— Tu pensais à quoi, Kaï O'Hara ?

— À l'immense affection que je vous porte, répond Kaï.

— Tu mens, mais c'est doux de t'entendre. Dis à ton père de passer me voir. Quand il le voudra, rien ne presse.

LE *Nan Shan* en mer. Le *Nan Shan* avec deux Kaï O'Hara à son bord. Cap à l'est, mer peu formée, comme souvent dans ces parages — s'il y a soixante-dix mètres d'eau sous la quille, c'est le bout du monde, tu dirigerais la goélette de l'orteil gauche. Darwin, en Australie, est déjà à trois jours en arrière. Boadicée y est restée. Pas exactement restée : elle a pris pour Singapour, avec sa fille, une coque en fer, à la vive réprobation du Capitaine. Bon, je ne me suis pas vraiment disputé avec elle, nous étions d'un avis différent, c'est tout. Elle disait qu'elle voulait acheter des choses pour leur prochaine installation à la plantation, se préparer.

— Dans un mois au plus, nous sommes à Singapour, ça peut attendre.

— Je les connais, vos petits mois, à ton père et à toi. Aussi bien, vous allez filer sur Tahiti.

— Et tu n'as pas envie d'aller à Tahiti ?

— Si. Une autre fois.

On était le 10 ou le 12 novembre. Six semaines plus tôt, au départ de Singapour, le *Nan Shan* a été signalé par le réseau de Kwan sur la côte de Coromandel, pas à Madras mais dans un petit port voisin, répondant au nom improbable de Nagappatinam. La goélette venait d'y faire escale, y chargeait une cargaison à destination de Batavia, dans l'île de Java. Kaï et ses femmes ont embarqué sur un cargo australien ; Boadicée s'est laissé convaincre sans trop de mal — passé les quinze premières heures de discussion acharnée ; en fait, c'est Madame Grand-Mère, à la suite d'un conciliabule strictement féminin, qui a emporté la décision ; ils ont débarqué à Batavia et n'y ont attendu que deux jours. Il leur a fallu un canot pour parvenir à bord — le *Nan Shan* est interdit de séjour par les autorités hollandaises, en raison de quelques frasques passées, tant du Capitaine que de son équipage et il apprend que Seymour Jackson recherche avec toujours autant de constance un Anglais escroc qui vend des faux bons du Trésor. Cela a fait sourire Boadicée. La cargaison a été déchargée sur une barge et on a pris la mer. Or il s'est passé ceci que la petite Claudie, enfin Claude-Jennifer, a complètement séduit le Capitaine — et réciproquement. Toujours est-il que les choses se sont bien passées.

— Je ne veux pas partir faire le grand tour des mers du Sud, a tout de même dit Boadicée, un Kaï O'Hara qui part en vadrouille, ça vous disparaît six mois...

— Mais juste un petit tour ?

— Où, le petit tour ?

Bali, un patelin nommé Waingapu sur l'île de Sumba (où l'on déchargera le fret pris à Kuta-Bali) puis Darwin.

— Darwin en Australie ?

— Celui-là même.

— Il y a des bateaux pour Singapour, à Darwin ?

— Des tas. On sera obligés de les écarter pour entrer dans le port.

— Ce n'est pas que je sois méfiante, mais je n'ai pas du tout confiance.

L'affaire s'est corsée à Darwin. Le Capitaine, décidément en veine (mais par les temps qui couraient, et cette guerre lointaine en Europe, on craignait les sous-marins allemands et les liaisons maritimes étaient moins efficaces), le Capitaine a trouvé du fret pour les mines de Bougainville ; Kaï a aussitôt éprouvé une irrésistible envie d'aller faire une virée dans l'archipel des Salomon.

— Sans moi. Et bien sûr sans ma fille.

— D'accord, je n'irai pas.
— Vas-y.
— Tu dis ça, parce que tu es en colère.
— Je ne suis pas en colère. Tu vois ton père une fois l'an et encore. Vas-y, Kaï. Permission de sortie accordée. Non, je t'assure, ça ne m'ennuie pas.

Il s'est laissé convaincre. L'équipage du cargo mixte reliant Darwin à Singapour avait bonne figure et le capitaine australien du navire voyageait avec sa femme. Boadicée et la petite ont donc embarqué. Le *Nan Shan* a cinglé dans l'heure par le travers du golfe de Beagle, contourné les îles de Bathurst et de Melville, pris cap à l'est dans la mer d'Arafura.

Quelle jouissance ! Sa vraie vie est là.

Foutue plantation.

Détroit de Torres le 13 au matin, les impressionnantes montagnes de la Nouvelle-Guinée par bâbord, la goélette remonte au nord le 15 novembre vers midi, achevant de doubler la petite île Basilaki, puis le groupe d'Entrecasteaux. Route au nord dans la mer des Salomon.

— On passe par Rabaul, dit le Capitaine.
— Nous serons à Singapour dans à peu près un mois ?
— Probablement.
— Je suis trop soumis à ma femme, c'est ça ?
— Je n'étais pas plus faraud avec ta mère.

Ils se sourient. À Darwin, ils ont vidé chacun quatre caisses de bière mais n'ont trouvé personne d'un gabarit suffisant pour une bonne petite bagarre. Oncle Ka n'est pas à la barre, ni même à bord. C'est Lek désormais qui tient son rôle. Outre ce dernier, vingt Dayaks de la mer forment l'équipage.

Escale d'une journée à Rabaul pour y déposer un piano destiné à la femme d'un missionnaire. Une heure ne s'est pas écoulée, dans le port principal de la Nouvelle-Bretagne, qu'un homme se présente à la coupée. Il se nomme Eric Svensson. C'est un Australien d'origine suédoise. Officier de marine durant la guerre — celle de 14-18 évidemment —, il a travaillé depuis 1922 dans l'administration des territoires sous mandat australien de la Nouvelle-Guinée — soit la Nouvelle-Guinée elle-même, la Papouasie, les Salomon et les Nouvelles-Hébrides. Le Capitaine et lui se connaissent, raconte-t-il à Kaï.

— Il y a une dizaine d'années, j'ai failli le mettre en prison, pour graves désordres sur la voie publique.

Kaï rigole :

— Et pourquoi ne l'avez-vous pas fait ?

Parce que Svensson, qui entre autres fonctions était officier de police, ne disposait pas d'une vraie prison, que le Capitaine aurait pulvérisé les gardes éventuels et les murs en construction et parce que, de toute façon, l'équipage dayak aurait pris l'endroit d'assaut.

Et surtout parce que des hommes comme lui, en supposant qu'il en existe d'autres, ce qui m'étonnerait, illustrent la plus haute conception de la liberté.

Depuis l'entrée en guerre de l'Australie contre l'Allemagne, Svensson dirige les services de renseignements pour tous les territoires qu'il a administrés pendant dix-sept ans. Il dit qu'il a sur les bras, façon de dire, un chargement pour les îles. Il peut payer le transport, certes, mais pas trop cher.

— Les crédits qui me sont alloués sont misérables.

— Quel chargement ?

— C'est absolument confidentiel, top secret, classé haute sécurité, et cetera. Ma propre femme croit que ce sont des poêles à mazout. Ou du moins, elle fait semblant de le croire, pour ne pas me gêner.

Un camion est en train de décharger sur le quai tout un lot de caisses rectangulaires, ressemblant assez à des cercueils.

— Ce sont des postes de radio, finit par révéler Svensson en baissant la voix. Pas des postes de radio ordinaires pour écouter de la musique, bien entendu.

Ce sont des appareils dits 3B, vieux d'à peine deux ans, émetteurs-récepteurs d'une portée de sept cents kilomètres en phonie, et de neuf cents en morse. Chacun d'eux consiste en trois éléments de soixante centimètres sur trente, plus des batteries, elles-mêmes alimentées par un moteur à essence. Il faut au moins douze hommes pour transporter une seule radio. Svensson a quinze de ces appareils.

— Plusieurs sont déjà en place. Je complète mon dispositif.

Par dispositif, l'Australien entend *Ferdinand*, c'est le nom de code de l'opération qu'il a imaginée, Ferdinand étant le nom d'un taureau de dessin animé, personnage à la douceur fort bucolique, qui préfère cueillir des fleurs et composer des poèmes que combattre dans l'arène contre des matadors qui ne lui ont rien fait.

— Et vous voulez les transporter où, ces trucs ?

Question du Capitaine.

Un peu partout. Svensson en a déjà disséminé quelques-uns sur l'île de la Nouvelle-Bretagne. Et en Nouvelle-Guinée sur la côte nord. Il en a fait porter un sur l'île Tabar, qui est au large et au nord de la Nouvelle-Irlande. Il voudrait équiper d'autres îles. Ainsi d'Emirau (la plus septentrionale des Salomon), plus la Nouvelle-Irlande à Namatani, les îles Amir, Nissan et Jarvis, plus Bougainville et Choiseul, Santa Isabel et Guadalcanal. Le problème étant de trouver des hommes à qui confier ce matériel. Il y faut des gens fiables, connaissant la région, parlant les dialectes locaux si possible. Svensson a pensé à des planteurs, des prospecteurs d'or ou de pétrole. Ou des missionnaires.

— La mission de ces agents sera de donner l'alerte au cas où ils repéreraient un navire ennemi. Et de communiquer les mouvements éventuels de ces ennemis.

— Vous ne craignez évidemment pas une invasion allemande, mais japonaise. Or, les Japonais sont à environ cinq mille kilomètres d'ici.

— C'est exactement ce que m'a dit l'Amirauté quand je leur ai proposé mon projet de ligne de surveillance. Et c'est pour ça que j'ai si peu de crédits. Vous m'embarquez mes caisses ?

— Et ces hommes qui, le cas échéant, lanceront des messages radio se feront forcément repérer par l'ennemi. Seuls sur des îles ou des îlots avec un matériel de plusieurs tonnes, ils seront sacrifiés.

— Je ne prendrai que des volontaires avertis des risques que je leur ferai courir.

Le Capitaine s'étire. C'est impressionnant. Comme toujours ou presque toujours, il est vêtu d'un sarong. Chaque mouvement révèle la formidable musculature de ses épaules, de ses bras, de son ventre plat. Tu lui donnerais quarante, au plus quarante-cinq ans.

— Le *Nan Shan*, mon équipage et moi, dit-il enfin, nous ne travaillons jamais pour rien. Je prendrai un penny par poste. La moitié au chargement, l'autre moitié au débarquement. Pas de discussion, c'est mon dernier prix.

Les îles de l'Amirauté, le 16 novembre au soir. Un morceau de terre d'à peu près mille kilomètres carrés, à quatre cents kilomètres plein nord de la Nouvelle-Guinée, et quelques îlots. Au-delà, plus rien, hors l'immensité du Pacifique, on pourrait distinguer le Japon, ou du moins Okinawa, si la vue portait à trois mille milles. Svensson ne trouve personne à qui confier l'un de ses appareils. Il y a bien deux missionnaires mais ils sont luthériens — ce qui ne serait pas un obstacle — mais surtout ils sont allemands, et de toute manière bien trop vieux —, ils évangélisent depuis quarante-huit ans, ne parlent pas un traître mot d'anglais et ignorent que leur pays natal n'est plus dirigé par un empereur ; le nom d'Adolf Hitler leur est totalement inconnu.

— Nous ne serons jamais à Singapour à la fin novembre.

— Ta femme t'attendra.

— Je l'espère. Elle serait bien capable de partir seule pour la plantation de Tanah Merah.

Deux cents kilomètres plus à l'est, le groupe de Saint-Mathias. Un homme du nom de Chambers est déjà à poste, pointant ses jumelles sur un océan désert. Il est installé dans la plus petite des deux îles, Emira ou Emirau. Il a vu un navire japonais, un navire de guerre, en plus de trois cargos battant le même pavillon. Un aviso, à son avis. Qui ne s'est pas approché du petit archipel et a opéré une espèce de demi-tour, pour repartir au nord-est. À peu près huit jours plus tôt. Chambers essaie son poste, obtient un missionnaire en Nouvelle-Irlande puis, après une heure d'appels, Port-Moresby.

— Ça marche.

— Et si des Japonais débarquaient vraiment sur votre îlot ? demande Kaï.

— Je les compterais, je transmettrais leurs noms et adresses, et je ficherais le camp.

Ce type est fou, pense Kaï.

Mais ils vont trouver plus fou encore. Celui-là s'appelle Page, c'est un lieutenant de marine. Il a pris position sur l'un des trois îlots volcaniques, groupe de Tabar, à une quarantaine de kilomètres dans l'est-nord-est de la filiforme Nouvelle-Irlande (qui se nommait le Nouveau-Mecklembourg, du temps où, comme toutes les autres îles de l'archipel de Bismarck, elle était allemande, c'est-à-dire de 1884 à 1914, avant que l'administration australienne ne s'y installe). Page hausse les sourcils quand on lui parle de battre en retraite, en cas d'invasion. Il existe selon lui bien assez de grottes pour se cacher et continuer à émettre. Il pourrait tenir des mois et des mois. Il parle couramment le dialecte de Bougainville et son premier soin, dès qu'il ouvre sa radio, est de joindre un de ses copains pour une discussion à bâtons rompus dans un charabia incompréhensible — sauf pour le Capitaine.

Le lieutenant Page sera massacré par les Japonais dans moins de trois mois, sans cesser d'émettre et en insultant joyeusement les Japonais qui mêleront leurs voix à la sienne, après avoir été traqué pendant plus de trois semaines, de grotte en grotte, sur son territoire de quelques hectares.

Seront tués également, dans les mêmes conditions, Kyle à Namatani sur la Nouvelle-Zélande, Woodroffe sur l'îlot d'Amir, Jarvis son voisin sur Nissan, Good à Buka, les trois hommes du groupe Daymond à Gasmata, en Nouvelle-Bretagne, et bien d'autres.

Le *Nan Shan* est à Namatani le 22 octobre, à Amir le 24, à Nissan le 25. Deux jours plus tard, la goélette touche l'île de Buka, qui précède Bougainville. Good, basé à Kessa, reçoit sa radio. Sur Bougainville même, ce sont Read et Mackie. Et Mason à Kieta où le fret — rails et wagonnets — est déchargé.

— Si on rentrait maintenant à Singapour, nous y serions avant la fin novembre.

— Sûrement.

— Mais pas si nous descendons plus au sud. Surtout en faisant des arrêts de colporteur à chaque île.

— Effectivement.

Svensson établit assez régulièrement le contact avec son poste de commandement de Port-Moresby — où il retournera prendre position sitôt sa tournée terminée. Ainsi a-t-il quelques nouvelles de ce qui se passe dans le reste du monde : les relations se détériorent entre les États-Unis et le Royaume-Uni d'une part, le Japon d'autre part ; on n'en est pas encore à rompre, c'est vrai.

— Tu crois vraiment à une guerre contre le Japon ?

— Je suis neutre, dit le Capitaine.

— Autrement dit, c'est à moi de décider si nous allons au sud ou si nous rentrons. Tu ne pourrais pas rester neutre si les Anglais se battaient contre les Japonais. Le *Nan Shan* bat pavillon britannique.

— Je changerais de pavillon.

Un Kaï O'Hara ne se bat pas avec les Anglais. Contre, oui, éventuellement. C'est ainsi depuis trois cent trente-cinq ans, et le Capitaine ne voit pas que cela puisse changer. Le Capitaine ne dit évidemment rien de tout cela ; en fait, il ne dit rien du tout, il est même, sinon impassible, du moins fort indifférent, et son regard suit le mouvement des pions du jeu de dames ; le capitaine joue aux dames avec Ka 43 et naturellement l'écrase ; le Capitaine a décidé, voici quelques années, que tous les membres de son équipage devaient apprendre les dames pour lui servir de partenaires ; personne n'a jamais gagné aux dames contre le Capitaine — Kaï lui-même s'y est essayé et s'est retrouvé battu à plate couture ; c'est vrai qu'il est sacrément fort, mais en plus, le premier qui l'emporte sur lui a toutes les chances de se faire casser la tête ; le Capitaine est allongé à plat ventre sur un panneau d'écoutille, le damier posé sur le pont en dessous de lui ; il est totalement imperméable à la pluie qui dégringole du ciel, de même qu'il l'était tout à l'heure aux cinquante-cinq degrés à l'ombre, quand il faisait soleil et qu'il n'y avait pas d'ombre.

J'ai une sacrée foutue chance que cet homme-là soit mon père.

— Et si je te disais que je veux rentrer à Singapour ?

— On rentrerait.

Ka 43 pousse un jeton au terme d'une longue hésitation. Le Capitaine lui ravage ses lignes arrière et va à dame.

— Tu me le dis ?

— Non, dit Kaï.

Îles de Choiseul, de Vella Lavella, de la Nouvelle-Géorgie, et de Santa Isabel. Le 8 novembre, la goélette laisse par bâbord le cap Astrolabe et embouque le canal Indispensable, dans la direction de Guadalcanal. Mais Svensson demande un détour, jusqu'à la petite île de Savo, où il a un agent nommé Schroeder, puis à celle de Tulagi, qui a l'avantage d'un bon port et qui est le lieu de résidence du commissaire australien aux Salomon, W.S. Marchant. Une poignée de militaires est là, à Tanambogo, représentant l'armée et l'aviation.

Guadalcanal le 10 au matin. Svensson y a quatre hommes : Rhoades au nord, qui est chargé de surveiller le trafic dans la mer des Salomon à l'ouest ; MacFarlan et Hay, qui contrôlent le détroit entre le petit aérodrome d'Henderson Field et Tulagi ; Martin Clemens au sud. Des civils, qui attendent depuis déjà deux semaines un cargo pour les rapatrier en Australie, demandent à embarquer sur le *Nan Shan.* Refus du Capitaine.

— Pourquoi ?

— Si nous devons descendre jusqu'à Sydney ou simplement Cairns, nous ne serions pas à Singapour avant Noël.

— Tu les prendrais si je n'étais pas là ?

— Oui.

— Et si nous les laissons à Rabaul ?

— Rabaul n'est pas sur notre route directe.

Kaï va se dégourdir les jambes à terre. Guadalcanal lui plaît. Il est fort improbable qu'il puisse s'y passer quoi que ce soit un jour. Mais il y a cinq enfants en bas âge parmi ces gens qui veulent à toute force quitter l'endroit.

— On passe par Rabaul. Nous perdrons un jour au plus.

Soirée du 12 en compagnie de Svensson, de « Snowy » (« Neigeux », ainsi surnommé en raison de sa crinière blanche) Rhoades, qui a fait tout spécialement le voyage depuis Lavoro, dans le nord de l'île donc, où il gère une plantation. On liquide pas mal de bière australienne et, Dieu merci, il s'en trouve, parmi les soldats et marins présents dans un bar de Lunga, de suffisamment grands et forts pour que les O'Hara puissent leur taper dessus sans risquer de les réduire en bouillie.

Appareillage le 17 en fin de matinée. Il a fallu attendre une famille de quatre personnes, dont deux enfants, que Rhoades a recommandée. Baodicée va me tuer, pense Kaï.

Nouvelle escale, heureusement assez brève, sur la côte sud, pour remettre son matériel à Martin Clemens, le chef de district à Aola qui fait parader pour ses visiteurs sa police indigène : une quinzaine d'hommes, équipés de Lee-Enfield sans chargeur, du modèle MK 1 déjà démodé durant la guerre contre les Boers au Transvaal, quarante ans plus tôt.

Contournement de Guadalcanal par le sud.

— Et d'ailleurs pourquoi Rabaul ? Pourquoi pas Moresby ?

— C'est ta femme, penses-y.

— Elle ne peut me tuer qu'une fois, après tout.

Et puis un crochet par Port-Moresby ne prendra pas beaucoup de temps.

On y est le 21, on en repart le 22.

— Nous sommes à combien de Singapour ?

— Deux mille huit cent cinquante-sept milles et soixante et onze brasses un quart.

— Tu dis n'importe quoi, Capitaine.

— Mais je ne dois pas être loin du compte. Une partie de dames ?

La mer de Banda le 1er et le 2 décembre. Les vents sont bons, le *Nan Shan* file comme le diable, il porte toute sa toile et, qui plus est, le Capitaine a fait hisser l'étrange et immense voile dont il a eu l'idée bien des années plus tôt, qui remplace le clinfoc et en multiplie par quinze ou vingt la portance. On gagne bien trois nœuds, sinon quatre.

— C'est la voile que tu as fait confectionner à Hong Kong ?

— Oui.

— Je ne l'avais jamais vue jusque-là.

— Elle est partie en soie. Trop fragile.

— Est-ce qu'un voilier a déjà couru aussi vite sur la mer ? Même les grands machins de la course du thé ?

— Non.

Mer de Flores, mer de Java. Le détroit de Karimata, entre Kalimantan-Bornéo et Sumatra, est franchi dans la soirée du 5. Coup sur coup par tribord, et dans la nuit, les feux de quatre bâtiments, sans doute des cargos, qui tous font route au sud.

— Quelle circulation ! C'est l'embouteillage.

Distance de Singapour ? Dans les deux cent soixante milles.

— On peut y être dans la soirée du 8, non ?

— Si le vent se maintient.

— À cause de moi, tu as fait marcher le *Nan Shan* comme jamais.

— Remercie-moi, en plus, et je te tape sur la gueule !

Des avions dans le ciel. Trois dans la journée du 6, cinq le lendemain. Des Hollandais. Ils feront des exercices.

Mais un sentiment bizarre touche Kaï par moments. Non pas de l'angoisse — pour quelle raison ? Plutôt une appréhension sourde. Qu'il refoule à grand renfort de raisonnements : en somme je n'ai que huit ou neuf jours de retard ; elle ne va pas m'en faire une montagne. Je l'ai bien attendue un an, ou peu s'en faut, moi, pendant que Madame vagabondait en Chine à jouer les Florence Nightingale. Bon d'accord, j'ai fait une petite virée avec mon papa, et alors ? En plus, ce n'est pas comme si nous nous étions attardés à nous beurrer en compagnie de créatures ; je doute fort que ces préparatifs que nous avons aidé les Australiens à faire, dans les Salomon et les Bismarck, servent un jour à quelque chose, mais enfin nous avons été serviables, ce qu'elle devrait apprécier.

Changement d'hémisphère dans la nuit du 7 au 8 décembre 1941. Le *Nan Shan* franchit l'équateur. Kaï aurait dû prendre le quart de minuit, à la barre. Lek ne l'éveille qu'à 2 h 30 et un peu plus.

— Rien ne pressait, dit le Dayak de la mer en riant de toutes ses dents. Je suis descendu une première fois mais tu n'as rien entendu. Tu as faim ?

Ils prennent ensemble une petite collation, tandis que tous les autres dorment, à bord du *Nan Shan* dont l'étrave chuinte. Ils mangent une mixture composée de riz, de poisson séché, de pulpe de noix de coco, d'une demi-boîte de lait concentré sucré, et très pimentée. C'est pour le moins compact, mais avec de la bière, ça passe. Et ça tient au corps.

— Va dormir, Lek.

— Attention. Il y a beaucoup de bateaux.

— Mais oui.

Il est 3 heures du matin. Le ciel se couvre, et le fort vent de trois quarts arrière tient toujours. La mer ne s'est pas encore tellement creusée. Nous allons au-devant de quelque intempérie, suppute Kaï.

3 heures du matin à moins de cent vingt milles nautiques

dans le sud de Singapour, c'est 8 heures de ce dimanche matin, à Pearl Harbor, île d'Oahu dans l'archipel d'Hawaii.

Une main secoue le bras de Kaï endormi. C'est un Dayak de la mer qui se penche sur la couchette.

— Le Capitaine veut que tu montes sur le pont.

Il fait encore nuit, pense d'abord Kaï, évaluant l'heure à la lumière qui lui parvient par le hublot. Mais il est 5 heures de l'après-midi, le *Nan Shan* est en train de se glisser au travers de l'archipel qui précède au sud le détroit de Singapour, et c'est le ciel qui est très couvert, bien plus que la nuit précédente, au point que, sous ce plafond bas de nuages, on pourrait croire en effet la nuit venue.

— Il se passe quelque chose, dit le Capitaine.

Beaucoup de monde sur la mer. Une quinzaine de navires au moins. Bâtiments de guerre et bateaux civils — pour ces derniers, ils vont tous au sud. Ce n'est qu'une heure plus tard, l'obscurité s'étant vraiment faite, que la goélette remontant au nord passe suffisamment près d'une grosse jonque allant en sens contraire, au point de pouvoir héler ceux — très nombreux — qui sont à bord. On leur répond, en chinois et en anglais. Ainsi apprennent-ils l'attaque de Pearl Harbor, l'état de guerre, et le débarquement des Japonais à Singora.

— C'est en Thaïlande, Singora.

Et à environ onze cents kilomètres au nord de Singapour.

Peu après 9 heures, Kaï revient en courant vers le wharf auquel le *Nan Shan* est toujours amarré, et sur lequel l'officier anglais se tient toujours, avec son casque colonial, son short, ses bas, sa badine, sa moustache de phoque, et la même expression de fureur contenue sur son visage rubicond. La seule différence est qu'il est maintenant flanqué de quatre soldats, des Gurkhas rachitiques, qui pointent leurs fusils vers les Dayaks de la mer rangés le long du bastingage, qui eux-mêmes pointent leurs arbalètes et sarbacanes.

— Ça va, nous repartons, dit Kaï à l'officier.

— J'allais commander le feu.

— Vous seriez mort avant, mon bon.

Le wharf est assiégé par une meute de navires divers, qui tous embarquent des candidats au départ. Le port de Keppel tout entier est embouteillé. Kaï s'est hissé à bord et un signe de tête à Lek suffit : le *Nan Shan* s'écarte lentement de l'appontement.

— Elle est partie depuis quand ?

Question du Capitaine.

— Samedi en huit.

Le 1er décembre au matin. Elle ne m'a pas attendu un jour, ni même une heure !

— La petite était avec elle ?

Oui. Et Harris, l'assistant de plantation des Howard, qui était venu passer ses deux semaines de vacances à Singapour.

— Ils ont embarqué sur un cargo mixte suédois à destination de Bangkok, qui devait faire escale à Kuantan et Kota Bahru — à moins de trois cents kilomètres de Singora.

Kota Bahru où Boadicée, sa fille et Harris ont dû débarquer le 4 en fin de matinée.

— Il y a une chance, dit le Capitaine. On sait que des Japonais ont débarqué à Singora, mais on ignore combien. Ils sont au pire à deux cents et quelques kilomètres de ta plantation. Qui n'est même pas sur leur chemin, en supposant que l'invasion vise la Malaisie et surtout Singapour ; auquel cas ils descendront droit le long de la côte.

Les voiles jusque-là à peine frissonnantes de la goélette se gonflent un peu mieux, prennent le vent qui souffle de l'ouest. Une vedette de la marine s'approche et, trois ou quatre encablures plus loin, se range bord à bord.

— Par là, vous allez au nord.

— Occupe-toi de tes affaires, petit, dit le Capitaine au jeune enseigne rouquin. Kaï, nous avons une chance d'arriver à la plantation avant les Japonais.

— La navigation est interdite au nord, poursuit l'enseigne.

— Lek, descends-moi ce pavillon et amène-m'en un autre.

Le pavillon britannique disparaît, aussitôt remplacé par quelque chose qui représente un soleil jaune rayonnant sur fond bleu des mers du Sud.

Le *Nan Shan* se cabre soudain, qui vient de toucher une brise nette. La vedette ne suit pas, on voit disparaître son petit commandant interloqué.

Une heure plus tard, les lumières de la ville, d'ailleurs voilées par crainte de bombardements nippons, disparaissent par le travers arrière. Le détroit de Johore s'est à peine vu, dans cette nuit épaisse. Le vent tombe vers 3 heures du matin.

— Va manger quelque chose, dit le Capitaine à Kaï. Nous n'arriverons pas plus vite parce que tu seras à jeun.

L'aube du 10 s'est levée sur une mer d'un violacé encore assombri par le ciel de plomb. Très peu de vent. Le *Nan Shan* se traîne. Une fois de plus — il est à peu près 8 h 30 — Kaï vient de faire le point. Façon de s'occuper, de calmer quelques instants la véritable fébrilité qui le tient.

— Trois degrés soixante-quinze nord, cent trois cinquante-cinq est.

— Au moins, nous avons dépassé Kuantan, c'est déjà ça, dit le Capitaine.

On entend des avions depuis plus d'une heure. Sans les voir, en raison du plafond bas des nuages. Ce n'est que peu après 11 heures que, par un trou dans le ciel, l'œil de Kaï peut en identifier un. Japonais. Pas un chasseur mais quelque chose de plus gros. Un bombardier ou un avion torpilleur.

— Ils n'en ont pas après nous, dit Lek. Tout de même pas.

Il s'écoule ensuite une quarantaine de minutes pendant lesquelles, à cette allure de tortue de la goélette, Kaï sent la rage le prendre — il a fallu en plus que ce foutu putain de vent nous lâche !

— Quelque chose à 1 heure.

Des points sur la mer, on ne saurait même pas dire à quelle distance.

— C'est gros.

— Jumelles, Lek, dit le Capitaine.

Qui examine longuement l'horizon, puis passe l'instrument à Kaï.

— À ton avis ?

Deux masses, mêmes vues à des milles de distance, et trois autres plus petites.

— La flotte japonaise. Ou, plus probablement, les cuirassés *Prince of Wales* et *Repulse.* Et des destroyers.

Les regards du père et du fils se braquent vers le ciel. On y entend toujours et encore des moteurs d'avion.

— Ils les ont vus.

Une nouvelle déchirure dans les nuages révèle une puissante escadre de bombardiers. Dans les secondes suivantes, les coups sourds et le crépitement des tirs de DCA se font entendre.

— Aux premières loges, dit le Capitaine. Nous sommes aux premières loges.

L'escadre britannique descend au sud, vers Singapour, et va donc croiser la route du *Nan Shan.*

— C'est bien le *Prince of Wales* et le *Repulse.*

Celui-ci est touché le premier. Une bombe le frappe au milieu de son pont, immédiatement suivie d'épaisses colonnes de fumée noire. Quelques minutes après 1 heure de l'après-midi, c'est le tour du *Prince of Wales.* Une nuée d'avions torpilleurs s'abat, dans un ciel où les appareils traversent une grêle de tirs et d'explosions. La distance entre le *Nan Shan* et le lieu des combats n'est plus que d'environ quatre milles nautiques. À l'œil nu, Kaï aperçoit les impacts des mitrailleuses des avions, la chute et l'écrasement sur la mer d'au moins l'un des avions d'attaque.

Et il y voit d'autant mieux que l'un des cuirassés — le *Prince of Wales,* il peut lire son nom — vient d'abattre sur sa droite et donc semble venir tout droit sur la goélette.

Avant de se coucher sur le flanc, distance deux mille cinq cents mètres. Et le *Nan Shan* passe, filant au plus huit nœuds mais s'éloignant tout de même. Il est 13 h 30 et, une vingtaine de minutes plus tard, alors que ne sont plus visibles que les énormes colonnes de fumée montant des deux monstres blessés, d'autres escadres de bombardiers passent, venant du nord-est, de Saigon peut-être, pour achever les cuirassés, qui seront coulés tous les deux.

Le vent se lève enfin deux heures plus tard. La goélette a connaissance de la poussière d'îlots de Tenggul en fin de cet après-midi du 10, tandis que le vent forcit encore. On dépasse les lointaines lumières de Kuala Terangganu après la tombée de la nuit. Une nuit sans lune.

— Tu connais la côte entre Kota Bahru et Kuala Terengganu ?

— De la forêt, dit le Capitaine. Pas de route. Des petits villages.

Une fois, des années plus tôt, le *Nan Shan* est venu prendre du fret qui arrivait de Pasir Pusih, une petite ville à une quinzaine de kilomètres à l'intérieur. La goélette avait pu remonter en partie une petite rivière.

— Après Kompong Kotha Besut. Ici.

Ils se penchent tous deux sur la vieille carte tracée à la main, et annotée par plusieurs générations de Kaï O'Hara.

— Je passerai par là, décide Kaï. Si les Japonais sont déjà arrivés dans ce coin, ils sont sur la route.

— Nous passerons. Je viens avec toi.

Le *Nan Shan*, confié à Lek, ira s'ancrer dans une crique que l'on connaît, à six ou sept milles au large.

— Tu comptais revenir comment, sinon ?

— Je croyais que tu étais neutre.

— Je vais simplement faire une promenade en forêt pour y chercher ma petite-fille et ma belle-fille qui se sont égarées.

La goélette a abattu sur bâbord et, vers 3 heures du matin, longe une côte sans aucune lumière.

— Le village est là, derrière ce promontoire. La rivière devrait se trouver trois kilomètres plus au nord. On y va.

Ils débarquent à quatorze. Le père et le fils, plus douze Ibans. Ils ne laissent aucune trace de pas. Deux plages de sable dessinent vaguement des taches plus claires sur leur gauche et leur droite, mais, venus à la nage, ils ont abordé sur des rochers. Le couvert de la forêt est là, très proche. Avant de s'y glisser à son tour, Kaï se retourne. Tous feux éteints, le *Nan Shan* est déjà invisible, et sans doute s'éloigne pour aller se cacher derrière l'une des deux îles Perhentian.

Kaï marque un temps. Il est sans nul doute, et très farouchement, déterminé à se ruer vers la foutue plantation pour découvrir ce qu'il s'y passe, s'il s'y passe quelque chose. Mais un autre sentiment l'anime. Il n'est pas dupe des protestations de neutralité du Capitaine.

Ils entrent bel et bien, tous les deux, en guerre.

Trois heures durant, on a progressé à une allure proprement infernale. Un premier Iban en tête, suivi d'un deuxième. Puis deux flancs-gardes encadrant le gros de la troupe. On est resté sur la rive droite de la rivière mentionnée par le Capitaine. À plusieurs reprises, et parfois pendant de longues minutes, Kaï a entendu à l'ouest — dans le cas présent, sur sa gauche — de sourds grondements.

— Des camions ou des chars d'assaut. Les Japonais ont débarqué à deux cents kilomètres au nord et ils seraient déjà ici ? En trois jours ?

Mais personne dans la petite colonne, pas plus le Capitaine que les Ibans, n'a relevé sa remarque. L'un des éclaireurs latéraux siffle dans la nuit. Les premières maisons de Pasir Pusih sont à huit cents mètres.

— Je vais aux nouvelles, dit Kaï.

Il n'attend pas de réponse, et d'ailleurs n'en reçoit pas. Il part dans la direction indiquée et après deux ou trois cents pas parvient au bord de la rivière. Un ponceau de rondins la traverse. Kaï s'y engage, gardant à la hanche le Purdey qu'il a pris sur le *Nan Shan*. Il sent, plus qu'il n'entend, une présence, derrière lui, et se retourne. Le Capitaine est là, ne portant que son sarong, et aux pieds des tongs taillés dans un vieux pneu. Il tient l'autre Purdey et il a passé une sorte de cartouchière bricolée à son épaule gauche, avec une machette suspendue à cette même cartouchière.

— Autant se mettre d'accord sur un point, dit le Capitaine. Tu es pressé d'aller à cette plantation, mais nous irons tous ensemble. Si tu te faisais tuer, ça pourrait me mettre de mauvaise humeur au moins pour la journée.

Ils suivent une piste, et bientôt se retrouvent en terrain découvert, rizières de part et d'autre, quadrillées par les inévitables palmiers borasses.

— Il y a des gens là-bas.

— J'ai vu.

Ils abandonnent la piste qui part sur la gauche, sans doute en direction de Pasir Pusih, et piétinent une diguette.

— Où sont les Ibans ?

— Ne t'inquiète pas pour eux.

Ils chuchotent. Ce sont bien des silhouettes humaines, à 2 heures, distance six cents mètres. Kaï aperçoit même un bref rougeoiement — une cigarette que l'on vient d'allumer ; pendant la guerre du Transvaal, il était recommandé de ne jamais allumer trois cigarettes avec la même allumette ; à cause des tireurs d'élite boers qui repéraient le premier rougeoiement, commençaient à épauler au deuxième, tiraient au troisième. Qu'est-ce que j'ai comme connaissance complètement inutiles, se dit Kaï. Enfin, peut-être pas complètement inutiles.

— Des Anglais, murmure le Capitaine.

— Nous serions japonais, vous seriez déjà tous morts, leur lance Kaï à haute voix tandis qu'il se hisse sur la route surélevée qui, de Kota Bahru, descend plein sud vers Kuala Terengganu, Kuantan, Mersing, Johore Bahru et Singapour. Il y a là une douzaine de soldats britanniques, à l'abri très relatif de trois camions, dont deux renversés et le troisième privé de tout son avant. Curieusement, les militaires, qui disposent de deux mitrailleuses, en ont placé une pour tirer vers le nord, et l'autre vers le sud. L'apparition des Kaï O'Hara ne leur fait pas dresser un sourcil. Ils fument, très paisiblement. L'un d'entre eux prépare du thé sur un réchaud à alcool. Un autre consent tout de même à accorder quelque attention aux nouveaux venus.

— Vous êtes quoi ? Des planteurs du coin ?

— Oui, dit Kaï. Où sont les Japonais ?

Un autre grondement, semblable à ceux que Kaï a déjà notés, prend naissance au nord, dans la direction de Kota Bahru.

— L'avantage avec le péril jaune, dit l'homme qui doit être quelque chose comme caporal-chef, est qu'on le voit venir. Si vous cherchez des Japonais, vous avez le choix : il y en a devant et derrière.

— Ils sont déjà passés par ici ?

— Non. C'est moi qui ai fracassé ces camions d'un coup de pied. Un moment d'exaspération, répond le caporal-chef sarcastique.

Des traces de nombreuses chenilles de chars marquent en effet la route. Le grondement provenant du nord augmente d'intensité, et un autre bruit s'y mêle : un cliquètement.

— Il y a un pont, là, remarque le Capitaine. Vous n'avez rien pour le faire sauter ?

— Mes ordres sont d'attendre que nos dernières troupes soient passées. Elles ne sont pas encore passées.

Il est obligé de hausser le ton pour se faire entendre. Le grondement devient bien plus fort. Le sol tremble un peu. Un premier char d'assaut apparaît, qui en précède d'autres. C'est toute une colonne qui se présente... dont les premiers éléments franchissent le pont.

Le soldat qui préparait le thé s'est replié en contrebas de la route. Ses camarades l'imitent, emportant leurs mitrailleuses. Kaï et le Capitaine font de même.

Quatre chars britanniques passent. Suivis à un mètre au plus par trois autres, eux japonais. Le reste est à l'avenant : les engins adversaires sont étroitement imbriqués les uns dans les autres, dans l'incapacité de se tirer dessus — leurs obus atteindraient plus sûrement un équipier de leur camp. Des automitrailleuses se sont glissées dans ce convoi extravagant, pare-chocs contre pare-chocs, voici même deux voitures décapotables — dans la première des Japonais, et des casquettes plates d'officiers du Royaume-Uni dans la seconde — leurs occupants se regardant en chiens de faïence, un peu gênés peut-être mais personne ne dégaine son arme. Kaï voit même des hommes carrément sortis de la tourelle de leur char, de l'une et l'autre nationalité, et qui s'activent, sans trop de conviction, à pointer leurs mitrailleuses. Mais aucun ne va tirer tout le temps que la colonne sera en vue. Et tout cela défile ensemble, à vingt ou vingt-cinq kilomètres à l'heure, en direction de Singapour.

— Du thé ?

Les camions renversés viennent d'être complètement culbutés, la route est nettoyée et déserte.

— Il nous manque encore au moins un bataillon, dit le caporal-chef. Pas question de faire sauter le pont avant de l'avoir vu passer. Les ordres sont les ordres. Mais rassurez-vous : ces Japs n'iront pas loin. La ligne Jilter est infranchissable.

— Le *Prince of Wales* et le *Repulse* ont été coulés, dit Kaï.

— N'importe quoi ! dit le caporal-chef. Répétez cette connerie et je vous fais fusiller.

— Bonne continuation, dit le Capitaine.

Qui remonte sur la route, la traverse et s'engage sur une diguette. Le jour se lève.

— Et tu es allé la chercher deux fois en Chine, dit le Capitaine.

— Voilà.

— Pour rien.

— Pour rien.

— Mange ma banane. Je n'ai plus faim.

Ils sont accroupis côte à côte. Devant eux, un rideau de végétation avec pas mal de bananiers. Et, par-delà, la route de Kota Bahru à Kuala Kaï, autant dire la montagne, et le centre de la Malaisie. Et sur cette route, une longue colonne japonaise. Qui cantonne. Ces fils de chien n'ont donc rien de mieux à faire que se reposer ? Il est 11 heures du matin, les trente derniers kilomètres ont été couverts pratiquement au pas de course, une vraie ruée ; la plantation ne se trouve plus qu'à deux heures de marche. Mais il faut traverser cette route. Où sont passés les Ibans ? Je ne les ai pas vus depuis bien avant que nous refusions le thé de ces abrutis de soldats anglais. Le Capitaine et Kaï ont longé la route sur à peu près deux kilomètres, sans trouver un seul endroit par où passer sans être remarqués.

— On pourrait se lancer, traverser en trombe et disparaître.

— Je n'ai jamais couru très vite, dit le Capitaine. Et dans tous les cas, moins vite aujourd'hui qu'hier, et surtout moins vite que des soldats japonais de vingt ans. Attends. Ça devrait arriver par là.

Et de montrer, sur ce côté de la route où ils se trouvent eux-mêmes, une corne que la forêt avance jusqu'à quelques mètres de la piste.

— Et qu'est-ce qui va arriver ?

— Attends.

— Les Ibans ?

— Évidemment.

Les véhicules japonais sont à l'arrêt et espacés de dix mètres en dix mètres. Des soldats en sont descendus et bavardent.

— Tu comprends ce qu'ils se disent ?

— Oui.

— Je n'ai jamais appris le japonais. Ce n'est pas vraiment dans les mers du Sud, le Ja... *Maintenant !*

À quatre-vingts mètres de distance, juste devant la corne formée par un couvert très dense, cinq hommes viennent de s'abattre — Kaï distingue un trait d'arbalète enfoncé dans une gorge. Dix secondes plus tard, six autres s'écroulent. Puis cinq encore.

— On va pouvoir passer, dit le Capitaine. Ne cours pas trop vite, dans ces rizières de l'autre côté.

Toute la colonne japonaise est sur le pied de guerre. On

mitraille dans tous les sens, des ordres sont hurlés, des voltigeurs se jettent dans la forêt. Une dizaine de minutes encore et la route est dégagée, le convoi s'étant remis en route, vers Temangan, Kuala Kraï, et la voie ferrée qui traverse la péninsule malaise et doit constituer l'objectif de ce gros détachement.

La Kelantan est traversée en début d'après-midi. Kaï aperçoit une voiture qui a à demi versé dans le bas-côté, sur la route de Kota Bahru, parallèle à cet endroit à la rivière. Une des portières est ouverte, mais le véhicule est vide.

— Où sont les gens qui étaient dans cette voiture ?

Question à deux enfants juchés sur un buffle.

Emmenés par les soldats japonais.

— Qui étaient-ils ?

Des planteurs. Mais pas les Howard, non. Un homme de l'âge de Kaï, une femme blonde, deux enfants. Tous se trouvaient dans la voiture et ils allaient, très vite, vers Kota Bahru, et puis les machines et les camions japonais sont arrivés et le père et la mère et les enfants ont été obligés de descendre de voiture et les soldats les ont fait monter dans un camion et les camions sont repartis vers Kota Bahru.

— Il y avait d'autres *tuan* dans le camion ?

Oui.

— Une femme avec des cheveux noirs et une petite fille ?

Pas vues.

— Les Japonais sont allés dans cette direction ?

Celle de la plantation des Howard.

Oui. Les soldats sont allés partout.

— Il y a encore des Japonais ?

Les soldats sont repartis.

Kaï va à la voiture immobilisée, dans l'intention de prendre le volant. Mais l'avant en est enfoncé, l'essieu semble brisé, il est en somme facile d'imaginer ce qui s'est passé : l'Européen qu'accompagnaient la femme blonde et les deux enfants aura vu arriver le convoi japonais, essayé de passer malgré tout, un camion ou un tank lui aura barré le passage.

— Explique-moi...

Kaï et le Capitaine courent. Tanah Merah est sur leur droite, à deux kilomètres ; la plantation droit devant eux, deux à trois fois plus loin.

— Explique-moi pourquoi une armée d'invasion perd son temps à expédier un détachement en direction de deux ou trois plantations perdues dans la nature.

— Ne pose pas de question dont tu connais la réponse.

Je la connais, c'est vrai, pense Kaï, j'ai bien peur de la connaître. Il n'y a pas d'autre explication : il me faut bien admettre que Boadicée a été constamment surveillée. Depuis Saigon, où on a bel et bien monté une machination contre elle. Puis à Singapour. D'où on l'aura vue partir pour Tanah Merah, quelle aubaine, juste quelques jours avant le déclenchement de leur petite offensive.

— Continue seul, dit le Capitaine. Je vais souffler un peu.

Kaï est assis à même le plancher de bois de la véranda et contemple le paysage — le jardin et ses roses, la pelouse, la rivière bien plus bas, les montagnes sur la droite. Ils ont couvert plus de soixante kilomètres en dix heures, il leur aurait suffi d'un peu plus de vent en mer de Chine du Sud, et il...

Le Capitaine arrive à son tour.

... Et j'étais là à temps.

Le Capitaine s'assoit dans la balancelle, les Ibans s'immobilisent. Fin de chasse, se dit Kaï. Les chasseurs bredouilles se taisent et leurs regards s'évitent. J'ai très envie de faire quelque chose de très violent. Brûler cette maison, par exemple.

— Il y a du sang en deux endroits, dehors.

— Elle leur a tiré dessus.

— Pas de domestiques ?

— Va voir toi-même. Ils sont derrière la maison.

Le Capitaine se relève, entre dans la maison aux allures de grand cottage, refait en somme le parcours que Kaï a fait quelques minutes plus tôt — les caisses du déménagement de Boadicée encore fermées pour trois sur quatre, la poupée de la petite Claudie, la dévastation dans le salon où les soldats se sont emparés d'elles — et des Howard sans doute —, le fusil de chasse dont on s'est servi deux fois au moins, les cadavres des deux Malais, homme et femme, abattus alors qu'ils essayaient de s'enfuir.

Un ordre venu de l'intérieur de la maison. Les Ibans y pénètrent à leur tour, sans le moindre bruit.

— Servez-vous et mangez, leur dit la voix du Capitaine. Tu devrais manger aussi, Kaï. Repartir à la seconde ne servirait à rien. Nous avons marché, et même pas mal couru, pendant dix heures. Nous remettre en route tout de suite nous affaiblirait plus encore. Essaie aussi de dormir un peu. Ils les auront emmenées à Kota Bahru, ma petite-fille et ta femme. Eh bien, nous allons aller à Kota Bahru. Nous irons jusqu'à Tokyo si c'est vraiment indispensable. Ne me dis pas que tu es en rage et que tu tuerais toute une ville. Je suis moi aussi passablement en colère. Mais, pour l'instant, nous allons manger, et boire, et reprendre des forces.

C'est un discours extraordinairement long pour le Capitaine. Dont la voix est très calme, presque indifférente. Dangereusement.

Le Capitaine ressort de la maison. Il a chargé un plateau de choses qu'il a trouvées — la moitié d'un gros gâteau de riz, des côtelettes froides, un jambon presque entier, du pain en tranches, des bières.

— Kaï, je connais mieux la Malaisie que toi. J'ai fait vingt ou trente fois escale à Kota Bahru. J'ai monté et descendu la Kelantan. Que nous descendrons de nuit. En partant à la nuit, nous pourrons passer entre tous ces Japonais. Et si ta femme et ma petite-fille sont à Bahru, ou n'importe où, Chang le saura, et nous le dira. Ou Ismaïl. Ou Ahmed, ou d'autres. Ceci est mon pays.

La machette s'abat et tranche un gros morceau de jambon.

— Et ce n'est plus ta guerre à toi tout seul. C'est la nôtre.

La sentinelle sur le ponton n'a pas le temps d'esquisser le moindre mouvement. Le corps s'écroule. Sans la tête, que l'Iban brandit dans un grand rire silencieux. Sifflement : les deux pirogues repartent. Les lumières de Kota Bahru sont en vue, sur fond sonore d'un sourd roulement.

— Ils ont débarqué d'autres troupes, souffle Ismaïl quant à lui assis sur le banc de nage, les deux Kaï O'Hara allongés à ses pieds sur le fond de l'embarcation. Des milliers d'hommes, avec des camions, des chars et des canons.

Ismaïl est un Malais d'une cinquantaine d'années, fort élégamment vêtu d'une chemise philippine, d'un pantalon de shantung crème, de chaussures remarquablement cirées. Il est entre autres choses *datuk bandar,* une sorte de maire, de la localité de Kompong Kadok. Il avait deux officiers japonais chez lui quand, par sa fenêtre, il a découvert le visage du Capitaine. Il n'a pas bronché, a continué très calmement sa conversation en anglais, puis a prétexté des ordres à donner et est sorti. Il a écouté les O'Hara comme s'il était parfaitement naturel, et somme toute très banal qu'ils fussent là, à 10 heures du soir, surgissant de la nuit au beau milieu d'une invasion japonaise. Il a dit : « Je m'en occupe. J'envoie immédiatement un messager à mon frère à Bahru. Vous m'attendez. Sans vous montrer. » Et d'y aller de son petit sourire narquois qui ne le quitte à peu près jamais. Il est revenu dans la maison, a repris, avec un sang-froid remarquable, sa très convaincante profession d'allégeance à « la glorieuse armée japonaise » accourue pour débarrasser enfin les peuples de la Grande Asie du terrible joug anglo-saxon, « je hais les Anglais, je ne compte et n'ai jamais compté aucun ami parmi eux, bien qu'ayant fait mes études en Angleterre »...

Les Ibans pagaient. Ils se sont débarrassés de leurs coiffes de rotin emplumées, ont effacé leurs peintures de guerre et caché leurs armes. Ils ressemblent à des Malais ordinaires, pour des yeux japonais du moins. Il est 3 heures du matin quand les deux pirogues se rangent le long d'un appontement.

— Je vais vous cacher chez moi, dans mes bureaux. Au deuxième étage. N'en descendez pas, je vous prie : au rez-de-chaussée, j'ai offert l'hospitalité à la Kempetaï, la sécurité japonaise.

C'est que, dit-il encore, la sécurité japonaise est en train de fouiller toutes les habitations, en arrêtant les ressortissants britanniques, civils et évidemment aussi militaires. « Je sais qu'ils ont établi une sorte de camp d'internement à Palekbang. J'ignore s'ils ont procédé à des exécutions, je me renseigne sur ce point-là aussi. »

Pour les Ibans, il les mêle à son propre personnel — Ismaïl est, avec son frère Jamil Noor Shah, l'un des membres les plus éminents de la famille princière de l'État du Kelantan — la branche cadette toutefois, celle qui a plus ou moins besoin de travailler pour vivre. Il est propriétaire de quelques milliers d'hectares de rizières, contrôle le marché du riz et du manioc, du coprah aussi, dispose d'une flottille de bateaux de pêche et perçoit un peu plus que sa dîme sur tout ce qui entre au Kelantan et en sort.

— Ça peut prendre du temps, ajoute-t-il.

Il s'en va, non sans avoir fermé à clé la porte entre le rez-de-chaussée et le premier étage. Le Capitaine ne bouge pas. Kaï si, qui ne tient pas en place. Cet Ismaïl...

— Tu as confiance en cet homme ?

— Oui.

— Tu le connais depuis quand ?

Depuis qu'Ismaïl est né, répond le Capitaine, qui s'est allongé à même le plancher et s'apprête visiblement à dormir. Kaï parcourt les lieux. Ce qu'Ismaïl a appelé des bureaux comporte certes trois ou quatre pièces prévues pour des secrétaires et un bureau pour quelqu'un de plus important. Mais il s'y trouve aussi un appartement — chambre, salle d'eau, salon, une pièce de service destinée à des domestiques, pour l'heure absents. Six fenêtres donnant sur la rivière et la rue qui la longe, six autres sur l'arrière et ce qui semble être des entrepôts. Nous pourrions toujours essayer de filer par là...

Le Capitaine s'est endormi. Sous l'effet du sommeil, son visage dans la pénombre se creuse, ciselant la structure osseuse. Il fait plus vieux, ainsi, se dit Kaï, je n'ai en somme jamais réalisé vraiment, jusqu'à cet instant, qu'il porte à ce point sa soixantaine ; ma femme et ma fille sont je ne sais où, peut-être déjà mortes, et moi je me terre, à attendre stupidement, en compagnie d'un vieil homme.

Des bruits de moteurs dehors, et des voix japonaises. La Kempetaï s'installe, un étage plus bas. La situation est absurde. Quelqu'un gravit l'escalier, essaie d'ouvrir la porte puis renonce, en la découvrant fermée. Les idées les plus folles traversent Kaï. Celle, par exemple, qui le ferait se jeter en bas, pour prendre au collet ces hommes, quelques mètres sous lui, certain qu'ils savent, eux, où sont Boadicée et Claudie.

La journée du 12 s'écoule sans mouvement. Dans la soirée seulement, un homme d'une trentaine d'années, et qui se révèle être l'un des fils d'Ismaïl, entre et apporte à manger et à boire.

— Nous ne savons toujours rien. Elles ne sont pas au camp de Palekbang.

Rien durant toute la journée du 13. Kaï a fini par s'endormir, épuisé par plus de trois jours sans sommeil. Puis soudain :

— On y va.

Le Capitaine et le fils d'Ismaïl, dans l'obscurité de la nuit revenue.

— Elles sont vivantes ? On les a retrouvées ?

Oui — aux deux questions.

L'endroit porte un nom peu engageant : bukit Jirat, littéralement, la colline des Tombes ; c'est là qu'à partir de 1909, quand cette partie nord de la Malaisie a cessé d'être siamoise pour passer sous le contrôle britannique, on a enterré les soldats européens n'ayant pas résisté au climat. L'ancien cantonnement de la garnison anglaise se trouve en contrebas ; la clôture de grillage est toujours en place, mais l'emblème du Soleil levant a remplacé l'Union Jack.

— J'avais un contrat avec l'armée anglaise, pour l'approvisionnement, explique Ismaïl. Les Japonais l'ont reconduit. Je suis venu hier matin et j'ai vu la petite fille. J'ai demandé en feignant de plaisanter si elle faisait partie de l'armée du Mikado ou si c'était simplement une prisonnière de guerre. ... Ni l'un ni l'autre, a répondu un officier japonais. Qui a parlé d'une enfant recueillie par pure bonté d'âme, faute de pouvoir en retrouver les parents. Mais il a ajouté que la mère de l'enfant n'allait plus tarder.

J'ai alors deviné ce qui s'était passé. Kaï, votre femme a réussi à s'échapper tandis qu'on la transférait de Tanah Merah à Bahru.

— Sans sa fille ?

— C'est pour cela que les Japonais ont attendu, estimant qu'elle reviendrait forcément.

— Il fallait nous prévenir tout de suite.

— Je ne savais pas si cette gosse était la vôtre. Et je voyais mal comment je pouvais vous extraire de mes bureaux en plein jour, pour une fillette qui n'était peut-être pas celle que vous cherchiez.

— Et c'est elle ?

— Voici deux heures, votre femme est arrivée, à bord d'une voiture de la Kempetaï. D'après mes informations, elle s'est constituée prisonnière à Pasir Mas. Autre chose : je pense qu'ils vont les expédier en Chine dès demain.

Kaï regarde le Capitaine, qui reste impassible mâchonnant un morceau de canne à sucre. Il est accroupi, appuyé d'une épaule à la pierre tombale, déjà rongée par l'humidité, d'un deuxième classe du nom de Paul Sidey, mort à dix-neuf ans. Trois Ibans sont là aussi, les neuf autres sont hors de vue. Ils n'ont pourtant reçu aucun ordre du commandant du *Nan Shan,* mais c'est à croire qu'ils lisent mutuellement dans leurs pensées, lui et ses hommes.

— En principe, reprend Ismaïl, elles se trouvent dans ce baraquement là-bas sur la gauche. Là où les officiers anglais avaient leur billard et leur mess.

Une sentinelle à la porte de ce bâtiment-là. Et une autre

au pied des trois ou quatre marches de bois conduisant à la porte du baraquement portant encore le panneau « Headquarters ». Seulement, même japonais, tu ne ferais pas garder un billard...

— Je n'ai pas bien entendu, dit Kaï au Capitaine.

— Tu as très bien entendu. Tu restes là. Tu sais manier de la dynamite ?

— Ça s'apprend très vite.

— Tu restes là. Je suis encore largement en mesure de t'assommer. Tu n'es pas capable de faire ce qu'un Iban peut faire. Moi non plus, d'ailleurs.

— Je me souviens très bien de votre mère, dit Ismaïl.

— Vous m'en parlerez une autre fois.

— Vous êtes trop nerveux. Votre père sait ce qu'il fait.

Kaï est allongé à plat ventre, il tient pointé le Lee-Enfield MK IV que le Malais lui a confié. Pour la deuxième fois, il vérifie que le magasin contient bien ses huit cartouches. Le guidon, au bout du canon, est exactement entre les deux yeux de la sentinelle, à un peu plus de cent mètres de là.

— L'amitié entre ma famille et la vôtre, je veux dire les Kaï O'Hara, remonte à des générations. Bien avant Stamford Raffles et l'arrivée des Anglais en Malaisie. Je vous parlais de votre mère. Elle est la seule à avoir réussi à apaiser un Kaï O'Hara. Le temps qu'elle a vécu. Il est livré à lui-même, à présent. À ses démons. Il n'y a pas d'homme au monde dont j'aurais plus peur, si je l'avais comme ennemi. Je me souviens...

Première explosion. Loin sur la droite de Kaï, à six ou sept cents mètres. Toute une file de camions prend feu. Kaï a dans la même seconde pressé la détente du fusil. Puis il court.

Une balle.

Il croit bien avoir vu tomber la sentinelle.

Il a fait vingt mètres en dévalant la faible pente du bukit. Il épaule à nouveau et cette fois atteint à coup sûr sa cible — un soldat sur un mirador.

Deux.

Les balles trois, quatre et cinq dans la direction d'hommes sortant en courant, à demi vêtus mais armés, d'un baraquement — deux de touchés.

La sixième pour un autre qui a surgi sur sa gauche, et qui était sur le point de lui tirer dessus. Il a passé la foutue clôture sans même s'en rendre compte. La porte du mess est à trente mètres. Il lâche ses deux dernières balles à droite, plonge derrière un muret qui a dû servir à des exercices, ôte le chargeur vide, en enclenche un autre. Il n'a pas le temps d'épauler. Celui de tirer, oui. La baïonnette du Japonais le manque de peu. Il repousse le corps et repart. Il n'enfonce pas la porte, il passe à travers ; roule sur le plancher, s'écrase sur un pied du billard, redresse le Lee-Enfield, ôte son doigt de la détente.

— Tu en as mis un temps ! dit le Capitaine. Surveille la porte.

Les explosions se succèdent. Il y en aura eu d'autres, entre la première et celles-ci, qu'il n'aura pas entendues.

— Elles vont bien ?

— Elles sont vivantes. Surveille-moi donc cette porte !

Kaï tire l'arme à la hanche.

— Deux et trois.

— Qu'est-ce que tu comptes ?

— Mes balles.

Encore une explosion, et bien plus puissante que toutes les précédentes. C'est comme si un typhon balayait tout le camp. On y verrait comme en plein jour s'il n'y avait cet énorme souffle de poussière.

— Leur dépôt de munitions, dit la voix du Capitaine, très paisible. Encore un peu, et Ka 65 me le ratait. On s'en va, fils. Viens m'aider. Je ne peux pas les porter toutes les deux.

Kaï a enfin le temps de considérer l'intérieur du mess. Trois cadavres japonais, dont celui d'un officier, un quatrième soldat qui se traîne sur le sol en direction de son fusil. Et Boadicée étendue sur un divan de cuir. Et la fillette.

Que le Capitaine prend dans son bras gauche.

— Prends ta femme.

Kaï hisse Boadicée sur son épaule.

— Regarde ailleurs, petite, dit le Capitaine.

Et de sa main gauche, il force l'enfant à détourner la tête, tandis que la machette au bout de son bras droit tranche la gorge du blessé qui rampait.

— Si on partait d'ici ?

— Quatre, cinq et six, dit Kaï, lâchant trois autres balles dans l'encadrement de la porte donnant sur la cour principale. Juste avant de se jeter dans la porte ouvrant sur l'arrière du baraquement. La clôture se dresse à une quarantaine de mètres, plus haute que de l'autre côté, mais une brèche y a été faite, et le camion attend, avec au volant le fils d'Ismaïl que les O'Hara connaissent déjà. Cinq Ibans se replient en courant au moment où le véhicule démarre. Sept autres rallient deux cents mètres plus loin et se hissent sur le plateau, en s'accrochant aux ridelles. Tout le camp semble la proie des flammes. On roule sur une piste au milieu des rizières. Une dizaine de minutes plus tard, le camion stoppe.

— Les Japonais ont repéré le camion, explique le jeune Malais. Ils sont sûrement déjà en train de lui courir après. Je continue, mais seul, pour les faire galoper ailleurs. Merci de votre visite au Kelantan. N'hésitez pas à revenir.

Il est peut-être 11 heures du soir alors, et les deux heures suivantes, tout le groupe ne court pas mais trottine.

— Ça va, Boadicée ?

Elle gémit. C'est déjà ça. À la lueur de l'incendie du cantonnement, Kaï a vu du sang sur le visage de la jeune femme, guère davantage ; et dans cette nuit, surtout sous le couvert des arbres, comment prendre le temps de l'examiner — d'ailleurs, il ferait quoi, pour la soigner ?

La mer de Chine du Sud apparaît enfin, on la sent avant de la découvrir. Une longue plage.

— Ce coup-ci, on les laisse, nos traces, dit le Capitaine. Je veux qu'ils nous sachent repartis par la mer. Comment va-t-elle ?

Les Ibans ont allumé les trois feux convenus, les construisant en sorte qu'ils soient avant tout vus du large. C'est à cette lumière que Kaï procède à son premier examen.

— Tu me reconnais ?

— 'Videmment, crétin.

Elle porte un pantalon de toile, une chemise de même ; les deux déchirés. Ses pieds sont nus. Et ensanglantés. Mais elle n'a pas reçu de balles, on ne l'a pas entaillée avec une lame.

... On l'a frappée, la poitrine mise à nu révèle une quinzaine d'ecchymoses violacées. On s'est surtout acharné sur son visage : la lèvre inférieure est fendue en deux endroits, il y a certainement une fracture du nez, une arcade sourcilière est ouverte, même son oreille gauche saigne sous ses cheveux poissés d'un sang maintenant séché.

Aussi bien, elle aura une fracture du crâne.

— Vais bien. Claude-Jennifer ?

— Nous l'avons avec nous. Elle va très bien.

— Soif.

Il reste un peu d'eau à l'un des Ibans, et Kaï la fait boire.

— Un peu fatiguée, c'est tout, dit-elle.

Elle entrouvre ses paupières pendant quelques secondes et soulève une main. Deux doigts semblent réduits à une pulpe sanglante.

— Coup de crosse.

— Je ne crois pas qu'elle ait une fracture du crâne, dit le Capitaine, qui vient de palper la tête de Boadicée. Non, ce qui m'étonne un peu, c'est qu'ils l'aient frappé à ce point. Ne t'affole pas, s'il te plaît. Elle ne meurt pas, elle dort.

Le *Nan Shan* se montre une heure plus tard. Comme convenu, et ainsi qu'il l'a fait depuis la première nuit, celle du débarquement, Lek a longé la côte. Le petit canot de la goélette embarque Kaï, sa femme et sa fille ; les autres rejoignent le bord à la nage.

— Je n'ai pas plus de fracture du crâne que toi, Kaï O'Hara.

Kaï l'a allongée sur la couchette et entièrement dévêtue. Les mêmes traces de coups dans le dos, les reins, les cuisses.

— Et ils ne m'ont même pas violée.

Le *Nan Shan* roule un peu, mais avance à très bonne allure. Croyant Boadicée profondément endormie, il est remonté sur le pont, s'est entendu avec le Capitaine : on fait route vers Singapour, en espérant que l'armée japonaise n'y sera pas, ou pas encore, en dépit de son avance fulgurante. Kaï redescend.

— Qu'est-ce que tu fais debout ?

Elle a bel et bien quitté la couchette, en fait le lit, étant donné ses dimensions, a dû se traîner jusqu'à l'espèce de coiffeuse occupant un angle de la cabine, et elle s'examine dans le miroir.

— J'ai l'air d'avoir disputé un combat de boxe avec un Kaï O'Hara.

Il la prend aux hanches, s'attendant à la voir s'effondrer. Mais non, elle tient debout. Sûrement pas en état de galoper...

— Je peux marcher.

Elle revient au lit et, grimaçant de douleur, s'y recouche, posant une main sur sa fille endormie. Elle appuie sa nuque, ferme les yeux.

— On est quel jour ?

— Le 14. Dans les 3 heures du matin.

Elle parle, yeux clos. Elle est arrivée à Tanah Merah, enfin à la plantation, le 5. Les Howard s'y trouvaient encore ; ils n'avaient prévu leur propre départ que pour dix jours plus tard ; ils ont donné à Boadicée la chambre de leur propre fille ; ils ont été très gentils, ils aimaient beaucoup Claude-Jennifer. Le lendemain dans la matinée, ils sont descendus jusqu'à la rivière, en emmenant la petite. Boadicée, elle, est restée dans la maison, achevant de prendre sa douche avant de les rejoindre. L'un des domestiques est arrivé en criant, disant que des soldats venaient d'attaquer *tuan* et *puan* Howard. Boadicée a décroché le fusil de chasse, est sortie sur la véranda en courant. Elle a tiré sur les deux premiers Japonais, s'est lancée sur la pelouse descendant à la Kelantan, a vu d'autres soldats qui emmenaient les

Howard et Claude-Jennifer. Les soldats sont montés avec leurs prisonniers sur une chaloupe qui s'est immédiatement éloignée de la berge et a commencé à descendre la rivière. Boadicée a encore couru, au travers des hévéas, mais la chaloupe l'a distancée, s'est trouvée hors de vue. Et elle, Boadicée, avait gagné de vitesse les autres soldats, qui visiblement ne voulaient pas lui tirer dessus mais la prendre vivante. Elle a ainsi suivi le cours de la Kelantan pendant des kilomètres, elle s'est perdue pour avoir voulu suivre une piste forestière et a passé une nuit dans la forêt ; ce n'est que dans la matinée du jour suivant qu'elle est tombée sur un village ; elle y a appris l'invasion japonaise — jusque-là elle ne comprenait rien à ce qui s'était passé et croyait à une attaque uniquement dirigée contre elle. Alors, elle a recherché les Japonais, à seule fin de retrouver sa fille ; un détachement de soldats l'a arrêtée, mais sans se soucier particulièrement d'elle ; à leurs yeux, elle n'était qu'une Anglaise comme les autres ; ils l'ont parquée avec d'autres Britanniques dans un camp improvisé près de Pasir mais sans que personne fasse attention à elle, qui hurlait sa rage. C'est deux jours plus tard seulement que le colonel est arrivé, avec plusieurs des hommes venus à la plantation ; il lui a parlé chinois, lui a dit que, pour les Japonais elle était une Chinoise et rien d'autre, une criminelle chinoise...

— Il m'a emmenée dans un camp où tu m'as trouvée.

— C'est lui qui t'a frappée ?

Oui. Ce colonel-là et deux autres de ses hommes. Ils lui ont dit qu'ils n'allaient pas la tuer, mais la ramener à Shanghai où elle serait jugée pour meurtre. Et ils l'ont frappée parce qu'ils voulaient qu'elle leur dise où était Kaï O'Hara, son mari.

— Ils te savaient, m'ont-ils dit, en route pour me rejoindre. Ils ont précisé qu'ils avaient des espions à Singapour et aussi à Saigon. Le colonel a dit qu'il attendait de te retrouver depuis des années.

— Ce colonel, il s'appelle Sakata, c'est ça ? Sakata Tadoshige...

Oui.

— Je t'ai raconté la fois où j'ai poursuivi dans la moitié des mers du Sud un homme appelé Sharkey ou Sharkley ?

— Non.

— Je ne te la raconterai pas ce coup-ci non plus.

— Très bien. Tu avais besoin de l'égorger ?

— Qui ça ?

— Cet homme dans le baraquement. Tu avais ma fille dans les bras, et tu l'as égorgé quand même.

— Tu as déjà tranché la gorge d'un homme, Kaï ?

— Non.

— Mais tu en as tué à coups de fusil, où est la différence ?

— J'ai tué dans des circonstances exceptionnelles. Parce que je ne pouvais pas faire autrement. Ce Japonais ne serait jamais arrivé à atteindre son fusil.

— Quand tu tues, tu tues, Kaï.

— Tu es plus sauvage que tes Ibans.

— Hé, hé, bien plus, dit le Capitaine du ton le plus allègre.

Le Capitaine est d'une humeur charmante, vraiment très enjouée, depuis maintenant quatre heures. Depuis le moment en fait où Kaï et lui, et le commando d'Ibans, ont à nouveau débarqué du *Nan Shan*, sur la côte malaise, débarqué pour marcher une deuxième fois en Malaisie. Et pourtant je l'ai réellement vu vieux, pendant qu'il dormait dans les bureaux ! Ismaïl avait bien raison : il est livré à ses démons de Kaï O'Hara — les vrais Kaï O'Hara des anciens temps, pas cette pâle imitation que je suis.

Un camion passe, conduit par un Malais, sans Japonais visible.

— Lek est vraiment très bien. Même s'il ne vaut pas...

Sifflement sur la droite des O'Hara. Ils tournent tous les deux la tête et une minute plus tard — à elle seule la colonne de poussière annoncerait l'arrivée d'un véhicule — une voiture paraît. Elle roule assez lentement et est suivie d'un camion bâché. Le signal sifflé retentit à nouveau, relayé le long de la route venant de Kota Bahru : *sept hommes.*

— ... S'il ne vaut pas Oncle Ka, bien sûr.

La voiture décapotable à cinquante mètres. L'arbre s'abat au moment exact, ni trop tôt ni trop tard. Son fût a un mètre de diamètre et barre toute la piste. Il y a trois hommes dans la voiture, dont un officier assis à l'avant et très raide, portant des lunettes sans monture, et sur le siège avant du camion Kaï aperçoit deux soldats — il y en aura quatre sous la bâche, puisqu'ils sont sept en tout.

— Personne ne vaut Oncle Ka, admet Kaï.

La voiture stoppe et s'immobilise à trois mètres du tronc. Le chauffeur n'a pas le temps de se saisir de son fusil sur le siège arrière. Le trait d'arbalète vient se ficher dans sa gorge et la transperce de part en part. Le camion s'est arrêté aussi, des soldats en jaillissent, puis c'est le massacre.

— Ne bougez surtout pas, dit Kaï en japonais, braquant le Lee-Enfield et sortant du fossé. Ne touchez pas votre revolver.

— Je suis bien d'accord, personne ne vaudra jamais Oncle Ka, dit le Capitaine qui lui aussi s'est avancé. Et qui pose sa grosse main sur celle de l'officier, puis lui retire son arme.

— Mais ce Lek est très bien lui aussi. Presque aussi bon, pour être tout à fait juste.

— C'est moi qui l'ai trouvé.

— Tu n'es pas complètement inutile, c'est vrai.

Le Capitaine a saisi l'officier par le col et le soulève, d'un seul bras — il n'est pas bien gros mais quand même.

— J'ai eu de la chance, c'est tout.

— Nous n'avons pas du tout l'intention de vous tuer, dit — toujours en japonais — Kaï à l'officier qui, suspendu en l'air, se contorsionne pour essayer de se saisir de son sabre.

— De la chance, c'est beaucoup dire. Lek n'a pas été si facile à convaincre. Persuader un Dayak de la mer en train de caboter qu'il devait m'accompagner jusqu'en Irian pour y affronter une horde de bandits, ça n'a pas été de la tarte.

Les Ibans se matérialisent. Ils n'étaient pas là, les abords de la route en pleine forêt semblaient totalement déserts et maintenant ils y sont, sans paraître avoir bougé. Ils coupent les têtes des six hommes morts.

— Je voudrais, dit Kaï s'adressant de nouveau à l'officier, je voudrais que vous ayez l'obligeance de me rendre un petit service. Vous vous mettez au volant de cette voiture, et vous repartez dans l'autre sens, vers Kota Bahru.

— Tu parles vraiment le japonais, nom d'un chien ! dit le Capitaine. Pour être franc, je n'y croyais pas trop.

— À Kota Bahru, poursuit Kaï, vous cherchez et trouvez un certain colonel Sakata Tadoshige. Vous lui remettrez...

— Dis-lui de ne pas se faire hara-kiri, sous prétexte qu'on lui a tué ses hommes.

— On ne dit pas hara-kiri, mais seppuku.

— Tu es sûr ?

— Oui. (La suite en japonais.) Vous lui remettrez ce message écrit, avec sa version verbale. Verbale, parce que je ne suis pas trop sûr de mon aptitude à écrire en japonais. Qu'est-ce que vous lisez là-dessus ?

Kaï met sous les yeux de l'officier un feuillet arraché au livre de comptes de l'ex-cuisinier du *Nan Shan,* et sur lequel il a très laborieusement tracé quelques caractères.

— *Fils de chien — Sakata Tadoshige — Pot de fleurs Kaï O'Hara,* lit à haute voix le jeune officier.

— *Pot de fleurs,* je ricane, dit le Capitaine.

— D'accord, je me suis trompé pour pot de fleurs, mais le reste est bon. Je ne suis pas tombé si loin.

Puis à nouveau en japonais :

— Laissez tomber le pot de fleurs dans le message. Et ajoutez que Kaï O'Hara attend le colonel Sakata Tadoshige à Kuala Kraï. Répétez ce que je viens de vous dire.

— Kaï O'Hara attend le colonel Sakata Tadoshige à Kuala Kraï.

— Il a compris, dit Kaï.

— Pot de fleurs ! dit le Capitaine.

— Je voudrais te voir écrire en japonais. Tu ne sais même pas écrire en chinois.

— Seulement les gros caractères.

Le Capitaine a fini par ôter son sabre à l'officier, est sur le point d'en briser la lame, se ravise et la jette sur le siège arrière de la voiture.

— Il a quel grade, ton copain ?

— Capitaine.

— Dis-lui qu'il peut revenir avec Sakata, si ça lui chante.

Kaï s'est mis au volant, a exécuté le demi-tour et remis la voiture dans la direction de Kota Bahru. Il descend, et le Capitaine dépose doucement le prisonnier à la place qu'il vient de quitter. L'officier regarde Kaï.

— Vous parlez bien ma langue.

— Je n'ai rien contre vous. Vous donnerez mon message ?

— Oui. Je connais le colonel Sakata. Il n'aura de cesse de vous avoir tué.

— Allez-vous-en.

La voiture s'éloigne. Une petite dépression vient à Kaï, par contrecoup. Ces têtes coupées que les Ibans brandissent en riant le dégoûtent. Il s'assoit dans l'herbe jaunie. Il a vaguement envie de vomir.

— Ça va, fils, ça va, dit le Capitaine. Pense à ton ami américain qui est mort au Japon. Tout finit toujours mal, de toute façon. Il vaudrait mieux repartir, ou nous ne serons pas à temps à Kuala Kraï. Des fois que ton Sakata nous arriverait avec une division.

Il y a vraiment plus de deux heures qu'une première colonne de fumée, à peine visible, est montée dans le ciel au nord-ouest, à 11 heures. Une deuxième a suivi, environ trente minutes plus tard, à une heure. Le bukit, le mont Tamiang, culmine a plus de douze cents mètres ; la forêt est ici très dense — de la jungle ; le plus souvent, on ne passe pas sans machette ; jusqu'aux buissons de thé sauvage et de cardamome qui se révèlent à peu près impénétrables.

— Une vipère de l'Halys, dit doucement le Capitaine, d'une voix très nonchalante (mais Kaï sait bien que plus est douce et paisible la voix de son père, plus le danger est grand). C'est un serpent vivipare. La femelle conserve le sperme de son mâle pendant des années, en réserve. Elle se féconde elle-même, quand l'envie lui en vient.

Il y a effectivement un serpent à quatre mètres d'eux. Lové mais prêt à se détendre et à frapper. Il mesure peut-être un mètre trente ou quarante. Un liséré blanc borde ses mâchoires, ce même blanc se retrouve dans ses anneaux espacés de quatre à cinq centimètres ; le reste du corps tire sur le marron, soit clair soit plus sombre ; il n'y a que sur le ventre, enfin ce sur quoi l'animal se déplace, que les couleurs sont vives et très tranchées ; et les écailles y sont plus brillantes. La morsure de cette bête est évidemment mortelle.

— Ils ne devraient plus tarder.

Des dizaines d'insectes martyrisent Kaï, qui ne peut s'empêcher de se gratter. Le Capitaine, lui, ne réagit pas, il est allongé sur le dos, ses deux arbalètes et sa machette posées près de lui — il a refusé toute arme à feu ; la sueur ruisselle littéralement sur son torse nu et trempe son sarong ; il a jeté ses tongs de caoutchouc et, d'évidence, la perspective de devoir marcher, courir et sauter dans cette jungle les pieds nus ne le trouble pas le moins du monde. L'endroit où il a choisi de leur faire prendre position n'est pas vraiment une clairière ; à peine une minuscule trouée qu'explique la chute de deux arbres morts de vieillesse, et par laquelle on n'aperçoit même pas le ciel ; la pénombre y règne, une espèce de lumière verte d'aquarium. Sur les souches des arbres tombés, une profusion d'orchidées sauvages s'étale ; un monstrueux figuier d'une quarantaine de mètres de haut allonge des racines aux allures de contreforts qui, là où elles étayent le tronc principal, atteignent deux fois la hauteur d'un homme. Lui faisant face sur la droite, émergeant au cœur des racines des rattans (lianes grimpantes) qu'elle parasite, une énorme rafflesia forme une tache couleur de viande pourrissante — c'est la plus grosse fleur connue au monde, et celle-ci mesure presque un mètre.

Pour atteindre cette position, ils ont marché pendant des heures, Kaï disposant, comme autant de panneaux indicateurs, fixés à des troncs ou suspendus à des lianes bien en vue, d'autres feuillets de papier sur lesquels il a chaque fois reproduit les caractères dont la signification lui est maintenant assurée : *Fils de chien — Sakata Tadoshige.* Le Capitaine a beaucoup apprécié ce jeu de piste.

Ils sont à une douzaine de kilomètres dans l'est de Kuala Kraï.

Et le moment est venu.

Le Capitaine vient de replier ses jambes sous lui et, sans prendre aucun appui de ses bras ou de ses mains, par la seule puissance de ses reins, il s'est mis debout. Il s'étire, il bâille, rectifie la position du bandeau qui lui ceint le front et empêche la transpiration de lui couler dans les yeux.

Il sourit :

— On y va, fils.

Comment l'a-t-il pressenti, mystère, mais le premier sifflement d'alerte des Ibans se fait entendre vingt secondes plus tard.

Kaï lâche ses trois dernières balles — il estime avoir fait mouche deux fois —, puis se replie. Il ne court surtout pas. D'abord parce qu'en courant on fait du bruit, on vous repère ; ensuite et surtout parce qu'il ne s'agit pas de s'enfoncer au hasard. Bien au contraire, il met exactement ses pieds dans les marques laissées par les Ibans, qui se sont amusés comme des fous à piéger cette jungle, au point de la transformer en un incroyable enfer — déjà que les conditions naturelles sont à la limite du supportable !

Les Ibans l'ont longuement instruit :

— Tu vois ces morceaux de fleur ?

Des bribes de rafflesia.

— Oui.

— Tu dois poser ton pied dessus. Ni avant ni après, ni à gauche ni à droite. Sinon *membawa maut* (mortel).

— J'ai compris.

— Et pareil quand tu vois une croix faite avec ça...

Ces tiges semblables à des chapelets jaunes, qui constituent la fleur des palmiers.

— Compris.

— Ou bien des chenilles sans tête placées comme ça.

Les chenilles étaient disposées en carré ; et elles étaient sans tête, parce que les Ibans les avaient décapitées d'un coup de dent.

— Tu peux manger les chenilles quand tu es le dernier à passer, si tu veux. Si tu as faim. C'est très bon. C'est meilleur quand elles sont vivantes, mais c'est bon aussi comme ça. Et si tu es loin de nous et que tu as soif, tu coupes une liane comme celle-là. Tu la reconnaîtras ?

— Oui.

— Tu la coupes à la machette et tu suces là où c'est coupé. Qu'est-ce que tu vois, là devant toi ?

Des fougères arborescentes, s'étalant sur des mètres carrés.

— Tu crois que tu peux passer au travers ?

— Maintenant que tu me poses la question, je réponds non, évidemment.

— Mais tu ne sais pas pourquoi.

— Non.

— Regarde.

L'Iban Ka 36, qui a presque l'âge du Capitaine, a souri et, de l'extrémité de sa sarbacane elle-même allongée au bout de son bras tendu, après avoir écarté Kaï, a donné un petit coup sec sur les feuilles de fougères à un mètre du sol. Trois fléchettes sont aussitôt parties en sifflant.

— *Membawa maut,* a dit Kaï.

— *Amat* (très), a dit l'Iban.

— Et comment j'avance dans cette belle forêt, alors ?

En suivant les traces que les Ibans auront laissées, et ne faisant aucun détour, aucun. Jusqu'au moment où un Iban le rejoindra et lui donnera d'autres instructions. De toute façon, selon le plan de bataille, Kaï et le *Nakhoda* (le Capitaine) seront toujours en arrière, au contact de l'ennemi et donc au centre de l'espèce d'entonnoir que les Ibans vont former. Deux éclaireurs de pointe ibans à leur gauche et à leur droite, pour prévenir une attaque de flanc, et les autres échelonnés, sur deux lignes finalement convergentes.

Kaï se replie pour la troisième fois en cinq heures. Et il remonte la pente du bukit Tamiang en mettant de la façon la plus exacte la semelle de ses bottes sur les carrés de chenilles. Il mange une douzaine de celles-ci au passage ; ce n'est pas mauvais du tout, effectivement, un vague goût de beurre de cacahuète ; et, en plus de calmer sa faim faute de l'apaiser tout à fait, ce repas a l'avantage de faire disparaître toute trace de son passage, que les Japonais pourraient suivre pour le cas où ils auraient compris que c'est le seul itinéraire possible (à son avis ils l'ont compris, ou du moins ils savent maintenant que la foutue forêt est piégée sur des hectares ; on les a assez entendus hurler et se prévenir les uns les autres).

Il ne monte pas la pente en ligne droite. Le chemin signalé par les Ibans (fléché, dans tous les sens du terme) décrit de bien étranges zigzags. Dieu sait où nous allons, se dit-il.

Il sursaute et manque de bondir quand quelque chose lui encercle la cheville.

On se calme, fait signe le Capitaine, devant qui il est passé — à un mètre — sans le voir et qui est posté derrière la herse formée par les racines aériennes d'un figuier. Le Capitaine a décroché vingt minutes plus tôt (ou davantage ?) et, suivant le même cheminement que Kaï après lui, est allé prendre position plus haut. Ainsi le père et le fils se relaient-ils, se couvrant à tour de rôle.

Approche.

Kaï colle son oreille du mieux possible à la bouche de son père.

— Il y a du monde dans le coin. Sur ta gauche. Il y avait deux colonnes japonaises. La deuxième nous aura contournés. Reste avec moi.

Quatre pas plus loin, se conformant aux signes qui lui

sont faits, Kaï trouve un passage entre les racines qui tombent de vingt mètres de haut pour aller chercher le sol et s'y établir. Un passage étroit, il ne s'y enfile qu'en se coulant sur le côté.

Mimique : *Recharge ton fusil.*

Kaï s'exécute, fouillant du regard le mur de végétation fait de bambous et de fougères. À portée de bras, un régiment de nymphes de criquet, gris-vert, escalade une feuille de bananier.

Plusieurs minutes. La forêt est extraordinairement silencieuse.

— Je n'entends rien.

Justement.

Un trait d'arbalète part soudain, et ce que Kaï n'avait pas distingué s'abat. Le soldat n'est pas casqué, il porte une casquette camouflée par du feuillage, le projectile l'a atteint au visage.

— À 2 heures, dit le Capitaine sans, cette fois, baisser la voix.

Kaï appuie mécaniquement sur la détente, vide la moitié de son chargeur. Des corps s'abattent. Un dernier homme apparaît mais il est désarmé et titube, bouche ouverte dans un appel d'air désespéré. Il tombe et son front vient frapper les racines servant d'abri. Il reste ainsi, yeux écarquillés, à genoux. Une minuscule fléchette est enfoncée dans son épaule — l'un des pièges ibans.

Sifflement peut-être une demi-heure plus tard, un Iban surgit, sans que rien ait annoncé son approche.

Venez.

La première nuit de la bataille du bukit Tamiang est en train de tomber.

Les trois jours qui vont suivre ressembleront énormément au premier. En fait, on tourne en rond ou presque, tout se passe comme si les Ibans faisaient en sorte de maintenir l'adversaire dans un certain périmètre, et y réussissaient.

Il en manque deux. Puis trois. Et encore deux autres. Kaï

ne pourra jamais déterminer avec exactitude la chronologie de ces morts. Les quatre jours d'affrontement vont se confondre dans son souvenir.

Les nuits aussi. Ces nuits pendant lesquelles les Ibans repartiront à l'attaque, par petits groupes de deux et trois, mettant à profit l'obscurité (jours et nuits aussi se confondent, le soleil — s'il existe encore — ne parvient pas à percer ce plafond si haut et, au ras du sol, c'est constamment le règne de l'ombre) pour aller chasser.

Il y a eu cette violente attaque, accompagnée de hurlements féroces, où une quarantaine d'hommes pour le moins — comment les dénombrer ? — se sont jetés à l'assaut, baïonnette au canon. Kaï a été touché par deux fois, le Capitaine a eu son bras gauche largement entaillé. Il a fallu battre en retraite, et au vrai s'enfuir, en se ruant droit devant soi.

... Et une deuxième attaque le lendemain ou le surlendemain, à l'aube dans tous les cas. Les Ibans ont eu le temps de prévenir. On a pu soutenir cet assaut, au prix d'une mêlée furieuse dans laquelle on s'est battu au corps à corps. Mais une deuxième vague est arrivée, de flanc. Il a fallu décrocher une fois de plus, Kaï aidant le Capitaine blessé une seconde fois à la cuisse et à l'abdomen.

— On est mal partis.

— J'en ai vu d'autres, fils.

On a trouvé refuge sur un escarpement. Moins boisé que la jungle qui a servi de décor depuis la montée de Kuala Kraï. Pas au point toutefois d'apercevoir le ciel. Mais une lumière à la blancheur d'acide cisèle, en haut, les coiffes des plus grands arbres — qui ne se touchent jamais entre elles, le phénomène frappe Kaï.

— Cinq Ibans sont morts. Deux autres sont gravement touchés. Tu es blessé au point que tu peux à peine te déplacer et il me manque deux jolis morceaux de viande.

— Et tu proposes quoi ?

Je ne sais, je ne sais vraiment pas, pense Kaï.

— Abandonner le champ de bataille, c'est ça, fils ?

— Je ne sais pas.

— Ou nous rendre, dit le Capitaine goguenard.

La position sur laquelle ils se sont repliés, Kaï, le Capitaine et les sept Ibans encore vivants, cette position est protégée à main droite, et donc au nord, par un grand talus presque vertical ; qui n'est lui-même que le prolongement d'une paroi tapissée de très longues racines semblables à de gigantesques serpents avec leurs marbrures brunes, et elles-mêmes parasitées par une sorte de lierre, des vandas et autres épiphytes ; cette falaise se creuse et dessine un assez large surplomb ; on ne peut donc guère l'attaquer que par le sud. Sur tout cela, l'eau ruisselle par des écoulements invisibles, et elle ajoute son humidité à celle, déjà oppressante, de la jungle entière. Et dans cette incroyable touffeur, cette moisissure permanente de l'humus, la moindre plaie suppure très vite.

— Fais-moi voir ta blessure.

— Dégage, fils. Tout va bien.

Des deux coups de baïonnette reçus par le Capitaine, c'est celui dans l'abdomen qui inquiète le plus Kaï. Sauf qu'il ne peut pas l'examiner, le Capitaine le cache avec un morceau de tissu arraché à son sarong.

— Essaie au moins de dormir un peu.

— Mais oui !

Ses yeux pourtant se ferment. Kaï attend quelques minutes puis part vers la gauche, rampant sur les genoux et sur les coudes, le Lee-Enfield dans la saignée de ses bras (il ne lui reste qu'un chargeur, plus les deux, non les trois balles dans le magasin). Il passe le premier guetteur iban. Et le deuxième. La plus en pointe de ces sentinelles est Ka 36, faisant tellement corps avec la végétation que, sans geste de la main, Kaï ne l'aurait peut-être pas vu.

Ça va ? articule Kaï en silence.

— On peut parler, dit l'Iban en chuchotant.

— Ils ne nous ont pas poursuivis.

Mouvement de la tête : non.

— Tu sais où ils sont ?

Nouvelle dénégation. Mais une hésitation a précédé le signe.

— Tu t'appelles comment ? Ton vrai nom ?

Kaï a toujours été un peu choqué par cette façon qu'a le Capitaine de numéroter ses hommes d'équipage.

— Môn.

— Tu penses savoir où ils sont ?

Nouvelle hésitation. Môn écarte enfin son regard du mur vert qui, à trois pas d'eux au plus, coupe toute visibilité et regarde Kaï.

— *Barangkali* (peut-être).

Il a compris mon intention.

— Nous nous battons depuis combien de temps ?

Cinq jours, quatre nuits.

Kaï accroupi se retourne. La deuxième des sentinelles qu'il vient de dépasser est à vingt mètres de là, et son immobilité est telle qu'un loris déambule sur une branche, à peine un mètre au-dessus de sa tête.

— Nous fuyons devant eux depuis cinq jours et quatre nuits, reprend Kaï. Il serait peut-être temps de changer.

La main droite de l'Iban lâche l'arbalète braquée et touche les deux blessures de Kaï — qui ne sont que superficielles, quoique celle à l'épaule commence à furieusement lui cuire.

La main effleure ensuite le Lee-Enfield.

— Il me reste onze balles.

Le visage de l'Iban est impénétrable. Il *réfléchit.*

— Bongsu, dit enfin Môn.

Bongsu signifie le plus jeune, le cadet — à peu près l'équivalent de *junior,* en anglais. (Ce sera le surnom donné à Ka 81, qui est le plus jeune de tout l'équipage du *Nan Shan.*)

— On l'emmène, c'est ça ? On y va à trois ?

Oui.

La main de l'Iban bouge à nouveau. Elle ôte le fusil des mains de Kaï et le dépose sur le très épais tapis de feuilles pourrissantes.

— Trop de bruit, dit-il.

Sous le nez de Kaï aplati, d'étranges excroissances, roussâtres ou vert jade ; cela ressemble à des gobelets, qui auraient tous été fendus sur un côté, puis recousus avec du catgut. Ce sont des plantes carnivores ; dans cette lumière glauque, elles sont vaguement phosphorescentes, il se demande ce qui se passerait s'il mettait un doigt dans leur manchon. Sans doute rien.

Bongsu, deux mètres devant lui, fait un signe. On repart. Pour la trentième fois durant les trois dernières heures. Kaï a abandonné toute espèce de vigilance, il se concentre intensément sur un seul propos : essayer de suivre le jeune Iban de seize ou dix-sept ans qui se coule dans la forêt, « sans faire plus de bruit qu'une feuille qui tombe », comme on dit en khmer ; il tente de ne pas froisser le moindre fourré, de ne pas faire craquer ces millions de feuilles mortes, heureusement détrempées. Il n'est plus que sueur et sang — lacéré de toutes parts, piqué et mordu par des insectes en des milliers d'endroits, submergé par l'épuisement.

Môn est quelque part devant eux, Kaï le perdrait à coup sûr si ce gamin ne l'aidait pas. Et voici que ledit gamin s'arrête encore, se retourne en s'appuyant sur un coude, se livre à une mimique : d'abord le pouce ouvrant sa propre gorge, puis les doigts qui s'agitent : *beaucoup d'hommes.*

Qu'est-ce qu'il essaie de me dire ? Que nous avons devant nous des tas de Japonais qu'il va nous falloir égorger ? Et puis quoi encore ?

Mais non. *Calme,* transmet Bongsu. Qui s'est remis à progresser. Dix mètres plus tard, Kaï découvre le premier cadavre. Puis d'autres. Il y a là une douzaine de soldats morts. Quelques-uns déjà décapités, d'autres à qui Bongsu ôte la tête, avec une satisfaction que traduit un très large sourire.

Et il va emporter toutes ces têtes avec lui ?

Non plus. L'Iban les entasse en pyramide, en quelque sorte les stocke. Sans doute reviendra-t-il les chercher plus tard.

S'il y a un plus tard. Suis mort de fatigue, se dit Kaï.

Je suis en train de sombrer dans l'abrutissement total. La reptation se poursuit mais pendant un moment il lutte contre un besoin presque irrépressible de se dresser, se mettre debout et d'avancer en fracassant tout.

Môn devant lui.

Là. Vingt pas.

Puis un autre signe que Kaï finit par comprendre :

Clairière. Viens avec moi. Silence.

Comment dit-on *ketua seturu,* chef ennemi, par signes de la main ? J'ai oublié, à supposer que je l'aie su.

Kaï touche le mollet de Môn, le contraint à s'immobiliser, pose sa question en collant ses lèvres à l'oreille du vieil Iban.

Oui.

Oui, le chef ennemi, autant dire le colonel, est là. Dans la clairière donc. Toute l'immense fatigue de Kaï disparaît d'un seul coup et une haine brûlante déferle, il en tremblerait. Les cent mètres d'une progression reptilienne lui paraissent interminables, mais dans le même temps, une étonnante jouissance l'envahit.

... Et ce n'est qu'à cet instant qu'il découvre que l'aube s'est levée ; le passage entre la nuit et le jour s'est fait, sous ce couvert, sans qu'il s'en rende compte. Un calao rhinocéros est perché sur un tronc mort, corps noir et blanc, grand bec rose nacré et une bizarre trompe d'un rouge vif et jaune. Ils ont, Môn et lui — Bongsu est inexplicablement resté en arrière —, contourné un épais bosquet de bambous ; ils se glissent sous de larges feuilles, quasiment dans l'obscurité, passent devant une fleur de gingembre d'une fascinante beauté, jaillissant d'un escalier d'alvéoles rouge brique que l'on dirait caoutchoutés. Kaï va poursuivre...

À droite.

L'Iban pointe son index et c'est comme, d'un jardin dans la nuit, observer l'intérieur d'une maison éclairée. Une clairière, le premier terrain dégagé depuis une semaine, s'ouvre bel et bien, par-delà un rideau de fougères. *Voici donc pourquoi ils ne nous ont plus donné la chasse, outre qu'il faisait nuit. Ils ne sont pas en meilleur état que nous.* Une dizaine de soldats japonais sont là, deux pour monter la garde et donc debout. Les autres affalés, dont trois ou quatre portant des bandages.

Où est le ketua seturu ? Où est-il ?

L'index de Môn se pointe à nouveau. Distance quinze mètres.

Salut, Sakata. Tu te souviens de Timmie Mahon ? Tu lui as crevé les yeux, tu l'as émasculé, tu te souviens ? Et Sonia, et les deux autres jeunes femmes, et les trois domestiques ? Un beau carnage.

Une pression sur l'épaule de Kaï.

Reste là, lui signifie Môn. *Tu ne bouges pas, tu ne fais rien, tu attends. Oui ?*

Oui.

Môn disparaît, la forêt l'avale. Kaï n'a d'autre arme qu'une arbalète (il n'a jamais réussi à viser juste et fort avec une sarbacane), une machette et le grand couteau à lame courbe des Ibans. La plus proche des sentinelles est sur sa gauche, à huit ou neuf mètres ; parfois, elle regarde en direction des fougères, mais son regard exprime la fatigue ; c'est un tout jeune homme, dix-huit ans environ, de petite taille même pour un Japonais ; il n'est pas rasé et semble avoir peu de chances de se retrouver un jour avec une grande barbe...

Ce que tu penses est idiot, Kaï. Ce garçon va mourir, et sous tes yeux.

Plusieurs minutes se sont écoulées depuis le départ de Môn. Le silence est total, ce n'est que bien plus loin de l'endroit où sont ces hommes que sourd un bourdonnement diffus, celui de la jungle. La sentinelle a les paupières lourdes — il dort debout. Et quand le fusil tombe, échappé de ses mains, Kaï croit que le sommeil l'a emporté sur la volonté de demeurer éveillé. Mais le jeune soldat s'incline, il fait quelques pas, on dirait quelqu'un qui perd l'équilibre et tente de le rétablir par une projection en avant ; sauf que les mouvements sont au ralenti, l'effet du poison injecté par la fléchette de Môn — si c'est bien Môn qui a tiré —, cet effet se fait plus fort. Le garçon s'allonge sur le ventre, tous les traits du visage contractés par un rictus et une mousse perlant à ses lèvres. Il s'immobilise enfin.

Kaï reporte aussitôt son regard sur le colonel Sakata. Qui ne bouge pas. L'officier est assis sur un tronc abattu, son revolver est dans son étui, le sabre maintenu au ceinturon avoisine une sabretache, un sachet de cuir duquel il vient de retirer un petit livre. Sa veste d'uniforme est fendue en deux endroits, sur la poitrine ; l'un de ces accrocs est ensanglanté, une tache brune s'est formée sur le tissu ; il aura pris des coups de machette, qui l'ont manqué de peu...

... De moi, peut-être ; deux corps à corps ont eu lieu de nuit.

J'aurais pu le tuer sans m'en rendre compte !

Kaï tient son arbalète braquée. À quinze mètres, il est à peu près certain d'en ficher le trait au milieu de la poitrine. De toucher, dans tous les cas. Un soudain changement dans l'attitude de Sakata manque de le faire tirer. Le colonel a bougé. Les mouvements sont dès lors très vifs et très calmes à la fois. Il prend même le temps de replacer son livre dans la sabretache et, quasiment dans la même seconde, sort son revolver. Il s'est dressé, adossé à un arbre, cherchant sur qui ouvrir le feu.

Tu ne verras rien, Sakata. Pourquoi gaspiller tes balles en tirant n'importe où ? Je n'ai pas de revolver, moi.

Kaï ne prend pas la peine de regarder dans la direction des soldats. Hormis l'autre sentinelle, ils dormaient tous, et les Ibans s'en sont donné à cœur joie.

Et tout s'arrête. Que peut faire un homme qui se découvre seul, dans une clairière, entouré d'il ne sait combien d'ennemis invisibles ? Reculer et tenter de s'enfuir dans la forêt ? Il a vu les Ibans à l'œuvre et sait...

— Il est à toi, Kaï.

Voix de Môn, provenant de quelque part derrière le colonel.

— Nous ne le tuerons pas nous-mêmes. Sauf si tu le veux.

Qu'est-ce que je veux ? pense Kaï. Suis-je vraiment capable de tuer, d'exécuter un homme de sang-froid ? Quoi qu'il ait fait ?

— Kaï, parle-lui dans sa langue. Dis-lui de lâcher son revolver.

Môn a changé de place, même si aucun froissement de broussaille n'a indiqué son mouvement.

— Dis-le-lui, Kaï, ou je le tue.

Lâchez votre revolver, dit Kaï en japonais.

Une balle troue les fougères à deux mètres sur la gauche de Kaï, une autre vient se ficher en terre bien plus près. Le colonel a pivoté terriblement vite.

— Tu es touché, Kaï.

— Non.

En reculant par un geste instinctif, quand la deuxième balle a frappé le sol à quelques centimètres de sa main gauche, Kaï a heurté et brisé des bulbes orangés de champignons ; de petits nuages d'une sorte de poussière blanche, des spores, s'élèvent, accompagnés d'une faible odeur d'œufs pourris. En japonais : « Sakata, vous avez uniquement le choix de votre façon de mourir. Face à face avec moi, Kaï O'Hara, ou tué comme vos soldats. »

Le revolver s'abaisse lentement. Le colonel le tient maintenant à bout de bras, canon vers le sol. Il le lâche, l'arme tombe par terre. Kaï dépose l'arbalète, se redresse. Il hésite encore. Tu trouves toujours de merveilleuses raisons de ne pas faire ce qui te répugne, ce qui t'ennuie, ce qui est contre ta nature ; te voilà à penser qu'en somme tu punirais bien davantage ce colonel en le laissant vivre (ce qu'il ne ferait sûrement pas, il se tuerait, forcément).

Il sort dans le soleil, machette dans la main gauche et, dans la droite, le couteau iban. Ça n'a vraiment aucun sens de risquer ta vie à seule fin de respecter un code imbécile, pour un dément sadique. Boadicée et Claudie ont besoin de toi. Quand on tue, on tue, t'a dit le Capitaine, tout le reste est bavardage.

Il est à dix mètres du colonel. Je me rappelle fort bien lui avoir dit, dressé sur mes ergots, que, s'il lui arrivait de quitter le Japon, il me trouverait sur sa route.

Le colonel Sakata Tadoshige est en train de tirer son sabre, je vais avoir droit à la dernière charge, tu verras qu'il va même hurler *« Banzaï ! »*. On nage dans l'absurde.

Il laisse le colonel commencer à courir, sabre dressé. En sorte que c'est pur réflexe s'il exécute le geste qu'Oncle Ka et bien d'autres, aux abords des longues maisons du Sarawak, lui ont appris, le lui faisant répéter des milliers de fois. Le couteau iban part, et à la seconde où elle quitte sa main, Kaï sait que l'arme ira droit au but.

L'endroit s'appelle Kompong Penarek, ou plus justement le village, qui est un peu plus bas sur la côte, porte ce nom. Une ligne de récifs de coraux et de rochers s'allonge à quelques kilomètres du rivage. C'est très beau, quoique la mer n'y soit pas très claire.

Ils sont descendus à très petites étapes du bukit Tamiang. Le Capitaine a voulu marcher, il a refusé toute espèce d'aide, sans même parler d'une civière. La distance entre les pentes ouest du bukit et la mer était, selon les estimations de Kaï, de soixante-quinze à quatre-vingts kilomètres. Ils ont couvert près du double de cette distance. Les Japonais contrôlaient étroitement la route, renforcés par des éléments Thaï. Ils ont rencontré de petits groupes de soldats anglais que la fulgurante avancée ennemie a perdus, et qui cherchaient quelqu'un à qui se rendre. Environ le quatrième jour de leur marche vers la mer de Chine du Sud, ils sont même tombés sur une famille — père, mère, grand-mère et trois enfants, des planteurs des environs de Machang qui ont tenté de fuir l'invasion à bord de leur camion : un char japonais a pulvérisé le véhicule, sans prendre le temps d'en faire prisonniers les occupants. Kaï a proposé à ces gens de venir avec lui. Ils ont refusé. Ils n'ont rien à faire à Singapour, ont-ils dit ; leur conviction que les armées de Sa Majesté allaient revenir et chasser les nains jaunes était totale ; ils préféraient attendre ce retour. Aucun argument n'a pu venir à bout de leur entêtement.

Ils ont ensuite traversé un bien étrange lieu. À part quelques-unes, déchirées, une centaine de tentes se dressaient, parfaitement alignées. Kaï a estimé qu'il se trouvait là plus de quatre cent cinquante cadavres, des soldats de l'armée britannique surpris dans leur sommeil paisible. La position des corps indiquait qu'aucune sentinelle ne veillait ; les Japonais sont arrivés, de nuit ou à l'aube ; ils ont eu tout le temps de disposer leurs mitrailleuses, ont ouvert le feu, ont achevé les survivants, le plus souvent à la baïonnette. Rien ne montrait qu'aucun de ces hommes massacrés, dont la plupart avaient encore leurs armes, eût riposté.

Kaï a tenu à éviter tout contact avec les villageois. Les quatre derniers jours de la progression, ils se sont nourris de fruits et de *padi* (ou paddy), de riz non décortiqué.

Un sixième Iban est mort trois jours après le départ, des suites de ses blessures.

Ils sont enfin arrivés au bord de la mer. Kaï a laissé le Capitaine et le gros de la troupe dans une cachette sous le couvert et, en compagnie du seul Bongsu, trois nuits d'affilée a allumé les feux convenus.

Par deux fois obligé de les étouffer sous du sable parce que des bateaux japonais passaient.

Le canot du *Nan Shan* — la quatrième nuit.

— Va te reposer, dit Lek. Je m'occuperai de l'embarquement des autres.

— Il n'y en a pas d'autres, dit Kaï.

C'est une nuit sans lune. À tout juste cinq encablures, la côte est déjà hors de vue. Le Capitaine est descendu, non sans mal, réclamant de la bière, mais en fait trop épuisé pour jouer davantage la comédie de l'homme invulnérable. Sur un signe de Kaï, Boadicée l'a suivi pour jeter un coup d'œil sur ses blessures.

— Hier en début de soirée, dit Lek, nous avons croisé une jonque chinoise. Les Japonais ont pris Hong Kong.

— Nous sommes quel jour ?

— Le 2 janvier. Ils ont aussi pris Kuantan et ne sont plus

très loin de Kuala Lumpur. S'ils n'y sont pas déjà. Et les Chinois croient que Manille est tombée.

— Je vais dormir un peu sur toutes ces bonnes nouvelles.

— Singapour ?

Oui. À condition d'y arriver avant les armées du Mikado. Kaï descend. Boadicée l'attend dans la coursive.

— Sa plaie à la cuisse le fera boiter et c'est tout. Mais il a dans le ventre un trou à y passer la tête. Et il brûle de fièvre.

— Il va s'en tirer.

— Bien entendu. Qui pourrait tuer un Kaï O'Hara ? Fais-moi voir ce que tu as à l'épaule.

— Une écorchure.

— Ça suppure.

Elle n'y va pas de main morte et déverse des hectolitres d'alcool à quatre-vingt-dix degrés. Elle ne dit rien, mais il lit la question qu'avant elle, Lek s'est posée aussi.

— La réponse est oui, dit-il.

— Je ne t'ai pas posé de question.

— Ce colonel est mort.

— Un de moins. Allonge-toi.

— Un instant.

Il quitte le lit-couchette sur lequel il était assis, ressort, traverse la coursive et entre dans la cabine de son père. Le Capitaine dort, lampe à pétrole allumée comme toujours (qu'il dorme systématiquement avec de la lumière veut sûrement dire quelque chose, mais quoi ?) et, au-dessus de sa tête, sur l'étagère à rebord, le merveilleux petit cheval chinois qui était à *Elle.*

— Il dort, très tranquillement.

Il est revenu dans la cabine qu'il occupe avec Boadicée, non sans être allé jeter un coup d'œil par la porte voisine, mais Claudie est en plein sommeil, elle aussi.

— Évidemment qu'il dort. Je lui ai fait prendre une dose de laudanum à assommer un cheval, voire deux.

— Je n'aurais besoin de rien, pour dormir.

... Et il se trompe. Bizarre comme la fatigue la plus grande ne l'empêche pas de, enfin de faire à sa femme ce qu'il est en train de lui faire.

Mais bon, il s'écroule. Après.

— Mon héros, dit-elle en riant.

— Je dors déjà.

Elle se couche près de lui.

— Ma lèvre est guérie.

— J'ai vu.

Tu parles ! Je l'avais complètement oubliée.

— Et mon nez aussi. Enfin presque.

J'avais oublié le nez aussi, ma foi.

— Kaï ?

— Je dors.

— Non. Tu es bien assez éveillé pour entendre et comprendre ce que je vais te dire : plus jamais.

— Plus jamais quoi ?

— Si tu repars en guerre, où que ce soit, je viendrai avec toi. Je ne veux plus revivre ce que je viens de vivre. Tu as compris ?

Il sombre vraiment dans le sommeil. Mais elle le secoue, tout en l'embrassant très doucement sur la poitrine et le ventre.

— Tu as compris, Kaï O'Hara ? Je ne plaisante pas.

Le *Nan Shan* s'est remis en route. Sur le pont, les Ibans entonnent leur mélopée de victoire.

KAÏ revient à bord. Une heure plus tôt, il a débarqué. Avec Boadicée et l'enfant. Il y avait, dans le port de Singapour, une quantité incroyable de bateaux ; toutes sortes de bateaux, la grande majorité d'entre eux pris d'assaut par des Britanniques mais aussi d'autres Européens, des Américains (des civils), des Chinois, des Indiens, de tout. Le *Nan Shan* est entré dans le port de Keppel vers 2 heures du matin, il faisait nuit noire ; vraiment noire, toutes les lumières étaient éteintes, ou voilées, par crainte encore et toujours de bombardements ; à peine le canot de la goélette a-t-il touché le wharf qu'une grappe humaine s'est précipitée : venait-il d'un bateau qui pouvait embarquer des passagers ? Payants, quel que soit le prix ? Et pareil au retour, ou presque ; un peloton de Gurkhas s'était déployé, commandé (ou alors il lui ressemblait comme un frère) par le même officier moustachu, rubicond, très droit, impavide (avec la même voix à l'accent d'Oxford remarquant que ces affolements étaient *rather unpleasant,* quel manque de confiance dans l'Empire, et quel spectacle donné aux *natives*) ; et ce peloton avait remis un semblant d'ordre.

Kaï remonte à bord. Le Capitaine est sur le pont — assis, tout de même ; il a certes dormi trente heures, après avoir regagné son *Nan Shan* au large de Kompong Penarek, mais, sitôt éveillé, ruminant une silencieuse fureur d'avoir été drogué. Il n'y a pas eu moyen de le tenir au repos.

Le Capitaine regarde le visage de Kaï.

— Je vois ce que c'est, dit-il. C'est le premier anniversaire de Madame Grand-Mère que j'oublie de lui souhaiter, c'est vrai. D'habitude, même quand j'étais dans le fin fond des mers du Sud, je m'arrangeais pour qu'elle reçoive mes vœux. Comme elle ignorait quel jour elle était née, mon grand-père Cerpelaï Gila et elle avaient décidé de choisir une date. Ils ont pris Noël, pourquoi pas ? Elle m'en veut, hein ?

— Elle est morte, dit Kaï.

Ils déambulent, côte à côte, le père et le fils, dans la maison d'une femme qui leur semblait immortelle. Il leur arrive de parler, mais peu. Le Capitaine alors dit en quelques mots l'histoire de tel objet, d'un tableautin, d'une estampe, de quelques-unes de ces peintures chinoises sur soie qui n'ont peut-être pas l'âge de la terre, mais peu s'en faut. Et en somme Kaï, qui est peu venu dans cette maison (ou quand il y est venu, la demeure était à ce point emplie de la présence de Madame Grand-Mère qu'on ne voyait qu'elle), la découvre vraiment. Plus grande qu'il ne l'avait toujours pensé. Pourquoi la voyait-il si petite ? Elle compte tout de même dix pièces, le grand salon à lui seul s'allonge sur douze mètres. Dieu sait si c'est bien la chose au monde qui lui importe le moins, mais il y a ici des trésors authentiques ; ne serait-ce que la construction elle-même, toute de bois, avec ce teck, ce meranti, ce lauan de Luzon ; et que dire de ces émaux et couvertes, ces céladons et craquelés dont chaque porte ouverte révèle l'entassement.

— Tout est à toi, Kaï.

— Ce n'est pas juste.

— J'en ferais quoi ? Elle savait bien ce qu'elle faisait en te laissant tout. Elle ne se trompait jamais.

Le Capitaine s'est assis. Il est pâle, et Kaï qui lui jette un rapide coup d'œil, quasi furtif, ressent à nouveau ce sentiment éprouvé en Malaisie, quand il regardait dormir son père et, abasourdi, discernait pour la première fois les stigmates de l'âge. Un médecin est venu, évidemment, qui a examiné la plaie provoquée par une baïonnette ; il a prescrit des médicaments et notamment de la pénicilline — sauf qu'il ignore où en trouver — et beaucoup de repos. Pour ce dernier point, autant attendre du *Nan Shan* qu'il ne danse pas sur les vagues.

— Tu n'es pas un Kaï O'Hara.

— Je l'ai toujours su.

C'est vrai que je n'en ai jamais douté, je ne me souviens pas d'avoir jamais eu cette prétention. Mais, bon, il faut qu'il soit bien affaibli pour m'assener ce genre de révélation. Dont il devrait tout de même se douter qu'elle ne m'enchante guère.

— Les Kaï O'Hara, reprend le Capitaine, n'ont jamais été que des bons à rien. Des coureurs de mer. Même pas de fortune. Tu n'es pas de cette race-là.

Kaï se tient debout et immobile, au centre d'un petit salon qu'il se souvient à peine d'avoir traversé, un jour, avec mille précautions pour que sa masse ne pulvérise pas trop de meubles délicats ou de porcelaines fines. Il s'accroupit entre deux étagères en meranti, mains pendantes.

C'est dur à entendre, quoique ce soit vrai.

— Tu crois que je te diminue, c'est ça, Kaï ?

— Oui.

— Je n'aime pas trop parler, mais il faut bien que ces choses-là soient dites. Un homme m'a dit un jour, en Australie, que tu épouses une femme dans l'illusion qu'elle va rester ce qui a fait que tu as voulu l'épouser.

— Au lieu qu'une femme se marie pour transformer son mari.

Le Capitaine rit doucement :

— Cet Australien n'était pas si original, puisque tu me répètes ce qu'il ne t'a pas dit. Madame Grand-Mère, elle, ne s'est pas mariée avec Cerpelaï Gila pour en faire un autre homme. Elle l'a aimé tel qu'il était. Sans rien changer. Sauvage il était, sauvage il est resté. Est-ce que tu comprends ce que j'essaie de te dire ?

— Il me semble.

— Je vais quand même continuer. Peut-être que je m'explique tout ça à moi-même, plus qu'à toi. Ta mère m'a changé. Elle m'a donné de la douceur, moi qui n'en avais pas à revendre.

— Et je tiens d'elle.

— Autant, sinon plus que de moi. Tu n'es pas un vrai Kaï O'Hara et c'est bien. C'est mieux, bien mieux. Pendant que nous faisions cette balade en Malaisie, j'ai eu un peu l'impression que tu te sous-estimais. Tu vaux bien plus que moi.

— Ce n'est pas vrai.

— J'en ai parlé une nuit avec Madame Grand-Mère. Elle pensait comme moi. Enfin, je pensais comme elle. Je n'ai jamais été trop bon, pour penser. Bon, on ne va pas y passer des semaines, je te le dis et plus jamais on n'en parle : je suis vraiment heureux de t'avoir comme fils.

Je ne sais pas quoi répondre.

— Point final, dit le Capitaine. On parle d'autre chose. Est-ce que la grand-mère de ta femme part avec nous ?

— Non.

— Elle ne doit pas rester à Singapour. Les Japonais vont prendre l'île en deux tours de main.

— Elle s'est arrangée avec Kwan. Elle embarque sur un cargo qui va à Colombo.

Le Capitaine hoche la tête.

— Pour moi, dit-il, j'appareille cette nuit. Vous venez avec moi, ta femme, la petite et toi ?

— Si tu veux de nous.

— On va au Sarawak. Mais on n'y restera pas.

— Je crois aussi, dit Kaï, que les Japonais ne s'arrêteront pas à Singapour. Dans les poches de ce colonel, sur le bukit Tamiang, j'ai trouvé des tas de cartes. Je crois qu'ils veulent prendre Sumatra et Bornéo. Et plus encore.

— On ne restera pas au Sarawak parce qu'il ne sera pas possible d'y cacher le *Nan Shan*. Et parce que toutes les tribus ibans qui auront aidé l'un ou l'autre des Kaï O'Hara se feront massacrer.

— Les mers du Sud.

— Les mers du Sud, oui. Tu veux m'aider à me lever de ce siège, s'il te plaît ?

Pas le moindre souffle de vent au début de la nuit du 6 au 7 janvier, mais un cargo en partance, et surchargé de passagers, accepte une aussière. Ce n'est que bien après la pointe de Tanjong Pagar qu'une faible brise fait frissonner les voiles ocre du *Nan Shan*. À l'aube, on n'a couvert qu'une cinquantaine de milles. Kaï va conserver le souvenir le plus précis de ces heures, du départ de Singapour — que le Capitaine quitte pour la dernière fois, et il savait, comme sans nul doute, le Capitaine le savait lui-même, que c'était la dernière fois. Sur le moment, il voit dans cette lenteur, et en somme cette réticence de la goélette à s'éloigner, tout le cérémonial d'un adieu.

Kaï n'a pas seulement aidé le Capitaine à se lever de son siège, dans la maison de Madame Grand-Mère ; il l'a soutenu durant l'ultime visite qu'ils ont faite à la tombe de la vieille dame morte ; incroyablement, ils sont même allés boire quelques bières ensemble, feignant d'être ivres et de se soutenir l'un l'autre — mais le Capitaine a tenu à marcher seul pour traverser les quais et embarquer.

— Il va mourir, n'est-ce pas, Kaï ? demande doucement Boadicée.

Oui.

Les Ibans chantent encore, ceux occupés à la manœuvre (qui n'est pas si exigeante, avec ce vent de nord-est qui n'est guère qu'un souffle) et les autres, regroupés sur le pont. Ils chantent Cerpelaï Gila, la Mangouste folle, et Diam Nakhoda, le Capitaine silencieux.

— Et toi, quel surnom t'ont-ils donné ?

— Aucun. Je ne suis pas un vrai Kaï O'Hara.

— Tu es ce que l'on peut faire de mieux, comme Kaï O'Hara et comme homme. Je t'aime.

Le Capitaine a refusé de descendre à sa cabine. Il reste sur le pont. Incapable désormais de se tenir debout ni de marcher. Au plus parvient-il à se dresser, usant de toute la force de ses bras, en prenant appui sur quelque chose — jamais sur quelqu'un. La blessure de son ventre a cédé lorsqu'il s'est hissé à bord. Elle coule. Une sanie jaunâtre mêlée à du sang. Il pue effroyablement.

— Kaï ?

On est le troisième jour, le troisième matin après le dernier départ. Plus de la moitié du parcours jusqu'au Sarawak a été franchie, dans les trois cent cinquante milles ; il y a eu des temps où le *Nan Shan* effectuait le parcours en quarante heures.

— Ma voile. Fais-la hisser.

Il veut parler de cette énorme toile à demi soyeuse, une espèce de clinfoc gigantesque, de forme rectangle, qu'aucun voilier sur aucune mer n'a jamais porté. La couleur en est ocre orangé. Au centre, dans un rond blanc, les sept sapèques d'or — Kaï sait que ces sapèques existent vraiment. Oncle Ka lui en a parlé, bien des années plus tôt, mais il ne les a jamais vues.

— Lek ? La voile du Capitaine.

Je n'arrive même pas à pleurer, ce n'est pourtant pas l'envie qui m'en manque.

Le *Nan Shan* gagne trois ou quatre nœuds.

— Tu ne la sors qu'en cas d'extrême urgence. Elle est fragile.

La voix du Capitaine est rauque et sourde, difficile de comprendre ce qu'elle dit. Kaï est obligé de se pencher.

— Je veux crever en mer, Kaï.

— D'accord. Tu as vu la voile ?

— Je ne vois plus rien. Mais je l'entends.

Suit une phrase, que le Capitaine doit répéter :

— On est loin du Sarawak ?

— Nous verrons la côte demain. Le vent est meilleur.

— C'est la voile.

— Sûrement.

— Tu sais ce que tu as à faire, quand je serai mort.

— Oui.

Des heures de silence, ensuite.

— Il ne va pas mourir, Kaï. Je n'arrive pas à y croire. Pas lui.

— Il attend d'être en vue de la côte.

— Il ne peut même pas la voir.

— Il saura qu'elle est là.

Le *Nan Shan* fait route au sud-sud-est, droit vers ce rivage du Sarawak qui s'étend entre le cap Dahu et Sematan. Dans la nuit du 9 au 10 janvier, il laisse l'îlot de Seraya par tribord. Vers 3 heures, il a connaissance de l'île de Serasan et il entre dans le détroit du même nom.

Le Capitaine vit toujours. L'aube vient.

— Kaï.

Kaï rouvre les yeux à la seconde. Lek est à la barre et lui-même est assis à même le pont, nuque appuyée sur un bossoir. L'appel a été à peine perceptible.

— Je suis là.

— On y est.

Kaï se met debout et dans le jour qui se lève, au fil de l'horizon, découvre en effet une ligne plus sombre. *Ne cherche pas à comprendre comment, plus qu'aux trois quarts mort, il a senti une terre.*

— Ne reste pas au Sarawak, Kaï.

— Promis.

— Jamais le *Nan Shan* à un autre qu'un Kaï O'Hara.

— Juré.

— Failli le couler, longtemps de ça, quand *Elle* est morte. Personne d'autre qu'un Kaï O'Hara.

Boadicée a surgi sur le pont et pleure à chaudes larmes. Pas moi. Il est mort il y a bien longtemps, lorsque Maman l'a laissé seul sur les sept mers et les autres.

Kaï s'agenouille et prend son père dans ses bras. Il ne bouge pas jusqu'à la fin. Puis il dit :

— Amène la voile du Capitaine, Lek.

Il est venu pour la première fois à cet endroit, dix-neuf ans plus tôt. Il y est revenu depuis, en trois occasions. C'est la première fois qu'il y vient avec le Capitaine.

Les Ibans se relaient pour l'aider à porter le corps enveloppé d'un prélart. La montée est très rude, elle prend près de trois heures, mais l'ultime rampe débouche d'un seul coup sur un vallon ouvert sur le grand large, droit vers la mer de Chine du Sud et par un temps aussi clair que celui-là, la vue s'étend à des dizaines de milles. Les fleurs que Kaï a toujours vues à l'entour de la tombe de sa mère se sont faites buissons, les arbres sont aujourd'hui très grands.

Trois ou quatre femmes sont là. Non, disent-elles, ce n'est pas nous qui avons creusé l'autre fosse à côté de la première, c'est le Diam Nakhoda lui-même qui l'a faite ; il y a de cela deux ans ; tout seul, oui ; nous nous sommes contentées de l'entretenir et c'est lui aussi qui a gravé la pierre tombale.

Elle est, cette pierre, très petite et fort ordinaire, comparée à celle, de pierre noire et massive, que Kaï connaît déjà et qui porte l'inscription :

CATHERINE-SOPHIE MARGERIT O'HARA
1888-1912

Sur cette pierre nouvelle, une main pas trop habile a simplement gravé : KAÏ.

— C'est ridicule, dit Boadicée en pleurant, elle était sûrement merveilleuse, mais il valait autant qu'elle.

— C'est ce qu'il a voulu, dit Kaï.

— Nous ne restons pas au Sarawak, Lek.

— Très bien. Repartons.

— Les Japonais vont sans aucun doute venir jusqu'ici. Ce ne sera évidemment pas leur préoccupation principale, mais s'ils trouvent des amis de Kaï O'Hara ou de la *puan* Boadicée, ils se feront une joie de les exterminer.

— Et alors ?

— Et nous resterons peut-être des années sans revenir au Sarawak. Nous n'y reviendrons peut-être jamais.

Lek hoche la tête et contemple le paysage. Le *Nan Shan*

a remonté une rivière très jaune. La veille, on a fait escale à Kuching.

Lek sourit.

— Je crois, dit-il, qu'il faut être très intelligent pour être aussi bête que tu l'es parfois. Être bodoh comme tu arrives à l'être, ce n'est pas donné à tout le monde. Oncle Ka n'a plus beaucoup de force dans son bras, mais il me couperait sûrement la tête si je n'étais pas à bord du *Nan Shan* quand tu repartiras. Tu repars quand ?

— Le plus tôt possible.

— Tu vas où ?

— Sud.

— Il te faut combien d'hommes ?

— Tu pourrais m'en trouver, disons, une vingtaine ?

— Je pourrais t'en trouver mille. Ils se battraient, pour aller sur le *Nan Shan*. Vingt-quatre, ça va ?

— Et comment !

— Il me faut deux jours.

— Rien ne presse. Sauf que les Japonais pourraient bien bloquer cette rivière à son embouchure, et nous aurions vraiment l'air malin.

— Je ferai plus vite. Est-ce que tu veux garder Môn et Bongsu ?

— Oui. Et Seng et Lam. Et tous ceux qui sont déjà à bord.

Lek acquiesce. Il saute dans la pirogue qui l'attend, dont il presse les rameurs.

— Je serai là demain soir, Kaï.

Il s'en va. Boadicée vient placer sa main dans celle de Kaï puis, changeant d'avis, lui passe son bras autour de la taille.

Tu vas voir qu'elle a une idée derrière la tête, et je ne suis pas contre, pas du tout, maintenant que nous sommes quasiment seuls à bord.

— Où dans le Sud ? demande-t-elle.

Kaï a bien pensé à un endroit. Ce n'est pas très loin de l'Australie, de Cairns, voire de Brisbane ou Sydney, où elle pourra toujours aller faire ses courses, quand elle aura besoin de rouge à lèvres ; deux ou trois mille kilomètres, au plus.

Et puis c'est une île bien tranquille. Où les Japonais ne risquent pas de venir les enquiquiner.

Guadalcanal, ça s'appelle.

LE 17 JANVIER en début d'après-midi, le *Nan Shan* s'apprête à franchir le détroit de Karimata. Pour ce que Kaï en sait. Quant à lui, il fait un gros câlin avec Boadicée, le premier en quasiment deux semaines. Mais c'est un fait que ça va mieux. Non que la mort du Capitaine soit entrée dans le passé, couvercle refermé ; cette blessure-là ne cicatrisera jamais et, à cette douleur, autre chose est venu s'ajouter, qu'il n'attendait pas : une immense solitude, et ce sentiment très fort d'être d'un coup devenu adulte — et d'être désormais le prochain sur la liste. Bon, Boadicée l'a compris. Elle est douce, et tendre. Il a passé toute la nuit précédente à la barre, trois tours de quart à la suite et seul sous les étoiles, à essayer de refouler cette fureur haineuse qu'il éprouve — le Capitaine aurait pu vivre dix ou quinze ans de plus. Ce n'est que vers 8 heures que Lek et Môn l'ont convaincu d'aller dormir un peu. Il est descendu, est allé tout droit à cette cabine côté tribord qu'ils ont toujours occupée, Boadicée et lui, sur la goélette. Vide. Et hormis le matelas de mousse, rien ni personne.

— Je suis ici.

De l'autre bord de la coursive. Dans la cabine du Capitaine, donc.

— Tu es fâché ?

— C'est la première fois que j'y entre depuis sa mort.

— Tu voudrais en faire quoi ? Un mausolée ? Tu m'en veux ?

— Non.

Si. Un peu.

— Kaï, pour moi les cabines se valent. Mais je crois qu'il est temps. Je peux tout changer, et retourner dans l'autre.

Il s'est allongé, endormi, ce n'est quand même pas un sacrilège, elle a raison. Et elle est là à son réveil, avec du café, des espèces de crêpes, toute une pile, épaisses comme l'Ancien et le Nouveau Testament l'un sur l'autre, tartinées de tonnes de mélasse.

— C'est toi qui as fait cuire ça ?

— Il faut bien commencer à cuisiner un jour. Dégueulasse, hein ?

Il en avale six.

— Mes cales sont pleines, dit-il sitôt qu'il a réussi à décoller ses dents engluées, à grand renfort de café — enfin ce qu'elle croit être du café. Il s'étire, va faire un tour sous la douche et, à son retour, c'est elle qui est sur le lit. Allongée sur le ventre, et nue.

— Je vois, dit-il. Pour ça aussi, il est grand temps.

— Si ça te tente.

— Où est Claudie ?

— Claude-Jennifer dort, c'est l'heure de sa sieste. Pour plus de sûreté, d'ailleurs, je lui ai flanqué un grand coup sur le crâne.

Et la voilà qui ondule, fait bouger ses hanches...

— Ce soir, dit-elle, je ferai du poulet aux pousses de bambou. Ça ne doit pas être sorcier.

Mais elle ferme les yeux quand il commence à jouer de sa langue ; bouge encore, mais très lentement, des mouvements d'algue, en sorte que le sillon si alléchant qui lui descend des omoplates jusqu'aux reins, en sorte que ce sillon se creuse à chaque ondulation.

— Et tu veux résister à ça, toi ?

— Qui te demande de résister, bonhomme ? Et à qui tu parles, au juste ?

Elle se retourne et l'accueille.

— Je revis, dit-il.

— C'est fait pour, Kaï. C'est fait pour.

Ils remontent sur le pont. Le *Nan Shan* longe alors la côte de Kalimantan, qui s'aperçoit par bâbord, à six milles — d'un commun accord, Kaï et Lek ont choisi de gagner la mer de Java en se tenant le plus loin possible de Sumatra, pour le cas où les Japonais auraient déjà dépassé Singapour et descendraient vers Batavia. La mer est très peu formée, vent de nord-ouest mais faible.

— C'est quoi, ce truc blanc et rouge ?

Question de Boadicée, qui pointe son index en direction de ce que Kaï, dans l'instant, pense être une épave, quoiqu'elle soit bien petite, et que le mouvement de la mer la lui dissimule une fois sur deux, selon les vagues. Mais non, ça remue et, malgré la distance, il identifie la chose. Grâce à un souvenir — celui d'une dame amie de sa tante (la femme du crétin de général), qui possédait deux de ces trucs.

— Un loulou de Poméranie, dit Kaï.

Il a fallu abattre sur bâbord, de quelques degrés, pour croiser la route de la bestiole. Deux Ibans la repêchent en riant et demandent si ça se mange. Et apparemment le petit chien a compris, qui aboie avec férocité.

— Un quoi ?

— Un loulou de Poméranie.

— Tu dis n'importe quoi. Et il viendrait de Poméranie, dont je ne sais d'ailleurs pas où c'est, à la nage ?

L'animal a une robe blanche, par endroits légèrement orangée. La truffe est prune. La queue rabattue sur le dos est très fournie, maintenant que la bête s'est copieusement ébrouée. Il porte autour du cou un gros ruban de soie cramoisie. Les aboiements suraigus emplissent l'air.

— On ne peut même pas l'approcher. Pourquoi aboie-t-il comme ça ?

— Je ne parle pas le loulou. Et en voilà un autre.

Le regard de Kaï s'est assez machinalement porté dans la direction d'où le chien venait. À sa connaissance, la côte de Bornéo dans ces parages est pleine de mangroves, pratiquement inhabitée, le *Nan Shan* n'a d'ailleurs pas pris la peine d'y faire la moindre escale.

Il y a un deuxième chien sur la mer à un peu moins d'un mille, on jurerait qu'il est identique au premier. Qui diable s'amuse à semer des loulous de Poméranie dans le détroit de Karimata ?

— On y va, Lek.

Le deuxième animal est repêché quelques minutes plus tard.

On en découvre un troisième. Puis un autre. Et encore un. Les chiens sont espacés, grosso modo, d'un mille nautique, ils nagent tous dans la même direction.

— Je suis, dit Boadicée, partagée entre le fou rire et la curiosité.

Et moi donc ! pense Kaï. Si c'est une feinte japonaise pour nous attirer à la côte, elle est diabolique. Ladite côte au demeurant s'est bien rapprochée.

— On louvoie, Lek. La Poméranie est en Allemagne, lumière de mes yeux. Tu sais où est le Mecklembourg, bien sûr. C'est juste à côté. Et allez donc !

Cette dernière exclamation pour saluer l'apparition d'un sixième loulou. Les cinq déjà hissés à bord font un vacarme du diable ; ils poursuivent Bongsu — pourquoi lui tout particulièrement ? mystère ! — qui se hisse le long du mât d'artimon pour se mettre hors de portée ; les autres Ibans sont morts de rire.

— Six et trois font neuf, dit très gaiement Boadicée. Je ne savais pas qu'il poussait des loulous de Poméranie sur les arbres, à Kalimantan.

— L'îlot, dit simplement Kaï. Non, mais regarde !

Distance trois quarts de mille. L'îlot mesure au plus quinze mètres sur six ; il s'élève à deux bons mètres au-dessus de la surface de la mer, mais pas plus ; autant dire que par gros temps, il disparaîtrait et tout ce qui pourrait s'y trouver serait emporté. Tout ce qui s'y trouve est plutôt surprenant, sans parler de ce fait que les trois autres loulous de Poméranie, nageant en triangle, en proviennent. Il y a là quatre caisses noires, de métal ou de bois peint. Passe encore. Mais aussi une guillotine, dont le couperet semble fichtrement tranchant. Et encore une armoire. Et une cage à barreaux dorés, surmontée d'un dais de couleur cramoisie et piqueté d'aigles d'or, agrémentée de rideaux pour l'heure maintenus ouverts par des embrasses (même couleur, mêmes motifs).

Et un homme à grande barbe noire, enturbanné tel un fakir de l'Inde, dont les bras sont croisés, et qui contemple noblement le *Nan Shan* venant vers lui, et vers une odalisque, enfin une jeune dame, fort plaisante à l'œil ma foi, vêtue comme elle l'est de peu de chose, à savoir un costume de bayadère très transparent.

— Est-ce que ce genre de rencontre, demande Boadicée, se produit chaque fois que tu vas dans le sud des mers du Sud ? Je comprends maintenant pourquoi tu tenais tant à y venir.

— Je suis, dit l'homme à la barbe noire et au turban, sitôt que la goélette est à portée de voix, je suis Soliman le Magnifique, empereur des magiciens. Je vous salue. Est-ce que la mer monte, dans ces contrées ?

Et, bon, il apprend qu'il se nomme en réalité Zoltan Puskas. Pour elle, c'est sa partenaire et assistante, et c'est aussi sa femme. Son nom de scène à elle est Salomé, son vrai prénom est Mimi. Elle est belge, il est hongrois. Ils ont commencé leur tournée asiatique vers le milieu de l'année 1940. Honolulu, Tokyo et les villes principales du Japon, Séoul et Shanghai, Manille, Hong Kong, Hanoi, Saigon, Singapour... À Singapour, il leur a été expliqué que le temps n'était pas trop aux farces et attrapes. Ils ont choisi de changer d'hémisphère, un tout petit cargo les a accueillis, eux et leur matériel de scène, mais la chaudière a explosé ou autre chose, enfin le feu a pris, l'équipage leur a bien offert d'embarquer dans les chaloupes mais a refusé de prendre les caisses, et la guillotine, et la cage, et les spitz.

— Les quoi ?

— Les spitz. Les chiens.

— Je croyais que c'étaient des loulous de Poméranie. Une amie de ma tante Isabelle en avait deux, et m'a toujours dit que c'étaient des loulous.

— Ce sont des spitz. Nains. C'est improprement qu'on les appelle des loulous.

— Nous ne voulons surtout pas les vexer, dit Boadicée.

— Non, ils aiment bien, au contraire. Ils croient être des loulous, ne les détrompez pas, c'est alors que vous les vexeriez.

Ce type est fou, pense Kaï.

Ses chiens, dit Zoltan-Soliman, sont d'une intelligence inégalée dans l'histoire du spectacle. Depuis trois jours qu'ils sont sur l'îlot, à des kilomètres d'une côte certainement peuplée de cannibales, le magicien, qui ne sait pas nager, les a chaque jour expédiés en reconnaissance. Les lâchant de cinq minutes en cinq minutes. Avec ordre de héler un bateau s'ils en voyaient un. Sinon, de revenir.

— Et les requins ? demande Boadicée.

— J'avais douze chiens, il m'en reste neuf, mon chagrin est inexprimable, dit l'empereur des magiciens. Mais nous étions sur le point de les manger, il ne restait plus de coquillages, sur notre rocher.

— Et la guillotine ?

Elle sert à couper la tête de Mimi à chaque représentation. L'une des caisses est utilisée pour la découper en morceaux, à la scie circulaire ; une autre permet de transpercer la jeune Belge avec des sabres ; une troisième offre l'intéressante possibilité de la noyer, bien enchaînée au préalable dans un bidon de lait, selon la technique mise au point par Harry Houdini ; la quatrième enfin est employée pour carboniser complètement la même Mimi (dont les cendres sont ensuite recueillies dans une urne de verre transparent, que Soliman le Magnifique jette en l'air, en sorte qu'elle se brise, laissant s'échapper des colombes, qui dans leur envol révèlent la résurrection de l'assistante, habillée en mousquetaire).

— C'est un numéro proprement admirable, dit Zoltan. Unique au monde. Tous mes numéros sont uniques au monde. Évidemment, pour le moment, je n'ai plus de colombes. Nous les avons mangées. Elles étaient un peu dures.

Le *Nan Shan* entre dans la mer de Java. Au moins trois vapeurs dans l'Ouest. Un avion passe juste à la tombée de la nuit. Japonais ou hollandais. Kaï n'a pu distinguer la cocarde — l'avion volait dans le soleil couchant.

— Kaï ?

— Je sais ce que tu vas me dire.

— Ça m'étonnerait. On peut faire la guerre contre les Japonais avec une goélette ?

— Pas de problème. On éperonne tous les cuirassés et porte-avions que nous voyons, on les coule tous et on se présente à Yokohama, d'où j'envoie un rescrit au Mikado en lui intimant l'ordre de se rendre. Ça ne devrait pas nous prendre plus de quelques semaines.

— Je suis hongrois et ma femme est belge, dit Soliman le Magnifique. Il ne me semble pas que nos pays soient en guerre avec le Japon. Si vous voulez nous transporter en Australie, nous ne sommes pas contre, cela dit.

C'est dingue, pense Kaï. Je ne vais quand même pas livrer bataille à toutes les armées du Japon. J'ai réglé mon compte avec Sakata. C'est fini. Mais d'un autre côté, filer comme un lapin jusqu'à Darwin, voire Sydney ou Perth, sinon (plus au sud encore) jusqu'à Melbourne et Adelaïde, et pourquoi pas la Tasmanie ou la Nouvelle-Zélande et tant qu'à faire le pôle Sud, en d'autres termes détaler me défrise pas mal.

D'autant que ce ne doit pas être tout à fait par hasard si au Sarawak j'ai embarqué vingt-quatre Dayaks de la mer, soit le plus gros équipage que le *Nan Shan* ait jamais porté. Un coup de l'inconscient.

— On ne va pas en Australie, Boadicée.

— Tout à fait d'accord.

— On ne fait pas la guerre pour autant.

— On verra bien.

— Nous débarquons Mimi, Zoltan et leurs chiens à Moresby, puis nous allons à Guadalcanal.

— Parfait. Ça me va tout à fait. Et si un petit Japonais ou deux nous cherchent querelle ?

— S'ils sont un ou deux, nous leur tapons un peu sur la tête. S'ils sont plus de trois, on décampe.

— Et s'ils arrivent jusqu'à Guadalcanal ?

— Ne me fais pas rire. Tu les vois essayer d'envahir l'Australie ? Pourquoi pas le Sussex ?

Bon, d'accord, en admettant que plus de trois Japonais montrent leurs casquettes ridicules à Guadalcanal — simple hypothèse d'école — le *Nan Shan* fichera le camp à toutes voiles. Par exemple pour Tahiti. Et si ce n'est pas assez loin, pour l'île Pitcairn.

— Ça existe, ce truc ?

— C'est là que les révoltés du Bounty se sont réfugiés.

— Je connais le film avec Charles Laughton et ce type avec de grandes oreilles, Clark quelque chose. Je l'ai vu à Saigon.

— C'est aussi une histoire vraie.

— Quel rapport avec les Japonais ?

Aucun. Vraiment aucun. Nous nous égarons.

Et je ne suis pas si sûr que nous ayons réglé quoi que ce soit.

— De toute façon, dit Boadicée, c'est Mimi qui nous fait la cuisine, ce soir. Elle cuisine bien mieux que moi.

Il y a dans mes discussions avec ma femme, pense Kaï, une logique qui ne saute pas vraiment aux yeux.

Macassar des Célèbes en vue, dans la journée du 20 janvier.

— Le numéro, dit Zoltan, a été présenté pour la première fois en public en 1847, par le Français Robert-Houdin.

Zoltan-Soliman le Magnifique dispose sur le pont du *Nan Shan* un banc de bois et, sur ce banc, trois tabourets. Mimi monte sur le tabouret central, elle se place face à Boadicée, Kaï et les vingt-quatre Dayaks de la mer. Il fait nuit, on est reparti de Macassar où ne se trouvait pas le plus petit Japonais. On fait route dans le quart est-nord-est, dans la mer de Flores. C'est une fort belle nuit, quoique obscure.

Mimi allonge les bras, que le magicien lui soutient avec deux cannes prenant elles-mêmes appui sur les tabourets latéraux. Zoltan exécute des passes magnétiques...

— Normalement Robert-Houdin feignait d'utiliser de l'éther, mais je n'en ai pas.

... Et Mimi s'endort. Ses pieds se soulèvent, en sorte que le tabouret sous elle est retiré. Sur quoi, Soliman le Magnifique retire également une canne. Puis le tabouret latéral de gauche. Mimi ne tient désormais plus en l'air que par sa seule paume légèrement apposée sur la canne de droite. Le magicien, de l'index, lui soulève les jambes et les amène à l'horizontale.

Après il enlève le banc tout en dessous.

— Magique, dit-il.

C'est un fort bel homme de haute taille, à peine plus petit que Kaï, et qui peut avoir trente-deux ans. Dans l'heure suivante, au terme d'une préparation fort énigmatique, il exécute un autre tour, toujours inspiré du même Robert-Houdin. Sur des tréteaux improvisés, il dépose un carton à dessin, rectangulaire, mesurant au plus soixante-dix centimètres sur cinquante, et dont il montre bien que l'épaisseur n'atteint même pas un pouce. Il défait les rubans qui ferment le carton et, d'entre les deux feuilles rigides retire d'abord tout un jeu de portraits et de lithographies, puis quatre bouquets de fleurs, puis trois poissons vivants — « nous avons mangé nos pauvres colombes, hélas » —, puis trois grosses casseroles de cuivre empruntées à la cambuse du *Nan Shan* (et dans l'une de ces casseroles se trouve du riz qui finit de cuire, tandis que les deux autres contiennent des braises ardentes de charbon de bois)...

... puis une arbalète iban...

... puis une machette...

... puis Mimi elle-même.

— Certains jours, ou mieux certaines nuits, dit Zoltan, je touche au fond du désespoir.

Il a replié tout son matériel, la séance de magie est terminée, les Dayaks de la mer n'ont toujours pas refermé leur bouche qui béait, Boadicée et Mimi sont dans un premier temps descendues à leurs cabines mais, trouvant qu'il y faisait trop chaud, sont remontées sur le pont et sont allées s'allonger sur des nattes, tout à la proue, bavardant à voix basse et par moments partageant de mystérieux fous rires. Le *Nan Shan* avance assez gaillardement, et doit être par le travers sud de l'île Binongko, de l'archipel des Tukangbesi. Kaï et le Hongrois dégustent deux des soixante-quatre bières qui restent encore à bord, et sont installés à la poupe.

— Le fond du désespoir, répète Zoltan. Je sais à peu près faire, ou refaire, tous les tours des grands magiciens du passé. Sauf un, d'accord. Ou disons deux. Mais je n'ai aucun tour à moi, je n'ai rien inventé.

— C'est si dramatique ?

— C'est tragique. L'Armoire diabolique des frères Davenport n'est plus pour moi qu'un jeu d'enfant, je fais apparaître et disparaître les gens mieux que Ben Ali Bey — dont le vrai nom était Max Auzinger —, j'escamote tout, d'un dé à coudre en passant par un éléphant, comme Marius Cazeneuve n'a jamais réussi à le faire, sans parler d'Imro-Fox, je réussis tout aussi bien qu'Houdini à sortir de n'importe quelle prison. Mais toujours j'imite, je ne crée pas. Tu connais évidemment Horace Goldin ?

— Pas du tout, dit Kaï.

— Lui, il faisait surtout l'Arabe transpercé.

— Et tu sais le faire aussi.

— Oui. C'est une illusion très simple. Goldin est mort voici deux ou trois ans. Je suis allé le voir neuf fois avant de comprendre comment il réussissait à passer sa main au travers de la poitrine de son assistant.

Kaï se relève et en quelques pas, bouteille à la main, se porte près de Lek qui est à la barre — j'ai le sentiment bizarre que nous ne sommes pas tout seuls sur la mer.

— *Tidak,* dit Lek. *Tidak ada apa,* je n'entends ni ne vois rien.

— Mes seuls vrais échecs, dans mes imitations, poursuit Zoltan qui parle en quelque sorte pour lui-même, sont Pinetti et Buatier. Tu ne connais pas non plus ?

— Non.

Cette impression est bizarre.

— Pinetti avait deux tours extraordinaires. Un jour, il donne une représentation à Saint-Pétersbourg, devant le tsar en personne. Le spectacle est prévu pour 7 heures. À 7 heures, Pinetti ne se montre pas. Le tsar s'impatiente, il consulte sa montre et toute la cour l'imite. Ce n'est qu'une heure plus tard que l'on retrouve Pinetti. Il entre en scène, il dit que, s'il était en retard, vraiment, il se pendrait de chagrin. Leurs Majestés veulent-elles bien consulter leurs montres ? Et toute l'assistance s'exécute. Et lit qu'il est 7 heures, très précises. Toutes les horloges du palais en témoignent. Sur quoi Pinetti s'incline et annonce qu'il vient de réussir son numéro d'entrée. Parce qu'il est bien 8 heures et quelques minutes — toutes les horloges et toutes les montres indiquent dans l'instant l'heure exacte.

Le regard de Kaï court la mer. Qui est, cette nuit-là, fort noire, parsemée de longues écharpes de brume — le vent est presque nul, au point que Kaï a pensé un instant à faire envoyer la voile du Capitaine, mais en quoi la situation serait-elle urgente ? Toujours cette bizarre sensation.

— Pourtant, poursuit Zoltan, c'est encore Buatier qui me tourmente le plus. Il se faisait appeler Buatier de Kolta, mais il était français. De Lyon, je crois. Son Dé magique hante tous les illusionnistes du monde depuis qu'il l'a créé. Il arrive sur scène en portant une toute petite valise. De cette valise, il retire un dé à jouer de douze centimètres de côté. Il pose le dé sur une table très ostensiblement ordinaire. Il fait ses passes et, sans que Buatier le touche, le dé grossit. Grossit, grossit ; le voilà à quatre-vingts centimètres de côté.

Un sourd bourdonnement.

Et cette fois Lek aussi l'a perçu.

— On éteint tout, Lek. Vite.

— ... Et, de ce dé grossi, sort Mme Buatier. C'est inexplicable, Kaï. Je deviens presque fou à tenter de comprendre comment il pouvait faire. Et je ne suis pas le seul.

Bâbord arrière, au trois cent quarante.

— Et Buatier est mort sans révéler à personne son secret. Voilà ce que j'aimerais réussir par-dessus tout, Kaï. Inventer un tour qui restera, après ma mort, une énigme. Avec toutes ces tournées, je n'ai pas le temps de travailler. J'aurais, disons, un an devant moi...

— La ferme, s'il te plaît, Zoltan.

— Je ne t'intéresse pas, je le vois bien.

— Tais-toi.

Et ils surgissent enfin, distance douze cents mètres, par l'arrière du *Nan Shan.*

Un torpilleur en tête et derrière, allant la file indienne, la plupart de leurs feux éteints mais pas tous, quatre gros bâtiments surchargés d'hommes, de soldats entassés jusque sur les ponts. Le convoi passe, filant peut-être douze nœuds, tantôt s'enfouissant dans la brume, tantôt resurgissant de celle-ci, fantomatique. Et ce n'est pas tout : à des milles en arrière, des feux à éclats percent la nuit et, apparemment, c'est un ordre qui est ainsi donné : le torpilleur suité des transports abat presque aussitôt sur bâbord. Quelques minutes encore et l'escadre s'enfonce dans l'obscurité, direction est. Le silence revient sur la mer de Banda.

Pour peu de temps : du nord arrive une masse. C'est un croiseur, distance neuf cents mètres. Encore heureux que nos voiles ne soient pas blanches, on m'a assez vanté l'exceptionnelle acuité visuelle des marins japonais. Et Kaï à la vision instantanée, comme photographique, d'un matelot nippon assis au poste de tir de ce qui peut être une mitrailleuse lourde ou un canon léger ; l'homme est rigoureusement immobile, il regarde dans la direction de la goélette, une jugulaire lui passe sous le menton.

Il ne nous voit pas.

— Vous allez à cette île de Guadalcanal, dit Zoltan toujours aussi profondément plongé dans ses pensées. Nous pourrions y aller avec vous, Mimi et moi. Nous ne vous coûterions rien, nous pouvons payer notre écot.

Les deux jeunes femmes reviennent de la proue. Elles ont vu, elles aussi.

— Ils vont où, Kaï ?

— Amboine.

Et plus généralement aux Moluques. Nom d'un chien, qu'est-ce qu'il prend aux copains d'Ishuin Yoshio ? Ils veulent conquérir la terre entière ou quoi ? L'ahurissement de Kaï est total. Il n'a jamais cru vraiment que ces fous furieux pouvaient aller si loin au sud. Non, mais tu te rends compte ? Ils sont déjà, et depuis des années, à essayer de digérer la Chine, après avoir mangé la Mandchourie et la Corée ; ils viennent de s'emparer de toute l'Indochine, de la Malaisie, et probablement aussi de la Thaïlande ; ils sont déjà entrés en Birmanie et, pourquoi pas (mais sûrement qu'ils y pensent), marchent sur l'Inde, rien de moins, pour la soumettre. Et qu'est-ce qui les empêchera de pousser jusqu'en Égypte, ensuite, pour y serrer la main d'Adolf Hitler ? Tandis qu'au sud, ils visent l'Australie, la Nouvelle-Zélande. À ce train-là, ils finiront par débarquer à San Francisco et s'en aller camper au cap Horn.

Caboter sur le *Nan Shan* va devenir extrêmement délicat.

— Nous en avons parlé, Mimi et moi, continue Zoltan. Elle rêve d'une île dans les mers du Sud, avec des plages et des cocotiers, et la paix. Plus de public, plus de tournées. Ce n'est pas pour critiquer votre femme, mais elles s'entendent vraiment bien, toutes les deux. J'ai déjà été marié : quand une femme veut quelque chose, on lui cède ou on prend la fuite. Il paraît que c'est très paisible, Guadalcanal.

Boadicée a les yeux braqués sur ceux de Kaï — si je lui dis que nous mettons le cap sur l'Australie, et dare-dare, elle saute à la mer.

— Nous ne passerons pas par les Moluques ni Amboine, dit Kaï. Tant pis pour la bière, on fera sans. Vous avez vraiment comploté d'aller ensemble à Guadalcanal, toutes les deux ?

Ne pose jamais de question dont tu connais la réponse, Kaï.

La mer de Banda traversée sans autre rencontre. Celle d'Arafura leur offre un bon petit coup de vent de trois jours, ils passent le détroit de Torres quasiment à sec de toile, retrouvent avec soulagement les espaces de la mer de Corail à la houle plus longue et moins rageuse.

Ils entrent à Port-Moresby le 2 février 1942. Si le port lui-même est assez spacieux, la ville, elle, est à peine un gros bourg. Les Dayaks viennent juste de nouer les amarres qu'un homme en civil se présente à l'échelle de coupée.

Il sourit à Kaï :

— Vous vous souvenez de moi ?

Oui. C'est Eric Svensson. L'homme aux postes de radio émetteurs-récepteurs et à l'étrange réseau de surveillance établi d'île en île.

Et son sourire si aimable et si sympathique ne trompe pas Kaï : nom d'un chien, je suis fait comme un rat !

— Je suis terriblement désolé pour votre père.

— Merci.

— Je le pense profondément. C'était un homme exceptionnel.

Zoltan et Mimi sont restés sur le pont, Kaï est descendu dans sa cabine. Il n'a pu empêcher Boadicée de les suivre, l'Australien et lui. Tu parles qu'elle a compris dans la seconde que ce type va nous lancer dans l'une de ces aventures dont elle raffole, surtout s'il s'agit de trucider des Japonais. Quand je dis que je suis cuit.

Svensson déploie des cartes sur le lit.

— En vous voyant arriver, dit-il, et je reconnaîtrais votre *Nan Shan* à trois cents milles de distance, j'ai vu d'un coup la solution à tous mes problèmes.

— Vous me terrifiez, dit Kaï.

— Ne l'écoutez pas, il est enchanté, dit Boadicée. Nous

sommes enchantés, mon mari et moi. Même notre fille adore. Claude-Jennifer, dis au monsieur que tu es contente.

Pauvres de nous.

— Regardez, dit Svensson. Ça, c'est la Nouvelle-Bretagne, vous la reconnaissez. Rabaul est là.

— Les Japonais aussi ?

— Évidemment. Comment pourrions-nous défendre toutes ces îles ? Toute la population de l'Australie n'y suffirait pas. À peine ont-ils débarqué à Rabaul qu'ils se sont lancés dans des travaux énormes.

— Je vais à Guadalcanal. Nulle part ailleurs.

Et je ne vais sûrement pas aller à Rabaul pour y prendre des photographies des travaux que les Japonais y font. Et puis quoi encore ?

— Mon mari a un grand sens de l'humour, dit Boadicée. Et il adore faire des détours avec son bateau à voiles.

— C'est faux, dit Kaï.

— Je ne vous demande pas d'aller à Rabaul, dit Svensson.

— Vous m'en voyez agréablement surpris, dit Kaï.

— Nous haïssons les Japonais, mon mari et moi. Du moins, les Japonais en uniforme qui vont chez les autres.

— Et qu'est-ce que je suis supposé faire ? demande Kaï.

— En réalité, dit Boadicée, je pense que tout ce qui arrive est plus ou moins notre faute, à mon mari et à moi.

— Vous glissez de nuit sur les côtes de la Nouvelle-Bretagne y déposer des gens, en embarquer d'autres.

— C'est plus ou moins notre faute, poursuit Boadicée, parce qu'il faut bien convenir que, depuis des années, nous sommes en bisbille avec l'armée japonaise. Mon mari a insulté l'armée japonaise à Tokyo et moi, j'ai tué un officier japonais à Shanghai.

— Votre femme a tué un officier japonais ?

— J'ai bien peur que oui, dit Kaï.

— En sorte, continue Boadicée, que nous les avons mis de mauvaise humeur, ces militaires japonais. Depuis, ils nous poursuivent. En Chine, puis en Indochine, puis en

Malaisie, puis au Sarawak, et maintenant dans le sud des mers du Sud. Et, comme une chose en entraîne une autre, ils occupent ces pays, au passage. Je suis convaincue que si nous allions en Corse, ils iraient.

— Boadicée, tu te tais ! dit Kaï.

— Ne me parle pas sur ce ton, bonhomme.

Kaï regarde Svensson :

— Nous devons juste aller, et de nuit, sur la côte de la Nouvelle-Bretagne, décharger et charger, puis repartir ? Tu mets le doigt dans l'engrenage, Kaï.

— Rien de plus, dit Svensson. Ou à peine plus.

— En fait, nous avons eu le tort de reculer, mon mari et moi. Forcément, ça les a encouragés, ces fils de chien. Tu as vraiment bien fait de ne pas aller en Australie, Kaï. Ça les y aurait attirés.

— Et c'est quoi, à peine plus ?

— Je suis sans nouvelles de quelques-uns de mes guetteurs. Et certains courent d'énormes dangers.

— Tu veux mon avis, Kaï O'Hara ?

— Non, dit Kaï, très fermement.

— Je vais te le donner quand même. Mon avis vous intéresse, monsieur Svensson ?

— Il me passionne, dit Svensson.

— Le jour où mon mari et moi nous arrêterons de détaler, les Japonais s'arrêteront aussi.

— Il eût été avisé de rester à Shanghai, dans ce cas, dit Svensson avec énormément de suavité.

Et il rigole, ce chien. J'aurais dû tourner à droite, après le détroit de Karimata, je cinglais à tout va vers l'océan Indien, nous serions quasiment en Afrique.

Fait comme un rat.

— Mimi, vous ne pouvez pas venir avec nous.

— Ne l'écoute pas, ma chérie. Bien sûr qu'ils peuvent venir avec nous, capitaine O'Hara.

— Il y a la guerre là où nous allons, poursuit courageusement Kaï face aux deux femmes.

Zoltan fume sa pipe un peu plus loin, et de sa main gauche, mélancoliquement, fait tourner à une vertigineuse vitesse cinq grosses billes de couleurs différentes entre ses doigts si agiles.

— Il y a la guerre et je ne sais pas combien de temps elle va durer. Que vous soyez, l'une belge, l'autre hongrois, ne changera rien.

— Ne lui réponds même pas, Mimi. Ça n'en vaut pas la peine. Tu ne voudrais pas m'apprendre à faire des moules frites ? J'ai trouvé des pommes de terre, à Moresby.

Et elles s'en vont, discutant cuisine.

— Zoltan ?

— Je cours les routes et les pays depuis presque vingt ans, Kaï. Je suis plus qu'à moitié juif, je parle même le yiddish. Il y a quatre ans, en Allemagne, à Nuremberg où je me produisais, je me suis mis à insulter dans cette langue un groupe d'hommes venus à mon spectacle. Ils m'auraient complètement tué si Mimi n'était pas intervenue, avec le grand cimeterre dont je me servais pour la Mort de l'odalisque. Je n'ai aucune famille à part elle. Et ton bateau est le premier endroit que nous ayons jamais trouvé où elle est heureuse. Alors, sauf si vous ne voulez pas vraiment de nous, ta femme et toi...

Zoltan porte l'un des tricots de Kaï, à manches courtes. Il dresse sa main droite en l'air, la fait tourner en tous sens pour montrer qu'elle est vide. Puis il fait apparaître une cigarette allumée. Qu'il jette à la mer. Et une autre cigarette naît, jetée de même. Et une autre et une dizaine d'autres...

— Tu gardes ta femme et ta fille à ton bord, Kaï. Et tu voudrais que j'aie peur de t'accompagner ?

— On y va, Lek, dit Kaï.

Lae est une petite ville sur la côte nord-est de Nouvelle-Guinée. Les familles australiennes ou européennes qui y vivaient ont été évacuées. Le *Nan Shan* ne s'en approche pas, remonte au nord. On est le 7 février 1942 au matin, et, vers 7 heures, Zoltan, qui en fin de compte s'est transformé en opérateur radio (« Je sais faire fonctionner n'importe quel appareil ; être magicien a ses avantages, tu crois qu'on peut monter un tour sans tout connaître de la mécanique, de l'électricité ou de la chimie ? »), Zoltan établit un contact sur l'un des deux postes 3B que Svensson leur a confiés. Ce premier interlocuteur est un certain Vidal, membre du réseau Ferdinand créé par Svensson. Vidal est basé à Salamaua, village à une quinzaine de kilomètres au sud de Lae. La liaison a lieu en français. Non, Vidal n'a pas encore vu de Japonais. Des bateaux et des avions sont passés, mais rien de bien gros. En tout cas, pas en assez grand nombre pour suggérer une attaque massive vers Moresby (Vidal se trouve à environ trois cents kilomètres de Moresby, mais le jour où il devra se replier, il n'y réussira pas : il aurait à franchir les monts Bowutu et surtout la chaîne Wharton, dont les sommets culminent à près de quatre mille mètres).

— Cette mer où vous vous promenez est en quasi-totalité japonaise, dit la voix du guetteur.

Deuxième contact, une heure plus tard. Zoltan était en train d'appeler sans succès un homme appelé Daymond, adjoint au chef de district en Nouvelle-Bretagne, et qui est posté à Gasmata, petit îlot sur la côte sud de cette île — l'objectif assigné au *Nan Shan* par Svensson. Cette voix-là est bien anglo-saxonne. L'homme s'exprime en clair, négligeant les codes convenus. C'est Jarvis, planteur et télégraphiste de la marine à la retraite, qui a choisi de finir ses jours sur l'îlot de Nissan (Kaï se souvient de l'avoir rencontré, quelques mois plus tôt, lors de la tournée qu'il a faite en compagnie du Capitaine).

— Des Japonais à quatre cents mètres de moi, annonce Jarvis d'un ton extrêmement calme. Deux sections de trente à quarante hommes. Elles viennent directement sur moi. Je n'ai aucun moyen de leur échapper. À la jumelle, je vois un contre-torpilleur et un croiseur léger du type *Yubari*. Soldats à deux cents mètres. Insignes de la 38e division. Ils m'ont vu. Terminé.

Le *Nan Shan* atteint en fin de matinée le cap Crétin et se glisse juste à temps dans une espèce de calanque totalement déserte, l'énorme mont Bangeta dressant dans l'ouest lointain son sommet à plus de quatre mille mètres. Il en repart six heures plus tard, vingt minutes avant la tombée de la nuit. Il traverse le détroit de Vitiaz, dépasse l'île Rooke (que les cartes des Kaï O'Hara appellent de son nom local : Umboï) qui, flanquée de quelques îlots, se tient entre la Nouvelle-Guinée et la Nouvelle-Bretagne.

— Demi-tour, Lek.

On se réfugie dans une anse de l'île Umboï, mais la lumière sur la mer aperçue par Kaï à trois milles de distance se révèle être celle d'une goélette, plus petite d'un tiers que le *Nan Shan.* Incroyablement, on y chante, à bord, rien de moins que *Waltzing Matilda.* Le bateau passe à quelques encablures, Kaï le hèle. Il y a une soixantaine de personnes à bord ; quatre familles avec enfants et environ quarante soldats de l'armée australienne — tous évacués de Nouvelle-Bretagne. Cette goélette en est à son deuxième voyage, elle fait partie d'une véritable noria, pour l'essentiel composée de canots ; le tout sous le commandement d'un dénommé G.C. Harris. Harris était encore récemment officier de police à Lae ; il s'est porté volontaire pour organiser l'évacuation du maximum de civils et de troupes bloqués sur l'île par le débarquement japonais à Rabaul.

— Votre goélette nous serait foutument utile, dit-il à Kaï.

— J'ai d'autres ordres. Et, de toute façon, nous ne rentrons pas à Moresby avant pas mal de temps. Vous avez des nouvelles de Daymond ?

Non.

Pour ce que Kaï connaît du plan général d'opération, tel que Svensson le lui a révélé, ordre a été donné au guetteur de Talasea (sur la côte nord de la Nouvelle-Bretagne, à environ trois cent cinquante kilomètres dans l'ouest de Rabaul) de se rendre si possible à Toma, ou au pis à la plantation de Pondo — deux endroits fort près de Rabaul — et d'y regrouper les débris des forces australiennes. Que la « flotte » de G.C. Harris embarquera. Le guetteur en question répond au nom de MacCarthy, il a avec lui un adjoint, Marsland. Svensson lui-même a convenu que la mission assignée à ces deux hommes relève de l'impossible : ils doivent franchir à pied, au travers d'une jungle inexplorée, trois cents kilomètres ; puis battre le rappel, sur une centaine de kilomètres carrés, de toutes les unités en déroute. Et enfin, à bord de canots dont le plus rapide file huit nœuds, parcourir les quinze ou dix-huit cents kilomètres, au travers de la mer des Salomon et de la mer de Corail, pour rallier Cairns.

— Mais il y arrivera, dit Harris. Vous savez ce que veut dire *Waltzing Matilda,* en Australie ?

Non.

— Baguenauder avec un sac sur l'épaule, faire une petite virée. MacCarthy « Waltzing Matilda ». Avec en guise de sac sur le dos, deux ou trois bataillons en guenilles. Plus des planteurs.

Harris est d'un roux à crever les yeux. Raison pour laquelle le très particulier humour australien l'a fait baptiser le « Bleu ». Son intrépidité va le rendre quasiment légendaire. Il considère le *Nan Shan* avec une avidité manifeste.

— Vous pourriez embarquer cent personnes là-dessus.

— Et davantage, dit Boadicée.

Au moins elle baisse les yeux et évite mon regard ! J'ai épousé une folle à lier.

— Je peux savoir ce que vous faites dans le coin ? demande Harris. Vous avez parlé d'ordres, il y a un instant. Ne me dites pas que ce cinglé de Svensson vous a engagés.

— Je ne pense pas être australien, dit Kaï. Ni même britannique. Ni rien du tout. Mon père, qui commandait cette goélette avant moi, affirmait que nous autres, Kaï O'Hara, étions indépendants. Un État à nous tout seuls. Disons que Svensson m'a demandé un service, et que je lui ai dit oui. Je dois aller à Gasmata, y laisser cette chaloupe que nous avons en remorque, éventuellement embarquer Daymond et ses hommes, les confier à n'importe quel bateau australien, britannique ou américain s'en revenant à Moresby ou allant en Australie. Puis je reprends ma route.

— Pour où ?

— Guadalcanal.

— Les Japonais sont peut-être déjà à Guadalcanal.

— Non. J'ai eu une liaison radio avec Tony Yablon, Martin Clemens et Snowy Rhoades, qui tous les trois sont à Guadalcanal. Ils n'ont pas vu l'ombre d'un Japonais.

Et Guadalcanal, selon Kaï, est bien trop au sud, hors du théâtre des combats à son avis. Tu crois vraiment ce que tu dis, Kaï ? Voici peu de temps, tu estimais, avec une tranquille conviction, que les armées du Soleil levant ne se risqueraient sûrement pas dans les lointaines mers du Sud. Avoue que tu t'entêtes.

— Et si les Japonais poussaient jusque là-bas, nous irions plus loin. À Tahiti.

— Quelques jours, dit Harris. Juste quelques jours. Vous remontez juste un tout petit peu au nord. Je repars moi-même dans une heure. Je ne vous demande pas de pousser jusqu'à Rabaul, ni même jusqu'à Pondo. Mais au moins jusqu'à Talasea. Putain de merde, MacCarthy ne dispose que des canots que j'ai pu lui trouver !

— Kaï.

Boadicée, qui intervient encore.

Et tu sais très bien ce qu'elle veut te faire faire. Et que d'ailleurs tu vas faire.

— Je vais à Gasmata, dit Kaï. Ensuite, je remonte au nord. Jusqu'à Talasea. Pas un mille plus loin.

Harris lui sourit :

— J'espère que vous avez de la bière, je n'en ai plus depuis deux jours. Nous avons le temps de vider une ou deux bouteilles. Ne partez pas cette nuit mais la prochaine.

— Vous partez bien, vous, dit Boadicée. Et en plein jour.

— Ce n'est pas pareil. Moi, je suis fou.

La côte de Nouvelle-Bretagne en vue par bâbord, distance deux milles, dans la nuit du 8 au 9 février. Gasmata n'est qu'un îlot, au large de la côte. Selon Svensson, quelques jours plus tôt, Daymond, ou l'un des deux opérateurs radio qui l'accompagnent, a lancé un message avertissant Port-Moresby que des bombardiers japonais survolaient l'endroit. Une fuite pour le moins malencontreuse a fait que la nouvelle d'un bombardement imminent a été lancée par la radio australienne. Deux millions d'auditeurs l'ont entendue. Les Japonais aussi. Depuis, Daymond garde le silence.

— Tu débarques seul ?

Question de Lek.

— Môn et trois hommes.

Dans les jumelles, Kaï aperçoit des flammes, ou plus justement le rougeoiement d'un feu qui touche à sa fin. Une forte odeur, très fade, de marécages, flotte sur la mer, provenant de l'îlot de Gasmata. L'appontement décrit par Svensson apparaît, il est désert.

— Lek, tu fiches le camp s'il se passe quelque chose. Nous rallierons à la nage.

— Mais oui.

Kaï a sauté sur les planches pas mal disjointes, il suit un chemin entre des manguiers, deux Ibans en éclaireurs, les deux autres avec lui. Cent mètres plus loin, le sentier bifurque. Tout à fait au hasard, Kaï choisit la voie de gauche et quelques dizaines de pas plus loin, trouve une raison d'avoir fait ce choix : c'est dans cette direction que ça brûle, ou achève de brûler. Sifflement de l'éclaireur de droite : il a vu des hommes. Mais la modulation indique qu'il ne s'agit pas d'ennemis. De fait, ils apparaissent un peu plus loin, une dizaine d'individus, des indigènes, d'autant moins inquiétants qu'ils vont se révéler parfaitement ivres. Ils sont au bord d'un enclos, dont les trois ou quatre bovidés qu'il enfermait ont été abattus et dépecés. On passe. Un bosquet de bananiers sur la gauche, ou ce qu'il en reste : en dépit de la pénombre, on distingue les effets produits par un mitraillage ; tout a été haché. Et, pour compléter le tableau, deux petits cratères de bombes sur la piste. Cinquante mètres encore et c'est le premier cadavre, celui d'un adolescent d'environ quinze ans ; en sarong et pieds nus mais arborant encore une ceinture blanche et large autour de la taille, à la façon des domestiques de Blancs. Il a été massacré à coups de machette, avec un bel acharnement. Les traces indiquent qu'il s'est traîné, déjà atteint, sur au moins vingt mètres, avant d'être achevé.

— Môn ?

— On devrait repartir.

Sauf que l'incendie mourant n'est plus très loin, par-delà une herse de cocotiers et des entassements de noix.

— On va quand même aller voir.

Bon, ils voient. Ce qui finit de se consumer est un long bâtiment de bois, qui a été couvert de tôle, et qui s'est effondré. Brûlent aussi deux constructions, également en bois, pareillement flanquées d'un jardinet, qui devaient être des maisons d'habitation. Si bien que demeure seul debout un autre bâtiment, situé un peu à l'écart, juché sur des pilotis et encadré par deux immenses eucalyptus. Tout y est éteint, la porte en est fermée et les ouvertures servant de fenêtres en semblent barricadées. Kaï s'en approche et bondit en arrière : la balle a dû frapper la terre à moins d'un mètre de son pied droit.

Il s'accroupit.

— On ne tire pas sur les gens sans sommation, dit-il.

— Vous êtes anglais ?

— Presque. Vous êtes Daymond ?

Ça m'étonnerait que ce soit Daymond, pas avec un accent pareil.

— Sahib Daymond est parti, dit la voix. Tout le monde est parti.

— Je peux m'approcher ?

— Je n'ai plus de cartouches, de toute façon.

— Des hommes s'approchent, signale Môn. Cinquante et plus.

La nouvelle n'épouvante pas spécialement Kaï. En tout

état de cause, pour Môn comme pour la plupart des Ibans (itou quand ces Ibans redeviennent des Dayaks de la mer), *cinquante et plus* signifie n'importe quel nombre entre dix et neuf cent quatre-ving-dix-neuf mille. Kaï escalade les marches de la véranda et se place dans la lumière de la lampe à pétrole au même instant brandie par une main brune, sortie d'entre deux planches. Ce mot de « sahib » l'a éclairé au moins autant que le fait cette lampe. Il se trouve, une fois la porte ouverte, bel et bien en face d'un Indien, de l'Inde, grand comme une figue et non moins ridé.

— Tu n'es pas un peu loin de chez toi ? Où est Daymond ? Parti où ?

Sur le continent, enfin sur la Nouvelle-Bretagne. Mercredi dernier. Après que les avions japonais ont bombardé et mitraillé. Chandra — c'est l'Indien de l'Inde — travaillait avec sahib Daymond. Mais un malheureux concours de circonstances a fait qu'il se trouvait à l'autre bout de Gasmata quand les sahibs s'en sont allés. Chandra est revenu ici et n'a plus trouvé personne. Du moins aucun sahib.

— Et tu as mis le feu.

Jamais de la vie. Ce sont les prisonniers qui ont mis le feu. Quels prisonniers ? Ceux de Gasmata. Gasmata sert en quelque sorte de pénitencier à la Nouvelle-Bretagne, les sahibs y envoient toutes les mauvaises têtes.

— Cinquante et plus, répète Môn.

Et c'est vrai qu'un sourd piétinement atteint l'oreille de Kaï, outre que le ton du vieil Iban est bien plus pressant que tout à l'heure. Il ressort et, ma foi, c'est assez impressionnant : surgis d'on ne sait où, ils sont deux ou trois cents à faire cercle, à peu près nus pour la plupart, beaucoup d'entre eux ayant la mine très peu avenante de Papous, tous armés, qui d'une machette, qui de ces sortes de serpes servant à la récolte du coprah.

— Il y a longtemps que tu es dans les îles, Chandra ?

Trente ans et davantage.

— Tu parles leur langue ?

Oui.

— Tu es sûr que Daymond et ses amis sont vraiment partis et n'ont pas été tués ?

Oui. Chandra les a vus naviguer vers la côte, mais ils étaient trop loin pour qu'il puisse les appeler. Ils avaient avec eux une quinzaine d'hommes. Pour porter le poste de radio.

— Des Japonais sont venus ici, sur Gasmata ?

Non. Seulement les avions. Et la veille, en fin d'après-midi, Chandra a aperçu un bateau peint en gris, portant un drapeau blanc avec un rond rouge. Il est possible, selon Chandra, que ce bateau ait fait une courte escale sur Gasmata avant de repartir vers la côte.

— Il y avait des soldats, sur ce bateau ? Combien ?

Cinquante, peut-être. Ou un peu plus.

— On devrait partir, dit Môn.

Kaï a pris la lampe tenue par l'Indien et examine les lieux. Ce devait être ici le bureau de Daymond. Tout y est en ordre. Un coffre-fort a été ouvert et vidé, des classeurs ont été retirés de leur logement. Le départ ne s'est pas fait dans l'affolement.

Il actionne un interrupteur, en vain.

— Il n'y a plus de courant ?

La chose, l'appareil qui produisait l'électricité se trouvait dans le hangar qui a brûlé.

— Ces prisonniers avaient bien des gardiens.

Tués presque tous par le mitraillage des avions.

— On peut sortir par-derrière, Chandra ?

Ils se glissent tous les six dans un gros bois d'eucalyptus.

— Il va falloir presser un peu le pas, Chandra. Tu peux courir ?

Môn et deux autres Ibans décochent leurs traits sur la poursuite qui s'organise, et rejoignent les premiers les deux Ibans restants. On court sur deux cents mètres, on passe au milieu de l'alignement des quinze Ibans venus en renfort et même Kaï en a la chair de poule : éclairés par des sortes de fumées verdâtres et rouge sang, les hommes du Sarawak sont proprement terrifiants, figés comme ils le sont, visages de pierre et têtes emplumées.

— Tu sais où est allé Daymond, Chandra ? Où il a pu se réfugier ?

Non.

Kaï reste le dernier sur l'appontement, Môn et ses hommes, et Chandra, ayant déjà embarqué. Il ne se hisse qu'à la toute dernière seconde, le détachement de secours revenu sur le pont et le *Nan Shan* s'écartant de Gasmata.

— J'aurais pu faire cent fois mieux, comme éclairage de scène, dit Zoltan. Ta femme n'a pas voulu et j'avais peu de temps.

— Une autre fois. Lek ? Il y a des Japonais dans le coin. En face.

Sifflement d'un éclaireur. *Ennemis.* Le jour du 9 février est levé depuis plus de cinq heures, le détachement a quitté le *Nan Shan* bien plus tôt. Sitôt qu'on a pu trouver une cachette pour la goélette. Soit assez loin, sur cette côte bien trop rectiligne, aux plages très blanches vite rongées par une épaisse forêt pluviale, qui remonte au commencement des temps. Suivant cette côte pour revenir à la perpendiculaire de Gasmata que l'aube a fini par découvrir, on a trouvé une piste dans la jungle, et qui montait de la mer. Les Ibans, là, ont relevé les traces : trois hommes chaussés, accompagnés de quatorze autres, les uns et les autres très lourdement chargés — tu parles, ils devaient transporter leur foutue radio.

Mais les Ibans ont également lu d'autres empreintes, que Kaï lui-même finira bientôt par identifier au premier coup d'œil : celles des brodequins de soldats japonais.

On monte, on escalade les premiers contreforts de la chaîne si ironiquement dite « de l'Homme blanc » — deux mille mètres selon les cartes. « J'ai toujours recommandé à mes guetteurs, a dit Svensson, de gagner les hauteurs. On y a meilleure vue et l'on y risque moins d'être surpris. »

Dès que le sifflement a retenti, tout le monde — quatorze hommes en comptant Kaï lui-même — s'est immobilisé. Seul Môn bouge. Il rampe à demi, prenant appui sur les coudes pour se glisser sous le feuillage. Sa main intime à Kaï l'ordre d'attendre. Deux ou trois minutes s'écoulent, puis le bruit se fait perceptible : une troupe en marche, et qui ne se soucie guère d'être repérée.

Mouvement de l'index de Môn : *Viens.*

Kaï le rejoint, avec les difficultés ordinaires, j'ai cinquante kilos de trop, c'est tout ; et je suis un peu trop grand. Il a juste le temps de s'aplatir contre le tronc géant d'un fromager. Les Japonais défilent à huit mètres de lui au plus, bavardant entre eux (ça lui fait toujours aussi drôle de les comprendre) et dévalent la pente comme des gamins après la classe. Kaï en compte cinquante-huit, dont quatre officiers. C'est bien un élément de la 38e division, celle-là même qui était basée à Canton deux mois plus tôt — ces types ont parcouru près de six mille kilomètres !

Les derniers échos de la troupe s'éteignent, le silence revient.

— On continue ? demande Môn.

Autrement dit : est-ce que ça vaut vraiment la peine d'aller voir ce qui reste de Daymond et de ses deux opérateurs ? Parce que la retraite, le retour à la mer de ce commando sont bien assez explicites : la mission a été remplie.

Vers 3 heures de l'après-midi, un Iban de tête siffle. Il vient de trouver le premier corps.

Le deuxième est tout près de là. Celui de Daymond. Probablement. On s'est acharné sur lui avec une telle sauvagerie, il a été à ce point tailladé, écorché, mis en pièces qu'il est difficile à reconnaître. Mais c'est cette férocité même, dont il a été la victime, qui plaide pour l'identification. Et d'ailleurs, Chandra arrivé à son tour sur les lieux se montre formel, c'est bien sahib Daymond, oui. Et l'Indien d'éclater en sanglots.

— Il en manque un, Môn. Et il manque aussi le poste de radio et les hommes qui le portaient.

Il faut une heure aux Ibans pour relever les bonnes traces dans cette jungle si difficile d'accès, par endroits absolument inextricable, qui de surcroît a été piétinée par les assaillants lancés dans leur battue. Quatre autres cadavres, ceux-là ont été tués par balles, quinze cents mètres plus loin et bien plus haut sur la pente.

Deux autres trois cents pas au-dessus, dont l'un visiblement achevé d'une balle dans la nuque.

— Morts depuis moins longtemps, dit Môn.

La nuit est sur le point de tomber quand on débouche sur un petit surplomb rocheux assez semblable à celui sous lequel Kaï, le Capitaine et leurs guerriers ibans s'étaient réfugiés au bukit Tamiang. Le deuxième opérateur radio de Daymond est là, tout au fond d'un creux de rocher, en partie recouvert des débris de son installation fracassée ; les baïonnettes l'ont transpercé en maints endroits, sa gorge a été tranchée.

— On ne l'a pas tué depuis si longtemps.

Môn est également de cet avis. Selon lui, il s'est bien écoulé douze heures entre la mort de Daymond et celle-ci. Kaï décide de ne pas enterrer les corps. Pas question de laisser la moindre trace de son passage. L'abri rocheux, outre les éléments du B3 qui a été mis hors d'usage et ne peut vraiment être récupéré, renferme une cantine de métal (mais, en soulevant le couvercle, Kaï constate qu'elle a servi à brûler des documents, dont on a pris soin de piler les cendres), tout un chargement de conserves, deux sacs de montagne contenant quelques vêtements de rechange, une sacoche dont le contenu a été éparpillé — des photos de femmes et d'enfants.

— Ils n'avaient donc pas d'armes ?

Môn a pourtant mis au jour plusieurs boîtes de munitions. Finalement, le pied de Kaï enfonce dans la terre un objet dur. Kaï se résout à soulever le cadavre, et c'est alors qu'il trouve le pistolet, un Colt 1911 de calibre 45. L'arme est à demi sortie de son étui de cuir. Kaï passe la courroie de celui-ci à son épaule. Ce sera la seule chose qu'il va emporter.

— On rentre au *Nan Shan*. Le plus vite possible.

Chandra a été épuisé par la montée. Kaï le hisse sur son dos.

— Arrête de m'appeler sahib, s'il te plaît.

— Mais tu es un sahib.

Non. Ni un sahib ni un tuan malais. Juste Kaï.

Nom de Dieu, qu'est-ce qu'un vrai Kaï O'Hara, des douze qui m'ont précédé, aurait fait à ma place ? Jamais ils ne se sont trouvés dans la situation où je suis. Tous les conflits du monde se diluaient dans l'immensité des mers du Sud.

Tu me manques incroyablement, Capitaine. C'est dur, sans toi.

Franchissement du détroit de Dampier, entre l'île Rooke-Umboï et la Nouvelle-Bretagne, au crépuscule du 10. Le *Nan Shan* entre dans la mer de Bismarck ; la houle est longue, on y sent la puissance du Pacifique, malgré la barrière des îles à cent cinquante milles au nord — Amirauté, Nouvelle-Hanovre, Nouvelle-Irlande. Peu avant le coucher du soleil, on n'a pu faire autrement que de croiser des pirogues de pêcheurs, lesquels ont dit venir d'un endroit appelé Sag Sag ; mais, somme toute, la rencontre s'est bien déroulée : ces gens connaissent la goélette, certains depuis des décennies ; oui, ils ont vu passer les petits hommes jaunes, allant et revenant — au moins le détachement qui a massacré Daymond et son équipe n'est-il plus dans les parages, c'est toujours ça.

Autre rencontre vers 2 heures du matin. Deux canots terriblement chargés de soldats australiens dans un bien triste état ; ils sont hâves, rongés par des ulcères tropicaux, vidés par la dysenterie, très peu ont encore leurs armes ; ils ont, c'est le moins qui se puisse dire, perdu toute leur flamme. Les canots cabotent, longent la côte en direction de l'île Rooke ; leurs occupants prêts à se jeter sur le rivage à la première alerte.

Savent-ils où est Harris ? Où est MacCarthy ? Les Japonais sont-ils à Talasea ?

Non à toutes les questions.

Les canots se traînent vers le sud et bientôt disparaissent.

Le vent se lève et la mer forcit, des creux de trois mètres se forment, l'écume arrachée à la crête des vagues fouette les visages. En plein accord, Lek et Kaï décident de modifier quelque peu leur route. Ce qui n'est pas vraiment un typhon mais pour le moins une assez jolie tempête, qui pourrait drosser à la côte la goélette ; et, outre que Kaï préfère ne pas être sur le passage de la flotte de Harris, qui a peut-être été repérée, il faudra de toute manière remonter au nord-nord-ouest pour contourner l'étroite péninsule derrière laquelle Talasea se trouve.

On avance vent debout, voiles à contre, au prix d'un fort roulis. À l'aube, la mer a encore grossi, un jour sale s'est levé. C'est le moment que choisissent pour surgir deux avions. Des chasseurs japonais, des Zero, qui effectuent deux passages, le deuxième à frôler la pointe du grand mât. Le *Nan Shan* arbore alors, à la façon de la marine britannique, mais c'est la seule ressemblance, deux pavillons différents au beaupré et à l'arrière. Les sept sapèques d'or sur fond orange à l'avant, en lieu et place de l'Union Jack, et en poupe, là où la Royal Navy hisse d'ordinaire le pavillon blanc frappé en angle du même Union Jack, un guidon à queue d'aronde découpé dans l'un des décors de Zoltan le Magnifique, et qui représente, selon le magicien, un vampire des Carpates.

Je me demande bien quel rapport ces aviateurs vont faire à leurs chefs de Rabaul.

— Tu avais vraiment besoin de leur dire bonjour, Boadicée ?

— Je voulais leur prouver que nous n'avons pas peur de leurs aéroplanes.

Et puis, rectifie-t-elle, elle ne leur a pas dit bonjour : elle leur a fait un bras d'honneur.

— On change de cap, Lek. Plein nord.

L'ordre donné par Kaï s'explique par ce repérage des deux Zero. Mais au point où l'on en est, avec cette mer qui se fait de plus en plus furieuse, autant aller chercher un abri dans le petit archipel des Vitu. L'un des Dayaks de l'équipage se souvient que le Capitaine a procédé de même, dix ou douze ans plus tôt, dans des conditions identiques — les Japonais en moins.

Quatre-vingts milles entre la Nouvelle-Bretagne et la première île des Vitu, qui se nomme Unea. Le *Nan Shan* y trouve un mouillage assez abrité. Et il n'y est pas seul. Ce que Kaï a d'abord pris, à distance, pour un transport de troupes japonais se révèle être un cargo de trois cents tonneaux, le *Lakatoï*.

La chance vient de tourner.

La puanteur ordinaire du coprah, avant même que Kaï ne se soit hissé à bord, à l'odeur huileuse, plus nauséabonde encore, quand il marche sur le pont de la coque en fer. Aucun homme d'équipage en vue, sauf un Chinois.

— Où est ton capitaine ?

Il dort.

— Et les autres ?

À terre.

— Tu es d'où ?

Un nom inconnu, mais c'est près de Canton, paraît-il.

— Et vous faites quoi, là ?

Le capitaine du *Lakatoï* attend les Japonais. Kaï descend sous le pont et finit par trouver la bonne cabine et, dans celle-ci, un Anglo-Saxon blond d'environ quarante-cinq ans qui, allongé sur sa couchette, lit des bandes dessinées relatant les palpitantes aventures de Superman. Et qui le regarde, demandant :

— Vous êtes qui, vous ?

— Le facteur, dit Kaï. Je suis venu vous annoncer que la guerre fait rage.

— Je suis au courant. Merci de votre visite.

Kaï allonge sa main gauche, se saisit d'une cheville, tire tout en repartant vers la coursive.

— Vous me lâchez immédiatement ou je vous mets une balle dans la tête.

— Ce type emplumé qui m'accompagne est un Dayak de

la mer, de Bornéo. Les crânes sur le dos de ses deux mains indiquent le nombre de têtes qu'il a coupées. Il se fera une joie de couper la vôtre, il n'est absolument pas raciste. Et j'ai vingt-trois autres Dayaks avec moi. Cela dit sans négliger le fait que vous n'avez pas d'arme.

— J'ai jeté à la mer toutes les armes du bord. Il n'y a pas d'autre solution que de se rendre.

La tête du capitaine du *Lakatoï* fait dong-dong sur l'échelle métallique conduisant au pont. Arrivé sur celui-ci, Kaï prend le bonhomme, le soulève à bout de bras et le flanque par-dessus bord. Puis il s'accoude et contemple l'exercice de natation, dix mètres sous lui.

— En vertu des pouvoirs que je viens de me conférer, votre bateau est réquisitionné.

L'annonce ne produit qu'extrêmement peu d'effet sur le capitaine, qui apparemment ne sait pas nager. Deux Dayaks de la mer finissent par le ramener à la surface. À deux cents mètres de là, à terre, sur l'île d'Unea, l'expédition conduite par Môn est en train d'escorter une petite troupe de matelots vers la chaloupe qui les aura débarqués. Tant qu'à faire, Môn a également pris dans sa rafle ce qui est indubitablement un missionnaire, grand, fort et barbu.

— Vous allez, dit Kaï au capitaine que l'on vient de repêcher, mettre en route votre chose de fer. Cap sur Talasea. Là, vous trouverez un certain Harris, ou un autre homme du nom de Keith MacCarthy. Vous prendrez à votre bord...

— Pas question.

— ... À votre bord les soldats et civils australiens ou britanniques...

— Les Japonais vont envahir l'Australie et la Nouvelle-Zélande. Tout est foutu.

— Vous prendrez ces gens qui sont dans une situation désespérée. Passe-le-moi, Lek.

Kaï prend par le col de sa chemise le capitaine que lui tendent Lek et un autre Dayak et le ramène à bord du *Lakatoï*, sur lequel Môn est en train de faire monter le reste de l'équipage.

— Écoutez, dit Kaï au capitaine. Des hommes comme Harris et MacCarthy sont en train d'accomplir des prodiges. D'autres sont déjà morts. Ne laissez pas tomber ces réfugiés.

— Allez vous faire foutre. Je transporte du coprah et rien d'autre.

— Vous n'êtes rien d'autre qu'un pirate, dit le missionnaire.

Dont l'accent, en anglais, dit tout.

— Allemand ? demande Kaï.

— Oui. Et au nom des relations germano-nippones, je prends le commandement sur les îles Vitu.

Kaï se tourne vers l'équipage du cargo. À première vue, ils sont philippins. À seconde vue aussi, et ils secouent la tête lorsque Kaï leur demande de lancer les machines du *Lakatoï*. Il s'en trouve un pour exprimer l'opinion générale : pourquoi iraient-ils se jeter dans une bataille qui ne les concerne pas ? Tout le monde sait que les Japonais viennent délivrer les mers du Sud de la colonisation blanche ; en tant que Philippins, ils n'ont donc rien à craindre.

— Tu sais faire marcher les machines de ce truc ?

Question en chinois et adressée, justement, au Chinois. Non. L'homme est cuisinier, à bord, rien d'autre.

— Je peux peut-être m'en tirer, dit Zoltan. Pas seul, évidemment, il me faudrait deux ou trois chauffeurs. Et puis quelqu'un pour diriger ce bateau.

Et qui ? se dit Kaï. Sûrement pas Lek.

— Zoltan, tu descends aux machines et tu regardes ce que tu peux en faire. Môn ? Fouille-moi cette île. Tu parles la langue des habitants ? Demande-leur s'il y a une radio. Si le missionnaire a une radio. Trouve-la et détruis-la.

— Tu vas conduire ce cargo, Kaï ?

Question de Boadicée.

— Je vais essayer. On ne conduit pas un bateau, on le pilote.

Elle lui sourit :

— Ce n'est vraiment pas le moment de me donner des

cours, mon chéri. Je crois que ce capitaine va amener son cargo à Talasea.

Et elle applique le Colt 45 sur la tempe de l'homme.

— Je compte jusqu'à cinq. Je ne vous tirerai pas dans la tête mais dans une jambe. D'abord. Ensuite l'autre jambe. Tu crois que je le ferai, Kaï ?

Nom d'un chien.

— Oui, dit Kaï.

Et j'en suis convaincu, même.

— Et nos gentils Dayaks de la mer pourraient couper un doigt, pour commencer, à tous les membres de cet équipage qui font la grève, dit-elle encore.

Elle sourit toujours, jolie comme un cœur. Elle abaisse le pistolet, de l'air de quelqu'un qui pense avoir été suffisamment persuasif. Le coup de feu part alors, c'est un miracle si personne n'est atteint. Le sourire de Boadicée s'élargit encore :

— Je vous ai tiré entre les jambes, mon cher capitaine dont je ne sais même pas le nom. La prochaine balle, je tirerai encore entre les jambes, mais plus haut. Vous voyez ce que je veux dire ?

— Nom de Dieu, dit G.C. Harris. Pourquoi n'avoir pas amené le *Queen Mary,* carrément ?

— Le vaillant capitaine de ce splendide navire, dit Boadicée, s'est porté volontaire pour vous aider dans vos évacuations. Tout ce que vous avez à faire est lui poser le canon d'un revolver sur la tempe.

— C'est un pistolet, pas un revolver, dit Kaï. Tu vois bien qu'il ne tourne pas.

Kaï, Boadicée et les dix Dayaks changent de bord et repassent sur le *Nan Shan*. Toute la cargaison de coprah a été jetée à la mer à Unea. Dans le petit port de Talasea, près de trois cents hommes sont regroupés sur la grève, beaucoup dans un état épouvantable, des morts vivants. Et durant la courte escale faite par le *Nan Shan,* deux canots vont arriver et en débarquer d'autres. Des civils se trouvent également là, dont plusieurs femmes.

Si des Zero passaient ici, ils feraient un carnage.

— Nous allons partir, maintenant, dit Kaï à Harris.

— Vous nous avez rendu un foutu putain de service. Sûr que vous ne voulez pas faire une tournée pour moi ?

L'idée vient à Kaï à ce moment-là. Il la repousse aussitôt, mais, bon, elle va revenir à la charge.

— Non, dit-il.

— Vous avez la plus belle goélette que j'aie jamais vue. Une putain de beauté.

— Merci.

— Essayez de ne pas vous la faire couler par ces putains de Japs.

Le *Nan Shan* s'écarte doucement du cargo. La tempête des deux derniers jours s'est pas mal apaisée, bien que le vent continue de souffler assez fortement. Boadicée est partie dormir, elle aussi a passé quasiment les cinquante dernières heures debout, en en faisant même un peu trop dans son nouveau rôle de terreur des mers du Sud. Je suis fatigué, nous sommes vingt-neuf à bord du *Nan Shan*.

... Non, trente. J'oubliais Chandra. J'aurais dû l'obliger à débarquer à Talasea, comme d'ailleurs Zoltan et Mimi.

Il y a tant de choses qu'il aurait dû faire. Ou ne pas faire. Se retrouver, par exemple, dans la mer de Bismarck et dans cette direction-là.

Dans cette direction-là. Kaï vient de prendre son tour de barre. Le temps se remet au beau, le bon gros grain est passé. Rien en vue, à vingt ou vingt-cinq milles de distance, sur une mer qui a troqué son violine pour un bleu-vert moins inquiétant. Tout à l'avant du *Nan Shan,* Zoltan et Chandra discutent ferme à propos de la corde des fakirs ; Chandra tient que cela existe, qu'il est possible de faire se dérouler un rouleau de corde, en jouant du mirliton, d'obtenir qu'elle se dresse à la verticale, cette corde de dix ou douze mètres, et alors le fakir y grimpe, il monte tout en haut et disparaît ; lui Chandra, a vu maintes fois des fakirs le faire, et des sahibs l'ont vu aussi, qui se trouvaient avec lui. Zoltan ricane, sornettes que tout cela, ce coup du mirliton c'est du pipeau, de la poudre aux yeux ; Zoltan est un magicien qui ne croit pas à la magie, tout est truc selon lui, dit-il tout à trac (c'est amusant de voir comment cet homme d'un naturel si équanime arrive à tant s'énerver, dès qu'il s'agit d'illusionnisme).

Mimi est dans la cambuse, elle prépare le repas de midi. Boadicée sur le pont. Elle finit de faire manger sa fille.

Des deux bordées de Dayaks de la mer qui ne sont pas mobilisés pour la manœuvre, l'une presque au complet dort dans le poste, les autres vaquent à leurs occupations ordinaires, la principale étant de ne rien faire, ou alors de rectifier la rectitude de leurs fléchettes et traits, voire de les réenduire de poison ; à moins qu'ils n'affûtent les tranchants de leurs kriss et machettes ; et ils sourient à Kaï sur son passage — ils m'aiment bien je crois ; évidemment je ne vaux pas le Capitaine silencieux à qui j'ai succédé, mais bon, ils m'acceptent —, et enfin il s'en trouve, de ces Dayaks, deux ou trois perchés dans les vergues, dans des postures souvent extravagantes, faisant les guignols en un mot, avec cet humour imperturbable qui leur est propre ; ce sont des vigies ; Kaï les a fournis en jumelles qui font leur joie — quoiqu'il ait fallu les convaincre que c'était par le petit bout qu'il convenait de regarder et non par le gros, ce qui leur paraissait plus logique. Combien de fois ne se sont-ils pas amusés à s'observer les uns les autres, à un mètre ou deux de distance, culbutés de rire en découvrant leur copain gros comme une baleinière ou au contraire distant d'une encablure, selon qu'ils se servaient de l'instrument d'optique dans un sens ou dans l'autre.

Lek m'a dit l'autre nuit que l'équipage du *Nan Shan* était très gai, infiniment moins sombre et taciturne qu'il ne l'était *avant* — il veut dire avant la mort du Capitaine. Je ne suis pas trop sûr que ce soit là un compliment qu'il m'a fait.

Dans tous les cas, elles ne voient rien, ces vigies. Elles n'ont rien signalé depuis maintenant neuf jours, depuis que l'on a appareillé de Talasea.

Et de la douceur vient à Kaï, bien apaisante, à ce spectacle d'une goélette si paisible et pour ainsi dire familiale. Nonobstant les critiques qu'il s'adresse, quant à son aptitude au commandement du vaisseau amiral des Kaï O'Hara.

Le regard de Boadicée dans le sien tandis qu'il s'approche de la mère et de la fille. Il s'accroupit, soleil brûlant sur la nuque et les épaules.

— Elle a bien mangé ?

— Elle mange toujours bien. C'est ta fille.

Claque sur les fesses nues, et très hâlées, de l'enfant qui, gloussant de joie, part en direction des Dayaks qu'elle adore — un de ces jours elle va se piquer à l'un de leurs projectiles empoisonnés, mais pourquoi est-ce que j'imagine toujours le pire ?

— Tu pourrais venir t'asseoir près de moi, bonhomme. Je n'ai pas la peste.

— Des clous. Je sais trop ce qui va se passer. Ma cuisse va toucher la tienne, tu promèneras ta main et je vais hisser le grand pavois dans la seconde. J'aurais une culotte, passe encore, mais avec un sarong...

Il prend pourtant position près d'elle. Épaule...

— Je ne promène pas ma main, juré.

... Épaule contre épaule, hanche contre hanche, cuisse contre cuisse. Et même les orteils de Boadicée qui viennent chatouiller les siens.

— On est bien, dit-elle.

— Grand pavois, dit Kaï. J'ai l'air malin.

Il remonte ses genoux pour camoufler la protubérance.

— Change-toi les idées. Sauf si tu veux descendre à la cabine, je ne serais pas contre. Si tu me donnais mon cours de sextant, par exemple ?

Ce n'est pas à un sextant que je pense ; j'aurais plutôt à l'image, et de la façon la plus nette, certain vallonnement glorieusement surmonté d'un certain mont de Vénus, certains mamelons — derrière lesquels la garde n'est pas massée, Dieu merci —, certaines fossettes au creux des reins, une bouche qui s'entrouvre et certaine langue fort douce...

— J'ai justement un sextant, quelle coïncidence, dit-elle.

— On descend, après ?

— Ouais. On verra. C'est quoi déjà, le limbe ?

— L'arc de ce secteur de cercle.

Quand il a commencé de faire le point à bord du *Nan Shan*, Kaï n'a trouvé en tout et pour tout qu'un sextant datant au moins de Magellan. Au lieu d'un tambour, l'alidade portait un vernier, c'était un truc à se retrouver au milieu du lac Tanganyika en pensant bien naviguer vers les Touamotou ; le Capitaine s'en accommodait pourtant très bien.

— J'attends tes explications, O'Hara. On n'aurait pas un peu fait route au nord, ces derniers jours ?

— La partie inférieure du limbe que tu vois là, dit Kaï à toute vitesse, est faite d'une crémaillère, ici, sur quoi s'engrène une vis micrométrique actionnée par un tambour, dont chaque tour de zéro à soixante déplace d'un degré la ligne de foi de l'alidade sur la graduation du limbe. C'est clair, non ? Oui, nous avons un peu fait route au nord.

— Ça ne s'arrange pas, sous ton sarong, on dirait. Tu me l'as déjà dit, mais j'ai oublié, comment tu obtiens l'angle dont il faut faire tourner l'alidade ? Et à propos je trouve que tu manques de confiance en toi, ça m'énerve, tu ne peux pas savoir.

— Tu fais tourner l'alidade du nombre de degrés suffisant pour amener l'image de l'astre que tu vises sur celle de l'horizon, si je ne te l'ai pas dit cinquante-trois fois, alors pas une seule. On descend à la cabine quand tu veux, au pis les Dayaks de la mer couperont la tête de notre fille et la mangeront à la sauce piquante. Je manque de confiance en moi, moi ? Ça, c'est la meilleure.

— Nos Dayaks de la mer sont les coupeurs de têtes les plus gentils qu'on puisse trouver dans les mers du Sud et ailleurs. Figure-toi que pendant que tu dormais, ce matin, j'ai fait le point. Et tu vas rire : tu sais où j'ai trouvé que nous étions ? Et comment que tu manques de confiance en toi ! Tu es toujours à te référer à ton père, et qu'est-ce qu'il aurait fait, ou pas fait, et je ne le vaux pas, et je ne vaux aucun des Kaï O'Hara des vingt-huit siècles précédents. Et puis tu es trop gentil, trop scrupuleux, tu es toujours à t'interroger...

— Je serais pusillanime et wishy-washy. Et on serait où, d'après tes calculs ?

— Pusillanime, je ne sais pas ce que ça veut dire. Wishy-washy, c'est un type qui hésite entre un sandwich à la mortadelle et un autre au saucisson, et qui finit par mourir de faim. Je m'esclaffe. Moins wishy-washy que toi, à part Gengis Khan, et encore, je ne vois pas. Tu as des cuisses superbes, et le reste ne me répugne pas vraiment, tu es grand, fort comme trois buffles, tu réagis quand il le faut, et au centième de seconde. C'est vrai que tu es trop gentil. Ce capitaine du *Lakatoï*, pour un peu tu lui faisais des excuses...

— Je crois que tu lui aurais vraiment tiré dessus.

— Et comment que je l'aurais fait ! C'est de l'invention pure, que les femmes sont plus délicates que les hommes, tu n'as qu'à voir toutes celles qui ont gouverné un pays. Quand il faut tuer, elles tuent, et vite, et sans pitié. On est même plus résistantes. Si les hommes devaient mettre des enfants au monde, la race humaine serait éteinte. Ton père, ce héros — oui, le Capitaine —, n'a appris à tuer sans trop de remords qu'après avoir perdu ta mère. Tu ne m'as pas perdue et, de toute façon, tu es fichtrement moins sauvage que lui, je me suis fait une raison. Mais enfin, le grain de folie, tu l'as. J'ai fait le point et j'ai constaté que nous ne sommes pas du tout dans la mer de Bismarck, ni dans celle de Corail, mais bien dans le Pacifique, par le travers est-sud-est de l'île de la Nouvelle-Irlande et que d'ici à ce soir nous l'aurons laissée dans notre sillage. Et ça, c'était ce matin, nous avons fait du chemin depuis. J'ai pensé un moment que nous filions tout droit sur les Touamotou, autant dire les vacances. Mais je t'ai gardé à l'œil durant ton quart de barre. On ne va pas à Tahiti, hein ?

— Non.

— Un foutument gros grain de folie. J'adore. À mon humble avis, si Lek continue de garder ce cap, et il le garde, nous faisons route sur Bougainville. Je me trompe ?

— Non.

— C'est mon anniversaire après-demain.

— Je sais.

— Et pour mon anniversaire, tu m'offres Bougainville avec, par Confucius, tout plein de Japonais.

— Il n'y en a pas à Guadalcanal.

— En rampant sur le ventre, tu devrais pouvoir parvenir à la cabine sans te faire remarquer par notre équipage. Je hais l'armée japonaise, Kaï, je la hais à en trembler. Je voudrais les massacrer tous. Il n'y aura pas un million de Japonais sur Bougainville. Ce ne sera qu'une petite bataille. Avec toi et moi et nos vingt-quatre Ibans, on peut leur faire très mal, ce n'est pas si fou d'en rêver. Inutile de descendre ensemble, je pars devant, tu me rejoins, on sauvegarde les convenances. En bas, fais-moi l'amour comme jamais, Kaï. Compte sur mon assistance, nous serons deux, bonhomme. Je t'aime extraordinairement, avec ou sans Bougainville.

LES CARTES sont claires : l'archipel des Salomon dessine une ligne, naturelle, de fortifications. Vue d'Australie, contre une attaque venue du nord, la Nouvelle-Guinée est le bastion principal, avec ses énormes montagnes et sa jungle, les Salomon étant un alignement de barbacanes. Dans l'ordre, allant au sud-sud-est, s'égrènent Bougainville et ses satellites, dont le plus gros est Buka, puis sur deux rangs parallèles, les orientales Choiseul, Santa Isabel et Malaita, à l'ouest Vella Lavella, le groupe de la Nouvelle-Géorgie et Guadalcanal ; San Cristobal conclut l'enfilade. Il faut descendre bien plus au sud pour trouver les Nouvelles-Hébrides et la Nouvelle-Calédonie.

— Je ne savais même pas que ces choses existaient, dit Zoltan.

Le magicien ne va pas trop bien. Dysenterie. Boadicée l'a mis à l'eau de riz et le plus fort de la crise semble passé. Le *Nan Shan* vient de franchir de nuit le détroit au sud de la Nouvelle-Irlande, il a quitté l'océan Pacifique pour la mer des Salomon. Ce jour qui vient de se lever est superbe, bien trop limpide au goût de Kaï. Voici une heure, la radio a capté les nouvelles, qui ne sont pas si bonnes : Bangkok, Singapour, Manille sont japonaises, la Birmanie a été envahie, Rangoon et même Mandalay sont très menacées, et aux Indes néerlandaises, alors que des débarquements nippons ont largement réussi à Sumatra et Bali, Java et la capitale Batavia peuvent tomber d'un jour à l'autre. Après cela le monde ne pourra plus jamais être le même.

Malgré son état de fatigue, Zoltan a pu prendre contact avec Moresby. Les communications sont évidemment codées, pas question de parler en clair. On utilise un code à deux mots, ces deux derniers déterminés avant l'appareillage de Nouvelle-Guinée. Il a fallu en changer, Svensson est convaincu que les services d'écoute ennemis ont capté au moins l'un des mots clés. Moresby a d'abord opéré avec le nom de « l'homme qui a des moustaches rousses et une bande de peau de tigre sur son chapeau » : Kaï a fini par se souvenir du bonhomme, Danny MacBride. Pour le changement suivant, c'est lui qui a proposé le Magicien d'Oz et Svensson a compris aussi — Zoltan Puskas.

Les nouvelles transmises par Moresby sont à la fois mauvaises et bonnes. Mauvaises s'agissant de la Nouvelle-Irlande, où aucun guetteur du réseau Ferdinand n'a survécu. Bonnes pour ce qui concerne MacCarthy et ses soldats en déroute (la flotte de Harris a réussi à atteindre, ou est sur le point d'atteindre, Cairns).

... Bonnes aussi en ce qui concerne les Salomon du Nord — Buka et Bougainville — et *a fortiori* celles du Sud. Les Japonais n'y sont pas.

— Et si Moresby se trompe ?

Question de Mimi qui vient de sacrifier le dernier cochon du bord et entame sa dégustation, ce jour-là, par des côtelettes. Le pont que l'on lave à grande eau est couvert du sang de l'animal. Et une île se dessine à bâbord ; elle s'allonge sur une cinquantaine de kilomètres, s'étale sur quinze ; elle est plate à peu près partout, surtout sur la façade pacifique, les seuls reliefs sont des collines à l'est. Le *Nan Shan* n'y effectue qu'une courte escale, au village de Kessa. L'un des guetteurs de Svensson s'y trouve, c'est Good. Non, il préfère rester où il est ; oui, il sait que son voisin Jarvis, sur l'atoll de Nissan, a été massacré, mais cela ne l'inquiète pas outre mesure, quoiqu'il se trouve être, désormais, le plus en pointe des sentinelles ; il a vu passer des Japonais, mais uniquement des avions, en vol de reconnaissance ou à tout le moins d'observation ; sauf en un cas, quand il s'est agi de chasseurs bombardiers qui ont détruit, à ce qu'il paraît, les installations de Jack Read sur l'îlot de Sohana, dans le petit détroit séparant Buka de Bougainville. Mais Read s'était déjà replié sur Bougainville, alors pourquoi s'en faire ?

Good doute fort que les Japonais aient des visées sur les Salomon ; il va quant à lui continuer de diriger sa plantation, quoi qu'il advienne. Sa radio marche très bien et, après tout, c'est agréable de pouvoir écouter un peu de musique.

On est le 27 février, il reste à Good dix jours à vivre. Il sera torturé et fusillé.

Le *Nan Shan* embarque quatre autres porcs, des poulets vivants, des oppossums que les Ibans goûtent beaucoup, du taro, des patates douces, du sagou, des fruits. Un épicier chinois officie évidemment à Kessa où plus de la moitié des habitants de l'île lui doit de l'argent. Son frère aîné tient le même commerce à Kieta sur Bougainville, et il a des cousins à Sasamungga sur Choiseul, à Sepi sur Santa Isabel, à Tulagi et enfin à Honiara sur Guadalcanal. Il a en stock, depuis des mois, tout un lot de haricots en conserve. Kaï achète.

— Qu'est-ce qui te prend, Kaï ? On dirait que tu fais des provisions pour les deux ans à venir !

— J'aime les haricots.

L'explication est moins simple. Appelle ça un pressentiment si tu veux.

— Tu es vraiment un curieux mélange, remarque encore Boadicée. Tu es par moments, tu es même en général, d'une prudence extravagante, à tout prévoir, surtout le pire. Et à d'autres...

— Par exemple ?

Par exemple quand il a sauté de la jonque dans la mer de Chine du Sud, en pleine mer et en pleine nuit, à des centaines de milles de tout. Ou bien aussi quand il a décidé de mettre le cap sur Bougainville, par préférence à Tahiti ou à la rigueur Guadalcanal.

— C'est vrai que même à moi je n'explique pas ces coups de tête, ou ces coups de folie pour mieux dire.

Le *Nan Shan* dans le passage de Buka, le dernier jour de février. L'endroit est une splendeur. Un demi-kilomètre de mer indigo entre Buka et Bougainville, cette dernière dressant à droite ses montagnes et l'immense moutonnement de sa forêt, tandis que le détroit lui-même est constellé d'atolls coralliens, piquetant de merveilleuses plages d'un blanc nacré.

Sohana, qui servait de quartier général à l'administration australienne, est maintenant déserte. Les bombes japonaises ont aplati les deux bungalows, le bâtiment officiel, les quartiers de la police indigène, l'hôpital, la prison et jusqu'à l'épicerie, que Kaï avait vus à son dernier passage quelques mois plus tôt en compagnie du Capitaine. D'après Good, Jack Read ainsi que le détachement de vingt-cinq soldats commandés par le lieutenant Mackie, qui représentent le gros des forces australiennes dans le coin, ont fait mouvement, soit sur Aravia, soit sur la plantation Soraken. Aravia se trouve un peu à l'intérieur des terres de Bougainville, mais en fait sur la côte est, sur le Pacifique donc. Et Kaï est bien décidé à rester à l'ouest. Si les Japonais doivent faire irruption, ce sera forcément sur la côte orientale. Le bord occidental de Bougainville ne se prête à aucun débarquement ; au vrai, il comporte très peu de véritable mouillage ; les cartes ordinaires et officielles n'en indiquent pas. Seule la carte établie par un Kaï O'Hara du XVIIe siècle porte une croix, accompagnée des mots malais *kulit binatang* (une cache ?).

— Ce qui ne veut pas dire forcément que c'est un endroit pour mettre ton bateau. C'est peut-être un trésor.

— Dans un coffre en fer clouté, gardé par un squelette, tant qu'on y est. Les Kaï O'Hara n'enterraient pas de trésor. Ils n'en avaient pas, à part leur navire.

— Et leur femme.

Ça dépendait des femmes, dit Kaï. On jette l'ancre au soir du 28 février à l'appontement de la plantation Soraken. Sohana et le passage de Buka sont au nord et au nord-est, à quelques milles. Quelques hommes de la petite section commandée par le lieutenant Mackie travaillent à l'installation d'un dépôt de ravitaillement sur les arrières de la plantation. Ils appartiennent à la 1re compagnie de commandos et estiment, avec pas mal de flegme, que si l'assaut japonais n'est pas donné par plus de deux cents hommes, ils ont une toute petite chance de résister, à condition de refuser un combat de front. Au-delà de ce nombre...

— Vous feriez mieux de foutre le camp, avec votre bateau à voiles.

— Ma femme, dit Kaï, ma femme est une spécialiste mondialement connue en matière de stratégie militaire. Et, grosso modo, elle pense que l'armée japonaise nous en veut personnellement et que Pearl Harbor et toutes ces invasions ont comme seule et unique raison que les Japonais nous poursuivent.

— Je le crois, dit Boadicée. J'en suis certaine, bonhomme.

— Et elle est convaincue que, là où nous arrêterons de reculer, les Japonais s'arrêteront aussi. Pourquoi pas Bougainville ?

— Vous ne seriez pas un peu cinglés, tous les deux ?

— Bière pour tout le monde, dit Kaï. C'est ma tournée.

Le Chinois de l'île de Buka leur a fait cadeau de soixante caisses de bière australienne. Ce même Chinois pense que les Japonais les lui saisiraient, de toute façon ; et puis c'est sa façon de payer le transport, pour Tulagi ou Guadalcanal, de caisses contenant des choses dont il n'a pas révélé la nature mais auxquelles il tient, et qu'il préfère confier à ses cousins, en attendant des jours meilleurs.

Appareillage, le 1er mars au matin, de la plantation Soraken. La goélette descend au sud, gardant sur sa gauche la côte en effet fort peu hospitalière de Bougainville — cette île est un véritable château-fort, à l'ouest du moins.

Bougainville mesure assez nettement plus de deux cents kilomètres de long, sur soixante-quinze dans sa partie la plus large. La montagne y tombe souvent à pic sur la mer, les récifs de coraux foisonnent. Kaï navigue en se fiant à la carte dessinée près de trois cents ans auparavant par son ancêtre. Apparemment, elle est fiable ; même si les bancs de corail si minutieusement tracés à la plume ont changé de dimensions, les passages indiqués demeurent ; on les agrandit quand ils se sont par trop réduits (mais mon ancêtre n'avait sans doute pas un bateau aussi gros que le *Nan Shan*), au besoin avec un bâton de dynamite. Vient pourtant un moment où la goélette semble bel et bien bloquée et Lek secoue la tête :

— Il faut revenir en arrière.

Il y a alors une quarantaine d'heures que l'on a quitté la plantation Soraken, on a dépassé deux minuscules villages de pêcheurs perdus dans la rocaille, puis ce cap que les anciens colons allemands ont baptisé Moltke. La carte indique bien l'embouchure d'une rivière propice à une aiguade, mais quelques milles plus au sud. Le rivage occidental de Bougainville est très près, à une trentaine de brasses. Aucune plage, rien ; la paroi rocheuse sort de la mer et se dresse, parfaitement verticale sur dix mètres ; un encorbellement surmonte cette première défense, et il est extraordinairement touffu, sans la moindre solution de continuité, où diable arrière-arrière-arrière-et cetera grand-papa a-t-il vu ici une cache ? On n'y dissimulerait pas une périssoire. D'autant que par-dessus l'encorbellement, la falaise de pierre vient en surplomb, sa crête à cinq ou six cents pieds pour le moins.

— Je vais quand même jeter un coup d'œil.

Kaï emporte ses tongs de caoutchouc durci. Comme sur la Grande Barrière australienne, le corail est à un mètre à peine de la surface, alors que sous la quille du *Nan Shan* on trouve vingt bons mètres de fond. Il se laisse glisser le long de la coque et prend pied, et comme toujours Bongsu et deux autres Dayaks le rejoignent — eux pieds nus, ils ont une telle habitude de marcher ainsi qu'ils pourraient piétiner du verre.

Bon, le chenal indiqué sur la carte se poursuit après un étranglement — le corail a poussé, c'est tout.

— Kaï ?

Bongsu appelle mais il est invisible. Il finit par réapparaître, hilare. Comme partout sur des kilomètres de rivage, une épaisse toison de pariétaires et de lianes descend jusqu'à la surface de la mer et parfois trempe dans les vagues, brisées par la barrière corallienne.

— *Kulit binatang.*

La cache est là. Elle est en oblique, la seule façon de la repérer est de venir par le sud, et au milieu des coraux, et écarter ensuite la végétation. Cela fait, Kaï suivi des deux Ibans entre en nageant dans une eau bleu nuit. Mais elle s'éclaire, cette eau, après une trentaine de mètres. Au sortir d'un étrange tunnel aux allures de nef maîtresse d'une cathédrale...

— Viens voir, viens.

Kaï est revenu à bord du *Nan Shan*, c'est en canot cette fois qu'il s'enfonce dans le mur de pariétaires, traverse à nouveau le tunnel, ressort dans ce qui a été peut-être le cône d'un très ancien volcan.

— Kulit binatang. Kaï O'Hara III avait raison. Tu parles d'une cache.

— Pourquoi Kaï O'Hara troisième du nom ?

— Tu verras toi-même.

Une cuvette de pierre, et de cent pieds de haut. On voit le ciel, tout en haut, malgré la jungle qui en ronge les bords, à son sommet. Bongsu a déjà plongé dans cette eau si tranquille, il a trouvé une profondeur moyenne de sept mètres.

— Le *Nan Shan* peut pénétrer là-dedans ?

— À condition d'élargir un peu l'entrée.

Ce à quoi l'on s'emploie les trois jours suivants, à grand renfort de barres à mine qui subsistent d'un chargement destiné à des mineurs insolvables.

Kaï O'Hara suivi du chiffre 3, cela est gravé dans la

pierre, en même temps que la date — 16 mai 1673. L'ancêtre avait même commencé à tailler un escalier, enfin des marches dans le rocher.

Il manque un peu moins d'un mètre dans le tunnel pour que les sept mètres quatre-vingt-dix du *Nan Shan* à sa plus grande largeur puissent se glisser dans ce fourreau.

— On taille juste ce qu'il faut, Lek.

Du sur mesure. La roche, au demeurant assez tendre, n'est creusée que le strict nécessaire, au point qu'il faudra relever les pare-battage, les défenses de caoutchouc, à chaque passage ; et mettre en place des itagues — des palans simples ne suffiraient pas — pour haler la goélette. Les vingt-sept hommes du bord s'acharnent à ce travail-là, dans le même temps qu'ils élargissent le chenal dans le corail. L'escalier est également achevé, Kaï en personne trace les derniers degrés et débouche, sans doute le 7 mars, sur une autre cuvette, plus large — du quadruple — que la première...

— Tu as lu *Le Monde perdu* de Conan Doyle ?

— Le type qui a écrit les aventures de Sherlock Holmes ?

— Le même. Il avait imaginé que son héros découvrait, au sommet de quelque montagne d'Amazonie, je crois, un territoire complètement isolé où survivaient les animaux de la préhistoire.

— Je ne vois aucun dinosaure, bonhomme.

Il n'y en a pas. Kaï le regrette bien un peu, mais la jouissance qu'il éprouve n'en est pas vraiment diminuée. Il ressent à aménager cette cachette pour le *Nan Shan*, et maintenant à cette péripétie nouvelle, un vrai bonheur de gosse trouvant une grotte secrète, où se construisant une cabane dans un arbre. La cuvette supérieure est à peu près circulaire, de cinq ou six hectomètres de diamètre ; ses bords sont verticaux, le plus souvent abrupts, quoiqu'il existe quelques passages vers le haut ; mais elle est envahie, et ses flancs de même, par une végétation très dense — la machette de Kaï n'y ouvre pas une piste, elle y creuse un boyau. Les opossums pullulent, toute une bande déboule en grognant. Et il y a de l'eau ; des ruissellements qui alimentent un étroit bassin, lequel se déverse dans une fissure au sud, peut-être pour aller grossir la rivière signalée par la carte.

— Tu cherches quoi, là ?

Kaï tranche à tout va une muraille d'épiphytes parasitant un manguier. Il a cru voir...

— Des traces de mon ancêtre. Il a trouvé cet endroit, il l'a sûrement exploré.

— Un Kaï O'Hara met son nez partout, hein ?

— Je ne me souviens pas que tu t'en sois jamais plainte.

— Voyou.

... Kaï a cru voir un angle droit, enfin des poutres, et un peu trop rectilignes pour être naturelles. Il ne s'est pas trompé. Le rideau vert finalement déchiré révèle les ruines d'une cabane. Je m'en doutais, se dit-il, moi-même je l'aurais construite là, près de la source d'eau douce.

— Même pas de trésor ni de squelette, je suis déçue.

Effectivement, mais les trois lettres du nom Kaï ont ici aussi été gravées dans la paroi rocheuse à laquelle le toit s'appuyait dans le temps.

— Dis-moi, O'Hara, des soupçons me viennent. Est-ce que par hasard nous ne serions pas venus sur Bougainville uniquement à cause de ce signe sur une vieille carte ?

— Il y a de ça, dit Kaï.

Le Capitaine et lui ont deux ou trois fois parlé de ce « kulit binatang » calligraphié sur le vieux document.

— Ton père est venu ici ?

— Il m'a dit que non. On câline, madame O'Hara ?

La touffeur de l'air est extrême, un cacatoès joue les vigies sur un pandanus, un papillon grand comme une main d'homme renchérit sur lui en matière de couleurs, eux-mêmes surclassés en ce domaine par des oiseaux de paradis. Le silence est total ; je ne crois pas que quiconque soit venu en cet endroit depuis 1673. Si mes souvenirs sont bons, Kaï III a fini pendu par les maudits Anglais ; nous pourrions demeurer ici cinquante ans dans une discrétion absolue,

Japonais ou pas. Il n'est vraiment pas inexact de dire que, si j'ai mis le cap sur Bougainville de préférence à Guadalcanal ou Tahiti, cette cache y est pour beaucoup ; il me semblait très vexatoire qu'un Kaï O'Hara sur son *Nan Shan* n'eût pas d'autre choix que d'aller chercher refuge chez les Australiens, ou les Français.

— J'attends, dit Boadicée. Quelqu'un ne m'avait pas parlé de câlin ?

Elle a ôté son sarong, s'est mise nue sous le ruissellement d'eau, tu peux voir fort distinctement que ses seins pointent comme des canons de marine.

— Ne serait-ce que pour vérifier, dit-elle aussi, que les Kaï O'Hara mettent vraiment leur nez partout. Et pendant que j'y pense, mais ça n'empêche rien, remarque, je suis enceinte. Mimi aussi, soit dit en passant.

Un premier essai est fait ce soir-là, mais le *Nan Shan* n'entre pas, il va falloir tailler encore la roche. Ce retard et sa conséquence — le *Nan Shan* est à l'ancre au beau milieu de bancs de coraux, une situation délicate, surtout si la mer des Salomon se mettait à faire l'imbécile — amènent Kaï à repartir. Et puis autre chose le préoccupe : l'état de Zoltan. La crise de dysenterie des dernières semaines avait paru se calmer. Elle reprend, plus virulente. Les douleurs abdominales tordent en deux le magicien, les selles se multiplient, la petite provision d'émétine se trouvant à bord est presque épuisée.

— Pas question, Kaï.

Non sans une réticence qu'il se reproche, Kaï vient de proposer qu'on remette à la voile plein sud, en abandonnant Bougainville.

— Zoltan, nos deux femmes sont enceintes.

— Pas question. On reste ici.

La solution de secours est de remonter à la plantation Soraken. Sans doute ne s'y trouve-t-il pas de médecin, mais la petite garnison australienne dispose sûrement d'une pharmacie très complète.

Appareillage à l'aube, donc. Huit Ibans restent à terre, pour terminer les travaux, Kaï leur laisse la voile du Capitaine. En la bariolant un peu et en la couvrant de branchages régulièrement renouvelés, il est possible de couvrir l'essentiel de la cuvette inférieure, et ainsi de la camoufler, même à un avion.

Je joue toujours à l'enfant édifiant sa cabane, c'est plus fort que moi.

Le soleil vient depuis quelques minutes de se montrer à l'est, par-dessus le sommet du mont Balbi, point culminant de Bougainville, avec ses deux mille sept cents mètres. Le minuscule village d'Amun a été laissé par tribord arrière, celui de Punto se dessine à deux milles, en même temps que les petits îlots qui précèdent Sohana et le passage de Buka. Kaï, qui a confié la barre à Lek pour sortir du chenal de corail mais est resté sur le pont, descend prendre des nouvelles de Zoltan et boire un peu de café. Il est peut-être 6 heures et demie du matin. Le Hongrois est blême, il perd du sang, la dernière dose d'émétine qui lui a été injectée était sans doute trop faible pour agir véritablement sur ce qui est selon toute vraisemblance plus qu'une amibiase, ou alors sous sa forme la plus dangereuse, typhoïdique ou cholériforme (à en croire le livre de médecine de la bibliothèque du bord).

— Il nous faut absolument davantage d'émétine, Kaï.

— Nous serons à Soraken dans deux heures.

C'est presque machinalement qu'avant de remonter sur le pont, Kaï branche la radio. La dernière écoute date de la veille, elle a été assurée par Zoltan, comme toujours — Kaï répugne à se servir de l'appareil.

Quand il s'est agi, avec Svensson, d'attribuer un nom de code au *Nan Shan*, Kaï a proposé Diam Nakhoda, le Capitaine silencieux, Svensson ne parle pas un traître mot de malais mais il a refusé avec la plus farouche énergie ce nom qui, selon lui, et dans ces eaux, se réfère par trop à la goélette des O'Hara : « Si, comme vous le pensez, les Japonais rêvent de vous prendre, votre femme et vous, c'est vraiment transparent. Non, vous serez Rose-Mary, c'est le nom de ma femme. »

La radio australienne diffuse du Glenn Miller. Kaï va couper pour s'assurer que Moresby n'est pas en train d'émettre quelque message ultra-super-secret à son intention. Boadicée lui demande de laisser la musique, elle aime Glenn Miller. En sorte qu'il va s'écouler encore une trentaine de minutes — il est revenu sur le pont et scrute sans raison précise l'horizon — quand les mots lui parviennent. C'est un bulletin spécial de la même radio australienne. Il annonce la présence d'une « importante flotte japonaise » devant le cap Hanpan — c'est la pointe nord-est de l'île de Buka.

— C'est loin de nous ?

Dans les quarante kilomètres, environ. Kaï redescend à la radio et cette fois établit le contact avec Moresby. Il lui faut le temps de décoder, ce qu'il fait moins vite que Zoltan : *Six croiseurs, des destroyers et des transports de troupes japonais devant Buka. Débarquement en cours. Foutez le camp. Bonne chance.*

— Kaï, on ne repart pas en arrière. On ne fiche pas le camp une fois de plus.

— Six croiseurs. Plus des destroyers, dont la moitié d'un suffirait à couler le *Nan Shan.*

Dans les yeux de Boadicée, une espèce de fièvre. Si elle est folle, alors nous le sommes tous les deux. Bien sûr que tu peux lancer le *Nan Shan* vers le sud, vers Guadalcanal, où il se trouvera bien un médecin pour Zoltan. Sauf que tu ne sais pas si vous y arriverez à temps... Bon, d'accord, c'est un prétexte, il faut au *Nan Shan* moins de trois jours pour atteindre Honiara, l'état de Zoltan se sera fichtrement aggravé dans soixante-douze heures, mais il sera sans doute encore vivant à l'arrivée là-bas. Et tous ceux qui sont à bord du *Nan Shan* aussi, à commencer par ta femme et ta fille.

... Sauf que tu ressens exactement ce que tu as ressenti juste avant de sauter de la jonque de Su Kwok en pleine mer de Chine du Sud (et encore, cette fois-là, tu avais un faible espoir d'être récupéré par Sebastian).

— Mimi ?

— On va à terre, et le plus tôt possible, répond la Belge. Au pire, les Japonais nous feront prisonniers, Zoltan et moi. Et il sera soigné. Kaï, s'il te plaît.

Tout cela dans la coursive, une femme de chaque côté. Kaï passe, entre dans l'ancienne cabine du Capitaine (qu'il n'arrive toujours pas à considérer comme la sienne), en ressort. Il remonte sur le pont, y dépose ce qu'il vient de prendre. Coup d'œil sur la voilure, nous ne pourrions pas établir plus de voile qu'il n'y en a déjà. Sauf la voile du Capitaine, mais elle est restée dans la cache.

— Lek, on y va, tu nous débarques, les deux femmes, le magicien et moi, et tu files. Disparais, va au large et restes-y. Les signaux convenus la nuit prochaine.

Sur quoi Kaï remonte le gramophone à manivelle et pose l'aiguille, son au maximum.

La *Comparsita* éclate tandis que la plantation Soraken ne tarde pas à être en vue. Tsing boum boum, nous partons en guerre ; mon cher Mikado, tu te rends quand tu veux.

— Je sais qu'il y a des Japonais sur Buka, mais ils ne m'ont pas encore honoré de leur visite.

L'homme qui parle est anglais, il a bien soixante-quinze ans, habite dans les Salomon depuis cinquante ans, affirme avoir non seulement bien connu Jack London et son bateau le *Snark* à Guadalcanal, en 1908, mais encore avoir inspiré directement le personnage de David Sheldon dans *Adventure,* que le romancier a écrit en partie sur les lieux mêmes de l'action, à savoir la plantation de Shelbourne — c'est le nom du septuagénaire à la pipe.

— Et je m'y entends en amibiases. J'en ai eu moi-même de fameuses.

— Oui, il y a de l'émétine. De quoi soigner tout l'archipel.

— Votre camarade est plutôt mal en point. Mais je peux vous le remettre sur pied d'ici à trois jours. Il est hongrois, me dites-vous ? Et sa femme a un passeport belge ? Ils ne risquent rien.

Shelbourne s'est occupé de Zoltan avec une adresse certaine. Il lui a fait plusieurs piqûres, démontrant ce faisant une expérience de ce genre de soins. Le magicien dort.

— Ne soyez pas ridicule, dit encore Shelbourne. Les Japonais sont des gens comme les autres, quoique indigènes. Et j'ai l'habitude des indigènes. J'en ai fouetté plusieurs générations.

Les Tahitiens servent le repas de midi, le destroyer surgit. Il vient du passage de Buka.

— Allez-vous-en, dit Mimi. Allez-vous-en, nom de Dieu. Nous sommes cent fois plus en sécurité ici qu'à courir dans la jungle. Kaï, je t'interdis de le toucher. Pour votre bien à vous deux.

La vedette se rapproche, le destroyer jette l'ancre, ses canons braqués. Shelbourne a pris place dans un fauteuil de rotin sur la véranda et, bien que ce ne soit pas l'heure, le soleil n'étant pas encore couché, il sirote un scotch. Il est seul visible de la mer.

— D'accord.

— Qu'est-ce qu'on attend pour partir ? demande Boadicée.

— D'accord.

Kaï a même pensé à laisser des Ibans derrière lui. Ce serait déraisonnable. Pour les Ibans, dont les Japonais connaissent peut-être les accointances avec lui-même. Et pour Zoltan et Mimi, que cette protection rendrait suspects.

Il sort le dernier de la maison, par l'arrière, gardant la construction entre la mer et lui. Boadicée a déjà cent mètres d'avance et quatre des Ibans l'escortent.

Quant à lui, il a Môn et Bongsu pour lui tenir compagnie.

Ils ont traversé la plantation elle-même, avec ses dizaines de milliers de cocotiers. Le terrain jusque-là à peu près plat a pris de la pente. Ils atteignent vers 1 heure de l'après-midi, moins de quarante minutes après leur départ, le sommet d'une petite colline. C'est le premier endroit où la vue n'est pas arrêtée de toutes parts par les arbres. Il faudrait prendre encore de l'altitude pour que cette vue soit bien plus dégagée, et s'étende jusqu'au passage de Buka, voire à l'île du même nom. Du moins cette position-ci permet-elle d'apercevoir, par une trouée, le bungalow et l'appontement, donc le bord de mer. Le destroyer n'est plus là, la vedette non plus.

— Les Japonais sont repartis.

Remarque de Boadicée, qui tient les jumelles. Kaï prend celles-ci et les braque. Il a détesté quitter la plantation en y laissant Zoltan et Mimi ; il s'en veut de l'avoir fait. Premier point. Il y en a d'autres. Nom d'un chien, ils ont abandonné leur fille sur une goélette qui peut à tout moment être expédiée par le fond...

— Eh bien, ce n'était qu'une fausse alerte, dit encore Boadicée. Si nous redescendions, bonhomme ? On finit notre déjeuner tahitien, et ce soir nous rembarquons sur le *Nan Shan*.

Elle est très gaie. Ni la chaleur ni cette montée rapide sous un couvert où l'air est immobile n'ont entamé ses réserves. Tu dirais qu'elle piaffe, très évidemment cette expédition avec les Ibans l'enchante — elle porte le Colt, dont la ceinture soutenant l'étui de cuir est suspendue à son épaule.

Kaï passe en revue, l'une après l'autre, les constructions qu'il peut distinguer. Le groupe de travailleurs qui était en réunion syndicalo-politique est hors de vue ; au vrai, la plantation semble déserte. La véranda est hors champ, puisque orientée dans l'autre sens.

— Tu restes ici. Je descends avec Môn.

— Dans ce cas, il va falloir que tu m'assommes. Je t'ai prévenu : où tu vas, je vais. Mais si tu penses à me taper dessus, je te rappelle que j'attends un bébé, même si ça ne se voit pas trop pour l'instant.

À quatre cents mètres du bungalow, Môn et Bongsu partent en éclaireurs, deux autres Ibans se détachent en flancs-gardes.

— Quelle déception, dit Boadicée. Je te parie que tous les soldats auront rembarqué. Si ça se trouve, il n'y en a plus un seul sur tout Bougainville. Il va nous falloir remonter au nord pour en trouver.

— Arrête.

— J'arrête si je veux. Ma guerre n'est pas finie, Kaï O'Hara. Elle commence à peine. Je la reprends, en somme. Ils m'ont obligée à quitter la Chine, tu te souviens ? Et maintenant ils me poursuivent. Tant pis pour eux.

Il y a du Moriarty en elle, comment ne l'as-tu pas vu plus tôt ?

Sifflement. Môn et Bongsu sont entrés voici une minute dans le bungalow et sans doute ont-ils donné quelque signal : l'un des flancs-gardes dresse ses deux mains qui tiennent une arbalète : *Vous pouvez avancer.*

C'était de la folie...

— Kaï, je ne regrette rien. J'ai passé ces deux ans à Saigon pour l'amour de toi. Je n'ai pas demandé à en partir, ce sont eux qui m'y ont forcée. Pareil pour la Malaisie. Quant à la plantation des Howard, elle me plaisait bien, je t'ai toujours dit que je voulais y aller et y rester. J'y aurais vécu cent ans, sans rien réclamer à personne. Mais il a fallu qu'ils viennent.

— S'il te plaît.

— Ils ont même tué ton père. Je n'attends pas...

Môn vient d'apparaître dans l'encadrement de la porte moustiquaire qu'ils ont passée, dans les deux heures plus tôt, lors de leur repli. Le vieil Iban est impassible mais son regard rivé dans celui de Kaï dit bien assez de choses...

Oh non !

— Je n'attends pas que tu partages cette haine extraordinaire...

— Tais-toi.

Kaï entre le premier dans le bungalow. Il suit Môn. Ensemble, ils traversent la cuisine, un office, ils entrent dans le salon immense, à six fenêtres et une large porte offrant tout le paysage du bord de mer — la mer est toujours vide.

Là, l'Iban esquisse tout juste un mouvement de l'index, en direction des chambres sur la gauche, puis il poursuit, gagne la véranda. Kaï part sur la gauche. Il marche dans du sang sitôt après. Une quantité incroyable de sang. Il s'immobilise alors que Boadicée le dépasse et pénètre dans la pièce.

— Je n'attends pas que tu partages cette haine extraordinaire que j'éprouve, Kaï. Tu n'es pas capable de haïr. Même ce Sakata, quoi que tu en penses. S'il n'était pas revenu de lui-même se remettre sur ta route, tu l'aurais sûrement laissé vivre. Pas moi.

Boadicée se penche sur le cadavre décapité et démembré de Zoltan, elle embrasse le magicien sur le front et lui caresse la joue. Les bras et les jambes de Zoltan ont été détachés du tronc, la tête aussi ; après quoi, on les a plus ou moins réajustés — sauf qu'il a plu aux bourreaux d'inverser les droits et les gauches. Boadicée piétine encore le sang poisseux et qui n'est pas encore séché complètement. Elle s'agenouille et prend dans ses bras, avec des gestes très doux, le corps ignoblement torturé de Mimi.

— Pas moi, Kaï. Moi, j'aurais traqué Sakata sans répit, et je l'aurais eu, quitte à mourir aussi. Ils les ont pris pour nous.

Il faut un moment à Kaï, tant l'enchaînement a été rapide, pour comprendre qu'elle parle de Mimi et Zoltan.

— C'était nous qu'ils cherchaient, Kaï. Ils nous ressemblaient. Pour un Asiatique, tous les Blancs se ressemblent. Ils les ont tués en croyant que c'était nous.

Je ne sais pas.

Boadicée se penche encore et met contre sa propre joue celle de la morte. Elle a passé son bras autour de la poitrine déchiquetée du cadavre — le cœur en a été arraché — et serre. Du sang frais sort aussitôt de la plaie béante, avec un glou-glou qui déclenche chez Kaï une brutale envie de vomir. Il se détourne et repart, rejoint Môn sur la véranda. Les trois Tahitiens ont été abattus à coups de fusil, on a crucifié Shelbourne à la balustrade de la véranda, ses pieds touchent le sol.

— Morts ?

L'Iban acquiesce. Il se gratte la tête et ensuite examine ses ongles, comme s'attendant à y trouver quelque chose. *Même lui est ému.*

— J'ai envoyé Tenn et Kor chercher des gens, dit-il.

Kaï se rince la bouche avec ce qui restait du whisky de Shelbourne, recrache.

— Môn, ces Japonais sont venus directement ici et ne sont pas restés une heure. Ils savaient que nous étions là.

Acquiescement.

— Ce ne peut être que le *Nan Shan.* Ils ont vu le *Nan Shan* et l'ont reconnu.

Et de ces deux conclusions, une troisième découle, bien plus angoissante : le torpilleur japonais qui se trouvait dans cette baie voici maintenant presque trois heures, et qui n'y est plus, a fort bien pu partir en chasse de la goélette.

Tu as une peur de tous les diables, Kaï. Pour ta fille et pour ton bateau. C'était de la folie furieuse que de venir à Bougainville.

Il rentre dans la maison et gagne directement la chambre où sont les deux morts. Pour Zoltan, il réunit les morceaux dans un drap, lui-même raidi par le sang séché ; avec d'autres draps trouvés dans une armoire, il fait un linceul. Il emporte le tout et va le déposer dehors, dans le jardin, à cet endroit où se trouve déjà une tombe. Retour à la chambre.

— Lâche-la, Boadicée. Ça suffit.

— Elle attendait un bébé, Kaï. À quinze jours près, nous aurions accouché ensemble. Je n'ai jamais eu d'amie comme elle.

Il doit employer toute sa force pour desserrer l'étreinte de la vivante autour de la morte.

— Va te laver. Tu es couverte de sang.

Il est contraint d'engager avec Boadicée une vraie lutte pour l'écarter, et envelopper cet autre cadavre dans d'autres draps. Mais c'est au *Nan Shan* qu'il pense. Le *Nan Shan* a repris la mer vers 8 heures, ou un peu plus ; le torpilleur avait donc à peu près quatre heures de retard. Disons quarante milles — peut-être davantage, le vent était grand largue, c'est l'une de nos meilleures allures. Si au moins il ne faisait pas si beau.

— C'était ma sœur, Kaï. Et ils me l'ont tuée, parce qu'ils l'ont prise pour moi.

Kaï a fini par réussir à compléter le deuxième linceul.

— Et ça, on le laisse aux chiens ?

Boadicée tient à deux mains quelque chose d'horrible, qui est le cœur arraché. Je vais vomir, se dit Kaï. Mais il dépose le corps, rouvre l'enveloppe de draps et, combattant sa nausée, remet l'organe dans la poitrine ouverte sur cinquante centimètres. Il va repartir pour le jardin quand Môn se montre.

— Tu veux venir, Kaï ?

Il garde le cadavre dans ses bras, presque terrifié à l'idée qu'un faux mouvement pourrait faire se déverser les entrailles de la morte. Il sort sur la véranda. Les deux Ibans dépêchés par Môn ont rassemblé une quinzaine d'hommes et de femmes ; l'un d'entre eux est blessé au flanc d'un coup de machette ; mais il tient par les cheveux la tête coupée d'un homme, voilà donc l'argument dont il s'est servi pour contraindre ces gens à les suivre, son compagnon et lui.

— Môn, dit Kaï, demande à ces hommes si les Japonais leur ont dit quelque chose.

Traduction des questions et des réponses dans un dialecte dont Kaï ne connaît que quelques mots. Oui, les Japonais ont parlé ; il y en avait un parmi eux qui savait la langue et habitait déjà sur l'île ; ils ont demandé qui avait débarqué du grand voilier à la coque noire et aux voiles couleur de sang, combien de personnes et quelles personnes, et si parmi elles se trouvaient deux hommes, l'un et l'autre appelés Kaï ; ils ont demandé aussi si quelqu'un savait où le grand voilier se cachait, sur la côte.

— Le torpilleur, Môn. Le grand bateau de guerre avec les canons. Demande-leur où il est allé.

Le torpilleur est parti plein ouest. Oui, dans la direction prise par le grand voilier.

— Tu as entendu, Boadicée ?

— Personne ne prendra jamais le *Nan Shan*.

— Môn, dit encore Kaï, dis à ces gens de creuser des tombes. Dis-leur de détacher l'Inggeris et de l'enterrer aussi, avec ses trois hommes. Et ne coupez plus de têtes, s'il te plaît. Pas celles de ces gens, en tout cas.

— Tenn s'est seulement défendu.

C'est bien de toi, Kaï : tu baignes dans le sang de tes amis torturés et mis en pièces, et tu vas te préoccuper de la mort d'un indigène inconnu, que l'un de tes Ibans a tué, en sorte que de cette mort aussi, tu te sens responsable. Et Boadicée a raison : tu n'éprouves même pas de haine. De quoi donc es-tu fait ?

Durant les deux heures suivantes, ils ensevelissent les six morts.

— Et tu vas mettre Mimi dans la terre sans rien d'autre qu'un drap ?

— Le temps presse. Les Japonais vont revenir.

— Je suis sûre que Lek ne laissera personne nous prendre Claude-Jennifer. Et si les Japonais reviennent, nous les tuerons.

Kaï fabrique trois croix, sur lesquelles il grave, avec la pointe d'une machette rougie au feu, les noms de Zoltan Puskas, et de Shelbourne dont il ne sait pas les initiales des prénoms ; sur la troisième il inscrit simplement Mimi — « n'écris pas Puskas pour elle, ils n'étaient pas mariés », a dit Boadicée (et il ne discute pas, c'est vraiment un détail de peu d'importance, et puis Boadicée est très près de craquer ; il faut être patient avec elle).

— Il y a le schooner de Shelbourne, dit-elle maintenant.

— Je crois justement que les Japonais s'attendent que nous le prenions. Ils ne nous ont pas poursuivis à terre parce qu'ils savent, surtout celui d'entre eux qui connaît l'île, que dans la jungle, ils ne pourraient pas nous retrouver. Ou il leur faudrait deux divisions. Sur mer, ils nous attraperaient très aisément.

— Et ma fille ?

Il est bien temps que nous y pensions, en fait. Quelle folie !

Kaï a pris Boadicée, l'a soulevée et emportée. Il la lave de tout ce sang qu'elle a sur elle, jusque sur le visage et dans les cheveux. Chaque geste avec la plus grande douceur, il sent sous ses doigts le corps arqué, tendu, les muscles incroyablement raidis.

— Ça va, dit-il, ça va.

Et bon, elle craque, pleure un grand coup, vient dans ses bras, la réaction se produit enfin.

— C'est bien plus ma faute que la tienne, dit-elle. J'ai tant insisté. Nous allons la retrouver, n'est-ce pas, Kaï ?

Claudie.

— Mais oui. J'ai toute confiance en Lek.

Il a découvert dans une autre chambre des vêtements de femme ; un pantalon de cheval, un chemisier de toile ; et même des bottes, qui ne vont pas.

— On y va, Môn.

Les Ibans postés en sentinelles rallient sur un sifflement. Ils étaient disposés, pour trois d'entre eux, en sorte de prévenir une attaque surprise venue d'ailleurs que par la mer. Des ouvriers de la plantation, outre que ceux déjà rameutés par Môn, se montrent. Pas si agressifs que cela, les gens des Salomon n'ont pas la réputation d'être immédiatement inamicaux. Deux femmes sont allées cueillir des fleurs et les déposent sur les tombes.

— Tu sais ce que nous allons faire, Kaï ?

— Revenir à la cache à pied, en évitant d'être suivis par quiconque.

Puis attendre l'arrivée de Lek. Si le *Nan Shan* a vraiment un navire de guerre japonais à ses trousses, c'est bien le seul endroit où le second de la goélette cherchera à faire terre.

Et après, au cas où, par miracle, tout se passerait bien, ficher le camp de Bougainville.

Dans la soirée du lendemain, ils parviennent à une crête. Le mont Balbi est droit devant eux, son sommet à une quinzaine de kilomètres, que l'on distingue tant la nuit est claire. La jungle qu'ils ont traversée pendant des heures s'est révélée plus dense que toutes celles que Kaï a connues à ce jour. Ils font une halte, la deuxième depuis leur départ de la plantation de Soraken.

— Nous allons vraiment quitter Bougainville ?

— Oui.

— On recule encore.

Il ne répond pas, toutes ses pensées dirigées vers le *Nan Shan*. Deux heures après leur arrêt, le dernier Iban rentre, qui a marché derrière eux pour vérifier qu'aucune poursuite n'était en cours. Kaï pensait Boadicée endormie, elle ne l'est pas.

— Repartons tout de suite, Kaï.

— Tu tiendras le coup ?

— Oui.

En sorte qu'ils progressent toute cette nuit-là. Assez peu au demeurant, même les Ibans ont du mal à leur frayer un chemin dans cette végétation extraordinaire, que ne marque jamais la moindre piste, et sans nulle trace indiquant qu'un être humain soit jamais passé par là. L'aube qui se lève leur montre le Balbi quasiment sur leur gauche, et Kaï estime qu'ils se trouvent désormais à une quinzaine de kilomètres de la cache.

— On souffle un peu.

Boadicée s'affale, le visage creusé.

— Pas longtemps, dit-elle. Et si Lek nous attend à l'autre endroit convenu, près de la plantation ?

— Non. Non, Lek aura vu le bateau japonais. Et dans le cas contraire, de toute façon, il ramènera la goélette à la cache.

— C'était prévu entre vous ?

— Mais oui.

C'est faux. Tu espères seulement que Lek tiendra ce raisonnement.

Quatre nouvelles heures d'une avance exténuante. Boadicée s'effondre par deux fois et il la prend sur son dos. Mais elle ne se laisse porter que quelques minutes et se débat pour aller sur ses propres jambes.

— Ça n'a pas de sens. Tu veux te punir, c'est ça ?

— Fous-moi la paix, Kaï O'Hara.

Ils sont dans les contreforts les plus raides du Balbi et, pour se rapprocher de la côte, descendent un long et profond thalweg centré sur un ruisseau cascadant. La mer enfin se dévoile, trois cents mètres en contrebas au pied de cette muraille de pierre qu'ils ont reconnue une semaine plus tôt, du pont du *Nan Shan*.

La mer est vide. Les trois îlots sont loin dans le nord à six ou sept milles de distance. Kaï aperçoit la frange blanche et miroitante des plages et le merveilleux bleu comme électrique des lagons ceinturés par le corail.

— Tu verrais le *Nan Shan*, si loin ?

— Évidemment.

— Où était l'endroit du rendez-vous ?

Un peu plus au nord. Juste avant le village de Puto en descendant de la plantation Soraken. Mais le *Nan Shan* ne peut pas y être, pas en plein jour. Toute la vie de Kaï dans le regard qu'il fait passer sur la ligne d'horizon, à des milles et des milles. Rien.

— Si j'ai perdu ma fille par ma faute, je deviens folle.

— Calme-toi. Lek va conduire le *Nan Shan* dans la cache et Claudie sera à bord.

Sauf si le foutu torpilleur a coulé le bateau du Capitaine. Ou l'a capturé. En ce dernier cas, les Japonais détiendront notre fille et s'en serviront pour nous obliger à nous rendre.

On a sauté la halte de midi et continué de marcher à cette allure insensée — vraiment sans raison, sinon la terrible impatience d'être fixés. Un avion passe au-dessus d'eux mais le plafond de feuillages est à ce point épais que l'appareil reste invisible, bien que volant bas.

— Môn, je pense que nous devrions envoyer quelqu'un devant.

— Tenn. C'est le plus rapide.

C'est vrai que la progression est très ralentie par Boadicée.

Malgré tout son courage, elle se traîne et d'ailleurs, dans une telle forêt, couvrir trois kilomètres dans l'heure serait déjà une incroyable performance.

Boadicée s'écroule quelques centaines de mètres plus loin, au terme d'une montée très dure, et alors que la pluie vient de commencer à s'abattre, noyant tout. Il a fallu traverser un marécage particulièrement fétide, où les sangsues pullulaient, Kaï en compte jusqu'à trente-trois sur ses seules jambes.

— Je ne veux pas quitter Bougainville.

Elle est sur le dos de Kaï et ses yeux sont fermés.

— Je ne veux pas. On ne recule plus.

Nouveau passage d'un avion, peut-être le même que tout à l'heure. Mais Môn secoue la tête : non, le bruit de moteur était différent.

Môn a fait tailler et élaguer deux branches, on y fixe une toile de tente et Kaï allonge sa femme sur cette civière improvisée. Boadicée proteste, mais décidément elle est à bout de forces. À peine vient-on de repartir qu'un sifflement fige la petite colonne.

C'est Tenn qui revient. Il est allé jusqu'à la dépression. Il a vu...

— Lek est là ?

Question de Kaï.

Oui.

Et la petite fille aussi, oui.

Mais une expression de l'Iban, certaine intonation dans sa voix alertent Kaï.

— Le *Nan Shan ?*

— *Mudah tenggelam.*

— Je ne comprends pas ce qu'il veut dire, dit Boadicée qui s'est glissée hors du brancard.

Coulé, dit Kaï.

Presque coulé serait une traduction plus exacte. Et tu as commis cette erreur très volontairement, Kaï ; sois franc, reconnais que tu n'étais pas loin de t'angoisser tout autant pour le *Nan Shan* que pour ta fille ; et rassuré pour l'une, tu es tout empli de rage et de chagrin, s'agissant de l'autre ; te voilà quasiment le seul Kaï O'Hara à avoir jamais perdu ton bateau ; ton « coulé » si mélodramatique devait tout à la fureur, et tu as tourné celle-ci contre Boadicée, tu es fier de toi ?

Une autre heure de marche a été nécessaire pour atteindre le rebord de la dépression ; ils en gagnent le fond à présent et c'est vrai que le camouflage, grâce à la voile du Capitaine, est efficace : à cent mètres, même pas, du sol, on ne distingue pas la cuvette inférieure, il faut savoir qu'elle est là, aucun observateur en avion ne pourra jamais la repérer.

Ils descendent l'escalier dans la pierre, dans une lumière tamisée, bleu-vert pour le bas où est la grande vasque marine, puis égrenant les couleurs d'un arc-en-ciel pastel. Lek vient à leur rencontre mais les terribles dommages subis par la goélette parlent d'eux-mêmes.

— Deux obus, Kaï. Tirés de très loin.

Le premier a sectionné le grand mât et l'artimon à moins d'un mètre du pont — celui-ci est vide sur ses deux tiers arrière.

— J'ai dû tout jeter à la mer.

Seul le mât de misaine et le beaupré sont encore à leur place. Sans être intacts pour autant...

— Deux avions nous ont mitraillés. Trois fois.

La vergue de hunier fixe est fracassée, en un endroit au ras de sa suspente ; les galhaubans ont été cisaillés ; la hune n'a plus guère qu'un mètre de long par tribord ; les seules voiles encore établies sur la misaine sont les petits perroquets, pour l'un troué par les balles. Sectionnés aussi les bas haubans de bâbord.

Le beaupré ne vaut pas mieux. Il n'y a plus de bout-dehors, plus d'arc-boutant, plus de sous-barbe, plus d'étais. La fusée du bout-dehors de clinfoc, si caractéristique avec sa silhouette de squale, pend, retenue par le seul étai du petit mât de cacatois.

Cela pour le premier obus et les mitraillages des avions. Le deuxième obus a touché le *Nan Shan* dans ses œuvres vives. Il est arrivé dans la coque, sans doute à cet endroit où étaient chevillées les cadènes tribord du grand mât, qui sur la goélette doublent les porte-haubans ; il a emporté partie du pont et un grand morceau du bastingage bâbord. Il a surtout ouvert une brèche de deux mètres.

— On fait eau ?

Oui. À la moindre vague. L'attaque s'est produite dans l'après-midi de l'avant-veille. Le bateau de guerre d'abord, puis les avions. Et puis les autres avions sont arrivés.

— Quels autres avions ?

Ceux avec une étoile blanche et du blanc et du bleu et du rouge.

— Des Américains.

Lek hausse les épaules. Pourquoi pas ? Toujours est-il que les appareils japonais sont partis. Et puis la nuit est venue...

— Des morts ?

Même pas. Deux blessés et c'est tout.

... La nuit est venue et Lek a fait avec ce qui lui restait de voilure, à savoir le phare de misaine. Il a réussi à établir une fortune et grâce à elle, plus les perroquets, s'est traîné vers le nord.

— Vers le nord parce que j'ai pensé qu'ils me chercheraient au sud.

Toute la journée suivante sur une mer déserte, les pompes fonctionnant sans arrêt. Sûrement qu'on aurait coulé avec une mer un peu plus formée, mais la chance a été bonne. Ce n'est qu'au deuxième crépuscule que le *Nan Shan* est reparti au sud-est. Lek n'est pas allé au point de rendez-vous, il croyait si peu réussir à atteindre la côte de Bougainville qu'il a fait préparer le canot.

— Quand êtes-vous arrivés ?

Dans les dernières minutes de la nuit précédente, voici à peine huit heures. L'équipe laissée dans la cache pour tailler la roche avait à peu près terminé son travail. Le *Nan Shan* est resté près d'une heure avec toute sa poupe exposée aux regards — Lek en sourit —, la position était vraiment *lucu*, comique. Mais enfin on était plus tranquille, puisqu'on avait débarqué la *budak perempuan,* la demoiselle ; Lek l'a fait conduire dans la forêt avec une escorte et il n'existe personne au monde qui puisse trouver dans une forêt des Ibans qui ne veulent pas être trouvés. Et enfin le *Nan Shan* est entré dans sa maison, bien à l'abri. Lek ne croit pas que quelqu'un l'ait vu. Même pas les bateaux qui ont été aperçus en début de matinée et qui...

— On peut réparer, Kaï ?

Comme à son habitude, et bien qu'elle comprenne plutôt bien le malais, Boadicée s'est assez peu intéressée à la conversation. Elle s'est surtout occupée de sa fille, qui gazouille.

— On peut toujours réparer, répond Kaï. Quels bateaux, Lek ?

Des bateaux dans le sud. Non, pas des pirogues. Quelque chose de plus gros. Trop loin pour les identifier. Des points sur la mer, dans le sud. Le long de la côte.

— Si le *Nan Shan* est cassé, nous restons sur Bougainville, Kaï.

Kaï ne relève pas la remarque. C'est à Lek qu'il s'adresse :

— Vous les avez vus quand, ces bateaux ?

Une heure plus tôt, environ.

L'entrée de la cache au ras de l'eau n'offre qu'un champ de vision très restreint, de par sa forme d'entonnoir. Et puis, s'il se trouve réellement un bâtiment japonais à l'entour... Kaï et Lek escaladent les deux cuvettes et gagnent l'espèce de plateau couvert de jungle qui domine.

— Tu crois que nous pouvons réparer ?

Oui, dit Lek. Mais cela prendra du temps, beaucoup de temps. Et surtout il faudra ressortir le *Nan Shan* de sa cache. Le mieux serait de l'échouer sur une plage ; il y en a une plus au sud, près de l'embouchure de la rivière, qui conviendrait assez.

— Elle est abritée.

— Combien de temps ?

Deux mois. Ou trois. Tous les Dayaks de la mer sont forcément charpentiers, plus ou moins, mais il y a des limites à leur savoir-faire. Construire des pirogues, ils connaissent, et bien. Le *Nan Shan* n'est pas une pirogue. Rien que remplacer le grand mât peut demander... il ne sait pas au juste, mais du temps.

Ils arrivent sur le bord de la falaise et la vue se dégage. La mer des Salomon est là, devant eux, sous la pluie.

Le destroyer japonais aussi. Ce fils de chien est à l'ancre, en plus, l'air décidé à rester là jusqu'à la fin de la guerre. Et le regard de Kaï découvre outre cela, très au sud, vers le village de Torokina qu'un promontoire dissimule, sans doute aux abords de cette large baie que les anciens colons allemands avaient baptisée du nom de l'impératrice Augusta, pas moins de trois grosses vedettes en train de caboter. Durant les minutes qui suivent, à tour de rôle, les petits bateaux piquent vers la côte et y débarquent des soldats. Une heure passe et le manège se poursuit.

— On est en plein dans le *najis,* Lek.

Kaï a pensé *merde,* puis *shit* en anglais, il a traduit en malais.

— Je ne comprends pas, dit Lek. Quel najis ?

— Je veux dire que nous sommes dans une situation plutôt difficile.

— Là, je comprends et je suis d'accord.

— Je ne t'ai pas remercié pour ma fille.

— Tu ferais pareil. Je me souviens de la première fois que je t'ai vu. Quand tu parlais tant et tant.

— Nous ne resterons pas à Bougainville. Quitte à nager jusqu'en Australie.

Chez Kaï, la décision et l'idée sont quasiment nées en même temps.

— Tu as combien de femmes et d'enfants, Lek, déjà ?

Six et vingt-trois.

— Les Inggeris disent qu'ils sont dans le najis, quand ils ont des ennuis ?

— Ce sont surtout les Perancis (Français).

— C'est une bonne façon de dire, être dans le najis. Ça me fait rire.

— On ne peut pas dire que tu fais du vacarme, quand tu ris.

Nous devons avoir l'air malin, mon Iban préféré (avec Môn) et moi, assis sur nos derrières et quasiment cul nu, à contempler la mer des Salomon pleine de Japonais, avec dans notre dos une jungle complètement inextricable.

Je me demande si Lek est parvenu à la même conclusion que moi quant à la conduite à tenir.

Je te parie que oui.

Au moins ai-je à peu près égalé le Capitaine sur un point : j'ai moi aussi, tout comme il avait Oncle Ka, un Iban qui m'est comme un frère. Il me regarde, je le regarde, nous nous regardons l'un l'autre et tout est dit, tais ta langue, elle ne te sert à rien.

— J'aime extraordinairement ma femme, Lek.

— Très bien.

— Pourtant, elle est pas mal emmerdante, par moments.

— Très bien.

— Et toi, avec tes femmes ?

— Ce n'est pas pareil, dit Lek. Je les aime toutes les six, ça change tout. Mais c'est vrai que ta femme en vaut six des miennes. Et même douze. À mon avis, il nous faudra dix jours.

La dernière phrase de Lek n'a pas le moindre rapport avec les précédentes. Kaï néanmoins n'a nul besoin d'éclaircissement. Il a compris. Compris subséquemment que Lek a compris aussi.

Ils partagent une mangue. Il pleut toujours et la nuit arrive. Lek dissimule très poliment de sa main un gros bâillement qui lui vient. En somme, lui non plus n'a guère dormi durant ces cinquante ou soixante dernières heures.

Kaï se remet debout et, à Lek, tend une main pour qu'il se relève aussi.

— Bon, allons lui annoncer la nouvelle, dit Kaï.

— Je pense comme toi, dit Lek. Ce serait peut-être moins dangereux d'attaquer les Japonais.

Port-Moresby à la radio, le lendemain matin. Le guetteur de Buka, Good, a été pris, torturé et exécuté. Un débarquement japonais a eu lieu sur l'île Faisi au sud de Bougainville. On s'attend à d'autres arrivées, sur Fauro et dans le petit groupe des Shortland, dans la même zone ; d'importants mouvements de navires y ont lieu, plusieurs croiseurs dont un lourd, et des transports sont en train de défiler le long de la côte est. Tandis que des reconnaissances ont été lancées sur la côte occidentale — oui, ça je sais, merci, je les ai vues. Guetteur 56 (c'est Read) est descendu à Kieta pour y mettre de l'ordre — un ressortissant allemand s'est autoproclamé gouverneur de Bougainville et a hissé le drapeau nippon — puis il remontera, si ce n'est déjà fait, à son poste — Aravia — en sorte de surveiller le nord de l'île et le passage de Buka. Guetteur 24 (c'est Mason le Binoclard, un homme petit et un peu rond, alors que Read est aussi grand que Kaï, s'il est bien plus mince) va se porter ou s'est déjà porté au point 671, c'est-à-dire Buin, qui est l'agglomération le plus au sud de Bougainville.

... Et, relevant bien moins de la routine, prenant presque le caractère d'un message personnel : une émission radio émanant d'un navire japonais a été captée. En clair. Pour annoncer que la goélette *Nan Shan* avait été coulée : *Vous êtes mort, Rose-Mary ?*

Qui diable est Rose-Mary ? Ah oui, c'est moi.

Kaï code, très laborieusement, et répond, empruntant la réplique à Mark Twain : *Nouvelle de ma mort grandement exagérée. Ma chaussure me fait mal, c'est tout.*

Puis il coupe. Je déteste cette foutue radio. Il est 7 heures du matin et l'on est, sauf erreur, le 10 ou le 11 mars, à moins que ce ne soit le 12, une chose est sûre : ce n'est pas encore Noël. Kaï s'est levé depuis une heure et demie, laissant dans les bras l'une de l'autre, et très profondément endormies, Boadicée et Claudie. Lek et quinze hommes sont partis peu après 6 h 15, surchargés d'outils, d'armes et de quelques vivres pour les trois premiers jours.

Il va de nouveau contempler la brèche.

— Vous ne vous pressez pas, pour réparer.

Boadicée derrière lui.

— On ne répare pas.

— Tu veux naviguer comme ça, avec ce gros trou presque au ras de la mer ?

— On ne navigue pas non plus.

— On reste à Bougainville, hein ? Je savais bien que tu finirais par me faire ce plaisir. On reste à Bougainville et on y tue tous les Japonais un par un.

— On ne reste pas non plus à Bougainville.

Je n'aime pas, pas du tout, qu'elle parle de rester à Bougainville « pour lui faire plaisir ». Je veux bien être cinglé de temps à autre, mais pas tout le temps.

Il s'attend à une sortie, et des plus furieuses. Bon, elle ne dit rien. En tout cas, pas tout de suite. Tu vas voir qu'elle va me faire la gueule pendant les cinq années à venir.

Elle se tait toujours, et toujours debout derrière lui, qui est assis sur le pont, à l'endroit où ce pont a été déchiqueté et ses jambes pendant dans ce vide si nouveau, qui lui donne envie de pleurer.

— Kaï ?

— Je suis là.

— Je t'aime.

Nom d'un chien, elle me surprendra toujours. Parce qu'elle n'a pas dit ce *je t'aime* sur le ton de *je t'aime mais.* Pas du tout. Sa voix a été fichtrement douce, au contraire. J'ai toujours aimé les femmes un peu compliquées. Il faut croire que c'est de famille. Kaï pense à Elka, dont le caractère était si proche de celui de Boadicée — en un peu plus « princesse » peut-être. J'espère qu'elle s'en est sortie, se dit-il avec un brin de nostalgie.

— Voir le *Nan Shan* dans l'état où il est me rend malade, moi aussi, Kaï. J'aurais presque préféré qu'on me coupe un bras.

— Moi, je préfère que tu restes entière.

— Nous allons discuter calmement. Je vais aller me faire

du café et nous bavarderons comme si nous étions dans un salon.

Chandra et Chang sont dans la cambuse et jouent aux dames.

— Ne vous dérangez surtout pas, braves gens.

Elle enjambe le damier pour gagner le réchaud à alcool.

— Tu en veux, Kaï ?

— S'il est bon.

— Et voilà, dit-elle. Monsieur s'attendait à ce que je me jette sur lui parce qu'il veut nous faire partir de Bougainville. Au lieu de cela, je lui dis des choses plutôt gentilles et, du coup, il reprend du poil de la bête et critique ma cuisine. Ces deux types à mes pieds ne sont pas censés faire la cuisine et nous servir sur le pont, nous autres O'Hara installés dans des rocking-chairs ?

— Tu veux faire le café toi-même, dit Kaï. Parce que ça te calme.

— Tu m'énerves. Et puisqu'on en est à parler d'équipage, je dormais bien, voici deux heures, mais il m'a semblé qu'un gros paquet de nos Dayaks de la mer redevenaient des Ibans. Je me trompe ?

— Non.

— Ils sont partis tuer des Japonais pour me ramener quelques têtes ?

— Ils sont partis fabriquer des pirogues dayaks.

— Pour des Dayaks, c'est normal. Nous allons monter dans ces pirogues ?

— Tu es déjà allée en pirogue. Et ce n'était pas un petit voyage, dans les deux mille kilomètres bien comptés, de Palawan en Irian.

— Parce que celui-ci sera plus court ?

— Guadalcanal, et ensuite on verra. Les Nouvelles-Hébrides ou la Nouvelle-Calédonie.

— Ou l'Australie avec des pantoufles. Je m'en lèche les babines. Et tu abandonnerais ton *Nan Shan* dans un trou de rocher. Je rêve.

Il ne répond pas et attend qu'elle ait fini de préparer deux cafés.

— Viens, dit-il.

Ils ressortent de la cambuse, passent par la cabine où leur fille dort encore, remontent sur le pont, chope de café en main.

— Suis-moi.

Ils descendent sur le rocher de la vasque sans autre effort que celui d'enjamber les trente centimètres séparant ce rocher de la coque et se faufilent, avançant sur le côté tant l'interstice est étroit entre la muraille de pierre et la goélette. Cela s'élargit un peu, dix mètres après avoir dépassé la poupe du bateau ; il y a là quelques rochers couverts d'algues et parcourus de crabes énormes. Ensuite, il faut nager dans une eau noire, pas d'autre ressource ; en sorte de gagner un nouveau plateau de rochers plats. Le grand large est en vue, seul les en sépare un très épais rideau de pariétaires — que les Ibans ont encore renforcé en y ajoutant des lianes fraîchement coupées et des masses d'épiphytes. À cet endroit, la grotte, ou semi-grotte dès lors qu'elle est à ciel ouvert à l'intérieur des terres, réduit sa largeur ; c'est ici qu'on a eu tant de mal à faire passer le *Nan Shan*.

— Ne va pas plus loin. Regarde.

Il s'assoit sur un rocher, elle l'imite.

— J'ai oublié le sucre, zut.

— Chut.

— J'ai horreur du café sans sucre. Surtout quand il est aussi fort.

— Boadicée, tu baisses la voix, s'il te plaît.

Kaï chuchote. Et il fait bien. Dans ce silence tissé du léger ressac des vagues, un ronronnement monte, le vent de plein est apporte aux narines une odeur de mazout, la vedette apparaît.

— Ils nous entendent si je parle comme ça ?

— Ça m'étonnerait. Même moi j'ai dû mal à t'entendre.

— On pourrait leur tirer dessus, qu'est-ce que tu en penses ?

— Je n'en pense rien de bon, dit Kaï. Il y a un destroyer à huit ou neuf cents mètres.

La distance est de cent cinquante brasses. Kaï compte vingt-neuf hommes, soldats et marins. Dont presque tous ont le regard tourné vers la côte — c'est-à-dire vers Boadicée et lui, ce qui est une sensation désagréable.

— Et s'ils trouvent notre cachette ?

— Nous ficherons le camp...

— Sans en tuer aucun ?

— Nous ficherons le camp et ils me prendront le *Nan Shan*.

Miracle, elle se tait. Elle boit son café. Tu vois bien qu'elle réfléchit.

— Kaï ? J'ai un peu peur.

— Moi aussi.

— Je veux dire : peur qu'ils te prennent ton *Nan Shan*.

— Moi, des deux. Qu'ils me prennent ma femme et accessoirement mon bateau.

— Je vaux quand même plus que le *Nan Shan*. Je suis ravie de l'apprendre. J'ai eu des doutes, sur ce point.

La vedette ralentit ralentit ralentit au point qu'elle stoppe. *Oh ! nom de Dieu, ils ont vu la faille !*

— Forcément, dit Boadicée, forcément qu'en fichant le camp, nous serons obligés d'en tuer trois ou quatre. Peut-être même dix. On dirait qu'ils nous ont vus, tu ne crois pas ?

— Ils ne peuvent pas nous voir.

Un contact sur le bras de Kaï. C'est Môn qui vient de les rejoindre, et quatre autres Ibans sont là aussi. Dont Kasaï, anciennement Ka 23, qui navigue sur le *Nan Shan* depuis un bon quart de siècle et qui est l'artificier du bord ; c'est lui qui a disposé les charges de dynamite aux endroits voulus, dans ces rochers à l'entrée de la cache. Selon lui, et Kaï a toutes les raisons de le croire, lors de la mise à feu s'il devait y en avoir une, toute la voûte de pierre au-dessus de leurs têtes s'effondrerait, et dans les trois ou quatre cents tonnes de rocaille viendraient boucher la faille.

La vedette ne bouge toujours pas.

— Est-ce que le *Nan Shan* est miné, Kaï ?

— Oui.

Et toujours d'après Kasaï, la première explosion — celle à l'entrée — ne devrait pas déclencher la deuxième. Pour celle-ci, elle devrait se produire au moment où quelqu'un d'au moins cinquante kilos poserait le pied sur le pont — pas n'importe où sur le pont, il existe certain cheminement qui, pour peu qu'on le connaisse bien, permet de parvenir jusqu'aux charges, afin de les désamorcer sans être transformé en chaleur et lumière.

La vedette se remet en mouvement. Kaï note qu'elle arbore la flamme à rayures verticales blanches et rouges qui signifie « aperçu ». Mais le pavillon n'est pas envoyé à bloc, il reste à mi-drisse. Si la marine japonaise (mais qu'est-ce que j'en sais) utilise le code international des signaux, cela peut vouloir dire : « aperçu mais pas encore interprété ».

Autrement dit, il nous reste une chance. Et puis, nom d'un chien, ce ne sont pas les failles qui manquent, dans le coin, pourquoi iraient-ils s'intéresser spécialement à la nôtre ?

La vedette change de cap et pointe sa proue vers la terre. Et elle avance, très lentement, sa mitrailleuse visiblement prête à tirer.

C'est maintenant que ça va se jouer.

— Et ma fille ? Où est-elle ?

— Môn l'a débarquée. Elle est déjà en haut, à l'ancienne cabane. Nous l'y rejoindrons si ça tourne mal.

— On me déplace ma fille, on me mine le bateau, j'apprends que tout ce coin-ci risque de sauter d'une seconde à l'autre, que nous allons abandonner le *Nan Shan* et que nous allons faire un voyage en pirogue. J'aimerais bien être tenue informée, si ce n'est pas trop demander.

Dieu merci, elle crie en murmurant. La vedette a progressé d'une vingtaine de brasses, soit environ trente mètres et d'un coup, elle donne fond. Sa quille touche la barrière de corail, à soixante centimètres sous la surface — le chenal est bien plus loin, sur la droite de Kaï. Elle stoppe à nouveau, puis bat en arrière tandis que la pluie redouble et crible la mer ; la visibilité du fond ne doit pas en être améliorée.

— Ils vont partir, Kaï. Tu n'auras pas à faire sauter le *Nan Shan*.

Sauf si dans leurs recherches les Japonais découvrent la passe. Mais Kaï n'y croit guère. Lui-même serait passé mille fois à côté sans la voir, à tout le moins sans se douter que cette passe pouvait conduire à une faille située deux cents brasses plus au sud. Et d'ailleurs, le signal arrive, donné par le guetteur iban aposté tout en haut sur la falaise : les Japonais s'éloignent.

— Nous partons quand et où, Kaï ?

Dans une semaine au mieux, et pour l'embouchure de la rivière plus bas sur la côte, à une douzaine de kilomètres de la cache. Lek leur enverra quelqu'un pour les prévenir quand les pirogues seront prêtes. Et puis on emportera l'un des deux postes de radio du bord. En cachant l'autre.

— Et nous revenons quand, pour chercher le *Nan Shan* ?

— Quand nous le pourrons.

Inutile de lui dire qu'elle ne sera pas de ce voyage-là.

Vraisemblablement le 20 mars, on fait mouvement. À l'aube. Un Iban dépêché par Lek est arrivé dans la nuit, pour annoncer que l'une des pirogues est prête. Et trois heures plus tard, cinq autres Ibans ont rejoint à leur tour. On est donc en tout dix-sept hommes, en comptant Chang et Chandra, pour transporter le si pesant matériel de la radio — pour le reste, on n'emporte pas grand-chose. Kaï a failli prendre avec lui le petit cheval de sa mère. En fin de compte, il le laisse. Par une sorte de superstition : en dépouiller le *Nan Shan* serait comme le condamner.

Lek a pu puiser dans les cales de la goélette tout un matériel dont, dit-il, aucun Iban n'a jamais disposé pour abattre les arbres nécessaires, commencer de les équarrir, les transporter ensuite, par tout un assemblage de palans, de charges et d'itagues, jusqu'au bord de la rivière de jungle, dans une clairière spécialement ouverte, et, là, les creuser ou les tailler, s'agissant des mâts et des vergues. Les voiles qui vont être utilisées sont les voiles de réserve du *Nan Shan*.

Le chantier naval improvisé se trouve certes sur le bord du cours d'eau, mais à deux grands kilomètres de la mer. À mille mètres environ en amont de l'embouchure s'est formé un élargissement, un étang, sinon un lac, alimenté par deux autres rus. C'est sur l'un de ceux-ci, après un coude et à l'abri d'une corne de forêt, que Lek estime pouvoir conduire le *Nan Shan,* au moment des réparations.

— C'est un endroit tranquille. Il y a un village à trois heures de marche, mais seulement trois ou quatre familles y vivent. Tenn y est allé pour les observer. Au besoin, nous les tuerons.

— Nous ne tuerons personne, Lek. Autant que possible.

Le second de la goélette reste impassible — il m'arrive fort souvent, parce que je suis tant habitué à eux, d'oublier que tuer est pour un Iban la chose la plus naturelle du monde ; toutes les têtes sont bonnes à couper. Et quand tu te laisses aller à toute l'amitié si fraternelle que tu éprouves pour Lek, entre autres, souviens-toi de ces crânes humains dessinés sur le dos de ses mains.

Liaison radio avec Moresby. Le troisième jour de ce campement sur la rivière. Pendant que l'on achève — vingt-quatre hommes, Kaï en tête, y travaillent d'arrache-pied, on ne dort que quatre heures par nuit — la deuxième pirogue.

Ici Rose-Mary. Ai laissé ma chaussure sur bord de la route. Bubbies dans le coin ?

Au lieu de *Japs* ou de n'importe quel autre mot, Svensson emploie *bubbies* — petit garçon ou frère dans le langage des enfants, ou bien, en argot bien moins innocent, les seins de femme.

No bubbies.

Et Kaï ne peut pas s'empêcher d'ajouter :

Baby, oui.

Comprends pas.

Aucune importance.

Kaï coupe, assez content de lui. Svensson en a pour pas mal de temps à s'interroger.

La deuxième pirogue est terminée dans la matinée du

cinquième jour de campement, soit vers le 25 mars. On attend toutefois la nuit pour embarquer. Il s'est remis à pleuvoir depuis la veille, la nuit est très sombre, la mer assez formée, avec un bon gros vent de nord-est. Les feux de Torokina peu avant 7 heures. Môn, Chandra et seize Ibans sont dans la première embarcation ; Boadicée, Kaï et leur fille, et le reste de la troupe avec les éléments radio, dans la deuxième. On navigue à vue, à cinquante mètres pour l'instant — on augmentera cette distance sitôt que la visibilité sera moins mauvaise. Kaï n'est pas pressé de la voir s'améliorer, ce temps leur convient tout à fait.

Un autre feu, deux heures plus tard. Et qui se déplace, sur leur gauche. Le clapot et la pluie qui crépite étouffent le bruit de moteur, mais ce ne peut être qu'un Japonais.

On tire tout droit dans la baie de l'Impératrice-Augusta et la côte à nouveau se rapproche. Trop, au gré de Lek et de Kaï. Par sifflements, on ordonne à la pirogue de tête de venir sur bâbord. Kaï et Lek ont établi une route qui doit les conduire aux îles au Trésor, dans l'ouest des Shortland. Quant à savoir si l'on s'y rendra d'une traite ou après une escale, rien n'a été décidé. Les deux hommes sont tombés d'accord pour attendre, cela se fera selon le vent et la qualité de ces bateaux qui vont sur l'eau pour la première fois.

Mais à minuit (il est le seul à les voir), Kaï repère de nouveaux feux sur la ligne de côte, invisible à tout autre que lui. C'est, ce ne peut être que Mamaregu.

— On y va, Lek ?

— On y va.

Sifflement pour signaler un nouveau changement de cap : plein sud, quoi qu'il arrive. Le jour se lève cinq heures plus tard, heureusement la pluie redouble de violence, car il y a ce moment où les deux pirogues, si basses sur l'eau, passent à deux milles mètres d'un gros navire qui semble immobile.

Les îles au Trésor sont atteintes à 9 heures du matin. On y passe la journée dans une crique, mâts abaissés et voiles ferlées. Pas de feu, évidemment.

Départ la nuit suivante. Les trente-cinq milles jusqu'à

Vella Lavella sont parcourus à plus de sept nœuds. Le guetteur du réseau Ferdinand sur Vella Lavella se nomme Keenan. Kaï fait débarquer et installer sa radio dans la mangrove où l'on s'est tapi et réussit à établir le contact. Non, pas de bubbies, ni sur cette île-ci, ni en principe plus au sud, à la connaissance de Keenan : « Que diable foutez-vous dans mes parages ? — Nous ne faisons que passer. »

Kaï est sur le point de couper la communication, c'est par maladresse qu'il change de longueur d'onde et tombe sur une voix japonaise, celle apparemment d'un pilote qui vient de prendre l'air.

— Tu comprends ce qu'il dit ?

— Oui. Tais-toi.

Bon, le Japonais ne dit rien de bien passionnant, c'est entendu. Il signale simplement son cap — il survole en ce moment même l'île de Fauro et le détroit de Bougainville, et fait route vers Choiseul. Dix minutes plus tard, il parle à nouveau, pour annoncer que le temps est fort mauvais et la visibilité très réduite. Dix minutes encore et il chantonne (une histoire de cerisiers en fleur à Fukuoka ; c'est dans la plus méridionale des grandes îles de l'archipel nippon ; Kaï connaît vaguement la chanson).

— Tu comprends ce qu'il dit et tu pourrais lui parler, avec ta radio ?

Je suppose que oui.

— Parle-lui, Kaï. Parle-lui de sa mère et de toutes les femmes de sa famille, et de la façon dont il est né.

On se calme, dit Kaï. Reste que l'incident le laisse songeur, je n'avais jamais réalisé que cet appareil de radio pouvait servir aussi à ça. Mais nous sommes combien de Blancs à comprendre le japonais, dans les Salomon et même ailleurs ?

L'étape suivante les fait passer entre l'îlot de Gizo (un guetteur s'y trouve mais Kaï ne connaît pas son code, et donc on passe sans dire bonjour) et le gros cône volcanique de Kolombongara. Les pirogues naviguent dès lors sans escale, de jour et de nuit, Kaï estimant être sorti de la zone dangereuse. À la sortie du canal de Blanche, qui baigne à l'ouest la Nouvelle-Géorgie, on file sur le groupe des Russel.

— On revient quand chercher le *Nan Shan* ?

— Dès que possible.

— C'est vraiment précis, comme réponse.

— Désolé.

— Je me suis juré de ne plus me laisser emporter, bonhomme. Mais je ne comprends toujours pas pourquoi nous avons laissé le *Nan Shan* derrière nous et pris la fuite dans ces pirogues.

— Elles sont très bien, ces pirogues. Elles marchent du feu de Dieu.

— Ne détourne pas la conversation.

— Nous avons laissé le *Nan Shan* parce qu'il nous faut notamment un autre grand mât, au minimum, et un artimon tant qu'à faire. Plus pas mal de bois pour la coque.

— Ce ne sont pas les arbres qui manquent, à Bougainville.

— Il faut trouver ceux qui conviennent. Lek n'en a vu aucun de satisfaisant. Et je n'ai pas vu trop de scieries. Pour réparer le *Nan Shan* en restant sur place, il nous aurait fallu trois ou quatre mois. Demande à Lek.

— Je ricane. Lek et toi parlez d'une même voix. C'est vraiment bizarre : par moments, j'ai l'impression que vous me cachez quelque chose, tous les deux. L'autre matin, sur Vella Lavella, pendant que je donnais son bain à Claude-Jennifer, il m'a semblé que tu parlais chinois, dans ta radio.

— Keenan ne parle pas le chinois. Enfin, que je sache. À qui aurais-je parlé chinois ? Tu m'inquiètes, Boadicée.

Je n'aime pas trop lui mentir, mais comment faire autrement ?

Je ne te dis pas l'ahurissement des guetteurs de Guadalcanal quand je leur ai demandé de me mettre en communication avec l'épicier chinois de Lunga !

Deux cents milles et un peu plus ont été couverts par les pirogues en fin d'après-midi du 30 mars, lorsque l'on embouque le passage entre l'îlot de Savo et Guadalcanal. La pluie incessante des derniers jours s'est enfin arrêtée — mais elle nous a fichtrement servis —, le ciel s'est dégagé.

— Dis donc, c'est bien joli, Guadalcanal.

— C'était l'une des îles préférées du Capitaine. Il y est venu au moins dix ou douze fois.

Les pirogues fendent une eau très bleue. Dans ce qui va devenir le détroit au Fond-de-Fer, ainsi nommé pour tous les bateaux qui y seront coulés dans les mois à venir.

Dans cent vingt-neuf jours exactement, à une heure près — et encore.

LE PETIT GROUPE de Floride se trouve entre Malaita et Guadalcanal. C'est là qu'est Tulagi, îlot d'à peine trois kilomètres de large sur huit cents mètres de long. Un vrai port existe, fermé par deux morceaux de terre encore plus minuscules, dont l'un est Tanambogo. À l'arrivée des deux pirogues, le 1er avril dans la matinée, le commissaire résident, autrement dit le gouverneur, de toutes les Salomon sous mandat australo-britannique, W.S. Marchant, est là. Bon nombre de civils ont été évacués mais il en reste encore, en plus de fonctionnaires et de planteurs et autres missionnaires. Le guetteur de Svensson est là aussi, c'est un officier du renseignement de la marine australienne, le lieutenant MacFarlan. Et sur Tanambogo sont cantonnés une petite unité de l'armée de terre, quelques marins et un groupe d'aviateurs, au demeurant sans avions. Tulagi est très plaisant à l'œil : les bungalows abondamment fleuris se regroupent autour de la résidence et de l'évêché anglican ; on aperçoit un terrain de cricket et un autre de football sur lequel des religieuses arbitrent, quand elles n'y participent pas, jupes retroussées aux genoux, une rencontre entre des gamins pieds nus.

— Vous arrivez réellement de Bougainville à bord de ces choses ?

— Nouz' aut' Dayaks de la mer, dit Boadicée, nous

pourrions naviguer jusqu'à la Tamise et la Tour de Londres, avec ces choses. Maintenant, vous arrêtez de jouer les ahuris, je suis déjà de bien assez mauvaise humeur.

Elle vient de culbuter, verbalement, une espèce de fonctionnaire en culotte et bas blancs. Le débarquement de tous ces gens, dans un endroit que pour l'heure on a plutôt tendance à quitter, suscite bien de la curiosité. La petite Claudie surtout fait se précipiter deux femmes, qui se révéleront des épouses de missionnaires et qui offrent l'hospitalité aux O'Hara. L'une d'elles s'appelle Emily Rodgers, elle passe les six pieds et sans doute aussi les cent soixante livres. C'est elle qui l'emporte, s'agissant d'héberger le couple — sa fille et ses petits-enfants sont en Nouvelle-Zélande et ce n'est pas la place qui manque — dans son bungalow. Elle fournit Boadicée en robes blanches, à croire qu'elle en tient commerce (mais ces vêtements sont en fait surtout destinés aux ouailles de son époux, pour éviter qu'elles aillent le poitrail à l'air).

— Vous n'avez pas honte, dit-elle à Kaï. Quelle inconscience ! Emmener une femme enceinte de cinq mois dans des aventures pareilles !

— Cinq mois ? *Cinq mois ?*

Nom d'un chien, Boadicée ne m'a annoncé la nouvelle qu'il y a trois semaines !

— Depuis quand le savais-tu ?

— Depuis le début, crétin, dit-elle, fort suave.

D'accord, elle est de ces femmes qui, jusqu'à quatre bons mois de grossesse, restent parfaitement plates, ou peu s'en faut.

— Je me rattrape ensuite. Pour Claude-Jennifer, quand j'ai commencé à m'arrondir, ça a été pour de bon. Ce sera pareil pour celui-ci.

— Pourquoi, « celui-ci » ?

Parce que ce sera un garçon. Elle en a décidé ainsi, et puis Lek le lui a dit.

— Lek est un expert ? Première nouvelle.

— Vas-y, Kaï, dit-elle alors.

Elle est sous la douche avec sa fille, elles se savonnent l'une l'autre, c'est mignon.

— Où ?

— Dis-moi ce que tu as à me dire. Tu me prends pour qui ? Je te connais, bonhomme.

— Il n'y a rien de spécial.

— Vous allez repartir, Lek et toi.

— Je dois aller à Lunga. Sur Guadalcanal.

— Pour quoi faire ?

— Un type du nom de MacGregor y tient une exploitation forestière, entre autres choses. Je vais lui commander un mât ou deux.

Inutile de lui dire que MacGregor n'est que le directeur. Et que les propriétaires sont des Chinois. Ça compliquerait un peu les choses. Déjà qu'elle m'a entendu parler chinois, à Vella Lavella — pas à Boungainville, heureusement.

— Tu vas à Lunga et tu reviens ?

— Bien sûr.

L'enfant et elle s'amusent comme des folles. L'enfant hurle de joie.

— Pourquoi ai-je l'impression que tu me mens, O'Hara ? Non, ne réponds pas. Disons que je suis peut-être un peu fatiguée.

— On le serait à moins. Cinq mois, nom de Dieu !

— Ne jure pas devant ta fille, je te l'ai déjà demandé.

Et c'est fini, amour de ma vie, dit-elle à l'enfant. Tu vas aller voir la gentille mamie Emily, maintenant. Elle te fera manger.

— Kaï ?

— Je suis toujours là.

— Une douche ne te ferait pas de mal. Vous n'êtes quand même pas à une demi-heure près, tes Dayaks et toi. Je te savonnerai, et partout.

Il attend qu'elle ait enfilé un peignoir, soit allée conduire la petite pour la confier à Emily Rodgers, il se déshabille et se place sous l'eau tiède, néanmoins rafraîchissante.

Il ne l'entend pas revenir, avec ce ruissellement de la douche, mais la sent contre lui. Ses seins durcis contre son dos. Et ses mains qui batifolent.

— Ne m'arrête pas même si je me trompe, Kaï. Il te faudra combien de temps, pour aller à Lunga et en revenir ?

Il se retourne et l'embrasse, ayant dans l'idée de la soulever, puis de l'emporter sur le lit voisin, dans la chambre. Mais elle lui glisse entre les doigts. Elle s'agenouille.

— La vraie réponse, Kaï. Je suppose que tu as prévu quelque chose pour notre évacuation, à Claude-Jennifer et à moi, si en ton absence les Japonais survenaient ?

— MacFarlan s'en occupe.

— Alors, la vraie réponse ? Je vais te torturer, je te préviens.

— Quelques semaines.

Elle le torture néanmoins.

Le Chinois de Lunga s'appelle Wen-dao, il est largement septuagénaire et dans les Salomon depuis sa prime jeunesse. Il a assisté en 1885 à la colonisation allemande et, quelques annnées plus tard, à l'arrivée des Britanniques. Son père était un cousin de Ching le Gros, de Singapour. Il a évidemment connu le Capitaine, l'a vu maintes fois débarquer à Lunga, sa mort le peine et il dit son chagrin en longues et lentes phrases, que Kaï écoute patiemment.

Quand, à l'appareillage du Sarawak, Kaï a choisi Guadalcanal comme destination, Wen-dao y a été pour beaucoup. Il a gardé le meilleur souvenir de cette soirée qu'il a passée chez le vieil homme, en compagnie de son père, lors de la pérégrination avec Svensson. Le Capitaine a d'ailleurs souligné que de tous les représentants du hui de Ching à travers toutes les mers du Sud, Wen-dao était l'un des plus efficaces, et aussi des plus riches — officiellement Wen-dao tient un bazar, à Lunga (tout comme Ching le Gros se présentait comme épicier) ; mais en fait, il contrôle plusieurs plantations, par le jeu de prêts judicieusement consentis, et touche un coquet pourcentage sur la plupart des transactions des îles ; des années durant, il a fourni en main-d'œuvre, importée de Malaita, voire des Fidji, des Samoa, des Philippines et même de Chine, les planteurs blancs ; et sa flottille a quasiment le monopole des liaisons, non seulement dans les Salomon, mais encore avec d'autres archipels et l'Australie. Kaï pensait bien insérer son *Nan Shan* dans cette organisation, il faut bien vivre.

— Et j'ai ton mât, dit Wen-dao.

La phrase a été dite sur le même ton que les condoléances qui l'ont précédée.

— Lequel, des mâts ?

— Le plus grand des deux. Je n'ai même pas eu à le faire tailler. Il y a une vingtaine d'années, une goélette américaine s'est jetée à la côte non loin d'Aola. Elle m'appartenait pour moitié. Je n'aime pas dilapider, j'ai gardé l'épave. Les dimensions sont à peu près celles que tu m'as indiquées. Tu m'appelais d'où, la première fois ?

— Bougainville.

— Et la seconde ?

— Vella Lavella. Le bois est bon ?

— D'après MacGregor, oui. Pas seulement celui du mât. Toute l'épave est à toi, tu y prends ce que tu veux. Pour le deuxième mât...

— L'artimon.

— Je ne suis pas marin, Kaï. Le deuxième mât a été mis en chantier une heure après ton premier appel. MacGregor et son équipe l'ont terminé hier. Les autres pièces...

— Les vergues.

— Celles-là aussi sont faites.

Kaï reste pantois. Et dire que j'ai amené deux douzaines de Dayaks pour effectuer des travaux qui sont déjà finis !

Kaï a longtemps hésité à laisser des hommes à la garde du *Nan Shan* ; il n'en a rien fait, parce qu'il pensait avoir besoin de toute la main-d'œuvre possible et aussi pour ne pas risquer la vie de ces sentinelles abandonnées.

— Autre chose, dit Wen-dao. Tu ne pourras pas embarquer tout ce bois sur les deux pirogues qui vous ont transportés jusqu'ici. Il se trouve que j'ai des parts sur un cargo. Pas très gros, mais suffisamment pour vous prendre, toi et tes hommes, ainsi que tout le bois que te donnera

MacGregor et celui que tu prendras sur l'épave. Pour l'épave, elle est ici, je l'ai fait venir d'Aola voici cinq jours et tout ce qui pouvait t'être utile a été démonté.

— Je vous dois beaucoup d'argent.

— Tu ne me dois rien. J'ai découvert que je n'avais pas réglé à ton père le transport des deux derniers frets que je lui avais confiés. Les comptes s'équilibrent.

— Vous mentez encore mieux qu'un Mandchou.

— On voit bien que tu n'es qu'en partie chinois. Aucun Chinois de ton âge ne me ferait l'affront de me traiter de menteur. Je souffre de ce manque de respect jusqu'au plus profond de moi-même. J'ai soixante-seize ans, Kaï. Soixante-dix-sept à la façon chinoise, pour nous qui comptons les neuf mois dans le ventre de notre mère. Mon hui m'a envoyé dans les Salomon quand j'avais dix-sept ans.

— En 1883.

— Selon votre chronologie, oui. Tu sais sur quel bateau je suis arrivé ?

— Le *Nan Shan*.

— Que commandait ton arrière-grand-père. Je venais de Singapour. Le jour où le *Nan Shan* ne naviguera plus sur les mers du Sud, ce sera la fin du monde. De mon monde. Et pendant que j'y pense, le cargo dont je te parlais, et qui peut prendre la mer dès cette nuit, a un pavillon chilien, son capitaine est suédois. Il a souvent fait le voyage jusque dans les Salomon du Nord et connaît bien la route. Ne compte pas qu'il te débarque là où est le *Nan Shan*, il restera au large, et de nuit. Je tiens à ce cargo, c'est lui qui ramènera mon cercueil en Chine, le jour venu. On m'a dit que tu avais laissé ta femme et ta fille à Tulagi ?

— Elles y sont en sécurité aussi longtemps que les Japonais n'y débarqueront pas.

— Tu veux que je prenne soin d'elles ?

— Je tiens plus à elles qu'à ma propre vie. Un Indien appelé Chandra et un Chinois nommé Chang les accompagnent. Je crois que vous vivrez cent ans et, si vous retournez jamais en Chine, le *Nan Shan* sera là, rien que pour vous.

— Ton père m'avait fait aussi cette promesse. Je n'osais pas te la rappeler.

Dans la nuit du 4 au 5 avril, vers 3 heures du matin, le cargo *Araucan* stoppe à environ trois milles légèrement dans le sud-est du cap Moltke. Tous ses feux sont éteints. Pas ceux de Torokina, que Kaï aperçoit par tribord arrière ; tout comme il distingue — un peu trop bien, cette nuit est trop claire — la masse sombre et très impressionnante, vue de la mer, de Bougainville. La route depuis Lunga a été quasiment sans histoires. Un hydravion japonais les a survolés par deux fois, dans le travers de Gatukaï, qui termine l'archipel de la Nouvelle-Géorgie. Le capitaine Andersson a mis ostensiblement le cap au nord-est, et puis le pavillon chilien a dû remplir son office : l'espion s'est éloigné.

Les Dayaks ont déjà extrait de sa cachette sous des alignements de grumes la plus petite des pirogues ramenée de Guadalcanal. Ils dégagent à présent les deux mâts qui sont amarrés ensemble et forment avec les autres espars — vergues, cornes, tangons et diverses bômes — un véritable radeau ; auquel il ne manque même pas une plate-forme, faite des morceaux de pont et de coque pris sur l'épave de la goélette d'Aola. Les cabestans de l'*Araucan* déposent tout cela sur la mer.

— Bonne chance.

C'est la troisième et dernière fois qu'Andersson ouvre la bouche depuis le départ, c'est un silencieux. Kaï saute par-dessus bord et se glisse dans la pirogue, dont Lek a déjà hissé la voile, seize Dayaks s'étant mis aux avirons. Le radeau est pris en remorque et transporte le reste de l'équipage. Une heure plus tard, à quelque huit cents mètres de la côte, Kaï, Môn et Bon̆gsu se remettent à l'eau et nagent, poussant devant eux les sacs de caoutchouc gonflés qui supportent, pour Kaï une arbalète et ses traits, pour les deux Ibans les sarbacanes et les fléchettes.

Mais leur reconnaissance révèle que personne ne rôde, ni même n'a rôdé, tant sur le *Nan Shan* qu'aux alentours — les pièges mis en place par Môn et son équipe dans la végétation de la cuvette n'ont fonctionné que pour le passage de deux opossums, qui en sont morts.

Kasaï débarque le premier de la pirogue et désamorce ses explosifs. Tous les autres hommes se sont attelés à désagréger le radeau, à transporter à l'intérieur de la cache les pièces de bois relativement transportables, à glisser à l'abri du rideau de pariétaires les deux mâts qu'il n'est pas question de monter sur place — le débattement est insuffisant. Suivent cinq jours d'un travail ininterrompu, les équipes de charpentiers et de calfats se relaient toutes les quatre heures ; seules les sentinelles apostées à l'entrée de la cache, sur le rebord de la cuvette supérieure et tout en haut de la falaise, sont exemptes.

Le *Nan Shan* ressort de son nid de pierre au début de la nuit du 10 au 11. Soixante-trois planches du bordé — les virures — ont été changées ; elles sont de teck, comme à l'origine, pour la grande majorité, avec çà et là quelques pièces en pin d'Oregon. Jusqu'à des virures de galbord — les plus proches de la quille, donc — qui ont dû être remplacées. Changés également pas moins de vingt-huit barrots, quatre couples, un panneau de fermeture d'écoutille, une demi-douzaine d'épontilles, l'étambrai du grand mât, les barrots de celui-ci et ceux de l'artimon que l'impact de l'obus avait fendus, le haut de la guirlande de bâbord et jusqu'au remplissage qui double le bordage extérieur ; et encore les surbaux de l'écoutille et plus de soixante lattes du pont — c'est là que les réparations se voient le plus : faute de teck, Lek a dû employer du spruce récupéré sur l'épave. Quand il prend la mer, le *Nan Shan* ne risque certes plus de couler mais il n'avance guère, avec si peu de toile. Il lui faut quatre heures pour sortir du chenal entre les coraux, couvrir les quelques milles jusqu'à l'embouchure de la rivière. Après quoi, vingt-cinq hommes férocement arc-boutés, à grand renfort de palans et d'itagues, réussissent à le tirer sous le couvert des arbres — pour les derniers deux cents mètres, sous le grand soleil du jour revenu : si les Japonais les ont repérés, on les verra débarquer dans les quarante-huit heures qui viennent.

Bon, personne ne vient.

Le grand mât et l'artimon sont dressés le même jour — le 13 —, drisses et balancines sont fixées la nuit suivante. Mais il faut encore trois jours pleins pour en finir avec l'énorme enchevêtrement de toute la voilure — on n'a plus de voiles de réserve ; et encore a-t-on récupéré toute la toile des pirogues. Il manquera un petit hunier mais tant pis.

Où êtes-vous, nom de Dieu ?

Contact radio, Svensson comme interlocuteur.

Ai réparé ma godasse. Des bubbies sur 007 ?

Non. Pas de Japonais sur Guadalcanal. Mais tous les guetteurs de Bougainville, Read, Mason et autres Mackie, sont toujours en place et signalent une forte concentration de navires.

Ils peuvent nous rentrer dedans n'importe quand dans les jours qui viennent, Rose-Mary.

Cette communication radio est la seule pause que s'octroie Kaï. Durant les douze jours qui viennent de s'écouler, il n'a pas dormi douze heures en tout. Lek non plus. Et il n'est pas besoin de pousser les hommes, ce serait plutôt le contraire : une véritable frénésie s'est emparée d'eux. Personne ne marche, ce serait du temps perdu. On court, ou du moins on trottine. Les 14 et 17 avril, les sentinelles signalent le passage de bateaux japonais, mais lointain, à deux milles au large.

— Demain soir, Lek.

Soit dans la nuit du 18 au 19.

Nouveau contact radio : *No bubbies sur 007.*

Et surtout : *Message personnel, Rose-Mary. Votre famille est invitée à dîner par ma femme jeudi prochain.*

Autrement dit : Boadicée et Claudie seront à Moresby le jeudi qui vient. MacFarlan les a embarquées, par conséquent. Sans doute très récemment. À vue de nez, il doit y avoir six ou sept cents milles entre Tulagi et Port-Moresby. Si Svensson les y attend dans cinq jours, c'est qu'elles sont déjà en route.

Je respire.

Le soulagement de Kaï est de fait immense.

— *Bien reçu, merci. Je suis très heureux.*

— *Essayez d'arriver au moins pour le dessert.*

— *Ma chaussure me fait encore un peu souffrir. Je dois passer chez le cordonnier. Mais merci quand même.*

Kaï coupe la communication et selon sa mauvaise habitude, il éteint complètement l'appareil. En tout état de cause, celui-ci se trouve dans sa cabine et, travaillant sur le pont comme il le fait et va le faire, il n'entendrait pas un appel éventuel.

La pluie se met à tomber en fin de matinée du 18. Ce n'est même pas une bonne grosse pluie tropicale accompagnée de bourrasques, mais une espèce de saleté silencieuse et fine. Au demeurant pas désagréable avec cette chaleur de four. L'absence totale de vent est cent fois plus gênante.

Quoique rien ne nous presse. Puisqu'elles sont parties pour Moresby.

Bonace totale les trois jours suivants. Ce n'est que dans la soirée du 21 — mercredi, si je ne me trompe pas, elles ne doivent plus être loin de Moresby — qu'une brise consent à se lever.

— Allons-y, Lek.

— Il n'y a pas beaucoup de vent. S'il tombe dans la nuit, nous allons rester encalminés au beau milieu de la flotte japonaise.

On vote à main levée. Dix-neuf Dayaks et Kaï sont pour l'appareillage.

— Tu es en minorité, Lek.

— Je n'ai pas dit que je ne voulais pas partir.

D'ailleurs, un pet d'opossum suffirait à faire avancer le *Nan Shan*, ajoute Lek en souriant. Comme tous, il est plutôt allègre. Le plus grand nombre navigue sur la goélette depuis des années, certains en sont à leur vingtième campagne. Sans même parler d'un Môn qui a dû embarquer pour la première fois vers — il ne connaît pas les dates et s'en contrefiche — vers 1914 ou 1915. On se déhale avant même la tombée du jour, la quille racle au même endroit qu'à l'entrée, malgré le petit chenal creusé en plongeant — c'est que la goélette est maintenant plus lourde, la calaison s'est accrue en raison du poids des deux tiers de la mâture. On passe cependant, sans avoir eu à s'immerger de nuit dans une eau où quelques crocodiles baguenaudent.

— Plein ouest.

Nom d'un chien, qu'est-ce que c'est bon ! Kaï en chanterait, s'il n'avait pas ordonné le plus grand silence.

Feux de bateau par bâbord une heure plus tard, mais le pessimisme de Lek se retrouve infirmé : le vent traversier tourne soudain alors que Kaï exécutait un virement de bord sur ce vent debout ; il adonne ; la brise de terre sur laquelle on avait compté se fait brusquement sentir, quinze à seize nœuds tout de même. Le *Nan Shan* en paraît se cabrer, tel un cheval enfin sorti de sa stalle, puis se lance.

— Va dormir, Kaï. Tu n'as pas fermé l'œil depuis trois jours.

Deux jours et demi, ou trois, ou disons quatre, pour être à Moresby ; à peu de chose près, j'arriverai pour goûter le pudding de Rose-Mary Svensson.

Kaï se traîne jusqu'à sa cabine et s'effondre.

Ici Rose-Mary. Comment était le dîner ?

On a quitté Bougainville depuis une soixantaine d'heures, la date est donc celle du 24, plus de quatre cent cinquante milles ont été couverts, cap au sud-ouest, droit vers la Nouvelle-Guinée. Il est dans les 8 heures du matin, Kaï petit-déjeune de bœuf en gelée et de sapotilles, le véritable épuisement atteint lors des folles journées à Bougainville a cédé à ces deux pleins jours en mer, tout va bien, allure de grand largue.

Moresby ne répond pas, je me serais trompé dans ce foutu code, ce n'est pas la première fois, pourquoi suis-je si nul pour ces choses ?

Ici Rose-Mary. Comment était le dîner ?

Des voix sur la ligne. S'exprimant en anglais, mais la conversation est celle de deux missionnaires échangeant des bénédictions, des salamalecs anglicans, et je vous bénis, mon frère, et vous en êtes un autre.

— *Oh ! les curés, si vous me laissiez un peu causer ? Ici Rose-Mary, j'appelle...*

— *Il y a cinq jours que nous essayons de vous joindre, Rose-Mary.*

C'est Svensson.

— *Rose-Mary, il n'y a pas eu de dîner. Mes invitées ne sont pas venues.*

— *Répétez.*

— *Elles ne sont pas venues, elles sont toujours où elles étaient.*

Kaï se rue sur le pont.

— On fait demi-tour, Lek.

Non, pas Bougainville. Guadalcanal.

La mer forcit dans la soirée, puis dans la nuit, l'aube la teint de lie-de-vin de mauvais augure. Des creux de cinq mètres se forment. Le *Nan Shan* chevauche et pendant trois longs jours remonte au vent, gagne au vent, par un constant louvoyage, très harassant pour tous — l'équipage grimpe dans la mâture chaque fois que l'on lofe, pour chaque changement d'amure, soit jusqu'à deux fois dans l'heure. On n'avance pas, on se traîne.

— Ne va pas sur les vergues, Kaï. On y a autant besoin de toi que de la fièvre jaune, et tu es trop lourd. Et ça ne nous fera pas marcher plus vite.

Une accalmie de quelques heures au matin du 29 mais la tempête effectue un retour en force. Il faut se mettre à la cape, alors que l'on est, selon l'estimation de Kaï, à une quarantaine de milles de Tangarare, sur la côte nord-ouest de Guadalcanal. Lek place le *Nan Shan* en sorte d'avoir le vent par bâbord, toutes les voiles arisées au maximum, sauf le tourmentin gréé sur le faux étai de misaine, et, quinze heures de rang, mène un combat farouche — Kaï lui a laissé le commandement, il sait trop bien que le chef des Dayaks lui est assez nettement supérieur à la manœuvre —, équilibrant la goélette entre cape molle et cape ardente, jouant à la perfection de ce mouvement latéral de dérive, provoqué par l'action conjuguée de la mer et du vent, et qui, sur le flanc gauche du bateau, crée une zone de remous, presque de mer plate, au plus une houle moins dangereuse.

Il est près de 5 heures du matin, le 30, quand, dans cette situation qui interdit toute fuite, la flotte japonaise apparaît et défile, à l'extrême limite de la visibilité.

Contact radio :

— *Ici Rose-Mary. J'ai sous les yeux une escadre de bubbies. Elle fait route au sud-sud-est. Deux porte-avions, des croiseurs lourds, des bâtiments plus petits.*

— *Quel type ?*

Ils veulent quoi, en plus ? Le nom et l'âge des capitaines ? Mais Kaï attire à lui et feuillette le gros cahier à couverture cartonnée vert et noir qu'il n'avait guère consulté jusque-là, on peut dire jamais, et qui renferme les silhouettes des bâtiments de guerre japonais.

— *Les porte-avions sont du type* Shokaku *et* Zuikaku. *À mon avis, ce sont eux, je reconnais leurs yeux. Pour les croiseurs lourds, si je vous dis qu'ils ont la tête du* Furutaka, *ça vous va ? Vous ajoutez un croiseur léger du type* Tatsuma *et dix-sept torpilleurs, contre-torpilleurs et autres bateaux à pédales et vous avez le tout. Qu'est-ce que je fais : je les laisse passer ou je les coule ?*

— *Nous vous aimons décidément beaucoup, Rose-Mary.*

— *Je vous préfère ma femme. Toujours pas de bubbies sur 007 ?*

— *Toujours pas.*

Kaï va lancer son *Terminé* quand la voix se fait entendre. Elle est japonaise et parle anglais, fort bien ma foi.

— *Salut, petit espion anglo-saxon.*

Ne lui réponds pas.

— *Salut,* dit Kaï. *Ça va, mon brave ?*

Mais tais-toi donc, crétin !

— *Nous n'allons pas tarder à déchiffrer votre code. Mais vous avez une voix bien virile, pour une Rose-Mary.*

— *Les miennes sont six fois plus grosses que les tiennes, mon brave. Tout le monde sait que les Japonais ont des petits pois entre les jambes.*

Tu es dingue. Ce sera le souci que tu te fais pour elles.

— *Où es-tu ?*

— *Sur ma véranda. Et toi ?*

Si tu es sur Guadalcanal, je vais venir te rendre visite.

Bordel de merde, Kaï O'Hara, au moins ne lui apprends pas que tu comprends et parles le japonais !

— *Guadalcanal sera ta dernière île, mon brave.*

Kaï coupe définitivement cette fois et remonte sur le pont. Presque tremblant d'une excitation féroce, pourquoi diable lui ai-je parlé de la dernière île, il leur reste encore l'Australie et la Nouvelle-Zélande à prendre.

Lek a cessé de capeyer. Le vent est en train de tourner, il est pointu, et donc il est possible de naviguer au près. La mer est vide, ou le paraît, bien que la visibilité se soit accrue jusqu'à dix ou douze milles. La dérive des dix ou quinze dernières heures a entraîné le *Nan Shan* dans le sud, mais on regagne, maintenant. Kaï relaie son second exténué. Tangarare en vue trois heures plus tard, la goélette franche à trois mâts remonte dès lors la côte ; elle a connaissance des villages de Maravovo, puis de Visale aux premières heures de la matinée du 1er mai.

Savo la conique vers 8 heures.

Tulagi une heure environ plus tard.

— Je n'y suis pour rien, dit le lieutenant MacFarlan en courant.

— Où sont-elles ?

Kaï court de même. Ils courent tous les deux vers des tranchées. Cette fois, le signal d'alarme donné par Read ou Mason est, paraît-il, venu un peu tard : les bombardiers japonais étaient quasiment déjà en vue, à basse altitude, quand l'alerte a été déclenchée. D'ordinaire les guetteurs préviennent un bon quart d'heure avant l'attaque. Kaï et l'officier australien plongent dans l'excavation. Les premières bombes arrivent en sifflant et...

— Où sont-elles ?

— Sur Guadalcanal, pour ce que j'en sais. Hay, qui est notre guetteur à Lunga, m'a annoncé qu'il les avait vues en compagnie de cet épicier chinois qui est très vieux.

... Et le discours de MacFarlan est entrecoupé par les explosions. L'Australien porte son casque et s'adosse aux sacs de sable. Pas Kaï, qui regarde d'abord le *Nan Shan*, déjà à cinq ou six cents brasses au large de l'îlot de Tanambogo, s'éloignant prestement du théâtre des opérations, ensuite Môn et Bongsu qui ont débarqué avec lui mais que ce bombardement laisse de marbre : ces deux abrutis emplumés marchent très tranquillement, en bavardant, comme s'ils partaient pour une petite partie de chasse aux abords de leur longue maison, au Sarawak.

— À votre connaissance, elles vont bien ?

— À ma connaissance, oui. L'avantage de ces bombardements, c'est qu'ils s'acharnent presque uniquement sur les grandes antennes radio que vous voyez là-bas. Ça fait six fois en trois jours qu'ils essaient de les détruire. Et le plus amusant est qu'elles ne servent strictement à rien. J'ai un poste comme le vôtre et rien de plus. O'Hara, j'ai tout essayé pour les récupérer et les embarquer. J'ai demandé à Hay de les stopper, les Chinois l'en ont empêché.

— Que s'est-il passé, avant ?

— Le schooner qui devait les prendre était là. Je croyais votre femme et votre fille chez Emily Rodgers. C'était il y a une dizaine de jours, vers 7 heures du soir. J'avais aperçu votre femme deux heures plus tôt, je lui avais recommandé de ne pas s'éloigner, disant que le schooner appareillerait dès la venue de la nuit. Elle m'a répondu : pas de problème. Mais, quand je suis allé les chercher, je n'ai trouvé qu'Emily, enfermée dans un placard. Je ne sais pas du tout comment elles ont pu quitter Tulagi. Votre femme parle chinois ?

— Un peu, dit Kaï. Votre ami Hay est australien ?

— Oui. C'est un planteur.

— Il sait où elles sont ?

Boum — celle-là n'est pas tombée loin.

— Elles ne sont pas à Lunga, il n'en sait pas davantage. C'est le deuxième bombardement depuis ce matin, le rythme s'accélère, nous ne devrions pas tarder à voir débarquer les Japs. Le commissaire Marchant s'est déjà replié sur Malaita et mes ordres sont de filer sur Guadalcanal quand je ne pourrai plus tenir ici. Et ça commence à devenir intenable.

À deux cents mètres de là, sur la plage, Môn et Bongsu sont accroupis et jouent à l'un de leurs jeux ibans favoris : des dessins dans le sable humide. Tu décris avec la pointe de ton index des arabesques aussi compliquées que possible, qui s'entrecroisent, et à toute vitesse ton adversaire doit reproduire exactement ton tracé, sans quoi il a perdu — Môn est imbattable. Une bombe vient d'exploser à vingt pas de ces deux olibrius, elle les a arrosés de sable et d'eau de mer, ils n'ont même pas tourné la tête.

Mais les avions en ont apparemment fini, ils amorcent un large virage en direction du nord.

— Il y avait avec ma femme et ma fille un Indien et un Chinois.

— Je ne sais pas du tout où ils sont passés.

Ils seront partis avec elles. Enfin, j'espère.

— Je peux vous déposer à Lunga, dit Kaï.

— Merci, non. Je pense que je peux tenir encore un peu. J'ai mon canot, de toute façon. Je vais faire un petit tour de mon île déserte. Vos hommes viennent d'où ?

— Ils ne sont pas mes hommes. Ils embarquent sur le *Nan Shan* gratuitement, pour le seul plaisir d'y être. Depuis des générations. Ce sont des Dayaks de la mer. Ou des Ibans quand ils sont à terre.

— Ils ont déjà affronté des Japonais ?

— Oui.

Les Dayaks-Ibans du *Nan Shan* ont déjà coupé quatre-vingt-trois têtes de militaires japonais. Compte arrêté à ce jour, 1er mai 1942.

Le ciel est vide de tout avion, il y a des cumulus à l'est mais ils ont tout l'air de se carapater vers le grand Pacifique ; en revanche, ces cirro-stratus en train de progresser, arrivant semble-t-il de la mer de Corail, déjà formant halo bien que le soleil ne les frappe qu'en oblique, annoncent du grain.

MacFarlan est parti, ultime représentant de l'armée des Blancs sur un morceau de terre que les bubbies vont envahir d'un jour à l'autre, sinon dans les prochaines heures. Kaï attend, debout sur une avancée de rochers entre deux plages, Môn et Bongsu sur sa droite et sa gauche, rendus à leur statut de gardes du corps, écartant voluptueusement leurs orteils dans une eau de lagon bleu. Le *Nan Shan* sous toutes ses voiles revient.

La côte est de Guadalcanal est à une vingtaine de kilomètres droit devant, l'œil si aigu de Kaï y distingue des constructions et presque des silhouettes humaines. Au-delà, en retrait de ce rivage assez plat ou mollement ondulé, s'étend une espèce de pénéplaine, en réalité formée par les contreforts des montagnes de l'ouest. Et sur tout cela, une forêt qui semble une mer verte à force d'être dense, une jungle il n'y a pas si longtemps encore fréquentée par de joyeux cannibales. Je sais maintenant pourquoi, parlant à ce Japonais qui m'a interpellé à la radio, je lui ai annoncé que ce serait leur dernière île, à ses copains et à lui.

Je ne sais pas si les bubbies, dans leurs folles conquêtes, iront plus loin que Guadalcanal.

Je suis sûr que pour Boadicée et moi ce sera la fin du voyage. Elle ne reculera plus, comme elle dit. Et c'est ma foi vrai qu'ils nous poursuivent, en somme, depuis Shanghai. Cela fait dans les dix mille kilomètres, ou douze, de cavale.

Je la connais : elle s'est sûrement déjà arrangée pour que je ne puisse pas la prendre sous mon bras et l'embarquer sur le *Nan Shan* pour foutre le camp dans les délais les plus brefs.

Ce sera notre dernière île, parce qu'elle l'a décidé.

C'EST une boutique et ce n'en est pas une. Avant tout, parce qu'elle s'étend sur probablement plus de deux mille mètres carrés — on y cantonnerait quasiment une division japonaise. C'est le plus extraordinaire capharnaüm que Kaï ait jamais vu, le Grand Bazar d'Istanbul, par comparaison, est une merveille d'ordre. Un toit de tôle ondulée à double pente couvre ces deux dixièmes d'hectare et on l'a hissé à vingt pieds du sol, là où le plafond est bas (au centre, la hauteur sous barrot est de presque trente mètres). Et tout cela est plein, on y circule par des allées si étroites que Kaï doit s'y faufiler à l'égyptienne, de profil. Bon, il se trouve certes, là-dedans, des marchandises neuves — de moins de dix ans, disons. Des stocks de sacs de riz, de blé ou d'orge, des conserves, des casseroles, des entassements d'outils tels que si tu veux une clé de quatorze, il te faudra probablement déménager quelques centaines de kilos de marteaux et de scies, plus un nombre indéterminé de caisses de clous, plus des essieux de camions, une voiture d'enfant, six baignoires ou tubs. Et pour atteindre les bassines, il conviendra d'escalader quinze ou vingt mètres de cordages, câbles, filins de manille, de chanvre, de piassava, de coco, d'abaca, filins en fer galvanisé ou en acier. Mais bagatelle que toutes ces choses, le plus gros est à venir. Ici, un amoncellement de chapeaux, là des centaines de bottes, des pantalons, et des chemises, des sabres d'abattis et (fixés par une chaîne d'acier) des fusils par douzaines, des pistolets et des revolvers, voici même un canon de 75 français et quelques mitrailleuses Gatlin qui ont dû servir à appuyer, ou à combattre, Pancho Villa. Là, des meubles, entassés vertigineusement. Plus loin des pans entiers de bungalows, avec véranda complète. Ailleurs, une montagne de robes et de chaussures de femme. Tu fais dix mètres encore dans cet invraisemblable labyrinthe, tu croises deux, trois ou six employés, tous chinois, à qui tu dis que tu n'as nul besoin de leurs services, et tu débouches dans le nec plus ultra de l'endroit : le toit de tôle s'interrompt, retour à la lumière, et sous tes yeux, ce qui a dû être une lagune, mais dont on ne voit plus la surface, l'eau y étant entièrement recouverte par des épaves — « je n'aime pas dilapider », a-t-il dit, tu parles ! — à croire que tout ce qui a flotté sur les mers des Salomon depuis Alvaro de Mendana en 1568 a tenu à envoyer ici au moins un exemplaire. Rien que pour les figures de proue, dont certaines sont admirables, Kaï en compte soixante-deux.

Un bruit de rabot, de rabotage, ponctué de petits coups secs de maillet et sans doute d'une gouge. Dans la direction laconiquement indiquée d'un index par les employés rencontrés jusque-là.

Kaï entre dans un autre hangar d'ailleurs bien plus petit. Non pas ouvert à tous les vents comme le précédent, mais au contraire hermétiquement clos par des grilles que tapissent des planches.

— Je peux entrer ?

— C'est ouvert, je t'attendais.

Wen-dao est juché sur une estrade, de façon à se trouver à la hauteur d'un superbe cercueil, dont il sculpte le couvercle.

— Votre cercueil ?

— À ton avis ? Il y a du thé chaud, sers-toi.

— Merci.

— Je sais que tu ne m'as pas fait couler l'*Araucan*. Et on

m'a signalé l'arrivée de ton *Nan Shan*. Tes Dayaks et toi avez fait très vite.

Kaï se sert. C'est du très bon thé.

Et ne lui demande pas où elles sont, il te le dira en son temps.

— Les Japonais ne devraient plus tarder, jeune Kaï.

— Nous les avons sur nos talons depuis quelque temps, déjà. Où nous allons ils vont. Ça devient agaçant. C'est un très beau cercueil.

— La soie vient de Shanghai. Par une coïncidence stupéfiante, je l'ai commandée voici onze ans à une certaine famille Chou.

— Je vois. Madame Chou était une amie à vous ?

— Je n'ai pas cet honneur.

— Et mon arrière-grand-mère ?

— Elle se trouvait sur le *Nan Shan* quand il m'a débarqué dans les Salomon. Tu as vu ma boutique ?

— J'espère que ma femme n'y est pas cachée, il me faudrait six ou sept mois pour la trouver.

Tu n'as pas pu attendre, hein ? Il a fallu que tu lui poses la question, en fin de compte. Ton sang chinois n'a guère d'influence sur toi.

— Madame Tsong Tso O'Hara était la femme la plus sublime qu'il m'ait été donné de rencontrer.

— C'est également mon avis.

— Veux-tu m'aider, s'il te plaît ?

Le vieil homme enjambe, avec une agilité fort surprenante, le bord du cercueil et se couche dans celui-ci.

— Referme-le, jeune Kaï.

Kaï s'exécute. Le couvercle pèse le poids d'une chaloupe de paquebot, ou peu s'en faut.

Dix secondes. Il rouvre. Wen-dao est couché les yeux clos, mains croisées à plat sur sa poitrine, sa natte soigneusement alignée à la perpendiculaire de son visage, sa barbichette maigre dans l'axe exact de son nez.

— Pourquoi as-tu ouvert ?

— Je ne voudrais pas que vous vous étouffiez.

— Referme.

— D'accord.

— Vous m'entendez ?

— Pour l'instant, oui.

— L'impatience me ronge, dit Kaï. Ce sera mon sang irlandais, ou français. Je suis désolé.

— Elle veut rester sur Guadalcanal, dit alors la voix très étouffée de Wen-dao. Elle pense que là où elle cessera de reculer, les Japonais s'arrêteront aussi. C'est une jeune femme très intelligente.

J'en ai peur.

— Et très déterminée aussi.

— Je n'avais pas remarqué, dit Kaï.

— Certains pourraient se demander pourquoi un vieil homme comme moi, dont la sagesse émerveille tous ceux qui vont sur son chemin, a pu se laisser persuader d'aider une jeune dame à demeurer par tous les moyens sur une île que ses ennemis mortels vont investir.

— Certains se le demandent, en effet.

— Un Chinois subit, par nature, jeune Kaï. Nous avons quatre mille ans d'histoire pour le moins, et durant ces quarante siècles de votre chronologie, on chercherait en vain un exemple de conquête chinoise par la force. Alors que nous sommes le plus grand pays de la terre et que notre population est, par exemple, dix fois plus nombreuse que celle du Japon. Mais le Japon nous a envahis. Si je mourais demain, je ne pourrais rentrer chez moi.

— Et vous escomptez que ma femme, avec mon aide et celle de vingt-quatre Ibans féroces, stoppera l'avance japonaise.

— Je crois au destin, jeune Kaï. J'ai lu dans les yeux de cette si jolie femme qui est tienne que le destin l'avait marquée.

Nom d'un chien ! Je suis donc le seul à ne pas être complètement fou ?

— Où elle est, il te faudra trois jours pour la rejoindre. Et autant pour revenir, sinon davantage, parce qu'elle s'opposera de toutes ses forces à ce retour. Où seront les Japonais, dans six jours ?

— À vous regarder siester dans votre cercueil.

— J'aimerais bien un peu d'air frais maintenant.

Kaï soulève et déplace le lourd couvercle, sans l'ôter vraiment. Je dois avoir l'air malin dans ce hangar environné de tous les restes des navires et barques ayant fait naufrage dans les Salomon durant les trois ou quatre cents dernières années, à discuter avec un cercueil.

— Ça va ?

— Je n'ai jamais été mieux. La soie à l'intérieur est très confortable, mais chacun savait en Chine que les Chou de Shanghai vendaient la meilleure qualité dont un homme puisse rêver. Un Chinois subit, mais une Chou comme l'est cette merveille de la nature que tu as épousée ignore la soumission. Elle a traversé le détroit entre Tulagi et ici sur une petite pirogue, avec un enfant dans les bras et un autre dans son ventre. Plus ce gros revolver qu'elle tenait à la main.

— C'est un pistolet.

— Elle m'a dit qu'elle abattrait quiconque se mettrait en travers de sa route. Le missionnaire qui a essayé de la faire changer d'avis a failli être estropié, il a sauté à une hauteur surprenante quand elle lui a tiré entre les jambes. Elle m'a demandé si je connaissais un endroit tranquille sur Guadalcanal. J'en connais plusieurs. En presque soixante ans de votre chronologie, j'ai eu le temps de savoir où sont les choses, dans cette île. Tu es en colère contre moi ?

— Bien sûr que non.

— Et contre elle ?

— Lorsqu'on m'a annoncé qu'elle s'était embarquée pour Port-Moresby, je n'en croyais pas mes oreilles. Peut-être suis-je un peu fatigué de reculer moi aussi. L'Indien et le Chinois sont avec elles ?

— Oui.

— Je ne peux pas laisser ma goélette ici.

— Nous en avons parlé, ton épouse et moi. Le mieux est Malaita. Sur la côte est. L'un de mes fils t'a préparé une carte.

— Personne n'a d'aussi bonnes cartes des mers du Sud que les Kaï O'Hara, mais merci quand même.

— C'est exactement ce qu'elle m'a répondu. La confiance qu'elle a en vous, en toi, ton bateau et ton équipage, est totale. Sa seule erreur a été de croire que les Japonais arriveraient avant toi sur Guadalcanal.

— Elle est vraiment à trois jours de marche de Lunga ?

— Évidemment non. Une vingtaine d'heures te suffiront, si tu es accompagné d'un ou deux de mes petits-fils. C'est une plantation que j'ai rachetée en 1927, toujours selon votre chronologie. Les cultures n'y valent pas grand-chose mais la maison me plaisait. On y a une belle vue.

— Je vous aide à sortir de là ?

— Pourquoi ? Je suis vraiment très bien. J'attends les Japonais pour relancer mon commerce. Les affaires sont au plus bas, en ce moment.

— Les Japonais risquent de vous tuer.

— Et alors ? Je suis déjà dans mon cercueil.

Dix-sept Ibans et Kaï. Ils transportent les éléments d'un poste de radio, et suffisamment de pièces détachées pour tenir quatre ou cinq ans. Deux des petits-fils de Wen-dao servent de guides ; ils ont dit qu'il valait mieux n'emmener aucun indigène, le risque serait trop grand d'une trahison, par la suite — la plantation rachetée en 1927 a cessé d'être exploitée vingt années au moins plus tôt, très peu de gens en connaissent l'existence, et ils sont encore moins nombreux à en savoir les accès.

Le *Nan Shan* n'est plus à Lunga. Lek a appareillé avec sept Dayaks de la mer, pour une certaine crique de Malaita, à environ quatre-vingt-quinze milles dans l'est. Lek n'a guère apprécié de devoir ainsi se retirer d'un éventuel champ de bataille, « moi aussi je suis un Iban, moi aussi j'aimerais beaucoup couper quelques têtes. Et même si le *Nan Shan* est très important... ».

Vue de la mer, Guadalcanal est d'une rare beauté. Le contraste est saisissant entre la merveille des plages ourlées de cocotiers et la masse imposante des montagnes qui se hissent à près de deux kilomètres et demi d'altitude et à même pas vingt kilomètres de distance — un peu trop près au goût de Kaï, dans le premier jugement qu'il porte sur le terrain ; entretenir une guérilla ici (tu en es à accepter sans réticence l'idée que vous allez vous battre, jusqu'au dernier homme, les Ibans et toi, tu as remarqué ?) ne lui semble pas de prime abord si facile, on risquera de manquer d'espace, pour frapper et fuir ensuite, puis se cacher.

Ces réflexions, durant la première heure, les deux premières heures de leur progression conduite par les deux Chinois. Le débarquement des Dayaks de la mer dès lors transformés en Ibans ne s'est pas fait à Lunga, il s'y trouvait trop de témoins, mais un peu plus loin au sud, dans la discrétion. On a contourné les endroits habités de la côte, gravi en partie cette colline pompeusement dénommée le mont Austen, et qui, dans les mois à venir, va devenir célèbre sous le nom de Butte herbeuse. La colonne franchit un premier pont de bois, puis un autre ; elle dépasse, en le longeant par l'ouest, ce minuscule aérodrome à peine ébauché qui ne s'appelle pas encore Henderson Field : dans un peu moins de cent jours, l'aérodrome prendra le nom d'un aviateur américain tombé lors de la bataille de Midway, en juin.

Et l'opinion de Kaï (Môn le rejoint tout à fait sur ce point) commence à changer. Entre la superbe frange côtière et les hauteurs vert clair du mont Popomanasiu, un bien étrange territoire se révèle, jusque-là dissimulé par la jungle. Plus qu'étrange en fait : oppressant et carrément hostile. Un monde de lagunes, de marécages putrides, de cloaques. La végétation est aussi épaisse qu'à Boungainville, mais elle n'a pas ici les senteurs ordinaires de la forêt ; une constante puanteur de fange s'y étale et stagne ; l'air est vicié, la lumière glauque, le taux d'humidité affolant. Il a certainement plu la nuit précédente, il pleut encore ; progresser de quelques centaines de mètres, enfoncés dans une boue fétide et comme caoutchouteuse, peut prendre une heure...

— Il n'y a pas d'autre accès que celui-ci, pour aller où nous allons ?

Il y en a un, un peu plus long, mais plus aisé. Son

inconvénient est qu'à l'emprunter, on risquerait d'être vu. Là, au moins, ce dernier risque est nul.

Tu m'étonnes. On perdrait toute une armée, là-dedans. Sans même parler de ces millions de crocodiles, de sortes de guêpes longues comme l'index d'un homme, d'araignées velues dont le corps atteint douze centimètres (pattes en sus, je te fais un prix), des scorpions, des mille-pattes à la brûlure d'acide, des serpents, d'énormes crabes de sable, des fourmis apparemment équipées de mâchoires d'acier, des rats, des chauves-souris, et des insectes par milliards se déplaçant en nuages.

— Bon terrain, dit Môn enchanté. Très bon terrain de chasse.

— Je suis content que ça te plaise.

Wen-dao a d'abord parlé de trois jours de marche, puis de vingt heures, s'agissant de rejoindre « la maison d'où l'on a une belle vue ». Il aura encore exagéré, ou se sera trompé de bonne foi, en sous-estimant les possibilités des Ibans. Une douzaine d'heures suffisent à sortir de cet enfer (je ne le referais pas tous les jours, je ne le referais au vrai jamais, si ça dépend de moi) et à atteindre une jungle en quelque sorte banale. Il ne suffit plus que de s'y glisser à la façon iban, c'est-à-dire sans laisser la moindre trace de son passage, tout à fait comme des fantômes. Et la pente est dure, outre que le sol détrempé y est fort glissant.

— Nous n'allons pas plus loin, disent les deux guides chinois. En montant tout droit, vous devriez trouver la maison. Nous sommes très fatigués.

Ils disent encore qu'ils vont regagner Lunga en marchant au sud ; pas question de revenir par le même chemin. Il existe selon eux une piste convenable à guère plus de huit kilomètres, et un tout petit village où ils se reposeront.

— Combien de temps avant d'arriver là-haut ?

— Nous, nous mettons quatre ou cinq heures. Deux heures vous suffiront sans doute. Vous allez extraordinairement vite. Vous êtes des diables.

— Dites à votre grand-père que je tiendrai la promesse du Capitaine, il comprendra.

Les deux Chinois s'en vont. Kaï aurait bien apprécié une pause, il a les jambes en flanelle et une forte envie de vomir, en plus de toutes ces bébêtes qui ont élu domicile sous sa peau (ou ce qu'il en reste ; être écorché vif ferait moins mal). Mais bien que transportant, comme Kaï lui-même, et leurs armes et en moyenne trente kilos chacun de vivres et d'équipement radio, on dirait que les Ibans gambadent, il ne va quand même pas perdre la face.

En sorte que l'on repart aussitôt. Kaï hisse dans une quasi-hébétude ses cent quinze ou cent vingt kilos, et les trente-cinq kilos supplémentaires de sa charge. Il perd le sens du temps. Il advient simplement qu'à un moment, la pénombre verdâtre de la jungle cède la place à une vraie lumière. Il ne pleut pas en cet endroit, ou il n'y pleut plus. Voici un talus herbu, en pente, coiffé à son sommet d'une rampe de bougainvillées violettes, jaunes, orange et rouges. Dans son semi-coma, Kaï découvre un sentier, que quelqu'un a jadis dallé de pierres plates mais que l'herbe a envahi. Il le gravit (j'expirerai en haut, pas avant, se jure-t-il).

Il débouche sur ce qui lui semble être un terre-plein, fantasmagoriquement meublé de fauteuils de jardin en rotin de Manille. J'hallucine, se dit-il.

— Tu tombes bien, dit Boadicée, j'ai justement fait un peu de cuisine.

— Rien ne me sera décidément épargné, dit Kaï dans son avant-dernier souffle.

— Belle vue, non ?

— Ouais.

— Tu es de mauvais poil.

— Pas du tout.

— C'est bien imité. Tu es de mauvaise humeur parce que je t'ai forcé la main. Uniquement parce que je t'ai forcé la main. Pas parce que tu es à Guadalcanal, pas parce tu as dû faire demi-tour dans la mer des Salomon, ni non plus parce que tu as dû débarquer du *Nan Shan*, ni parce que tu as été obligé d'expédier le *Nan Shan* dans une autre cache ultrahyper-super-secrète qu'il faudrait aux Japonais jusqu'à l'an 2000 pour seulement en voir le bout d'un mât, et pas davantage...

— Tu en as pour longtemps ?

— ... Et pas davantage, disais-je, parce que des tas et des tas de Japonais sournois, chafouins et fourbes vont y débarquer bientôt, ni parce que vous devrez, les Ibans et toi, les exterminer tous, un par un, pendant que je vous regarderai faire de mon balcon en dénombrant les têtes coupées, quelle jouissance, je les compterai par paquets de dix, je te ferai un câlin crapule toutes les trente têtes...

— Boadicée, nom de Dieu !

— Tu n'aimes plus les câlins crapules ? C'est nouveau, ça. Non, ton humeur n'est acariâtre pour aucune de ces raisons-là, qui pourtant seraient passablement rédhibitoires. Tu es fâché à ce seul motif que nous installer à Guadalcanal a été mon fait, et pas le tien. Alors qu'en réalité tu avais très envie d'y planter notre tente. Tu veux encore des œufs ?

— Un ou deux. Petits.

— Tu n'en as mangé que quatre, d'habitude tu vas à sept, tu es malade ou quoi ? Trois œufs de plus, Gunga-Din.

— Qui diable est Gunga-Din ?

— Notre maître d'hôtel, anciennement Chandra. Tu ne trouves pas qu'il ressemble étrangement au personnage de Gunga-Din dans *Les Trois Lanciers du Bengale* ? L'Hindou qui joue du clairon au sommet d'un minaret ? Ils vont venir à combien, à ton avis ?

Je suppose qu'elle veut parler des soldats japonais dont le débarquement est imminent — plus imminent que ça, tu meurs.

— Un million six cent vingt-sept mille neuf cent vingt-deux. D'après Svensson et ses guetteurs de Bougainville.

— Vous allez avoir du pain sur la planche, pour les exterminer. Tu ne m'as pas dit ce que tu pensais de la vue ?

— Pas mal, dit Kaï.

Quelle foutue litote, Kaï ! Le paysage est extraordinaire. Le cinglé (il était anglais, ce qui explique tout) qui est venu construire ici a édifié son bungalow sous un auvent rocheux — passe encore ; il s'est servi d'un terre-plein naturel dont il a quasiment fait un jardin botanique — pourquoi pas ; mais il s'est aussi servi de grottes voisines, fort semblables à celles que l'on trouve en Irian, soit en Nouvelle-Guinée néerlandaise ; il les a fait creuser et creuser encore ; voici une heure, Kaï s'est aventuré au-delà de l'anfractuosité qui en marque l'ouverture, torche en main, mais après trente minutes il a préféré rebrousser chemin ; c'est un incroyable dédale où, sans fil d'Ariane, on se perdrait. Le bungalow lui-même n'a rien d'exceptionnel : une grande salle à tout faire ouverte à six battants de moustiquaire sur la véranda, deux chambres, une cuisine, un bureau bourré de livres complètement moisis et, dans le prolongement de ce premier bâtiment, une sorte d'appentis partagé en deux, quartier pour trois domestiques d'un côté, écurie pour deux chevaux et outils de jardinage dans l'autre ; c'est là que dorment Chandra, enfin Gunga-Din, le maître d'hôtel, et Chang le cuisinier. À Lunga, avant de se mettre en route, Boadicée a recruté, sur les conseils de Wen-dao, deux demoiselles qui se sont révélées fidjiennes, portent le *sulu,* la longue robe typique, et qui parlent à peu près l'anglais. « Je les ai emmenées, elles avaient peur de finir dans un bordel japonais. — Elles vont dormir dans notre lit ? En voilà une idée qu'elle est bonne ! — On se calme, O'Hara. Elles dorment avec Claude-Jennifer. Gunga-Din leur a fabriqué des bat-flanc superposés. Mets une seule main sous leur sulu et tu auras de mes nouvelles. »

Bon, tout cela pour le côté pile de l'endroit. Le côté face, c'est le grand large. Même sans jumelles, Kaï distingue Tulagi, et Savo, et presque Malaita. Dans tous les cas, toute la côte nord de Guadalcanal. Deux cents degrés et plus de panorama. Il est vrai que l'on est perché à au moins douze cents mètres d'altitude. Boadicée vient de parler d'un balcon, c'en est un. Sur la guerre.

On est le 2 mai, en fin de matinée. Les Ibans sont en train de s'aménager leur propre maison. Trois d'entre eux sont en sentinelles, mais le sentiment général est que le seul danger peut venir de la piste sud, celle qui rejoint Lunga, et par laquelle Boadicée est venue — un camion de Wen-dao l'a transportée avec tout son petit groupe sur les quatre cinquièmes du chemin — ce n'est plus du tout carrossable, ensuite ; il fallait notamment franchir un pont de singe qui depuis a été coupé.

Ce jour-là et le lendemain, Kaï, Môn et Bongsu explorent les environs de la forteresse naturelle. L'ancienne plantation, en friche depuis plus de trente ans, se trouve en contrebas sur la gauche. Quelques plants de caféiers subsistent, rachitiques, mais la jungle est en train de digérer ce lambeau de terrain qu'on avait essayé de lui prendre, les dernières traces d'une activité humaine sont presque entièrement effacées, et Kaï juge négligeable le risque que leur ferait courir une observation aérienne — il faudrait que le pilote japonais soit un expert en forêt primaire pour faire la différence entre cette végétation renaissante et sa voisine, intacte depuis le commencement du temps.

Les sommets sont à quelques kilomètres en arrière. Une approche par là prendrait deux ou trois semaines et l'on ne déboucherait jamais qu'en surplomb, sans grande possibilité d'attaque directe.

Contact radio dans la soirée du 3.

— *Ici Rose-Mary.*

— *Où êtes-vous, Rose-Mary ?*

— *007.*

— *Vous allez avoir de la visite.*

— *Une idée de l'heure ?*

— *Les guetteurs de 118* (Bougainville) *les ont signalés en train d'appareiller avant-hier à 05.00. Celui de 222* (Gizo et Kolombangara) *rapporte le passage de deux convois voici deux heures. Ils seront en position demain matin à l'aube. J'espère que vous avez rangé votre chaussure dans un bon placard.*

— *Mes ancêtres étaient des experts en placards.*

— *Prenez contact avec 67, 70 et 08. Vous pourriez avoir besoin de leur aide pour déménager.*

67, 08 et 70 (Hay, le planteur ventripotent de Lunga, n'est pas codé et, de toute manière n'a pas de radio), sont Snowy Rhoades, qui est tout au nord de Guadalcanal et en vue directe de Savo ; Martin Clemens, qui se tient ou se tenait à Aola et donc bien plus au sud ; 70 est Anthony Yablon, qui a sa plantation encore plus au sud, sur le bord de la baie de Kau Kau.

— *Je n'ai aucune intention de déménager. Pas aussi longtemps que nous n'aurons pas fait un grand nettoyage de printemps, mes copains et moi.*

— *Vous êtes en famille ?*

— *Au grand complet.*

— *J'ai un peu de mal à comprendre.*

— *Je vous tiendrai au courant.*

Il est 8 heures. Gunga-Din vient de servir le dîner. Chang a préparé des ailerons de requin, parmi dix-sept plats différents. Kaï n'aime pas trop, Boadicée si.

— Qu'est-ce que Svensson raconte ?

— Les Japonais débarquent demain matin.

— Tu ne finis pas tes ailerons ?

— Non. Sers-toi.

— Tu ne voudrais pas nous mettre un peu de musique ?

— Tu as une préférence ?

— Pas la *Comparsita*, on la garde pour demain matin. Mets-nous du Glenn Miller. Ou bien ce type que ton père aimait, j'ai oublié son nom.

— Tino Rossi. *Catarina bella tchi tchi.*

— Non, c'est trop martial, c'est pour demain, ça aussi. Glenn Miller.

— Nous n'avons pas de disque de Glenn Miller.

— C'est ce qui te trompe. Wen-dao m'en a offert quatre.

Ils finissent de dîner, Kaï refuse le cognac français — autre don de Wen-dao — que lui proposait Gunga-Din, mais accepte une deuxième bière. Lui et Boadicée s'installent dans les fauteuils-paons en rotin de Manille en les disposant face à la mer. Les Ibans se sont accroupis parallèlement à la rampe de bougainvillées et chantent. Ils chantent, avec un très étonnant sens du rythme, sur *In the Mood* et *Moonlight Serenade.* L'un d'eux, Bongsu le plus souvent, improvise des paroles et les autres reprennent. Cela dit, en gros, qu'ils vont bientôt couper bien plus de têtes qu'aucune autre tribu iban depuis le début du monde, et pas seulement des têtes, et qu'ils mangeront, peut-être bien, certains morceaux de choix ainsi prélevés. Ça les fait beaucoup rire.

Boadicée finit par s'endormir, des coussins de mousse un peu partout sous les reins, les coudes et la nuque. Et vers 4 heures du matin, Kaï allonge le bras, lui touche la main, l'éveille.

— Ils arrivent.

— Je vais m'allonger, dit-elle, j'ai vraiment trop mal au dos. En plus, il ne se passe rien. Ils descendent de leurs petits bateaux et c'est tout. Tu dirais des touristes.

— Va dormir. Je ferais manger Claudie.

— Claude-Jennifer, elle s'appelle Claude-Jennifer.

Elle part bel et bien se coucher. Parmi les livres moisis de l'ancien propriétaire, il s'en trouve quelques dizaines encore lisibles.

Nous avons même de quoi lire. Et nous en aurons besoin, au train où vont les choses ; son épouse préférée n'a pas tort : il ne se passe pas grand-chose, en bas, et Kaï en serait presque déçu. Il s'était plus ou moins attendu à une invasion, une déferlante de petits hommes aux yeux bridés. On en est loin. Il n'y a pas eu de combats à Tulagi — et pour cause, puisque même MacFarlan a probablement évacué l'endroit ; quant à Guadalcanal, les Japonais y ont débarqué, certes, mais il ne semble pas du tout qu'ils aient employé les grands moyens. Une compagnie ou deux et encore.

— Peut-être qu'il va en arriver d'autres, dit Môn — et son ton indique clairement qu'il espère voir se réaliser une telle éventualité.

Mais la journée du 4 s'écoule sans autre péripétie. Jusqu'aux « puissantes flottes japonaises » (elles seraient deux) signalées par les guetteurs du nord, qui brillent par leur absence. Ces fils de chien nous ont traqués depuis des mois et sur plus du quart du diamètre de la terre et maintenant que nous nous sommes résolus à nous arc-bouter pour ne plus jamais reculer, ils s'arrêteraient ? Si j'écrivais à Yoshio pour protester ?

Contacts radio. Avec Snowy Rhoades, avec Martin Clemens et Tony Yablon, l'un après l'autre. Eux non plus n'ont pas grand-chose à signaler, et c'est Tony qui trouve la meilleure formule : *ils sont sur le pas de notre porte et n'osent pas entrer.*

Contact encore avec un guetteur que Kaï n'a jamais rencontré. Il se nomme Kennedy et se trouve en poste sur la Nouvelle-Géorgie. Kennedy a sous les yeux toute une escadre nippone — probablement les porte-avions *Shokaku* et *Zuikaku,* plus deux croiseurs lourds et des bâtiments plus petits. Mais pour l'heure, ça mazoute et ça ne bouge pas, ça reste dans le Couloir (le Couloir — ou le Boyau — est cette sorte de mer intérieure formée par le double alignement des îles Salomon, avec tout en haut, à l'entrée nord, Bougainville qu'alimentent les bases japonaises de Kavieng en Nouvelle-Irlande et de Rabaul en Nouvelle-Bretagne, et, à la sortie sud, San Cristobal qui sert de porte, juste après Guadalcanal et Malaita). Et il faut tirer son chapeau à Svensson et à son réseau Ferdinand : les guetteurs sont remarquablement disposés pour repérer le moindre passage dans ce corridor.

Le 5 mai est plus animé. Des avions américains surgissent venant du sud — Kaï saura plus tard qu'ils ont décollé du pont du porte-avions *Yorktown* — et viennent mitrailler Tulagi. Sans grands résultats au demeurant, leurs pilotes ne sont pas d'une adresse folle.

— Des Américains, il fallait s'y attendre, remarque Boadicée. Des Anglais auraient fait cent fois mieux.

Elle s'est remise au jardinage, aidée de sa fille et de ses Fidjiennes. C'est bucolique en diable.

Corregidor est tombé, Bataan aussi, quatre-vingt mille Américains y ont été faits prisonniers.

Annonce faite par l'un des assistants de Svensson. La nouvelle émeut assez peu Kaï. C'est loin, les Philippines. Il est plus intéressé par la nouvelle, trente heures plus tard, d'un grand affrontement entre les flottes japonaise et américaine dans la mer de Corail. Avec un score à l'avantage des marins du Mikado, mais les Australiens estiment que le résultat essentiel est ailleurs : la menace d'un débarquement à Port-Moresby est écartée.

Ainsi se passe le mois de mai. À ne rien faire. S'agissant d'opérations guerrières, tout du moins. Pour le reste, Kaï s'occupe. Il transplante et fait transplanter des arbres, pour ne pas laisser nu les espaces gazonnés, qui pourraient attirer l'œil. Du camouflage, en somme. Il a le sentiment de travailler pour rien. Il aide les Ibans à finir leur longue maison, entièrement cachée sous les arbres, deux cents mètres plus bas que le bungalow et à trois ou quatre minutes, à pied évidemment, de celui-ci. Il note quelques remarques, sans les relever, feignant même de ne pas les avoir entendues : les Ibans, à présent qu'ils sont à terre, et dans les quartiers, ont envie de femmes. C'est leur problème, je ne vais quand même pas organiser un bordel militaire de campagne. Et quant à s'opposer à ce que manifestement ils projettent, Kaï n'en a ni le goût ni moins encore la possibilité. Il sait que le Capitaine les a souvent laissés faire, en pareilles occurrences dans le passé. Et *a fortiori* la Mangouste folle. Les Ibans ne sont pas ses employés, il ne les paie pas ; ils ne lui doivent pas obéissance ; disons qu'ils sont ses associés et qu'il est préférable de ne pas les mettre de mauvaise humeur. « Je ne crois pas qu'ils me quitteraient jamais, mais s'ils le faisaient, nous aurions l'air fin. »

Si bien qu'il ferme les yeux et regarde ailleurs quand il constate que douze hommes au moins ont disparu, un matin. Et Môn ne disant rien, Kaï se tait aussi.

Pas de commentaire non plus quand l'expédition revient, une bonne semaine plus tard, soit sans doute dans les premiers jours de juin. Et elle ramène, cette expédition, une dizaine de femmes, raflées dans quelque village — ce village devant être assez lointain ; ça vous couvre entre quinze et quarante kilomètres par jour dans une jungle épaisse, un Iban ; autant dire que ce commando en quête de femelles a quasiment pu effectuer un tour complet de Guadalcanal : il n'aurait pas commis la sottise de s'en prendre à des voisins, qui pourraient exercer des représailles.

— Nous avons toujours agi ainsi, dit simplement Môn auquel Kaï n'a pourtant rien demandé.

— C'est votre affaire.

— Et nous n'avons tué presque personne.

— Et c'est combien, presque personne ?

Oh, tous les doigts des deux mains, pas plus. On n'a même pas coupé et emporté les têtes, en fait, pour ne pas se révéler comme des Ibans et éviter un rapprochement possible avec l'équipage du *Nan Shan,* c'est dire si l'on a été bienveillant.

D'ailleurs, ces Guadalcanais qu'on a un peu tués n'étaient que des lâches, ils ne se sont pratiquement pas défendus. Des têtes comme les leurs, ça ne vaut rien, c'est trop facile à couper. Non, si on les a massacrés, c'était juste pour ne pas laisser de témoins.

— Je le leur avais bien recommandé, précise Môn. Aucun témoin. Et ce n'était qu'un tout petit village. Ça aussi, je le leur avais dit. Il ne fallait pas vous mettre en danger.

D'évidence, le plus âgé des Ibans est fort satisfait de l'affaire. Ces femmes raflées ne semblent d'ailleurs pas menacées de dépression nerveuse, elles vont assez aisément s'intégrer à leur nouvelle vie d'épouses collectives. La longue maison leur plaît, qui leur paraît sans doute bien plus confortable que leur paillote précédente, la présence de Boadicée et des Fidjiennes leur agrée d'ailleurs beaucoup — nom d'un chien, dans cinquante ans, je vais découvrir que j'ai fondé une ville !

Kaï a des fourmis dans les jambes. Durant la dernière semaine de juin, il part faire un tour. En compagnie des inévitables Môn et Bongsu et de six autres Ibans. Ils redescendent par là où ils sont arrivés des semaines plus tôt, franchissent la zone de protection mise en place par la garnison — le temps n'a pas manqué pour ce faire — et qui serait mortelle à quiconque ne connaîtrait pas exactement l'itinéraire à suivre. On n'y ferait pas dix pas sans être touché par une fléchette empoisonnée. Ensuite, ce sont les épouvantables marécages, mais je m'habitue, on dirait. À la nuit tombante, ils passent le pont de singe sur la rivière Matanikao, qui va devenir un haut lieu de l'horreur, et qui pour l'heure n'est qu'un bourbier fétide mais innocent.

Snowy Rhoades et Martin Clemens ont signalé de gros travaux japonais sur l'aérodrome entrepris par les Australiens avant leur évacuation. De nuit, on s'approche du terrain d'aviation et l'on reste là à observer pendant près de deux jours. Deux mille, peut-être trois mille hommes travaillent à l'aménagement d'une piste. Ils sont japonais, mais ce sont des civils.

Toutefois les gardes chargés de leur surveillance sont des fusiliers marins. On pourrait en tirer une dizaine comme des lapins, mais Kaï décide finalement de décrocher — à un moment il s'est trouvé à quelques mètres seulement de deux Japonais qui bavardaient et a suivi leur conversation, sans pour autant obtenir une information capitale : ils se plaignaient de ce que le riz fût moisi et le saké presque imbuvable, et de ce que tout était chaud à Guadalcanal, sauf les femmes.

Et à propos de chaud, ils mentionnent l'usine de fabrication de glace, juste construite, qui vient d'entrer en service. Je pourrais voler quelques quintaux de glace et les rapporter à Boadicée, Chang nous ferait des sorbets.

La prochaine fois.

On va faire un tour du côté de Lunga. Sans y entrer vraiment. Trop de monde, et encore des fusiliers marins. Kaï pourtant attend de nouveau le retour de la nuit et parvient à se glisser en compagnie de Môn jusqu'à la boutique — enfin l'entrepôt de Wen-dao. Le vieil homme est introuvable, mais on finit par intercepter l'un de ses petits-fils. Non, son grand-père va très bien, il s'est seulement absenté ; il est allé à Tulagi pour y négocier le rachat d'une vedette japonaise endommagée par les aviateurs du *Yorktown* ; les affaires tournent.

— Vous prenez un risque énorme en venant jusqu'ici. Surtout vous.

— Pourquoi, surtout moi ?

Parce qu'un officier japonais a longuement interrogé tout Lunga pour savoir si le *Nan Shan* n'avait pas été aperçu dans les parages, durant les dernières semaines.

— Il a bien dit : le *Nan Shan* ?

— Oui. Il connaissait le nom de votre bateau. Il sait aussi que votre femme et votre fille vous accompagnent. Nous lui avons répondu que vous étiez passé, en effet, mais que vous aviez mis à la voile pour Tahiti. Ce qui était convenu avec mon honorable grand-père.

— Tu connais le nom de cet officier ?

Le capitaine Mimura. Tambo Mimura. Il est toujours à Guadalcanal. Ce n'est pas un officier de fusiliers marins, il serait plutôt dans le renseignement. Il est très malin.

— Il parle anglais ?

Oui. Très bien. Avec un accent. Aussi bien, pense Kaï, ce sera ce type qui m'a interpellé à la radio. Mais comment penser qu'un officier de renseignements japonais n'a rien de mieux à faire que de rechercher le *Nan Shan* et la si sympathique famille O'Hara ?

— Salue très respectueusement ton grand-père pour moi, Li. Dis-lui que nous sommes très contents de notre maison.

On se sépare. Il n'est que 10 heures du soir. Kaï choisit d'aller jeter un coup d'œil jusqu'à la plantation de Hay, le planteur travaillant pour Ferdinand, ce n'est pas si loin.

De prime abord, l'endroit paraît désert, inhabité. Tout est éteint dans le bungalow de Hay, la seule lumière visible est celle d'une lampe, avec une ampoule de faible puissance, suspendue à un fil sous l'auvent de tôle ondulée qui précède les grands entassements de pulpe. Deux éclaireurs se détachent, en tenaille. Kaï n'a jamais vu Hay, Snowy

Rhoades le lui a seulement décrit comme un homme avec un très gros excédent de poids, et assez peu enclin à l'exercice physique ; s'il n'est pas là, ni à Lunga, c'est qu'il est mort.

... Mais non : un éclaireur apparaît soudain dans le halo de la lampe, dressant sa sarbacane à l'horizontale pour signaler que tout va bien. Et derrière lui se trouvent deux Européens, dont un, effectivement, fort corpulent. C'est Hay, l'autre est Tony Yablon.

— Je n'ai pas vu de lumière et donc je ne suis pas entré, dit Kaï. Vous jouez à cache-cache ? Ça va, Tony ?

Hay explique que d'ordinaire, à 2 heures du matin, il dort. Il n'est debout que pour cette seule raison qu'il a reçu de la visite — « si j'avais su que tous les Blancs de Guadalcanal allaient débarquer chez moi, j'aurais fait dresser un buffet » —, et il s'est installé avec Tony dans les hangars parce qu'il soupçonne l'un de ses boys de renseigner les Japonais.

— J'ai du whisky.

— Pas pour moi, dit Kaï. Mais une bière, volontiers. Qu'est-ce que tu fabriques ici, Tony ? Je te croyais dans le Sud, à faire la planche dans les eaux bleues de Kau Kau Bay.

Lesdites eaux bleues ont viré au jaune, dit Tony. Un détachement japonais y a débarqué une semaine plus tôt et le recherche avec une ardeur surprenante.

— Ils ont brûlé ma plantation et offert cinq mille livres à quiconque permettra ma capture. Je commence à valoir plus cher que Jesse James. Ils sont conduits par un officier aux allures de gentleman.

— Japonais et gentleman, c'est antinomique, dit Hay.

— Pas de mots savants, je ne sais que l'anglais et les cinquante-trois dialectes en usage dans les Salomon. Toujours est-il que j'ai préféré changer d'air.

— Parle-moi de cet officier, dit Kaï.

— Il porte un foulard blanc autour du cou, une espèce de scarabée peut-être d'or sur le revers gauche de sa tunique. Il a aussi des gants et un stick de bambou. Tu pourrais te raser en prenant l'une de ses chaussures comme miroir.

— Le capitaine Tambo Mimura. Tu l'as vu de près, on dirait.

— Seulement à la jumelle. Tu le connais ?

— On se téléphone, de temps à autre. Nous allons finir par dîner ensemble. Et ma bière ?

— Glace japonaise, dit Hay en sortant des bouteilles d'une cuve emplie de glace. La venue de ces bubbies n'a pas eu que des inconvénients.

Bongsu est le seul des Ibans à boire de la bière. On s'assoit, sentinelles postées. C'est un hangar somme toute confortable, la puanteur du coprah mise à part. On parle de la récente bataille au large de Midway (ce sont des îlots microscopiques à deux mille kilomètres dans le nord-est d'Hawaii, et encore plus loin de rien du tout). Une énorme flotte japonaise a pris une énorme pâtée de la part d'une énorme flotte américaine.

— C'est le premier grand coup de pied au cul que reçoivent les bubbies, dit Tony. Espérons que ce ne sera pas le dernier. La seule chose qui m'ennuie est que ce sont nos cousins d'Amérique qui le leur ont donné. Mais le monde n'est pas parfait, ou du moins pas toujours. Comment va la famille, Kaï ?

— Elle est en train d'augmenter. Tu vas rester ici ?

Non. Hay est prisonnier sur parole, comme les autres planteurs qui n'ont pas fui l'invasion japonaise ; ceux qui n'ont pas été fusillés. Yablon ne peut donc pas demeurer là. Les Japonais y vont et viennent, et le personnel n'est pas sûr.

— Je vais essayer de rejoindre Snowy.

La plantation de Rhoades se trouve à Lavoro, sur la côte ouest, ce n'est pas la porte à côté. Pourquoi pas ? pense Kaï.

— Je t'offre l'hospitalité, Tony.

— C'est ta femme qui fait la cuisine ?

— Grâce à Dieu, non. Nous avons un cuisinier et un maître d'hôtel.

— J'ai oublié d'emporter ma tenue de soirée. Et ma radio aussi, d'ailleurs. Je l'ai enterrée, faute de pouvoir la porter tout seul. Cela dit, je préférerais ne pas traîner ici. Ton copain Mamara, ou quel que soit son nom, a un pisteur foutument tenace. Qui pourrait bien être sur mes talons.

Kaï allonge le bras et fait basculer la lampe pour mieux distinguer les traits de Yablon. Les vêtements de celui-ci sont en lambeaux — Kaï ne voit pas mais découvrira plus tard une blessure par balle sur le côté gauche de la poitrine, la balle est ressortie, d'accord, mais c'est douloureux ; et le visage est émacié, creusé, sous une barbe de deux semaines.

— Tu peux repartir tout de suite ?

— Pas de problème.

Sifflement. Les éclaireurs rappliquent et prennent la disposition de marche.

— Merci pour la bière, Hay.

— Je ne vous ai pas vus.

Tony transporte un équipement incroyable. Pas moins de quatre sacs, plus un étui de toile cirée contenant deux fusils. Et un revolver Smith & Wesson sur la hanche.

— Et pas de canon ? remarque Kaï.

Les sacs, qu'il faut lui arracher car il veut continuer à les porter lui-même, sont d'un poids ahurissant. Et ce n'est pas si surprenant : quand Kaï les ouvre pour voir s'il peut les alléger un peu, il trouve non seulement des chargeurs pour les trois armes (un fusil Garand M-1 de calibre 30-06 et un pistolet mitrailleur M3 de calibre 45, celui-ci avec un chargeur de trente cartouches, le Garand n'en ayant que huit), mais des pierres, une trentaine de petits blocs de rocher de différentes couleurs.

— Je suis minéralogiste, dit Tony, c'est ma seule vraie passion. Je hais le coprah. J'ai pris la suite de mon père à la plantation, mais je hais le coprah.

— Tu cavales depuis combien de temps ?

On a quitté la plantation Hay depuis une heure, on va au nord-ouest, retrouver les chers marécages.

— Un peu plus de deux semaines. Je ne sais pas quel jour on est.

— Le 28 juin.

— Alors ça fait dix-huit jours.

— Et tu as fait plus de cent kilomètres en dix-huit jours ? Avec un barda pareil ?

— Plus de cent kilomètres, je crois. Ce putain de pisteur m'a obligé à je ne sais combien de détours.

Tony est un garçon mince et blond, le cheveu raide, une mèche lui tombant constamment sur le front. Il a noué autour de son cou un petit foulard rouge et vert, fort crasseux. Comme lui-même.

— Excuse-moi, Kaï, mais je ne suis pas lavé depuis que j'ai commencé à courir. Ça doit se sentir.

— Un peu.

L'odeur du coprah dominait tout, dans le hangar de Hay, mais maintenant...

— C'est loin où nous allons ?

— Encore assez. Et le terrain est pénible. Tu pourras tenir ?

— Pas de problème.

C'est la deuxième fois que Tony dit : pas de problème. Il le répète deux heures plus tard, dans un paysage de film d'épouvante, alors qu'il vient juste de s'affaler sans même avoir le réflexe de jeter ses mains en avant pour protéger son visage. Il s'enfonce dans la boue jusqu'aux oreilles. Kaï le saisit par le col et le soulève — je te parie qu'il ne pèse pas plus de soixante kilos, en gros la moitié de mon poids.

— Pas de problème, je peux continuer.

— Ben voyons !

L'aube qui se lève montre de la brume sur une eau stagnante et verdâtre. Surprise, il ne pleut plus. Des troncs bizarrement torturés émergent d'une gadoue infecte, et dans cette lumière d'aquarium de monstrueuses lianes évoquent des serpents, ce que parfois elles sont. Le sol, quand il y en a, est un humus mou, qui fait succion, terre et feuilles pourries mêlées et regorgeant d'une vie larvaire. On ne chasse pas les moustiques, cela ne servirait à rien, chaque centimètre carré de peau a été dix fois troué, Kaï a les pieds rongés par des espèces de chiques très écœurantes qui, outre qu'elles font mal, laissent, même extirpées, des plaies ressemblant à des huîtres sans coquille.

Tony parvient à se mettre à quatre pattes, puis debout. Il fait trois pas et retombe, plaf, comme précédemment ; on le laisse comme ça cinq minutes, il ne respirera plus jamais.

— On fait halte, Môn. Trouve un endroit.

Tony s'endort deux heures. S'éveille en sursaut.

— Le pisteur !

— Il n'y a pas de pisteur, dors encore un peu.

Mais, moins de deux minutes plus tard, un léger sifflement se fait entendre. L'Iban d'arrière-garde signale : *Ennemis.*

Deux autres sifflements, modulés, dont Kaï connaît maintenant la signification : *Dix et cinq.* Quinze hommes approchent. D'ailleurs, le serre-file qui vient d'émettre ces signaux nous rejoint, nageant sereinement, son sachet de fléchettes entre les dents et sa sarbacane fichée dans son bonnet.

Il nage dans ce mélange de boue et d'eau, uniformément recouvert d'une sanie verte grouillante d'insectes à peine interrompue par les grands plateaux circulaires des lotus. Un crocodile le poursuit. L'Iban l'a vu et n'accélère pas pour autant sa nage, il se hisse sur le semblant de berge juste à temps.

— Ils sont loin ?

Quatre cents mètres.

— Nous marchons très lentement, avec ton ami, dit Môn.

— Je sais. On peut toujours le donner à manger aux crocodiles.

— On peut aussi tuer ces hommes qui viennent.

— Je préfère cette solution-là.

— Le foutu putain de pisteur, dit Tony. C'est de lui que vous parlez ? Je suis sûr qu'il ne m'a pas lâché.

Kaï sort ses jumelles et les braque. Rien en vue.

— Il ressemble à quoi, ton bonhomme ?

— Il est petit, avec de longs cheveux.

— Japonais ?

— Je ne crois pas. Mais je ne suis pas expert en Japonais.

— Mais il n'est pas de Guadalcanal ?

— Sûrement pas. Ce n'est pas un Mélanésien. Je ne l'ai vu que de loin. On dirait plutôt un Chinois.

Les jumelles de Kaï continuent de balayer le mur de végétation à cent cinquante mètres de là, par-delà le marais. Qui est ce zouave qui poursuit Tony depuis dix-huit ou dix-neuf jours, qui n'est ni japonais ni mélanésien, qui est petit avec de longs cheveux, et qui, surtout, est capable de suivre à la piste des Ibans dans un enfer pareil ? Lesdits Ibans n'ont pas pris de précautions particulières, c'est vrai, et puis à traîner Tony, nous avons laissé plus de traces que d'ordinaire, mais quand même !

— On attaque, Kaï ?

— On attaque.

Une main dans les jumelles. Puis un casque de liège. Un soldat japonais au bout de l'un et de l'autre.

Salut, bubby, où est ton copain qui vous montre la piste ?

Les jumelles passent deux fois sur un manguier, y reviennent une troisième fois, par acquit de conscience ou plus probablement par instinct.

Salut, toi.

Ce ne peut être que le pisteur. Il est incrusté dans le tronc de l'arbre au point de sembler en faire partie intégrante. Il est torse nu, vêtu d'un pantalon vert-brun, chaussé de sandales japonaises. Pas d'arme. Résumons-nous : ce n'est pas un Chinois, ce n'est pas un Japonais, ce n'est pas un Mélanésien, ni un Vietnamien, ni un Lao, ni un Thaï, ni un Malais, ni quelqu'un de Bornéo, des Célèbes, de Java ou de Sumatra, il n'est pas philippin. En gros, il n'est pas des mers du Sud.

Je donne ma langue au chat. D'où mon pote Tambo Mimura a-t-il pu sortir ce truc?

Les Ibans se sont déjà déployés, trois de chaque côté. Ils étaient là, ils n'y sont plus. Kaï se garde bien de les suivre, je les gênerais.

— Je peux t'emprunter ton fusil, Tony ?

— Fais comme chez toi. Où sont partis les autres ?

— Chasser. Ne parle pas trop fort, s'il te plaît.

— Le pisteur ?

— Oui.

— Il me flanque la trouille, Kaï. Vraiment.

Kaï s'est allongé sur le ventre, il a passé le canon du Garand dans une mince fissure entre deux racines, une bestiole est en train de lui grignoter l'abdomen, mais tant pis. Il braque de nouveau les jumelles. Dans la pénombre du couvert et malgré la brume, il compte neuf soldats.

Qui ont l'air épuisé.

Balayage de la surface du marais. L'eau est immobile, hors le sillage triangulaire d'un crocodile. Je suis pourtant certain que mes amis ibans sont là, là-dessous, à pratiquer la chasse sous-marine, il n'y a jamais que cent ou cent vingt mètres à couvrir sans respirer.

Il reprend le fusil. Distance cent cinquante mètres, à cinq mètres près. Mais pas question d'ouvrir le feu avant que les Ibans soient passés à l'attaque.

— Je ne suis pas du genre à m'affoler, Kaï. Je suis né à Guadalcanal. J'avais six ans quand la plantation a été attaquée par des types de la montagne. Mon père et ma mère ont fait le coup de feu pendant six heures pour s'en sortir. Mais cette chose me file une trouille de tous les diables. Ce n'est pas humain.

— Cette chose est un homme, et une balle le tue.

Un mouvement sur la droite. Immédiatement suivi d'un autre à gauche. Comme toujours les Ibans sont partis à l'assaut avec une coordination parfaite. Un corps s'affale et tombe à demi dans l'eau d'où aussitôt un crocodile émerge.

Et tout se passe en une demi-seconde. Entre le moment où Kaï décide de tirer et celui où il presse effectivement la détente. Le pisteur a soudain pivoté, son regard ne s'est nullement porté sur les côtés, où pourtant des hommes s'écroulent, mais vers l'autre berge du marais, *en direction de Kaï.* Et les deux gestes sont simultanés : la pression de la deuxième phalange de l'index de Kaï et le brusque soubresaut du buste. Le coup de feu fait s'envoler des milliers d'oiseaux.

Je l'ai eu. Même s'il a bougé, je l'ai eu.

Kaï conserve sa position, non sans raison : il foudroie d'une balle en pleine tête un soldat qui venait de se dresser pour faire face, sans doute, a un Iban surgi derrière lui. Le silence retombe. Môn apparaît deux minutes plus tard.

Signal : *Tout va bien.*

— Reste là, Tony.

Kaï abandonne le Garand et ne conserve que sa machette. Il traverse le marais pour la deuxième fois. À son arrivée sur l'autre berge, les Ibans sont en train de couper les têtes. Du moins sont-ils tous là. Sauf Môn.

Où est-il ?

Kaï repart avec Bongsu. Il y avait du sang sur le tronc du manguier auquel le pisteur s'appuyait, il s'en trouve encore sur deux feuilles, vingt mètres plus loin ; et de nouveau, sur le sol, après cent pas. Sifflement de Bongsu, la réponse de Môn leur arrive de quelque part sur leur droite. Cinq minutes pour retrouver le chef des opérations terrestres des Ibans : Môn est accroupi, absolument immobile, et il a devant lui un deuxième marais, pas plus engageant que l'autre, dont il scrute la surface.

— Où est l'homme qui guidait les Japonais, Môn ?

Là-dedans.

— Tu l'as vu entrer dans l'eau ?

Oui.

— Il a eu le temps d'en ressortir avant ton arrivée ?

Non.

— Il nous faut cet homme, chuchote encore Kaï. Nous ne devons pas laisser de survivants, surtout celui-là. Pour les quatorze autres morts, même si vous emportez les têtes, nous devrons faire disparaître les corps.

Crocodiles, mime Môn.

— D'accord, mais d'abord on retrouve ce quinzième homme. Tu es absolument certain qu'il n'est pas ressorti de ce marais ?

Oui.

On y va, signale Kaï. Et les quatre autres Ibans étant

survenus, c'est à six que l'on fouille cet endroit de cauchemar. Trois heures durant. Deux hommes font lentement le tour des berges, examinant le sol à la recherche d'une trace qui indiquerait que, contrairement à l'affirmation si péremptoire de Môn, le pisteur a pu émerger et filer. Rien. Kaï a été le premier à entrer dans l'eau, tantôt nageant, tantôt trouvant presque pied et alors s'enfonçant dans une vase gluante, très affolante dans la mesure où, si profondément qu'on y plante le pied et la jambe, jamais on n'en atteint le vrai fond, et qui de surcroît, quand on la remue, fait monter à la surface de grosses bulles visqueuses, d'une odeur méphitique quand elles crèvent. Outre cela, il y a les crocodiles et les serpents nageant à la surface, écartés à grands coups de machette. Kaï est partagé entre la répulsion et une vraie peur.

Mais rien. Tout ce que l'on découvre est une large tache de sang sur une souche en partie émergeante, quasiment au milieu du marais.

— Il est mort, dit Bongsu. Il a été mangé par les crocodiles.

Kaï cherche le regard de Môn.

— Je ne sais pas, dit Môn.

— Tu aurais pu t'en tirer, à sa place ?

— Je ne sais pas. Difficile. Très difficile. Je ne crois pas.

Kaï s'acharne, quoique vomissant par l'effet de l'épuisement. Môn et lui effectuent un autre grand tour du marais par les berges. Non plus en scrutant le sol que ne marque décidément aucune trace, mais en examinant toutes les lianes et branches par lesquelles un homme aurait pu se hisser, et grimper — si cette chose aux longs cheveux a réussi à nous échapper, alors c'est un surhomme. Pourquoi ai-je vaguement l'impression que c'est le cas ?

Une autre nuit descend. On revient à l'endroit du massacre et les quatorze corps sans tête — treize, car du soldat qui a basculé à demi dans l'eau après avoir été touché par une fléchette, il ne reste plus grand-chose, en fait une jambe, tranchée net par un saurien — ces cadavres étêtés sont lancés au-delà de la berge, ce qui reste de leurs armes et de leur équipement aussi.

Dans le répugnant bouillonnement qui s'ensuit, les crocodiles font bombance.

Tony dort, un air de jeunesse sur le visage. Mais il ouvre un œil lorsque Kaï le soulève pour le hisser dans un hamac.

— Le pisteur, Kaï ?

— Il est mort, dit Kaï, écartant de sa machette et projetant au loin, sans même la couper en deux, une scolopendre de vingt-cinq centimètres en train de se promener sur la cuisse du ci-devant guetteur de Kau Kau Bay.

— Dors. Nous prenons un peu de repos. Tous.

Il pleut assez peu en juillet. Le ventre de Boadicée a acquis des dimensions considérables et Tony est complètement rétabli. Vers le 15 de ce mois-là, Kaï part faire un autre tour, avec sensiblement les mêmes hommes. Huit jours plus tôt, toujours pour se dégourdir les jambes, il a gravi un mont dont il aura toujours du mal à retenir le nom — le Popomanasiu — qu'il s'obstine à appeler le Papa-Machin. Ça a été une plaisante promenade de cinq jours, à ceci près que Tony les a tous chargés de pierres et de fragments de roche, on l'aurait laissé faire il en rapportait cinq tonnes. Non, Kaï, tu te rends compte ? Ce que tu vois là est une sorte de clupea teolostéen fossilisé. — Je m'en fous complètement. Et c'est quoi ? — Une sorte de hareng du mésozoïque. — Et tu voudrais me faire croire qu'un hareng a escaladé le Papa-Machin ?

— Évidemment non. C'est le Popomanasiu qui est sorti de la mer. Peut-être au crétacé, il y a cent trente-cinq millions d'années.

— Le matin ou l'après-midi ?

Cette expédition de la mi-juillet conduit Kaï chez Snowy Rhoades. Rhoades a un faux air de l'acteur Spencer Tracy, en plus bougon ; massif, menton en avant et tête rentrée dans les épaules, il a toujours l'air d'être fâché à mort avec quelqu'un et, de préférence l'humanité entière. Sur

Guadalcanal, il est le grand expert, s'agissant des travaux japonais sur l'aérodrome. Et pour cause, la moitié de son personnel y travaille, à son instigation, et le tient quotidiennement au courant de l'aménagement en cours ; il a même fait embaucher son cuisinier pour préparer la tambouille des ingénieurs japonais. Il a déjà échappé à une bonne douzaine de tentatives de capture. Il avait des problèmes avec sa radio. Tony, qui s'entend assez bien à ces choses, a diagnostiqué la panne. Kaï a puisé dans ses réserves de pièces détachées et est venu porter lui-même l'élément défectueux, avec quelques bouteilles de bière.

C'est Snowy qui amène le sujet dans la conversation. Ce Japonais qui intervient dans les conversations radio.

— Tu l'as déjà eu, Kaï ?

— Oui. Je crois qu'il se nomme Tambo Mimura.

— Il sait qui tu es ?

Peut-être. Kaï a déjà bavardé trois fois avec le Japonais. Sans pour autant obtenir beaucoup de détails. L'autre ne s'est pas découvert.

— Pour moi, dit Snowy, il sait mon nom et mon surnom. Il m'a déjà promis qu'il viendrait m'écorcher vif.

— Il a parlé d'un pisteur, qu'il aurait à son service ?

— Non. Pourquoi ?

C'est Tony qui raconte l'histoire de la Chose. Que l'on présume morte, sans en avoir la preuve formelle.

— Je ferai attention, dit Snowy. Le type qui me trouvera dans la brousse n'est pas encore né. Ne repartez pas par le même chemin, on m'a signalé une patrouille japonaise à une dizaine de kilomètres. Merci de votre visite. La naissance est pour quand ?

Vers la mi-août, selon les Fidjiennes. Kaï, Tony et les huit Ibans qui les accompagnent regagnent ce qu'ils appellent le Balcon le 20 ou le 21 juillet. Tout y est tranquille. Tony se remet à ses travaux de percement — il a longuement exploré les grottes et découvert, au prix de quelques élargissements, voire en ouvrant un passage en certains endroits, là où la roche sonnait creux, un étonnant réseau de boyaux, et même une véritable caverne, centrée sur un petit lac. Tony adore se promener sous terre et se glisser dans des goulets — les Ibans ont dû à deux reprises le dégager : il était coincé, incapable d'avancer davantage et de revenir en arrière.

Jours tranquilles, pour le reste. Grâce à un vieux jeu de cartes qu'il a fallu faire sécher au soleil et auquel il manque le quatre de trèfle — qui s'est révélé irrécupérable —, on joue au poker. Bongsu fait le quatrième, et le plus agaçant est qu'il gagne. Boadicée lui doit déjà cinquante-neuf millions de livres anglaises, Kaï la moitié seulement ; c'est dire s'il s'en tire bien.

— Kaï ?

Voici une dizaine de minutes, Tony a, comme il le fait à peu près tous les deux jours, établi un contact radio avec Moresby. À son habitude, il s'est installé sur la véranda avec l'appareil ; selon lui la liaison y est meilleure que dans le petit bureau.

— Écoute ça. Ce sont des Japonais ?

— Oui. Deux pilotes qui discutent entre eux.

— Ils révèlent des secrets militaires ?

— Si tu penses qu'un peu de dysenterie est un secret militaire, alors oui. Et ils viennent de Simpson Harbour en Nouvelle-Bretagne, près de Rabaul. Ce n'est pas trop bouleversant, comme information.

Kaï va repartir reprendre son jeu avec Claudie qui aura deux ans dans un peu plus d'un mois (nous devons être le 2 ou le 3 août) et parle assez bien ma foi — sauf qu'elle refuse d'utiliser autre chose que le malais ou le chinois. La voix lui parvient aux oreilles au moment où il redescend les trois marches en bois de la véranda.

Salut à toi, Kaï O'Hara.

Kaï se fige. Que le Japonais l'interpelle n'est pas pour l'émouvoir, ça fait tout de même la quatrième fois.

— Il t'a appelé par ton nom, dit Tony qui a coupé l'émission.

— J'ai entendu. Tu m'as appelé Kaï, il y a un instant. Ton appareil était branché ?

— Je ne crois pas. Non. Non, j'en suis sûr.

Le pisteur est vivant, pense Kaï dans la seconde. Il a survécu et aura vu les Ibans. Quelle autre explication ?

— Je veux parler à ce type, Tony.

Il prend les écouteurs et les place sur ses oreilles, s'assoit devant le microphone.

Salut, Tambo.

Le silence sur les ondes est bien assez éloquent. Ce type est bien Tambo Mimura.

Rire.

— *Je te croyais vraiment à Tahiti, Kaï.*

— *Je traîne encore un peu dans le coin. J'aime beaucoup la mer des Salomon.*

— *Ne cherche pas à me tromper. Je crois que tu n'es pas sur le* Nan Shan *mais à terre. Sur Guadalcanal. Sur la dernière île, comme tu dis.*

— *Tu me connais mais je ne te connais pas.*

— *Tu connais mon nom. Anthony Yablon est avec toi ?*

Fils de chien.

— *Je ne connais personne de ce nom.*

Rire encore, et fort gai.

— *C'était lui qui parlait à Moresby, tout à l'heure. J'ai reconnu sa voix. J'ai bien failli le prendre, à Kau Kau Bay. Mais ce n'est que partie remise. Comme pour Rhoades et les deux autres guetteurs de l'île.*

Au moins il ignore les noms de MacFarlan et de Martin Clemens, mais la consolation est mince.

— *Je connais un Rhodes, mais il se prénommait Cecil et il doit être mort depuis pas mal de temps.*

— *Amusant, Kaï. Que penses-tu de mon pisteur ?*

— *Envoie-le-moi, je te donnerai mon opinion.*

— *Je crois savoir où tu te caches.*

— *Et qui est ce pisteur dont tu me parles ?*

— *Celui qui a suivi ton ami Tony jusqu'au moment où tes Ibans et toi l'avez recueilli. Celui que tes Ibans n'ont pas réussi à tuer. Et celui encore qui me conduira à ta cachette. Tu connais l'île de Sakhaline, Kaï ? Il vient de là-bas. Ma famille utilise la sienne depuis des générations à la façon de chiens de chasse. Mais Koto surclasse tous ses ancêtres. Il appartient à l'ethnie des Nivkhi, des Gouliaks comme l'on disait autrefois. Il est plutôt habitué à la neige, mais il trouve Guadalcanal fort à son goût. C'est grâce à lui que je vengerai Sakata Tadoshige, Kaï O'Hara.*

Je vois.

— *Tu aurais dû être à ses côtés en Malaisie, Tambo.*

— *Je suis arrivé trop tard. Mais cette fois sera la bonne. Tu avais raison : Guadalcanal sera la dernière île. À très bientôt.*

Communication coupée. Kaï fixe Tony, qui est blême.

— Tony ? N'en parle pas à Boadicée, s'il te plaît.

— Je suis fatiguée, dit-elle. Nous pouvons rentrer ?

On est trois jours après le dialogue avec Tambo Mimura. Boadicée a voulu aller jardiner, poussant devant elle un ventre vraiment énorme, « à mon avis, ils sont au moins quatre, là-dedans, ça te plairait, des quadruplés, O'Hara ? ». Bof. Sans plus.

Ils regagnent le bungalow. Deux avions sont passés, voici une petite heure. Mais assez loin, à plusieurs kilomètres dans l'est. Et ils n'étaient pas japonais. Des Américains.

Elle s'allonge carrément sur le lit qu'il a fait construire tout exprès : deux mètres quarante de large sur deux et demi de long — il paraît que je remue trop.

— Tu viendras dîner ?

— Bien sûr que oui.

Ensuite, on fera un poker. La veille, Bongsu les a tous bluffés avec son ridicule brelan de huit, et elle veut sa revanche.

— Tu lui dois déjà soixante-sept millions six cent cinquante-trois mille livres.

— Et toi ?

— À peine dix-neuf. Je lui en ai repris sept, avant-hier. Ce Bongsu est diabolique. Et dire que c'est moi qui lui ai appris à jouer ! Quand la guerre sera finie, je l'amènerai à Macao. Il nous y gagnera de quoi racheter le bail de Hong Kong.

Dîner d'opossums et de rats d'eau, dont Kaï ne raffole pas vraiment — pas tant pour leur goût que parce qu'il les a vus nager un peu trop souvent autour de lui, montrant des mâchoires fort aiguës ; mais Boadicée a un appétit d'ogre.

— Je mangerais presque un Japonais, dit-elle. On se le fait, ce poker ?

Ils jouent un peu plus de deux heures et, à un moment, elle grimace.

— Ça ne va pas ?

— Ton fils me donne des coups de pied. Je mets cinquante mille. Qui suit ?

Elle perd ce soir-là trois autres millions et des poussières, mais Bongsu, bon prince, arrondit le total de sa dette à soixante-dix millions. Elle va se coucher, Kaï reste une heure dehors, dans la nuit, à écouter Tony parler de minéralogie et de deux filles qu'il a eues à Sydney. C'est une fort jolie nuit — silence tissé par les bruissements de la jungle en contrebas et, de temps à autre, quand on prête vraiment l'oreille, mais Tony ne les remarque sûrement même pas, les sifflements des Ibans de garde, se signalant les uns aux autres que tout va bien, et que ce n'est pas encore le moment, s'il vient jamais, de l'assaut d'une horde de soldats japonais baïonnette au canon et hurlant *« banzaï ! »*, après avoir été conduits jusqu'au Balcon par une chose étrange née sur l'île glacée de Sakhaline.

— Je vais me coucher, Tony. Bonne nuit.

Kaï se glisse très silencieusement dans le grand lit. Il peut être 11 heures, je crois que nous sommes le 6 août, et très probablement de l'année 1942 après Jésus-Christ. Boadicée dort paisiblement, à plat dos. Il l'embrasse très doucement, sans l'éveiller.

Je peux bien te le dire puisque tu ne m'entends pas : j'espère que ce sera un fils.

Il met un peu de temps à trouver le sommeil, il y a deux heures au plus qu'il dort quand il rêve qu'il nage dans l'eau de l'un des foutus marécages, un kilomètre et quelque plus bas.

À ceci près que ce n'est pas un rêve. Il est, je suis, le lit est, trempé. Dans la seconde, il bondit sur la machette.

Mais Boadicée rit :

— Désolé, mon amour. Ce n'est que la poche des eaux qui vient de crever. Tu ferais mieux d'appeler les Fidjiennes, j'ai très mal.

La naissance a lieu soixante-dix minutes plus tard, elle est simple comme bonjour, et d'ailleurs, disent les Fidjiennes, il en est souvent ainsi pour le deuxième enfant.

— Et c'est un garçon, Kaï. Mais je t'avais prévenu.

— C'est vrai. Merci. Je suis plutôt content, dans l'ensemble.

— Je veux bien te croire mais ce n'était sans doute pas la peine de nous tirer un feu d'artifice, à ton fils et à moi. C'est un peu exagéré.

— Je n'ai tiré aucun feu d'artifice, lumière de mes yeux. En fait, ce sont juste quelques milliers de marines américains qui débarquent sur Guadalcanal.

LES MARINES ont débarqué à peu près au centre de la côte de Guadalcanal qui fait face à Floride, donc Tulagi ; leur objectif est visiblement l'aérodrome. Ils s'emparent aisément de celui-ci — une communication de MacFarlan, une autre de Snowy Rhoades ont précisé que le terrain d'aviation a été évacué en toute hâte (jusqu'au repas du matin qui fume encore sur les tables des réfectoires) par les quelque deux mille ouvriers civils et la poignée de fusiliers marins nippons.

Débarquement aussi sur les rochers de Guvutu et de Tanambogo, et sur Floride. Facile dans le second cas, meurtrier dans le premier. Tony a réussi à capter les émissions des troupes d'assaut, en sorte que, sur le Balcon, l'impression est très saisissante : on y entend les ordres et les cris, la mitraille et le roulement sourd des bombardements effectués par les navires ou par les appareils partis des porte-avions. Kaï veut interrompre ce vacarme...

— Pas question, dit Boadicée. Cette musique-là m'enchante. Et regarde ton fils : il sourit. Il est beau, hein ?

Ouais. Quand il n'essaie pas de distinguer quelque chose en contrebas, dans ses jumelles, Kaï considère ce petit morceau d'homme sorti du ventre de sa femme. C'est rouge, ça a des poils plein la figure et le nez est écrasé sur le côté, tu dirais un singe nasique, j'espère qu'il ne va pas rester comme ça. Tu as vraiment choisi ton moment pour naître, mon pote.

Sur Guvutu, les marines en sont maintenant (cela s'entend très bien à la radio) à tendre des pains de dynamite au bout de longues perches ou de planches, afin d'atteindre l'intérieur des grottes où les Japonais se sont réfugiés.

Jack Read, de son poste dans le nord de Bougainville, tout au bord du passage de Buka, annonce vingt-quatre bombardiers japonais. Il est 9 h 45, le 7 août. Quelques instants plus tard, une calme voix australienne — sur le croiseur *Canberra*, selon Tony — annonce à tout un équipage : *Nous serons attaqués à midi par vingt-quatre bombardiers ennemis. Le déjeuner est donc avancé d'une heure. Bon appétit.*

Autre signal de Read le lendemain, vers 8 h 40. Quarante-cinq bombardiers, ce coup-ci. Et l'on se bat toujours sur les îlots défendant Tulagi, bien que l'ancien centre administratif des Salomon ait été conquis pratiquement sans lutte (Tanambogo ne tombe que le 9, et des quelque huit cents Japonais de la garnison, une petite vingtaine seulement seront faits prisonniers, pour la plupart très grièvement blessés, tous les autres seront tués, plutôt deux fois qu'une).

Les 5ᵉ et 1ᵉʳ régiments de marines, sur Guadalcanal même. Ils paraissent avancer sans rencontrer de résistance, les liaisons radio entre les divers éléments de ces unités l'attestent.

Au large, dans ce qui va devenir la baie au Fond-de-Fer, Kaï compte un cuirassé, six croiseurs, dix-neuf torpilleurs et dix-huit transports de troupes, américains ou australiens.

— Au train où vont les choses, remarque Tony, nous allons bientôt pouvoir redescendre et aller nous dorer au soleil sur une plage.

— On attend quand même encore un peu.

Escadre japonaise à vingt-huit ou trente nœuds, filant au sud, annonce Kennedy, le guetteur de la Nouvelle-Géorgie, en fin d'après-midi du 9.

Et la canonnade éveille Kaï dans la nuit du 9 au 10. Une bataille navale est en cours, dont on ne voit pas grand-chose du Balcon. Au plus les trajectoires phosphorescentes des obus et des rafales de mitrailleuses lourdes des Japonais (leurs adversaires américains n'utilisent même pas de projecteurs) et la suite révélera que tout s'est joué sur l'acuité visuelle très supérieure des marins du Soleil levant, pour les combats de nuit notamment. Parce qu'ils mangent du riz et du poisson.

— Tu veux toujours descendre sur la plage, Tony ?

— On attend un peu.

L'aube du 10 qui se lève donne le score : quatre croiseurs américains coulés, contre un seul japonais. Mais l'escadre venue du nord a rebroussé chemin. Tandis que les transports de troupes et de matériel US ont décampé, abandonnant à leur sort les quelques milliers de marines déjà à terre. *Nous n'avons que deux jours de vivres au plus,* clame une voix à l'accent traînant du sud des États-Unis.

Rose-Mary ?

C'est MacFarlan qui établit le contact. Il se trouve à l'intérieur du périmètre tenu par les marines et n'en est pas particulièrement allègre pour autant. Ce périmètre s'allonge sur sept kilomètres au plus, le long de la côte, sa profondeur atteint au maximum trois kilomètres ; il est centré sur l'aérodrome désormais baptisé Henderson Field, limité à droite (en regardant du Balcon) par la rivière Tenaru, et à gauche par les collines de Kukum. Toutes les indications données en code par le lieutenant australien, pour le cas où le groupe Rose-Mary souhaiterait venir se placer sous la protection des marines.

— *Mais je ne vous le conseille pas.*

— *Nous sommes très bien où nous sommes,* répond Kaï.

— *Le match ne fait que commencer.*

— *J'en ai peur. J'ai un fils de trois jours.*

— *Félicitations. Embrassez la mère pour moi.*

Deux jours plus tard, l'étrange accalmie régnant sur Guadalcanal est brutalement rompue. Une forte patrouille américaine de vingt-cinq hommes, commandée par un lieutenant-colonel, et qui avait poussé une pointe vers le village de Matanikao (sur la rivière du même nom) est entièrement massacrée, à l'exception de trois hommes qui parviennent à s'enfuir à la nage, entièrement nus.

La bataille de Guadalcanal commence ce jour-là. Et quelqu'un prend soin de confirmer ce sentiment :

— *Salut, Kaï. Ici Tambo. J'ai été dérangé dans mes projets te concernant par l'irruption de quelques énergumènes. Mais nous allons nous en débarrasser, comme à Bataan.*

— *Tu es cinglé, mon bon.*

— *Parce que je crois que mon pays remportera toutes les victoires ? La Plus Grande Asie ira jusqu'au pôle Sud, mon bon. Le règne des Blancs est fini à jamais.*

— *Pourquoi ne pas me dire où tu es ? Je viendrai te rendre visite.*

— *Je ne suis pas Sakata Tadoshige, je ne tombe pas dans les pièges.*

— *Tu me fatigues. Ne me dérange plus pendant ma sieste.*

— *Pourquoi parlons-nous en anglais, Kaï ? Tu sais le japonais à ce qu'on m'a dit.* (La suite en japonais.) *Voici ce que je vais faire à ta femme, Kaï. D'abord, je la fais violer...*

Kaï coupe — et s'en veut d'avoir coupé. Tambo a cherché à le mettre en colère et y a presque réussi, ce fils de chien doit rigoler comme un fou.

Ce n'est pourtant pas cette petite fureur qui le détermine quatre jours plus tard, le 15. L'escadre japonaise qui a remporté la première bataille navale des Salomon ne comportait aucun transport de troupes, et très évidemment n'a débarqué personne sur Guadalcanal. MacFarlan et Rhoades estiment, non sans de solides raisons, que les effectifs proprement militaires japonais sur l'île (ils étaient bien plus importants autour de Tulagi mais ils ont été exterminés) ne comptent guère, au maximum, que deux cents fusiliers marins. Plus les ouvriers qui travaillaient à la construction des hangars, des alvéoles anti-éclats et de la piste de douze cents mètres de ce qui est devenu Henderson Field. Mais, d'après Rhoades, ces deux mille hommes sont très souvent des Coréens, voire des Chinois du Nord, qui n'ont guère de raisons de manifester une ardeur particulière au combat. Snowy, en peu de mots mais bien sentis, juge que les dix mille marines débarqués le 7 août, depuis déjà neuf jours, donc, manquent un peu d'esprit d'entreprise. D'avoir été coupés de leurs bases et privés comme ils le sont de ravitaillement et de l'énorme puissance logistique à laquelle ils s'attendaient les paralyse un peu. Et puis ce sont des hommes peu aguerris, sans expérience réelle du combat, surtout dans les conditions qu'ils affrontent.

Tony parle carrément de dégonflés.

— Tu exagères.

— Kaï, dix mille contre deux cents, merde ! Je vais finir par y aller seul.

Boadicée s'en mêle, qui prévoit une situation dans laquelle tout le monde va mourir de vieillesse et dans le statu quo.

Jusqu'à Môn qui est partisan non d'une véritable attaque, mais au moins d'une reconnaissance. Selon les agents de Rhoades, le semblant de quartier général japonais — dans tous les cas, il s'y trouve des officiers et peut-être bien le capitaine Mimura Tambo (ce qui est tentant) — se situe par-delà le mont Austen, au sud de l'aérodrome, donc.

À l'opposé du village de Matanikao, où la patrouille américaine a été massacrée ; les Américains avaient pris pour un drapeau blanc annonçant une reddition le drapeau japonais dont le rond rouge central était caché par les plis du tissu.

Le départ se fait au début de la soirée du 15. Huit Ibans, avec Môn et Bongsu, accompagnent Kaï et Tony.

Six autres sont laissés à la garde du Balcon.

— Kaï, si tu me répètes encore une fois ce que je dois faire avec ma fille et ton fils, et les Fidjiennes et Chang et Gunga Din au cas où les Japonais montreraient leur petit nez, je hurle.

— Nous serons de retour dans quatre jours. Cinq au plus.

— Essaie de nous trouver des fruits.

Nom d'un chien, est-ce que j'ai l'air d'un mari qui part faire les courses !

Traverser les défenses, la zone de protection rapprochée du Balcon prend trois heures, et exige d'invraisemblables détours ; parfois même il faut revenir en arrière, remonter la pente. Durant toutes les dernières semaines, s'agissant de piéger plusieurs kilomètres de jungle, sur une profondeur de six cents mètres, les Ibans s'en sont donné à cœur joie. Kaï, et moins encore Tony, malgré la réelle expérience de la jungle de celui-ci, seraient bien incapables de franchir ce territoire.

Vers minuit, la colonne de douze hommes croise la vraie fausse piste, ou la plus importante de ce type : les Ibans ont délibérément laissé des traces. Pas aveuglantes, il s'en faut, mais destinées à un ennemi réellement très habile. Elles conduisent à une gorge sans issue, quinze kilomètres au nord-ouest du Balcon, et feraient passer d'éventuels assaillants en vue d'une au moins des sentinelles.

— Matanikao.

L'éclaireur de tête a sifflé, Môn et Kaï viennent de le rejoindre. Premières lueurs du jour — le 18. Un mince ru sinue au fond d'un vallonnement extrêmement boisé. Nous avons bien dû passer au-dessus ou à côté de dizaines de filets d'eau de ce genre, comment être sûr que...

— C'est vraiment la Matanikao ?

Oui.

— Nous sommes très près de la source, chuchote Môn. C'est pour ça qu'elle est toute petite.

Kaï sort la carte qu'il a commencé de tracer dès les premiers jours de mai, s'aidant de ses propres marches, des informations de Snowy, et surtout des informations recueillies par les Ibans, lors de leurs multiples promenades. Si ce truc est vraiment la Matanikao, le mont Austen doit se trouver sur la droite et au-dessus ; le pont en rondins (il était fait de lianes, les Japonais l'ont renforcé en se servant de fûts de mazout vides comme de flotteurs), qui a déjà vu des combats acharnés, est droit devant, plus très loin de la pointe Cruz et de la mer.

Et le « camp des officiers japonais », s'il existe vraiment, devrait être à cinq, six ou huit (c'est précis !) heures de marche. À moins d'effectuer un long et exténuant contournement — qui nous prendrait une semaine —, la seule solution est de se glisser entre les lignes, ou ce qui en tient lieu, tenues par les Américains et les Japonais. Avec le risque d'être mitraillé par les deux camps.

Et il nous faudra franchir les rivières Lunga et Tenaru, longer Henderson Field par le sud, dépasser la Metapoua, remonter au nord vers Tasimboko, voire pousser jusqu'à la pointe de Taïvu, où nous serons juste en face de Tulagi.

Est-ce bien raisonnable ?

... Il est vrai qu'une fois dans cette zone, nous pourrons toujours aller boire une bière chez Martin Clemens, qui est toujours dans la région d'Aola.

— À droite, Môn.

— On passe entre les deux ?

— Oui.

Sifflement deux heures plus tard. L'Iban de tête signale : *Amis — Danger — Beaucoup.*

Ça veut dire quoi, ces deux mots accolés *amis* et *danger* ?

De nouveau, Kaï et Môn repartent vers l'avant, avec toutes les précautions du monde — mais les deux flancs-gardes restent muets. Ils rejoignent l'éclaireur.

Là. Deux cents pas.

Mimique de Kaï : *Tu les as vus ?*

Non. *Sentis.* Et le geste de tirer sur une cigarette. Kaï renifle à pleins poumons mais ne sent strictement rien, en dehors des relents fort nauséabonds de cette végétation détrempée et, qui plus est, noyée par une nouvelle averse.

Ennemis dans le coin ?

Non.

J'avance seul.

Môn secoue la tête avec énergie, il désapprouve.

Seul, mime encore Kaï.

Et sans plus attendre il se met à ramper, arbalète sur la saignée des deux bras, la machette comme toujours en pareil cas fixée à sa taille, dans le dos, plaquée contre les omoplates pour éviter qu'elle ne ballotte. Il capte enfin l'odeur de tabac blond et, quelques dizaines de mètres plus loin, jusqu'au claquement d'un briquet Zippo que l'on ouvre, actionne et referme.

Quelques mètres encore et ce sont carrément des murmures de voix qui lui parviennent. Deux voix différentes. Kaï se plaque un peu plus sur le sol et se coule entre les hautes herbes, assez désagréables ma foi, dans la mesure où elles font plus que lui égratigner la peau des bras, des épaules et du dos. Il atteint la minuscule butte qu'il avait repérée. Et là, il peut suivre la conversation. Ça parle de base-ball. Nom d'un chien. Des Japonais seraient à ma place, ces gugusses seraient déjà morts.

— Je ne connais rien au base-ball, lance-t-il à haute voix.

Distance quinze mètres ou moins, allez, disons douze. Il s'est bien rencogné dans le creux de la butte et s'en trouve fort bien. La rafale écrête la terre trente centimètres au-dessus de ses cheveux. Les deux minutes qui suivent, le mitraillage est proprement délirant. J'aurais un drapeau blanc, je le hisserais.

La cadence du tir se ralentit, le tir cesse.

— Je ne suis pas japonais, je...

Et hop, ça repart. Ils vont finir par me raser ma butte, ces crétins.

Dans le silence revenu pour la deuxième fois.

— JE PEUX PARLER, OUI ?

— Ce Japonais parle l'anglais mieux que moi, dit une voix.

— Je ne suis pas japonais mais irlandais, dit Kaï. Enfin, un peu irlandais, un peu français et un peu chinois. Mais pas japonais.

— Le mot de passe.

— Je ne connais pas le mot de passe. J'habite sur Guadalcanal avec ma famille.

— Je suis sûr que c'est un Japonais, dit une deuxième voix.

— Et moi, je suis sûr que tu es une crème d'andouille, dit Kaï.

— Le mot de passe, dit la première voix.

Nabuchodonosor, Empire State Building, Douglas Fairbanks, Teddy Roosevelt, Glenn Miller, Mickey Mouse...

— Ne fais pas le malin. Les Japonais ne peuvent pas prononcer les l. Dis donc un mot avec des l, pour voir ?

— Lilliput, dit Kaï. Lullaby, lilylike, looping, lillipilly — c'est un arbre australien, leptodactyle et trou la la itou, vous en voulez encore ?

— Christ, tu viens de donner le mot de passe.

— Je peux me lever ? Je suis tout seul.

Enfin, presque. Du coin de l'œil, j'ai cru voir Môn et Bongsu me dépasser, sur la droite la gauche.

— Tu lèves les mains et ensuite tu bouges.

Kaï se redresse.

— C'était lequel, le mot de passe ?

— Parce que je vais te le dire ? Tu nous prends pour qui ? Tu n'es peut-être pas japonais...

— Comment ça, *peut-être* ?

— ... Mais tu pourrais être un espion.

Ils sont trois, pas plus. Le plus âgé a dix-neuf ans. Aucun signe qu'ils soient appuyés par une troupe plus importante, Seigneur, ces gamins ont de la chance d'être encore vivants ! Ils auraient face à eux une vraie armée japonaise...

Des mouvements quasi imperceptibles dans les hautes herbes, que le vent ne peut expliquer. Ce ne peut pas être Môn et Bongsu, qui sont déjà passés.

— Vous avez un officier, dans les environs ?

— Pas de renseignement stratégique, espion.

— Vous êtes trop isolés. Et très faciles à tuer. Vous devriez reculer de cent yards. Là-bas, derrière cette crête.

— On est des marines. On n'a peur de rien. Garde tes

bras levés, tu es prisonnier. Et c'est quoi, ce machin en bois ?

— Une arbalète. Je voudrais parler à un de vos officiers.

— Tu vas lui parler. Jette ce truc en bois.

— Nous avons aussi des sarbacanes, dit Kaï. Des cylindres qui permettent de projeter des fléchettes. Et ces fléchettes sont enduites d'un poison immédiatement mortel. *Sekarang.*

C'est-à-dire « maintenant ». Les dix Ibans se matérialisent, le plus lointain à quinze mètres des trois jeunes marines. Même Kaï en est saisi.

— Réflexion faite, dit-il, je ne vais pas aller voir cet officier. Dites-lui seulement qu'il y a en tout et pour tout deux centaines de Japonais sur Guadalcanal. La plupart dans cette direction. Aucun à moins de cinq kilomètres de l'endroit où vous êtes. Et repliez-vous derrière cette crête. Bonne journée.

Il se retourne et s'en va. Les deux bruits dans son dos sont quasiment simultanés. Le claquement d'un Garand que l'on arme et le sifflement menaçant d'un Iban. Mais tout se passe bien.

Trois têtes de plus à l'actif des Ibans, vers 11 heures du matin, alors que l'on a laissé le terrain d'aviation à gauche et par-derrière. Le passage de la rivière Metapoua s'est fait à la nage, trois petits soldats japonais étaient en train d'effectuer une corvée d'eau, les fléchettes des sarbacanes les ont convaincus de renoncer à toute activité.

— Tes hommes vont transporter ces trophées avec eux, Kaï ? demande Tony.

— C'est leur problème. Et ce ne sont pas mes hommes, mais mes associés.

L'avantage de la situation est qu'il suffit maintenant de remonter la piste que les trois morts ont laissée. On progresse sous un couvert, une canopée qui rappelle celle du bukit Tamiang, près de Kuala Kraï en Malaisie, ne serait-ce que par l'impossibilité où l'on est ici aussi d'apercevoir le ciel.

Sifflement. Les traces de la corvée d'eau viennent d'aboutir à un cantonnement, un point de résistance, ou quelque autre nom que cela porte. Dans ses jumelles, Kaï découvre des sortes de petits blockhaus faits de rondins, de sacs de sable et de terre, et remarquablement camouflés — je les vois parce que nous nous trouvons en arrière d'eux ; forcément, ils sont tournés de l'autre côté, en direction des marines. Il compte quinze hommes, dont un officier. Des fusiliers marins à jugulaire. Avec deux mitrailleuses.

— On les attaque ?

Non. Kaï rejette la proposition de Tony, et l'interrogation muette de Môn. Pas de coups de feu. Notre objectif est Mimura Tambo, qui n'est pas là mais qui peut-être, avec de la chance, se trouve non loin d'ici. Déclencher une fusillade (en plus nous n'avons que mon Lee-Enfield et le Garand de Tony) risquerait de donner l'alerte. Fantômes nous sommes, fantômes nous restons.

Cela dit, je me suis fichtrement planté, quant aux heures de marche. Cela fait maintenant plus de huit heures que nous avançons depuis les sources de la Matanikao. Le groupe s'est déployé avec cinq éclaireurs en triangle, pointe en haut, de façon à ratisser plus large. On croise une piste peu avant 2 heures de l'après-midi. Ce n'est certes pas une route carrossable, au mieux un étroit boyau serpentant entre les arbres et les petites lagunes. Mais les empreintes y sont nombreuses. Direction : nord. Sauf erreur, nous sommes à cinq ou six kilomètres dans le sud-est de Tasimboko ; la pointe Taïvu en haut sur notre droite. Et le signal arrive sept ou huit cents mètres plus loin, relayé par les éclaireurs.

Ennemis — Beaucoup dix.

Autrement dit, plusieurs dizaines d'hommes, voire davantage. Dix minutes de reptation pour rejoindre l'éclaireur, Kaï braque ses jumelles, Môn et Tony de même. Distance : trois cents mètres. Et là encore, on a débouché sur les arrières du périmètre de défense. Mais il y a bien cent hommes et plus, et des véhicules. Tout le gros de l'armée japonaise sur Guadalcanal est là.

On s'approche, Môn.

En contournant par l'est, en sorte de venir au plus près de ces paillotes que Kaï distingue mal pour l'instant. Cela prend une quarantaine de minutes. Malgré les signes de Kaï, Tony s'est obstiné à suivre, il faudrait l'assommer ! Une autre odeur nauséabonde vient encore empuantir les relents de la jungle détrempée (il ne pleut plus depuis le milieu de la matinée). Et pour cause : le trio traverse les feuillées où justement deux soldats sont en train de poser culotte, bavardant fort paisiblement.

Non.

Môn soulevait déjà sa sarbacane.

Je tue les deux, mime Môn.

Non.

On attend que les deux bonshommes en aient terminé — ils se lavent avec soin, puisant dans un fût d'eau : la propreté japonaise n'est pas une légende. Après quoi, on repart.

Les paillotes à moins de deux cents mètres, à présent, et moins dissimulées par la végétation. Tony étouffe une exclamation.

— Kaï...

Silence. Par signes uniquement.

L'index de Tony se pointe, s'agite verticalement. Et Kaï le découvre à son tour. Petite silhouette frêle assise sur le sol et adossée à l'un des pilotis noirs de la troisième paillote. L'homme de Sakhaline, le pisteur, Koto. Un grand soulagement envahit Kaï : *s'il est ici, au moins il n'est pas en train de rechercher un accès au Balcon.*

Il allonge sa main et abaisse le canon du Garand que Tony braquait déjà — c'est ça, qu'il ouvre le feu et nous aurons cent et quelques soldats japonais pour nous courir après !

Et surtout ce pisteur n'est rien, c'est Tambo que je veux.

Kaï pointe de nouveau ses jumelles. Cette fois sur la paillote même. La lumière commence à faiblir mais on distingue d'autres silhouettes, dans la construction de branches à claire-voie. Trop peu précises.

On se déplace encore, Môn.

Trente mètres sur la droite et donc vers le nord. L'emplacement est meilleur, la porte de la paillote est à présent en ligne directe et, malgré l'obscurité grandissante, Kaï voit trois silhouettes. Deux officiers au moins, à en juger par leurs sabres, et peut-être un troisième qui est assis et dont Kaï n'aperçoit que les bottes. Celles-ci parfaitement cirées.

Mimiques : *Tony, tu t'occupes du pisteur et moi de l'officier qui doit être Mimura. Tu ne tires que quand j'ai tiré. Compris ? Je tire le premier et toi après.*

Acquiescement de l'Australien.

Kaï prend position, bretelle de l'arme bien tendue autour de son coude gauche et, tout au bout de la ligne de mire, à défaut de pouvoir viser à coup sûr la tête ou le buste, ce genou de l'homme assis.

Et il s'écoule là-dessus dix minutes. *Nom d'un chien, bouge ! Montre-toi, je veux être sûr que je ne me trompe pas de bonhomme. Si je dois mettre cent Japonais en alerte, je tiens à ce que ce ne soit pas pour n'importe...*

La fusillade éclate d'un coup. À deux cents mètres. Dans la direction où les neuf autres Ibans sont restés. D'abord une seule détonation, puis un ensemble de rafales, ça crépite, flammes de départ illuminant la pénombre qui vient, jusqu'à une mitrailleuse qui se met de la partie.

La première balle de Kaï est partie et elle touche, sans doute à la cuisse. Il tire encore par deux fois, au travers du bois de la paillote, dans l'espoir d'atteindre le buste.

— Tony, on file !

Il faut soulever l'Australien et l'arracher à sa position entre deux arbres.

— Je l'ai manqué, Kaï ! Je l'ai manqué !

Môn court devant eux. Kaï tire et pousse Tony. Des balles frappent la végétation tout autour d'eux. Leur ruée se poursuit sur plus de cinq ou six cents mètres, s'interrompt par-delà une butte. D'autres tirs, mais assez lointains, mille mètres peut-être. Rien dans leur direction. Les trois hommes halètent, la poitrine en feu. Même Môn qui, comme Kaï, a la poitrine, le visage et les bras lacérés.

— Je l'ai manqué, réussit à dire Tony couché sur le ventre. J'aurais tiré cinq secondes plus tôt, je l'avais. On a trop attendu. Et toi, tu l'as eu ?

— Je ne sais pas. J'ai touché certainement la cuisse d'un homme qui est peut-être Mimura. Et il est possible qu'une autre de mes balles l'ait atteint.

— Il était déjà blessé, Kaï. Il avait un pansement sur la poitrine et toute son épaule était bandée. Côté gauche.

Tony parle du pisteur. Que donc j'aurais touché aussi, dans le marais. Je suis en train de me faire une spécialité des tirs à demi réussis.

On repart, mime Môn.

En pareil cas, s'il se produit une dispersion impromptue, pour n'importe quelle raison, on convient toujours d'un, et en fait de plusieurs rendez-vous successifs. Pour cette expédition-ci, le point de ralliement se trouve dans l'est de Tasimboko, entre ce dernier village et la pointe de Taïvu. (Un deuxième est prévu plus à l'est encore, après Taïvu, sur la côte. Et le dernier au début de la baie d'Aola.)

Mais trois Ibans rallient dans les minutes suivantes. Ils couvraient les arrières de Kaï et de Môn et sont partis derrière eux.

— Et Bongsu ?

Bongsu et les cinq derniers hommes se trouvaient plus au sud. Ce sont sûrement eux qui ont essuyé le feu des Japonais. Les nouveaux arrivants n'en savent pas davantage. Eux ont fléché deux Japonais et ajouté leurs têtes aux trois précédemment coupées sur le bord de la Metapoua.

Reste que leur présence donne une idée à Kaï.

— Tony, tu continues avec eux vers le premier rendez-vous. Et à l'arrivée de Bongsu, vous faites mouvement à l'est de Taïvu. Où vous attendez.

— Et toi ?

— Môn et moi allons refaire un tour. Voir où en est Bongsu.

Et, qui sait, peut-être vérifier que c'est bien Mimura que j'ai tiré à moitié.

— Si tu es d'accord, Môn.

Ha ! ha ! ha ! dit Môn sans le moindre bruit.

Ils repassent, à cinquante mètres près, à l'endroit d'où Kaï et Tony ont tiré, près de trois heures plus tôt. Selon Môn, *dix et dix ennemis* ont battu la jungle à cet endroit, sans évidemment rien trouver puisqu'ils étaient partis.

Sifflement très léger. C'est Môn qui attire l'attention de Kaï. Sur des empreintes de pieds nus, de petite taille. Chuchotements :

— Le pisteur ?

— Oui.

Cette chose est blessée à l'épaule ou à la poitrine côté gauche, mais apparemment elle peut encore marcher.

— Mais il n'est pas allé loin, précise Môn. Son pas est très lourd. Et, regarde, il s'est intéressé beaucoup à tes empreintes à toi. Il les connaît, Kaï.

— Grand bien lui fasse.

Ils descendent tous les deux au sud et parviennent à ce coin de forêt où ils ont laissé Bongsu. C'est vrai qu'on a beaucoup tiré, par là. À la clarté de la lune, la végétation apparaît hachée sur des centaines de mètres.

Sang, mime Môn.

Et des traces de cadavres que l'on aura traînés.

Oh non, pas Bongsu !

Repartir, signale Môn.

Ils reprennent la direction du nord et Kaï braque ses jumelles, de temps à autre. D'abord parce que, comme toujours, sa vision nocturne s'en trouve améliorée. Ensuite parce qu'ils ont sur leur gauche le camp retranché japonais.

— Môn.

L'Iban pointe lui aussi ses jumelles. Sur ce double pinceau de phares de camions, à quatre cents mètres. Qui éclaire des corps suspendus par les pieds et extraordinairement sanguinolents, sur lesquels des soldats s'acharnent avec des couteaux. Et pour assister à cette scène de boucherie ignoble, tout un groupe. Dans lequel figure un officier entre plusieurs autres, sauf que celui-là est couché sur un bat-flanc et porte des pansements ensanglantés — la cuisse droite et le flanc, du même côté (tu l'as touché mais pas coulé, Kaï, mais pour un tir au jugé au travers d'une paillote, ce n'est pas si mal). Et c'est Mimura Tambo, ce ne peut être que lui. Quelque chose dans l'arrogance du maintien, plus ce foulard si soigneusement noué autour du cou, et cette main gantée, et ce fume-cigarettes dont l'homme se sert pour encourager les tortionnaires et, semble-t-il, conduire l'interrogatoire des suppliciés.

Repartir, répète Môn. *Trop loin pour tuer, trop dangereux.*

Il a raison.

La nuit tombait, il devait donc être 5 heures ou 5 h 30 lorsque Kaï a ouvert le feu ; battre en retraite, puis revenir sur ses pas aura pris dans les deux heures, il ne doit pas être loin de 10 heures quand une odeur de mer parvient aux narines de Kaï. Môn et lui sont montés au nord-nord-est, dans la direction de la pointe de Taïvu. Sans trouver aucune trace du passage du groupe Bongsu — pour autant qu'il y ait des survivants. Mais il est vrai que le ciel semble s'être à nouveau couvert, la lumière est très faible.

Et le décor enfin se modifie, des cocotiers apparaissent, puis se multiplient, voire s'alignent — d'évidence il y a eu là, autrefois, une plantation. Les ruines du bungalow signalées par Snowy Rhoades apparaissent d'ailleurs au bord d'une ancienne piste. Ils se sont un peu trompés de cap, les plages de Taïvu sont sur leur droite alors qu'ils pensaient les trouver sur leur gauche. Et, par conséquent, le deuxième point de ralliement est à six ou sept kilomètres.

— On fait une pause, Môn. Je suis crevé.

L'Iban acquiesce. Il est lui aussi épuisé au terme de ces quinze ou seize heures de marche, sinon de course. Sans compter qu'il y a bien plus de trois jours que l'on a quitté le Balcon, traversant un territoire infernal.

La petite rivière annoncée dans l'est du vieux bungalow est vite trouvée. Il suffit d'en suivre la berge et voici enfin la mer. Et une plage de sable, et de l'air presque frais. Kaï est le premier à entrer dans l'eau, quelle jouissance, même si ça pique et brûle pas mal, quand tu n'as pas pris de douche depuis soixante-quinze heures et que tout ton corps est griffé, éraflé, entaillé de toutes parts. Il fait la planche. Le ciel au-dessus de lui est bel et bien couvert, le vent presque nul, la surface de la mer à peu près parfaitement lisse, dans cette crique du moins.

Sur la plage, avec sa prudence ordinaire, Môn est en train d'effacer les empreintes laissées par Kaï et, en ayant terminé, il marche dans l'eau jusqu'à mi-mollet vers cette langue de rochers qui ferme la crique à l'est.

— Viens te baigner.

L'Iban répond par un borborygme. Il atteint les rochers, se hisse sur eux, dépose l'équipement de Kaï et le sien. Il va revenir dans la mer quand, d'un coup, il se fige. Il semble dresser une main. Kaï s'immerge aussitôt, parcourt sous la surface la quarantaine de mètres qui le sépare des rochers, escalade à son tour ceux-ci.

Une autre plage, au-delà de la minuscule presqu'île. Bien plus longue, dix ou vingt fois plus longue que la première.

Et Kaï compte six bateaux, à un demi-mille au large. Il en identifie presque certainement un, le plus près de lui. C'est un torpilleur, et il est japonais. Les cinq autres seront de la même nationalité. Quant à ce que font là ces navires, à quelques milles à vol d'oiseau sur le flanc oriental de la tête de pont des marines, la réponse est encore plus simple : une vingtaine de grosses chaloupes emplies à ras bord de soldats sont en train de se diriger vers la côte.

— On détale, Môn. Et plein est. Avant qu'ils ne nous coupent la route d'Aola.

Une heure plus tard, les deux hommes s'affalent à l'autre extrémité de la longue plage. Ils ont couru ventre à terre, sur la piste pas mal envahie par la broussaille qui desservait jadis l'ancienne plantation. Se souciant peu d'y laisser des traces : à mesure qu'ils longeaient à toutes jambes le point de débarquement, des sections entières prenaient position, parfois à trente ou quarante mètres d'eux. À quelques minutes près, ils ne passaient pas.

Kaï reprend son souffle, puis se faufile dans la broussaille et braque ses jumelles. Une unité est en train de s'organiser à moins de cent mètres de lui, il entend les ordres qui sont donnés à voix basse — entrer sous le couvert, se préparer à se mettre en route, vérifier les paquetages, désigner des éclaireurs, qui filent en avant. Les chaloupes parties des torpilleurs — il y en a bien six, on les voit mieux d'ici — achèvent de déposer à terre les ultimes contingents (« *Banzaï* pour l'empereur ! » soufflent les marins). Mais c'est un peu plus loin que se porte l'observation de Kaï. Sur un groupe d'officiers entourant un colonel.

Un colonel que Kaï reconnaît. Il a vu sa photo dans plusieurs journaux. Ichiki. L'homme est célèbre dans toute l'armée japonaise. C'est lui qui, en juillet 1937, a sciemment provoqué l'incident du pont Marco-Polo, à Lougougiao, lequel a servi de prétexte à l'invasion de la Chine par les armées du Soleil levant.

Et il a un millier d'hommes avec lui.

Les fusiliers marins aux yeux bridés de Guadalcanal sont en train de recevoir du renfort. Et ce n'est sûrement qu'un début.

— Tu peux repartir, Môn ?

J'aurais ma radio, je me ferais une joie d'annoncer cette nouvelle à Svensson. La seule solution est de filer prévenir Martin Clemens à Aola.

Le message est passé en début de matinée du 19. Sitôt que Kaï est parvenu, seul, chez le guetteur de Ferdinand. Il a laissé Môn en arrière : l'état de complet épuisement du vieil Iban lui interdisait de soutenir un rythme rapide, il est prévu qu'il rejoindra Tony et les autres (dont Kaï espère que Bongsu fait partie).

Martin Clemens est un grand garçon d'une trentaine d'années fort flegmatique. Il s'est retiré d'Aola même, à soixante kilomètres dans l'est de Lunga, dès les premiers jours de mai, craignant une poussée japonaise dans sa direction.

— Vous n'avez pas exactement une tête de Rose-Mary, dit-il en riant.

Kaï est arrivé aux abords d'Aola peu après 6 heures du matin, il lui a fallu trois heures de plus pour parvenir au guetteur. Non que la distance fût si grande, mais l'homme de Ferdinand, de son état officier de district, vit dans la clandestinité. Kaï a dû taper un peu sur la tête de deux Guadalcanais pour obtenir un renseignement...

— J'aurais eu les yeux bridés, vos policiers me trouaient de balles.

— Vous n'avez pas vraiment une tête de Japonais.

Le message concernant le débarquement d'Ichiki une fois transmis, Clemens établit la liaison avec le Balcon (avant de quitter ce dernier, Tony a laissé la radio ouverte, et sur la bonne fréquence, en sorte que Boadicée puisse au moins recevoir et répondre).

— Tout va bien, dit Kaï en chinois dès qu'il entend la voix de Boadicée. Nous avons été un peu retardés. Je ne te promets pas d'être là pour dîner, mais je ferai de mon mieux.

— Ça va très bien ici aussi. Comment on fait pour avoir de la musique, avec ce truc ?

— Tu ne touches à rien.

— Je n'aime pas qu'on me donne des ordres, bonhomme.

— Je t'aime. Et je coupe.

— Et maintenant, vous devriez dormir un peu, dit Clemens. Je vais donner des ordres pour que mes hommes récupèrent les vôtres.

Kaï dort huit heures de rang et n'émerge qu'après la tombée de la nuit. Les nouvelles sont excellentes. Dûment renseignés, les marines ont d'abord pulvérisé une petite avant-garde d'Ichiki et maintenant ils sont en train de se déployer pour encercler le gros des hommes débarqués, préparant une embuscade ; ils ont même mis en place de l'artillerie et des chars arrivent.

... Pas Tony, Môn et les autres. Ils ne font leur apparition qu'en fin de soirée, alors que Kaï, contre les conseils de Clemens, s'apprêtait à partir à leur recherche. Au moins Bongsu est-il avec eux. Indemne quant à lui. Mais trois Ibans ont disparu. Un que Bongsu a vu tomber, coupé en deux par une rafale de mitrailleuse, et deux autres dont il ne sait rien — dont il ne savait rien, jusqu'à ce que Môn lui dise les avoir vus, torturés.

— Ils ne parleront pas, Kaï.

— J'en suis sûr.

Et deux autres sont blessés, dont un touché au ventre et à la jambe et qu'il a fallu porter sur vingt kilomètres, ce qui explique le retard du groupe. Kaï hésite, puis accepte l'offre de Martin Clemens : il se charge de faire soigner l'Iban qui, une fois rétabli, est tout à fait capable de rentrer par ses propres moyens. Et il retarde le départ du lendemain matin. On ne s'en ira qu'à midi. Tony et Môn sont décidément trop exténués. D'autant qu'il y a maintenant sur Guadalcanal six fois plus de Japonais qu'à l'aller. Si d'autres n'ont pas débarqué la nuit dernière.

— Kaï ? Tiens, écoute.

Martin Clemens vient d'avoir une communication avec Moresby. Il a appris qu'un détachement de quatre ou cinq hommes, sous le commandement d'un certain MacKenzie, va être mis en place à Lunga, dans le périmètre tenu par les Américains, par l'Allied Intelligence Bureau — c'est le nouvel organisme qui a été créé, pour les Salomon, afin de renforcer et d'améliorer encore le travail du réseau Ferdinand. Soit dit en passant, c'est le signe qu'ils prévoient, en Australie, une bataille de Guadalcanal bien plus longue que prévu, ce que Kaï n'aime pas trop.

— J'allais couper et j'ai entendu ce type, dit Clemens.

— *Je vous serais extrêmement reconnaissant d'avoir la courtoisie de me passer Kaï O'Hara s'il est près de vous,* dit et répète la voix au léger accent japonais, qui lui fait transformer certains l en r.

Tambo.

— Vous voulez lui parler, Kaï ?

Oui.

Clemens branche l'émission.

— *Salut, Tambo.*

— *Kaï, quelle bonne surprise !*

Mimura Tambo est passé au japonais.

— *Je te croyais, au mieux, en train de te promener dans la jungle inextricable. Je suis heureux de constater que tu t'en es tiré vivant. Moi seul ai le droit de te tuer. De vous tuer, ta femme, ta fille et toi. Et l'autre enfant, s'il est né.*

— *J'aurais pu te tuer, Tambo.*

— *Tu m'as raté.*

— *Je t'ai touché deux fois. J'espère avoir brisé l'os de ta cuisse droite.*

— *Tu m'as à peine égratigné.*

— *C'est pour ça que tu ne pouvais même pas te tenir debout, quand tu as fait torturer mes amis.*

— *Ils ont parlé, Kaï. Je sais où tu caches ta famille.*

— *Tu ne me feras jamais croire ça.*

— *Nous allons reprendre ce petit morceau de Guadalcanal que les chiens américains ont cru pouvoir occuper. Mais je viendrai à toi avant. J'ai des pouvoirs spéciaux, Kaï, et une unité spéciale dont chaque homme a été entraîné par mes soins. C'est te dire s'ils sont bons.*

— *Il t'en faudrait cinq cents pour chacun de mes Ibans. Plus mille rien que pour moi. Tu n'es qu'un tout petit serpent qui se prend pour un cobra, Tambo. Les Ibans ont l'habitude de couper la tête de leurs ennemis, mais la tienne, je n'en veux pas à bord, et eux n'en voudront pas non plus ; ils ne coupent les têtes que des ennemis qu'ils respectent, pas celles des chiens.*

Fin de communication. Kaï s'étire. Clemens le considère avec curiosité.

— Vous parlez combien de langues ?

— Bien moins que mon père n'en parlait. Martin, il y a sur Guadalcanal un dénommé Tambo Mimura. Si j'ai bien compris ce qu'il m'a dit, peut-être sans le vouloir, il vient de recevoir une affectation spéciale et un détachement qui a dû débarquer avec la brigade Ichiki. J'ignore de combien d'hommes. Sa mission est de capturer tous les guetteurs de Ferdinand.

— Et Kaï O'Hara.

— Et Kaï O'Hara. Bien que je ne sois pas un guetteur.

— Cette information sur le débarquement valait de l'or.

— J'étais là au bon moment et c'est tout. Mimura se sert d'un pisteur assez redoutable, à ne pas négliger. C'est une espèce d'Asiatique de Sibérie. Petit, cheveux longs, très frêle mais d'une résistance presque incroyable. Il s'appelle Koto. Faites très attention.

— J'en ai autant à votre service, mon vieux.

En fin de compte, on quitte le camp de Clemens peu avant 11 heures du matin — Môn et Tony se sont déclarés bons pour le service. La nouvelle parviendra au guetteur d'Aola dans la soirée, alors que le groupe de six hommes se trouve déjà à plus de trente kilomètres dans le sud, en pleine traversée de la zone des marais et à moins de quinze heures de marche du Balcon : la brigade Ichiki est tombée dans l'embuscade tendue par les marines, ses morts se comptent par centaines et Ichiki lui-même s'est suicidé, après avoir fait brûler le drapeau.

Le sombre pressentiment de Kaï, quand il a assisté à l'arrivée des premiers renforts japonais, se révèle fondé. Un autre débarquement a lieu le 29 août, suivi d'un troisième, quarante-huit heures plus tard. Dès lors, les renforts ne vont cesser de parvenir. Des deux côtés. L'équilibre des forces aériennes et navales entre Américains et Japonais, qui s'est maintenu jusqu'à la mi-septembre, cet équilibre se rompt au bénéfice des Occidentaux. Du Balcon, se sont surtout des chasseurs et des bombardiers frappés de l'étoile que l'on voit désormais. À terre, un souvenir va rester à Kaï : celui des transmissions radio, en clair, d'une certaine force — plusieurs bataillons, commandés par un général Kawaguchi, ayant sous ses ordres des hommes appelés Kunio et

Oka — « Je ne connais pas ces types, Boadicée, comment veux-tu que je t'indique leur grade ? Tu voudrais peut-être leurs noms et adresses ? Moi, je traduis, c'est tout » — qui, les 12, 13 et 14 septembre, réussit à peu près à atteindre et traverser la piste d'Henderson Field, avant d'en être expulsée.

— Dégonflés, les marines, Tony ?

— Ils se sont repris.

— Ils ont surtout appris.

Deuxième bataille navale trois semaines plus tôt. Et dans la radio, des hurlements, des ordres, des appels. Tandis que dans les jumelles et par-dessus les bougainvillées, on a vu tomber des dizaines d'avions japonais.

Vers le 2 ou le 3 octobre, messages de Mason et Read sur Bougainville, de Kennedy à Segi en Nouvelle-Géorgie, de Snowy Rhoades sur Guadalcanal : seize torpilleurs aux ponts bourrés de soldats et six transports chargés apparemment de vivres et de matériel. Kaï, de son côté, capte une conversation entre deux pilotes des escadres aériennes qui ont décollé de Bouin sur Bougainville pour servir d'escorte aérienne à ce convoi :

— *Ici Rose-Mary. C'est la 2e division de la 17e armée qui nous arrive. Elle est aussi appelée* division Sendaï. *Elle a été en Mandchourie et à Java. Environ trois mille hommes. Commandés par le général Maruyama, assisté des généraux Kawaguchi et Yakutake.*

— *Noms et adresses des trois mille hommes ?*

— *J'ai déjà fait cette plaisanterie-là, ne me la resservez pas.*

— *Toutes mes excuses, Rose-Mary. La famille va bien ?*

— *On ne peut mieux. Ma fille commence même à savoir un peu d'anglais. À peu près autant qu'un Iban.*

— *Des nouvelles de votre copain au fume-cigarette ?*

— *Toujours pas. J'ai vraiment dû lui casser son petit os. Bonne journée.*

En Nouvelle-Guinée, l'autre offensive de la 17e armée japonaise marque également le pas. Des détachements de pointe sont certes parvenus à escalader les monts Stanley, ils aperçoivent même les lumières de Port-Moresby, mais n'iront jamais plus loin.

La division Sendaï, unité d'élite, attaque le 23 octobre. Les éclaireurs de Rhoades ont signalé sa position, et surtout les différentes unités qui la composent ont échangé leurs impressions en clair — au demeurant les marines commettent exactement la même erreur. Mais c'est pratique, pour suivre une bataille à distance, quand tu as une radio.

La division Sendaï prend la pâtée. Elle va perdre deux mille sept cents de ses trois mille hommes. On estime à plus de trente-deux mille hommes les effectifs japonais débarqués sur Guadalcanal, entre le 18 août 1942 et le 4 janvier 1943. Et à environ vingt et un mille le total des pertes.

Bataille navale, la troisième des Salomon, à l'aube du 26 octobre. On n'en voit rien, du Balcon, l'engagement a lieu trop loin. Boadicée s'en plaint amèrement.

Au demeurant, lors de ce troisième affrontement aéronaval, ce sont les Japonais qui l'ont emporté. Moins nettement que ne l'annonce le communiqué intercepté par Kaï, selon lequel pas moins de trois porte-avions, un cuirassé, deux croiseurs, un torpilleur et près de cent avions américains auraient été détruits. Dans la réalité, seul le porte-avions *Hornet* a été expédié par le fond, mais c'est déjà beaucoup.

Le réseau Ferdinand fonctionne à plein et ses informations sont vitales. Il a été étendu : Read et Mason sont toujours sur Bougainville, Waddell et Seton campent jumelles en main sur Choiseul, Jesselyn et Firth sont à Vella Lavella, Evans à Kolombangara, Horton à Rendova, Kennedy n'a même pas quitté sa plantation à Segi en Nouvelle-Géorgie (et avec suffisamment de modestie, précise qu'il vient, avec sa toute petite armée personnelle composée de ses employés, d'exterminer cinquante-cinq soldats japonais qui avaient débarqué pour enfin le faire taire), Corrigan et Kuper sont en poste chacun à une extrémité de Santa Isabel, Marchant est toujours sur Malaïta, MacFarlan, Rhoades, Clemens et le groupe Mackenzie étant basés sur Guadalcanal même. Tout cela pour surveiller la mer intérieure, le Boyau, le Couloir ou la Fente, ou quelque nom qu'on lui donne, qui fait au maximum une centaine de kilomètres de large (c'est en fait bien plus étroit, le plus souvent) et par quoi les convois japonais doivent nécessairement passer.

Ce qu'ils font d'ailleurs, avec une telle régularité, que cela devient le *Tokyo Express.*

Et non sans une certaine réussite, en dépit de pertes énormes : une estimation de Moresby parle de neuf cents hommes débarqués chaque nuit.

Commentaire stratégique de Boadicée :

— Tant mieux. Plus il en viendra, plus on en tuera.

Dans les premiers jours de novembre, Kaï en est à sa huitième sortie hors de son périmètre défensif. Jamais plus de trois jours d'absence. Et chaque fois un commando léger, avec le seul Bongsu et trois autres Ibans. Il ne veut pas dégarnir sa forteresse et a même demandé à Moresby un avis médical, voulant savoir en combien de temps un homme dont le fémur a été fracassé par une balle de calibre 303 (7,7 millimètres) peut se remettre...

— *Vous êtes blessé, Rose-Mary ?*

— *Non. Disons un copain.*

Ce n'est plus Svensson qui désormais tient lieu d'interlocuteur. Le créateur du réseau Ferdinand a dû cesser ses activités en raison de problèmes cardiaques. Son remplaçant est agréable, mais ce n'est plus pareil.

Et en tout état de cause, Tambo devrait être remis maintenant.

Le pisteur aussi.

Un Iban patrouilleur rentre le 9 novembre vers 11 heures du soir. L'idée d'effectuer ces patrouilles, une tous les deux jours à peu près, est venue de Môn ; Kaï et lui sont tombés d'accord sur leur utilité : une sentinelle ainsi avancée, et mobile, parcourant méthodiquement la jungle qui précède les toutes premières défenses, renforce la sécurité ; c'est mieux que d'attendre passivement une attaque que l'on juge imminente.

Cet éclaireur qui revient de sa patrouille a des nouvelles. Il a relevé des traces.

— Au moins quarante soldats. Et deux empreintes d'Orang Iblis.

Orang Iblis, le « diable », est le surnom que les Ibans ont donné à l'homme de Sakhaline, impressionnés qu'ils ont été par sa façon de leur échapper alors qu'il était blessé, dans les marais.

Pour la position de cette colonne : un peu moins de vingt kilomètres, cinq à six heures de marche donc, dans le nord-ouest. L'information en elle-même n'est pas si inquiétante : il est quasiment impossible de lancer un assaut contre le Balcon en arrivant par là, sauf à contourner des ravins abrupts, ce qui prendrait une bonne semaine — et encore, à condition de savoir exactement où aller.

— Elles datent de quand, ces traces ?

Deux jours au plus.

— Et tu es certain que ces empreintes étaient celles d'Orang Iblis ?

Cet Iban-ci a été surnommé Mata, qui veut dire « œil ». Il est borgne de l'œil droit, des suites d'un combat livré au côté du Capitaine, des années plus tôt ; ce n'est plus un gamin, il a probablement dépassé la quarantaine et navigue sur le *Nan Shan* depuis presque aussi longtemps que Môn. Il secoue la tête : tu n'es jamais sûr de rien, dans la vie, sinon de mourir un jour. Mais de l'Orang Iblis, il n'a relevé que deux empreintes, et encore à peine marquées ; et c'est déjà un signe, ça : l'Orang Iblis ne touche presque pas la terre quand il marche, il est très malin, très rusé, il pourrait être iban, c'est tout dire. Et puis, alors que les soldats japonais vont chaussés, l'Orang Iblis est le seul à être pieds nus dans la jungle, et il a de petits pieds.

— C'étaient les mêmes empreintes que dans le marais, quand il nous a échappé.

Conciliabule entre Kaï et Môn. Avec cette conclusion que le coup vaut d'être tenté : la colonne japonaise s'est engagée sur la vraie fausse piste principale, celle qui conduit à la gorge ; elle est en route depuis deux jours et, si elle ne traîne pas, elle fera sans doute demi-tour à l'aube prochaine, en découvrant qu'elle s'est fourvoyée. Et elle devra repasser en partie sur ses propres traces, pour faire une autre tentative. Il est donc très possible de se porter à cet endroit où Mata a repéré son passage, d'y arriver avant elle, de l'attendre.

— Je ne suis pas pour une bataille, dit Môn. Ou alors il faudrait que nous y allions tous, sans laisser une garnison.

— Pas de bataille. Je tue ce foutu pisteur et nous filons. Sans son aide, la colonne va se perdre. Tu te sens capable de repartir tout de suite, Mata ?

Oui.

Boadicée allaite son dernier-né et réussit néanmoins à dresser les mains :

— Je sais : les précautions habituelles. Ça doit bien faire dix ou quinze fois que tu me les répètes.

Il se penche sur son fils. Bon, les poils sur la figure ont disparu, les rougeurs aussi, le dernier en date des O'Hara n'est pas trop mal ; à trois mois et des poussières, il commence à ressembler à quelque chose.

Le regard de Boadicée, laquelle sourit des yeux.

— Il te plaît, Capitaine ?

— Moins que sa mère.

— Nous ne lui avons pas encore donné de prénom. Nous disons le bébé, le petit, ton fils ou le mien, nous disons n'importe quoi, sauf son nom. Il va falloir se décider à lui en donner un.

— À mon retour.

— Embrasse-moi.

Cette odeur fade qui monte des seins gonflés quand leurs lèvres se joignent. Et la bouche de Boadicée très brûlante, tandis que le baiser se prolonge — tu te fais des idées ou bien éprouve-t-elle, autant que toi et sans plus guère de raison, l'impression que ce simple au revoir est particulier ?

— Reviens-moi, O'Hara.
— Juré.
Il va bientôt être minuit et le temps presse. La colonne japonaise a peut-être rebroussé chemin plus tôt que prévu, il ne s'agit pas de manquer son passage. Ils partent à cinq : Kaï et Bongsu et trois autres, dont Mata. Jusqu'à la dernière minute, Tony a argumenté pour venir aussi. Mais il est fiévreux, plus amaigri encore qu'à l'ordinaire, voici trois jours encore il se traînait. Et puis, outre que l'Australien est loin de valoir un Iban, ni même Kaï, pour une progression très fantomatique dans la forêt, sa présence avec ses deux armes à feu, aux côtés de Môn et des dix Ibans qui constituent la garnison (Gunga Din et Chang ne comptent guère), cette présence est rassurante.

En un peu plus d'une heure, la zone de défense piégée est franchie. On en émerge ruisselants de sueur, après toutes ces reptations. La chaleur est extrêmement lourde, plus de cinquante degrés certainement. Il n'a pas plu depuis deux semaines, si l'on excepte une courte ondée vers le 2 ou le 3 novembre.

Mata est l'éclaireur de pointe, en somme il reprend la piste, invisible à tout autre que lui-même, qu'il a empruntée la veille. Il mène grand train. On perd rapidement en altitude et, se tenant constamment dans le lit d'un ruisseau, on peut y trottiner sans risquer d'y laisser de traces. Huit kilomètres durant la première heure qui suit le franchissement du périmètre de défense ; six ou sept autres ensuite ; à ce point de parcours, on est, à vol d'oiseau, à sept ou huit mille mètres des postes avancés américains de Henderson Field. Mata appuie alors sur sa gauche et donc vers l'ouest. La pente jusque-là dévalée se fait à nouveau ascendante. On marche dans une ravine qui, de jour, semble sans issue, mais dont les Ibans ont découvert qu'elle permettait un très étroit passage. C'est à la sortie de celui-ci, trois cents pas plus loin, que Mata siffle.

— *Ennemis — Morts — Pas de danger.*

Il est dans les 3 h 30 du matin ou un peu plus. Le signal

lancé par l'éclaireur était assez surprenant, le spectacle que découvre Kaï l'est bien davantage. Il relève au vrai de l'horreur pure. Surtout dans cette semi-lueur lunaire qui donne à la scène une dimension irréelle. Il y a là, jonchant la broussaille piétinée, vingt sinon vingt-cinq cadavres. Des soldats japonais, tous d'une maigreur effrayante, des quasi-squelettes, dont le retroussis des lèvres figées par la mort montre la dentition en un rictus ; les uniformes sont en lambeaux, très peu de ces hommes ont encore leurs armes ; d'évidence ils se sont perdus, après avoir décroché d'un engagement, et la jungle les digère par sa seule pourriture. Le pire n'est pas là mais dans ces deux corps qui ont été équarris, desquels on a prélevé des morceaux, et qui manquent. Mangés.

Sifflement. Kaï qui s'était légèrement assoupi, ouvre immédiatement les yeux. Le jour n'est pas encore levé, une lumière diffuse commence pourtant à se répandre, et à dessiner l'extrémité d'une gorge. Là commence la vraie fausse piste, qui conduit à un cul-de-sac. Kaï y a poussé une reconnaissance, pour se convaincre qu'il n'était guère possible de parvenir au Balcon par cette voie ; il a mis douze à treize heures pour effectuer l'aller et retour, et cette colonne (en pleine nuit) serait allée plus vite que Môn et moi ?

Bizarre.

Mais des feuillages bougent, à deux cents mètres, les voilà. Le canon du Lee-Enfield est posé sur une branche, la deuxième phalange de l'index de Kaï est posée souplement sur la détente — *ne le rate pas, cette fois.* Et il y a près de deux minutes que l'alerte a été donnée par Mata quand le premier soldat apparaît, se faufilant non sans adresse dans la végétation. Il s'immobilise dans la petite clairière, son regard parcourt lentement les alentours, passe sans rien déceler sur les endroits où sont postés Kaï et les Ibans. Il chuchote et avance. Un deuxième homme se montre. C'est un officier, et ce n'est pas le capitaine Mimura Tambo.

Celui-là a vingt-cinq ans au plus, il est d'assez haute taille pour un Japonais et il s'écarte à son tour. Derrière lui le reste de la troupe émerge.

Où est ce foutu pisteur ?

Les soldats débouchant de la gorge portent, outre un fusil, un pistolet-mitrailleur en sautoir, et des boudins de riz et un havresac qui semble encore, au moins, aux trois quarts plein. Tous sont d'évidence en excellente forme physique, rien à voir avec les pitoyables cadavres trouvés trois heures plus tôt près d'ici. Les uniformes sont évidemment les mêmes ; mais les chaussures sont de très bonne qualité et, autre différence...

Le pisteur ! Où est-il ?

... Autre différence : ils arborent en travers de l'épaule gauche une espèce de barre en tissu rouge. Kaï les compte, en a déjà dénombré trente-cinq, allant à la file indienne et à bonne allure. Et qui s'enfoncent à nouveau sous le couvert, direction plein nord, sans un mot.

Oh ! Kaï, c'était un leurre, le pisteur ne s'est jamais trouvé avec cette colonne-ci, et Tambo non plus !

Kaï va se dresser. Le dos du trente-cinquième homme est déjà à quinze mètres. Mais tout près de lui Bongsu lui fait signe de ne pas bouger, pas encore, et de fait trois soldats apparaissent. Et passent. Et l'un d'eux est de très petite taille, et très frêle, même pas un mètre cinquante ; et celui-là s'arrête à quelques pas de Kaï (à croire qu'il me sait là à l'observer), déchausse l'un de ses pieds et, avec beaucoup de soin, imprime légèrement, au milieu des traces laissées par les autres, la marque de ce pied nu qui, ailleurs, a trompé Mata l'Iban.

Tuer ?

Question de Bongsu, et par signes.

Non.

Mais suivre la colonne, oui. La suivre et si, comme c'est probable, elle se rabat au sud, pour aller prendre sa part de l'assaut contre le Balcon — assaut qui est peut-être déjà en cours, si même il n'est pas terminé, avec Tambo et l'homme de Sakhaline — revenir et signaler.

Les trois serre-file du détachement japonais viennent à leur tour de s'éloigner. Un Iban part derrière eux.

— Tu as compris, Bongsu ?

— Un piège, oui.

Kaï court déjà.

Il est 9 heures quand ils achèvent le plus gros de la montée vers le Balcon et atteignent la zone de défense. Les premiers cadavres sont là. Des soldats avec la bande de tissu rouge sur l'épaule. Tous foudroyés par les fléchettes des pièges. Neuf morts dans les premiers mètres, quand les assaillants sont entrés sans méfiance à l'intérieur du périmètre ; cinq autres plus haut, mais clairsemés — leur avance s'est ralentie à mesure que grandissait leur méfiance...

— L'homme aux pieds nus a trouvé notre piste, souffle Bongsu.

... Un seul, passé le premier hectomètre. Celui-là ne se sera pas coulé avec suffisamment de précaution dans l'étroit boyau qui est l'unique point de passage ; ou peut-être le canon de l'une de ses armes aura-t-il déclenché le mouvement de bascule de la trappe ; la fléchette l'a atteint à l'épaule, ses yeux sont écarquillés, ses lèvres retroussées, son visage est noir sous l'effet du poison végétal des Ibans ; il sera mort depuis trois ou quatre heures, pas davantage, la décomposition d'ordinaire accélérée par les toxiques n'a pas encore commencé.

Sifflement : Mata en avant-garde signale que l'on peut avancer, se hisser sur la seule des parois du dernier ravin qui ne soit pas piégée, escalader l'ultime pente, déboucher sur le terre-plein. À droite la longue maison, les quartiers des Ibans ; sur la gauche le bungalow précédé de sa haie de bougainvillées. Des cadavres. On a livré bataille. Six morts japonais — dont deux tués par balle, ce sera l'œuvre de Tony — et trois Ibans hachés par les rafales. Et dans la longue maison, le carnage : toutes les femmes ont été massacrées.

Kaï entre dans le bungalow par l'une des fenêtres — une planche servant de marche pour accéder à la véranda est piégée par une grenade, que le moindre frémissement du bois ferait exploser. Le bungalow est vide, tout y est en ordre, les deux sacs contenant les affaires des enfants, et qui étaient prêts depuis des semaines pour le cas d'un départ précipité, ces deux sacs ont disparu. Le poste de radio a été fracassé, toutes les batteries ont été vidées (il en existe une réserve d'autres, cachée, mais Kaï a mieux à faire).

Pas de message. *Tu me déçois, Tambo.*

Kaï rejoint Bongsu à l'entrée des grottes. L'explosion prévue a eu lieu, la poussière en est déjà retombée — sur les corps de trois autres soldats et, plus avant, d'un Iban —, toute avance est désormais impossible, sous terre.

— Kaï ?

Mata resté devant le bungalow appelle et fait signe. Kaï revient sur ses pas et la voix lui parvient, d'abord indistincte. La même phrase patiemment répétée. C'est du japonais.

— *J'appelle Kaï O'Hara.*

Cela provient du bungalow. Kaï y entre.

— *J'appelle Kaï O'Hara.*

La chambre et, sous le très grand lit, un poste de radio de l'armée nippone.

— *J'appelle Kaï O'Hara.*

Kaï se met à plat ventre, tire vers lui l'appareil après s'être assuré qu'il n'y a aucun piège.

— *J'appelle....*

— *Oui, Tambo. Je suis là.*

Rire.

— *Tu as vu passer ma deuxième colonne, Kaï ?*

— *Oui.*

— *Belle diversion, hein ?*

— *Oui. Tu as pris ma famille ?*

— *Pas encore. Mais nous avons trouvé l'autre sortie de vos grottes, ça ne devrait plus tarder. Pendant que je te parle, je marche. Conduit par mon pisteur infaillible.*

— *Ne leur fais rien, Tambo. J'arrive.*

— *J'ai vu que vous avez eu un deuxième enfant. Fille ou garçon ?*

— *Garçon.*

— *C'est donc lui que je tuerai en premier, Kaï. Il est grand temps de débarrasser les mers du Sud des Kaï O'Hara. Il te reste combien de tes Ibans ?*

— *Suffisamment.*

— *Tu en auras trois ou quatre. Et s'ils sont huit ou neuf, à vouloir protéger ta famille, c'est le bout du monde. On m'a donné cent hommes, Kaï O'Hara.*

— *Dix-sept sont déjà morts. Ne leur fais rien, Tambo. C'est moi que tu veux, et je viens te rejoindre.*

— *Je cours après ta famille et tu vas courir derrière moi. Et ma deuxième colonne est déjà sur tes arrières. Comment est le paysage, là où nous allons ?*

— *Infernal. Tu ne seras pas déçu.*

— *Emporte cette radio avec toi. Je veux pouvoir te décrire la mort de ta femme et de tes enfants.*

— Ne regarde pas dans cette direction, dit Bongsu, mais je crois qu'il y a des hommes qui nous observent, là-haut sur la crête.

— Je les ai vus. J'en ai vu au moins trois.

La crête en question domine le bungalow d'à peu près trois cents mètres, elle se trouve à un kilomètre et demi de distance. Quand il a établi son plan de défense contre une attaque de n'importe quel type, Kaï a tenu compte de l'existence de cet observatoire ; il y est même monté (six heures de marche pour l'atteindre) et Tony s'est exercé avec son fusil Garand, pour finalement conclure qu'aucun tir direct n'était possible, avec un degré acceptable de précision, de cet endroit. Mimura Tambo y aura posté trois hommes, ou quatre ; avec une radio semblable à celle qu'il m'a laissée — c'est ainsi qu'il a appris combien d'Ibans m'accompagnent.

Kaï, Bongsu, Mata et le troisième Iban qui s'appelle Tal viennent de quitter le Balcon. Ils ont pris le temps d'y remplir leurs sacs — vivres et eau pour six jours —, puisant dans une cache qui n'a pas été trouvée par le détachement japonais. Pour celui-ci, Kaï l'estime à une quarantaine d'hommes ; il m'a dit disposer de cent hommes ; moins ceux de la deuxième colonne qui marche sans doute vers nous, restait soixante ; moins dix-sept morts ; moins encore ces guetteurs sur la crête ; le compte est bon.

— Quarante hommes devant et quarante autres derrière, Bongsu.

— Plus ceux là-haut.

On a quitté le Balcon et son terre-plein depuis une heure, on escalade un éboulis où presque chaque pas fait glisser des centaines de kilos, voire des tonnes de pierraille ; c'est l'itinéraire le plus court pour gagner en altitude, c'est aussi le plus difficile — ils ne l'ont jamais pris jusqu'ici. La crête avec ses guetteurs japonais est à présent au nord, et plus proche, mille mètres ou un peu plus, on peut les voir sans jumelles. Par ce chemin (mais si monter est horriblement ardu, le descendre est carrément impossible), on gagne six ou sept heures, s'agissant d'atteindre les crêtes ; à condition de disposer d'un escaladeur de la classe de Bongsu qui, en trente minutes, se hisse sur une paroi très verticale, puis file une corde, par laquelle on le rejoint.

— *J'appelle Kaï O'Hara.*

Kaï affalé reprend son souffle — c'est lui qui a transporté tout au long du foutu éboulis les vingt et quelques kilos de la radio.

— *J'appelle...*

— *J'arrive, Tambo. Laisse-moi le temps. Tes hommes et toi avez au moins quatre ou cinq heures d'avance.*

— *Tu n'en peux plus, hein ?*

— *Je suis assez fatigué, c'est vrai.*

— *Mais chaque heure compte.*

— *Si tu les touches, Tambo, je te poursuivrai jusqu'à Tokyo. Laisse-les vivre et tu pourras me prendre.*

Pas de réponse. Kaï pose le poste où il est, à deux mètres du vide, et va rejoindre Bongsu, Mata et Tal déjà repartis.

Ils progressent tous les quatre sous le couvert et deux heures plus tard, de trois fléchettes et d'un trait d'arbalète, exécutent les guetteurs de Mimura Tambo.

— *J'appelle Kaï O'Hara.*

La voix sort du poste de radio des guetteurs morts.

— *Ne m'appelle pas sans arrêt, Tambo. Je fais aussi vite que je peux.*

— *Je voulais simplement te dire que mon pisteur a relevé d'autres traces de ta femme. D'après lui, ta famille n'a plus que cinq heures d'avance sur nous.*

Dix-sept tués au Balcon plus quatre maintenant, plus trente-huit qui composent la deuxième colonne. Il reste quarante et un hommes à Tambo.

S'il ne m'a pas menti sur son effectif.

La voix éveille Kaï, qui dort depuis quatre heures.

— *Oui, Tambo ?*

— *Je me trompe ou je te réveille ?*

— *Tu ne les as pas encore rejoints, c'est ça ?*

— *Pas encore, c'est vrai. Ta femme marche très bien.*

— *Elle tire aussi très bien. Elle a déjà tué un officier japonais, à Shanghai. Elle ne te manquera pas.*

Les Ibans se sont éveillés à la seconde, ils ont ramassé armes et équipements, ils aident Kaï à enfiler les courroies de la radio. Ils sont tous les quatre en marche alors même que la communication se poursuit.

— *Tu penses nous rejoindre quand, Kaï O'Hara ?*

— *Ce soir ou demain.*

— *J'aurai rattrapé ta famille avant.*

— *Touche-les et tu ne me verras pas te tuer.*

Il est plus de 8 heures du matin, le 12 novembre. La poursuite dure déjà depuis plus d'un jour complet.

Vers 10 heures le même jour, on s'écarte de la piste pourtant bien nette de la colonne conduite par Mimura. Route au sud-est. Quand il a reconnu la région, des semaines et en fait des mois plus tôt, Kaï a noté la disposition de ces deux ravins très encaissés qui entaillent le dôme anciennement volcanique du Popomanasiu ; tous deux sont vaguement orientés au sud-sud-est, vers la mer des Salomon ; celui de gauche (et Bongsu vient de s'y enfoncer, en abandonnant les traces des soldats) est peu engageant ; il est étroit et semble s'achever en cul-de-sac, son accès même est hostile, barré qu'il est par une végétation extraordinairement dense, où l'air paraît manquer (mais lors de leur exploration, à l'époque, Kaï et Môn recherchaient une voie vers la mer, et donc la côte sud de Guadalcanal, où le *Nan Shan* se fût porté pour un rembarquement ; si bien qu'après avoir testé la ravine de droite, ils se sont finalement rabattus, au début sans trop y croire, sur celle-ci).

— *J'appelle Kaï O'Hara.*

Tambo en est à son septième appel consécutif, un toutes les cinq minutes à peu près. Sa voix est un peu lasse, si elle reste sarcastique — il commence à être lui aussi fatigué, mais nous en sommes tous là. Il est peut-être 13 heures, Bongsu qui mène toujours le petit groupe a enfin réussi à franchir l'espèce de bouchon de rocaille et d'épineux qui semblait fermer l'entrée du ravin de gauche. Lui, Kaï et les deux autres progressent désormais sur une fort étroite vire, en pente ascendante, qui peu à peu les conduit vers la ligne de crête. Le fond du ravin est à plus de cent mètres en contrebas. Le paysage est d'une beauté comme cruelle : les parois mises à nu par leur propre raideur sont couvertes, aussi loin que porte le regard, d'étranges concrétions calcaires, souvent aiguës, infiniment multipliées ; le même décor existe dans l'autre ravin et il y est plus grandiose encore, Kaï en le découvrant a pensé aux fabuleuses structures de Niah ou, également au Sarawak, à l'extrême sauvagerie des châteaux de pierre cyclopéens, vieux de cinq millions d'années, du Gunung Api.

Fait capital : il n'y a pas d'eau dans toute cette zone, sinon celle du petit lac situé tout au fond du ravin de droite, et vers lequel se dirige Mimura Tambo.

— *Je suis là, Tambo.*

— Tu es loin de moi et de mes hommes ?

— Mes pisteurs valent largement le tien. Ils estiment que nous t'avons repris deux heures. La nuit prochaine, peut-être.

— Je pense avoir compris ton plan, Kaï. Je sais lire une boussole, moi aussi. Nous ne devons plus être très loin de la mer des Salomon. Je suppose que ton voilier s'y trouve, dans quelque crique. Et que c'est vers lui que ta famille court.

— Tu ne les rattraperas pas.

— Les traces sont très fraîches, Kaï. Elles datent de moins d'une heure, d'après mon pisteur de Sakhaline. Nous les aurons avant la nuit.

— Tu ne quitteras pas Guadalcanal vivant, Tambo.

Kaï coupe. Il est près de 4 heures quand les trois Ibans et lui-même débouchent sur la crête. Le mont Popomanasiu est maintenant en vue directe, à moins de six kilomètres, dans un horizon extraordinairement dégagé d'un coup. Le regard porte, à cette altitude d'environ dix-huit cents mètres, sur la mer des Salomon plein sud et, dans l'autre direction, à une quarantaine de kilomètres, sur l'autre rivage de l'île où des dizaines de milliers d'hommes sont en train de joyeusement s'entr'égorger.

Je ne les vois pas, je ne vois même pas la baie entre Guadalcanal et Tulagi, c'est trop loin, même pour moi.

Je suis fatigué, très fatigué. Mata n'en peut plus, Bongsu vient de manquer de tomber sous l'effet d'un total épuisement, il n'y a guère que Tal qui soit relativement fringant.

Mais il n'est pas question de faire une pause. Pas maintenant.

Il y a au moins une bonne nouvelle : le ciel est clair. Il n'a pas plu depuis maintenant douze jours, la chaleur est d'une ardente sécheresse.

Ils trouvent les cordes où ils les ont, Môn et Kaï, cachées à la fin de juin. Le piton qu'ils avaient alors taillé tout exprès leur sert de point d'amarrage. Tal descend le premier, se poste, lance le signal convenu et Bongsu le rejoint. Puis Mata, que ces deux cents mètres de vide absolu n'enchantent pas.

Moi non plus.

La radio est délicatement déposée en bas. Kaï empoigne la corde et entame sa descente. Le soleil est en train de se coucher ; il rougeoie, et teinte la roche calcaire, sculpte davantage encore les centaines de candélabres hérissant la paroi. Le ravin tout en bas, à près de trois cents mètres, une fois dépassée la grande corniche déjà gagnée par les Ibans, ce ravin commence d'être gagné par l'ombre; il est large, à cet endroit, plus de six cents pieds ; la grande courbe qu'il a décrite, pour qui vient du nord comme l'ont fait Mimura Tambo et ses soldats, cette courbe s'achève. On ne voit rien, aucune trace humaine — mais la jungle tapisse tout.

— *J'appelle Kaï O'Hara.*

Kaï est encore à cinquante mètres du sol quand la voix se fait entendre — il a laissé ce foutu poste ouvert ! suivent des secondes d'affolement —, l'émission est suffisamment forte pour être entendue à cent pas à la ronde, si Mimura ou certains de ses hommes sont là où il croit.

Kaï se laisse glisser le long de la corde et atterrit comme une bombe.

— *Oui, Tambo ?*

— *Tu as tardé à répondre. Tu veux vraiment que je les torture, avant de les tuer ?*

— *Tu ne les as pas encore.*

— *Je les vois presque, Kaï. L'un de mes éclaireurs vient de les repérer.*

— *Je suis dans le même défilé que toi, Tambo. Je t'ai encore repris une heure. Je ne vais plus tarder. Souviens-toi de ce que je t'ai dit : ta seule chance de me prendre vivant est de ne pas toucher à ma famille.*

— *Jusqu'à ton arrivée.*

Kaï enfile les bretelles de la radio et marche tout en parlant.

— *Jusqu'à mon arrivée.*

Sans cesser d'avancer — Bongsu a repris la tête et les fait dévaler une succession de petites vires en escalier, droit vers la jungle dans le fond du ravin —, Kaï braque ses jumelles dans la direction de cette élévation de terrain qui barre l'extrémité sud du ravin. Dans la pénombre qui gagne, il distingue quatre minuscules silhouettes. L'une d'entre elles, reconnaissable à son chapeau australien à un bord relevé, étant assurément celle de Tony. Le petit groupe atteint le sommet de la colline et disparaît. Mais Kaï a conservé le souvenir le plus précis du terrain, au-delà de cette crête : rien d'autre qu'un cirque rocheux, quasi circulaire, aux parois très abruptes, centré sur un petit lac qui est le seul point d'eau de la zone.

Les jumelles de Kaï restent pointées. Aucun signe de poursuite. Les éclaireurs de Tambo n'apparaissent pas, sans doute se trouvent-ils encore dans le ravin principal, sous le couvert.

Sifflement, et Kaï se fige dans la seconde, hésitant entre l'arbalète et le Lee-Enfield.

Mais un autre sifflement vient en réponse et, une minute plus tard, Lek se montre.

Des semaines plus tôt, le *Nan Shan* a appareillé de sa cache de Malaita, il a fait route de nuit, a doublé le cap Henslow qui est la pointe la plus méridionale de Guadalcanal, a longé la côte jusqu'à ce mouillage conseillé par Wen-dao, le Chinois de Lunga, et examiné par Kaï lors de la reconnaissance qu'il a poussée dans cette direction, aux premiers jours de juin. Lek a jeté l'ancre et attendu. Quand lui est parvenu, par le deuxième poste de radio B2 se trouvant à bord, le signal de l'attaque du Balcon, il s'est à la seconde mis en route. Il a emmené cinq des sept Dayaks de la mer se trouvant avec lui sur la goélette, n'a laissé à la garde de celle-ci que deux hommes et une équipe recommandée par le même Wen-dao, a gagné à marche forcée les hauteurs du ravin, y a mis en place les échelles de corde par lesquelles son détachement est descendu, et vont monter, ou sont peut-être en train de monter, ceux qui ont fui le Balcon, poursuivi par Mimura Tambo.

Lek et ses hommes sont dans le fond du ravin depuis la

fin de la nuit précédente. Un Iban a été préposé à la surveillance des échelles. Il les retirera le moment venu, interdisant dès lors toute sortie par le sud, l'est et l'ouest. Lek et les autres se sont portés, sur toute la longueur des cinq kilomètres du défilé, vers l'étranglement signalé par Kaï. Ils s'y sont postés. Ils ont vu passer le groupe des poursuivis et, moins de trente minutes plus tard, les poursuivants.

— Combien d'hommes ?

Quarante-deux. Oui, le petit homme au torse et aux pieds nus, et aux longs cheveux, conduisait la chasse. Et un officier japonais marchait juste derrière lui.

... Quarante-deux moins six, les six qui ont été détachés par l'officier avec ordre de tendre là une embuscade.

Ces six hommes sont morts et Lek sourit :

— Ils ne s'attendaient vraiment pas à être attaqués par-derrière. Nous avons coupé leurs têtes.

Quarante-deux moins six, reste trente-six, compte Kaï. Il est à présent aux environs de 7 heures, au soir du 12 novembre, la nuit est complètement tombée et le ciel n'est relativement clair que sur les crêtes, alors que le fond du ravin est très sombre.

— *J'appelle Kaï O'Hara.*

— *Tu m'as tendu un piège, Kaï.*

— *J'ai peur que oui.*

— *Nous avons vraiment poursuivi ta famille ?*

— *Bien sûr que non. Dans les bottes de femme dont ton pisteur a si remarquablement suivi la trace, il y avait les pieds d'un Iban. Qui doit avoir de belles ampoules.*

— *Où est ta famille ?*

— *Ailleurs.*

— *Nous allons ressortir de ce défilé, Kaï O'Hara. Par là où nous sommes venus.*

— *J'ai avec moi vingt Ibans. Qui adorent les combats de nuit dans la jungle. Et tes hommes sont épuisés, les exterminer sera très facile.*

— *L'idée même de la défaite nous est étrangère, Kaï.*

— *Ne compte pas sur le renfort de ton autre colonne. Elle ne te rejoindra pas avant demain dans la matinée, au plus tôt. Tambo, il y a des mois que j'ai prévu de t'attirer dans ce ravin, les Ibans ont eu tout le temps de le piéger. Comme ils l'ont fait pour les abords de cet endroit où nous habitions, sur Guadalcanal.*

— *Nous sommes entrés sans difficulté.*

— *Parce que vous suiviez ceux que tu croyais être ma famille. Il n'existait qu'un passage. Mais les Ibans viennent de le refermer. Ça va être une nuit très sanglante, Tambo. Je coupe. Banzaï, Tambo. Je t'attends.*

Kaï coupe en effet et finit de s'allonger. Bongsu, Mata et Tal dorment déjà.

Je n'aime pas du tout ce que nous sommes en train de faire. Pas du tout.

Il n'y avait pas d'autre solution, c'est vrai.

Môn, Tony et les deux Ibans qui les ont accompagnés pendant la poursuite rallient vers 10 heures. Ils ont laissé en place le guetteur venu du *Nan Shan,* là où se trouvaient les échelles de corde à présent retirées.

Peu avant minuit, un autre Iban parvient au point de rendez-vous. C'est celui chargé de suivre la deuxième colonne japonaise. Il l'a précédée sitôt qu'il a constaté qu'elle se dirigeait vers le ravin de droite et, quant à lui, il a pris le raccourci (on gagne trois heures) déjà emprunté par Kaï et Bongsu avant lui.

Retour de Lek trois heures plus tard. Il remonte du fond du ravin. Le détachement Mimura n'a pas tenté une sortie. Le bluff de Kaï a fonctionné.

— Ils attendent le jour et l'arrivée de leur renfort. Comme tu l'avais prévu.

— Fais remonter tout le monde.

À 4 h 30, à peu près une heure avant la montée de l'aube, c'est l'Iban de garde à l'étranglement qui survient, pour signaler l'approche de la deuxième colonne.

— On fait mouvement, Kaï ?

— Oui.

Lek part avec cinq hommes, qui transportent chacun des cordes et l'un des bidons apportés de la goélette ; il se dirige, par la crête, jusqu'à la verticale de l'étranglement — vers le nord, donc, dans la mesure où le ravin est à peu près orienté nord-sud. Kaï, Tony, Môn, Bongsu, Mata, Tal et les autres — neuf hommes en tout — vont au sud. Le jour est presque levé quand ils retrouvent le guetteur préposé aux échelles de corde.

— *J'appelle Kaï O'Hara.*

La radio n'a cessé d'émettre l'appel. Depuis des heures. Kaï n'a jamais répondu. Il ne répond pas davantage cette fois-ci. Il s'assoit et se débarrasse de sa charge. Les Ibans s'alignent sur le rebord de la falaise qui ferme, avec plus de deux cents mètres de verticalité, le ravin. Des douze hommes présents, Tony est le seul à vraiment se pencher sur le vide.

— Tu as vu, Kaï ?

— Non.

— Tu ne tiens pas à voir ?

— Pas plus que ça.

— C'est une foutue façon de mourir. Même pour des soldats japonais.

— *J'appelle Kaï O'Hara.*

Le regard de Kaï se porte sur l'autre extrémité du défilé, à cinq kilomètres au nord. La première fumée monte dans le ciel clair. Puis une autre, et les suivantes. Les six feux de brousse allumés par Lek et ses hommes. Une demi-minute encore et c'est toute la forêt dans le fond du ravin qui s'embrase. Le feu s'étend vers le sud, arrêté qu'il est au nord par les murailles de l'étranglement. Et après ces treize jours de sécheresse absolue, l'incendie s'étend très vite.

Et si Lek l'a allumé, c'est parce que la deuxième colonne est entrée dans le piège. N'ayant plus d'autre choix que de fuir au sud, vers ce cul-de-sac centré sur un lac. Vers la seule eau disponible à trente-cinq heures de marche à la ronde.

— *J'appelle Kaï O'Hara.*

— Si tu lui répondais, pour changer ? dit Tony.

Alors seulement, Kaï se déplace de deux mètres et regarde en bas. La cuvette de pierre est juste sous lui. L'eau y est toujours aussi limpide, et légèrement bleutée ; Kaï s'y est baigné avec Môn, c'était un tel enchantement que cette exquise fraîcheur, tout au fond de cette gorge écrasée de soleil, où l'air était presque visqueux pour n'être agité par aucun souffle de vent.

Deux douzaines de soldats morts jonchent les abords du bassin et à six ou sept cents pieds au-dessus de ces cadavres, Kaï distingue les rictus d'une horrible souffrance.

— *J'appelle Kaï O'Hara.*

— *Je suis au-dessus de toi, Tambo. Il te suffit de lever les yeux pour me voir.*

— *Je n'ai pas bu cette eau, moi.*

— *La plupart de tes hommes l'ont bue, eux.*

— *Je suppose que c'est toi qui as fait allumer ce feu de brousse qui vient vers moi ?*

— *Oui.*

— *Mon autre colonne était déjà entrée dans le ravin ?*

— *Oui.*

— *Si bien qu'elle n'aura le choix qu'entre être brûlée vive ou mourir empoisonnée.*

— *J'ai fait avec ce que j'avais, Tambo.*

— Les renforts arrivent, dit Tony qui ne suit pas la conversation radio tenue en japonais.

Les premiers éléments de la deuxième colonne apparaissent en effet au sommet de la petite élévation de terrain précédant la cuvette et son lac — et qui, jusqu'à ce qu'on l'ait gravie, dissimule que le ravin ne comporte aucune issue.

— *Il te reste combien d'hommes, Tambo ?*

— *Six ou sept. Dont un qui est malade. Il n'a pourtant fait que se rincer la bouche. Le poison de tes Ibans est très puissant. Où est ta famille ?*

— *En route pour me rejoindre.*

— *Elle est restée cachée dans ces grottes près de votre campement ?*

— *Oui. Il y avait trois sorties et non deux. Tambo, tes hommes et toi déposez vos armes.*

— *Tu peux croire une seule seconde que nous allons nous rendre ?*

— *Je serais étonné que vous le fassiez. Mais je vous le propose.*

Sur un signe de Kaï, les deux échelles de corde tombent en sifflant et se déroulent dans le vide. Leurs extrémités se posent quelque deux cents mètres plus bas. À une dizaine de mètres de Mimura Tambo assis sur un rocher, et qui ne bronche pas.

— Aucun ne montera, dit Tony. Ces types sont cinglés.

— *Je te laisse une heure, Tambo. Vous pouvez monter, mais sans arme.*

La deuxième colonne a opéré sa jonction. Ni l'officier qui la commande, un lieutenant d'après ses insignes, ni aucun des soldats qui la composent ne sont allés boire. À la chaleur déjà très ardente du soleil a commencé de s'ajouter celle de l'énorme brasier. Et celui-ci s'est rapproché et se rapproche encore, son souffle si brûlant se fait sentir jusque sur les crêtes, d'où le seul fait de se pencher semble cuire le visage. Mais le pire est la fumée, elle s'élève et recouvre entièrement les quinze hectares du ravin, qu'elle emplit, déroulant d'épaisses volutes gris-noir ; elle pique la gorge et les yeux — et encore sommes-nous en hauteur ; en bas, dans cet espace confiné, ce doit être terrible...

— *Tambo ? Il me suffirait de ta parole de ne plus t'en prendre à ma famille.*

— *Tu croirais en ma parole ?*

— *Oui.*

Silence. Kaï est allongé à plat ventre et regarde en bas. Voici une minute, un soldat pris de panique s'est rué vers l'une des échelles de corde ; il a eu le temps d'en gravir trois barreaux ; il est retombé, frappé par une balle.

— *Je ne te donnerai pas ma parole, Kaï. Mes hommes et moi allons rester ici.*

— *Laisse au moins monter ton pisteur. Ce n'est pas un soldat. Il n'est même pas japonais.*

— Le pisteur pourrait s'en sortir, dit Tony. Demande à Mimura.

— Je viens de le lui demander, Tony. Et ça ne servira à rien.

On distingue de plus en plus mal ce qui se passe deux cents mètres plus bas. Quelques soldats sont entrés dans l'eau, sans immerger leur tête, sans doute pour échapper quelques instants de plus à la chaleur de fournaise. D'autres se sont assemblés, étroitement serrés les uns contre les autres, par petits groupes. Des grenades explosent, ponctuant des séries de coups de feu isolés.

— *Le pisteur, Tambo. Au moins lui.*

— *Il a toujours servi ma famille. Il vient d'avoir l'honneur de mourir.*

— *Tu aurais vraiment tué mes enfants ?*

— *Oui.*

La fumée envahit tout. L'une des échelles prend feu.

— *Tambo ?*

Un dernier coup de feu se fait entendre, après quoi il n'y a plus que le grésillement des quelques plantes accrochées aux parois de pierre, et qui s'enflamment. Il faut ensuite plus de deux heures avant que la fumée commence à se dissiper. Quand redevient visible celle des échelles de corde qui n'a pas brûlé, Kaï y aperçoit un corps, celui d'un soldat qui, au dernier moment, a bel et bien tenté l'escalade. Mais ce n'est qu'un cadavre.

— Tu ne vas pas faire ça.

Remarque de Tony. Quand Kaï empoigne l'échelle et entame sa descente.

— Kaï, ces cordes ont peut-être été rongées par les flammes. Tu as envie de dégringoler d'une hauteur pareille ?

La descente prend une dizaine de minutes. Et quand Kaï

pose le pied à terre, il est rejoint par Môn et Bongsu. Ensemble, les trois hommes vont d'un mort à l'autre. Il n'y a pas de survivant. Le pisteur a été abattu d'une balle dans la nuque. Mimura Tambo s'est suicidé d'une autre balle dans la bouche.

— Nous ne pouvons pas couper toutes ces têtes, dit Môn. D'abord ça ferait trop à remonter et à transporter. Et puis, nous n'avons pas tué ces hommes de la bonne façon. Ils ne comptent pas.

KAÏ a commencé à creuser seul. Puis Tony, presque aussitôt, est venu l'aider. Et un bon quart d'heure plus tard, Bongsu, qui a entraîné derrière lui deux des plus jeunes Ibans. Pour Môn, non. Môn a dit, très désolé, que ce n'était pas du tout dans les coutumes des Ibans d'enterrer les ennemis tués au combat ; déjà qu'on ne leur avait même pas coupé la tête.

Et je ne peux pas lui donner tort, a pensé Kaï. Ce que je fais est idiot, au dernier degré, je me demande bien à quoi ça ressemble, de creuser des tombes pour des hommes que j'ai tués parce que, si je les avais laissés faire, ils m'auraient assassiné ma femme et mes enfants, sans parler des Ibans et de moi.

En définitive, il a opté pour deux tombes et une fosse commune. Dans celle-ci, ils ont déposé les corps du lieutement et des sous-officiers et hommes de troupe — soixante-douze en tout ; et l'emplacement en a été marqué par une petite pyramide de pierres, un cairn dans lequel Kaï a disposé la sacoche de cuir portée par l'officier et, à l'intérieur de celle-ci, un texte en anglais : *Lieutenant Umeida Seichi, 71 sous-officiers et soldats.*

Dans l'une des tombes, le capitaine Mimura Tambo.

Dans l'autre, le corps si frêle du pisteur — *Koto, de Sakhaline.*

Pour tous, la même date : 13 novembre 1942.

Et au centre d'un quatrième cairn, bien plus large et haut, tous les papiers et documents trouvés sur les morts.

— Pourquoi pas une stèle et des fleurs ?

Boadicée. Qui est bel et bien descendue, cette cinglée, par l'échelle de corde. Elle se plante à quelques mètres de lui.

— Tu es de mauvais poil, O'Hara ?

— Pas du tout.

— Ça se voit.

Il vient d'ensevelir Mimura Tambo — lui aussi enveloppé dans une toile de tente imperméable, contenue dans un paquetage japonais.

— Nous avons tué combien de soldats japonais, ce coup-ci ?

— Dans les six douzaines.

— Lek m'a dit qu'il en avait tué six autres, là-bas vers l'entrée de ce ravin. C'est ça ?

— Oui.

— Soixante-treize plus six font soixante-dix-neuf. Plus dix-sept tués quand ils ont attaqué le Balcon. Quatre-vingt-seize. C'est tout ?

— Quatre types qui surveillaient le Balcon d'une crête.

— Soit cent en tout. Plus les quarante-trois que les Ibans ont tué depuis que nous sommes à Guadalcanal. C'est un joli score.

Elle s'est mise à déambuler, mains dans les poches de son pantalon d'homme — l'un des miens, et elle le remplit bien.

— Tu marches sur les tombes, remarque Kaï.

— Parce que je me retiens. Sinon, j'y sauterais à pieds joints.

Mais bon, elle s'écarte, non sans avoir flanqué un coup de pied au bord du tumulus. Elle va contempler le petit sac, au bas de l'élévation de terrain sur le sommet de laquelle Kaï a choisi d'établir les sépultures.

— Il faudra combien de temps pour que cette eau redevienne potable ?

— Je n'en sais rien. Des mois. Ou davantage.

— Personne ne viendra dans ce coin perdu de Guadalcanal, de toute façon. Et la forêt dans le ravin ? Elle mettra combien de temps à repousser ?

— Elle ne repoussera jamais telle qu'elle était. Ou alors dans des siècles.

— Tu es en colère, Kaï.

Il grave l'écriteau avec la pointe rougie au feu d'une baïonnette. Il ne répond pas. Il croise le regard de Tony. L'Australien en a terminé de ses travaux de fossoyeur ; il part vers l'échelle de corde que Bongsu et les deux autres Ibans sont en train d'escalader. Bientôt il s'élève à son tour.

— Je te connais, O'Hara.

L'écriteau est fait d'un demi-tronc, dont l'extérieur est largement carbonisé ; aussi est-ce à l'intérieur que Kaï écrit que l'eau du lac est mortelle.

Tony est déjà à cent mètres en l'air ; il est visible que grimper à des échelles de corde sur des hauteurs pareilles n'est pas son exercice préféré.

— Ça ne t'a pas plu du tout de tuer ces hommes. Mais tu as utilisé la seule stratégie qui pouvait te permettre, nous permettre de survivre. Bien sûr, je reconnais...

— Monte.

Kaï vient de caler son panneau de signalisation entre deux pierres.

— ... Je reconnais qu'empoisonner et brûler vifs des gens, ce n'est pas...

Il est près d'elle, il lui passe son bras autour de la taille, la soulève, ajoute son autre main et d'un seul mouvement la hisse sur le troisième barreau de l'échelle — il n'y en a jamais que cinq cents environ, au bas mot.

— Monte.

— C'était pas mal sournois, voilà le mot que je cherchais.

Kaï jette un coup d'œil vers le haut. Tony a achevé son ascension et a disparu. À l'exception de Bongsu qui se penche, tous les autres sont hors de vue. Il y a bien sûr dans l'air une puissante odeur de fumée qui subsiste, mais la luminosité est très forte, presque éblouissante ; et, pour ce qui est de la chaleur, à coup sûr elle passe les cinquante degrés.

Sournois. Je suis, j'ai été sournois. Dit-elle. Qu'en penses-tu, Tambo ? C'est vrai qu'il faudra bien un jour que je m'explique à moi-même pourquoi, n'ayant vraiment aucune espèce de goût à tuer des gens quels qu'ils soient, je n'ai pas arrêté d'en exterminer, en étant fort sournois, insidieux et perfide.

— Boadicée, tu montes, s'il te plaît.

Elle consent à se hisser de trois échelons supplémentaires, en sorte qu'il peut commencer sa propre escalade, le nez à la hauteur des bottes de son épouse. Je suis au moins à un mètre vingt du sol, encore cent quatre-vingt-dix-huit mètres et des poussières et nous sommes en haut, où il y a un bon petit souffle d'air, voire de la brise presque marine — autant dire une senteur de grand large et de *Nan Shan*.

— Mais bon, dit Boadicée, une fois rentrés au Balcon, qu'est-ce qui nous empêche de recommencer ? Nous avons piégé ce Mamura...

— Mimura...

— C'est pareil. Nous l'avons piégé...

Quatorze barreaux d'un coup, on gagne en hauteur, sinon encore en altitude.

— ... Et nous pouvons en piéger d'autres. Il y a combien de soldats japonais sur Guadalcanal ? Vingt mille, en comptant large. Ce n'est pas la mer à boire. En les attirant par petits paquets, disons cinq cents par cinq cents, et à raison d'un paquet tous les quinze jours...

Soixante et unième barreau, nous commençons à être fichtrement haut.

— ... Sûrement que nous finirions par nettoyer Guadalcanal. Je me demande bien ce que ces fusiliers marins américains sont venus faire dans notre île. Nous n'avions pas besoin d'eux. Non, mais de quoi ils se mêlent ?

— Économise ton souffle.

— Surtout que j'ai des idées plutôt sournoises, moi aussi. Moins sournoises que les tiennes, c'est vrai. Je suis certaine qu'avec un peu de bonne volonté, tu pourrais inventer des plans encore plus diaboliques. À y bien réfléchir, ce me sera toujours un mystère que le Kaï O'Hara que j'ai épousé, et qui mine de rien m'a déjà fait deux enfants, sournoisement, que ce Kaï si gentil et si tendre, quoiqu'il soit vraiment très grand et très large, soit capable de tant de sournoiseries.

— Tu ne pourrais pas te taire un peu ? Juste quelques minutes.

En réalité, elle ne débite pas toutes ces absurdités d'une seule traite ; quasiment, elle gravit un barreau à chaque mot, et parfois trois barreaux entre deux syllabes.

Et pour haleter, elle halète.

— J'aurais dû compter les barreaux en descendant, dit-elle. Rien que pour savoir combien il nous en reste encore. Il est vrai que je ne les ai pas comptés en remontant. On en sera à trois cents, non ?

— Non.

— Tu dis ça pour me contrarier.

Je dis ça parce que je les ai comptés, moi. Et je sais que, sauf erreur d'un ou deux, nous avons grimpé de deux cent neuf barreaux ; et qu'il nous en reste dans les trois cents à gravir. Mais je ne vais pas lui communiquer ce chiffre, qui est assez démoralisant.

— Nous sommes presque à la moitié.

— En fin de compte, tu es moins calculateur que je ne le pensais. Je ne sais pas pourquoi, mais bizarrement, ça me rassure, que tu ne les aies pas comptés. Tout bien pesé, mon mari serait calculateur à ce point, je n'aimerais pas.

— Très bien, dit Kaï.

— Je t'aime, tu sais.

— Je sais.

— On peut faire l'amour, sur une échelle de corde ?

— Non. Et en plus, il y a Bongsu qui nous regarde.

— J'adore faire l'amour avec toi, O'Hara.

— C'est réciproque.

— Madame Grand-Mère avait bien raison.

— Je ne vois pas ce que Madame Grand-Mère vient faire là-dedans.

Deux cent quarante-six barreaux.

— Au cas où tu l'aurais oublié, Madame Grand-Mère a fait l'amour avec un Kaï O'Hara, elle aussi. Nous avons comparé nos expériences. Avec une conclusion identique : faire l'amour avec un Kaï O'Hara, c'est plaisant.

— Seulement plaisant ?

Deux cent soixante-douze.

— Époustouflant, inoubliable, grandiose. Si on se balançait ?

— NON.

Mais la voilà qui pousse sur sa jambe et son bras côté gauche, puis sur ses deux autres membres qu'elle a également côté droit et, nom d'un chien, elle balance bel et bien l'échelle.

— BOADICÉE, TU ARRÊTES IMMÉDIATEMENT !

— Les cordes du *Nan Shan* sont solides.

— On dit : des cordages, ou des filins. Jamais des « cordes ».

Il s'est hissé de deux mètres et a plaqué sa femme entre l'échelle et lui, s'agrippant aux cordages verticaux avec toute sa force.

— Tu as peur, Kaï ?

— Oui.

Elle ne bouge plus.

— On fait une pause, dit Kaï.

Il ruisselle de transpiration et sa prise sur les montants de l'échelle s'en ressent. Il réussit à engager l'un de ses bras, les bloquant ainsi, elle et lui. Tout au-dessus d'eux, à peut-être quatre-vingt-dix mètres, Tony, Bongsu et d'autres se penchent.

— Je descends, Kaï ? crie Bongsu.

— Non.

Une minute d'immobilité totale. L'échelle a enfin cessé son mouvement de pendule.

— Tu te souviens de la fois où nous sommes allés en Irian, toi et moi, et Lek sur un prao ?

— Vaguement.

— Et de quand tu es venu par le Yang-tsékiang jusqu'à Chongqing pour me chercher ?

— Plus ou moins.

— Et de la Malaisie, lorsqu'il t'a fallu m'extraire de ce camp ?

Cent mètres et plus à la verticale, en dessous, le petit lac. Dont les cent cinquante mètres de long paraissent très réduits, aux dimensions d'une simple vasque — en cas de chute, nous tomberions peut-être dedans, peut-être, sauf que l'eau en est empoisonnée.

— Je m'en souviens, dit Kaï.

— Tu serais resté sur Guadalcanal si je ne t'avais pas obligé à le faire ?

— Je ne crois pas.

— Si j'ai bien compris ce que tu ne m'as pas dit, nous allons partir de cette île. Pas dans un ou vingt-cinq mois, quand tous les soldats japonais y auront été tués, mais maintenant. Je me trompe ?

— Non. Mais ce n'est pas le meilleur endroit pour discuter de ces choses.

— Nous allons rembarquer sur le *Nan Shan* et reprendre la mer. Je suppose que Chang et Gunga Din, et accessoirement nos enfants, ne sont plus sur cette crête-là en haut mais quasiment déjà en route pour la côte ? Non, ne réponds pas. Et ensuite, on fera quoi ?

— Nous nous promènerons dans les mers du Sud.

— Comme tous les Kaï O'Hara avant toi. Sauf que les Japonais sont à peu près partout dans les mers du Sud. Ils occupent tout depuis la Chine et la Birmanie jusqu'à Sumatra, Java, Bali, les îles de Timor et de la Sonde, et la Nouvelle-Guinée, sans même parler de Bornéo ou des Philippines.

— Ils finiront bien par s'en aller.

— Ça peut prendre cent trente-trois ans.

— Moins que ça. Ils vont devoir quitter Guadalcanal, ils s'en iront des Salomon, puis de partout ailleurs.

— Et tout recommencera comme avant.

— Non.

Non, je crois que rien ne sera plus pareil désormais, pense Kaï. Je crois que viendra un jour où les Portugais s'en iront eux aussi de Timor, et les Hollandais de ce qu'ils appellent leurs Indes, et les Français d'Indochine et les Anglais de partout, même des Indes. J'ai la certitude absolue, d'autant plus forte qu'elle ne repose sur rien, que le monde des Kaï O'Hara est en train de mourir. Et que je suis le dernier d'entre eux sur la dernière île.

— Et nous mangerons avec quel argent ?

— Si nous finissions de grimper cette échelle ?

— Finissons-en d'abord avec ce que nous étions en train de ne pas dire. Tu as renoncé à l'héritage de ton grand-père Margerit, nous avons perdu notre plantation de Malaisie. Nous allons vivre de quoi ? Tu as une femme et neuf enfants à nourrir.

— Neuf ?

— Je compte en faire encore six ou sept.

— Si je peux t'être de quelque utilité, n'hésite pas.

— Réponds à ma question. Nous autres femmes aimons bien connaître ce genre de détails. Où on habite et comment on mange.

— Le *Nan Shan*.

— On va caboter et transporter des trucs et des machins d'un endroit à un autre ? Avec l'aide de Kwan et de son hui ?

— Pourquoi pas ? Je vais finir par avoir des crampes.

— Pendant que j'y pense, dit-elle alors, j'ai discuté avec Jamal, à Singapour. C'est devenu un jeune homme très brillant. D'après Ha.

— A-quoi ?

— Pas A, Ha.

— Ah, dit Kaï.

— Non pas : ah. *Ha.* Le type qui fabrique cette espèce de pommade et qui était l'associé de ton père, si bien que tu es le sien, maintenant.

— Ce n'est d'aucune manière mon associé. Et je ne veux pas de son argent.

— Trop tard. Il me l'a déjà versé. Enfin, pas tout. J'ai pensé qu'un million de dollars suffisait, pour les premiers frais. Pendant les soixante-quinze prochaines années. Et inutile de trembler de rage, O'Hara. Je veux bien arrêter de tuer des soldats japonais et voguer d'un atoll corallien à un autre jusqu'à notre mort, mais nous garderons ce million de dollars. D'ailleurs, Jamal l'a déjà fait transférer sur un compte en banque à Sydney pour un tiers, et les deux autres tiers sont à New York et en Suisse. Ha a été très compréhensif. Le compte est à nos deux noms, le tien et le mien. Ha est chinois et je suis chinoise. Des Chinois s'entendent toujours, quand il s'agit d'argent. Ha a toujours été convaincu que, s'il a réussi comme il l'a fait, c'est parce que les Kaï O'Hara lui ont porté chance. Que ton père et toi refusiez de toucher cet argent le plongeait dans la désespérance. Maintenant il est rasséréné. D'autant qu'avec Jamal auprès de lui, qu'il considère comme ton frère, il a l'impression de rester en famille.

— Quelle bonne nouvelle, dit Kaï.

— Et de deux choses l'une : ou tu me donnes ta parole que nous garderons cet argent ou je recommence à me balancer.

— Jusqu'au moment où nous nous écraserons en bas. Et nos neuf enfants seront orphelins.

Elle ne saurait être plus près de lui qu'elle ne l'est. Au vrai, il est extrêmement plaqué contre elle ; elle a quasiment incrusté son propre corps dans le sien, et, ma parole, j'en suis vraiment à me demander si, en somme, il est si impossible de faire un câlin sur une échelle de corde ; je suis aussi fou qu'elle, en fin de compte ; et ce doit être ma destinée, que de me retrouver dans des situations proprement extravagantes, pour cette unique raison que j'aime cette cinglée au-delà du possible.

— Ta parole, Kaï ?

— Ouais.

— Je suis absolument certaine que tu as compté les barreaux.

— Pas du tout.

— Il en reste combien ?

— S'il y en avait au total cinq cent onze, nous en aurions passé deux cent soixante-douze, il en resterait donc deux cent trente-neuf. À un ou deux près.

Il a ses lèvres contre la joue de Boadicée. Si bien qu'il suffit à celle-ci de tourner un tout petit peu son visage plaqué contre l'un des échelons pour que leurs bouches se rencontrent.

— Fils de chien, tu les avais vraiment comptés !

— Je suis calculateur, fourbe, insidieux, hypocrite et sournois.

Le *Nan Shan* appareille le 27 de Sydney et, certes, on pourrait dire la lente déambulation dans tout le sud des mers du Sud, jusqu'à Hobart en Tasmanie, jusqu'à la Nouvelle-Zélande et les Nouvelles-Hébrides, les Fidji, les Tonga, les Samoa et les Tokelau, jusqu'aux archipels de la Société, des Touamotou, jusqu'aux Marquises, l'île de Pâques et les Galapagos, et même les Juan Fernandez.

On pourrait dire encore comment le *Nan Shan*, un an après avoir quitté Guadalcanal évacué depuis par l'armée japonaise pointa sa proue effilée au large d'un petit atoll dans l'archipel des Gilbert, deux semaines seulement après que les fusiliers marins américains y eurent débarqué. Puis comment il arriva à Kwajelein dans les Marshall, en février 1944, à Wake en mai, à Saipan en juillet, à Yap en septembre, à Leyte, aux Philippines, en octobre, à Iwo-Jima en mars de l'année suivante, à Okinawa en juin...

Quand le *Nan Shan* revient enfin à Singapour, c'est quelques jours seulement après qu'à Dalat, en Cochinchine, le maréchal Terchugi, chef de toutes les armées japonaises du Sud, après avoir longuement écouté les arguments de tous les fous qui désiraient poursuivre la guerre malgré la capitulation acceptée par Tokyo, a résumé sa position : *Shocho hikkin* : l'empereur a parlé. On baisse la tête.

Boadicée vient de mettre au monde leur quatrième enfant — elle en aura non pas neuf, comme convenu sur l'échelle de corde, mais sept. Trois filles et quatre garçons, dont aucun ne portera le prénom de son père.

Jamal et Kaï, adossés au bastingage, tournent le dos à la côte, à la ville. Il y a, en cette fin de journée, sur les eaux vert céladon, ces reflets particuliers que fait la lumière du soir au ras des flots, des reflets qui virent de l'orangé au carmin, et que le Capitaine aimait tant. Il les appelait ses soleils rouges et peut-être pensait-il déjà, en les voyant lentement absorbés par l'obscurité, à ce monde mouvant, changeant, à ces bouleversements qu'il pressentait définitifs.

En cet instant, les soleils rouges irisèrent tout l'horizon, flamboyèrent un dernier moment avant de s'engloutir — pour quels lendemains ? — dans l'immensité des mers du Sud.

Aubin Imprimeur
LIGUGÉ, POITIERS

Achevé d'imprimer en septembre 1994
pour le compte de France Loisirs
123, bd de Grenelle, 75015 Paris
N° d'édition 24527 / N° d'impression L 46492
Dépôt légal, novembre 1994
Imprimé en France